Johanna von Koczian
SOMMERSCHATTEN

Johanna von Koczian

Sommerschatten

Roman

Gustav Lübbe Verlag

*Für meinen Mann,
der mich immer wieder ermutigte,
dieses Buch zu schreiben.*

© 1989 by Gustav Lübbe Verlag GmbH,
Bergisch Gladbach
Schutzumschlag: Klaus Blumenberg, Köln,
unter Verwendung eines Motivs
aus dem Ölgemälde »The Hermit Thrush«
von Thomas Dewing
Satz: IBV Satz- und Datentechnik GmbH, Berlin
Druck und Einband: May & Co., Darmstadt
Alle Rechte, auch die
der fotomechanischen Wiedergabe, vorbehalten
Printed in West Germany
ISBN 3-7857-0547-6

1. Auflage August 1989
2. Auflage Oktober 1989

Dieses Sanatorium erinnert mich an Peterhof. Vielleicht liegt das an der Stille, die mich hier umgibt, an der Schönheit des Gartens, an der Weitläufigkeit des Parks. Hier wie dort sieht man in der Ferne die sanftgeschwungenen Linien bewaldeter Berge, die aus der fruchtbaren Ebene emporsteigen. Es ist eine Landschaft voller Harmonie. Sie strahlt Ruhe aus. Ein Fluß ist in der Nähe und ein See…

Ich gehe viel spazieren, aber immer nur innerhalb mir selbst gesteckter Grenzen. Manchmal möchte ich diese Grenzen überschreiten und einfach den Weg weitergehen. Aber an einer bestimmten Stelle kehre ich jedesmal um. Irgend etwas zwingt mich dazu, ich weiß nicht genau was es ist. Es ist ein Gefühl von Furcht, von Unsicherheit und aufsteigender Verzweiflung, das ich mir nicht erklären kann.

Die Umgebung hier ist mir inzwischen vertraut, und solange die pflegenden Hände der Gärtner zu spüren sind, fühle ich mich geborgen. Ich wandere unter alten Bäumen durch den Park, überquere Rasenflächen, deren Grasteppich das Geräusch meiner Schritte verschluckt, bis ich wieder auf meinen Weg gelange. Ich gehe langsam. Ich zähle jede einzelne der weißgestrichenen Holzbänke. Es ist wie ein Ritual, an dem ich mich festhalte. Die Bänke laden zum Sitzen ein, aber ich setze mich nie. Ich gehe weiter bis zu dem efeubewachsenen Musikpavillon, der, wie man mir sagte, schon lange nicht mehr benützt wird. Das Rankengewirr verbirgt, daß das Holz morsch ist und der Lack an vielen Stellen abblättert. Auf Peterhof gab es auch so einen Pavillon. Er war allerdings etwas kleiner und von Kletterrosen überwuchert. Dahinter führt der Weg noch ein Stück geradeaus, um sich dann zu teilen. Ein verwitterter Holzpfeil zeigt an, daß man linker Hand zum See gelangt, aber eine Eisenpforte versperrt den Zugang. Es ist verboten, zum See zu gehen, weil dort schon Leute ertrunken sind. Man könnte vielleicht unbeschadet über die Eisenpforte klettern, wenn sie nicht auch noch zusätzlich durch einen darübergespannten Stacheldraht gesichert wäre. Ich zucke jedesmal zusammen, wenn ich ihn erblicke. Seine Wirkung auf mich ist mehr als eine Warnung, ist wie eine jähe Bedrohung aus einer feindseligen Welt, der ich gerade hier zu entfliehen hoffe.

In die entgegengesetzte Richtung führt ein schmaler Weg irgendwohin geradeaus. Ich sage irgendwohin, denn ich bin ihn noch nie gegangen. Immer wenn ich mich nach rechts wende und in der Ferne die weiße Statue am Waldrand erblicke, werde ich von einer unbestimmten Angst gepackt, die sich bis zur Panik steigert. Ich weiß nicht, was für eine Statue das ist und wen sie darstellt. Ich habe auch niemanden danach gefragt. Es genügt, die Statue von weitem zu sehen, und ich spüre, wie die Angst in mir hochkriecht und meine Beine bleischwer werden läßt, wie mein Herzschlag in meinen Ohren dröhnt, wie ich mühsam nach Luft ringe. Ich weiß, daß ich sofort umkehren muß, wenn die Angst mich nicht vernichten soll.

Ich habe bisher nicht darüber gesprochen, denn ich will vermeiden, daß man mir eine Begleitperson zur Seite stellt. Ich bin gern allein und dankbar, daß ich mich frei bewegen kann.

Alle Angst fällt von mir ab, wenn ich in die geordnete Welt des Parks zurückkehre und das Sanatorium durch die Bäume schimmern sehe –, dieses helle Gebäude, das mir seit einiger Zeit Zufluchtstätte und Zuhause ist.

Sie werden sagen, sehr verehrter Herr Professor Dombrowsky, diese Angstzustände stünden in engem Zusammenhang mit den Depressionen, von denen ich hier geheilt werden soll. Sie als mein Arzt, dem ich vertraue, haben mir nahegelegt, eine Art Tagebuch zu führen, ein Tagebuch der Vergangenheit – einfach aufzuschreiben, worüber mir zu sprechen schwerfällt, dort Ordnung zu schaffen, wo meine Gedanken sich immer wieder im Kreise drehen. Sie sind der Ansicht, der Vorgang des Schreibens müßte meine Sprunghaftigkeit bändigen und mich zwingen, die Geschehnisse in die zeitlich richtige Reihenfolge zu bringen.

Es kommt mir seltsam vor, von Dingen zu schreiben, über die Sie zum Teil gesprächsweise schon informiert sind, obwohl ich mich sicher mehr als einmal unklar und verworren ausgedrückt habe. Ich fürchte, Sie damit zu langweilen, auch wenn Ihre Geduld schier unerschöpflich scheint. Ich gebe zu, daß mir dieser Weg der Mithilfe schwerfällt, und ohne eine gewisse Sprunghaftigkeit werde ich wohl auch in meinen Aufzeichnungen nicht weiterkommen. Sie sehen jedenfalls eine Unterstützung Ihrer Therapie darin, daß ich alles aufschreibe – also will ich mich bemühen, Ihrem Wunsch Folge zu leisten, so gut ich kann.

Ich frage mich oft, ob man mein Leiden wirklich als Depression be-

zeichnen kann. Sind Depressionen nicht so etwas wie grundlose Traurigkeit? Ein Zustand der Schwermut ohne äußeren Anlaß? Wie soll ich mich da zurechtfinden? Ich kann nur ganz einfach nicht vergessen! In all den Jahren ist es mir nicht möglich gewesen, zu vergessen!

Ich kann den Namen Alexander nicht auslöschen. Er begegnet mir immer wieder und reißt kaum verheilte Wunden auf. Genausowenig kann man weiße Statuen aus unserer Welt verschwinden lassen – Gärten, halbverwildert und geheimnisvoll, einen Schwarm tanzender Mücken in der Abendsonne.

Meine Traurigkeit hat eine Ursache, ist begründet in der Verwirrung, in die ich gestürzt wurde und aus der mir nie jemand heraushalf, so wie die Erinnerung an Peterhof niemals verblassen wird!

Ich habe übrigens schon früher einmal ein Tagebuch geführt. Das war vor der Zeit, in der wir so oft auf Peterhof waren, in der ich Alexander kennenlernte – und natürlich auch Anton, den es ohne Alexander in meinem Leben wohl nicht gegeben hätte.

Hat es Alexander gegeben?

Es gibt Ereignisse, denen man zunächst nur wenig Bedeutung beimißt. Man glaubt, sie abstreifen und irgendwann loswerden zu können. Vor allem in der Kindheit ist das so. Die Vergangenheit zählt noch nicht und die Gegenwart ist nur Teil von einem Übermaß an Zukunft. – Man ahnt noch nicht, daß man an dieser oder jener Demütigung ein Leben lang zu schleppen haben wird, daß man Schläge und Verluste einstecken muß, von denen man sich nie mehr erholt. –

Wer hat denn nur das Wort Happy-End erfunden? – Von allen Lügnern dieser Welt ist er der größte! Das Leben kennt kein Happy-End. Man bekommt nichts auf Dauer und darf nichts für immer behalten. Vielleicht die eigenen Erinnerungen – doch auch die sind trügerisch. Man kann sie manipulieren! Sie sind erstaunlich formbar, und ehe man sich's versieht, sind sie ranzig geworden und schal. Man sollte sie in einen Tresor schließen können, um sie vor dem Zugriff der andern zu schützen, damit sie nicht bröckeln und zu Ruinen werden – oder zu verwüsteten Gärten.

Wie gesagt, ich habe als sehr junges Mädchen Tagebuch geführt, aber bald wieder damit aufgehört. Das lag unter anderem daran, daß ich oft keinen Unterschied machen konnte zwischen tatsächlichen Erlebnissen und solchen, die nur in meiner Einbildung bestanden. Für mich verwischten sich die Grenzen zwischen Traum und Wirklichkeit, *und außerdem sah ich auch manche Dinge anders, als man sie gemeinhin sieht.*

Vielleicht war das der Grund, weshalb meine Mutter mein Tagebuch las und mich des öfteren zurechtwies, wenn sie etwas darin fand, das ihrer Meinung nach nicht der Wahrheit entsprach, selbst wenn es sich um Kleinigkeiten handelte.

»Wie kannst du nur schreiben, heute war schönes Wetter, wenn es doch den ganzen Tag geregnet hat?« sagte sie einmal mißbilligend, während sie mir über die Schulter sah.

»Ich finde Regen schön!« versuchte ich mich zu rechtfertigen, ich hatte das Gefühl, bei einem Unrecht ertappt worden zu sein, wie immer, wenn ich wegen irgendeiner Sache zur Rede gestellt wurde. »Wirklich, für mich ist Regen schön, ich…«

»Tagebucheintragungen haben der Wahrheit zu entsprechen!« unterbrach meine Mutter mich ungerührt. »Sie haben sonst keinerlei Erinnerungswert. Andernfalls könntest du auch irgendwelche Geschichten erfinden, wie du es leider manchmal tust, obwohl du uns damit beunruhigst.«

Ein anderes Mal wollte sie wissen, was es zu bedeuten hätte, daß ich die Menschen, über die ich schrieb, in Rosen oder Nelken einteilte und hinter jedem Namen eine entsprechende Notiz in Klammern machte. Als sie mich nach dem Sinn dieser Eintragungen fragte, kam mir mein Tun sofort lächerlich vor. Ich fühlte mich blamiert und elend.

Seit meiner Kindheit waren Rosen meine Lieblingsblumen. Heute wie damals bezaubern mich die Schönheit ihrer Farben, die Form ihrer Blütenkelche und der Duft, der ihnen entströmt. Darum ordnete ich die Menschen, die ich liebte oder deren Wesen ich besonders ansprechend fand, den Rosen zu. Hingegen habe ich den herben, etwas aufdringlichen Geruch von Nelken nie leiden können, und auch sonst habe ich eine gewisse Abneigung gegen diese Blumen, wenn ich sie sehe oder geschenkt bekomme. Ich kann nichts dafür, daß ich so empfinde. Ich glaube, daß jeder ein Recht auf seine Sympathien und Antipathien hat, und sicher sind sie verstandesmäßig oft gar nicht erklärbar. – Wenn ich also jemanden nicht mochte, setzte ich das Wort Nelke hinter seinen Namen. Das ersparte mir weitere, ausführliche Beschreibungen, war eine Art Code, den ich mir ausgedacht hatte, nur mir allein zugänglich und so geheim wie die Entscheidung, wen ich mit Rose oder Nelke bezeichnen wollte.

Ich bemühte mich um eine Erklärung auf die eindringlichen Fragen meiner Mutter, die sich zudem persönlich angegriffen fühlte, weil sie zu dieser Zeit ein Nelkenparfum benutzte. Sie ließ einfach nicht locker, wollte unbedingt und auf der Stelle eine Antwort und wurde immer ärgerlicher. Ich sah mich immer mehr in die Enge getrieben, und noch während ich nach Worten suchte, schien mir das Ganze so kindisch, so beschämend einfältig, daß ich in Tränen ausbrach.

Insgeheim fand ich es nicht richtig, daß meine Mutter in meinem Tagebuch las. Ich wußte jedoch nicht, wie ich ihr das sagen sollte, ohne sie zu verstimmen oder gar zu verletzen. Ich protestierte schließlich auf meine Weise dagegen, indem ich aufhörte zu schreiben.

Ich muß allerdings zugeben, daß ich meine Eltern manchmal unbeabsichtigt mit Äußerungen verwirrte, die scheinbar zunächst wirklich nicht der Wahrheit entsprachen; das heißt, ich stellte Behauptungen auf oder erzählte voller Überzeugung von Ereignissen, die noch gar nicht stattgefunden hatten oder bereits vergangen waren. Zukunft oder Vergangenheit. Plötzlich schob sich da etwas in die Gegenwart – in meine *Gegenwart, das für mich zu einem ganz realen Geschehen wurde. Wenn ich darüber sprach, brachte mir das allerdings so gut wie immer Ärger ein, vor allem dann, wenn die Mitteilungen unerfreulichen oder traurigen Inhalts waren. Im Laufe der Zeit bin ich damit sehr vorsichtig geworden.*

1

»Darf ich auch zu Großvaters Beerdigung?« fragte ich eines Morgens beim Frühstück. Ich war gerade sieben Jahre alt.

Meine Eltern sahen sich entgeistert an. Dann sagte mein Vater, ich solle keinen solchen Unsinn reden! Erst gestern sei ein Brief von Großvater gekommen, worin er ausführlich über seinen derzeit guten Gesundheitszustand berichtet habe.

Ich warf einen Blick durch das offenstehende Fenster, auf die Zweige des Ahornbaums und den sommerlichen Himmel darüber und beobachtete dann die hellen Kringel, die die Sonne auf das Tischtuch malte.

»Er ist überfahren worden«, sagte ich mit leiser Stimme.

Meine Mutter verbat sich jedes weitere Wort und schickte mich aus dem Zimmer.

In den nächsten Tagen geschah nichts, aber nach ungefähr einer Woche erhielten wir die Nachricht, daß Großvater tödlich verunglückt sei. Er war beim Überqueren der Straße von einem Lastwagen erfaßt worden und noch auf dem Transport ins Krankenhaus seinen schweren inneren Verletzungen erlegen.

*

Ich erinnere mich an einen anderen Vorfall.

Wir waren bei einem alten Freund meines Vaters, einem pensionierten Oberst eingeladen. Ich wußte, daß er einen Schäferhund namens Arco besaß. Gleich beim Hereinkommen platzte ich mit der Bemerkung heraus: »Wie schade, daß man Arco vergiftet hat!«

Betroffenes Schweigen breitete sich aus. Die Erwachsenen wechselten irritierte Blicke, bis meine Mutter sich mit einem strafenden »aber Immy« an mich wandte und dadurch die Peinlichkeit der Situation noch verstärkte.

Der Oberst wollte gerade etwas sagen, als Arco schweifwedelnd aus der Küche kam und uns mit freudigem Gebell begrüßte.

»Wie konntest du nur so etwas Häßliches behaupten!« empörte

sich meine Mutter. »Da siehst du es selbst: Der Hund ist zum Glück gesund und sehr lebendig!«

Sie sah den Oberst an und zwang sich zu einem Lachen. »Es tut mir leid, entschuldigen Sie bitte, manchmal sagt das Kind so merkwürdige Sachen. Hoffentlich ist das nicht so etwas wie eine Vorahnung, die Immy da hat!«

»Vorahnung«, wiederholte der Oberst und schüttelte dann den Kopf, nachdem er mich mit einem eigenartigen Blick gemustert hatte. »...Ich glaube kaum! – Ich frage mich, woher die Kleine das wissen kann. Ich hatte schon einmal einen Schäferhund, den ich Arco nannte. Er wurde tatsächlich vergiftet. Jemand hat ein präpariertes Fleischstück über den Gartenzaun geworfen.«

»Wann war denn das?« erkundigte sich mein Vater interessiert. An seinem Gesichtsausdruck merkte ich, daß er sich unbehaglich fühlte.

»Vor ungefähr drei Jahren«, murmelte der Oberst. »Arco war ein guter Hund. Sein Verlust ging mir sehr nahe...«

*

Ich weiß nicht, wie ich ein Tagebuch über Ereignisse führen soll, die zeitlich schon so weit zurückliegen. Vielleicht habe ich Sie aber auch mißverstanden. Vielleicht meinten Sie, ich solle ganz einfach das Datum des jeweiligen Tages, an dem ich schreibe, über meine Erinnerungen von damals setzen. Das würde mir einleuchten, obwohl es etwas kompliziert erscheint. Ich fürchte, es würde mich verwirren – auch weil die wechselnden Jahreszeiten nicht mit der jetzigen übereinstimmen. Außerdem weiß ich nicht, ob ich wirklich täglich schreiben kann; es würde mich wahrscheinlich zu sehr mitnehmen und es ist sicher ebenfalls eine Stimmungssache. Ihnen geht es ja wohl vor allem darum festzustellen, ob ich im Sinne Ihrer Therapie Fortschritte mache, ob meine Konzentrationsfähigkeit zunimmt und ob ich bereit bin, über Dinge zu sprechen, die ich bisher immer verdrängt *habe, wie Sie das nennen... Sie haben mir gesagt, daß ich alles mögliche aus meiner Vergangenheit hervorkrame, nur um nicht auf das eigentliche Thema kommen zu müssen. Ich denke darüber nach, und es scheint mir, daß etwas ganz anderes dahintersteckt: Es ist die Angst, daß man mir nicht glauben wird – nicht glauben kann! Niemand wird mir glauben – auch Sie nicht! Verzeihen Sie mir, daß ich den guten Willen, den Sie mir immer wieder entgegenbringen, anzweifle.*

Manchmal fühle ich mich wie inmitten einer Schildburg – bewacht von mir selbst. Nichts dringt aus mir heraus und nichts wird eingelassen. Ich bin eine hoffnungslose Gefangene! Ich war niemals frei. Wer ist überhaupt frei? Gibt es wirklich ganz freie Menschen? Wir werden doch alle in Traditionen und Zwänge hineingeboren. Mit den ersten Worten, die wir zu sprechen lernen, haben wir uns bereits zu fügen, andere, fremde Ansichten zu unseren eigenen zu machen. Von klein auf sind wir einer Gehirnwäsche ausgesetzt, die meistens so perfekt funktioniert, daß wir später kaum noch fähig sind, aus den Schablonen, in die man uns gepreßt hat, auszubrechen und wir selbst zu sein. Sogar unsere Wünsche sind eines Tages nicht mehr unsere Wünsche. Wir wünschen uns das, wovon wir glauben, daß wir uns das wünschen sollten, und wir streben Idealen nach, die uns im tiefsten Innern gleichgültig sind. Einmal so geformt und zurechtgebogen, unterwerfen wir uns für immer. Wir verschließen unsere Ohren und sind taub für die mahnende, leise Stimme in uns, die uns manchmal zuflüstert, daß wir ganz anders sind, daß wir einmal etwas ganz anderes wollten und jetzt mit der großen Lüge leben. Daß wir nicht mehr das eigene Weideland suchen, sondern stumpf in der Herde mittrotten und uns so verhalten, daß wir angepaßt sind und es auch bleiben.

Mir fällt die Geschichte eines kleinen, exotischen Vogels ein, die mein Vater mir einmal erzählte. Als eines sonnigen Morgens die Tür zu seinem Käfig offenstand, versuchte der Vogel zu entfliehen. Er breitete seine bunten Flügel aus und flog davon. Aber er durfte nicht frei sein in einer Welt, in der es so viele graue Spatzen gibt. Schon bald fielen sie über ihn her und hackten ihn zu Tode.

Oh, ich war immer fügsam und bemüht, es allen recht zu machen, war stets bereit, mich selbst zu verurteilen, wenn ich an mir etwas entdeckte, das gegen die Regeln verstieß. Was auch immer dabei herauskam – es hat mich nicht frei gemacht, nicht glücklich.

Es will mir scheinen, daß die wenigsten Menschen glücklich sind, auch wenn sie es nicht zugeben wollen. Das ist eine Beobachtung, die Sie als Psychiater sicher noch viel häufiger gemacht haben als ich. Bei mir ist das anders: Ich bekenne mich zu meiner Depression, zu meiner Verzweiflung und zu meinem Unvermögen, jemals das »goldene Land« zu finden, von dem ich einmal träumte. Ich habe heute keine größere Sehnsucht als die, frei zu sein. Ich möchte wissen wer und was ich bin, was ich wirklich denke und fühle – und was meine eigenen

Wünsche sind, auch wenn es vielleicht schon zu spät ist, daraus die Konsequenzen zu ziehen.
*

Die beiden letzten Tage bin ich nicht zum Schreiben gekommen. Das Wetter war so schön, ich mußte einfach hinaus in den Park und meine Spaziergänge machen – und ich mußte auch, wie immer umkehren, sobald die weiße Statue in Sicht kam.

Aber diesmal war meine Angst nicht so groß wie sonst. Das warmflutende Sonnenlicht ließ alles so friedlich erscheinen, und ich fragte mich plötzlich, warum ich mich vor einer Statue fürchte, die ich noch nie aus der Nähe gesehen habe.

Ich nahm mir vor, eine Art Waffenstillstand zu schließen zwischen mir und der Statue. Ich werde damit aufhören, gewalttätig gegen mich selbst zu sein und mich zu etwas zwingen zu wollen, das mir angst macht. Ein japanisches Sprichwort sagt:

> *Das Bambusrohr –*
> *es biegt sich im Wind –*
> *es bricht nicht. –*

Also werde ich nicht mehr starr sein, sondern nachgeben. Ich werde die Statue in Ruhe lassen, damit sie mich in Ruhe läßt. Aber irgendwann werde ich es schaffen, dorthin zu gehen! Ich werde mir Zeit lassen. Alles wird sich zum Guten wenden, darum bin ich ja hier!

Wenn die Luft so mild ist, zieht es mich mit unwiderstehlicher Gewalt nach draußen. Es erwacht in mir eine Sehnsucht nach etwas Unbestimmbarem, wofür ich keine Worte finde. – Ich liebe die sanfte Nachmittagssonne, die den Himmel zart und seidig macht und die Wolken zu rosa und orange gefärbten Luftschlössern. Die Landschaft ertrinkt in einem warmen Gold und verströmt wehmütige Heiterkeit. Ich stehe da, eingetaucht in dieses alles verzaubernde Licht, und es erscheint mir undenkbar, daß wenig später die Dämmerung ihre Schatten darauf wirft und schließlich die Schwärze der Nacht wie ein Raubtier all den Glanz verschlingt.

Ich fange an zu begreifen, daß Schreiben wirklich so etwas wie eine Therapie ist. Es tut mir gut und macht mich freier. Ich muß mich konzentrieren. Es ist anders als beim Reden. Meine Gedanken formen sich, wandern ihren komplizierten Weg vom Gehirn über die Nervenstränge zu den Muskeln meines Armes und meiner Hand, und die Feder, die ich darin halte, bildet daraus Worte und Sätze, die ich auf ein weißes

Blatt Papier schreibe. Ich sehe diese Worte, ich höre sie sozusagen mit meinen Augen – und die Worte kehren zu mir zurück wie eine Antwort, die ich mir selbst gebe. – Es ist ein Kreislauf, in dem Ordnung herrscht. Alle Verlegenheit, mit der ich beim Reden zu kämpfen habe, fällt von mir ab. Ich konnte nie gut reden und ich war mir dessen bewußt. Vielleicht lag das daran, daß ich als Kind wenig Kontakt zu Gleichaltrigen hatte, vielleicht auch an den Merkwürdigkeiten und Ungereimtheiten, die ich manchmal von mir gab –, diese scheinbar unwahren Behauptungen, die Ereignisse aus der Vergangenheit oder aus der Zukunft betrafen. Wenn ich darüber sprechen wollte, stieß ich nur allzuoft auf Unglauben, Mißtrauen, überlegenes Besserwissen, wenn nicht gar auf die deutliche Aufforderung, endlich den Mund zu halten. Dadurch hatte ich immer Hemmungen, mich mitzuteilen. Ich spürte die Vorbehalte, die man mir entgegenbrachte, und hatte deshalb Schwierigkeiten, mich auszudrücken. Man ließ mir auch meistens keine Zeit dazu, ganz im Gegensatz zu meinem Bruder Viktor, der immer eine wohlwollende Zuhörerschaft hatte, der über ausgeprägt gute Kommunikationsmöglichkeiten verfügte, der gesunden Frohsinn ausstrahlte und der das, was er erzählte, mit Situationskomik zu würzen verstand. Man hörte ihm einfach gerne zu. Ich hingegen hatte immer das Gefühl, auf Interesselosigkeit zu stoßen, ich fürchtete zu stören oder zu langweilen. Das verführte mich dazu, das, was ich sagen wollte, meistens viel zu hastig hervorzubringen und dadurch an Überzeugungskraft einzubüßen. Manchmal brach ich mitten im Satz ab, weil ich mich plötzlich der Aussichtslosigkeit gegenüber sah, mich wirklich verständlich machen zu können.
Vielleicht ist das ein Grund dafür, warum ich jetzt gerne schreibe. Ich bin geduldig und höre mir zu. Niemand drängt mich. Niemand ist da, der an mir zweifelt oder mich belächelt…

*

Peterhof war einmal Wirklichkeit.

Während des Zweiten Weltkrieges lebte ich mit meinen Eltern eine Zeitlang in Agram, der Hauptstadt von Kroatien. Peterhof lag etwa dreißig Kilometer südwestlich der Stadt.

Manchmal denke ich, daß mein Leben dort begann und dort auch zu Ende ging.

Auf Peterhof schienen die Uhren anders zu gehen. Es gab Augenblicke, die sich über den normalen Zeitablauf hinweghoben und eigenen Gesetzen gehorchten, Augenblicke, die wie Inseln aus dem fließenden Geschehen ragten. Manche dieser Augenblicke wurden für mich zum Inbegriff einer Jahreszeit. So waren es zum Beispiel nicht all die Sommer meines Lebens, die sich aneinanderreihten wie Perlen auf einer Schnur, die das Bild des Sommers vor meinem geistigen Auge entstehen lassen. Es war ein bestimmter Augenblick eines Sommers auf Peterhof, der die Vision aller künftigen Sommer enthielt und mir so im Gedächtnis blieb. Dieser Augenblick von Sommer hat sich meinem Bewußtsein mit solcher Gültigkeit eingeprägt, daß ich jederzeit in Gedanken dorthin zurückkehren kann, so wie jemand in seinen Garten geht oder sein Haus bewohnt. Dann hält die Zeit noch einmal den Atem an und läßt mich Alexander wiederfinden.

Auf Peterhof verdichtete sich die Zeit nicht nur zum Augenblick, sie dehnte sich auch aus ins Unbegrenzte. Ein Vormittag war noch nicht eingepreßt in die wenigen Stunden zwischen Frühstück und Mittagessen, ein Nachmittag war noch nicht vom Abend eingeengt. Wenn man älter wird, schrumpft die Zeit auf erschreckende Weise, in der Kindheit ist sie wie eine endlose Wiese ohne Zäune. Das Morgen ist ohne Relation zum Heute, bedeutet »irgendwann« und ist weit weg. – Manchmal frage ich mich, ob diese beglückende Zeitlosigkeit der frühen Jugend ein Teil des verlorengegangenen Paradieses ist, ein Garten Eden, in dem nur die Kinder noch für eine Weile beheimatet sind, bis auch sie eines Tages daraus vertrieben werden.

Peterhof war dieses Paradies für mich, war mein Garten Eden – und die Vertreibung daraus war von der gleichen fürchterlichen Endgültigkeit, wie sie für das Schicksal der ersten biblischen Menschen gewesen sein mochte.

Ich werde Peterhof nie wiedersehen.

2

Gestern nach der Visite äußerten Sie den Wunsch, Näheres über meine Familienverhältnisse und die früheren Jahre in Berlin zu erfahren, bevor ich mich gänzlich an Peterhof verliere, das ich erst 1941 kennenlernte. Also begann ich darüber nachzudenken und Erinnerungen bloßzulegen.

Dabei habe ich festgestellt, daß der Vergangenheit manchmal etwas seltsam Fremdes anhaftet. Man weiß zwar, daß man mit ihr verbunden ist, doch läßt sich nach vielen Jahren eine gewisse Beziehungslosigkeit beobachten, vergleichbar mit der leeren Hülle einer frischgehäuteten Schlange. Natürlich läßt sich nicht abstreiten, daß diese tote, abgelegte Haut einmal zu der Schlange gehörte und doch hat sie mit dem davonstrebenden Geschöpf nichts mehr zu tun.

Alles, was nicht unmittelbar mit Peterhof zusammenhängt – mit Peterhof, das noch immer den Mittelpunkt meines Daseins bildet, scheint in so weite Ferne gerückt, daß ich mich manchmal frage, ob meine Kindheit wirklich einmal ein Teil meines Lebens gewesen ist.

*

Meine Mutter war eine hübsche Frau, der das gesellschaftliche Leben, das sie führte, viel bedeutete. Sie war einerseits sehr religiös und andrerseits von einer gewissen Oberflächlichkeit, wie mir schien. Damit will ich sagen, daß sie die Fähigkeit besaß, Problemen aus dem Weg zu gehen, sie nur zu streifen, ohne ernsthaft nach Antworten zu suchen. Sie versäumte es jedoch nie, wenn möglich an Sonn- und Feiertagen den Gottesdienst zu besuchen, und sie bestand auch darauf, daß die Familie daran teilnahm. Sie hatte ihre Prinzipien, an denen sie festhielt. Einer ihrer Grundsätze war, daß man in allen Lebenslagen Haltung zu bewahren habe.

Es wäre mir lieber gewesen, sie hätte mich manchmal einfach nur liebevoll tröstend in den Arm genommen, wenn ich weinte, weil ich hingefallen war und mir die Knie aufgeschlagen hatte oder weil mir sonst etwas weh tat. Sie konnte die Dinge nie lassen, wie sie waren, und nur Spaß und Freude daran haben, zumindest wenn es dabei um mich ging. Alles wurde pädagogisch gefiltert. Fast immer knüpfte sie eine Ermahnung oder eine Erwartung an das, was ich tat, was ich sagte, so daß ich mich meistens unsicher fühlte, weil ich glaubte, sie wäre ständig unzufrieden mit mir.

Natürlich liebte sie mich auf ihre Weise, so wie auch ich sie auf meine Weise liebte – und doch hatte ich zeitlebens das Gefühl, nicht wirklich an sie heranzukommen. Wohl gab sie sich Mühe, mich zu verstehen, was ihr jedoch meistens dann nicht gelang, wenn es mit Unbequemlichkeit oder seelischer Anstrengung verbunden war. Mein ganzes Wesen bereitete ihr wohl generell ein gewisses Unbehagen und später versetzte es sie oft genug in Angst und Schrecken.

Ich war ein sogenannter Spätling in der Familie. Als ich 1928 in Berlin geboren wurde, wo ich auch in den folgenden Jahren aufwuchs, waren meine Mutter immerhin schon vierunddreißig und mein Vater zweiundvierzig Jahre alt. Für meinen Vater bedeutete die Geburt einer Tochter eine große Freude, aus der er nie einen Hehl machte. Für ihn war ich das Nesthäkchen, das kleine Mädchen, das er sich lange vergebens gewünscht hatte und das ihm nun doch noch unerwartet geschenkt worden war.

Er war ein großer, stattlicher Mann, der viel Humor besaß und zu leben verstand und den sein gutes Aussehen nicht eitel machte. Er hatte nicht viel Zeit für mich, und er fühlte sich durch mein gelegentliches seltsames Betragen in seiner Geradlinigkeit manchmal etwas verwirrt, aber er ließ mich über seine Liebe zu mir nie im Zweifel.

Meine Mutter sprach immer nur davon, wie sehr sie sich Viktor gewünscht hatte.

Sie nahm es hin, daß sie nach Jahren noch eine Tochter geboren hatte, vielleicht freute sie sich sogar darüber, obwohl die Schwangerschaft nicht geplant gewesen war, aber ihr ganzes Herz hing an Viktor, auch wenn sie es nicht zugeben wollte.

*

Ich hatte zwei Brüder und wuchs dennoch ohne Geschwister auf. 1914, drei Monate vor Beginn des Ersten Weltkrieges, hatten meine Eltern geheiratet und ihre Hochzeitsreise nach Portugal gemacht. Meine Mutter war von diesem Land so begeistert, daß sie beschloß, ihrem ersten Sohn den portugiesischen Königsnamen Manuel zu geben. Allerdings blieb die Ehe zunächst kinderlos.

1918 wurde Manuel geboren, und der Erste Weltkrieg ging zu Ende. Die Jahreszahl, die das Ende des Krieges beinhaltete, war mehr als verheißungsvoll. Doch der Kleine wurde nicht einmal einen Tag alt. Er starb nach nur sechs Stunden eines Lebens, das kaum begonnen hatte –, ein winziges, flackerndes Licht, das still verlöschte.

Zwei Jahre später kam Viktor auf die Welt, und meine Mutter hatte nun endlich den Sohn, den sie sich so sehr gewünscht hatte. Er war ein gesunder, prächtiger Junge, der meinen Eltern vom ersten Tag seines Daseins an nichts als Freude bereitete. Der Name Viktor – er bedeutet Sieger auf lateinisch –, vielleicht zuerst wie zur

Beschwörung eines wohlgesonnenen Schicksals ausgesucht, schien auf ideale Weise seinem Träger zu entsprechen. In Viktors Ausstrahlung war etwas ungemein Positives, um nicht zu sagen Sieghaftes. Er war es gewohnt, daß ihm von kleinauf die Herzen der Menschen zuflogen. Es gab keine Schwierigkeit, mit der er nicht scheinbar mühelos fertig wurde. Durch sein offenes, liebenswürdiges Wesen hatte er überall nur Freunde. In der Schule gehörte er zu den Besten, ohne sich sonderlich anstrengen zu müssen. Später beim Militär war er sowohl als Kamerad, wie dann auch als Vorgesetzter gleichermaßen beliebt. Viktor war wie aus dem Bilderbuch, blond, blauäugig und strahlend. »Nomen est omen«, pflegte mein Vater voller Stolz zu sagen, und meine Mutter betete ihn an, diesen Sohn, der ein Liebling der Götter zu sein schien.

Sicher lag es an den vielen Trennungen und auch an dem Altersunterschied, daß sich zwischen Viktor und mir nicht die intensive Beziehung entwickeln konnte, die ich mir gewünscht hätte. Meine frühesten Erinnerungen an ihn fallen in eine Zeit, in der er bereits in einem Internat am Bodensee war und nur in den Ferien nach Hause kam. Es ist nur allzu verständlich, daß ein Junge wie er andere Interessen hatte, als seine Zeit mit einem kleinen Mädchen zu verbringen, mit ihm zu spielen und es überall mit hinzunehmen, wie ich das nach tagelanger Vorfreude auf seine Heimkehr aus übervollem Herzen gehofft hatte. Wir waren immerhin acht Jahre auseinander. Außerdem belegte meine Mutter ihn restlos mit Beschlag.

Viktor war mein großer Bruder, auf den ich stolz war, den ich liebte und der mir trotzdem immer ein wenig fremd blieb.

Seltsamerweise hatte ich zu Manuel eine tiefgehende Bindung, die ich mir nicht erklären konnte, schließlich hatte ich ihn ja gar nicht gekannt.

Auch sprachen meine Eltern so gut wie nie von ihm. Wenn sein Tod Wunden geschlagen hatte, so waren diese inzwischen längst verheilt. Es gab kein Bild von Manuel und nichts, was von ihm zu berichten gewesen wäre. Ich hätte gern gewußt, wie er ausgesehen hatte. – Vermutlich wie jedes andere neugeborene Baby auch; das winzige Gesicht unausgeprägt, weich, mit verschwimmenden Konturen. Meine Mutter sagte einmal, er hätte blaue Augen gehabt und einen schönen Hinterkopf.

Manuel war einerseits gesichtslos für mich, andererseits versuchte ich, ihn mir vorzustellen in jedem Baby, das ich sah. Ich dachte viel an ihn. Ich empfand es als Ungerechtigkeit, daß man ihn vergessen hatte, dieses kleine Geschöpf, das auf die Welt gekommen war, um sie ganz leise wieder zu verlassen. Geboren, um nicht zu leben – ich konnte keinen Sinn darin entdecken.

Man hatte mir erzählt, daß Manuel, genau wie ich selbst, aus dem Schoß meiner Mutter gekommen war. Neun Monate war er in ihrem Bauch gewesen –, in dieser Enge, dieser Dunkelheit, um dann nach wenigen Stunden in eine andere Dunkelheit zu gehen. Auch darin lag kein Sinn.

Ich begann nach einem Grund für mein Hiersein zu suchen. Ich hätte genausogut wegbleiben oder mich wie Manuel wieder davonmachen können, leise und unauffällig, kaum Spuren hinterlassend, nicht einmal im Gedächtnis irgendwelcher Leute. Warum war er nicht wenigstens ein bißchen länger geblieben? Hatte es ihm nicht gefallen, dieses Leben auf der Erde? Hatte er überhaupt Zeit gehabt, das sogenannte Licht der Welt zu erblicken?

»Gott hat ihn zu sich genommen«, sagte meine Mutter, aber sie konnte mir keine befriedigende Antwort auf die Frage geben, warum Gott das getan hatte.

Mein Vater sprach von Gottes unerforschlichen Ratschlüssen, aber ich fand es nicht richtig von Gott, daß er uns dieses winzige Kind genommen hatte. Wahrscheinlich stimmte das auch gar nicht. Was sollte Gott mit einem Baby anfangen? Für mich war es viel wahrscheinlicher, daß Manuel nicht hatte bleiben wollen. Vielleicht wäre er später immer im Schatten seines strahlenden Bruders gestanden, vielleicht hatte er so etwas geahnt und war deshalb von uns weggegangen. Ich hatte ja auch des öfteren das Gefühl, abseits zu stehen, nicht gleichermaßen wie Viktor geliebt zu werden.

Wenn ich allein war, sprach ich mit Manuel, so wie ein Kind mit seiner Puppe spricht, ohne Antworten zu erwarten.

Viktor gehörte meiner Mutter, aber Manuel gehörte mir.

Eines Abends vor dem Einschlafen –, ich war ungefähr neun, hatte ich ein merkwürdiges Erlebnis. Ich lag im Bett, das Zimmer war dunkel, aber ich war hellwach, das weiß ich noch ganz genau. Wie so oft kreisten auch jetzt meine Gedanken um Manuel. Ich redete leise mit ihm, so als wäre er bei mir. Ich erzählte ihm, was ich tagsüber erlebt hatte, und bekräftigte, wie ich es immer wieder tat, daß er sich darauf verlassen könne, daß zumindest ich ihn nie vergessen würde.

Plötzlich spürte ich, daß ich nicht allein war.

Ich wußte, daß niemand außer mir im Zimmer war, daß niemand hereingekommen war – und doch war etwas da! Dieses Etwas berührte mich und von irgendwoher aus der Dunkelheit des Raumes drang ein kaum hörbares Flüstern an mein Ohr, ohne daß ich einzelne Worte verstehen konnte.

War es über mir – unter dem Bett – oder kam es neben meinem Kopf aus der Wand?

Ich hielt den Atem an, bis ich glaubte, ersticken zu müssen. Dann richtete ich mich mit einem jähen Ruck auf, in der Hoffnung, daß ich mir das alles nur eingebildet hätte. Aber das Flüstern war immer noch da, schien von überallher zu kommen, und wieder fühlte ich etwas Kaltes über mein Gesicht streichen. Es war sehr zart und eigentlich nicht unangenehm, aber mir wurde mit einemmal unheimlich zumute, ich wurde von einer bis dahin nie erlebten Angst gepackt.

Mit einem Aufschrei sprang ich aus dem Bett, stürzte hinaus, suchte meinen Vater, fand ihn allein in seinem Arbeitszimmer und flüchtete auf seinen Schoß. Ich zitterte am ganzen Körper. Mein Vater hatte zunächst Mühe, etwas aus mir herauszubekommen. Es fiel mir schwer, über das Geschehene zu sprechen, weil ich es selbst nicht verstand.

»Es ist... Es ist etwas in meinem Zimmer!« stammelte ich und preßte meinen Kopf an seine Brust.

»Was ist in deinem Zimmer?« Mein Vater faßte mir mit sanftem Griff unters Kinn und hob mein Gesicht zu sich empor, so daß er mir in die Augen schauen konnte. »Hast du ein Gespenst gesehen? So etwas wie den Geist aus der Flasche?«

Diese Frage, so behutsam sie auch gestellt war, sollte mich zum Lachen bringen. Aber ich konnte nicht lachen.

»Nein, ich habe nichts gesehen«, schluchzte ich, »aber es hat mich berührt, und ich hörte es flüstern!«

»Was hat es denn gesagt?«

»Das konnte ich nicht verstehen.«

»Woher kam dieses Flüstern?«

»Das weiß ich nicht... Es kam von überallher!«

Mein Vater wiegte mich leicht in seinen Armen.
»Hast du heute etwas erlebt, das dich erschreckt hat?«
Ich schüttelte den Kopf.
»Hast du im Bett etwas gelesen, wovor du dich fürchtest?«
Wieder schüttelte ich nur den Kopf und blieb eine ganze Weile stumm. Dann begann ich stockend von meiner eigenartigen Beziehung zu Manuel zu erzählen –, daß ich jeden Abend vor dem Einschlafen an ihn dächte, daß ich mit ihm spräche und mir vorstellte, er sei bei mir und nicht in seinem kleinen Grab.

Mein Vater hörte mir geduldig zu und ließ mich reden, während ich seinen Hals umklammerte.

»Niemand ist in deinem Zimmer gewesen«, sagte er schließlich. »Hörst du, niemand! Wer hätte denn kommen sollen, um dich so zu erschrecken? Doch nicht etwa Manuel! Du weißt doch, daß dein kleiner Bruder schon seit langem tot ist! Du hast geträumt!«

Ich sah meinen Vater starr an, und eine jähe Erkenntnis durchzuckte mich. »Ich war wach... ganz wach! Könnte Manuel...« Meine Kehle war so trocken, daß es mir unmöglich war weiterzusprechen.

Wir schwiegen beide.

Mein Vater atmete ruhig, obgleich ich in seinem Gesicht erneut jenen Ausdruck von Unbehagen entdeckte, den ich schon einmal an ihm gesehen hatte, als wir damals zu Besuch bei dem Oberst gewesen waren und ich gesagt hatte, daß man Arco vergiftet hätte.

Schließlich brach mein Vater das Schweigen. »Ich bin Soldat. Ich habe nicht viel über solche Dinge nachgedacht, ich...« Es schien ihm schwerzufallen, die richtigen Worte zu finden, mit denen er ausdrücken konnte, was er sagen wollte. Er fuhr fort: »Für mich sind die Toten tot – und das Leben, nun ja, das Leben findet jetzt und hier statt! Damit will ich sagen: Man soll die Toten ruhen lassen!«

»Kann man die Toten denn auch nicht ruhen lassen?« fragte ich mit der prompten Logik, die Kindern manchmal eigen ist.

»Ich weiß nicht«, er wirkte etwas hilflos. »Ich glaube, so etwas Ähnliches steht in der Bibel, daß man die Toten ruhen lassen soll, bis es Gottes Wille ist, daß sie wieder auferstehen –, am Tag des jüngsten Gerichts. Aber bis dahin...«, er räusperte sich, ohne den Satz zu vollenden. »Vielleicht hat auch der Dämonenglaube in den Religionen anderer Völker damit zu tun.«

Ich wagte kaum zu atmen. »Dämonenglaube?«

»Manche Völker glauben, daß ihre Toten sich in Dämonen verwandeln und von einem Menschen Besitz ergreifen können... Vielleicht sind damit auch die Besessenen gemeint, von denen ebenfalls in der Bibel die Rede ist.« Mein Vater holte tief Luft und seufzte.

»Du hast anscheinend die Fähigkeit...« Er hielt inne und wandte für einen Moment den Kopf ab.

»Was für eine Fähigkeit?« fragte ich und fühlte mein Herz heftig klopfen.

Mein Vater sah mich mit einem eigenartigen Ausdruck in den Augen an. »Du hast die Fähigkeit, dir alles sehr lebhaft vorstellen zu können!«

Ich spürte, daß er zuerst etwas anderes hatte sagen wollen, es dann aber doch nicht ausgesprochen hatte.

Er reckte sich in seinem Sessel und lachte plötzlich. Es war ein warmes Lachen, und es schien, als wolle er damit etwas abschütteln, etwas Unheimliches, das sich hinter all den Sätzen verbarg, die wir nicht zu Ende gesprochen hatten. »Niemand ist in deinem Zimmer gewesen! Es ist alles in Ordnung, du hast geträumt, lebhaft geträumt!«

Ich fühlte mich in den Armen meines Vaters geborgen, und der helle Schein der Lampe auf seinem Schreibtisch half, meine Angst zu vertreiben. Ich beruhigte mich und war sogar selbst bereit, das Ganze – gegen besseres Wissen – für einen schlechten Traum zu halten. Aber von da an weigerte ich mich, im Dunkeln zu schlafen. Die Tür zu meinem Zimmer mußte immer einen Spaltbreit offen stehen, damit das Licht vom Flur, das meine Eltern in Zukunft brennen ließen, eindringen konnte.

An jenem Abend lag ich noch lange wach.

Nachdem mein Vater mich wieder ins Bett gebracht hatte, fielen quälende Gedanken über mich her und ließen mich nicht zur Ruhe kommen. Mir wurde immer elender zumute, je länger ich über das Geschehene nachgrübelte. In meinem Zimmer war es ganz still. Das Flüstern war verstummt. Ich beschloß, nie wieder vor dem Einschlafen an Manuel zu denken, und als hätte ich ein Unrecht gutzumachen, schwor ich, wenn ich später einmal Kinder bekommen würde, meinen ersten Sohn Manuel zu nennen.

Manuel! Ich hatte unser Geheimnis preisgegeben, zerredet. – Ich hätte nicht darüber sprechen dürfen, zu niemandem, nicht einmal zu meinem Vater. – Ich hatte das Gefühl, Manuel verraten zu haben. Er war zu mir gekommen, ein Wesen ohne Körper, das versucht hatte, mich zu streicheln, das ohne Mund war und mir etwas hatte sagen wollen. Mich überkam unbeschreibliche Traurigkeit. Die aufsteigenden Tränen würgten mich. – Ich wußte auf einmal mit einer Klarheit, die weit über mein Alter hinausging, daß Manuel dieses Wesen aus einer anderen Sphäre, eine gewaltige Anstrengung unternommen haben mußte, um in diese Welt bis zu mir durchzudringen. Wie schwer mußte es für ihn gewesen sein, sich überhaupt bemerkbar zu machen in dieser grobsinnlichen Welt, die er ohne sie je richtig kennengelernt zu haben, verlassen hatte und in der es vermutlich ganz anders zuging als in jener, wo er jetzt war. Ich hatte ihn mißverstanden –, oh, mein Gott – ich wurde von Weinkrämpfen geschüttelt – ich hatte seine zarte Annäherung mißverstanden und mit Angst und Schrecken darauf reagiert. Ich wußte mit eben dieser Klarheit, die sich wie ein Schmerz in Hirn und Eingeweide bohrte, daß ich etwas zerstört hatte – unwiederbringlich: Manuel würde niemals wiederkommen!

*

Die Religiosität meiner Mutter fand ihren Ausdruck auch darin, daß sie mich auf den Namen Immaculata taufen ließ. Sucht man im Lexikon nach diesem Namen und seiner Bedeutung, dann findet man folgendes:

Immaculata, die Unbefleckte (Unbefleckte Empfängnis)
in der bildenden Kunst: Darstellung Marias auf Schlange
und Mondsichel stehend und von Strahlen umgeben.

Ich bin der Ansicht, daß Kinder die Chance erhalten sollten, sich ihre Namen selbst auszusuchen. Es ist eine Ungerechtigkeit, daß ein Mensch sein Leben lang die Bürde eines Namens tragen muß, den er sich nie erwählt haben würde.

Ich war mit meinem jedenfalls nicht glücklich und habe in früheren Jahren oft darunter gelitten. Als ich in die Schule kam und den Namen zum ersten Mal laut vor der Lehrerin und der ganzen Klasse nennen mußte, wollten die Kinder sich ausschütten vor Lachen. Wenn mich ein Erwachsener in wohlwollendem Tonfall fragte, wie ich denn hieße, dann wußte ich fast jedesmal, was kommen würde. Zuerst wurde der Name nicht richtig verstanden, weil er so selten war, und ich mußte ihn ein- bis zweimal wiederholen. Dann las ich im Gesicht des Fragenden so etwas wie Ungläubigkeit oder eine Art von Belustigtsein und schließlich sagte er mit Nachdruck: »Das ist aber wirklich ein schöner Name!« Als mein Religionslehrer einmal mit mir über die Bedeutung des Namens sprach und mir seine Symbolik erklärte, fand ich den Namen zwar schön, aber nicht zu mir passend. Was sollte ein zu mageres, rothaariges Kind mit so einem Namen anfangen! –

Ich wurde übrigens nie Immaculata genannt. Als ich sehr klein war, konnte ich den Namen natürlich nicht aussprechen und machte Immy daraus. Von da an wurde ich immer so gerufen.

Ich weiß nicht, ob ich das war, was man ein hübsches Kind nennt. Jedenfalls hörte ich nie, daß man so etwas von mir sagte, wohingegen meine Mutter auch viele Jahre später noch davon schwärmte, wie entzückend Viktor gewesen sei, als er noch klein war, und wie sich alle Menschen auf der Straße nach ihm umgedreht hätten, wenn sie ihn in seinem Kinderwagen spazierenfuhr.

Das beschäftigte mich eine Zeitlang so sehr, daß ich oft, wenn ich allein irgendwohin ging und Leute an mir vorbeikamen, plötzlich stehen blieb und mich ganz schnell umsah, um festzustellen, ob sich jemand nach mir umdrehte. Da ich aber nie etwas Derartiges bemerkte, kam ich zwangsläufig zu der Annahme, daß sich das Umdrehen bei mir nicht lohnte.

Das kränkte mich mehr, als ich mir selbst eingestehen wollte. Vielleicht hätte meine Mutter mir sagen können, daß es vor allem die Babys und die Kleinkinder sind, nach denen man sich umdreht, bei denen man stehenbleibt, so wie ein junger Hund oder eine junge Katze mehr Aufmerksamkeit erregt als ein ausgewachsenes Tier, aber ich sprach nicht mit ihr darüber, weil ich mir nicht den Vorwurf machen lassen wollte, eitel zu sein.

So liebte ich das Märchen vom häßlichen jungen Entlein, das in Wirklichkeit keine Ente, sondern ein Schwan war. Ich identifizierte mich mit der Ente, nährte jedoch in meinem Herzen die winzige Hoffnung, daß auch mir vielleicht eine Veränderung zum Schönen hin beschieden sein könnte – wenn ich einmal groß wäre. Aber bis dahin hatte ich noch viel Zeit, und es war besser, sich vorläufig keine Gedanken darüber zu machen.

Aus diesem Grund mied ich Spiegel und blickte, wenn überhaupt, nur hinein, um zu überprüfen, ob mein Haar gekämmt und mein Gesicht beim Spielen nicht schmutzig geworden war, damit ich ordentlich aussah, wenn ich zu Tisch gerufen wurde oder wenn Besuch kam.

Blieb ich hingegen doch einmal etwas länger vor dem Spiegel stehen, um mich aufmerksam mit einem Gefühl leichter Verlegenheit zu betrachten, dann mußte ich feststellen, daß mein Spiegelbild so gar nicht meinen Wünschen und Vorstellungen entsprach. Ich sah ein schmales blasses Gesicht mit großen graugrünen Augen. Warum konnte ich nicht solche wie Viktor haben, strahlend blau und blitzend vor Lebensfreude? Hinzu kam, daß ich während eines ganzen Jahres – es war ausgerechnet das erste in der Schule – eine Brille tragen mußte, weil es einen kleinen Sehfehler zu beheben galt. Natürlich wurde ich deswegen ausgelacht und als Brillenschlange verspottet. Außerdem war ich viel zu dünn und alles an mir wirkte eckig. Ich war scheu und in mich gekehrt und hielt mich nicht gerade. »Das Kind wächst zu schnell. Wir sollten es zum Ballettunterricht schicken. Vielleicht kriegt es dann eine bessere Haltung und mehr Fleisch auf die Knochen!« seufzte meine Mutter. Ich bekam Ballettunterricht und eine aufrechte Haltung, aber ich blieb dünn und wenn die anderen Mädchen graziös ihre tänzerischen Übungen machten, kam ich mir daneben vor wie eine Bohnenstange, die Gymnastik treibt.

Das einzig Schöne an mir war mein Haar. Es war rötlichbraun und glänzte in der Sonne oder wenn sonst Licht darauf fiel wie Kupfer. Mein Vater nannte mich deswegen, wenn er Spaß mit mir machte, Radieschen und manchmal auch seine kleine rote Hexe, oder er sagte Füchslein zu mir – das gefiel mir am besten.

Ich war stolz auf mein Haar und hätte es gerne offen getragen, aber meine Mutter bestand darauf, daß es zu einem Zopf geflochten wurde, weil das ordentlicher sei. Ich war übrigens die einzige in der Familie, die diese rotbraunen Haare hatte. Als ich Tante Bea einmal fragen hörte, »von wem hat das Kind bloß diese wunderschönen kupferfarbenen Haare, die sonst niemand in eurer Familie hat?« bekam ich Herzklopfen vor lauter Freude. Dann aber packte mich plötzlich die Angst, ich könnte ein Findelkind sein und meine Eltern wären gar nicht meine richtigen Eltern – und darum hätte meine Mutter Viktor viel lieber als mich. Ich erinnere mich, daß ich deswegen einmal stundenlang weinte, bis mein Vater nach Hause kam, mich tröstend in die Arme nahm und wissen wollte, wie ich denn nur, um alles in der Welt, auf so dumme Gedanken kommen könnte! Dann erzählte er mir, daß meine Großmutter, die ich nie kennengelernt hatte, weil sie schon vor meiner Geburt gestorben war, die gleichen kupferroten Haare gehabt hätte, wie ich – und daß sie als junges Mädchen sehr hübsch gewesen sei. Und dann meinte mein Vater noch, ich würde ihr bestimmt einmal ähnlich sehen.

*

Tante Bea war eine Freundin meiner Mutter und wohnte ganz in unserer Nähe. Sie war geschieden und hatte selbst keine Kinder. Als ich noch kleiner war, paßte sie manchmal auf mich auf, wenn meine Eltern nicht zu Hause waren. Wenn sie, was selten vorkam, auf Reisen gingen und mich nicht mitnahmen, dann schlief sie sogar bei uns, damit ich nicht allein war.

Tante Bea ging mit mir in den Botanischen Garten, häufiger noch in den Zoologischen Garten und wenn es regnete ins Museum, in dem Bestreben, mir die Gemälde großer Meister nahezubringen, »womit man gar nicht früh genug anfangen könne!« Ich ließ mich geduldig von einem Bild zum anderen schleppen und traute mich nicht zu sagen, daß mich das ziemlich langweilte – zumal ich auch schnell müde wurde, weil ich Tante Bea nicht kränken wollte. Viel lieber wäre ich statt dessen zu Hause geblieben und hätte mit meinen Sachen gespielt und aus buntem Knetgummi kleine Figürchen geformt, die ich in einem selbstgebastelten Haus aus Pappe wohnen ließ.

Meistens ging Tante Bea jedoch mit mir in den nahe gelegenen, leicht hügeligen Stadtpark, wo es einen Spielplatz mit Sandkasten, Wippe und Kletterstange gab. Wir brauchten nur eine Straße zu überqueren, dann erreichten wir schon den Eingang und gelangten auf einen breiten, ungepflasterten Weg, der sich bald in verschiedene Richtungen verzweigte. Gleich links, ein wenig von Gesträuch und herunterhängendem Laub verdeckt, befand sich ein Kriegerdenkmal, das an die gefallenen Soldaten des Ersten Weltkrieges gemahnte. Gegenüber standen zwei dunkelgrün gestrichene Holzbänke, auf denen meistens alte Leute saßen. Rechter Hand ging es zu einem Teich, auf dem zu meinem Entzücken Enten und Schwäne schwammen. Am Rand der Wiesen waren die üblichen Das-Betreten-des-Rasens-ist-verboten-Schilder aufgestellt, aber darum kümmerte sich niemand, genausowenig wie um die Hinweistafeln, auf denen »Hunde sind an der Leine zu führen« zu lesen stand. So tollten denn Kinder und Hunde auf den Wiesen herum, sich balgend, spielend, sich zankend und wieder vertragend mit dem dazugehörigen Geschrei und Gekläff, in das sich das Schnattern der Enten mischte.

Ganz in der Nähe des Kriegerdenkmals, ebenfalls auf der linken Seite, stand eine riesige Kastanie. Ich liebte diesen mächtigen Baum, der mir auf wunderbare Weise den Wechsel der Jahreszeiten vor Augen führte. Im Winter lag Schnee auf den kahlen dunklen Ästen der Kastanie, und es schien, als wäre alles Leben in ihr erstorben. Dann jedoch hieß sie den Frühling mit einem Meer von rosafarbenen Blütenkerzen willkommen. Später bekam sie diese kleinen grünen Stachelkugeln, die während des Sommers immer dicker und größer wurden und von denen man erwartungsfroh wußte, daß sie künftige Schätze bargen. Und im Herbst bedachte der Baum die Kinder mit unzähligen kleinen Geschenken in Form von lackglänzenden braunen Früchten, die von oben herabpurzelten und gesammelt werden wollten, damit man alles mögliche aus ihnen machen konnte – Ketten, geschnitzte Körbchen, drollige Puppen und Knollentiere, die Gliedmaßen aus Zahnstochern bekamen.

Im Winter rodelten die Kinder auf den sanftgewellten Abhängen des Parkes, und es gab auch Eisbahnen, die sich entlang der Wege gebildet hatten, auf denen es sich mit schwungvollem Anlauf schlittern ließ. Aber da ging ich nicht so gerne hin, weil gerade die Eisbahnen meistens von den älteren Jungen mit Beschlag belegt wurden, die die Mädchen rüde beiseite schubsten und mit Schnee bewarfen.

Am meisten freute ich mich, wenn Tante Bea mit mir die Enten füttern ging. Zu diesem Zweck nahmen wir immer eine große Tüte mit zerkleinertem altem Brot mit, das wir ihnen stückchenweise zuwarfen.

Da geschah eines Tages etwas, das Tante Beas Unternehmungslust, mit mir irgendwohin zu gehen, erheblich dämpfte. Der Zwischenfall ereignete sich an einem frühen Winternachmittag, als wir wieder einmal bei den Enten waren. Im Park lag Schnee. Der Himmel war klar und von frostigem Blau. Eine müde Sonne ließ die dünne Eisdecke des Teiches ein wenig glitzern. Die Enten watschelten über die spiegelblanke Fläche, und ich wunderte mich, daß sie mit ihren, mit Schwimmhäuten versehenen Füßchen nicht darauf festfroren. Wir wollten uns gerade langsam auf den Heimweg machen, da bemerkte ich etwas abseits von uns einen kleinen Jungen, der ebenfalls am Ufer stand und die Enten fütterte. Er hatte irgend etwas an sich, das meine Aufmerksamkeit erregte. Vielleicht war es zunächst nur seine rote Wollmütze gewesen, die meine Blicke zu ihm hingezogen hatte, und die ich nun nicht abwenden konnte. Ein plötzliches Unbehagen überfiel mich, als ich den Jungen da so stehen sah mit seiner Futtertüte im Arm. Dabei tat er nichts, was besorgniserregend gewesen wäre. Er stand ganz ruhig und warf den Vögeln seine Brotstückchen zu, und manchmal lachte er stillvergnügt vor sich hin, wenn sie sich laut quakend darum stritten. Außerdem war er nicht allein. Ganz in seiner Nähe hielten sich zwei ältere Frauen auf, in deren Begleitung er anscheinend gekommen war. Sie waren allerdings so ausschließlich in ein Gespräch vertieft, daß sie nicht auf ihn achteten.

Der Tag war hell und freundlich, alles war wie immer und doch fühlte ich, daß eine sonderbare Bedrohung in der Luft lag. Ich wußte nicht, was es war. Ich spürte nur, daß etwas da war und daß es irgendwie mit dem Jungen zusammenhing. Es war nicht die Kälte des Wintertages, die an mir hochkroch und meine Beine taub werden ließ –, es war die Furcht vor etwas Entsetzlichem, das geschehen würde und wovor ich den Jungen schützen mußte. Der Drang, ihn vor Unheil zu bewahren, wurde schließlich übermächtig und bewirkte, daß ich nur noch daran dachte, was ich tun könnte, um ihn zu warnen. – Aber wovor? Ich sah mich um. Auch die beiden älteren Frauen und Tante Bea schienen nichts zu bemerken, was angsteinflößend gewesen wäre. Es gab keinen wahrnehmbaren Grund, und ich weiß bis heute nicht genau, was mich dazu veranlaßte, auf den Jungen zuzugehen, mit dem Finger auf seinen Rücken zu tippen und leise aber bestimmt zu sagen: »Geh weg da!«

Der Kleine wandte seinen Kopf nicht einmal ganz zu mir herum und blieb, wo er war.

»Geh weg da!« wiederholte ich. Meine Stimme klang heiser. Der Junge – er war höchstens fünf Jahre alt – reagierte auf seine Weise darauf. Er machte einen Schritt nach vorne, fort von mir, und stand nun noch etwas näher am Teichrand. Dann griff er in seine Futtertüte und warf einem Erpel, der auf ihn zugewatschelt kam, ein neues Brotstückchen zu. Als dieser es mit seinem Schnabel auffing, gluckste der Junge vor Freude und hatte mich bereits vergessen.

Ich packte ihn von hinten an der Schulter und erwischte ihn am Arm. »Du sollst da nicht stehen, hörst du!«

»Laß mich los, blöde Kuh!« protestierte der Junge. Er sah sich hilfesuchend nach den beiden älteren Frauen um, die immer noch ins Gespräch vertieft waren. »Oma, sie soll mich loslassen!«

»Ich will nicht, daß du die Enten fütterst!« rief ich heftig. »Du sollst da nicht stehen!«

Der Kleine trat mit dem Fuß nach mir und versuchte seinen Arm freizubekommen. »Laß mich los, olle Ziege!«

Ich ärgerte mich nicht darüber. Wenn mich etwas wütend machte, so nur, daß er nicht tat, was ich sagte, daß er einfach nicht verstehen wollte.

Tante Bea fuhr dazwischen: »Immy, was soll das! Laß sofort den kleinen Jungen los!«

Jetzt hatte auch die Großmutter erfaßt, daß ihr Enkel von einem Mädchen attackiert wurde, das älter und kräftiger war als er. Sie wandte sich mir zu und rief mit vor Empörung schriller Stimme, ich solle mich schämen, über einen Jungen herzufallen, der noch dazu kleiner sei als ich und sich darum nicht so gut wehren könne.

»Schäm dich!« echote die andere Frau und sah mich böse an. »Fällst über ein gutartiges Kind her und fängst Streit an!« Sie blickte sich Zustimmung erheischend um. »Er hat überhaupt nichts getan, das kann ich bezeugen!«

Ich ließ jedoch nicht ab von dem Jungen. – Warum hörte er denn nicht auf mich? – »Du sollst die Enten nicht füttern!« schrie ich unbeirrt. Ich umklammerte erneut seinen Arm und zerrte daran, um ihn vom Teichrand wegzuziehen. Der Kleine verlor das Gleichgewicht und fiel mitsamt seiner Tüte in den Schnee, wobei ihm die Mütze vom Kopf flog. Er begann sofort, lauthals zu plärren. Einen Moment stand ich ratlos, dann streckte ich meine Hand aus, um ihm beim Aufstehen zu helfen. Aber er schlug und trat nach mir, und als ich seinem zornigen Angriff ausweichen wollte, rutschte ich aus, stürzte über ihn und lag plötzlich auf ihm drauf, was auf die umstehenden Erwachsenen wie ein neuerlicher Überfall gewirkt haben mußte. Während Tante Bea und die Großmutter des Jungen mich mit vereinten Kräften von ihm wegrissen, schrie ich noch immer: »Ich will nicht, daß er die Enten füttert! Er soll da nicht stehen!«

Als ich wieder auf den Beinen stand, merkte ich, daß Tante Bea mich mit hochrotem Kopf an den Schultern hielt und heftig schüttelte. »Was ist los mit dir? Hast du den Verstand verloren?«

Ich kam zur Besinnung und verstummte.

»Du bist ein böses Mädchen!« schimpfte die Großmutter des Jungen, während sie ihn aufhob und den Schnee von seiner Kleidung klopfte.

»Ein ganz böses Mädchen!« pflichtete die andere Frau ihr bei und ließ mich nicht aus den Augen.

Die Großmutter baute sich mit in die Seiten gestemmten Armen vor mir auf und rief so laut, daß die vorbeikommenden Leute stehenblieben: »Unser Junge hat das Recht, hier die Enten zu füttern, wie alle andern auch, merk dir das!« Und zu Tante Bea gewandt meinte sie, daß ein so bösartiges Kind wie ich nicht in einen öffentlichen Park gehöre.

Tante Bea, die inzwischen die verstreuten Brotstückchen des Jungen wieder aufgesammelt hatte, murmelte Entschuldigungen und sagte, ich sei sonst nicht so und sie könne sich auch nicht erklären, was plötzlich in mich gefahren sei.

»Es ist einfach unerhört!« rief die Großmutter mit wachsender Erbitterung und es sah so aus, als würde sie gleich auf mich einschlagen. »Du hättest eine Tracht Prügel verdient!«

Ich war so erschrocken, daß ich nichts darauf sagen konnte, zumal ich spürte, daß sowieso alle gegen mich waren. – Ich hatte dem Jungen doch nicht weh tun wollen, auch wenn es so ausgesehen hatte. Ich hatte ihn doch nur beschützen wollen. Natürlich hatte er das Recht, die Enten zu füttern, auch wenn ich scheinbar das Gegenteil gesagt hatte... darum ging es doch nicht, auch wenn alles gegen mich sprach, das hatte ich eigentlich auch nicht gemeint, als ich gerufen hatte ›du sollst die Enten nicht füttern!‹ Aber was hatte ich dann gemeint? Ich wußte es nicht, ich war verwirrt, und wie sollte ich den Erwachsenen etwas erklären, das ich selbst nicht verstand!

Das Keifen der beiden Frauen wurde immer lauter, und immer mehr Leute blieben stehen, sahen mich mit feindseligen Blicken an, so daß Tante Bea schließlich die Flucht ergriff und mich energisch mit sich fortzog. Sie schimpfte auf dem ganzen Heimweg mit mir, und als wir zu Hause ankamen, war sie den Tränen nahe. Sie habe sich gar nicht mehr zu helfen gewußt, klagte sie meiner Mutter –, die Situation wäre außerordentlich peinlich gewesen. Und meine Mutter meinte, dann dürfte ich eben vorläufig nicht mehr in den Park gehen, wenn ich mich nicht benehmen könnte.

Drei Tage später war der Junge tot.

Tante Bea kam ziemlich aufgelöst am Nachmittag zu uns und erzählte, was bereits seit zwei Stunden zum Gesprächsthema der ganzen Gegend geworden war.

Der Junge war an eben der Stelle, von der ich ihn neulich hatte wegziehen wollen, in den Teich gefallen. Der Kleine hatte sich beim Füttern der Enten wohl zu weit vorgewagt und war auf der dünnen Eisdecke eingebrochen. Seine Großmutter hatte die drohende Gefahr nicht bemerkt, weil sie, mit ihrer Nachbarin in eine Unterhaltung vertieft, nicht auf ihn aufgepaßt hatte. Auf die Hilferufe des ertrinkenden Jungen waren zwar ein paar Leute – überwiegend ältere – herbeigekommen, aber sie hatten nur geschaut – untätig zugeschaut, wie er verzweifelt um sich geschlagen hatte. Niemand hatte den Mut besessen, in das eiskalte Wasser zu gehen und den Jungen herauszuholen. Nur ein alter Mann hatte ihm seinen Stock zureichen wollen, aber der war zu kurz gewesen. Schließlich hatte jemand den Vorschlag gemacht, die Feuerwehr zu rufen, die ja für solche Fälle zuständig sei. Und als man sie endlich verständigt hatte und bis der Rettungswagen eintraf, war eine Menge Zeit vergangen. Die Großmutter hatte inzwischen einen Herzanfall erlitten und mußte später ins Krankenhaus gebracht werden.

Der Junge war ertrunken und konnte nur noch tot geborgen werden. Alle noch an Ort und Stelle vorgenommenen Wiederbelebungsversuche waren ohne Erfolg geblieben.

Als Tante Bea zum Schluß ihres Berichts gekommen war, schien sie mit ihren Nerven am Ende zu sein. Auch meine Mutter war betroffen. Beide sahen mich an und warfen sich eigenartige Blicke zu.

Am nächsten Tag schenkte Tante Bea mir eine Puppe, mit der ich nie spielte.

Nach dem Vorfall wollte ich nicht mehr die Enten füttern, und Tante Bea verlor das Interesse daran, mit mir in den Zoologischen Garten, ins Museum oder in den Park zu gehen.

Im darauffolgenden Herbst wurde der Ententeich zugeschüttet. Eine Veränderung, die mich nicht traurig machte, weil ich den kleinen Jungen, der dort ums Leben gekommen war, nicht hatte vergessen können. Ich erinnere mich an einen heißen Tag im Sommer, an dem ich allein im Park war. Ich spielte Ball in der Nähe des Teiches, als ich plötzlich etwas Rotes am Ufer liegen sah. Nachdem ich es einmal entdeckt hatte, konnte ich meinen Blick nicht mehr davon lösen. Es war eine rote Wollmütze! Ich wußte sofort, wem die Mütze gehört hatte – ich hatte sie ja schon einmal gesehen. Langsam, Schritt für Schritt, ging ich näher, um mich zu vergewissern, daß das, was ich sah, keine Sinnestäuschung war. Aber es gab keinen Zweifel – und es ließ mir das Blut in den Adern gefrieren – im Gras, dicht am Rand des Wassers, lag die Mütze des ertrunkenen Jungen. Es war seine, da war ich ganz sicher. Wer sonst würde denn auch mitten im Sommer eine warme Wollmütze dort verloren haben. Aber wie war sie da hingekommen? Und warum? Ich wurde von Entsetzen gepackt. Der Ball, mit dem ich gespielt hatte, fiel mir aus der Hand, als ich ein paar hastige Schritte rückwärts machte und dabei stolperte. Er rollte quer über den Weg in ein Gebüsch. Ich lief ihm nach und hob ihn auf. Als ich mich umdrehte, um noch einmal nach der Wollmütze zu sehen, war sie nicht mehr da! Sie blieb weiterhin verschwunden, obwohl ich anschließend das Ufer des Teiches auf beiden Seiten absuchte – und obwohl inzwischen niemand vorbeigekommen war, der sie weggenommen haben konnte. Ich hätte gern mit jemandem darüber gesprochen. Aber ich wußte im vorhinein, daß jeder sagen würde, ich hätte mir den Vorfall mit der Wollmütze nur eingebildet. Niemand würde mir glauben, daß ich sie wirklich gesehen hatte – und zwar ganz deutlich, am hellichten Tag.

Von da an hatte ich den Teich gemieden. Wenn ich nach wie vor in den Park ging, dann hielt ich mich so lange links, bis rechter Hand auch von weitem nichts mehr von der Wasseroberfläche zu sehen war, bis Bäume und Sträucher sie verdeckten und das Geschnatter der Enten nur noch entfernt an mein Ohr drang.

*

Mit dem Park ist auch die Erinnerung an Frau Mandel verknüpft. In der warmen Jahreszeit sah ich sie dort oft auf ihrer Lieblingsbank unter einer Linde sitzen, deren Blüten im Juli so herrlich dufteten. Ich liebte diesen herbsüßen Geruch und spielte deshalb gern in der

Nähe des Baumes oder lag im Gras auf dem Rücken und schaute in den Himmel und sah den dahinziehenden Wolken nach.

Irgendwann in dieser Zeit schloß ich so etwas wie Freundschaft mit Frau Mandel. Sie war eine kleine, liebenswürdige alte Dame, die einen Dackel besaß, den sie regelmäßig ausführte. Sie wohnte in unserer Straße, und soweit ich mich erinnern kann, war das immer schon so gewesen. Frau Mandel sprach mit einem Akzent, der fremd für mich klang, aber ich hörte sie gern reden in ihrem lustigen weichen Singsang. Wenn sie ausging, trug sie stets einen Hut, unter dem kleine weiße Löckchen hervorsahen. Ihr Gesicht war voller Runzeln. Sie lachte viel, wie es ihrem freundlichen Wesen entsprach, und dann bildete sich um ihre Augen ein Kranz von unzähligen Fältchen. Wenn sie mich traf, blieb sie stehen, um sich ein wenig mit mir zu unterhalten und um mir eine Kleinigkeit zu schenken, die sie aus ihrer Handtasche hervorkramte, ein Bonbon, ein Stück Schokolade oder ein Glanzbildchen.

»No, ich geb' dir gerne. Ich hab' keine Kinder, weißt du«, wehrte sie ab, wenn ich mich bedankte.

Sie hörte aufmerksam zu, wenn ich etwas erzählte. Ich hatte allerdings den Eindruck, daß sie nur widerwillig von sich selbst sprach. Und wenn sie es doch tat, dann geschah es zögernd und mit einer gewissen Scheu. So erfuhr ich nur nach und nach, daß sie aus der Tschechei stammte und als junges Mädchen – ich konnte mir überhaupt nicht vorstellen, daß Frau Mandel jemals jung gewesen war – einen Deutschen geheiratet hatte, der inzwischen lange tot war.

»Er hat so scheen gesungen«, sagte sie, wenn sie von ihm sprach.

»War er Sänger?« wollte ich wissen.

»Nein, aber er hätte es sein können, so scheen wie er gesungen hat.«

»Was war er dann?«

»No, laß mich iberlegen. – Er war viel auf Reisen.«

»Und was hat er gemacht?«

»Verschiedenes«, sagte Frau Mandel, und ich spürte, daß sie nicht mehr darüber sprechen wollte.

Nun lebte sie seit fast vierzig Jahren in Berlin. In dieser Stadt war sie zu Hause, auch wenn sie ihren tschechischen Akzent nie ganz verloren hatte. »Hier isses scheen«, sagte sie zufrieden. Scheen war ein Lieblingswort von ihr.

»Wie war es eigentlich in der Tschechei?« versuchte ich das stokkende Gespräch wieder in Schwung zu bringen.

»In der Tschechei?« wiederholte Frau Mandel jede Silbe betonend. Sie legte nachdenklich ihre Stirn in Falten. »Auch scheen –, aber ich erinnere mich nicht.«

Bei anderer Gelegenheit erfuhr ich, daß ihr Hund auch nicht mehr der Jüngste war, wie die alte Frau schmunzelnd sagte, und daß er Herkules hieß.

»Warum heißt er Herkules?« staunte ich. »Ich meine, er ist doch bloß ein kleiner Hund. Würde ein Name wie Waldi oder Fifi dann nicht besser zu ihm passen?«

»Natürlich mechte ihm besser passen, wenn er hieße Waldi, mein kleiner Dackel«, sagte Frau Mandel verschmitzt lächelnd, »aber ich nenn' ihm Herkules, damit die Leute mechten glauben, es ist ein großer, starker Hund, wenn ich ihm so rufe.«

»Warum sollen die Leute das glauben?« fragte ich verwundert.

»No, weißt du...«, überlegte Frau Mandel, »es ist auch...«, sagte sie zögernd: »Wenn ich ihm rufe Herkules, dann glaub' ich, ich hab' einen großen Hund, der mich beschützen kann.«

Ich mußte lachen, und sie lachte auch.

Manchmal erlaubte sie mir, ein Stück mit ihm zu gehen. Ich empfand das als Auszeichnung, und es machte mich glücklich. Es war mir dann so, als hätte ich zumindest ein kleines bißchen den eigenen Hund, den ich mir schon lange vergeblich wünschte.

Herkules erkannte mich bald schon von weitem und wedelte mit dem Schwanz, wenn er mich kommen sah. Frau Mandel schlug immer denselben Weg ein. Sie trippelte die Straße hinunter bis zu ihrem Ende, überquerte die Fahrbahn, nachdem sie aufmerksam nach links und nach rechts geblickt und höflich gewartet hatte, bis alle Autos an ihr vorbeigefahren waren, und ging dann in den Park. Dort strebte sie unbeirrt auf ihre Bank zu. Sie setzte sich ein wenig umständlich, nachdem sie zuvor die Sitzfläche mit einem Tüchlein von heruntergefallenen Blättern und etwaigem Staub gesäubert hatte. Dann setzte sie sich, faltete die Hände in ihrem Schoß und seufzte zufrieden »hier isses scheen«, während Herkules, von der Leine gelassen, frei herumlaufen durfte.

Er entfernte sich nie allzu weit. Nachdem er ein bißchen da und dort geschnuppert und sein Bein gehoben hatte und danach eine

Zeitlang in den Büschen verschwunden war, kam er freudig blaffend zurück und legte sich neben die Bank oder direkt zu Füßen von Frau Mandel. Gelegentlich blinzelte er zu ihr hoch, vor allem dann, wenn sie mit ihm sprach.

»Ein scheener Hund bist du, ein guter Hund! Mein Freund bist du!«

Herkules begann im Liegen mit dem Schwanz zu wedeln, und das war so, als würde ein Besen über den Erdboden fegen.

»No, was sagst du«, lächelte Frau Mandel mir zu, »er versteht jedes Wort!«

*

Im Jahr 1939 bestand Viktor sein Abitur und das natürlich – wie konnte es anders sein – mit Auszeichnung. Strahlend und überglücklich kam er nach Hause. Er steckte voller Ideen und Zukunftspläne. Zunächst aber wollte er nur faul sein, den Sommer genießen und einfach so tun, als wären die vor ihm liegenden, unbeschwerten Wochen noch einmal die alljährlichen großen Ferien seiner Schulzeit und nicht der Übergang zu einem neuen Lebensabschnitt.

Meine Mutter feierte die Heimkehr ihres Sohnes mit der Zubereitung all seiner Lieblingsgerichte, und mein Vater stellte ihm, sozusagen als Belohnung für das so glänzend bestandene Abitur, eine mehrmonatige Studienreise nach Amerika in Aussicht.

Ich hatte meinem Bruder eine selbstverfertigte Blumengirlande als Willkommensgruß an seine Zimmertür geheftet, und als er mich hochhob, blieb mir fast die Luft weg, nicht allein deshalb, weil er mich mit Schwung herumwirbelte, sondern auch, weil er so gut aussah.

Mit Viktor nach Berlin kam sein bester Freund Mucki Reddemann. Die zwei waren schon im Internat unzertrennlich gewesen »und das soll auch so bleiben!« betonten beide.

Ich weiß nicht, woher oder von wem Mucki seinen Spitznamen hatte. In Wirklichkeit hieß er Siegfried, aber der Name wollte zumindest optisch nicht so recht zu ihm passen.

»Siegfried!« stöhnte er einmal in komischer Verzweiflung. »Mein Vater muß an einen wie Viktor gedacht haben, als er mir diesen Namen verpaßt hat!«

Viktor war groß und schlank, Mucki dagegen einen Kopf kleiner, untersetzt und schon in seinen jungen Jahren zur Fülle neigend.

Sein Gesicht war rund und blauäugig, sein Haar weizenblond. Den leichten, aber unübersehbaren Ansatz zu O-Beinen trug er mit Gelassenheit. »Ich hatte einen Vorfahren bei der mongolischen Reiterei, damals als die Hunnen in Europa einfielen«, flunkerte er augenzwinkernd.

Was ihm an Aussehen fehlte, machte Mucki durch seinen Humor wieder wett. Er war einer der lustigsten Menschen, die mir je im Leben begegnet sind, witzig, schlagfertig und immer gut aufgelegt. Gab es Probleme, so versuchte er sie auf seine bedachtsame Art zu lösen.

»Immer mit der Ruhe und dann mit 'nem Ruck!« sagte er. Oder in Abwandlung des bekannten Sprichwortes: »Wo ein Mucki ist, ist auch ein Weg!«

Viktor und Mucki hatten die gleichen Ansichten, die gleichen Pläne und die gleichen Interessen. Das ging so weit, daß Mucki ebenfalls Architektur studieren wollte, genau wie Viktor. Auch charakterlich ergänzten sich die beiden auf nahezu ideale Weise. Viktor war ein Perfektionist, manchmal auch ein Schwärmer, der zum Überschwang neigte, während Mucki die Dinge mit seiner humorvollen Art wieder in Bodennähe brachte.

»Später machen wir zusammen ein großes Architekturbüro auf«, sagte Viktor im Hinblick auf das gemeinsame Studium.

»O ja«, lachte Mucki, »du baust die Paläste und ich die Unterkünfte für die Arbeiter.«

»Ihr zwei seid wie Kastor und Pollux«, meinte mein Vater einmal schmunzelnd.

»Man könnte auch sagen: Wie Don Quichotte und Sancho Panza!« grinste Mucki auf seine Figur anspielend. »Aber dieser Vergleich ist nur auf mich zutreffend, denn Viktor ist kein Ritter von der traurigen Gestalt, und Rosinante fehlt ihm auch.«

Mucki bewunderte Viktor rückhaltlos, ohne seine eigene Persönlichkeit deswegen zu verlieren. Er war ihm ergeben –, nicht blind, aber in »wahrer Nibelungentreue!«

Die Nibelungensage hatte es Mucki überhaupt angetan. Zu unser aller Vergnügen zitierte oder verdrehte er sie, wie er gerade Lust dazu hatte. Wahrscheinlich war das seine Art von Namensbewältigung. »Weil Siegfried, dieser Strahlebold, doch genauso heißt wie ich!«

Mucki stammte aus Hagen in Westfalen, »aus Hagen am Tronje«, wie er auf diese Weise Siegfrieds Widersacher Hagen von Tronje verulkte.

»Aus Hagen kommt der arme Junge!« flachste Viktor. »Darum hat er einen ganz provinziellen Horizont!« Er klopfte ihm gespielt gönnerhaft auf die Schulter. »Höchste Zeit, daß er endlich eine richtige Großstadt kennenlernt! Es wird meine vornehmste Aufgabe sein, ihm Berlin zu zeigen. – Wir haben hier schon Häuser aus Ziegelsteinen!«

»Mit deinen fundierten Kenntnissen können wir ja dann gemeinsam darangehen, in Hagen die Lehmhütten zu beseitigen!« gab Mucki unverzüglich zurück.

Es verstand sich fast von selbst, daß er vorläufig in unserem Gästezimmer untergebracht wurde. Erfreut bedankte er sich dafür, daß man ihm, »einem schlichten Angehörigen des Fußvolkes an diesem edlen Hofe eine Heimstatt gewährt habe!« Mit einem großen Blumenstrauß entschuldigte sich Mucki der Form halber wegen der Umstände, die seine Anwesenheit verursachen würde. Er sei wie eine biblische Plage über dieses Haus gekommen und er versprach, sich schon bald auf die Suche nach einer preiswerten Studentenbude zu machen.

Mein Vater sagte, er solle sich Zeit damit lassen, und meine Mutter stellte mit einer Mischung aus Freude und Wehmut fest, daß sie nun wieder zwei Söhne hätte –, oder wenigstens beinah.

Mir versetzte diese Bemerkung einen Stich ins Herz. Man konnte Manuel doch nicht einfach gegen Mucki eintauschen, auch wenn dieser liebenswert und komisch war und außerdem jenem gegenüber den ganz entscheidenden Vorteil hatte, sehr lebendig zu sein! Armer, kleiner Manuel! Er hatte nie beweisen können, was für ein Kerl er einmal geworden wäre und was in ihm steckte! Ich beschloß, Mucki erst einmal mit kühler Zurückhaltung zu begegnen. Das glaubte ich Manuel schuldig zu sein. Ich muß allerdings gestehen, daß ich Mucki schon nach kurzer Zeit sehr gern hatte, auch wenn ich das zunächst um keinen Preis zugegeben hätte.

Gleichzeitig ärgerte ich mich über ihn, wenn er mich »seine kleine Braut« nannte. Mucki hatte mich des öfteren aufmerksam angesehen, und eines Tages erklärte er ganz nebenbei und ohne Umschweife:

»So sieht also das Mädchen aus, daß ich heiraten werde!«

Ich schnappte nach Luft. Wollte er sich über mich lustig machen? Ich war ja noch ein Kind und kein sehr hübsches obendrein, wie ich mit einem Blick in den Spiegel immer wieder festgestellt hatte. Auf die Idee, daß ich jemandem gefallen könnte, kam ich erst gar nicht.

»Ich weiß aber nicht, ob ich Sie heiraten möchte!« gab ich schnippisch zurück.

»Als meine zukünftige Braut kannst du ruhig du zu mir sagen! Du brauchst nicht bis zu unserer Hochzeit damit zu warten«, erwiderte Mucki, und ehe ich mich versah, hatte er mich auf die Stirn geküßt.

»Ich werde überhaupt nicht heiraten!« rief ich zornig und verlegen zugleich. »Und wenn ich doch heirate, dann suche ich mir meinen Mann allein aus!«

Mucki strahlte mich an. »Du kannst keinen besseren finden als mich. Außerdem sind wir füreinander bestimmt!«

Ich zog die Augenbrauen hoch. »Wieso sind wir das?«

»Ganz einfach: Ich bin Siegfried und du bist Kriemhild.«

»Ich heiße Immaculata«, sagte ich steif.

»Eben drum!« meinte Mucki und wurde auf einmal ganz ernst. »Immaculata heißt Kriemhild auf lateinisch.«

Ich erinnerte mich, was mein Religionslehrer über die Bedeutung des Namens gesagt hatte. Unsicher sah ich zu Viktor.

»Ist das wirklich wahr?«

»Ich habe keine Ahnung«, antwortete Viktor mit unbewegtem Gesicht. »Die Lateinstunde, in der das dran war, muß ich versäumt haben.« Und zu Mucki gewandt sagte er: »Du bist mir natürlich als Schwager willkommen. Sobald auch ich eine Braut gefunden habe, werde ich ein Haus für uns alle bauen. Darin leben wir dann bis an das Ende unserer Tage.«

»Ich möchte mich da noch nicht festlegen«, fiel Mucki ihm ins Wort. »Ich weiß ja nicht, ob mir deine werte Braut, die wir alle noch nicht kennen, so gut gefällt wie Kriemhild, deine Schwester!«

»Ihr könnt mich ruhig auf den Arm nehmen«, sagte ich gekränkt und verließ das Zimmer. »Ich denke gar nicht daran, mit euch in einem Haus zu wohnen!«

»Ich will dich nicht auf den Arm nehmen, ich halte gerade um deine Hand an!« hörte ich Mucki noch rufen, bevor die Tür hinter mir ins Schloß fiel.

Von da an nannte er mich immer seine Braut, auch wenn ich noch so heftig protestierte.

Je mehr der Sommer auf den Herbst zuging, desto verrücktere Pläne schmiedeten Viktor und Mucki.

»Wir sollten noch etwas ungeheuer Aufregendes machen, bevor wir mit dem Studium beginnen!« sagte Viktor schwärmerisch. »Zum Beispiel auf einem Schiff anheuern und in die Südsee schippern.«

»Was willst du denn dort?« fragte Mucki.

»Überwintern! Dort ist es wärmer als hier. – Oder was hältst du von einer Großwildjagd in Afrika? Afrika hat mich schon immer fasziniert. Wir könnten auch nach Tibet reisen und den Himalaja besichtigen!«

»Dort kannst du aber nicht überwintern«, meinte Mucki trocken. »Mich würde Indien interessieren.«

»Was ist mit dem Amazonasgebiet?« rief Viktor mit leuchtenden Augen. »Es soll da eine sagenhafte goldene Stadt geben, die der Urwald verschlungen hat. Ein gewisser Oberst Fawzett ist von seiner Expedition dorthin nie zurückgekehrt.«

»Wir könnten auch versuchen, die Schätze gesunkener Schiffe in der Karibik zu heben...«

»...oder einen Rekord aufstellen wie Charles Lindbergh! Junge, Junge«, stöhnte Viktor begeistert, »es gibt so vieles...«

»Immer mit der Ruhe und dann mit 'nem Ruck!« sagte Mucki gelassen. »Bloß nicht alles auf einmal! – Wir haben noch so viel Zeit!«

3

Am 1. September 1939 brach der Zweite Weltkrieg aus.

Es hieß, die Polen hätten sich schwere Grenzverletzungen zuschulden kommen lassen, und Hitler erklärte vor dem Reichstag, es werde nun »zurückgeschossen«!

Krieg war etwas, das in Büchern stand oder woanders passierte. Krieg war Vergangenheit und ferne Geschichte, soweit ich mir überhaupt etwas darunter vorstellen konnte. Auf alle Fälle war Krieg zunächst etwas Abstraktes, das mich nichts anging. Der Tag, der eine Tragödie von so unvorstellbaren Ausmaßen auslöste, blieb mir vor allem dadurch im Gedächtnis, daß er mit einem kleinen persönlichen Mißgeschick verbunden war.

Meine goldene Halskette, samt Anhänger – ein Geschenk meiner Taufpatin – kam mir abhanden.

Es war warm und schön gewesen, und darum war ich zum Spielen in den Park gegangen. Auf einer Wiese oder auf einem der Wege – irgendwo mußte ich die Kette verloren haben. Ich weiß nicht, ob sie von allein aufgegangen oder gerissen war, plötzlich merkte ich, daß sie nicht mehr an meinem Hals hing. Ich suchte überall nach ihr, aber sie blieb verschwunden. Vielleicht hatte sie jemand auf dem Boden liegen sehen, aufgehoben, in die Tasche gesteckt und mitgenommen – ich wußte jedenfalls intuitiv, daß ich sie nicht wiedersehen würde. Es tat mir besonders leid um den goldenen Anhänger, denn er zeigte auf seiner Vorderseite die Versinnbildlichung der unbefleckten Empfängis: Maria auf der Mondsichel stehend und von einem Strahlenkranz umgeben. Meine Taufpatin hatte oft betont, wie schwer es gewesen sei, eine Medaille mit gerade dieser Mariendarstellung zu finden.

Weinend machte ich mich auf den Heimweg, wobei ich nicht mehr auseinanderhalten konnte, ob es allein der Verlust des Schmuckes war, der mich so unglücklich machte, oder das bevorstehende Donnerwetter, das mich zu Hause erwarten würde. Meine Mutter konnte nie einen Schlußstrich ziehen, wenn sie sich über etwas ärgerte. Ich würde noch tagelang Vorwürfe zu hören bekommen, und wahrscheinlich würde sie mir zur Strafe für meine Unachtsamkeit irgend etwas verbieten oder wegnehmen. Ich wundere mich übrigens noch heute darüber, daß die Tatsache, daß Krieg war, erst nach meiner Heimkehr am Nachmittag in mein Bewußtsein drang, obwohl die Menschen wohl schon den ganzen Tag von nichts anderem gesprochen hatten. So war ich also ganz ahnungslos, als meine Mutter die Haustür öffnete und mich sichtlich erregt mit einem Wortschwall empfing, wo ich so lange gewesen wäre, sie habe sich schon solche Sorgen um mich gemacht, und ob ich denn nicht wüßte, daß Krieg sei. Mein Vater, der ihr nachgekommen war und mich tröstend in die Arme nahm, als er mein verweintes Gesicht sah, versuchte, sie zu beschwichtigen, indem er sagte, daß zumindest im Augenblick kein Grund zur Aufregung bestünde, weil der Kriegsschauplatz ja in Polen und nicht in Berlin sei.

Ich kam erst gar nicht dazu, ausführlich von der verlorenen Kette zu berichten. Meine Mutter hörte – wenn überhaupt – nur mit halbem Ohr hin. »Dann ist sie eben weg«, war alles, was sie sagte, und das bewies mir, daß sie mit ihren Gedanken ganz woanders war.

Für den Rest des Tages bis zum Schlafengehen blieb ich weitgehend mir selbst überlassen. Meine Eltern, Viktor und Mucki redeten beim Abendessen und danach noch bis in die späte Nacht über den Krieg und seine möglichen Folgen, über Politik im In- und Ausland. Themen, von denen ich nichts verstand und die mich zu diesem Zeitpunkt auch überhaupt noch nicht berührten.

Mit Erlaubnis meines Vaters spielte ich auf seinem Grammophon alle meine Lieblingsplatten, ohne daß mich jemand dabei störte oder wie gewohnt ins Bett schickte. Anscheinend waren alle froh, daß ich beschäftigt war.

Am nächsten Morgen hatte sich mein Kummer wegen der verlorenen Kette bereits ziemlich gelegt, und meine Mutter meinte nur flüchtig nebenbei, es wäre besser, meiner Taufpatin nichts davon zu erzählen, weil sie sonst beleidigt sei.

Am 3. September erklärten Frankreich und Großbritannien im Abstand von nur wenigen Stunden Deutschland den Krieg.

Doch für mich war auch das nur ein Tag wie jeder andere. Ich ahnte nicht, wie sehr sich unser aller Leben nun verändern würde.

Wieder gab es bei uns endlose Debatten bis weit nach Mitternacht. Das Ergebnis der langen Gespräche erfuhr ich am nächsten Morgen: Viktor beabsichtigte, sein Architekturstudium vorläufig zurückzustellen und sich als Freiwilliger zum Militär zu melden, noch bevor man ihn einziehen konnte.

Mein Vater stammte aus einer österreichischen Offiziersfamilie und war im Ersten Weltkrieg selbst Offizier im Range eines Majors gewesen. Nun wollte also sein Sohn die Tradition fortsetzen! – Welche Freude, daß Viktor sich zu diesem Entschluß durchgerungen hatte, ohne dazu gedrängt worden zu sein. Für meinen Vater dürfte das die Erfüllung eines Herzenswunsches bedeutet haben.

Mucki war zunächst noch unschlüssig gewesen, was er jetzt tun sollte. Einerseits hatte er sich auf das Studium gefreut, andererseits wollte er hinter Viktor nicht zurückstehen – »jetzt wo das Vaterland uns braucht!« Und der Gedanke an gemeinsam zu vollbringende Heldentaten hatte etwas überaus Verlockendes.

»Es ist allein deine Entscheidung!« meinte Viktor.

»Nicht ganz«, erwiderte Mucki. »Ich muß meinen Vater fragen. Es ist ihm zwar ziemlich egal, was ich mache, aber da ich noch nicht volljährig bin, hat mein Erzeuger noch immer die Befehlsgewalt.« Er kratzte sich nachdenklich am Kopf. »Übrigens will ich erst wissen, zu welcher Waffengattung wir gehen... oder wird einem das vorgeschrieben?«

»Als Freiwillige könnt ihr euch das aussuchen. Ich würde euch allerdings raten, auf alle Fälle einen Offizierslehrgang zu machen, damit ihr etwas seid und nicht jeder mit euch Schlitten fährt!« sagte mein Vater.

»Kriegsmarine! – Das wär' doch was!« schwärmte Viktor. »Ein U-Boot befehligen. Unter Wasser die feindlichen Linien durchbrechen... da kannst du zeigen, was in dir steckt!«

»Du spinnst«, sagte Mucki trocken. »Keine zehn Pferde bringen mich in so einen schwimmenden Sarg!«

»Wieso schwimmenden Sarg?« fragte Viktor aus seinen Träumen gerissen.

»Weil du im Ernstfall nicht mehr rauskommst! Und selbst wenn du Glück hast und dir keine Wasserbombe auf den Kopf fällt – wenn die Batteriekapazität zu Ende ist, mußt du auftauchen, ob du willst oder nicht und mit Dieselmotoren nachladen. Dann gluckerst du nach oben, egal, wer gerade über dir ist... Und überhaupt, wie in einer Sardinenbüchse eingeschlossen und immer unter Wasser zu sein! Wenn ich bloß daran denke, bekomme ich nasse Fußsohlen!«

»Du mußt ja nicht ausgerechnet auf ein U-Boot«, konterte Viktor. »Die Kriegsmarine hat auch Schiffe über Wasser.«

Mucki schüttelte sich. »Ich kann nicht schwimmen, und wer weiß, ob ich nicht seekrank werde, – dann verlieren die meinetwegen den Krieg! Ich will lieber festen Boden unter den Füßen haben!«

Festen Boden unter den Füßen haben – das war es, was letztlich auch Viktor wollte. Somit kam die Luftwaffe ebenfalls nicht in Frage, zumal mein Vater sagte, so romantisch wie früher sei die Fliegerei heutzutage nicht mehr.

»Ich will wenigstens die Chance haben, noch aussteigen zu können, wenn's brennt«, erklärte Viktor mit Bestimmtheit.

»Die hast du ja vielleicht gerade noch«, sagte Mucki aufmunternd. »Du kannst mit dem Fallschirm abspringen.«

»Und wohin? Dem Feind direkt vor die Füße? Und was ist, wenn der Fallschirm sich nicht öffnet?«

»Dann ist Feierabend!« sagte Mucki lakonisch. »Außerdem bin ich nicht schwindelfrei. Ich möchte allerdings auch nicht als Kanonenfutter zur Infanterie.«

»Ich auch nicht – aber was bleibt dann noch?« grübelte Viktor. Mein Vater sah belustigt von einem zum andern. »Denkt nach! Es muß doch irgend etwas geben, das für euch beide geeignet ist, etwas, womit ihr beide einverstanden seid.«

»Kriegselefanten wären mir am liebsten«, seufzte Mucki.

Viktor lachte schallend – und dann entschieden sich die zwei fast im gleichen Augenblick für die Panzer und gerieten darüber in einen wahren Begeisterungstaumel, so als hätte es zu dieser Waffengattung nie eine Alternative gegeben.

Mucki reiste schon am nächsten Tag ab, um zu Hause in Hagen alles Nötige zu regeln. Eine Woche später kehrte er mit der Erlaubnis seines Vaters, sich als Freiwilliger zu melden, nach Berlin zurück, um, wie er sagte, »kühn wie Siegfried jede Menge Drachen zu erschlagen!«

*

Irgendwann kam mir zu Bewußtsein, daß ich Frau Mandel schon ziemlich lange nicht mehr gesehen hatte. Ich fragte mich, ob sie ihre Ausgehzeiten geändert hatte oder ob ihr etwas zugestoßen war. Sicher lag es aber auch daran, daß ich nicht mehr so viel Zeit hatte, in den Park zu gehen, um dort zu spielen. Neben der Schule und dem ungeliebten Ballettunterricht hatte ich nun auch noch zweimal die Woche Klavierstunden, die mir sehr viel Freude machten. Ich lernte schnell, und wenn ich meine Schulaufgaben gemacht hatte, setzte ich mich meistens sofort ans Klavier und übte hingebungsvoll alles, was mein Lehrer mir aufgetragen hatte. Ich tat das mit gleichbleibender Begeisterung, egal ob es sich um kleine Sonaten, Stimmungsstückchen oder Fingerübungen handelte. Nachdem ich aus dem Anfängerstadium heraus war, spielte ich fast alles auswendig, weil sich mir schon nach kürzester Zeit das Notenbild einprägte. Auch fiel es mir nicht schwer, wenn keine Noten verfügbar waren, eine Melodie einfach nach dem Gehör wiederzugeben und mir die passenden Harmonien zu ihrer Begleitung selbst zusammenzusuchen.

Ich hätte Frau Mandel gerne davon erzählt, und weil wir uns so lange nicht mehr gesehen hatten, machte ich mich auf die Suche nach ihr. Dabei stellte ich fest, daß sie überhaupt nicht mehr in den Park, sondern zu wechselnden Zeiten immer nur für wenige Minuten auf die Straße ging und dann schnell wieder in ihrem Hauseingang verschwand. Ich freute mich, als ich sie eines Tages endlich wiedertraf, aber das Wiedersehen fiel ganz anders aus, als ich mir vorgestellt hatte.

Mit Frau Mandel war eine seltsame Veränderung vorgegangen, die ich mir nicht erklären konnte. Sie blieb nicht mehr stehen, wenn sie mich erblickte, sondern hastete mit abgewandtem oder gesenktem Kopf an mir vorbei. Wenn ich sie ansprach, benahm sie sich, als würde sie mich nicht kennen, und daß Herkules mich trotzdem schweifwedelnd begrüßte, war ihr sichtlich unangenehm. Ich hätte sie gern gefragt, ob sie mir wegen etwas böse sei, und warum sie nicht mehr in den Stadtpark ging. Aber ich wollte nicht aufdringlich sein und traute mich daher nicht, ihre abweisende Haltung zu übersehen, einfach hinter ihr herzugehen und abzuwarten, ob sie nicht doch wieder wie früher mit mir reden würde. Ich wußte nicht, wie ich mich verhalten sollte, und fühlte mich unbehaglich.

Und dann platzte ich eines Tages zu Hause mit einer meiner merkwürdigen Eingebungen heraus, die mir – wie schon gesagt – immer Unannehmlichkeiten einbrachten.

»Könnten wir nicht Herkules zu uns nehmen?« fragte ich eines Mittags, als ich von der Schule heimgekommen war.

»Wer ist Herkules?« erkundigte sich meine Mutter.

»Herkules ist der Hund von Frau Mandel.«

»Wer ist Frau Mandel?«

Ich sah meine Mutter unsicher von der Seite an. Sollte sie wirklich nicht wissen, wer Frau Mandel war? »Du kennst sie«, sagte ich. »Es ist die nette, alte Dame, die auch in unserer Straße drei Häuser weiter wohnt.«

Meine Mutter schüttelte den Kopf. »Herkules...«, griff sie den Namen nach kurzem Schweigen wieder auf. »Was sollen wir mit einem großen Hund in unserer Stadtwohnung?«

»Herkules ist kein großer Hund«, entgegnete ich. »Frau Mandel nennt ihn nur so zum Spaß Herkules, damit die Leute glauben sollen, er sei ein großer Hund.«

»Warum sollen die Leute das glauben?«

»Sie sagt, sie fühlt sich dann mehr beschützt als alleinstehende Frau.«

Meine Mutter schien sich immer noch nicht erinnern zu können. »Wer ist Frau Mandel? Und warum sollen wir ihren Hund zu uns nehmen?«

»Weil Frau Mandel bald verreisen muß«, erwiderte ich. »Und dort, wo sie hingeht, kann sie den Hund nicht mitnehmen.«

»Wo fährt sie denn hin?«

»Das weiß ich nicht.«

»Du mußt doch wissen, wohin sie fährt, wenn sie dir gesagt hat, daß sie bald auf Reisen geht.«

»Sie hat es mir ja nicht gesagt.« Ich fühlte Ärger auf mich zukommen und hätte mich am liebsten verkrochen.

Meine Mutter sah mich durchdringend an. »Was ist das wieder für eine Geschichte, die du da erzählst? Wie kannst du behaupten, daß Frau Mandel bald auf Reisen geht, wenn sie dir nichts davon gesagt hat?«

Ich zuckte hilflos mit den Achseln.

Meine Mutter packte mich an den Schultern. »Hast du es von jemandem anderen erfahren?«

Ich biß mir auf die Lippen und schüttelte den Kopf.

»Woher willst du es dann wissen, wenn dir niemand etwas gesagt hat?« rief meine Mutter gereizt. »Antworte! – Du kannst es doch gar nicht wissen!«

»Ich weiß es aber!«

Meine Mutter ließ mich seufzend los. »Hör auf damit, Unsinn zu reden und Sachen zu erfinden, die nicht stimmen!« Sie schien einerseits zornig zu sein, andererseits wirkte sie seltsam unsicher. Sie durchbohrte mich mit ihren Augen, während ich ihrem Blick standhielt. »Was ist mit dem Hund?«

»Er tut mir leid«, sagte ich.

Meine Mutter schwieg sekundenlang, dann brauste sie plötzlich auf: »Wie stellst du dir das überhaupt vor? Soll ich zu dieser Frau Mandel gehen und sie auffordern, uns ihren Hund zu geben? Was soll ich ihr sagen, wenn sie wissen will, warum ich aus heiterem Himmel zu ihr komme, um ihren Hund zu holen? Was wird sie denken, wenn ich ihr dann sage: Meine Tochter behauptet, daß Sie bald verreisen müssen, aber dort, wo Sie hingehen, können Sie den Hund nicht mitnehmen! Die Frau muß mich doch für verrückt halten!«

Ich wand mich innerlich vor Verlegenheit und blickte zu Boden.

»Also, was soll das?« murmelte meine Mutter. Sie seufzte noch einmal tief und ließ mich stehen. In ihrem Seufzer lag der Überdruß von Jahren. Er beinhaltete, wie schwer es mit einem Kind wie mir war, das es anscheinend nicht lassen konnte, von Zeit zu Zeit irgendwelche unbequemen oder unglaubwürdigen Behauptungen aufzustellen, mit denen man als Erwachsener sich dann herumzuschlagen hatte. Der Seufzer sollte mir auch zu verstehen geben, daß sie resignierte und die Geduld mit mir verlor. Ich wäre am liebsten meiner Mutter hinterhergelaufen, um mich in ihre Arme zu schmiegen und ihr zu sagen, daß es mir leid täte, daß ich nicht die Absicht gehabt hätte, sie zu verärgern, und daß ich nichts dafür könnte, wenn solche Behauptungen ab und zu aus mir herausfahren würden. Ich hätte ihr gerne gesagt, daß ich ja nicht einmal selbst verstünde, woher mein Wissen käme, daß es eben ganz plötzlich da wäre, ohne daß ich etwas dagegen machen könnte. Es sei wie ein Zwang, und dieses Wissen müsse einfach aus mir heraus. Das Schlimme daran sei nur, daß ich in den Augenblicken, in denen ich es meiner Umwelt mitteilte, nie etwas beweisen konnte.

Aber ich blieb, wo ich war. Ich wußte, daß es vergeblich war, meine Mutter von etwas überzeugen zu wollen, das sie von vornherein als Unsinn abtat. Es würde alles nur noch schlimmer machen.

Eine Woche später traf ich auf der Straße ein dickliches Mädchen mit langen blonden Zöpfen, das einen Dackel spazierenführte. Der Hund trottete müde hinter ihr her, und ab und zu schien es, als müßte man ihn ziehen. Ich wußte, daß das Mädchen Klara hieß und im selben Haus wie Frau Mandel wohnte. Als der Hund mich sah, versuchte er stehenzubleiben und mit einem schwachen Schwanzwedeln an meinen Beinen zu schnuppern. Aber ein energischer Ruck an der Leine seitens des Mädchens riß ihn fort. Ich mochte Klara nicht besonders, obwohl ich sie nur vom Sehen her kannte. Ich ging zuerst unauffällig ein Stück hinter ihr her, dann faßte ich mir ein Herz und sprach sie an:

»Ist das nicht Herkules?«

Sie warf mir einen flüchtigen Blick zu. »Ja«, sagte sie einsilbig, ohne stehenzubleiben.

»Wo ist Frau Mandel?« forschte ich weiter. »Ist sie krank?«
Klara schien unschlüssig, ob sie mir antworten sollte.
»Frau Mandel ist nicht krank«, sagte sie schließlich. »Man hat sie abgeholt.« Sie verzog verächtlich die Mundwinkel, als sie noch hinzufügte: »Mitten in der Nacht!«
»Abgeholt?« fragte ich mit großen Augen. »Wohin denn?«
Klara machte ein abweisendes Gesicht. »Keine Ahnung! Sie ist Jüdin!« sagte sie, als würde das alles erklären.
Ich schluckte und starrte sie an.
»Hast du nicht gewußt, daß Frau Mandel Jüdin ist?« fragte Klara schnippisch.
Ich holte tief Luft. »Und was ist mit Herkules?«
»Ich kümmere mich um ihn«, sagte das Mädchen und zog den Hund mit sich fort.
Nach ein paar Tagen sah ich Klara wieder die Straße entlanggehen. Ohne Herkules.
Ich lief auf sie zu. »Wo ist Herkules?« fragte ich mit einem flauen Gefühl in der Magengrube.
Sie blieb nicht stehen, sondern eilte weiter. »Laß mich in Ruhe!«
»Sag mir doch, wo der Hund ist!« bettelte ich. »Darf ich auch einmal mit ihm gehen? Frau Mandel hat es mir immer erlaubt.«
Das Mädchen sah mich ausdruckslos an, während es seine Schritte beschleunigte. »Der Hund wurde eingeschläfert.«
»Aber warum denn?« fragte ich fassungslos.
»Es mußte sein! Er hat seit Tagen nicht mehr gefressen.« Klara gab mir einen Stoß gegen die Schulter. »Und jetzt hau ab! Verschwinde endlich!«
Verstört ging ich nach Hause.
»Hast du eine Ahnung, warum man Frau Mandel abgeholt hat und wohin sie gebracht wurde?« fragte ich meine Mutter.
Sie sah mich mit einem seltsamen Blick an. »Woher soll ich das wissen.« Mehr sprachen wir nicht darüber, und ich erzählte ihr auch nicht, daß Herkules tot war.
Am gleichen Abend schnappte ich einen Gesprächsfetzen auf. Sie sagte zu meinem Vater mit erregter, nur mühsam gedämpfter Stimme: »Dieses Kind ist mir manchmal direkt unheimlich!« Ich blieb stehen und hielt den Atem an. Ich hörte meinen Vater leise etwas darauf erwidern, konnte es aber nicht verstehen. Dann war das

Thema anscheinend beendet, denn nach einer Pause unterhielten sich meine Eltern über etwas anderes. Ich fühlte instinktiv, daß von Frau Mandel die Rede gewesen war und daß meine Mutter mit »dieses Kind« mich gemeint hatte.

Wir haben übrigens nie wieder etwas von Frau Mandel gehört. Frau Mandel, eine freundliche alte Frau, die niemandem etwas zuleide getan hatte! Bald war es, als hätte es sie nie gegeben – sie nicht und ihren Dackel mit dem hochstaplerischen Namen Herkules nicht, der auch niemandem etwas zuleide getan hatte, außer daß er der Hund von Frau Mandel gewesen war.

*

Viktor und Mucki verbrachten ihre Rekrutenzeit in Stahnsdorf bei Berlin und absolvierten dann einen Lehrgang für Offiziersanwärter. Sie waren zwar in unserer Nähe, konnten aber nicht oft nach Hause kommen, weil sie nur selten Ausgehurlaub bekamen. Nach einem dreiviertel Jahr wurden sie der 3. Panzerdivision zugeteilt. Ende September hatten die letzten polnischen Truppen kapituliert und der Seekrieg begann. Im Frühjahr erfolgte die Invasion Dänemarks und Norwegens. Aus allen Lautsprechern tönten Erfolgsnachrichten und Sondermeldungen, schmetterten Fanfarenklänge den Triumph über die schnell errungenen Siege in den Äther.

Viktor und Mucki fieberten ihrem ersten Einsatz entgegen, der sich immer wieder hinauszögerte, weil die geplante Westoffensive mehrfach verschoben wurde.

»Die werden den Krieg noch ohne uns gewinnen! Wären wir bloß zur Marine oder zur Luftwaffe gegangen!« ärgerte sich Viktor und verwünschte seinen Entschluß, sich zu einer Waffengattung gemeldet zu haben, bei der er sich anscheinend nicht bewähren konnte, ohne zu diesem Zeitpunkt zu ahnen, daß sich für ihn dadurch in Bälde einer seiner größten Kindheitsträume erfüllen würde. Mucki hatte sich inzwischen noch zu einem Speziallehrgang gemeldet. Er wollte Nachrichtenoffizier innerhalb des Panzerverbandes werden und lernte vom Morsealphabet angefangen alles über Funktechnik. Im Mai 1940 kam endlich der heißersehnte Befehl zum Einsatz an die Westfront. Es war ein sonniger Frühlingstag, als Viktor und Mucki ein vorerst letztes Mal nach Hause kamen, um sich von uns zu verabschieden und dann von meinen Eltern zum Bahnhof gebracht zu werden. Ich konnte nicht mitkommen, weil ich zur Klavierstunde mußte. Meine Mutter war wie immer außer sich vor Stolz darüber, wie fabelhaft Viktor in Uniform aussah, und auch Mucki machte darin eine gute Figur.

Ich erinnere mich noch, daß mein Vater gefaßt wirkte, während meine Mutter sich in einem Zustand seltsamer Euphorie befand. Es war ihr fast nicht möglich, die Blicke von ihrem Sohn zu wenden. Es schien, als wäre dieser Krieg in ihren Augen eine Art Kreuzzug. Es gab einen strahlenden jungen Helden, der gegen das Böse zu Felde zog – und wenn Viktor siegte, woran nicht zu zweifeln war, dann würde alles Schlechte aus der Welt gebannt sein.

Für mich war der Abschied von Viktor nicht viel anders als die vielen Abschiede in all den Jahren zuvor. Es war nicht auf Mangel an Liebe zurückzuführen, daß mir das Herz nicht schwer war, daß ich keine Angst um ihn hatte.

»Leb wohl, meine Kriemhild«, sagte Mucki, und sein gutmütiges Lachen breitete sich wie ein Leuchten über sein ganzes Gesicht aus. »Vergiß nicht, daß du die Braut eines künftigen Generals bist! Wenn wir Frankreich erobert haben, bringe ich dir ein Stück vom Eiffelturm mit!« Er gab mir einen laut schmatzenden Kuß auf die Wange und drückte mich dann mit einem aufwallenden Gefühl von Herzlichkeit an sich.

Ich stand da, starr wie ein Holzscheit und war plötzlich unfähig, etwas zu sagen. Ich wußte in diesem Augenblick mit unumstößlicher Sicherheit, daß ich Mucki nie wiedersehen würde.

Meine Mutter machte mir später Vorwürfe, daß ich beim Abschied von Mucki so steif und unliebenswürdig gewesen sei. Das hätte der arme Junge, der immer so nett zu mir gewesen wäre, nun wirklich nicht verdient – und ich solle mir nur ja nicht angewöhnen, Launen zu haben. Ich erwiderte nichts darauf. Diesmal hütete ich mich, über meine Eingebung zu sprechen, und bald hatte ich sie aus meinem Gedächtnis verdrängt.

*

Manchmal grüble ich darüber nach, ob man in der Kindheit, in der Jugend ein anderes Zeitempfinden hat. Es muß wohl so sein, zumindest was mich angeht. Wie sonst ist es zu erklären, daß die Zeit sich früher ins Endlose zu dehnen schien? Wie lang war früher eine Stunde, ein Monat, ein Jahr! – Wie lange dauerte es, bis wieder Weihnachten war, der nächste Geburtstag kam, die Sommerferien begannen, der erste Schnee fiel! – Wenn ich mir heute Daten und Jahreszahlen ins Gedächtnis rufe, so staune ich, mit welcher Schnelligkeit der Krieg mit seinen umwälzenden Geschehnissen in nur wenigen Jahren über uns hinwegraste. Viele Zeitabschnitte schienen in meiner Erinnerung von weit größerer Dauer, als sie in Wirklichkeit gewesen waren. Welch ein Übermaß an Schicksal ballte sich da zusammen und entlud sich in unvorstellbarer Geschwindigkeit! Schlag auf Schlag!

Ich fühlte mich seltsam losgelöst von den Ereignissen, die die Welt bewegten. Das Leben hatte sich, so weit es mich betraf, nur wenig verändert. Mein Vater, der vor dem Krieg als Industriekaufmann tätig gewesen war, knüpfte an seine frühere militärische Laufbahn an und hatte nun eine Stellung im Auswärtigen Amt, die ihn noch über ein Jahr bei seiner Familie in Berlin bleiben ließ.

Viktor lebte wieder einmal nicht zu Hause, aber das war seit ich denken konnte so gewesen. Früher hatte er aus dem Internat über seine hervorragenden Leistungen berichtet, jetzt schrieb er von Siegen, an denen er beteiligt war. Es schien, als habe er nur den Schauplatz gewechselt.

Ich empfand den Krieg nicht als Bedrohung. Er hatte mich, wie das Leben selbst, bisher nicht einmal gestreift. Es war viel von Stolz und Heldentum die Rede. Sogar der Tod hatte etwas Verklärtes und war, ebenso wie der Krieg, weit weg. Tod und Krieg – ich kannte beides nur vom Hörensagen, mit beidem war ich noch nie in Berührung gekommen. Auch der immer häufiger mit heulenden Sirenen angekündigte Fliegeralarm, der bald zum Alltag gehörte, versetzte mich nicht in Schrecken. Er verursachte vielmehr ein prickelndes Gefühl in mir, vergleichbar der Lektüre eines spannenden Buches, das den Leser in gewollte Aufregung versetzte. Er gab mir sogar mehr Freiheit, weil er Abwechslung in den geregelten Tagesablauf brachte. Er kam als höchst willkommene Unterbrechung der Schulstunden und durchbrach wie ein Verbündeter die Zeit, in der ich normalerweise abends im Bett zu sein hatte. Fliegeralarm bedeutete, daß ich jedesmal länger aufbleiben konnte, weil man sich sofort mit gepackten Koffern, Decken und Proviant bis zur Entwarnung in die vorgesehenen Luftschutzräume zu begeben hatte. Bei uns im Haus war das ein Keller, der auf eine gewisse Art gemütlich war. Man hatte alte, ausrangierte Sessel hineingestellt, in denen es sich bequem sitzen ließ, zwei rostige Gartentische und eine schäbig gewordene Stehlampe, die immerhin so viel Licht verbreitete, daß man Schach, Mensch ärgere dich nicht und Karten spielen konnte. Oft verbrachte ich, in eine Decke gekuschelt, die Zeit mit Lesen und freute mich insgeheim, daß ich nicht schlafen gehen mußte. Das entfernt klingende Schießen der Flak brachte ich, wenn ich es überhaupt wahrnahm, mit Gewittergrollen in Verbindung – und vor Blitz und Donner fürchtete ich mich nicht. Gewitter vermittelten mir im Gegenteil stets ein eigenartiges Gefühl der Geborgenheit. Meine Mutter, die immer Angst vor Naturgewalten hatte, konnte das nie begreifen.

Eines Nachts waren wir bei Alarm ausnahmsweise nicht in den Keller gegangen, sondern in der Wohnung geblieben, obwohl das streng verboten war und uns eine Anzeige seitens des Blockwarts hätte einbringen können. Mein Vater nahm mich mit hinaus auf den Balkon und zeigte mir ein Schauspiel, das mich tief beeindruckte. Über die völlig verdunkelte Stadt spannte sich ein klarer Sternenhimmel, der von gebündelten, starken Scheinwerferstrahlen nach feindlichen Flugzeugen abgesucht wurde. Es sah aus, als hätte das Firmament ein Netz aus wandernden Lichtstraßen bekommen. Ich konnte meine Blicke nicht davon abwenden und wäre am liebsten von nun an nie mehr in den Keller gegangen, nur um dieses nächtliche Feuerwerk, das auch bei bewölktem Himmel aufregend schön war, immer wieder zu bestaunen.

Noch war alles wie ein großes Spiel.

Fast unmerklich, aber dennoch unaufhaltsam krochen die ersten Schatten auf mich zu. Es war, als sollte mir, was das Begreifen anging, noch ein wenig Zeit gelassen werden.

*

Wer den hellen, freundlichen Stadtpark – er hieß jetzt Volkspark – vor dem Krieg gekannt hatte, der hätte wohl nie für möglich gehalten, wie sehr er sich in den nun folgenden zwei Jahren, also in verhältnismäßig kurzer Zeit, veränderte.

Der Park bekam etwas Fremdes, Abweisendes. Er wurde böse, wenn man so etwas von einem Park sagen kann. Die Heiterkeit schien gewichen und machte einer kalten Ordnung Platz.

Es begann mit dem Mord an dem Kastanienbaum.

Das Wort Mord mag in dieser Verbindung seltsam klingen, aber für mich gibt es kein anderes, das passender wäre. Ist es denn etwas anderes als Mord, wenn man einen lebendigen Baum, dem Blüten und Blätter wachsen, der Früchte trägt, zerstört, indem man ihn fällt, abholzt, vernichtet – ihm sozusagen das Leben nimmt? Ich habe heute noch das widerliche Kreischen der Säge im Ohr, die sich in ihn hineinfraß, bis man ihn stürzen konnte, die mit unersättlicher Gier den gefällten Riesen zerstückelte und aus seinem Stamm und seinen Ästen handliche Brocken machte, die eine Weile aufgeschichtet liegenblieben, bis man sie auf herbeigefahrene Lastwagen warf, um sie fortzuschaffen.

Ich habe nicht herausfinden können, warum man den Baum gefällt hatte, und die Meinungen der Leute darüber gingen auseinander. Der Baum wäre krank gewesen, behaupteten die einen, die anderen sagten, man hätte eine Dezimierung des Baumbestandes vornehmen müssen – zum Gesamtwohl des Parks. Die Kastanie hätte zu viel Platz weggenommen und das Wachstum anderer Bäume und Pflanzen beeinträchtigt. Überdies wäre der Stamm schon morsch gewesen und hätte somit eine Gefahr für die Allgemeinheit dargestellt. Es hieß ferner, daß die Anlage eines neuen Spazierweges geplant sei, dort wo bisher die störende Kastanie gestanden hätte.

Vielleicht war der Mord an dem Baum aber auch damit zu rechtfertigen, daß seine dichtbelaubten Zweige zuviel Schatten auf das Kriegerdenkmal warfen und er im Herbst pietätlos seine grünen Stachelkugeln samt Inhalt auf den Kopf des monumentalen Soldaten hatte fallen lassen, der in kämpferischer Pose auf seinem quadratischen Steinpodest stand, direkt über den eingemeißelten Namen der Gefallenen aus dem Ersten Weltkrieg. So etwas gehörte sich nicht in einer Zeit, in der man schon wieder einen Krieg hatte und vielleicht bald eine neue Tafel mit Namen anbringen mußte.

Die beiden gegenüberliegenden grün gestrichenen Holzbänke waren stehengeblieben. Von dort hatte man nun einen freien Blick auf das Kriegerdenkmal. Einen Logenplatz, sozusagen. Allerdings saß auf diesen beiden Bänken jetzt nur noch, wer einen gelben Stern trug. Das Sitzen auf den anderen Bänken des Parkes war Juden nicht gestattet. Ein überall gegenwärtiger Parkwächter – er hieß Karl Storz, wenn ich mich recht erinnere – mit Hakenkreuzbinde am rechten Ärmel achtete mit der von ihm erwarteten Zuverlässigkeit darauf, daß dieses Verbot und einige andere nicht übertreten wurden. »Hunde sind an der Leine zu führen« und »Das Betreten des Rasens ist verboten!« Herr Storz sorgte mit grimmiger Entschlossenheit dafür, daß Hunde nicht mehr frei herumstreunten, Kinder nicht mehr auf den Wiesen spielten und Juden nicht irrtümlich auf der falschen Bank Platz nahmen. Da verstand er keinen Spaß.

*

1941 war das Jahr, das uns allen die ersten großen Veränderungen brachte.

Viktor und Mucki, die in Holland und Belgien gekämpft hatten und beim Einmarsch der Deutschen in Paris dabeigewesen waren, wurden nach längerer Stationierung in Frankreich im Frühjahr 1941 dem neu aufgestellten Afrikakorps unter der Führung von Generalleutnant Erwin Rommel überstellt, dem »Wüstenfuchs«, wie der überaus beliebte, spätere Generalfeldmarschall schon bald genannt wurde. Für Viktor, der sich bei den harten Kämpfen um Dünkirchen derart bewährt hatte, daß er zum Leutnant befördert worden war, erfüllte sich damit ein Kindheitstraum. Er hatte sich schon immer gewünscht, Afrika, diesen faszinierenden schwarzen Kontinent kennenzulernen. Eine Zeit voll herrlicher Abenteuer unter dem Oberkommando eines schwärmerisch verehrten Vorgesetzten würde bevorstehen. Nach einem kurzen Heimaturlaub in Berlin – Mucki kam nicht mit, er war zu einem Familienbesuch nach Hagen gefahren – wurden beide mit ihrer Division per Schiff von Triest nach Tripolis verladen.

Viktor schrieb Feldpostbriefe voller Jubel, die mit fremdartigen, geheimnisvoll und romantisch klingenden Namen gespickt waren. Von der Eroberung der Cyrenaika war darin die Rede, von einem Angriff auf Marsa el Brega, von Kämpfen um Mechili und Bengasi, von der Einnahme Dernas und einem schnellen Vormarsch auf Tobruck, der »Perle Nordafrikas«, wie diese wichtige Hafenstadt genannt wurde. Meine Mutter war über alle Maßen stolz auf ihren Helden und erzählte im ganzen Freundes- und Bekanntenkreis, daß man Viktor nach dem EK II nun auch noch das EK I verliehen hatte – wegen besonderer Tapferkeit vor dem Feind!

Wenn Post von Viktor eintraf, versammelte sich die Familie feierlich um den runden Wohnzimmertisch, und mein Vater las die Briefe vor. Für meine Mutter wurde das im Laufe der Zeit fast so etwas wie eine Kulthandlung, bei der sie keinerlei Störung oder Unterbrechung dulden wollte. Wenn das Telefon läutete, durfte der Hörer nicht abgenommen werden und ein Klingeln an der Haustür wurde nicht beachtet. Hingebungsvoll lauschte meine Mutter Viktors oft witzigen Schilderungen von Kampfgeschehen und Wüstenverhältnissen. Ich erinnere mich an einen damit zusammenhängenden Vorfall, den mein Vater und ich sehr komisch fanden, über den meine Mutter dann aber nur widerwillig lachte, weil sie sich aus ihrer andächtigen Stimmung herausgerissen fühlte.

»Gestern haben wir zwei Springmäuse erledigt«, las mein Vater.

»Was sind Springmäuse?« fragte ich dazwischen.

Meine Mutter sah mich gereizt an: »Bitte, unterbrich jetzt nicht...«

»Immy soll ruhig fragen, wenn sie etwas nicht versteht«, sagte mein Vater über den Rand des Briefes hinweg.

»Aber doch nicht bei so einfachen Sachen, wo sie mit ein bißchen Nachdenken selbst draufkommen kann, um was es sich handelt«, erwiderte meine Mutter ungehalten. »Ich weiß ja auch nicht ganz genau, was Springmäuse sind, aber ich konnte mir sofort zusammenreimen, was damit gemeint ist...«

»Und? – Zu welchem Ergebnis bist du gekommen?« fragte mein Vater amüsiert.

»Ich nehme doch wohl an, daß es sich bei Springmäusen um Fallschirmjäger handelt, die aus Flugzeugen abspringen«, sagte meine Mutter mit einem gewissen Triumph in der Stimme.

Mein Vater lachte schallend. »Sehr logisch gedacht, aber ganz falsch! Mit Springmäusen meint Viktor Panzer!«

»Panzer?« Meine Mutter sah ihn entgeistert an. »Panzer haben doch nicht die entfernteste Ähnlichkeit mit Mäusen...« Sie schwieg gekränkt, weil mein Vater sich vor Lachen bog und ich ebenfalls laut herausprustete.

»Die Springmaus ist das Emblem der britischen Panzerdivision«, erklärte mein Vater, nachdem er sich etwas beruhigt hatte. »Auf dem hinteren rechten Kotflügel befindet sich eine rote springende Maus in einem weißen Kreis.«

»Viktor hat also zwei englische Panzer abgeschossen«, stellte meine Mutter würdevoll fest, aber dann lachte auch sie.

»Du sagst es!« Mein Vater zog sie noch eine Weile mit der Springmaus auf und auch damit, daß sie Viktors Briefe mit einem rosa Seidenband zusammenbündelte und im Wäscheschrank neben ihrer Schmuckkassette aufbewahrte.

»Du tust ja so, als wären das Liebesbriefe! Hast du das mit meinen Briefen auch gemacht? Man könnte direkt eifersüchtig werden!« sagte er schmunzelnd, und ich hatte das Gefühl, daß er es tatsächlich ein bißchen war.

Bald jedoch bekamen wir von Viktor nicht mehr so häufig Post wie in den ersten Wochen. Seine Briefe waren zwar immer noch enthusiastisch, aber es sprach bereits eine gewisse Müdigkeit und Erschöpfung aus ihnen. Das stünde zwischen den Zeilen, wie mein Vater sagte. Er meinte auch, als er in das besorgte Gesicht meiner Mutter sah, das wäre ganz natürlich, weil der Junge die Strapazen in diesem Ausmaß ja nicht gewöhnt sei.

Einmal teilte Viktor nur kurz mit, daß er bei dem Tempo, das Rommel vorlegte, eigentlich überhaupt keine Zeit zum Schreiben hätte und er diesmal nur deshalb dazu käme, weil seiner Einheit auf dem rasanten Vormarsch Treibstoff und Munition ausgegangen wären und sie deshalb einen Tag auf Nachschub warten müßten. Und weiter hieß es: »Der Chamsin, der nordafrikanische Sandsturm, macht uns zu schaffen. Der feine Sand dringt überall ein, sogar durch die Schutzbrillen. Ich habe eine Augenentzündung – nicht weiter schlimm. Ihr könnt euch nicht vorstellen, wie herrlich der Sternenhimmel über der nächtlichen Wüste ist...«

Es war irgendwann nach den Osterferien, als ich von der Schule heimkam und auf dem Schreibtisch meines Vaters einen Feldpostbrief mit der Handschrift meines Bruders entdeckte. Der Brief war noch ungeöffnet und lag zuoberst auf den eingegangenen Postsachen. Er war diesmal nicht wie sonst an die ganze Familie, sondern nur an meinen Vater adressiert. Neugierig trat ich näher, eigentlich nur, um mir das Äußere dieses Briefes, der von so weit her gekommen war, in Ruhe anzusehen. Plötzlich wurde ich von einem unguten, eigenartig bedrückenden Gefühl ergriffen. War es Traurigkeit? Angst? Entsetzen? Ich wußte es nicht zu deuten. Ich spürte, daß meine Augen sich mit Tränen füllten – anscheinend grundlos, denn ich hätte in diesem Moment gar nicht gewußt, warum ich hätte weinen sollen. Mir schwindelte, und ich klammerte mich haltsuchend an der Tischkante fest. Meine Mutter kam ins Zimmer, sah den

Brief in meiner Hand und auch, daß ich an allen Gliedern zitterte. Sie wurde blaß und stieß einen Schrei aus.
»Was ist los? – Ist etwas mit Viktor?«
»Mit Viktor?« stammelte ich, »woher soll ich das wissen?«
»Hast du den Brief geöffnet?«
Ich schüttelte stumm den Kopf.
»Warum heulst du dann?« rief sie heftig, aber ich spürte, daß dieser scheinbare Zorn nicht mir galt, sondern daß sie Angst hatte. Sie starrte mich an, dann bekam ihr Ton plötzlich etwas Flehendes: »Sag mir, ob Viktor etwas zugestoßen ist? – Sag mir, ob du... ob du wieder einmal etwas weißt... etwas von diesen Dingen, die du eigentlich nicht wissen kannst... verstehst du, was ich damit meine...« Sie brach ab.
So hatte meine Mutter noch nie mit mir gesprochen. Noch nie hatte sie meine gelegentlich auftretende Fähigkeit von Hellsichtigkeit oder wie immer man das nennen wollte auf diese Weise zur Kenntnis genommen und akzeptiert.
»Ich weiß nichts«, murmelte ich hilflos und dann sagte ich mit einer Stimme, die nicht meine zu sein schien, weil sie so weit weg klang: »Es ist nichts mit Viktor.«
Tief aufatmend nahm meine Mutter mir den Brief aus der Hand, riß ihn auf und überflog ihn hastig. »Oh, mein Gott«, sagte sie kreidebleich, nachdem sie ihn gelesen hatte.
Ich hielt den Atem an, und ein unbestimmter Schmerz bohrte sich in meinen Magen.
»O mein Gott«, sagte sie noch einmal tonlos und ließ sich schwer in einen Sessel fallen. »Viktor schreibt, daß Mucki gefallen ist!«
Ich hielt mir die Ohren zu und rannte aus dem Zimmer. Ich wollte einfach nichts hören, so als könnte ich mich dadurch der Wahrheit verschließen. Später, als mein Vater nach Hause kam und den Brief mit sichtlicher Erschütterung vorlas, saß ich still daneben und war unfähig zu weinen. Die abgehackten, beinahe flüchtig dahingeschriebenen Sätze verrieten die ganze Verzweiflung Viktors über den Verlust seines besten Freundes. Mucki war zu Ostern bei Capozzo gefallen. Die Deutschen hatten den Ort bereits eingenommen, der Kampf war eigentlich schon vorbei und alle waren in Siegerlaune, da fuhr Mucki mit seinem leichten Kübelwagen und den darin befindlichen Funkgeräten auf eine Mine...

Erst nachts, als ich im Bett lag und nicht einschlafen konnte, begann ich wirklich zu begreifen, was geschehen war, und die Erkenntnis überfiel mich wie ein Schock. Grauenvolle Bilder von schier unerträglicher Intensität standen vor mir, die auch dann nicht wichen, wenn ich mein Gesicht aufstöhnend in die Kissen preßte. Ich sah blutig gefärbten Wüstensand vor mir, zerfetzte Leiber, über die feiner brauner Sand wehte, bis sie zu unkenntlichen Haufen wurden – und einer davon war Mucki, oder das, was von ihm übriggeblieben war! – Der lustige, immer gutgelaunte Mucki mit seinem breiten Lachen und seinen flotten Sprüchen, der General werden und mich als seine Kriemhild hatte heiraten wollen! Hatte er noch gemerkt, was mit ihm und seinem Fahrzeug geschah? Hatte er vielleicht gerade einen Witz gemacht und war lachend gestorben, wie es zu ihm gepaßt hätte? Oder hatte er das für ihn typische »Immer mit der Ruhe und dann mit 'nem Ruck!« gesagt, bevor er in die Luft flog? War er gleich tot gewesen oder hatte er noch leiden müssen? Und wie hatte man ihn gefunden? War sein Körper zerfetzt oder war er mehr oder weniger heil geblieben? Und wenn nicht, was geschah mit abgerissenen Armen, Beinen, Händen, Füßen? – Machte sich jemand auf die Suche danach, um sie zu finden und einzusammeln, wenn sie fehlten, damit man sie den Gefallenen mit ins Grab legen konnte? Wie war das mit der Auferstehung der Toten beim Jüngsten Gericht, wenn die so Verstümmelten sich beim Klang der Posaunen aus Asche und Staub erhoben? Gab ein barmherziger Engel ihnen dann ihre verlorenen Gliedmaßen zurück? Irgendwann, als ich meinen Kopf leergedacht hatte, muß ich in einen traumlosen Schlaf gefallen sein, aus dem ich am nächsten Morgen zerschlagen erwachte.

*

Am 10. April wurde das unabhängige Kroatien als Vasallenstaat des Dritten Reiches gegründet. Dieses Datum ist mir deshalb so genau im Gedächtnis geblieben, weil es mit dem 55. Geburtstag meines Vaters zusammenfiel und weil es außerdem für unsere weitere Zukunft von Bedeutung war. Nach dem Einmarsch deutscher Truppen und einem Blitzsieg auf dem Balkan kapitulierte die jugoslawische Armee, und der erst siebzehnjährige König Peter II. von Jugoslawien bildete in London eine Exilregierung. Neuer Staatschef wurde der achsenfreundliche, auf allen offiziellen Photographien stets finster blickende Ante Pavelić.

Im nachhinein erinnere ich mich auch an das genaue Datum eines Schultages im Frühsommer 1941. Es war der 22. Juni.

Irgendwann im Laufe des Vormittags – wir hatten gerade Geschichtsstunde – betrat der Rektor überraschend unser Klassenzimmer. Wir erhoben uns in der Erwartung, daß uns gleich etwas Wichtiges mitgeteilt werden würde. Vielleicht sollten wir hitzefrei bekommen, vielleicht fingen die großen Ferien in diesem Jahr früher an. Es mußte jedenfalls etwas Erfreuliches sein, denn unsere Lehrerin und der Rektor tauschten verheißungsvolle Blicke aus.

»Jungen und Mädels«, begann er, nachdem er sich geräuspert und sein Gesicht einen Ausdruck feierlicher Sammlung angenommen hatte. »Der heutige Unterricht steht im Schatten…«, er räusperte sich noch einmal, »…ich sollte wohl besser sagen: steht im Licht eines historischen Ereignisses. Unter dem Decknamen ›Barbarossa‹ hat das Großdeutsche Reich heute einen heroischen Feldzug gegen Rußland begonnen. Unser geliebter Führer Adolf Hitler ist aufgebrochen, um unserem Volk neuen Lebensraum im Osten zu erschließen – ein Vorhaben von gigantischer Größe! Es ist ein Tag von geschichtlicher Tragweite, von dem ihr euren Kindern und Kindeskindern einmal erzählen könnt.« Ergriffen machte der Rektor eine Pause, und es sah aus, als würde er jeden Schüler einzeln ins Auge fassen.

Die Klasse verhielt sich still und reagierte mit jenem ausdruckslosen Ernst, der inneres Unbeteiligtsein verdecken soll.

»Zur Feier dieses Tages fällt der weitere Unterricht für heute aus!«

Jetzt brach der erwartete Jubel aus und der Rektor wandte sich mit jovialem Lächeln zum Gehen. Ein plötzlicher Einfall ließ ihn jedoch innehalten, bevor er die Tür des Klassenzimmers erreicht hatte. Er dämpfte den Lärm mit beschwichtigend ausgebreiteten Armen wie ein Dirigent und wartete, bis wieder vollkommene Ruhe eingetreten war.

»Wer ist in Geschichte am besten?«

Auf eine so direkte Frage wagte natürlich niemand die Hand zu heben, weil das zu sehr nach Eigenlob ausgesehen hätte und mit Spottgeheul überschüttet worden wäre.

»Immaculata von Roederer ist eine der Besten«, sagte die Lehrerin in die allgemeine Stille.

Ein paar Mädchen begannen zu kichern, wie immer, wenn mein voller Name genannt wurde.

Ich zuckte zusammen und erhob mich langsam. Es stimmte zwar, ich hatte in Geschichte immer sehr gute Noten, weil dieses Fach mich interessierte, aber es war mir peinlich, mich jetzt so in den Mittelpunkt gerückt zu sehen.

Der Rektor hob die linke Augenbraue und musterte mich, wie mir schien, nicht gerade erfreut. »Immaculata«, wiederholte er gedehnt, »ein deutscher Name hätte es ja wohl auch getan.«

Das Kichern weitete sich zu unterdrücktem Gelächter aus.

»Nun ja«, sagte der Rektor, nachdem er sich mit einer unwilligen Handbewegung Ruhe verschafft hatte, »wenn du so gut in Geschichte bist, kannst du mir sicher sagen, welcher andere berühmte europäische Feldherr das gleiche Wagnis eines Rußlandfeldzuges auf sich nahm?«

Ich überlegte fieberhaft. Das hatten wir noch nicht durchgenommen. Ich warf der Lehrerin einen ratlosen Blick zu, aber sie tat nichts, um mir da herauszuhelfen.

»Julius Caesar«, sagte ich schließlich auf gut Glück, in der Hoffnung, daß die Antwort richtig wäre.

Der Rektor sah mich mit steinerner Miene an. »Das ist ja interessant. Wie kommst du auf Julius Caesar?«

Es war offensichtlich, daß meine Antwort falsch gewesen war.

»Ich... ich dachte, es wäre vielleicht möglich«, stotterte ich mit rotem Kopf. »Caesar ist ja weit herumgekommen und er hat doch so viel erobert...«

»Aber nicht Rußland«, unterbrach mich der Rektor schneidend. »Es war auch nicht Julius Caesar, der nach Rußland zog, sondern Napoleon!« Er warf mir einen vernichtenden Blick zu. »Und Napoleon ist an diesem Feldzug gescheitert!« Die eben noch korpulent wirkende Figur des Rektors straffte sich plötzlich auf wundersame Weise. Er riß den gestreckten Arm hoch und rief: »Heil Hitler!«

»Heil Hitler!« brüllte die Klasse zurück. In dem Getümmel, das nach dem Abgang des Rektors entstand, in dem Freudengeschrei, mit dem alles hinter ihm her nach draußen stürmte, ging meine Blamage glücklicherweise unter.

Beim Abendessen erzählte ich meinen Eltern von meinem Mißgeschick. »Wie groß ist Rußland?« fragte ich.

»Groß«, antwortete mein Vater knapp.
»So groß wie Deutschland?«
»Größer.«
»So groß wie Frankreich?«
»Viel größer!«
»Wurde Napoleon deshalb von den Russen besiegt?«
Mein Vater seufzte. »Es war vor allem der erbarmungslose russische Winter, der Napoleon besiegt hat. Die entsetzliche Kälte, die endlosen Weiten Rußlands, die sich in Schnee- und Eiswüsten verwandelten, die haben Napoleons Heer aufgerieben und ihn zur Umkehr gezwungen.«

Ich schnappte nach Luft. »Warum will der Führer dann Raum im Osten erobern, wenn es dort so kalt ist?«

Mein Vater griff nach seiner Zeitung und machte ein undurchdringliches Gesicht, wie ich das schon öfter beobachtet hatte, wenn er über etwas nicht reden wollte.

Meine Mutter legte ihre Hand auf seine Schulter. »Du siehst müde aus.«

»Ich *bin* müde.« Er sah lächelnd von ihr zu mir und dann sagte er, ohne meine Frage direkt zu beantworten: »Der Sommer hat eben erst begonnen. Der Krieg muß zu Ende sein, bevor der Winter kommt.«

Ein paar Tage später kam ein Feldpostbrief von Viktor. Er schwärmte darin von der Achtacht. Er schrieb: »Auch die Tommys nennen sie respektvoll Achtacht, genau wie wir.«

Daß mit den Tommys die Engländer gemeint waren, wußte ich natürlich schon längst. Was aber hatte es mit dieser Achtacht auf sich? »Achtacht« klang komisch und ich konnte mir nichts darunter vorstellen. Diesmal war meine Mutter diejenige, die das Vorlesen des Briefes unterbrach und danach fragte. Nach der Sache mit den Springmäusen war sie anscheinend zu dem Schluß gekommen, daß, was die Belange des Krieges anbetraf, auch einer harmlosen Bezeichnung nicht so ohne weiteres über den Weg zu trauen war.

Mein Vater erklärte uns denn auch sofort, daß mit der Achtacht eine 8,8-cm-Flak gemeint sei. Ursprünglich als Flugzeugabwehrwaffe gebaut, werde sie nun in Afrika als wirksamstes Geschütz gegen feindliche Panzer und Artillerie eingesetzt. Mit Hilfe dieser Wunderwaffe hätten die Deutschen erst vor kurzem einen großen

Sieg im Kampf um den Halfayapaß errungen und die gefürchtete Panzerarmee der Engländer geschlagen.

»Wir liegen jetzt bei Sidi Omar in der Wüste«, schrieb Viktor. Wie aufregend das klang! Sidi Omar – der Name löste bei mir sofort Gedankenassoziationen aus. Aladins Wunderlampe, Harun al Raschid, Sesam öffne dich, Märchen aus Tausendundeiner Nacht.

Was danach kam, klang gar nicht märchenhaft: »Die Hitze ist fast schlimmer als der Krieg! Wir haben über 50 Grad im Schatten und ich frage mich, wo hier überhaupt Schatten zu finden ist, in dem man solche Temperaturen messen kann. Die Sonne knallt den ganzen Tag vom Himmel. Einfach mörderisch! Es gibt Millionen Fliegen, die sich auf alles setzen und durch nichts zu vertreiben sind – und wer süßes Blut hat, wird von den verdammten Sandflöhen zum Wahnsinn getrieben...«

Meine Gedanken schweiften ab. In Rußland fand anscheinend der leichtere Krieg statt. Ein Krieg, von dem es hieß, er würde noch vor Einbruch des Winters zu Ende sein. In Afrika zog sich der Krieg in die Länge. Da ging es nun schon seit vielen Wochen um die Einnahme von Tobruk, und Viktor war noch kein einziges Mal nach Hause gekommen. Namen wie Capozzo, Sollum und immer wieder Tobruk waren mir inzwischen schon fast so vertraut wie die von Berliner Stadtteilen. Aus der Sicht meiner beschränkten Schulmädchenperspektive kam ich zu dem Schluß, daß Viktor es in Rußland wahrscheinlich besser gehabt hätte. Wenn schon Krieg, dann ohne diese schrecklichen Sandflöhe, die lästigen Fliegen und die mörderische afrikanische Hitze!

*

Im Juli wurde mein Vater als Reserveoffizier nach Agram versetzt und dort dem bevollmächtigten General für Kroatien, Glaise von Horstenau unterstellt.

»Wie erfreulich! Es wird dort nur einen deutschen Gesandten geben und keinen sogenannten Gauleiter wie in Wien!« sagte mein Vater spöttisch. Er fühlte nach wie vor patriotisch und hatte etwas dagegen, daß sein geliebtes Österreich, von Hitler ins Großdeutsche Reich »heimgeholt«, nunmehr zur Ostmark degradiert worden war.

Die Versetzung meines Vaters bedeutete zunächst einmal Trennung auf unbestimmte Zeit von der Familie. Nichtsdestoweniger schien er sich auf Kroatien zu freuen, weil er das Land als junger

Offizier kennengelernt hatte und die Sprache fast perfekt beherrschte und auch, weil er Freunde und Kriegskameraden von damals wiedersehen würde.

»Wir Fossile aus der guten alten Donaumonarchie sind den braunen Herren also noch irgendwie von Nutzen!« sagte er mit einer gewissen Genugtuung in der Stimme.

Meine Mutter protestierte lachend gegen das Wort Fossil und betonte, wie froh sie darüber sei, daß mein Vater nicht mehr jung genug wäre, um an der vordersten Front eingesetzt zu werden. Die Angst um Viktor mache ihr schon genug zu schaffen!

Es war früh am Morgen, als wir meinen Vater – er sah in Uniform noch stattlicher aus als sonst – an seinem Abreisetag zum Bahnhof brachten, wo meine Mutter ziemlich blaß und verloren herumstand.

Es ging uns nicht anders als den meisten anderen Menschen auch, wenn sie in einer so lauten und unpersönlichen Atmosphäre voneinander Abschied nehmen müssen. Alles war schon soundso oft gesagt worden, nun wurden abgedroschene Wiederholungen daraus. Es ist, als hoffe man in den letzten Minuten die Zeit anhalten zu können, und doch würde es irgendwie eine Erlösung sein, wenn der Zug dann endlich abfuhr und in der Ferne verschwand.

Stumm hielt ich die Hand meines Vaters umklammert und drückte sie ganz fest, weil mir die Kehle wie zugeschnürt war und ich auf diese Weise zum Ausdruck bringen wollte, wie sehr er mir fehlen würde. Ich spürte den Trennungsschmerz, der meine Eltern wie eine unsichtbare Hülle umgab, beinahe körperlich, fand mich außerhalb stehend und wagte nicht darin einzudringen, indem ich auch etwas sagte. Mein Vater umarmte meine Mutter und küßte sie, dann beugte er sich zu mir hinunter. Ich schlang meine Arme um seinen Hals und versuchte meine Tränen zurückzuhalten, um in der uns umgebenden Menschenmasse jene Haltung zu bewahren, auf die meine Mutter immer so großen Wert legte. Ich nahm den vertrauten Duft des Gesichtswassers meines Vaters wahr und wunderte mich über mich selbst, daß ich in so einem Augenblick etwas derart Banales registrierte.

Um uns herum war Gedränge, Geschrei und Taschentuchgeflatter. Ich sah meinen Vater einsteigen, im Inneren des Zuges verschwinden und kurz danach das Fenster eines Abteils herunterdrücken.

»Die Zeit vergeht schneller, als man denkt!« rief er uns mit gespielter Fröhlichkeit zu. »Es dauert nicht lange, und ihr kommt mich besuchen. Ich verspreche, daß ich alles tun werde, euch sobald als möglich nachkommen zu lassen!«

Ich mußte plötzlich an Mucki denken und auch daran, wie schnell und unerwartet sich alles verändern konnte. Das Begreifen dieser Tatsache hatte mich zutiefst unsicher gemacht und mein kindliches Vertrauen auf einen stets guten Ausgang unseres ganz persönlichen Schicksals empfindlich gestört.

Der Zug setzte sich langsam in Bewegung. Er wurde schneller und schneller, bis er sich unseren Blicken entzog, allseits von einem Winken begleitet, das sich irgendwo über den Gleisen verlor.

Keiner von uns konnte damals ahnen, daß mein Vater gezwungen sein würde, sein Versprechen, das er uns auf dem Bahnhof gegeben hatte, schon so bald einzulösen.

4

Anfang Oktober traf uns der Krieg zum ersten Mal mit grausamer Wucht aus nächster Nähe. Bei einem Bombenangriff wurde das Haus, in dem wir wohnten, fast zur Gänze zerstört.

Es geschah an einem späten Nachmittag. Draußen wurde es bereits dunkel. Ich war zuerst allein in der Wohnung gewesen und hatte Klavier geübt. Meine Mutter hatte in der Stadt Besorgungen gemacht. Als sie nach Hause kam, fiel ihr ein, daß sie eine Verabredung mit Tante Bea hatte, die sehr geschickt im Nähen war und sich bereit erklärt hatte, einige Sachen, aus denen ich herausgewachsen war, für mich zu ändern. Ich mußte also mitkommen, obwohl ich lieber zu Hause geblieben wäre, um weiter zu üben. Nach wie vor wenig mit meinem Aussehen befaßt, langweilte es mich, längere Zeit ruhig stehen zu müssen, um eine Kleiderprobe über mich ergehen zu lassen. Dazu kam, daß Tante Bea an diesem Tag ziemlich nervös war und mich des öfteren mit ihren Stecknadeln versehentlich stach. Ich war froh, als ich die Prozedur endlich hinter mir hatte. Wir waren gerade im Aufbruch, da begannen die Sirenen zu heulen.

»Fliegeralarm!« rief meine Mutter, während sie hastig ihre Sachen zusammenraffte. »Mach schnell, Immy, wir können es noch bis nach Hause schaffen, bevor es losgeht!« Sie öffnete die Eingangstür und eilte in Begleitung von Tante Bea aus der Wohnung. Aus einem unerklärlichen Grund kam ich nur langsam hinterher, obwohl ich gerade noch froh gewesen war, heimgehen zu können. Die beiden befanden sich schon einen Stock tiefer im Treppenhaus, als ich immer noch herumtrödelte.

»Los, Immy, nun komm schon! Ich will nach Hause!« rief meine Mutter drängend, als man in der Ferne bereits das dumpfe Grollen der Abwehrgeschütze hören konnte, die auf die herannahenden feindlichen Flugzeuge gerichtet waren.

»Dann beeil dich aber, meine Liebe, damit die Flak dir nicht den Hut vom Kopf schießt!« sagte Tante Bea trocken.

Ich sprang, immer zwei Stufen auf einmal nehmend, die Treppen hinunter und blieb so plötzlich stehen, daß ich beinahe auf Tante Bea geprallt wäre.

»Ich will nicht nach Hause!«

Meine Mutter warf mir einen gereizten Blick zu. »Was heißt, du willst nicht nach Hause?« Sie griff energisch nach meinem Arm.

»Ich will nicht!« wiederholte ich störrisch.

»Nun komm schon!« rief sie ärgerlich. »Ich habe keine Lust, in einen fremden Keller zu gehen!« Sie zerrte an mir, während ich mich mit aller Kraft dagegen stemmte.

»Es wird dir aber nichts anderes übrigbleiben, wenn Immy so bokkig ist«, sagte Tante Bea spitz.

In diesem Moment öffnete sich von draußen die Haustür, und der Luftschutzwart kam herein.

»Was ist los?« brüllte er böse zu uns hinauf, als er uns auf der Treppe stehen sah. »Brauchen Sie eine Extraeinladung für den Besuch im Keller, meine Damen? Wir haben Fliegeralarm, verdammt noch mal!«

»Ich will nicht nach Hause!« sagte ich leise, aber mit solcher Bestimmtheit, daß meine Mutter ihren Mund, den sie gerade zu einer heftigen Entgegnung geöffnet hatte, wieder schloß, statt dessen hilflos mit den Schultern zuckte und fragend zu Tante Bea sah. Die beiden Frauen wechselten beunruhigte Blicke. Dann liefen wir alle drei wortlos die restlichen Stufen hinunter und dann den schmalen Gang entlang, der zu dem Keller in Tante Beas Haus führte.

Der Raum war angefüllt mit Menschen, die sich dort bereits versammelt hatten und die uns nun mit befremdeten Gesichtern stumm entgegenstarrten, wohl weniger deshalb, weil wir nicht zur Hausgemeinschaft gehörten, sondern darum, weil wir erst so spät kamen. Man rückte zusammen, um auch für uns noch ein wenig Platz zu schaffen.

Ich erinnere mich noch daran, wie seltsam die Stimmung an jenem Nachmittag im Keller war. Die Luft schien irgendwie elektrisiert zu sein, wie vor einem Gewitter, das kurz vor seiner Entladung steht. Niemand sprach. Nur die zwei Kinder, die auf dem Schoß ihrer Mutter saßen, quengelten leise vor sich hin.

Ein eigenartiges Dröhnen, wie ich es nie zuvor gehört hatte, kam näher, schwoll an, wurde immer lauter und war schließlich über unseren Köpfen. Das entfernte Schießen der Flak verwandelte sich in ein metallisch klingendes Bellen und schien plötzlich dicht um uns herum zu sein. Ich schnappte nach Luft. Lähmende Angst überfiel mich, so daß ich kaum noch atmen konnte. Das da draußen war kein Spiel mehr, keine willkommene Abwechslung, kein spannendes Abenteuer. Der Krieg war nicht mehr weit weg, nicht mehr abstrakt, er war auf einmal da, hautnah, unerbittlich und schreckensvoll.

Was nun kam, geschah so schnell, daß ich es nur schwer in eine geordnete Reihenfolge bringen kann, denn alles schien zur gleichen Zeit zu passieren. Ein häßliches Pfeifen über uns ließ alle im Keller Anwesenden zusammenzucken und die Köpfe einziehen. Die Menschen klammerten sich aneinander fest, während sie mit aufgerissenen Augen nach oben starrten. Die Mütter schlangen die Arme um ihre Kinder und preßten sie schützend an ihren Körper. Dann folgte ein ohrenbetäubendes Krachen, das die Wände erzittern ließ. Ich konnte gerade noch sehen, wie von der Kellerdecke eine Menge Putz herunterfiel und eine milchige Wolke aus Staub und Kalk die schwach brennende, von oben herabbaumelnde Glühbirne umnebelte. Danach war mit einem Mal alles finster und still.

Vielleicht war es gar nicht wirklich still. Wahrscheinlich kam es mir nach dem entsetzlichen Lärm, der eben noch getobt hatte, nur so vor, oder es lag an der grauenvollen Dunkelheit, die uns plötzlich umgab und die anscheinend auch jedes Geräusch verschluckte. Ich hatte mein Zeitgefühl verloren und weiß nicht mehr, wie lange diese Stille anhielt – wie lange das alles wirklich dauerte. Ein Aufschreien der Kinder, das in ein nicht enden wollendes Plärren überging, und das schrille Kreischen einiger Frauen bewirkte, daß diese lautlose Finsternis, die über uns hereingebrochen war, erträglicher – menschlicher wurde. Fast gleichzeitig flammten mehrere Taschenlampen auf und der Schein ihrer dünnen Lichtkegel ließ den grotesken Eindruck entstehen, als wäre grauer Schnee auf die Kleidung gefallen. Die Gesichter der meisten Leute in diesem Keller waren von einer schmutzigen Staubschicht überzogen und wirkten dadurch maskenhaft, ihre Haare glichen schlecht gepuderten Perükken.

Und als gelte es, nach der zuvor entstandenen Stille etwas Versäumtes nachzuholen, begannen hastige Stimme durch den Raum zu schwirren: »Das war bei uns!... Nein, nicht bei uns!... Vielleicht im Nebenhaus!... Bestimmt im Nebenhaus, sonst hätten wir noch mehr von dem Einschlag gemerkt!... So ein Glück, uns hat es nicht getroffen!...« Ich hörte Tante Bea laut aufstöhnen. »Oh, mein Gott! Ich habe die Wohnungstür nicht abgeschlossen und meinen Luftschutzkoffer habe ich auch oben vergessen.« Meine Mutter sprach beruhigend auf sie ein, und ein Mann, den ich in der Dunkelheit nicht sah, murmelte: »In solchen Zeiten wird nicht geklaut. Wer dabei erwischt wird, dem haut man die Rübe ab!« Ich verstand natürlich, was damit gemeint war. Jemandem ›die Rübe abzuhau'n‹ bedeutete, ihm den Kopf abzuschlagen. Aber die Brutalität, die hinter dem Satz stand, ließ mir für einen Augenblick das Blut in den Adern gefrieren. Meine Phantasie ging mit mir durch, und ich stellte mir vor, daß da ein Mensch ganz zufällig an einer offenen Wohnungstür vorbeiging und nur deshalb die verlassenen Räume betrat, um zu sehen, ob es vielleicht irgendwo brannte oder ob eine Wasserleitung beschädigt oder gar geplatzt war. Was passierte, wenn man diesen Menschen bei seinem Tun erwischte? Ließ man ihm dann noch die Zeit, glaubhaft zu versichern, daß er nicht hatte stehlen wollen? Und wenn nicht, schleppte der Volkszorn ihn dann sofort zur Richtstätte, wo der Henker schon wartete, um mit seinem Beil das Todesurteil zu vollstrecken? Ich hoffte inbrünstig, niemanden aus Tante Beas Wohnung herauskommen zu sehen. Was aber war mit dem Luftschutzwart? Der durfte doch überall hinein, auch in eine offen stehende leere Wohnung. Was war, wenn der klaute? Unsinn, schalt ich mich. Der klaut nicht! Der hat eine Hakenkreuzbinde am Arm und ist ehrlich, sonst hätte man sie ihm nicht gegeben. Die Turnlehrerin in der Schule hatte erst vor kurzem gesagt, daß Blockwarte und Luftschutzhelfer absolut zuverlässige Leute und deshalb unseres Vertrauens würdig wären.

Ein erneutes Aufheulen der Sirenen, das die Entwarnung ankündigte, riß mich aus meinen Gedanken. Tante Bea stürzte als eine der ersten zur Kellertür, gefolgt von meiner Mutter, die mich an ihrer Hand hinter sich herzog. Schiebend und stoßend drängten die Menschen zum Ausgang, eilten die Treppen hinauf und strömten auf die Straße, wo sie mit anderen Schaulustigen, die ebenfalls aus ihren Kellern kamen, zusammentrafen.

»Bei euch brennt es!« schrie Tante Bea meiner Mutter zu.

Wir liefen die Straße entlang, die nur durch den Feuerschein erhellt war. Das Flackern der Flammen tauchte das draußen herrschende Durcheinander in ein gespenstisches Licht, denn die Fenster der Häuser waren überall verdunkelt, so wie es Vorschrift war. Menschen rannten schreiend und aufgeregt gestikulierend hin und her. Manche von ihnen waren anscheinend schon vor der Entwarnung zur Katastrophenstelle geeilt. Ein Löschzug raste heran, und die Feuerwehrleute begannen, Absperrungen zu errichten und ihre Wasserschläuche auf die Brandherde zu richten.

»Sie können da nicht durch!« schnauzte uns ein Uniformierter an, als wir uns anschickten, über eines der Seile zu klettern.

»Aber wir wohnen doch da!« wagte meine Mutter verstört einzuwenden.

»Bleiben Sie, wo Sie sind!« Der Mann eilte weiter und überließ uns unserer Ratlosigkeit. Auf dem Bürgersteig erblickte ich plötzlich zwei längliche Bündel, ohne erkennen zu können, um was es sich dabei handelte, weil zwei braune Wolldecken darüber gebreitet waren. Ich zeigte mit dem Finger darauf.

»Was ist das?«

»Tote!« sagte jemand im Vorbeigehen.

»Gehen Sie weiter!« rief uns ein Feuerwehrmann zu. »Sie können hier vorläufig nichts tun!«

Ich starrte voller Entsetzen auf die beiden braunen Wolldecken. Dann erst merkte ich, daß meine Mutter mich schon eine Weile an den Schultern gepackt hielt und energisch schüttelte.

»Du gehst sofort hier weg, Immy!« rief sie aufgelöst. »Ich will nicht, daß du hier herumstehst!«

Wohin soll ich denn gehen...? wollte ich sagen, aber es gelang mir nicht, auch nur einen Laut aus meiner Kehle zu pressen.

»Immy, hör auf deine Mutter!« rief Tante Bea. »Das hier ist nichts für dich. Lauf zurück und warte in meiner Wohnung, bis wir kommen!«

Ich machte kehrt und rannte wie von Furien gejagt davon. Die braunen Wolldecken und das Wissen um das, was sich unter ihnen verbarg, hatten mich mit mehr Grauen erfüllt als der Anblick unseres brennenden Hauses. Ich lief zwischen den Menschenansammlungen hindurch und wunderte mich, wie viele Leute es waren, die da in unserer Straße wohnten. Ich hatte hier jedenfalls noch nie so viele auf einmal gesehen.

Vor Tante Beas Hauseingang blieb ich abrupt stehen. Ich hatte vom Rennen und meiner angstvollen Atemlosigkeit Seitenstechen bekommen. Aber das war nicht der einzige Grund, warum ich nicht weiterging. Ich fürchtete mich plötzlich, allein die dunkle Treppe hinaufzusteigen und die finstere Wohnung zu betreten. Wer weiß, ob sie wirklich leer war, ob nicht doch inzwischen ein Fremder, ein Dieb dort eingedrungen war. Und was würde mit mir geschehen, wenn man mich da erwischte, noch bevor Tante Bea und meine Mutter zurückkamen? Ich drückte auf den Lichtschalter neben der Eingangstür. Es gab noch immer keinen Strom.

Ich beschloß, mich auf die Treppenstufen zu setzen und abzuwarten. Mich fror. Ich schlang die Arme um meine angezogenen Knie und versuchte mir vorzustellen, wie es jetzt bei uns zu Hause aussehen würde und wie es war, wenn man gar nichts mehr besaß. Ich mußte an die Toten unter den schrecklichen Wolldecken denken. Niemand war bei ihnen, niemand kümmerte sich um sie. Es erschien mir unsäglich lieblos, daß man sie da zwischen Trümmern auf dem dreckigen Asphalt liegenließ, während achtlose Füße über sie hinwegstolperten. Tränen stiegen mir in die Augen. Ich fühlte mich auf einmal grenzenlos verlassen und wünschte sehnlichst, mein Vater wäre hier, damit ich mich wie früher, wenn mich etwas erschreckt hatte, auf seinen Schoß flüchten konnte. Plötzlich kam ich zu der kindischen Überzeugung, daß, wenn er dagewesen wäre, weder eine Bombe noch sonstiges Unheil unser Haus getroffen hätte.

Wenn ich wenigstens eine Kerze gehabt hätte! Brennende Kerzen

verbreiteten Wärme und vermittelten ein Gefühl von Geborgenheit. Sie waren wie lebendige Wesen, die das Alleinsein erträglicher machten. Ich dachte an die St. Nikolauskirche, in die wir sonntags immer zur Messe gingen. Da gab es neben dem Mittelschiff einen Seitenaltar, den ich besonders gern hatte, weil davor immer so viele Kerzen brannten. Man konnte diese Kerzen gleich neben dem Haupteingang kaufen, selbst entzünden und auf ein dafür vorgesehenes schmiedeeisernes Gestänge stecken, wo schon andere Lichter brannten. »Es sind Opferkerzen«, hatte mein Vater einmal erklärt, und mir auch eine gekauft. »Du kannst dir etwas wünschen!«
»Erfüllt mir der liebe Gott dann meine Bitte?«
»Sagen wir: Das Brennen der Kerze wird dein Gebet begleiten.«
Ich war damals von Feierlichkeit ganz durchdrungen gewesen und auch von dem Stolz, eine eigene Kerze zu besitzen, die in der Kirche für mich brannte. Ich vergaß zu beten und mir etwas zu wünschen. Ich sah nur andächtig zu, wie sie sich flackernd verzehrte.

In der Adventszeit wurde auf dem Seitenaltar hinter dem Kerzengestänge alljährlich eine Weihnachtskrippe aufgebaut. Auf abgeschnittenen, duftenden Tannenzweigen waren die buntlackierten Holzfiguren malerisch gruppiert. Maria im blauen Mantel kniete vor der schlichten Krippe, in der auf einem Strohballen das Jesuskind mit freundlich ausgebreiteten Armen lag. Joseph trug einen roten Mantel und stand im Hintergrund, so als gehörte er nicht ganz dazu. Rechts vorne sah man die Heiligen Drei Könige, prächtig gewandet, ins Gebet vertieft. Ich fand, daß sie einen besseren Platz als Joseph hatten, und auch die Hirten mit ihren Schafen auf der linken Seite waren viel mehr in das Geschehen einbezogen. Über dem Stall thronte ein vergoldeter Engel in eindrucksvoller Schönheit. Von all den Figuren gefiel mir das Christkind am wenigsten. Es hatte ein altes Gesicht, und sein Lächeln war ein wenig einfältig. Aber ich hätte mir nie gestattet, diesen Eindruck mehr als flüchtig in mein Bewußtsein dringen zu lassen, noch weniger hätte ich gewagt, mich darüber zu äußern. Ich hätte viel darum gegeben, jetzt in der St. Nikolauskirche zu sein, wo sich niemand an meiner Anwesenheit stoßen konnte. Im Geiste sah ich die Krippe und die brennenden Kerzen deutlich vor mir. Ein Schluchzen schüttelte mich. Ich war von tiefem Mitgefühl für die arme heilige Familie erfüllt, die auf der Flucht war und überhaupt nichts besaß.

Eilige Schritte näherten sich. Das Klappern der Absätze auf dem Straßenpflaster verriet, daß es Frauen sein mußten, die da kamen. Ich empfand es beinahe wie eine Erlösung, als meine Mutter und Tante Bea den Hausflur betraten. Nun war ich nicht mehr meiner Angst und dieser schrecklichen Verlassenheit hilflos ausgeliefert. Nun konnte ich nicht mehr in den Verdacht geraten, mich als Diebin in ein fremdes Haus geschlichen zu haben. Ich gehörte wieder zu jemandem, so wie jemand zu mir gehörte.

»Ich bin hier!« schrie ich, obwohl die beiden Frauen direkt vor mir standen. »Hier, hier bin ich!« Ich sprang ungestüm auf und merkte, daß ich vom Sitzen auf den kalten Stufen ganz steif geworden war. Dennoch wärmte mich von innen ein Gefühl von Dankbarkeit, daß ich jetzt nicht mehr allein war.

Ich hörte die Stimme meiner Mutter: »Mein Gott, es ist Immy!«

»Was macht das Kind denn da im Dunkeln?« rief Tante Bea. Sie streckte suchend die Hand aus, betätigte den Lichtschalter und hatte unvermutet Erfolg. Die mit blauer Ölfarbe angestrichene Flurlampe funktionierte wieder. In den meisten Häusern gab es diese blaugefärbten Beleuchtungskörper. Sie waren ein Bestandteil der Verdunkelungsmaßnahmen zum Schutz vor Fliegerangriffen. Das kalte, düstere Licht ließ nur wenig erkennen, aber immerhin so viel, daß meine Mutter blaß und eingefallen aussah. Sie wirkte unendlich müde, als sie die Arme auf meine Schultern legte und mit ihrem Kopf meine Stirn berührte.

»Wir dürfen heute bei Tante Bea übernachten.«

»Das ist doch selbstverständlich!« rief Tante Bea mit jener zupackenden Hilfsbereitschaft, die manche Leute immer dann an den Tag legen, wenn sie anfallende Probleme mit Leichtigkeit aus dem Weg räumen wollen. »Immy, warum bist du denn nicht längst hinauf in meine Wohnung gegangen?« Sie wandte sich zu meiner Mutter. »Du meine Güte, da sitzt dieses Kind wie eine Fremde auf der Treppe und friert!« Sie befühlte mein Gesicht und rieb dann kräftig meinen Rücken. »Du bist ja ganz kalt, Immy! Jetzt aber schnell nach oben! Ich mache uns sofort etwas zu essen!« Tante Bea redete unentwegt, während wir schweigend hinter ihr die Treppen hinaufstiegen. »Ich habe noch Gemüsesuppe von heute mittag, die kann ich verlängern... und Haferflockenkekse sind auch da. Sie sind schon etwas hart geworden, aber man kann sie in den Tee tunken, sie schmecken

immer noch recht gut!« Auf banale Weise holte uns der Alltag wieder ein, oder etwas, das zumindest Ähnlichkeit mit dem Alltag hatte, der uns abhanden gekommen war. Wir betraten die offenstehende Wohnung, und Tante Bea schloß aufatmend die Tür hinter sich zu. Sie umarmte meine Mutter mit unbeholfener Feierlichkeit:
»Herzlich willkommen, liebe Charlotte! Ich hoffe, du fühlst dich bei mir wie zu Hause!«

Die Formulierung »wie zu Hause« bekam sogleich etwas seltsam Taktloses. Sie hing plötzlich wie eine Drohung im Raum und wirkte wie ein unheilschwangerer Fremdkörper. Tante Bea biß sich auch gleich betreten auf die Lippen, nachdem die Worte ihr herausgerutscht waren.

»Ich meine, du und Immy... fühlt euch bitte wohl und macht es euch bequem!« Dann fand sie wieder zu ihrer Betriebsamkeit zurück. »Du nimmst am besten das Gästezimmer, meine Liebe. Dann kannst du auch ein wenig für dich sein, wenn du das möchtest... Und Immy lassen wir auf der Wohnzimmercouch schlafen... Ich kann dir natürlich ein Nachthemd von mir borgen. Aber für Immy habe ich leider nichts Passendes... sie kann ja ihre Unterwäsche anbehalten, nicht wahr?... Im Badezimmerschränkchen ist noch eine unbenutzte Zahnbürste, die könnt ihr euch teilen...« Tante Beas Geschäftigkeit lenkte von der uns widerfahrenen Katastrophe ab. Es war, als hätte schon das Zuziehen der Wohnungstür erst einmal alle Schreckensbilder ausgesperrt. Die Eingewöhnung in die zwar bekannte und dennoch zugleich fremde Umgebung vollzog sich mit dem Herrichten der Betten, dem Beziehen von Decken und Kissen und der Zubereitung der Mahlzeit. Ich deckte den Tisch, nachdem Tante Bea mir zuvor erklärt hatte, wo ich alles finden würde. Die heiße Suppe schmeckte gut, obwohl ich zuerst keinen Appetit gehabt hatte. Während meine Mutter und Tante Bea die Küche aufräumten, durfte ich im Badezimmer unter die Dusche gehen. Ich ließ das heiße Wasser genußvoll über meinen Körper strömen und fühlte, wie es den letzten Rest Kälte hinwegspülte. Nachdem ich mich mit einem rosafarbenen Handtuch, das nach Lavendel duftete, abgetrocknet hatte, zog ich meine Unterwäsche wieder an und kehrte ins Wohnzimmer zurück, wo Tante Bea meiner Mutter gerade einen Cognac einschenkte. Die frischbezogene Couch sah einladend aus. Ich kroch unter die Decke und zog sie mir bis ans Kinn.

Meine Mutter beugte sich über mich und gab mir einen Gutenachtkuß.

»Schlaf gut und mach die Augen zu!« sagte Tante Bea. »Ich hoffe, es stört dich nicht, wenn wir uns noch ein bißchen unterhalten. Deine Mutter und ich, wir sind auch ganz leise.«

Ich schloß gehorsam die Augen und fühlte, wie ich langsam in den Schlaf hinüberglitt. Worte und vereinzelte Sätze drangen von weit her kommend in mein Bewußtsein. »Was wird dein Mann dazu sagen?... Der arme Maximilian... Ich werde ihm gleich morgen früh einen Brief schreiben... Wo?... In Agram... Du kannst ihn über seine Dienststelle verständigen lassen, das geht viel schneller... Alles halb so schlimm... sich vor allem nicht gehenlassen... Vielleicht bei Tag besehen...«

Und dann stand ich im Traum plötzlich auf der Straße. Dort herrschte noch dasselbe lärmende Chaos wie vorher, nur daß es jetzt nicht mehr dunkel war. Es war Morgen oder schon Mittag, aber es brannte noch immer. Helle Flammen loderten aus den Dachstühlen und den Fenstern der Häuser. Es waren jedoch freundliche Flammen, vor denen man keine Angst haben mußte – Flammen, klein und gelbgezackt, Flammen, wie aus einer Struwelpetergeschichte. Ich stand vor den beiden unförmigen Bündeln auf dem Straßenpflaster. Die braunen Wolldecken waren ordentlich darübergebreitet, wie über ein Sofa. Es waren keine Toten darunter versteckt. Wer hatte nur dieses Schauermärchen erfunden? Trotzdem hätte ich gerne gewußt, was unter diesen Decken lag. Ein Feuerwehrmann, oder war es der Blockwart, tippte mir von hinten auf die Schulter.

»Na, willst du sehen, was darunter ist?«

Ich drehte mich um – und mein Herz tat vor Freude einen Sprung. Vor mir stand Mucki! Auch vor ihm mußte man keine Angst haben. Ich wunderte mich kein bißchen darüber, daß er da war. Es war die natürlichste Sache der Welt und auch, daß er diese Feuerwehruniform trug. »Es ist alles in Ordnung!« sagte er. Ja, es war alles in Ordnung. »Immer mit der Ruhe und dann mit 'nem Ruck!« Mucki zog die Wolldecken fort, wie ein Zauberer, der gleich ein Kaninchen aus dem Zylinder holen wird, und alle Umstehenden begannen zu lachen. Was da zum Vorschein kam, war wirklich komisch! Lauter Holzscheite, fein säuberlich übereinandergestapelt, keine Toten! Wie hatte ich so etwas Dummes nur glauben können? Wie kam es bloß, daß ich die beiden Holzstöße nicht gleich an ihrer Höhe und an ihren klobigen, viereckigen Umrissen erkannt hatte? Jetzt wußte ich auch sofort, woher die Holzscheite kamen: Es war die zersägte alte Kastanie. »Sie mußte gefällt werden zum Gesamtwohl des Parkes!« Und da war ja auch der Lastwagen, der die Scheite abtransportieren sollte. Wie hatte ich ihn zuvor nur übersehen können? Ich sah Hände, viele Hände, die nach den Scheiten griffen und sie auf die Ladefläche des Lastwagens warfen – und manche flogen auch im hohen Bogen ins Feuer. »Damit es nicht ausgeht!« sagte Mucki mit breitem Lachen. Ich half mit, obwohl das Holz so schwer war, daß ich es kaum aufheben konnte. »Alle für einen und einer für alle!« sagte der freundliche Feuerwehrmann mit Muckis Gesicht. Dieser Spruch stand in meinem Lesebuch unter dem Führerbild. Schneller, immer schneller faßten die Hände zu. Da sah ich es liegen – auf dem Holzstoß, inmitten der zersägten Äste: Das Christkind aus der St. Nikolauskirche! – Auf unbegreifliche Weise war es hierhergekommen und breitete seine Ärmchen aus. Es war kein Irrtum möglich, ich hatte es oft genug betrachtet. Ich erkannte es – Gott möge es mir verzeihen – an dem einfältigen Lächeln und auch an der weißen Windel mit dem Goldrand. Kein anderes Baby hatte eine so schöne Windel. Ich tastete nach dem Kind, das plötzlich nicht mehr lächelte. Sein viel zu kleines Gesicht verzog sich zu einem kläglichen Weinen. Ich wurde von irrsinnigem Entsetzen gepackt; plötzlich war es nicht mehr das Christkind – es war Manuel! Die wirre Sprunghaftigkeit der Traumszenen, die sich von jeder Realität des Wachseins unterschieden, gaben mir die absurde Gewißheit, daß ich meinen kleinen Bruder vor mir hatte, obwohl ich ihn doch nie gesehen hatte. Ein Feuerwehrmann griff nach dem Baby, ohne auf sein verzweifeltes Zappeln zu achten, und ich wußte mit grausamer Klarheit, daß er den kleinen Körper im nächsten Augenblick auf den Lastwagen werfen würde. Ich begann zu schreien: »Es ist nicht das Christkind – es ist nicht aus Holz! Es lebt, es ist lebendig... Es ist Manuel!«

Jemand hielt mich umklammert und eine Stimme sagte: »Es ist alles in Ordnung, sei ganz ruhig!« Aber ich schrie weiter wie am Spieß. Dann bekam ich keine Luft mehr. Ich schlug um mich, traf etwas Weiches und wachte davon auf. Meine Mutter hielt mich in den Armen und preßte meinen Kopf gegen ihre Brust. »Es ist alles in Ordnung... Alles ist gut!« Ich starrte sie verständnislos an. In der fremden Umgebung fand ich mich nur schwer zurecht. Ich war schweißgebadet. Tante Bea kam mit einem Glas Mineralwasser.

»Gib dem Kind um Gottes willen eine Schlaftablette!« Sie ließ etwas aus ihrer Hand in die Hand meiner Mutter gleiten, und gleich darauf spürte ich, wie mir etwas in den Mund geschoben wurde. Es schmeckte bitter und mein Hals war wie ausgetrocknet. »Du kannst sie zerbeißen, Immy, dann wirkt sie schneller.« Ich nahm das Glas Wasser und trank es in durstigen Zügen leer.

»Es sind Alpträume. Kein Wunder!« murmelte Tante Bea. »Sie ist ja noch ein Kind... auch mit dreizehn ist sie noch ein Kind.« Sie legte meiner Mutter, die noch immer auf der Bettdecke saß, ihre Hände auf die Schultern. »Kannst du nicht irgendein Schlaflied für sie singen?«

»Für ein Schlaflied ist sie schon zu groß«, sagte meine Mutter leise und strich mir über den Kopf. »Mir fällt außerdem kein Lied ein... Warum träumt sie gerade jetzt vom Christkind? Es ist absurd...« Ich sah sie an. Ihre Augen waren rotumrändert. Sie wirkte erbärmlich müde, und sie tat mir leid. Ich umarmte sie und legte mein glühendes Gesicht an ihre Wange. Meine Mutter hielt eine Weile still, dann legte sie mich sanft auf das Kissen zurück. Sie zwang sich zu einem Lächeln, das aber nicht so recht glücken wollte. Dann sagte sie in dem monotonen Singsang, mit dem man Kinder zum Einschlafen bringen will: »Vor dem Christkind brauchst du doch keine Angst zu haben... Du brauchst vor nichts Angst zu haben, du bist doch schon mein großes Mädchen! Und Weihnachten ist schön, nicht wahr?... Aber bis dahin mußt du noch Geduld haben...«

Ich schloß die Augen. Ich wollte meinen Traum nicht erklären. Nur meinem Vater hätte ich davon erzählt, wenn er dagewesen wäre. Und wieder schlug die Sehnsucht wie eine große Welle, heiß und brennend über mir zusammen... »Das Christkind... das ist doch ein schöner Traum...«, hörte ich meine Mutter von weither sagen... »Keine Angst haben... keine Angst haben...« Und dann war es, als fiele ich von hoch oben ganz tief hinunter in ein großes schwarzes Loch.

»Ein Glück, daß Immy gestern nicht nach Hause wollte«, sinnierte sie am nächsten Morgen beim Frühstück.

»Nicht auszudenken, was euch da hätte passieren können!«

pflichtete Tante Bea ihr bei. Sie sah mich eigenartig an. »War das Zufall oder so eine Art Vorahnung?«

»Ich weiß es nicht.« Ich kaute an einem Haferflockenkeks, der vom Abend übriggeblieben war, und trank meine Tasse Kakao. Dann beeilte ich mich, rechtzeitig in die Schule zu kommen, obwohl ich nichts hatte, was ich für den Unterricht hätte mitnehmen können. Meine Schulmappe war vermutlich samt Inhalt in unserer Wohnung verbrannt. Hoffentlich mußte ich nicht alle Hefte neu schreiben. Die Tatsache, ausgebombt zu sein, würde mir sicher einige Vorteile verschaffen. So war es auch bei einer Mitschülerin gewesen, die das gleiche Schicksal erlitten hatte. Die Lehrerin war überaus nachsichtig mit ihr umgegangen und hatte sie eine Woche von den Hausaufgaben befreit.

Der Vormittag verging wie im Fluge. Gleich während der ersten Unterrichtsstunde mußte ich ausführlich über das Geschehene berichten. Mitgefühl und Neugier schlugen mir gleichermaßen entgegen und machten mich verlegen. Ich bekam lauter neue Schulbücher und eine gebrauchte Ledermappe. Ich mußte nicht zum Turnunterricht, weil mir die erforderlichen Sachen dafür fehlten. Statt dessen ging der Schulwart mit mir zu einer Sammelstelle, wo man mir ein paar Lebensmittel und eine warme Decke schenkte. Eine hagere Frau mit Gretchenfrisur und Parteiabzeichen auf dem Revers ihrer grauen Kostümjacke führte mich zu einem Regal mit Spielzeug und forderte mich auf, mir etwas auszusuchen. Ich wollte aber nichts nehmen, vielleicht weil ich mir plötzlich wie eine Bettlerin vorkam. »Dann nimm wenigstens etwas zu lesen mit!« Die Frau mit der Gretchenfrisur drückte mir ein dickes Buch in die Hand. »Die deutschen Heldensagen, die werden dich doch bestimmt interessieren!« sagte sie gönnerhaft. Der Schulwart half mit beim Verstauen der Sachen in eine braune Papiertüte. »Du kannst jetzt nach Hause gehen!« Er stutzte und verbesserte sich sofort. »Ich meine, du kannst dorthin gehen, wo du jetzt wohnst. Wenn du noch etwas brauchst, dann sag mir morgen Bescheid!«

Am frühen Nachmittag ging ich mit meiner Mutter zu unserem Haus hinüber. Sie hatte inzwischen in Erfahrung gebracht, daß die Bombe auf das Nachbarhaus gefallen war und es völlig zerstört hatte. Von unserem Haus war nur die Vorderseite erheblich in Mitleidenschaft gezogen. Das Feuer war übergesprungen und hatte vor allem in den oberen Stockwerken gewütet. Der Brand war gelöscht worden, und die Aufräumungsarbeiten waren schon erstaunlich weit fortgeschritten. Bei den beiden Toten handelte es sich um niemanden aus der Nachbarschaft, sondern um Fremde, die zufällig die Straße entlanggegangen waren und es versäumt hatten, rechtzeitig einen Luftschutzraum aufzusuchen. Letzteres erzählte uns der Blockwart in mahnendem Ton, wobei er uns mit eindringlicher Bedeutsamkeit fixierte. Er war es auch, der uns gestattete, unser Haus in seiner Begleitung zu betreten. Der Treppenaufgang war so abgesichert, daß man ihn benutzen konnte. Der Lift war natürlich außer Betrieb. Wir stiegen langsam und vorsichtig über Schutt und rußgeschwärzte Trümmer nach oben, bis wir zu unserer Wohnung gelangten. Die Eingangstür, die wir bei unserem Weggang verschlossen hatten, hing schief und lose in den Angeln. Je höher wir hinaufgekommen waren, desto beißender und schärfer wurde der Brandgeruch, der überall in kalten Schwaden in der Luft hing. Mehr als einmal hielt ich mir unwillkürlich die Nase zu. Der Blockwart versuchte, die scheinbar lose Tür aufzuschieben, aber irgendwo klemmte sie und ließ sich weder nach vorne noch nach rückwärts öffnen. Als er daran rüttelte, fiel sie mit Getöse aus ihrer letzten Halterung und polterte, ehe man sie festhalten konnte, mehrere Treppenstufen hinunter, wobei sie eine Wolke schwärzlichen Staubes aufwirbelte. »Na so was«, sagte der Blockwart fast ebenso erschrocken wie wir. »So ein Ding kann einen glatt erschlagen, wenn man nicht aufpaßt! – Lassen Sie nur, ich heb' das schon auf!« Nach einigen vergeblichen Versuchen gelang es ihm, die schwere Tür hochzustemmen und an eine Wand im Treppenhaus zu lehnen. »Nun können Sie die Bude nicht mehr zumachen«, stellte er sachlich fest. »Na ja, da drin wird sowieso nicht mehr viel zu holen sein!« Er klopfte irgendwelche Dreckpartikel von seiner ohnehin verschmutzten Hose und stapfte schwerfällig nach unten. »Passen Sie bloß auf, daß nichts von oben runterkommt!« hörten wir ihn im Erdgeschoß rufen. »Wenn Sie mich brauchen, komme ich hoch.« Ein krachendes Geräusch veranlaßte ihn, laut und deutlich »verdammte Scheiße« zu brüllen, was meine Mutter zusammenzucken ließ.

Wortlos betraten wir unsere Wohnung durch das gähnende dunkle Loch, das die herabstürzende Tür hinterlassen hatte. Unwillkürlich hielten wir den Atem an, als uns im Flur der beißende

Rauchgestank entgegenschlug. Die Tür zum Wohnzimmer war nur angelehnt. Meine Mutter gab sich einen Ruck und ging vorsichtig hinein, während ich ihr langsam folgte. Es wirkte beinahe komisch, wie sie etwas gestelzt die Füße hob, wobei sie ihr Kleid ein wenig hochraffte, so als hätte sie Angst, auf den Saum eines imaginär langen Rockes zu treten. Für einen grotesken Augenblick erinnerte sie mich an eine Frau, die sich davor fürchtet, daß eine Maus im Zimmer ist.

Nie werde ich das trostlose Bild der Zerstörung vergessen, das sich unseren Blicken darbot. Nicht eine einzige Fensterscheibe war heil geblieben. Überall lagen Scherben und Glassplitter herum. Die verkohlten Sessel waren geradezu übersät damit. Durch die offenen, leeren Fensterhöhlen drangen kalte Zugluft und der Lärm der Straße. Die Möbel waren zerbrochen, teilweise angesengt oder verbrannt. Der Plattenschrank meines Vaters war umgefallen und hatte seinen Inhalt als schwarzgelackten Scherbenhaufen auf den Teppich ergossen, der voller Brandlöcher war. Das Klavier, auf dem ich gestern noch geübt hatte – war das wirklich erst gestern gewesen? – war völlig zertrümmert. Viele der ehemals weißen Tasten lagen dreckverkrustet über den Fußboden verstreut und glichen auf obszöne Weise ausgebleichten Knochenresten. Eine lebensgroße Marmorbüste, die den Kopf eines Pierrots mit melancholisch lächelndem Gesichtsausdruck zeigte, war von der sie tragenden Rundsäule auf meinen zufällig danebenstehenden Puppenwagen gestürzt. Die Wucht des Aufpralls hatte meine Lieblingspuppe zerschmettert und die Wagenräder abspringen lassen. Wie oft hatten Viktor oder Mucki dem Pierrot respektlos ihre Militärmützen aufgesetzt! Jetzt ruhte der rußverschmierte Marmorkopf neben dem zusammengedrückten Fahrgestell in einer unappetitlichen Brühe aus Löschwasser und Asche. So besudelt, waren die schmerzlich heiteren Züge des Pierrots zu einer Fratze geworden und sein Lächeln wirkte abstoßend blöde.

Ich war noch immer in seinen Anblick versunken, als mich ein Aufschrei meiner Mutter hochschrecken ließ. Er kam aus einem der Schlafräume, die auf der anderen Flurseite dem Wohnzimmer gegenüberlagen. Ich stürzte hinaus und fand sie vor ihrem geöffneten Garderobenschrank. Ich hatte gar nicht bemerkt, daß sie weggegangen war und mich allein gelassen hatte. In der einen Hand hielt sie ihre Schmuckkassette, in der anderen die mit rosa Seidenband verschnürten Briefe Viktors.

»Es ist... es ist noch alles da«, stammelte meine Mutter mit Tränen in den Augen. Mir verschlug es für einen Moment die Sprache, denn sie sah mit verklärtem Gesicht – auf das Briefbündel, nicht auf den Schmuck! Ein nagendes, böses Gefühl von Eifersucht kroch in mir hoch, und ich fragte mich plötzlich, ob ihr vielleicht ein Schlaflied eingefallen wäre, wenn Viktor, so wie ich gestern nacht, aus einem Alptraum erwacht wäre. Hätte sie in dem Fall dann auch gesagt ›er ist schon zu groß dafür‹, oder hätte sie für ihn gesungen? ›Zu groß dafür!‹ Was hieß das überhaupt? Zu groß für Mutterliebe, für liebevolle Zuwendung, wie ich sie von meinem Vater bekommen hätte? Hatte sie befürchtet, ich würde sie auslachen oder ihr Singen würde mir nicht gefallen? Mein Atem ging stoßweise vor unterdrückter Wut. Ich war jetzt ganz sicher: Für Viktor hätte sie ein Schlaflied gesungen. Für ihn ja, für mich nicht! Mich liebte sie eben nicht so sehr wie ihn. So einfach war das! Und ich wünschte aus tiefstem Herzen, daß alle Briefe Viktors dem Feuer zum Opfer gefallen wären. Ich rannte in mein Zimmer, ohne auf etwas möglicherweise Herabstürzendes zu achten. Sollte doch, in Gottes Namen, etwas auf mich herunterfallen, eine Tür oder ein verkohlter Balken von der Decke! Es geschah meiner Mutter ganz recht, wenn ich erschlagen wurde! Warum hatte sie mich nicht geliebt! – Ich riß meinen Kleiderschrank auf, warum weiß ich nicht mehr, vielleicht weil ich mich darin verkriechen wollte – und prallte zurück. Ordentlich und völlig unversehrt hingen meine Sachen auf ihren Bügeln, so wie sie zuletzt hineingehängt worden waren. Sie stanken zwar penetrant nach Rauch, wie alles in der Wohnung, aber sie waren nicht verbrannt.

Wieder ertönte ein Aufschrei. »Immy! Meine Kleider sind heil geblieben! Alle! Schau sofort in deinem Schrank nach, was mit deinen Sachen los ist!«

Ich stürmte zurück ins Schlafzimmer meiner Mutter und fand mich, eh' ich mich versah, in ihren Armen wieder.

»Immy, mein Liebling«, schluchzte sie. »Wir sind gar nicht so arm, wie ich dachte! Wir haben noch etwas anzuziehen – und wir sind gesund!« Eng umschlungen fielen wir auf ihr von Asche und Schutt verdrecktes Bett und heulten, bis wir bemerkten, daß unsere Gesichter fast ebenso schmutzig waren, wie die Laken. Meine Mutter mußte lachen und fand unverzüglich ihre Haltung wieder. Sie wischte mit dem Handrücken ihre Tränen fort, wobei sie eine Schmierspur auf ihren Wangen hinterließ. Ich heulte noch eine ganze Weile weiter, weil ich mich wegen meiner Eifersucht schämte und auch, weil ich gewünscht hatte, daß Viktors Briefe verbrannt wären.

Zehn Tage später reisten wir auf unbestimmte Zeit zu meinem Vater nach Kroatien. »Hier bei mir in Agram wird sich alles Weitere finden«, schrieb er, weil er selbst nicht nach Berlin kommen konnte, um uns abzuholen.

Tante Bea hatte darauf bestanden, daß wir bis zu unserer Abreise bei ihr wohnen blieben. Wir hatten fast alles verloren, aber wir waren mit dem Leben davongekommen – und das sei ja schließlich das Wichtigste, meinte sie immer, wenn meine Mutter den einen oder anderen Verlust beklagte.

Es dauerte ziemlich lange, bis unsere Kleidung nicht mehr so entsetzlich nach Rauch stank. Auf Tante Beas Balkon hing ständig etwas zum Auslüften, so daß man ihn nicht mehr benutzen konnte. Es war jedoch inzwischen zum Draußensitzen sowieso zu kühl geworden.

Ich betrat unsere Wohnung nie wieder.

Ich glaube, ich hätte den Anblick der Verwüstung und das abscheuliche Grinsen des Pierrots kein zweites Mal ertragen. Was auch immer von dem Hausrat noch halbwegs brauchbar war, verschenkte meine Mutter an Tante Bea als Dank für die uns gewährte Gastfreundschaft. Mit vier großen Koffern – drei eigenen und einem geborgten, worin die Kleidung und die Überreste unserer beweglichen Habe verstaut waren, fuhren wir an einem unfreundlichen Oktobertag zum Anhalterbahnhof. Es goß an jenem Morgen in Strömen. »Wenn Engel reisen, dann weint der Himmel«, sagte Tante Bea, die es sich natürlich nicht hatte nehmen lassen, uns zu begleiten. Nun stand sie mit blassem Gesicht auf dem zugigen Bahnsteig und kämpfte mit den Tränen. »Wir werden uns wohl so schnell nicht wiedersehen! Viktor kann bei mir wohnen, wenn er nach Berlin kommt. Sag ihm das, damit er weiß, daß er hier noch ein Zuhause hat!«

»Danke«, seufzte meine Mutter, »aber ich denke, er wird natürlich zu uns kommen, wenn er Urlaub hat.«

Der Abschied von Berlin fiel ihr schwer. Sie hatte bereits Heimweh, als der Zug noch gar nicht abgefahren war. Für meine Mutter ging ein wesentlicher Abschnitt ihres Lebens zu Ende und wurde zu einem Stück Vergangenheit – unwiederbringlich, während ich mit freudiger Erwartung in die Zukunft blickte. Ich reagierte völlig unbefangen und war durch keinerlei Ressentiments belastet. Unsere Wohnung gab es nicht mehr. Der Park, den ich früher so geliebt hatte, war nicht mehr derselbe. Und Viktor würde sowieso aller Wahrscheinlichkeit nach nicht mehr bei uns zu Hause wohnen. »Du mußt dich damit abfinden, liebe Charlotte, daß der Junge sein eigenes Leben leben wird, wenn er aus dem Krieg zurückkommt. Und das ist auch ganz richtig so!« hatte Tante Bea vor kurzem erst gesagt. »Er ist doch, zum Glück, kein Muttersöhnchen. Also wird er irgendwann heiraten, und wenn das Schicksal es so will, zieht er sogar in eine andere Stadt.«

Aus dieser sicher nicht böse gemeinten Feststellung hatte sich eine heftige Diskussion entwickelt, die nur deshalb nicht im Streit endete, weil Tante Bea zum Schluß immer wieder beteuert hatte, sie habe meine Mutter doch wirklich nicht verletzen, sondern ihr nur ein wenig die Augen öffnen wollen.

Ich hatte die letzte Nacht vor unserer Abreise vor Aufregung kaum geschlafen. Dazu kam die grenzenlose Freude, daß ich schon in zwei Tagen meinen Vater wiedersehen würde. Unsere erste Etappe sollte Wien sein. Am nächsten Morgen würden wir über Graz und Maribor nach Kroatien weiterfahren.

Während die beiden Frauen immer noch auf dem Bahnsteig standen, miteinander redeten, als müßte alles noch einmal gesagt werden, und sich immer wieder umarmten, war ich schon ins Abteil geklettert, selig darüber, daß wir Fensterplätze ergattert hatten. Ausgerüstet mit den Deutschen Heldensagen, einer Tüte Äpfel und frischgebackenen Haferflockenkeksen von Tante Bea als Reiseproviant, fieberte ich dem Abfahrtsignal entgegen, das meine Mutter endlich einsteigen ließ.

Als die Türen geschlossen wurden und der Zug sich keuchend und stampfend in Bewegung setzte, spürte ich das wilde Klopfen meines Herzens bis hinauf in die Schläfen. Ich sprang auf, hing mich ans Abteilfenster und sah, wie wir langsam aus der Halle mit ihrer gewaltigen, gläsernen Kuppel rollten. »Räder müssen rollen für den

Sieg!« schrie es von Plakaten und Transparenten. Es war, als würde der Bahnsteig an uns vorübergezogen und mit ihm all die Winkenden, die zurückblieben. Leb wohl, Berlin! Leb wohl, Anhalter Bahnhof, für den gerade einlaufenden Fronturlauberzug imposante Endstation, für mich verheißungsvolle Aufbruchsstätte in ein neues Leben! Leb wohl, ich fahre zu meinem Vater! Ich lasse nichts zurück, nicht einmal Heimweh, denn dieses Gefühl kenne ich noch nicht. Wenn ich irgendwann einmal in diese Stadt, die mich geboren hat, zurückkehre, werde ich kein Kind mehr sein!

Endlich ließ ich mich tief aufatmend auf meinen Sitzplatz zurückfallen und während ich draußen das eintönig graue Häusermeer, dann die Vororte und dann die abgeernteten Felder und herbstnassen Wiesen an mir vorüberfliegen sah, ahnte ich nicht, daß ich an diesem Tage meinem Schicksal entgegenfuhr, einem Schicksal, das mein ganzes weiteres Leben im Guten wie im Bösen prägen sollte.

5

*D*as Schreiben ist mir inzwischen zu einer beinahe lieben Gewohnheit geworden. Besonders gern schreibe ich am späten Abend, wenn es im Haus auf den Gängen still geworden und das Vogelgezwitscher draußen verstummt ist. Es ist nur scheinbar ein Widerspruch, wenn ich sage, daß die Geräusche der Nacht die Stille um mich herum vertiefen, wenn ich in sie hineinlausche. Ich bin allein, eingesponnen in die Lichtinsel meiner Schreibtischlampe, und das Zimmer beginnt sich auf seltsame Weise zu beleben, ohne die wohltuende Stille zu stören. Schreiben kann zu einer Sucht werden. Ich grabe mich in die Vergangenheit, wie ein Maulwurf in seine kleinen, dunklen Wege. Große und kleine Erlebnisse tauchen wieder auf, drängen sich ins Bewußtsein, so wie die Menschen von damals, die mir wieder näherücken, weil meine Gedanken sich mit ihnen beschäftigen. Manchmal kommt es mir so vor, als bestünde ich aus zwei voneinander getrennten Personen – aus der, über die ich schreibe und aus der, die ich jetzt bin. Das Mädchen, das ich einmal war, gehört noch immer zu mir und ist mir dennoch entglitten, könnte auch jemand anderer sein, ist ein Wesen, das mir vertraut ist und das ich dennoch erst kennenlernen muß.*

Die lange Fahrt nach Kroatien war meine erste wirklich große Reise, und darum wundert es mich, daß mir so wenig davon im Gedächtnis geblieben ist. Nach den allerersten Eindrücken des abfahrenden Zuges schien die Landschaft zu entfliehen. Sie flog einfach davon, ohne Spuren in meiner Erinnerung zu hinterlassen. Bahnstationen schrien uns ihre Namen entgegen, wenn wir hielten. Nach planmäßigem Aufenthalt fuhren wir planmäßig weiter, und ich hatte sie schon vergessen, bevor ich sie richtig wahrgenommen hatte. Ich weiß nicht mehr, ob ich einen Blick in die Deutschen Heldensagen geworfen habe, ob Mitreisende zu- und ausstiegen, ob es zu Gesprächen, zu Bekanntschaften kam. Gab es in all den Stunden etwas anderes zu essen, als Tante Beas Haferflockenkekse? – All das ist mir entfallen. Haften geblieben ist mir ein kleines Erlebnis am Rande, kaum erwähnenswert – und doch gewann es später an Bedeutung für mich.

Es geschah in Wien, wo wir nach unserem ersten Reisetag übernachteten. Ich war allein im Hotelzimmer. Meine Mutter war zu einem Besuch bei Tante Olga, der jüngeren Schwester meines Vaters aufgebrochen. Sie verließ mich mit der Aufforderung, mich bald hinzulegen, weil ich doch von der Reise erschöpft sein müßte; im übrigen käme sie bald zurück.

Ich war tatsächlich todmüde, konnte aber trotzdem nicht gleich einschlafen. Nach dem Bombenangriff und den beengten Wohnverhältnissen bei Tante Bea erschien mir das Hotelzimmer als Inbegriff von Luxus. Die Einrichtung bestand aus weißen, goldverzierten Stilmöbeln. Ein weicher Teppichboden aus blauem Velours dämpfte in seiner samtenen Vornehmheit jedes Geräusch. Er verschluckte die Schritte des Hausdieners, der die Koffer heranschleppte, die des Stubenmädchens, das die beiden Betten abdeckte, und ließ den Servierwagen des Etagenkellners lautlos hereingleiten, der auf Wunsch meiner Mutter Pfefferminztee und etwas zu Essen brachte. An den Wänden, die mit blaßblauen Seidentapeten verkleidet waren, hingen kostbar wirkende Spiegel in Messingrahmen und mehrere alte Stiche, die barocke Schäferidylle zeigten; die Damen in Reifröcken und Allongeperücken, die Herren in höfischer Kleidung, Kniestrümpfen und Schnallenschuhen. In galanten Posen waren sie in eine liebliche Landschaft gestellt, die von allerlei gutartigem Getier bevölkert war. Sogar Löwen waren da zu sehen, die freundlich lächelnde Gesichter hatten und wie sanfte Kätzchen zu schnurren schienen und auf keinem der Bilder fehlte Gott Amor in seiner dickbauchigen Kindergestalt. Die Spiegel waren flankiert von kristallenen Wandarmen, die nicht diese plumpen runden Glühbirnen trugen, wie ich sie von zu Hause kannte, sondern schmale, wie gedrechselt wirkende Glaskerzen, an denen geschliffene Glasanhänger baumelten, wie große, zu Stein erstarrte Wassertropfen. Ich lag schon unter dem bauschigen »Plümoh«, wie das Stubenmädchen die Daunendecke genannt hatte, da fuhr ich noch einmal mit den Beinen heraus, um mit meinen nackten Fußsohlen über das verlockend weiche Blau des Teppichs zu gleiten. Zum wiederholten Male ließ ich meine Blicke umherschweifen, und erst jetzt bemerkte ich den Kristallüster in der Zimmermitte über mir. Ich hatte ihn vorher nicht wahrgenommen, weil die Deckenbeleuchtung nicht eingeschaltet war. Ich stand auf und lief zur Tür, um den Lichtschalter anzuknipsen. Da erstrahlte der Lüster im betörenden Glanz seiner sechs Kerzenarme, von denen ebenfalls Kristallprismen herabhingen. Ein unmerklicher Luftzug, hervorgerufen durch meinen Gang durchs Zimmer, ließ sie leise erzittern. Sie wiegten sich zart klirrend und regenbogenfunkelnd, jede ein kleiner schimmernder Kosmos für sich. Wie schön das war! Ich legte mich zurück ins Bett und hörte nicht auf zu schauen. Ich bin in einem Feenpalast, und sie haben hier Edelsteine, die sie an die Lampen hängen, weil es so viele davon gibt, dachte ich wohlig in die Kissen gekuschelt. Die Kristallprismen schossen kleine sanfte Blitze auf mich herab, und meine Lider wurden schwer. Plötzlich begann ich, Bilder zu sehen, schnell wechselnd und verschwommen wie Wolkenfetzen, die den Himmel entlangziehen ohne Anspruch auf Realität oder sinnvolle Nützlichkeit, wandernde Träume zwischen Schlafen und Wachsein. – Man muß nicht denken dabei, nur schauen – schauen. Und dann verdichten sich die gaukelnden Impressionen und werden zu etwas Deutbarem. Ein Steingebilde ist zu erkennen, ein Haus, mehr als ein Haus, viel größer, kein Schloß, nein, auch keine Burg, als Gutshof, als Herrenhaus könnte man es bezeichnen. Ein grauer Turm ist dabei, von Zinnen gekrönt. Ich sehe alles ganz genau vor mir. Das Haus wirkt imposant, ein wenig altertümlich, nicht gerade schön, vielleicht sogar ein bißchen verwahrlost, die gelblichgraue Fassade könnte einen neuen Anstrich gebrauchen... Der Turm macht mich neugierig. Ich möchte wissen, was sich da oben hinter den geschlossenen Fensterläden verbirgt, wie komme ich da hinauf...

Die Stimme meiner Mutter riß mich aus meinen Träumen, aus meinem Wachsein – was immer dieser Schwebezustand war.

»Warum brennt hier soviel Licht?« wollte sie wissen.

Ich mochte nicht reden. Ich murmelte etwas Unverständliches, als wäre ich schlaftrunken, dann rollte ich mich zusammen und schlief ein. Später, als ich zum ersten Mal nach Peterhof kam, durchzuckte es mich wie ein elektrischer Schlag: Das Herrenhaus, das ich nie zuvor gesehen hatte, erkannte ich sofort als das Gebäude wieder, das ich in jener eigenartigen Vision in dem Wiener Hotelzimmer erblickt hatte.

*

Obwohl Kroatien ein unbekanntes Land und Agram eine völlig fremde Stadt für mich waren, erschien mir unsere Ankunft dort wie eine Heimkehr. Der Zug rollte ein in den Kolodvor, wie die Kroaten ihren stattlichen Hauptbahnhof nennen, und es verschlug mir fast den Atem vor freudiger Erregung. Wir hingen am geöffneten Abteilfenster, bis wir meinen Vater auf dem Bahnsteig unter einer brodelnden Menschenmenge entdeckten. Noch heute sehe ich seine vertraute Gestalt vor mir, wie er ernst und aufrecht dastand und suchend Ausschau hielt, wie sein Gesicht aufleuchtete, nachdem er uns erblickt hatte. Und als er uns endlich in Empfang nahm und in die Arme schloß, war alles gut – ich war zu Hause!

Meine Mutter verstieß gegen ihr Prinzip, immer Haltung zu bewahren, und lehnte weinend an seiner Schulter.

»Es sind die Nerven«, entschuldigte sie sich schluchzend. Mein Vater klopfte ihr liebevoll, zugleich ein wenig ungeschickt auf den Rücken und meinte, das sei doch verständlich nach allem, was sie durchgemacht habe, und sie solle sich keinen Zwang antun.

Ein Gefühl der Enttäuschung, das ich mir kaum eingestehen mochte, mischte sich in die Freude. Das hing sicher damit zusammen, daß ich meinen Vater – so widersprüchlich das klingt – während der Zeit der Trennung mit niemandem hatte teilen müssen. In meinen Gedanken hatte er mir allein gehört. Jetzt, so schien es mir, verlor ich ihn wieder an meine Mutter, die ihn ihrer Art entsprechend sofort ganz mit Beschlag belegte, so wie sie es auch immer mit

Viktor machte. Es war eine ungute Empfindung, derer ich mich schämte, und ich bemühte mich, sie schnell wieder abzuschütteln.

»Ich möchte, daß ihr vorläufig hier bleibt, hier seid ihr in Sicherheit!« sagte mein Vater, als wir den Bahnhof verließen, gefolgt von einem Gepäckträger, der die vier Koffer mit der uns verbliebenen Habe auf seinem Handkarren verstaut hatte.

»Was wird aus Immys Schule?« fragte meine Mutter, die sich wieder gefaßt hatte.

»Das wird sich schon finden«, meinte mein Vater lächelnd. Ich vergaß meine Eifersucht, als er mich an sich drückte und mein Gesicht zu sich emporhob. »Ich will dich hierbehalten, Füchslein. Ich denke, du wirst auch hier etwas lernen, nicht wahr!« Dann zeigte er auf das große Gebäude, das linker Hand nicht weit entfernt vom Bahnhof lag. »Dort drüben, seht ihr, dort drüben steht das Hotel *Esplanade*, in dem wir wohnen. Wir können zu Fuß hinübergehen!«

Das *Esplanade*, damals hauptsächlich von Offizieren und Diplomaten bewohnt, war einer jener stolzen Hotelpaläste von etwas verblichener Eleganz, wie sie vor allem um die Jahrhundertwende erbaut worden waren. Weitläufig mit hohen, geräumigen Zimmern und langen Korridoren, die man im Karree umlaufen konnte. Durch die überdachte, von Säulen flankierte Auffahrt, erreichte man das Eingangsportal mit der gläsernen Drehtür. Hier stand einer der livrierten Wagenmeister, der die ankommenden Autos einwies, nach Bedarf ein Taxi herbeirief oder auch nur die Tür aufhielt, wenn man das Hotel betreten oder verlassen wollte. Durch den Eingang gelangte man in die pompöse Halle zur Rezeption und zur Portiersloge mit ihrer mehrreihigen Schlüsselwand. Ich war überaus beeindruckt von den vielen weichen Sofas und Lehnsesseln, die, um niedrige Marmortische gruppiert, zum Sitzen einluden, und von den Vitrinen, in denen Geschenkartikel ausgestellt waren, auch Schachteln mit Pralinen – ein lang entbehrter Anblick. Es gab sogar einen hoteleigenen Zeitungsstand, an dem man auch Bücher, Andenken und Kosmetikwaren wie Seife, Rasierwasser und Zahnpasta kaufen konnte. Ein Fahrstuhl, dessen verglaste Kabine hinter Messingstäben wie ein übergroßer Vogelkäfig auf und nieder schwebte, zog mich immer wieder in seinen Bann. Kam er von oben herunter, so sah man zuerst die Schuhe, dann die Beine und zuletzt die Insassen selbst. Es machte mir Spaß, das zu beobachten und herauszufinden, welches Gesicht zu welchem Paar Beine gehörte. Ein riesiger Kristallüster, der mich gleich an jenen viel kleineren in Wien erinnerte, strahlte auch hier im Glanz seiner Kerzen und geschliffenen Glasprismen von der Decke. Er hing, ebenso wie der gewaltige Leuchter im Speisesaal, von einer Stahltrosse herab, die mit rotem Samt umwickelt war.

Meine Eltern bewohnten ein großes Doppelzimmer mit Bad. Zu meinem Entzücken gab es bei ihnen ebenfalls einen Kronleuchter, allerdings von viel bescheidenerem Ausmaß. Von den fünf nach oben geschwungenen Kerzenarmen baumelten nur einige wenige Kristallanhänger, aber ich wurde nie müde, sie zu betrachten, wenn das Licht sich darin brach und sie wie verzauberte Edelsteine glitzerten. Ansonsten war das Zimmer neben den beiden obligaten Betten mit ausreichend Schränken, einem Tisch mit zwei bequemen Sesseln, sowie einem Schreibtisch, dem dazugehörigen Stuhl und einer Stehlampe ausgestattet.

»Es ist sehr schön«, antwortete meine Mutter auf die Frage, ob ihr das Zimmer gefiele. »Es ist auch groß genug, um mehr oder weniger zu dritt ein paar Wochen darin zu leben«, fügte sie noch hinzu, nicht ahnend, daß aus den paar Wochen fast drei Jahre werden würden.

Ich selbst war in einem winzigen Einzelzimmer untergebracht. Es war mit einem schmalen Bett, einem Stuhl, einem kleinen Tisch und einem Waschbecken nur sparsam möbliert. Zum Schlafen war der Raum jedoch völlig ausreichend, weil ich mich tagsüber sowieso meistens nicht darin aufhielt. Am Fußende meines Bettes gab es eine tapetenüberzogene Verbindungstür zu dem geräumigen Badezimmer meiner Eltern, die gleich bei unserem Einzug vom Hausdiener aufgeschlossen wurde, so daß ich auf diese Weise ins Bad und zu ihnen gelangen konnte. Das Bad mit seiner altmodischen Wanne, die nicht umkachelt auf vier Krallenfüßen stand, den zwei Marmorwaschtischen und der hinter einen halbhohen Wand separat liegenden Toilette war sozusagen unsere gemeinsame Mitte. Ich erwähne das deshalb, weil dieses Badezimmer der Ort war, an dem ich meinen Vater an jedem Tag wenigstens eine knappe Viertelstunde ganz für mich allein hatte. Bevor er mit seiner morgendlichen Rasur begann, klopfte er mit dem Griff seines Rasierpinsels gegen die Wand, die an mein Zimmer grenzte. Und auf dieses schon sehnsüchtig erwartete Zeichen schlüpfte ich durch meine Seitentür zu ihm ins Bad, wo ich neben seinem Waschtisch auf einem Badezimmerschemel Platz nahm und ihm andächtig zusah, wie er die Rasierseife anrührte und den Schaum über seine kleinen über Nacht gewachsenen Bartstoppeln verteilte. Seine morgendliche Rasur war ein stets gleichmäßiger Ablauf, eine Ordnung, in der ich mich geborgen fühlte. Geduldig beantwortete er meine Fragen oder hörte aufmerksam zu, wenn ich ihm etwas erzählte. Manchmal schnitt er unter seiner Schaummaske Gesichter wie ein Clown, um mich zum Lachen zu bringen, oder er kleckste mir den Schaum, der sich so herrlich weich anfühlte, vorsichtig auf Nase, Stirn und Kinn. Wenn ich merkte, daß er mit seinen Gedanken woanders war, ließ ich ihn in Ruhe und redete nur wenig, dann genügte es mir, einfach nur bei ihm zu sein und ihm zuzusehen. Seit Jahren benützte er einen Dachshaarpinsel mit Elfenbeingriff. Dazu gehörte ein kleiner versilberter Rasierapparat, den er nach Gebrauch immer aufschraubte, um ihn zu säubern, zu trocknen und die Klinge zu wechseln. War sein Gesicht bis zur Nase eingeschäumt, fuhr er mit diesem Apparat mit schnellen, sicheren Bewegungen über Kinn und Wangen, jedesmal einen Streifen glatte, saubere Haut hinterlassend. Dieser Vorgang, der noch einmal wiederholt wurde, fand seinen Abschluß darin, daß er aus einem Flakon sein Rasierwasser in die hohle Hand schüttete und klatschend und klopfend sein Gesicht damit benetzte. Ich liebte den frischen Geruch, den ich so gut kannte. Für mich hatte dieses morgendliche Ritual etwas ungemein Positives. Es war ein guter, optimistischer Tagesanfang, der mehr bedeutete, als sich einfach nur zu waschen und sich die Zähne zu putzen. Eine wohltuende, beinahe aggressive Aktivität steckte darin, und so konnte ich auch nie recht begreifen, warum viele Männer ihre tägliche Bartabnahme als lästige, wenn auch notwendige Prozedur empfinden.

Wenn mein Vater sein Frühstück nicht im Hotel einnahm und nicht mit dem Wagen abgeholt wurde, sondern zu Fuß zum nahe gelegenen Offizierscasino oder zu seiner Dienststelle ging, dann hing ich am Fenster und winkte stürmisch, wenn er sich noch einmal nach mir umdrehte, als gelte es, einen langen Abschied zu nehmen; und es konnte tatsächlich passieren, daß ich ihn den ganzen weiteren Tag und auch am Abend nicht mehr sah.

Unsere Zimmer lagen im 4. Stock und da sie ineinander übergingen, vermittelten sie den Eindruck einer kleinen, privaten Wohnung. Von den Fenstern hatten wir einen prächtigen Ausblick auf den Kolodvor und den davor gelegenen König-Tomislav-Platz mit seinen gepflegten, symmetrisch angelegten Grünflächen. Vom Bahnhofslärm hörten wir nicht viel, nur wenn der Wind ungünstig stand, drang das entfernte Rattern der Züge zu uns herüber. Hingegen wurde das Geschrei der Zeitungsverkäufer, die zwischen Kolodvor und *Esplanade* auf und ab liefen, bald zur vertrauten Geräuschkulisse. Ihr langgezogenes Rufen klingt mir noch heute im Ohr: »Hrvatski Narod... Hrvatski Narod...«

Unser neues Leben unterschied sich in vieler Hinsicht von dem, das wir früher geführt hatten. Ich gewöhnte mich verhältnismäßig schnell daran und fand heraus, daß so ein Grandhotel eine aufregende Welt im kleinen ist, die nach eigenen Gesetzmäßigkeiten funktioniert. Meine Mutter hatte mit der Umstellung zunächst Schwierigkeiten. War sie in all den Jahren damit beschäftigt gewesen, einen Haushalt zu besorgen, so wurde jetzt alles vom Hotelpersonal erledigt. Ein Klingeln genügte, und es wurde gesäubert, serviert und abgeräumt, geliefert oder weggebracht. Von den häuslichen Pflichten befreit, hatte sie nun genügend Zeit, sich anderen Dingen zuzuwenden. Und schon bald verlagerten sich die Interessen meiner Mutter auf das gesellschaftliche Leben, das sich ihr in reichem Maße bot. Es verging kein Tag ohne Einladungen, die natürlich Gegeneinladungen zur Folge hatten, sei es zum Mittagessen, zum Tee, zum Abendessen, zu irgendwelchen Empfängen oder zu Opern- und Konzertbesuchen.

»Wir sind hier im Schlaraffenland«, sagte sie einmal beinahe atemlos vor Staunen, wie gut es uns ging, und mit diesem Vergleich traf sie den Nagel auf den Kopf. Nach den Entbehrungen in Deutschland, wo wir den Krieg durch Bombenangriffe hautnah erlebt hatten, wo es nur auf Bezugscheine etwas zu kaufen gab und das Essen rationiert war, fühlten wir uns hier tatsächlich wie ins Schlaraffenland versetzt. Hier heulten keine Sirenen, weil feindliche Flugzeuge im Anflug waren, man hörte kein Schießen und keinen Geschützdonner, und es gab keine Lebensmittelkarten, denn das Essen war nicht knapp. Die Kroaten waren liebenswürdig und sehr gastfreundlich, und mein Vater hatte einen großen Freundeskeis, der auch seine Familie mit offenen Armen aufnahm.

Mit unserer Ankunft in Kroatien schwand der Krieg aus meinem Gesichtsfeld und wurde langsam wieder zu etwas Abstraktem. Ich nahm ihn in den kommenden Monaten kaum noch wahr. Es schien, als wolle er sich von mir zurückziehen, nachdem er sich einmal mit aller Brutalität gezeigt und mir angstvollen Respekt eingeflößt hatte. Ich hatte begriffen, daß Krieg kein säbelrasselnder Popanz war, wie eine Abbildung in meinem Geschichtsbuch den drohend um sich blickenden Kriegsgott Mars darstellte. Krieg, das waren brennende Häuser, verwüstete Wohnungen, Trümmer und Scherben. Krieg, das waren Tote unter braunen Wolldecken auf dem schmutzigen Asphalt und Muckis zerfetzte Leiche, blutüberströmt, unter glühendem Sandstaub verweht...

Kinder haben noch die Fähigkeit, ihr Leben mit jedem Tag neu zu beginnen. Und sie vergessen schnell. Die Schreckensbilder verblaßten, und auch Mucki verwandelte sich, ohne daß ich es ändern konnte, in einen freundlichen Schatten, an den ich immer seltener dachte. Bald konnte ich mir seine Gestalt, seine Gesichtszüge nicht mehr genau vorstellen, ich vergaß den Ton seiner Stimme und auch, wie sein Lachen geklungen hatte. Der Krieg war, alles in allem, wieder zum traurigen Alleinbesitz der Erwachsenen geworden.

*

An den letzten warmen Herbsttagen machten wir Ausflüge in die nähere Umgebung von Agram. Wir fuhren hinauf zum Waldpark Maksimir und besuchten dort den weitläufigen Zoologischen Garten, der meiner Ansicht nach zu den schönsten seiner Art gehört, weil er so viele Freigehege hat und die Tiere nicht in enge Käfige eingepfercht sind. Wir waren auch in Medvenica, dem sogenannten Bärenland, wo es angeblich noch immer Bären und Wölfe gibt. Wir haben jedoch nie welche in freier Wildbahn gesehen; allerdings wichen wir auch nicht von den markierten Wegstrecken ab, weil mein Vater meinte, daß das zu gefährlich sei.

Heute wird Agram nur noch Zagreb genannt.

Ich hatte mich früher oft gewundert, daß ein und dieselbe Stadt zwei so unterschiedliche Namen haben kann. Mein Vater erklärte mir, daß Zagreb, wie die Kroaten ihre Metropole seit über zweihundert Jahren nennen, aus dem Zusammenschluß der Städte Kaptol und Gradec entstanden sei. Da dort aber seit den Tagen der österreichisch-ungarischen Monarchie noch immer sehr viel Deutsch gesprochen oder zumindest verstanden werde, sei der damals offiziell geführte Name Agram ebenfalls noch gebräuchlich. An die k. u. k.-Zeiten, die meinem Vater noch sehr nahe waren, erinnern viele stolze Bauten, Straßen und Plätze. Von den Denkmälern gefiel mir das Jelacić-Denkmal am besten, weil es so lebensecht wirkte. Wann immer ich daran vorbeikam, blieb ich stehen, um es zu betrachten. Jelacić, ein berühmter kroatisch-österreichischer Reitergeneral aus dem vorigen Jahrhundert, saß hoch zu Roß, mit heroischer Miene, vorgestrecktem Arm und gezogenem Säbel eine in Bronze erstarrte, immerwährende Attacke reitend.

Bei diesem Anblick bekam der Krieg wieder seinen trügerischen, heroischen Glanz, und man dachte wieder an edle Tapferkeit und schönes Heldentum, wie es auch in den Deutschen Heldensagen beschrieben wurde und nicht nur dort, sondern auch bei den alten Römern und Griechen.

Auf dem Kaptol, der alten Oberstadt mit ihren schönen, gut erhaltenen Barockhäusern, liegen viele Sehenswürdigkeiten dicht beieinander. Unvergessen ist mir vor allem die Markuskirche mit ihrem prächtigen Dach aus farbigen Ziegeln, das zwei Wappen zeigt: das des Landes und das der Stadt. Es erinnert in seiner Art ein wenig an das Dach des Stephansdoms in Wien. Wir gingen natürlich auch in Agram an Sonn- und Feiertagen in die Messe; selten in den Dom, manchmal in die Katharinenkirche, aber am häufigsten in die Markuskirche, weil dort ein Mönch aus einem der benachbarten Klöster so wunderbar die Orgel spielte.

Vom Kaptol, das man zu Fuß über eine alte Treppe oder mit einer Zahnradbahn erreichen konnte, hatte man einen herrlichen Blick auf die Unterstadt, das breite, glitzernde Band der Save und den Dolac, den großen, bunten Markt, zu dem die Bauern aus der Umgebung in ihren reichbestickten Trachten kamen, um ihre Waren, vor allem Obst und Gemüse, feilzubieten. Wenn es regnete oder die Sonne zu kräftig schien, spannten sie verschiedenfarbige Schirme über ihre Verkaufsstände, welche von oben gesehen einem riesigen Hortensienbeet glichen.

*

Seit drei Tagen habe ich nicht mehr geschrieben.

Ich bin in keiner guten Verfassung. Meine Aufzeichnungen haben einen langen Weg genommen. Das Kapitel, das sich mit meinen Kinder-

jahren beschäftigt, ist mehr oder weniger zu Ende. Es hat eine seltsame Veranlagung und einige Merkwürdigkeiten meines Wesens aufgedeckt und vielleicht auch etwas Klarheit gebracht, so daß sich manches besser verstehen läßt.

Unaufhaltsam hat sich mein Tagebuch der Vergangenheit, jenem Abschnitt meines Lebens genähert, der mir der Wichtigste ist, in dem ich fest verwurzelt bin. Nun endlich komme ich zu Peterhof – zu Alexander! Jetzt soll und muß ich darüber schreiben. Aber so sehr ich diesem Augenblick entgegengefiebert habe, so sehr schrecke ich nun davor zurück. Jetzt muß ich mich stellen oder weglaufen. Ich habe mich erst einmal für die letzte Möglichkeit entschieden; ich bin weggelaufen. Ich habe aufgehört zu schreiben.

Statt dessen nahm ich wieder meine langen Spaziergänge auf und vorgestern machte ich zunächst eine wunderbare Entdeckung. Ich fand einen verborgenen Zugang zum See. Hinter der Eisenpforte, wenn man den doppelreihigen Stacheldraht ein ganzes Stück entlanggeht, klafft weiter unten eine schmale Lücke, zwischen einer Zaunlatte und dem Stamm einer alten Weide. Man sieht diesen Durchgang normalerweise nicht, weil die Zweige des Baumes darüberhängen, aber durch einen Zufall habe ich ihn gefunden. Ich bückte mich, um einem auf den Rücken gefallenen Käfer wieder auf die Beine zu helfen, da sah ich jene enge, versteckte Passage zum See. Natürlich habe ich niemandem davon erzählt. Man müßte wohl auch die Luft anhalten und sich ganz dünn machen und versuchen, seitlich hindurchzuschlüpfen, so daß man sich nicht an dem rostigen Stacheldraht verletzt. Ich bin nicht zum See gegangen, aber das Wissen darum, daß es möglich wäre, hat mich in eine Art Hochstimmung versetzt. Ich fühlte mich plötzlich stark. Mir war, als hätte ich etwas Besonderes geleistet, weil ich ganz allein ohne fremde Hilfe etwas entdeckt hatte. Es war ein Erlebnis, das meine längst verloren geglaubte Aktivität mobilisierte. Ich drehte also kurzentschlossen dem See den Rücken und schlug festen Schrittes den Weg zur Statue ein. Nun glaubte ich, ihr gegenübertreten zu können. Ich kam ihr auch viel näher als sonst, aber plötzlich konnte ich nicht weitergehen. Meine Füße wurden schwer wie Blei, schwer wie in dem bekannten Alptraum, in dem man vor etwas davonlaufen will, die Beine jedoch den Dienst versagen und man nicht von der Stelle kommt. Meine Eingeweide krampften sich zusammen, und mir wurde schwindelig vor Angst. In wilder Panik machte ich kehrt und rannte so schnell ich konnte in die vertraute Richtung zum Sanatorium zurück.

Natürlich weiß ich genau, daß es ein leichtes wäre, jemanden darum zu bitten, mich zu der Statue zu begleiten. Dann wüßte ich sehr schnell, wen sie darstellt, woher sie kommt und vielleicht auch, warum ich diese mörderische Angst vor ihr habe. Aber eine innere Stimme sagt mir, daß ich das allein schaffen muß, wenn ich wirklich die Antwort haben will, die hinter all diesen Fragen steht; sonst ist es, als würde ich einen Graben zuschütten, einen Tunnel, durch den ich hindurch muß. Ich fühle es mit aller Deutlichkeit: Ich werde diese Antwort nicht bekommen, wenn jemand mit mir geht. Also muß ich Geduld haben und warten, bis die Zeit reif ist.

Im Park traf ich die kleine, alte Frau, die immer Kinderlieder singt. Sie saß mit ihrer Pflegerin auf einer Bank und starrte mir mit großen leeren Augen entgegen, wie ich mit aufgelöstem Haar über die Wiese gelaufen kam. Dann begann sie zu kichern... immer lauter zu kichern, bis ich fast an ihr vorbei war. Die Pflegerin erhob sich und stellte sich mir in den Weg.

»Hat Sie irgend etwas erschreckt? Soll ich Sie zum Haus begleiten?« Ihr Lächeln war professionell, ihr Gesicht wirkte unbeteiligt.

»Nein, danke«, brachte ich mühsam heraus. »Ich mache mir nur ein wenig Bewegung.« Ich versuchte, mich wieder in die Gewalt zu bekommen und mit ruhigen Schritten weiterzugehen.

Die alte Frau kicherte immer noch, dann hörte ich sie in meinen Rücken hinein singen: »Wer hat Angst vor'm bösen Wolf, bösen Wolf... bösen Wolf!« Immer nur die erste Liedzeile. Es war unerträglich. Sonst achte ich nicht auf solche Dinge, aber diesmal fühlte ich mich angegriffen. Ich wurde zornig. Was habe ich mit solchen Leuten zu schaffen! Diese alte Frau ist hier, weil sie nicht ganz richtig im Kopf ist. Sie ist absolut harmlos, heißt es, aber man kann sich mit ihr nicht unterhalten, weil sie immer ihre einfältigen Kinderlieder singt. Das haben sie bei ihr zu Hause nicht ausgehalten und auch ihr Sabbern nicht. Darum hat man sie weggebracht. Jetzt ist die törichte Alte hier und soll geheilt werden – aber sie wird nie mehr geheilt werden, sie wird nicht aufhören zu singen. Irgendwann hat es in diesem Kopf knacks gemacht, und das Uhrwerk war kaputt. Irreparabel! – Aus!

Warum bin ich hier? Wovon soll ich geheilt werden? Es sind alles Fälle hier. Bin ich ein Fall? – Natürlich bin ich das. Wenn man nur die Mandeln oder den Blinddarm herausgenommen kriegt, ist man ein Fall. Und wenn nicht die körperliche, sondern die geistige Gesundheit angegriffen ist, ist man auch ein Fall. Dieses Sanatorium ist eine Heilstätte für die Seele, wenn ich das richtig sehe. Es gibt keine schweren Fälle hier. Auch die alte Frau mit ihrem Infantilismus ist kein schwerer Fall. Aber diesmal hatte es etwas Erschreckendes für mich, sie in ihrem Zustand zu sehen, und ihr dummes Gesinge verfolgte mich die ganze Zeit, bis ich endlich das Haus erreicht hatte und die Tür hinter mir zuschlug.

Ich kann es nicht abschütteln, dieses »Wer hat Angst vor'm bösen Wolf...!« Es wirft Fragen auf, die mich würgen, als hätte jemand seine Hände um meinen Hals gekrallt.

Bin ich ein Fall? Also: Wovon soll ich geheilt werden? Ich habe mir diese Welt nicht ausgesucht, ich habe sie vorgefunden, wie sie ist. Bin ich ein Fall, weil ich dieses grenzenlose Bedürfnis habe, allein zu sein? Auch wenn ich den Menschen, die mir nahe stehen, damit weh tue – ich brauche dieses Alleinsein! Es ist das einzige, woran ich mich festhalten kann.

Bin ich verrückt? Ver-rückt! – Ja, das ist es! Wenn ich auch nicht verrückt bin; etwas ist ver-rückt, befindet sich nicht an seinem Platz, kann auch nicht dort sein, weil es da gar nicht hingehört, und darum habe ich seit drei Tagen keine Zeile mehr zu Papier gebracht.

Schreiben schafft Klarheit, zwingt zu genauem Denken, schärft den Verstand. – Das ist die Therapie.

Bisher ist es mir leichtgefallen zu schreiben. Wie aber soll man über Dinge schreiben, die sich dem Verstand entziehen? Meine Gedanken galoppieren dahin wie durchgegangene Pferde. Jemand muß ihnen in die Zügel fallen und ihrem wilden Dahinstürmen Einhalt gebieten. Ich muß meinen Verstand zusammenhalten, mich disziplinieren und versuchen, über etwas zu schreiben, wovon eben dieser Verstand mir sagt, daß es das gar nicht gibt. Es sind Dinge, die außerhalb einer vernünftigen Ordnung stehen, und wenn man von ihnen hört, ist man nicht geneigt, ihnen Glauben zu schenken. Das ist mein Problem.

Bin ich verrückt?

6

Peterhof, mit seinem Herrenhaus und dem großen parkartigen Garten, war ein prachtvolles Gut, umgeben von dichten Wäldern, Weideland und Obstplantagen.

Heute wüßte ich nicht mehr genau zu sagen, wo es liegt und ob ich es wiederfinden würde. Ich weiß auch nicht, ob es noch denselben, ein wenig hochtrabenden Namen hat, wie der ehemalige Sommersitz des russischen Zaren...

Ich erwähnte zu einem früheren Zeitpunkt, daß Peterhof sich etwa 30 Kilometer südwestlich von Agram befand. Ich glaube zwar, daß Richtung und Entfernung ungefähr stimmen, aber ganz sicher bin ich nicht, denn obwohl wir die Strecke dorthin so oft gefahren sind, habe ich meistens nicht darauf geachtet und außerdem von der Straße aus nicht viel sehen können.

Das kam daher, daß wir, das heißt meine Mutter und ich, im Dienstwagen meines Vaters mitgenommen wurden, uns aber häufig hinter den Vordersitzen auf den Boden ducken mußten.

Als Offizier standen meinem Vater eine Ordonnanz und ein Auto zu. Es war jedoch nicht erlaubt, Zivilpersonen, auch nicht die eigenen Angehörigen, damit zu befördern. Die Ordonnanz hieß Paul Wasner und stammte aus Klagenfurt. Er war ein einfacher junger Mann, stolz auf den silbernen Winkel auf seiner grüngrauen Uniformjacke, der ihn als Gefreiten auswies – und im übrigen meinem Vater treu ergeben. Paul kümmerte sich um alles, besorgte alles, war sozusagen »Mädchen für alles« und nicht zuletzt auch der Fahrer des Dienstwagens. Er war mir gegenüber stets gutmütig und hilfsbereit und trug es mit Fassung, daß ich manchmal kicherte, wenn er Haltung annahm und beim Grüßen die Hacken zusammenknallte. »Hören Sie auf, Ihre Knobelbecher zu malträtieren!« sagte mein Vater dann, und Paul hatte Mühe, sich ein Grinsen zu verkneifen.

Das Auto, eine viertürige schwarze Limousine, war, wenn ich mich recht erinnere, ein Horch. Vieles, was in der damaligen Zeit in Deutschland unmöglich gewesen wäre, ließ sich in Kroatien leichter handhaben; man nahm die Dinge nicht so ernst. »Es läßt sich richten«, wie mein Vater zu sagen pflegte, und die Zustände waren auf angenehme Weise »balkanesisch«. Also fuhren wir eben ab und zu mit seinem Dienstwagen, versuchten aber nach außen hin den Schein zu wahren, indem wir uns möglichst unauffällig benahmen. Entweder benutzten wir den Hinterausgang des Hotels und schlüpften heimlich in das davor parkende Auto, oder wir warteten an einem vereinbarten Treffpunkt, wo wenig Verkehr war. Dann fuhr Paul langsam an uns vorbei oder kurvte notfalls noch einmal um den Häuserblock. Wenn seiner Meinung nach die Luft rein war, hielt er an und ließ uns schnell einsteigen.

Mein Vater saß vorne rechts neben ihm, während wir im Fond Platz nahmen. Beim geringsten Anzeichen von Gefahr gingen wir auf Tauchstation, um erst wieder hochzukommen, wenn Paul »Entwarnung« gab. Meine Mutter fand das alles recht lästig, für mich aber war es ein Spiel, das Spaß machte. Wir sind übrigens nie erwischt worden; obwohl es überall Militärstreifen gab, wurde unser Wagen kein einziges Mal kontrolliert, wenn wir drin waren.

An den kroatischen Namen von Peterhof kann ich mich nicht erinnern und wüßte auch nicht, wie man ihn richtig schreibt. Das liegt sicher daran, daß jeder dort nur die deutsche Bezeichnung verwendete, so wie man die Stadt Agram nannte und nicht Zagreb. Peterhof – Petronoviće – Petrovićena – ich weiß es nicht mehr. Es spielt auch keine Rolle.

Auf alle Fälle war da eine Ähnlichkeit mit dem Familiennamen der alten Baronin Xenia von Petrović, der das Gut gehörte. Sie war sechsundachtzig und beinahe taub. Auf ihrem schlohweißen Haar lag ein Frisiernetz, dünn wie Spinnweben, das man nur durch die winzigen Perlen, die hineingeknüpft waren, erkennen konnte. Ihre gebrechliche, hagere Gestalt war stets in hellgraue Seide gekleidet. Darüber trug sie ein breites Tuch aus feiner weißer Wolle, in das sie sich sommers wie winters einhüllte, und das sie nur dann von den Schultern gleiten ließ, wenn es draußen sehr heiß war.

Die alte Baronin – meist saß sie im Rollstuhl – war bei Gesellschaften immer anwesend, auch wenn sie sich nur selten an den Gesprächen beteiligte. Auf ihrem von unzähligen Falten durchzogenen, wächsernen Gesicht lag ein Ausdruck gleichbleibender Freundlichkeit. Niemand wußte genau, ob sie zuhörte, ob sie wegen ihrer Schwerhörigkeit überhaupt etwas verstand. Der Blick ihrer wässrig-blauen Augen ging meistens ins Leere, wenn sie nicht gerade damit beschäftigt war, mit ihren schmalen, leicht zittrigen Händen irgend etwas zu schälen; Knabberzeug, das sie sich mit erstaunlicher Behendigkeit in den Mund schob. Je nach Jahreszeit waren das Nußkerne, Mandeln, Edelkastanien, manchmal auch Rosinen oder getrocknete Früchte. Am liebsten hatte sie wohl die gerösteten Kastanien, die es im Herbst und im Winter gab. Sie hinterließ dann überall dort, wo sie sich aufgehalten hatte, eine Spur der aufgebrochenen dunkelbraunen Schalen, die ihr aus den Fingern auf den Schoß glitten und von dort auf den Boden fielen.

Neben sich, auf einem kleinen Beistelltisch, hatte sie immer eine Kristallkaraffe mit Rotwein stehen. Ich habe sie nie ohne ein Glas Rotwein gesehen, egal ob es Vormittag, Mittag, Nachmittag oder Abend war. Trotzdem war die greise Baronin zweifellos keine Trinkerin. Ich glaube, sie brauchte den Wein, von dem sie ab und zu in kleinen Schlucken nippte, um sich zu wärmen, um sich am Leben zu halten.

Das riesige Gut wurde von ihrer außerordentlich tüchtigen Enkelin Draga verwaltet. Als ich sie zum ersten Mal sah, trafen wir sie zufällig im *Esplanade*. Wie ein Naturereignis brach sie über uns herein.

»Maximilian!« dröhnte eine klangvolle, tiefe Stimme durch die Hotelhalle, so laut, daß sich alle dort Anwesenden umsahen. Eine auffallend gutaussehende, elegant gekleidete Frau um die Vierzig eilte zielstrebig und mit ausgestreckten Armen durch die umstehenden Leute auf meinen Vater zu.

Allerdings, wenn ich mir ihr Aussehen so ins Gedächtnis rufe, ist »elegant« vielleicht das falsche Wort; man könnte auch sagen, sie war auf reizvolle Weise gekleidet. Das, was sie anhatte, stand ihr einfach ungemein gut und paßte zu ihr, als wäre es speziell für sie entworfen. Sie trug eine helle bestickte Leinenbluse, wie ich sie schon öfter bei den Trachten der kroatischen Bäuerinnen gesehen hatte. Dazu einen weiten rotbraun gemusterten Rock mit breitem Ledergürtel, hochhackige, schmalgeschnittene Stiefeletten und eine Lederjacke mit Kragen und Ärmelstulpen aus zotteligem Lammfell. Sie verfolgte in ihrer Kleidung – wie ich auch später immer wieder feststellte – ihren ganz persönlichen Stil, den sie zwar variierte, von dem sie aber nie abwich. Eine starke Ausstrahlung ging von ihr aus, etwas Animalisches, zugleich Erdverbundenes, etwas, das man heutzutage wahrscheinlich als Sex-Appeal bezeichnen würde.

»Was ist los, Maximilian? Seit zwei Wochen habe ich nichts von dir gehört!« Nachdem sie meinen Vater energisch auf beide Wangen geküßt hatte, löste sie sich von ihm und faßte meine Mutter, die sichtlich verwirrt daneben stand, ins Auge.

»Das ist also deine liebe Frau! – Warte, du hast mir ihren Namen gesagt... Charlotte, nicht wahr!« Sie sah mich: »Und das ist deine kleine Tochter, aber was heißt klein! Wie groß sie schon ist! Ich hoffe, du willst mir deine Familie nicht vorenthalten!« Unvermittelt schloß sie meine Mutter, dann mich in die Arme. Sie faßte mich unters Kinn.

»Die arme Kleine ist viel zu mager, aber sie wird einmal eine Schönheit, da könnt ihr sicher sein!« Sie legte mir die Hände auf die Schultern. »Wie heißt du, mein Kind? Aber vielleicht darf man nicht mehr Kind zu dir sagen; in deinem Alter ist man sehr empfindlich. Sag mir, wie du heißt! Wenn Maximilian deinen Namen genannt hat, so habe ich ihn dummerweise vergessen!«

»Ich heiße Immy«, sagte ich verlegen.

»Immy? Kommt das von Irmgard?«

»Nein, von Immaculata.«

Wie jeder, der meinen vollen Namen hörte, stutzte auch sie. Dann kam prompt die Reaktion, die ich gewöhnt war: »Immaculata!« wiederholte sie mit hochgezogenen Augenbrauen. »Das ist aber ein wirklich schöner Name! Selten, nicht wahr, aber wirklich schön!«

Ich starrte sie an. Sie hatte eine verblüffende Intensität. Ihre Art war unglaublich zupackend.

»Das ist Draga von Petrović!« stellte mein Vater sie amüsiert lächelnd vor, als sie für einen Augenblick ihren Redeschwall unterbrach. »Wir kennen uns seit vielen Jahren. Ich habe in meinen Briefen von ihr erzählt, von ihr und von Peterhof.«

»Wie schön, euch kennenzulernen!« rief Draga. »Seit wann seit ihr hier? Habt ihr euch schon eingelebt? – Laßt uns einen Kaffee zusammen nehmen! Ich bin mit dem rumänischen Gesandten verabredet, aber ich habe noch etwas Zeit.«

Ohne eine Antwort auf ihre Fragen abzuwarten, steuerte sie auf eine der Sitzgruppen zu und ließ sich nieder.

»Setzt euch, meine Lieben, setzt euch!« rief sie mit großer Geste. »Für mich einen Mokka, Maximilian, du weißt, ich trinke ihn sehr stark!«

Mein Vater winkte einen Kellner heran und bestellte das Gewünschte. Meine Mutter wollte nur ein Glas Mineralwasser, und ich bekam ein Himbeereis. Wann immer ich wollte, durfte ich jetzt mein Lieblingseis haben. In Berlin hatte ich lange darauf verzichten müssen, deshalb konnte ich hier nicht genug davon bekommen.

»Ich freue mich auch, Sie kennenzulernen«, sagte meine Mutter etwas steif, bevor sie in einem Lehnsessel Platz nahm. »Ich habe...«

»Du! Sag du zu mir, meine Liebe!« fiel Draga ihr ins Wort. »Ich brächte ein Sie gegenüber der Frau meines teuren, alten Freundes Maximilian nicht über die Lippen!« Sie lachte mich an: »Das gilt auch für dich! Immaculata, wir sagen du zueinander!«

»Nicht Immaculata, einfach nur Immy«, gelang es mir einzuwerfen.

»Hat Maximilian euch schon die Stadt und die Umgebung gezeigt, oder soll ich das bei Gelegenheit tun?« fuhr Draga fort.

»Ich danke Ihnen... dir«, erwiderte meine Mutter, immer noch etwas förmlich, bemüht, sich ihre Verwirrung nicht anmerken zu lassen. Sie schlug etwas geziert ihre Beine übereinander. »Was wir bisher gesehen haben, ist sehr beeindruckend.«

»Wenn die Jahreszeit nicht schon so weit fortgeschritten und ich selbst ein paar Tage abkömmlich wäre, würde ich Charlotte und Immy gern die Adria zeigen«, sagte mein Vater.

Draga schlug auf dramatische Weise die Hände über dem Kopf zusammen. »Ich hasse das Meer!« rief sie so laut, daß sich wieder alles nach uns umsah, als wollte sie sofort klarstellen, daß sie keinesfalls mitzukommen gedächte. »Du wirst dich erinnern, mein Lieber, das Meer hat mir Dimitri genommen! Warum fährst du nicht mit deiner Familie auf den Tuškanac oder hinauf auf den Sljeme? So weit ist es ja nicht. Ich liebe die Berge! Sie sind rauh und ehrlich und nicht so trügerisch wie das Meer. Man erholt sich in der guten Luft da oben und kann wunderbare Spaziergänge in den Herbstwäldern machen. Oder noch besser: Ihr kommt oft zu uns hinaus nach Peterhof, es wird euch dort gefallen!«

Draga warf einen schnellen Blick auf ihre Armbanduhr und trank ihren Mokka aus. »Ich muß meine Verabredung wahrnehmen. Der gute Carol sitzt bei einer Bridgepartie im Spielsalon im ersten Stock. Sie dürfte jetzt beendet sein. Hoffentlich hat er nicht verloren! Es ist wichtig, daß er bei Laune ist, für das, was ich von ihm haben will.«

»Du wirst es bekommen!« sagte mein Vater lächelnd, während wir uns erhoben.

Dragas Augen funkelten ihn an: »Da bin ich ganz sicher!« Und wieder umarmte sie meine Mutter. »Kommt nach Peterhof und laßt euch dort verwöhnen!« rief sie mit warmer Stimme. Dann rauschte sie durch die Halle in Richtung Fahrstuhl.

Meine Mutter sah ihr beeindruckt nach.

»Eine hinreißende Person! Wie temperamentvoll sie ist, wie herzlich!«

»Sie ist ein Raubtier und völlig skrupellos«, sagte mein Vater trocken, »aber ihre Einladung ist ernst gemeint.«

»Wer ist Dimitri?«

»Dragas Bruder.«

Meine Mutter ließ sich erwartungsvoll wieder in ihren Sessel fallen. »Wieso hat sie ihn ans Meer verloren? Was meinte sie damit? Ist er ertrunken?« fragte sie mit unverhohlener Neugier.

Mein Vater nahm ihr gegenüber auf einem Sofa Platz und zog mich neben sich. Dann zündete er sich in seiner ruhigen Art eine Zigarette an.

»Man kann eigentlich nicht sagen, daß sie ihn ans Meer verloren hat. Es war ein Hai, an den sie ihn verloren hat, das heißt, es waren mehrere.«

»Ein Hai!« rief meine Mutter in einer Mischung aus Erschrecken und Sensationslust, wie das bei Themen dieser Art wohl unvermeidlich ist. »Weißt du Näheres darüber?«

»O ja, der Vorfall wurde damals viel diskutiert, und die Zeitungen waren voll davon. Dimitri war etwa zwanzig Jahre alt, als es passierte. Kurz vor dem Ersten Weltkrieg war er auf der Kadettenschule in Triest, zusammen mit seinem besten Freund Ivan. Dessen Eltern hatten ein Haus in Abbazia, direkt am Meer. Ich kenne das Haus und die Bucht. Als junger Offizier war ich einmal dort zu Gast. Im Sommer, wenn Dimitri und Ivan von der Militärakademie beurlaubt waren, verbrachten sie dort herrliche Tage. Manchmal war auch Draga dabei, die ihrerseits mit Ivans Schwester Manja befreundet war.

Die Küste dort ist allerdings überwiegend felsig, und die Buchten haben keinen Sandstrand, so daß man gezwungen ist, vorsichtig über Steine und scharfe, spitze Kiesel zu waten, um ins Meer zu gelangen. Deshalb fuhren die jungen Leute meistens mit einem Boot ein Stück hinaus, vorausgesetzt, die See war ruhig, und sprangen von da aus ins Wasser. Oft nahmen sie auch ihr Angelzeug mit, und wenn sie etwas gefangen hatten, machten sie ein Lagerfeuer am Strand und brieten die Fische.

An einem heißen Augusttag fuhren sie nachmittags wieder einmal aufs Meer, um zu baden und zu fischen. Dimitri, Ivan, Draga und Manja; ich weiß nicht, ob sonst noch jemand dabei war. Sie waren wohl ziemlich lange draußen gewesen, es begann schon zu dämmern, aber diesmal hatten sie kein Anglerglück gehabt. Draga hatte zuletzt alle als Köder mitgenommenen rohen Fleischstückchen ins Wasser geworfen, um doch noch Fische anzulocken – es rührte sich jedoch nichts, kein einziger biß an, das Meer schien wie ausgestorben.

Sie beschlossen umzukehren. Das Ufer war schon in Reichweite, da sprang Dimitri übermütig ins Wasser, anscheinend um Spaß zu machen. Um die anderen zu erschrecken, tat er, als wäre er über Bord gefallen.

Die jungen Leute hielten es auch zunächst für Spaß, bis Dimitri anfing zu schreien. Als sie endlich merkten, daß es keiner war, da war es schon zu spät.

Der Hai kam lautlos wie ein Schatten.

Das besonders Tragische an der Sache war, daß Dimitri schon Grund unter den Füßen hatte, er konnte fast stehen. Keiner war durch die berüchtigte Rückenflosse des Hais gewarnt worden, denn er schwamm nicht an der Oberfläche, sondern griff unter Wasser an. Er drehte sich auf die Seite, um mit seinem Quermaul besser zupacken zu können, und verbiß sich in Dimitris Oberschenkel.

Vielleicht hätte es noch Rettung gegeben, wenn es nur dieser eine Hai gewesen wäre, der nicht einmal besonders groß war, aber plötzlich kam noch ein zweiter... ein dritter... Das Wasser brodelte, als würde es kochen, und färbte sich blutig... Dimitri schrie und schlug um sich, bis er bewußtlos wurde.

Um die Bestien zu vertreiben, hieb Ivan mit einem der Ruder so heftig auf sie ein, daß es zersplitterte und das Boot zu kentern drohte. Als es ihm und den beiden Mädchen endlich gelang, Dimitri mit vereinten Kräften an Bord zu ziehen, war er grauenhaft zugerichtet.

Die Haie hatten seine Arme und Beine zerfleischt. Die Wunde

über seiner rechten Hüfte war so groß, daß man den blanken Knochen sah. Draga und Manja schrien um Hilfe, bis sie heiser waren, während Ivan versuchte, mit nur einem heil gebliebenen Ruder so schnell wie möglich an Land zu kommen. Aber Dimitri war schon tot, bevor sie das Ufer erreichten. Der starke Blutverlust, vor allem aber der Schock hatten ihn getötet.«

»Was für ein Leichtsinn!« sagte meine Mutter tonlos. »Warum, um Gottes willen, sind die jungen Leute in dieser Bucht schwimmen gegangen, wenn es dort Haie gab?«

»Das ist ja das Merkwürdige«, erwiderte mein Vater. »Man hatte da nie zuvor Haie gesehen. Natürlich wußte jeder, daß es in der Adria welche gibt, aber doch nicht in Ufernähe, sondern weit draußen im offenen Meer, wo sie manchmal den großen Schiffen folgen.«

Meine Mutter schüttelte sich unwillkürlich, so als könne sie dadurch das Gehörte loswerden.

»Also darum haßt Draga das Meer! Es muß entsetzlich für sie gewesen sein!«

»Nun ja«, sagte mein Vater nach einer Pause, »sie ist in ihren Reaktionen ein wenig extrem. Sie war schon immer etwas exaltiert und findet nur schwer die Mitte zwischen den Dingen. Aber sie war damals noch sehr jung, und der Tod ihres Bruders war sicher ein schwerer Verlust für sie. Vielleicht fühlte sie sich auch schuldig, denn es war ihre Idee gewesen, die blutigen Fischreste ins Meer zu werfen. Es besteht kein Zweifel, daß dadurch die Haie angelockt wurden. Der tragische Unglücksfall hat sie schon deshalb hart getroffen, weil sie ihre Eltern als Zehnjährige durch einen Autounfall verloren hatte. Sie wuchs in Internaten und bei ihrer Großmutter auf. Später ging sie eine Zeitlang nach Wien, um dort Volkswirtschaft zu studieren.«

»Weil sie den Besitz einmal erben wird.«

»Ja«, sagte mein Vater. Er griff sich einen Aschenbecher und drückte seine Zigarette aus. »Draga ist Alleinerbin. Es ist niemand mehr da, der ihr das Gut streitig machen könnte. Wenn ihre Großmutter eines Tages stirbt, bekommt sie alles. Das weiß sie, und sie hat sich gründlich darauf vorbereitet!«

*

Ich kann mich heute nicht mehr genau erinnern, wann wir das erste Mal nach Peterhof fuhren.

Wie ist es möglich, daß ich etwas so Einschneidendes in meinem Leben vergessen konnte? – Es muß wohl daran liegen, daß ich zu diesem frühen Zeitpunkt noch nicht ahnen konnte, welche Bedeutung Peterhof einmal für mich haben würde.

*

Draga lud uns mindestens einmal die Woche ein, und wir verbrachten dann den ganzen Tag dort, zusammen mit anderen Gästen. Das Haus war immer voll. Oft waren bis zu zwanzig Personen da versammelt.

»Wer bist du denn, meine Kleine?« fragte die alte Baronin mit zittriger Stimme, als ich meinen Begrüßungsknicks machte.

»Ich heiße Immy von Roederer«, antwortete ich befangen und küßte der alten Dame die Hand. Früher war es üblich, daß gutgezogene junge Mädchen alten Damen und verheirateten Frauen die Hand küßten.

Sie tätschelte meine Wange. »Reizend, ganz reizend!« sagte sie und lächelte freundlich, dann verlor sich ihr Blick in die Ferne.

Sie konnte sich nie merken, wer ich war. Wann immer sie mich sah, fing alles wieder von vorne an. Sie erkundigte sich: »Wer bist du denn, meine Kleine?« Und wenn ich mich erneut vorstellte, sagte sie ihr stereotypes »Reizend, ganz reizend!«

»Möchtest du ein Bonbon?« fragte sie manchmal und hielt mir eine Nuß hin, eine Rosine oder was sie sonst gerade in der Hand hatte.

»Nein, danke«, erwiderte ich.

»Da hast du ganz recht, mein Kind«, sagte sie dann erfreut. »Es ist schlecht für die Zähne.«

Man nahm überhaupt recht wenig Notiz von mir.

»Darf ich mich ein wenig umsehen?« fragte ich Draga schüchtern, als ich unter lauter Erwachsenen etwas verloren herumstand.

»Aber selbstverständlich!« rief sie liebenswürdig. »Du kannst dich überall umsehen! Fühl dich hier wie zu Hause! Wir sind natürlich alle viel zu alt für dich. Was du brauchtest, wären Spielgefährten, die es hier nicht gibt. Ich hoffe, du langweilst dich nicht bei uns!«

»O nein, ganz bestimmt nicht«, sagte ich höflich.

»In der Bibliothek findest du sicher etwas zu lesen. Dort steht auch ein Flügel, falls du darauf spielen möchtest. Er ist allerdings etwas verstimmt, weil er selten benutzt wird. Du spielst doch Klavier?«

»Ja, vielen Dank!«

Draga zog mein Gesicht zu sich empor und musterte es prüfend mit der ihr eigenen Intensität. »Du kannst dich aber auch im Garten aufhalten, damit du rote Backen kriegst! Du solltest viel im Freien sein, das ist gesund! Du bist zu blaß, man sieht dir an, daß du ein richtiges Stadtkind bist. Bleib draußen, solange du willst und hol dir Appetit aufs Essen! Du bist zu mager, meine Kleine!« Sie wandte sich meinen Eltern zu und wiederholte mit Nachdruck: »Sie ist zu blaß und zu mager! Aber sie wird einmal bildhübsch, man muß sie nur ein wenig aufpäppeln. Geh nicht zu weit, hörst du!« rief sie mir hinterher, als ich mich anschickte, den Raum zu verlassen. »Und geh nicht in den Wald, du könntest dich verlaufen!«

Ich versprach es. Insgeheim fand ich die Ermahnung ein wenig komisch. Schließlich war ich schon dreizehn Jahre alt und kein kleines Kind mehr. So sprachen die Mutter, die Großmutter im Märchen: »Geh nicht zu weit in den Wald, du könntest dich verlaufen! Im Wald da ist es finster, da überfallen dich die Räuber, lauert die Hexe, frißt dich der böse Wolf...« Ich überlegte, ob es vielleicht auch einen schönen Prinzen im Wald gäbe, den man mit einigem Glück treffen konnte. Ich beschloß, den Rat zu beherzigen und nicht in den Wald zu gehen – in den Wald, den ich noch gar nicht gesehen hatte. Es gab genug anderes zu entdecken!

Das Herrenhaus war nicht eigentlich schön zu nennen. Man sah ihm an, daß es im Laufe der Jahre verschiedene Um- und Anbauten erfahren hatte. Es hatte keinen einheitlichen Stil, war jedoch imposant und erinnerte entfernt an ein Schloß. Dieser Eindruck entstand vor allem durch einen Turm aus grauen Steinquadern. Ganz oben mußte es ein Zimmer geben, das verrieten die etwas schiefen, grüngestrichenen Fensterläden, die allerdings immer geschlossen waren. Sicher hatte man einen schönen Ausblick von dort. Ich nahm mir vor, irgendwann einmal hinaufzugehen, um herunterzuschauen.

Das Haus stand auf einem breiten Sockel aus Natursteinen. Die Mauern hatten wohl früher einmal einen ockergelben Anstrich gehabt, in dem sogenannten Kaisergelb, wie man es auch heute noch häufig in Österreich, vor allem in Wien zu sehen bekommt. Inzwischen war die Farbe zu einem fahlen Gelbgrau verblaßt, und nur strahlender Sonnenschein konnte dem Gebäude noch ein wenig von seinem ehemals feudalen Glanz zurückgeben. Bei schlechtem Wetter wirkte es ausgesprochen düster. Eine Renovierung kam während des Krieges nicht in Frage, die war zu kostspielig, außerdem gab es zu wenig Arbeitskräfte. Dafür lebte man gut und üppig, und es spielte weiter keine Rolle, daß hier und dort der Putz von der Fassade bröckelte. Auch war sie teilweise von Efeu überwuchert, ebenso wie die große Holzterrasse, auf der sich das gesellschaftliche Leben während der warmen Jahreszeit abspielte.

Von innen machte das Haus den gleichen düsteren Eindruck, der sich einem sofort mitteilte, wenn man die riesige Halle betrat. Selbst wenn draußen die Sonne schien, fiel nur wenig Licht durch die Fenster, die von immergrünen Kletterpflanzen und hohen Bäumen verschattet waren.

Die Wände waren mit Trophäen geschmückt. Es herrschte ein überladenes Durcheinander von Hirschgeweihen, Jagdgewehren, silberbeschlagenen Pistolen, rostigen, alten Schußwaffen, schartigen Schwertern und mit bunten Steinen besetzten Säbelscheiden. Dazwischen hingen Helme und bestickte runde Käppis, sogar ein dunkelroter Fez mit Troddel war dabei – ein Relikt aus der Türkenzeit.

Ich erinnere mich an mehrere ausgestopfte Vögel, die auf kahlen Ästen saßen und mit leerem Glasaugenblick und Staub im Gefieder ein Leben vortäuschten, daß sie schon längst nicht mehr hatten. Es gab auch den gewaltigen Kopf eines Keilers, der allerdings so bedrohlich lebendig wirkte, daß ich manchmal die angstvolle Vorstellung hatte, er könnte ohne seinen dazugehörigen Körper plötzlich aus seiner hölzernen Befestigung von der Wand herunterspringen und mit seinen spitzen Hauern auf mich losgehen.

Auf der rechten Seite der Halle führte eine breite, etwas gewundene Treppe zu den oberen Räumen, den Schlaf- und Gästezimmern, die ich aber nie zu Gesicht bekommen habe, weil wir auf Peterhof nicht über Nacht blieben, sondern immer am Abend desselben Tages wieder heimfuhren. Vermutlich gelangte man vom Obergeschoß aus auch auf irgendeine Weise hinauf zum Turm – ich konnte jedenfalls keine andere Möglichkeit entdecken.

Ging man geradeaus durch die Halle, so kam man durch eine Flucht von Gesellschaftsräumen, die aus drei Salons und dem großen Eßzimmer bestand. Etwas abseits davon, durch einen breiten

Korridor getrennt, lag die geräumige Bibliothek, die auch als Musikzimmer benutzt werden konnte. Vom hinteren Ende der Halle zweigte ein Gang zur Küche ab, die fast die Ausmaße einer Hotelküche hatte. Von dort aus ging es zum Gesindetrakt.

Auch die Salons waren nicht hell; darum brannte in der kalten Jahreszeit überall wenigstens ein Licht, und in den bewohnten Räumen verbreiteten prächtig emaillierte Kachelöfen behagliche Wärme. Einige andere, kleinere Zimmer wurden nicht gebraucht und blieben daher unbeheizt und unbeleuchtet. Sie lagen in einem frostigen Dornröschenschlaf, rochen ein bißchen nach Moder, und wenn ich mich durch Zufall einmal in eines hineinverirrte, beeilte ich mich, schnell wieder herauszukommen.

In der Halle selbst gab es einen großen offenen Kamin. Im Winter knisterten darin zersägte Baumstämme und klobige Äste. Kandelaber verströmten ein schwaches Licht in der Dunkelheit, der Glutschein des Feuers warf bizarre Schatten an die Wände und ließ die Jagdtrophäen in seltsamen Verrenkungen tanzen.

Manchmal, wenn ich ganz allein in der Halle war, fürchtete ich mich. Dann begannen die Schatten zu wachsen, glichen dünnen, immer länger werdenden Gliedmaßen, die wie übergroße Spinnen auf mich zukrochen. Dann glaubte ich plötzlich die Flammen aus dem Kamin springen zu sehen, gierig züngelnd, als wollten sie mich packen und festhalten. Und jedesmal zwang ich mich, stehenzubleiben und tapfer in die Glut zu starren, als gelte es eine Mutprobe zu bestehen.

Ogdan, der alte Diener, der uns immer die Tür bei der Ankunft öffnete und bei Tisch servierte, durchwanderte hin und wieder die Halle, um lautlos und schemenhaft einer Beschäftigung oder einem Auftrag seiner Herrin nachzugehen. Er war schon viele Jahre im Haus und schien Draga und der alten Baronin blind ergeben zu sein. Er las ihnen jede Regung eines Wunsches von den Augen ab, ohne daß viele Worte gemacht werden mußten. Er war das Ideal eines Butlers, wie man seine Stellung heute nennen würde, aber dieser Ausdruck war natürlich zu einer Zeit, in der man mit England im Krieg lag, absolut verpönt, so wie auch englisch- oder französischsprachige Literatur in der Bibliothek in die hintersten Regale verbannt worden war.

Ich bemerkte Ogdan im Dunkel der Halle immer erst dann, wenn der Schein des Feuers auf seine weißen Haare fiel und sein blasses, kantiges Gesicht aufleuchten ließ. Er sprach mich übrigens nie an, wenn er mich sah. Nur wenn ich eine Frage an ihn richtete, antwortete er kurz aber nicht unfreundlich, in ein wenig von seinem kroatischen Akzent gefärbten, aber sonst ausgezeichneten Deutsch.

*

Ich war nie vorher auf dem Land gewesen, und das Leben dort war mir fremd. Jetzt erschloß sich mir allmählich eine ganz neue Welt. Eine Fülle von Eindrücken strömte auf mich ein, die ich mit offenen Sinnen in mich aufnahm.

Hatte ich früher in Berlin, wenn ich draußen sein wollte, nur den Stadtpark zur Verfügung gehabt, so war ich auf Peterhof von einer schier endlosen Weite umgeben, von einem Übermaß an Wiesen und Äckern, von Wäldern, die sich über sanft geschwungene Hügel erstreckten und sie mit ihrem Grün bedeckten, bis hin zu der Bergkette am Horizont, wo die Höhen felsiger und kahler wurden.

Noch nie war ich mit soviel Natur in Berührung gekommen. Ich trank sie mit den Augen, sog sie mit der Nase in mich ein und konnte nicht genug bekommen von dem schweren, herbsüßen Geruch nach Erde. Im Laufe der Zeit lernte ich die Vielfalt ihrer Laute kennen und von den Geräuschen der Stadt zu unterscheiden – die Sprache des Windes, der über Bäume, Hecken und Gräser strich, das Rascheln und Flüstern der Blätter, den Lockruf der Vögel, das Summen und Zirpen der Insekten, das Murmeln rieselnder Bäche...

Aber es dauerte noch eine ganze Weile, bis ich den Mut fand, ganz allein das riesige Grundstück, den Park und das, was dahinter lag, zu durchforschen. Noch wirkte der fremde Garten abweisend. Er verbarg sich hinter seiner Unübersichtlichkeit, verschloß sich und war beinahe ein wenig feindselig. Noch blieb ich im nahen Umkreis des Hauses und ging nicht allzu weit.

Draga untersagte mir von Anfang an, sie Tante zu nennen. Das war in der damaligen Zeit ziemlich unüblich, denn man hatte als Kind Tante oder Onkel zu sagen, wenn man mit den Erwachsenen per du sein durfte, und ich war immerhin erst dreizehn, als ich das erste Mal mit meinen Eltern nach Peterhof kam. Auch später fiel es mir manchmal noch schwer, einfach nur Draga zu einer Frau zu sagen, die schon an die vierzig war und somit zur Generation meiner Eltern gehörte. Dazu kam ihr burschikoses, oft herrisches Wesen, durch das ich mich ein wenig eingeschüchtert fühlte. Aber wahrscheinlich mußte sie so sein, um das Gut fest im Griff zu haben.

Ohne daß ich die Absicht gehabt hätte zu lauschen, vernahm ich einmal zufällig eine Unterhaltung meiner Eltern über sie. »Draga ist fast wie ein Kerl«, drang die Stimme meines Vaters durch die geschlossene Tür. »Es gibt nichts, worum sie sich nicht kümmert, nichts, wobei sie nicht selbst mit zupackt. Ein Mann könnte das nicht besser machen – trotzdem wäre es gut, wenn sie gerade heutzutage einen an ihrer Seite hätte.«

»Sie ist doch eigentlich eine schöne Frau und sie wird in absehbarer Zeit das Gut erben...« hörte ich meine Mutter sagen. »Ich meine, wenn Draga mehr aus sich machen würde, könnte sie immer noch sehr anziehend sein, auch wenn sie nicht mehr ganz jung ist. Aber sie zieht sich an wie eine Bäuerin. Ich habe sie nie mit Lippenstift gesehen... ich glaube, sie benutzt nicht einmal Puder!«

Ich lachte leise in mich hinein. Es war typisch für meine Mutter, sich daran zu stoßen, daß Draga keinen Lippenstift benutzte. Es wäre ihr selbst nicht im Traum eingefallen, auch nur für fünf Minuten aus dem Haus zu gehen, ohne sich die Lippen zu schminken. »Ich fühle mich nicht angezogen ohne Lippenstift«, pflegte sie zu sagen, wenn mein Vater sich darüber lustig machte.

Ich überlegte, ob Draga wirklich schön war. Sie hatte blendendweiße Zähne, das war das Auffallendste an ihr, denn sie lachte viel. Die hohen Wangenknochen machten das Gesicht reizvoll und unterstrichen ihre slawische Herkunft. Sie hatte schwarz glänzendes, volles Haar, das sie meistens straff nach hinten gekämmt und zu einem lose geschlungenen Knoten zusammengesteckt trug. Man sah ihr an, daß sie sich viel an der frischen Luft aufhielt. Ihre Haut war samtig und immer leicht gebräunt. Die Augen waren sehr dunkel und von dichten schwarzen Wimpern umrahmt. Für meinen Geschmack waren sie etwas zu tiefliegend und außerdem störte mich das ausgeprägte Kinn, das ein wenig maskulin wirkte. Die landläufige Ansicht, daß so ein Kinn einen starken Willen verrät, schien bei Draga ihre Bestätigung zu finden. Ihre Gestalt war kräftig und neigte ein wenig zur Fülle.

Alles an Draga war laut, ihre Stimme, ihr Lachen, selbst die theatralischen Gesten, mit denen sie ihren Worten Nachdruck verlieh. Ihr ganzes Wesen bestand aus geballter Vitalität.

»Ich habe Draga als junges Mädchen gekannt«, fuhr mein Vater fort. »Da trieb sie einen ziemlichen Aufwand, was ihre Garderobe betraf. Sie war das, was man eine Schönheit nennt, war von mitreißendem Temperament und gesellschaftlicher Mittelpunkt, wo immer sie hinkam. Ich erinnere mich an eine Ballsaison in Wien, da war sie von Verehrern geradezu umlagert.«

»Mittelpunkt ist sie auch heute noch«, bekräftigte meine Mutter.

»Sie hatte allerdings immer schon diese selbstbewußte, herausfordernde Art, vor der man als Mann zurückschreckt; mir geht es jedenfalls so«, sagte mein Vater nach einer kurzen Pause. »Sie wollte um jeden Preis durchsetzen, was sie sich vorgenommen hatte, alles erzwingen. Sie war ungeduldig und besitzergreifend, und wenn sie etwas haben wollte, ließ sie so lange nicht locker, bis sie es endlich hatte.«

»Warum hat sie nicht geheiratet? War ihr keiner recht, oder hat sie ihre vielen Verehrer mit ihrer herrischen Art vor den Kopf gestoßen?«

»Nein, ich glaube nicht. Das kann nicht der einzige Grund gewesen sein.« Mein Vater senkte die Stimme. »Da war doch damals diese merkwürdige Geschichte...«

Das Gespräch wurde plötzlich so leise, daß ich nichts mehr verstehen konnte. Meine Neugier war jedoch geweckt, darum betrat ich nach kurzem Anklopfen das Zimmer.

Meine Eltern wechselten übergangslos das Thema.

Natürlich wußte ich genau, daß ich, hätte ich nach Dragas Vergangenheit gefragt, keine Antwort bekommen hätte, sondern nur den Vorwurf meiner Mutter, gelauscht zu haben und mich altklug in Dinge zu mischen, die mich nichts angingen.

Also schwieg ich zunächst in der Hoffnung, bei Gelegenheit mehr über die Sache herauszufinden, bis ich das Gespräch dann erst einmal für eine Weile vergaß.

*

Mein Vater, in seiner Eigenschaft als Offizier und mit seinen glänzenden Verbindungen, mußte Draga einmal sehr behilflich gewesen sein. Ich vermute, daß das der Grund war, warum wir so oft auf Peterhof eingeladen waren, selbst später noch, als ich durch mein seltsames Betragen für Draga mehr als nur ein Ärgernis war. Ich muß ihr ein Dorn im Auge gewesen sein, ein Stachel im Fleisch, den sie nicht ausreißen konnte, sondern gezwungen war, wohl oder übel zu ertragen.

Im Laufe der Zeit fand ich heraus, daß Draga meist Leute einlud, die ihr von Nutzen waren.

Mehr als einmal bestand die Gefahr einer Enteignung des Gutes für militärische Zwecke, wie das mit solchen Besitzungen während des Krieges häufig geschah. Aber Draga kämpfte jedesmal wie eine Löwin und fand immer den Richtigen, der sich für sie einsetzte und Sorge trug, daß das Gut ihr erhalten blieb.

Sie versäumte es nie, sich überschwenglich dafür zu bedanken, und war im übrigen eine großzügige Gastgeberin.

Die Mittagessen, zu denen sie einlud, erinnerten in ihrer Üppigkeit an den Wohlstand von Friedenszeiten. Die Weinvorräte schienen unerschöpflich, besonders die Herren schätzten den hochprozentigen Slivovic, einen klaren Pflaumenschnaps, der jährlich aus eigener Ernte gebrannt wurde.

Am Nachmittag gab es eine Jause, wie das unübersetzbare österreichische Wort ganz allgemein für Kaffee mit Kuchen, Fünf-Uhr-Tee oder Dämmerschoppen mit Salami und geräuchertem Schinken verwendet wurde. Eine Jause fand in jedem Fall am früheren oder späteren Nachmittag statt und bedeutete, daß Zlata, die Köchin, selbstgebackene Obstkuchen und Torten mit köstlichen Cremefüllungen auftischte.

Die meisten Gäste verbrachten den ganzen Tag auf Peterhof, und erst nach einem reichhaltigen Abendessen machte man sich wieder auf den Heimweg.

*

Draga war jedoch nicht nur berechnend.

Wenn es sich mit ihren Interessen und denen des Gutes vereinbaren ließ, konnte sie sehr hilfsbereit sein. So nahm sie Rabec und Ludmilla auf, die von meinem Vater zu ihr geschickt wurden.

Später erfuhr ich einmal durch Zufall, daß es sich bei den beiden um ein jüdisches Ehepaar handelte, das auf abenteuerliche Weise aus Rußland über Rumänien nach Kroatien geflohen war und nun auf Peterhof Unterschlupf gefunden hatte.

Mein Vater wußte häufig Rat, wenn Leute sich hilfesuchend an ihn wandten, und da ich mehr als einmal beobachtete, wie man ihm verstohlen und hastig für irgend etwas dankte, glaube ich, daß er seine guten Beziehungen oft genug dazu benutzte, um Menschen in Not zu helfen.

Ludmilla war breit und stämmig gebaut. Sie hatte ein sanftes rundes Gesicht, das an das milde Strahlen des Vollmondes erinnerte. Ihre Haare waren stets von einem tief in die Stirn gebundenen Kopftuch verhüllt. Wann immer man sie sah, wirkte sie so sauber, als hätte sie sich gerade von Kopf bis Fuß mit einer Bürste geschrubbt.

Ich glaube, sie verstand nicht viel von dem, was man ihr sagte, aber sie verströmte Dankbarkeit aus allen Poren und bemühte sich, alles recht zu machen, wie ein Hund, der im Gesicht seines Herrn zu lesen versucht. Sie half wortlos in der Küche mit und putzte schweigend Fenster und Fußböden. Wenn man ihr im Haus begegnete, verbarg sie ihre Hände als Geste der Demut oder einer unbestimmbaren Schamhaftigkeit unter ihrer Schürze. Sie drückte sich an die Wand, wenn man an ihr vorbeiging, um nur ja nicht im Weg zu sein, wobei sie stets die Andeutung eines Knickses machte.

Rabec war ein scheuer Mann und von seinem Aussehen her das genaue Gegenteil von Ludmilla. Er war groß und sehr dünn. Alles, was er trug, schlotterte um seinen mageren Körper. Sein Gesicht war wie zur Trennung von einem dunklen Vollbart zur Hälfte verdeckt.

Auch Rabec sprach nicht, obwohl er besser als Ludmilla zu verstehen schien, was man sagte. Ich sah ihn manchmal im Wald Arbeiten verrichten oder im Winter Heizmaterial ins Haus tragen. Fast immer war er damit beschäftigt, irgend etwas zu reparieren und auszubessern. Auf seinem dichten, dunklen Haar trug er eine schwarze Mütze, die er nie abnahm. Wenn man ihn traf, grüßte er ernst und gemessen, ohne ein Wort zu sagen. Statt dessen machte er eine kleine Verbeugung, wobei er die rechte Hand auf seine linke Brust legte.

Er und Ludmilla waren wie Schatten, die kein anderes Bestreben zu haben schienen, als lautlos und unauffällig ihrer Gospodja – Herrin, so wurde Draga von ihren Angestellten genannt – zu dienen.

7

Ich bekomme Weihnachtsurlaub! Ich kann mein Glück noch gar nicht fassen!« jubelte Viktor in einem Brief vom 15. November, der Anfang Dezember bei uns eintraf. »Habe in der Schreibstube erfahren, daß ich fest damit rechnen kann – wegen besonderer Verdienste vor dem Feind.«

Mein Vater, der wie immer vorlas, ließ den Brief während eines stolzen Atemzugs sinken, nachdem er die nächsten Zeilen in stummer Eile überflogen hatte. »Viktor schreibt, daß er zum Oberleutnant befördert wurde und das goldene Panzersturmabzeichen bekommen hat.« Er sah meine Mutter an, die mit halbgeöffneten Lippen zugehört hatte und zu bewegt war, um etwas zu sagen.

In dem abgehackten Stil, den Viktor sich inzwischen angewöhnt hatte, hieß es weiter: »Habe noch keine Ahnung, wann ich eintreffe; stehe einfach vor der Tür. Kann es kaum erwarten, Euch endlich wiederzusehen! Freue mich auch auf Agram. Ist in Eurer Nobelherberge noch eine Lagerstatt für einen müden Frontkämpfer aufzutreiben, oder muß ich mein Feldbett mitbringen? Seid alle umarmt von Eurem Viktor.

P. S. Ich wünsche mir einen richtigen Weihnachtsbaum!«

Wie nicht anders zu erwarten, war meine Mutter außer sich vor Freude. Sie war so maßlos darin, daß ich mich, wie schon früher so oft, völlig beiseite geschoben fühlte und meine eigene Vorfreude auf das Kommen meines Bruders dadurch fast ein wenig getrübt wurde.

Warum konnte sie sich nicht ganz normal freuen, wie mein Vater, der ja auch froh und glücklich war, Viktor wiederzusehen, mir aber trotzdem das Gefühl gab, daß in seinem Herzen gleichermaßen Platz für mich war, während ich bei meiner Mutter immer außerhalb ihrer Liebe zu stehen schien.

Sie las den Brief so oft vor, daß ich ihn bis heute auswendig kann. Sie rief alle neuerworbenen Freunde und Bekannten an und teilte ihnen mit, daß ihr Viktor auf Urlaub nach Agram käme. Endlich würde der junge Held, von dem schon so viel erzählt worden war und den die meisten bereits von Photographien kannten, in natura zu besichtigen sein.

Eine Flut von Einladungen war die Folge. Das Interesse im Bekanntenkreis war groß und die Mitfreude ehrlich.

Es gab kein anderes Thema mehr.

Alles drehte sich um das künftige Ereignis, spitzte sich darauf zu: »Wenn Viktor kommt! Wenn Viktor erst da ist! Viktor hin — Viktor her!« Viktor, der Sohn, war der strahlende Ritter, der nicht nur den Krieg gewann, sondern der nun auch für eine Weile das Schwert aus der Hand legen würde, um zu seiner Mutter heimzukehren.

Mit wachsender Verbitterung sah ich, wie sie eine nahezu hektische Betriebsamkeit entfaltete.

Sie begann die Möbel im Zimmer zu verrücken, ließ einen anderen Tisch kommen, weil ihr der, den sie hatte, nicht schön genug erschien, und tauschte »den viel zu harten Stuhl« gegen einen weiteren bequemen Sessel ein, so daß nun drei davon im Zimmer standen. Sie kontrollierte täglich, ob das Stubenmädchen ordentlich genug aufgeräumt und ob es nicht vergessen hätte, die Papierkörbe zu leeren und gründlich Staub zu wischen. Ich durfte nichts mehr herumliegen lassen, denn das Zimmer hatte in tadellosem Zustand zu sein, für den Fall, daß Viktor plötzlich ankäme.

Meine Mutter begann gleich nach Erhalt des Briefes, einen Pullover mit schwierigem Norwegermuster für Viktor zu stricken. Sie arbeitete jede freie Minute daran, denn das Geschenk sollte unbedingt fix und fertig unter dem Weihnachtsbaum liegen.

Wo aber bekam man eine Tanne her? Es sollte ja nicht irgendeine sein, sondern möglichst eine Edeltanne, deren Nadeln gut dufteten und nicht gleich abfielen, und die vom Boden bis zur Zimmerdecke reichte: Viktor hatte sich einen Weihnachtsbaum gewünscht.

Vielleicht konnte Draga da helfen? Auf Bitten meiner Mutter ließ sie tatsächlich von Rabec eine wunderschöne Tanne schlagen. Zusammen mit einer Ladung Brennholz, die auf dem Markt verkauft werden sollte, schickte sie den Baum in die Stadt, wo er im *Esplanade* in den vierten Stock gehievt wurde und vorläufig auf dem schmalen Balkon vor dem Zimmer meiner Eltern Platz fand.

Weihnachtsschmuck wurde besorgt, ein Christbaumständer und sogar Bienenwachskerzen, die in Deutschland längst nicht mehr zu beschaffen waren. Am liebsten hätte meine Mutter den Baum schon vor der Zeit geschmückt, damit Weihnachten sofort anfangen konnte, wenn Viktor eintraf.

»Wir müssen rechtzeitig ein hübsches Zimmer für ihn bestellen«, meinte sie während ihrer vielen geschäftigen Vorbereitungen. »Am besten wäre eins, das im selben Stock liegt, neben uns oder gleich gegenüber!«

Mein Vater ging zur Rezeption, um die entsprechende Reservierung vornehmen zu lassen und kam mit der Hiobsbotschaft zurück, daß das Hotel zu Weihnachten überbelegt sei.

»Laß mich das machen!« rief meine Mutter energisch. »Ich werde mit dem Direktor sprechen!« Sie legte den Arm um meine Schultern, als wären wir Verbündete. »Nicht wahr, Immy, das wäre doch gelacht, wenn wir für deinen Bruder kein schönes Zimmer auftreiben könnten!«

Sie telefonierte mit dem Portier, mit dem Empfangschef und mit dem Geschäftsführer, bis sie schließlich mit dem Direktor verbunden war, der versprach, sich persönlich um die Sache zu kümmern.

Am nächsten Tag bemühte er sich zu uns hinauf und erklärte, daß zu seinem größten Bedauern über die Festtage wirklich kein Zimmer mehr frei sei.

»Vielleicht können wir Viktor vorübergehend woanders unterbringen«, schlug mein Vater vor. »Vielleicht hat Draga noch Platz. Es gibt ja so viele Zimmer auf Peterhof!«

Meine Mutter protestierte sofort: »Er wohnt bei uns! Ich habe ihn so lange entbehren müssen, jetzt will ich ihn jede Stunde bei mir haben.«

Der Direktor ließ seine Blicke umherschweifen. »Ich könnte Ihnen ein Zusatzbett, eine Couch, hier aufstellen lassen. Der Raum ist ja groß genug. Wenn Ihr Fräulein Tochter sich bereit erklären würde, hier zu schlafen, so könnte der junge Mann in ihrem kleinen Zimmer untergebracht werden.«

Meine Mutter sah ihn dankbar an.

»Eine Couch! Das ist eine Lösung, die uns allen angenehm ist. Immy wird bei uns schlafen, und Viktor bekommt ihr Zimmer, damit er wenigstens bei Nacht ungestört allein sein kann. Er hat sicher viel Schlaf nachzuholen...«

Der Direktor empfahl sich und versprach, alles Nötige zu veranlassen. »Sie bekommen die beste Couch, die im Haus zu finden ist!«

»Du bist doch einverstanden, für ein paar Tage zu uns zu ziehen?« wandte sich mein Vater lächelnd an mich. »Ich verspreche auch, daß ich nicht schnarchen werde.«

»Natürlich ist sie einverstanden!« rief meine Mutter. Sie eilte zu ihrem Schrank, um dort Platz für mich zu schaffen.»Ich mache dir etwas frei, Immy, damit du hier deine Sachen unterbringen kannst.« Mit einem energischen Ruck schob sie die Kleiderbügel mit ihrer Garderobe nach rechts.»Hier, die linke Seite gehört dir... und außerdem bekommst du noch zwei Schubladen ganz allein für dich. Du kannst gleich damit anfangen, dein Zimmer leerzuräumen. Wenn du nicht zurecht kommst, dann helfe ich dir!«

»Es geht schon«, murmelte ich.

Sie rief den Portier an, um sich zu erkundigen, wann die Couch gebracht würde.»Und natürlich brauchen wir noch Bettzeug... das ist sehr liebenswürdig, wir verstauen sie vorläufig im obersten Schrankfach... Vielen Dank!« Sie legte auf.»Das klappt ja prima! Die Couch wird heute nachmittag gebracht.« Sie sah sich suchend um.»Wenn wir den Schreibtisch noch weiter ans Fenster rücken, ist dort an der Wand genug Platz für die Couch!« Sie küßte mich auf die Wange.»Immy, du bist mein großes Mädchen; ich bin am Nachmittag nicht da, weil ich eingeladen bin. Veranlasse du bitte, daß die Couch dort drüben an die Wand gestellt wird, und vergiß nicht, dein Zimmer leerzuräumen. Viktor kann jederzeit eintreffen, und du möchtest doch auch, daß dein Bruder sich wohl fühlt, nicht wahr?«

Ich verbrachte den Nachmittag allein im Hotel. Zuerst streifte ich durch die Halle und überlegte, was ich Viktor zur Begrüßung schenken könnte. Was schenkt man einem Mann, den man so wenig kennt, auch wenn es der eigene Bruder ist? Ich hatte ihn so lange nicht gesehen.

Ich ging zum Zeitungsstand und suchte nach einem Buch, fand aber nichts Passendes. Schließlich kaufte ich eine Flasche Rasierwasser und ließ sie schön verpacken. Das war zwar kein sehr einfallsreiches Geschenk, aber er konnte es sicher brauchen. Ich fuhr mit dem Lift nach oben und stellte das Päckchen auf den kleinen Tisch in meinem Zimmer, so daß Viktor es gleich sehen mußte, wenn er hereinkam. Dann begann ich, meine Sachen ins Zimmer meiner Eltern zu tragen.

Irgendwann klopfte es. Ich öffnete die Tür. Draußen standen zwei Hausdiener, die die Couch bringen wollten.

Ich starrte sie an und – ich kann nicht mehr rekonstruieren, was in mir vorging – ähnlich einer Somnambulen, die im wachen Zustand nicht mehr weiß, daß sie mit ausgestreckten Armen schlafwandelnd herumgegangen ist, sagte ich höflich zu den beiden Hausdienern, daß es sich um einen Irrtum handeln müsse, und daß sie die Couch wieder mitnehmen sollten. Ich drückte ihnen sogar noch das für sie bereitgelegte Trinkgeld in die Hand und bedankte mich für ihre Mühe.

Als sie gegangen waren, brachte ich meine Sachen zurück in mein Zimmer und räumte sie dort wieder ein.

»Was ist mit der Couch?« fragte meine Mutter, als sie am Abend zurückkam und sah, daß der vorgesehene Platz leer geblieben war.

»Haben die Hausdiener sie nicht gebracht?«

»Doch«, erwiderte ich unbeteiligt, »aber ich habe gesagt, daß wir sie nicht brauchen.«

Meine Mutter schnappte nach Luft. »Du hast *was?*«

»Ich habe sie weggeschickt. Ich habe gesagt, daß wir keine Couch brauchen.«

In den Augen meiner Mutter flammte Zorn auf. Zugleich wirkte sie seltsam hilflos, als wüßte sie nicht, wie sie sich verhalten sollte.

»Was soll das heißen? Was sind das für Eigenmächtigkeiten? Viktor bekommt dein Zimmer, und solange er da ist, wirst du hier bei uns schlafen!«

Ich gab keine Antwort.

»Was ist los mit dir? Bist du eifersüchtig auf deinen Bruder, der nach so langer Zeit endlich zu uns kommt? Bist du so selbstsüchtig, daß du ihm dein Zimmer nicht gönnst?«

Ich schwieg trotzig vor mich hin.

»Antworte, wenn ich mit dir rede!«

Es fuhr aus mir heraus, ehe ich mir die Zeit nahm zu überlegen, was ich sagte:

»Er wird nicht kommen!«

Meine Mutter starrte mich an. Für einen Augenblick hatte ich das Gefühl, sie würde sich auf mich stürzen, um mich zu schlagen. Sie atmete schwer. Dann hielt sie an sich und zwang sich zur Ruhe.

»Was meinst du damit, er wird nicht kommen? Bitte, sag es mir! Was, um Gottes willen, meinst du damit? ...Immy, bitte! Ist ihm etwas zugestoßen?« Ihre Augen weiteten sich vor Entsetzen. »Ist er...«

»Nein! Er ist nicht... Aber er wird nicht kommen!« Ich schrie es beinahe. Dann rannte ich aus dem Zimmer.

Wenig später kam mein Vater zu mir. Er zog leise die Tür hinter sich zu. »Was ist los mit dir, Immy? Warum tust du das?«

Ich biß mir auf die Lippen und fühlte mich grenzenlos unglücklich.

»Warum versetzt du deine Mutter so in Angst? Bist du eifersüchtig auf deinen Bruder? Du liebst ihn doch auch.«

Ein stummes Nicken war alles, wozu ich im Augenblick fähig war.

»Vielleicht erscheint dir die Art, wie deine Mutter sich auf ihn freut, etwas übertrieben, aber du solltest versuchen, sie zu verstehen.« Er sah mich mit liebevoller Eindringlichkeit an. »Füchslein, was ist passiert? Warum hast du die Couch zurückgeschickt?«

Ich zuckte hilflos mit den Schultern.

»Hattest du eine Vorahnung?« fragte mein Vater behutsam. »War es so etwas Ähnliches wie in Berlin, bei dem Bombenangriff, als du nicht in den Keller wolltest? Deine Mutter hat mir davon erzählt. Sie sagte, deine Bockigkeit hätte euch das Leben gerettet. War das damals... war das heute eine Vorahnung oder einfach nur Trotz?«

Mein Vater sah mich in einer Mischung aus Güte und Ratlosigkeit an. Ich spürte, daß es ihn wirklich interessierte, daß ihm meine Antwort wichtig war. Aber ich wußte es nicht. Ich hatte nicht darüber nachgedacht, und je mehr ich es jetzt tat, desto nebuloser wurde es für mich.

Ich sah ihn an und fühlte, wie unaussprechlich diese Dinge waren, wie sehr sie mich allein sein ließen in einer Art von Niemandsland. Ich schlang meine Arme um seinen Hals und vergrub mein Gesicht an seiner Brust.

Er hielt mich fest. »Drei Tage, nachdem Viktor seinen Brief abgeschickt hatte, am 18. November, hat Rommel zum Sturm auf Tobruk angesetzt. Aber sein Plan muß verraten worden sein, denn die Briten konnten mit Unterstützung von See her die Hafenstadt halten und setzten zum Gegenangriff an... Ich habe versucht, von deiner Mutter die Nachricht fernzuhalten, damit sie sich keine Sorgen macht. Vermutlich ist Viktor ja auch noch rechtzeitig weggekommen... Wir wollen das Beste hoffen, nicht wahr? Und das, was ich dir eben erzählt habe, bleibt vorläufig unter uns!« Behutsam machte er sich nach einer Weile frei. »Komm, wir wollen zum Abendessen gehen! Sag deiner Mutter wenigstens, daß es dir leid tut!«

Als wir sie abholen wollten, hatte sie sich im Badezimmer eingeschlossen. Sie käme nicht mit, rief sie mit müder Stimme. »Ich habe keinen Hunger und möchte allein sein.«

Ich sah sie erst am nächsten Morgen beim Frühstück. Mein Vater war schon gegangen. Sie saß mit herabhängenden Schultern am Tisch und schien noch nichts zu sich genommen zu haben. Ihre Augen waren rotumrändert, und auf ihrem Gesicht lag ein verwirrter Ausdruck von Zweifel und Trauer.

»Ich möchte mich entschuldigen«, sagte ich eingedenk des Gespräches mit meinem Vater am Vorabend. »Ich wollte dich nicht beunruhigen, ich hätte nicht so reden dürfen.«

Sie sah mir forschend ins Gesicht, dann lächelte sie versöhnlich. Mein Vater hatte die Wogen anscheinend schon geglättet.

»Schon gut, ich weiß, daß es keine böse Absicht war.« Sie seufzte. »Du bist ja jetzt auch in einem schwierigen Alter...« Geistesabwesend schenkte sie sich Kaffee ein. »Dann lassen wir also jetzt die Couch kommen, wenn du nichts dagegen hast.«

Ich zuckte zusammen und warf meiner Mutter einen prüfenden Blick zu. Sie hatte es ohne Ironie gesagt.

Diesmal überwachte sie selbst, wie die Couch gebracht und an den richtigen Platz gestellt wurde. Sie fand auch wieder zu ihrer alten Betriebsamkeit zurück, aber ihr Optimismus schien etwas gedämpft zu sein, ihre Freude hatte an Strahlkraft verloren. Ich hatte ein schlechtes Gewissen, weil ich wußte, daß ich schuld daran war.

Weihnachten rückte immer näher, aber Viktor kam nicht. Am dritten Adventssonntag hatte meine Mutter den Pullover für ihn fertiggestrickt und nähte die Teile zusammen. Es war ein besinnlicher Sonntagnachmittag. Mein Vater schrieb einen Brief, ich las in einem Buch. Wir hatten einen Adventskranz im Zimmer, und es duftete nach Weihnachtsgebäck, das wir haufenweise geschenkt bekamen. Ab und zu rief jemand an, um sich zu erkundigen, ob Viktor schon angekommen sei, und um uns einen schönen Advent zu wünschen.

Bei jedem Telefonläuten fuhr meine Mutter erwartungsvoll hoch. Es hätte ja der Portier sein können: »Ein junger Offizier steht in der Halle. Er sagt, er sei ihr Sohn. Darf ich ihn hinaufschicken?« Aber der Portier rief nicht an, denn Viktor kam nicht. Weder er noch eine Nachricht von ihm.

Plötzlich ließ meine Mutter mit einem Aufstöhnen ihre Handarbeit sinken.

»Immy hat recht gehabt, mein Gott, sie hat recht gehabt! Er kommt wirklich nicht!« sagte sie mit zitternden Lippen. »Wenn ich nur wüßte, was mit ihm passiert ist... Immy, bitte sag's mir doch, diese Ungewißheit ist entsetzlich!«

»Es ist... es ist nicht schlimm«, stammelte ich.

»Aber du weißt es nicht genau?« Ihre Augen waren dunkel vor Kummer. »Du weißt es nicht...«

Mein Kopf war leer, und ich wünschte, ich hätte nie etwas gesagt.

»Nein, ich weiß es nicht.« Ich legte bittend die Handflächen gegeneinander, als wolle ich Verständnis dafür erflehen, daß es so war – und auch dafür, daß ich mich manchmal so seltsam verhielt. »...ich weiß überhaupt nichts!«

*

Am Heiligen Abend weigerte sich meine Mutter, die Kerzen an der festlich geschmückten Tanne zu entzünden.

»Wir wollen warten, bis Viktor kommt! Er hat geschrieben, daß er nicht genau weiß, wann er eintreffen wird. Er wird plötzlich unangemeldet vor der Tür stehen – als Weihnachtsüberraschung. Ihr werdet sehen, daß ich recht habe! Er kommt bestimmt noch«, sagte sie beschwörend. »Es ist sein Baum – er hat ihn sich gewünscht!«

Gegen neun Uhr abends nahm mein Vater sie in die Arme und sagte mit sanfter Stimme, wir hätten nun lange genug gewartet. »Immy hat auch ein Recht darauf... wir alle haben das Recht auf einen Weihnachtsbaum!«

Sie wurde von einem trockenen Schluchzen geschüttelt. »Es muß etwas passiert sein, sonst wäre er längst da...«

Ich brach in Tränen aus.

»Warum weinst du?« schreckte meine Mutter zusammen. Sie wirkte wie ein aufgescheuchtes Tier.

Ich hätte nicht sagen können, warum ich jetzt weinte. Vermutlich, weil die Dinge so waren und ich sie nicht ändern konnte. Darum schwieg ich.

»Sie weint vielleicht, weil wir nicht Weihnachten feiern«, sagte mein Vater nun schon etwas ungeduldig.

Meine Mutter sah starr von ihm zu mir und dann wieder zu ihm zurück. »Es tut mir leid – es tut mir wirklich leid.« Sie versuchte ein Lächeln, das kläglich mißlang. Dann erhob sie sich beinahe schwerfällig, zündete die Kerzen am Baum an und sah verloren zu, wie

Flamme um Flamme zischend aufflackerte. Leise begann sie zu singen: »Stille Nacht, heilige Nacht...« Die Anstrengung, mit der sie ihrer Stimme Festigkeit geben wollte, bekam der Melodieführung nicht. »Alles schläft...« Der hohe Ton rutschte weg und klang erbärmlich falsch. Einer nach dem anderen fielen wir in das Lied mit ein. Auch unser Gesang ging unüberhörbar daneben, aber keinem von uns war zum Lachen zumute.

Gegen Mitternacht holte Paul uns ab, um uns zur Markuskirche zu fahren, wo wir die Christmette besuchten.

Dort kam dann doch noch etwas wie Weihnachtsstimmung in mir auf. »Friede den Menschen auf Erden, die guten Willens sind«, sagte der Pfarrer auf deutsch und kroatisch. Das Mittelschiff war in ein Lichtermeer von brennenden Kerzen getaucht. Über der versammelten Menschenmenge schwebte der geheimnisvolle Duft von Weihrauch. Ein Chor sang das Lied, das mir fortan von allen Weihnachtsliedern das liebste werden sollte: »Adeste fidelis, laeti triumphantes...«

*

Ende Dezember kam endlich eine Nachricht von Viktor. Es war ein Brief in einer fremden Handschrift, die doch die seine war. Er hatte mit der linken Hand geschrieben, weil er die rechte nicht gebrauchen konnte.

Der Sturm auf Tobruk hatte vom 18. bis zum 23. November gedauert. In der Heimat begingen sie an diesem 23. den Totensonntag, und die Kameraden hatten geunkt, daß das kein gutes Omen sei. »Da hab' ich's dann wohl besser getroffen, als die armen Schweine, die es tatsächlich erwischt hat! Es geschah außerhalb der Stadtmauer auf dem Weg zu meinem Panzer. Ganz in meiner Nähe schlug eine Granate ein. Das einzige, woran ich mich noch erinnern kann, ist, daß ich in hohem Bogen durch die Luft flog, dann knallte ich irgendwo runter, wo es steinhart war. Von da an weiß ich nichts mehr«, schrieb Viktor in ungelenken Buchstaben.

Als er zu sich kam, lag er mit anderen Verwundeten in einem Sanka. Ihr Stöhnen und Schreien war fast schwerer auszuhalten gewesen als die eigenen Schmerzen. »Der erste Schock ist barmherzig, man kriegt noch nicht so viel mit.« Später, als die Ärzte gründlich nachgesehen und ihn wieder zusammengeflickt hatten, da erst wurden die Schmerzen unerträglich.

Ein Granatsplitter steckte in Viktors rechter Schulter, und bei dem Aufprall auf einen Steinwall brach sein linker Oberschenkel. Platzwunden am Kopf und eine Gehirnerschütterung gehörten bereits zu den leichteren Verletzungen.

»Alles ein bißchen viel auf einmal, – aber ich bin trotzdem ein Glückspilz; es hätte schlimmer kommen können – dem Kameraden neben mir mußten beide Beine amputiert werden.«

Von dieser Stelle an hatte jemand anderer den Brief weitergeschrieben, es hatte Viktor wohl zu sehr angestrengt, mühselig wie ein Abc-Schütze mit der ungeübten linken Hand die Sätze aufs Papier zu malen.

Ob wir uns an den Film mit Stan Laurel und Oliver Hardy erinnern könnten, über den wir damals so gelacht hätten? An den, wo der dicke Hardy, den Kopf rundum einbandagiert, mit einem gewaltigen Gipsbein im Krankenhaus läge – so ungefähr sähe er, Viktor, jetzt aus. Nur daß außerdem noch ein sogenannter Stuka dazu käme, weil auch die rechte Schulter eingegipst werden mußte. »Ich hätte es nie für möglich gehalten, daß ein Mensch so liegen kann – aber man kann!« ließ Viktor schreiben. Zuerst war er mit einem Fieseler Storch ins Feldlazarett nach Benghasi gebracht worden. Als die Engländer bei einem Gegenangriff die Stadt besetzten, wurden er und die anderen Verwundeten in das Militärhospital nach Tripolis transportiert.

»Mit den Operationen, die mir noch bevorstehen, wird der Aufenthalt dort noch eine ganze Weile dauern«, hieß es dann. »Habe mir Weihnachten ganz anders vorgestellt, aber ein langer Genesungsurlaub ist mir sicher. Und Ostern ist ja auch ein schönes Fest!«

Meine Mutter trug die Nachricht von Viktors Verwundung erstaunlich gefaßt. Alle Ängste und Qualen hatte sie vorher durchlitten, jetzt atmete sie befreit auf.

Er lebte! Das war das Wichtigste. Die Verletzungen würden heilen, die Schmerzen vergehen. Was auch immer Viktor auszuhalten hatte – Invalidität wäre schlimmer gewesen, das hatte er selbst sehr richtig erkannt. – Er war nun erst recht zum Helden geworden, der bei aller bewiesenen Tapferkeit und seinen derzeitigen Leiden nicht seinen Humor verloren hatte.

»Was ist ein Stuka?« wollte sie wissen. »Ich dachte, das ist ein Sturzkampfbomber...«

»Das stimmt schon«, sagte mein Vater nachdenklich. »Soldaten haben die Angewohnheit, ihre Waffen mit Abkürzungen zu versehen und unerfreulichen Dingen Spitznamen zu geben, als könnten sie ihnen dadurch etwas von ihrem Schrecken nehmen. Und wenn ein Mensch seinen verletzten Arm waagerecht und steif emporrekken muß, dann erinnert das an die Tragfläche eines Flugzeuges. Daher der bildhafte Vergleich mit einem Stuka... Man zieht die Sache einfach ein bißchen ins Lächerliche – vielleicht sind die Schmerzen dann leichter zu ertragen.«

»So etwas habe ich schon gesehen«, erinnerte ich mich. »Da hängt dann die Uniformjacke lose drüber. Kann man denn mit so etwas überhaupt schlafen?«

»Der Mensch kann viel, wenn es sein muß – aber es ist scheußlich unbequem!«

Im Freundeskreis meiner Eltern wurde die Nachricht von Viktors Verwundung mit großem Bedauern zur Kenntnis genommen. Auch meine Mutter wurde ehrlich bemitleidet. Hatte sie erst vor kurzem einen Bombenangriff mitgemacht, bei dem sie alles verloren hatte, so war sie nun schon wieder von einem Schicksalsschlag getroffen worden. Es gehörte schon bald zu unserem Alltag, daß irgend jemand sich nach Viktors Befinden erkundigte und wissen wollte, ob seine Genesung Fortschritte mache. Man brachte uns wahre Köstlichkeiten an Lebensmitteln, die wir ihm in Feldpostpakete schikken sollten, »damit der arme Junge bald wieder zu Kräften kommt!« Es war so viel, daß er wahrscheinlich seine ganze Krankenstube damit verköstigen konnte.

Damals gewann ich die Überzeugung, daß die Menschen in schlechten Zeiten viel mehr Anteilnahme und Interesse füreinander aufbringen als in guten.

*

Zu meinem vierzehnten Geburtstag am 7. Januar 1942 bekam ich von meiner Mutter einen teuren Füllfederhalter geschenkt. Insgeheim hatte ich gehofft, sie hätte auch für mich einen Pullover mit Norwegermuster gestrickt, obwohl ich natürlich wußte, daß sie gar keine Zeit dafür gehabt hätte, denn sie war ja bis kurz vor Weihnachten mit dem Pullover für Viktor beschäftigt gewesen – es sei denn, sie hätte schon viel früher damit angefangen. Sie hatte nicht, und ich bemühte mich, mir meine Enttäuschung nicht anmerken zu

lassen. Ich hatte mich fast ein wenig in die Vorstellung hineingesteigert, daß ich das gleiche wie mein Bruder bekommen würde. Viele Geschwister bekamen die gleichen Sachen von ihren Müttern genäht oder gestrickt, vielleicht als äußeren Beweis dafür, daß auch die mütterliche Liebe gleichmäßig auf alle verteilt wurde.
Ich tröstete mich damit, daß ich mir sagte, meine Mutter hätte inzwischen genug Aufregungen und Kummer gehabt. Die Arbeit an einem Pullover für mich hätte sie vielleicht schmerzlich an Weihnachten erinnert und vor allem daran, daß Viktor nicht gekommen war. Nun wollte sie eben nicht mehr stricken. Und darum bekam ich von ihr diesen Füller und ein hübsches rosa Briefpapier, das auf jedem Bogen oben in der linken Ecke einen kleinen farbigen Aufdruck hatte, der ein fliegendes Schwalbenpärchen zeigte.
Viktor hatte mir einen Brief aus dem Lazarett in Tripolis geschickt. Es ginge ihm schon besser, schrieb er mit der Handschrift, die nicht wie seine aussah, – aber es würde ihm alles viel zu lange dauern mit seinen Blessuren, und mit seinem Stuka käme er sich vor wie ein mißgestalteter Vogel.
»Ich kann Dir von hier aus leider kein Geburtstagsgeschenk machen, aber das hole ich nach, wenn ich auf Urlaub nach Agram komme.« Und dann schrieb er noch, daß er und seine Kameraden jeden Abend ihre Nachrichtengeräte einschalteten, um den Soldatensender Belgrad zu empfangen, der auch in Afrika gut zu hören sei. »Dann fühle ich mich Euch sehr nahe, denn Belgrad ist ja von Agram nicht so weit weg. Jeden Abend um 21 Uhr 57 erklingt das Lied *Lili Marlen*. Dann denken wir hier unter afrikanischem Himmel an die Heimat und an unsere Familien. Dann gönnt uns der Krieg eine kurze Verschnaufpause, denn auch die Tommys auf der feindlichen Seite kennen die Melodie und pfeifen sie mit, obwohl ihr General ihnen verboten hat, das deutsche Lied zu hören. Aber daran halten sich anscheinend nur die wenigsten. – Ob die dann auch an Zuhause denken?
Liebes Füchslein, ich möchte mit Dir eine Verabredung über viele tausend Kilometer treffen: Wenn Du am Abend Deines Geburtstages um 21 Uhr 57 den Sender Belgrad einschaltest und *Lili Marlen* gesendet wird, dann mach einen Moment die Augen zu und denk an mich! Ich werde mit meinen Gedanken zur selben Zeit ganz fest bei Dir sein und Dir viele gute Wünsche schicken.«

Von da an bemühte ich mich, das Lied jeden Abend zu hören. Ich wußte genau, welche Frequenz ich auf der Radioskala einstellen mußte, um den so berühmt gewordenen Soldatensender Belgrad zu empfangen.

»Vor der Kaserne, vor dem großen Tor, steht eine Laterne und steht sie noch davor...«, sang eine tiefe, spröde Frauenstimme, und ich verwandelte mich im Geiste in das Mädchen Lili Marlen. Mit klopfendem Herzen stand ich unter dem Schein einer Laterne und sah einen jungen Soldaten aus dem Schatten des Kasernentores treten. Er kam langsam auf mich zu, und beim Näherkommen erkannte ich, daß es Viktor war.»...wenn sich die späten Nebel drehn...«, sang die Frauenstimme. Es war die letzte Strophe – gleich würde das Lied zu Ende sein. Milchige weiße Schwaden stiegen auf und umkreisten ihn, bis sie die Vision verschluckten.

Später, als ich ihn wiedersah, erzählte ich Viktor davon. Er sah mich seltsam an. Zwei oder drei Mal, sagte er, sei es ihm auch gelungen, sich das Mädchen Lili Marlen in seiner Phantasie vorzustellen. Er sei in einer Art Halbschlaf gelegen, während das Lied erklang. Da habe er eine von Nebelschwaden umflossene Mädchengestalt gesehen, die zu seinem Erstaunen ganz deutlich meine Gesichtszüge getragen hätte. Als er nach ihr habe greifen wollen, hätte die Erscheinung sich aufgelöst, und er sei im selben Augenblick aufgewacht.

Meine Eltern fanden das Lied sentimental und kitschig, aber mir gefiel es. Schon deshalb, weil ich nun etwas hatte, ich ganz allein, was mich mit Viktor verband. Und obwohl Millionen Soldaten, nicht nur in Afrika, sondern überall, wo gekämpft wurde, dieses Lied hörten, war mir jedesmal so, als klänge es nur für uns beide durch den Äther.

*

Am Sonntag nach meinem Geburtstag waren wir auf Peterhof eingeladen. Draga gratulierte mir – »viel zu spät«, wie sie betonte – indem sie mich heftig an sich drückte und lautstark erklärte, daß man mich von jetzt an nicht mehr einfach duzen dürfe. Außerdem schenkte sie mir eine Nußcremetorte. Zlata hatte sie mit einer dicken Vierzehn aus Zuckerguß verziert.

»Vierzehn Jahr' und sieben Wochen ist der Backfisch ausgekrochen!« lachte Draga mit blitzenden Zähnen. »Kennst du diesen komischen Spruch? So sagte man jedenfalls zu meiner Zeit.« Sie sah sich unter ihren Gästen um. »Weiß jemand, was ein Backfisch ist und wo das Wort herkommt? Nein? Ich auch nicht!« rief sie, noch bevor jemand geantwortet hatte.

»Immy, du bist jetzt kein Kind mehr. Du wirst bald eine junge Dame sein, und eine sehr hübsche dazu. Aber du hast noch etwas Zeit damit. Du bist ja erst auf dem Wege dahin. Himmelhoch jauchzend – zu Tode betrübt! Auf alle Fälle müssen die Lehrer in der Schule jetzt Sie zu dir sagen...«

»Apropos Schule«, unterbrach mein Vater ihren Redeschwall, »das ist ein Problem, das mich ernsthaft beschäftigt. Immy wächst hier sozusagen auf wie die Lilien auf dem Felde – in aller Unschuld, aber leider ohne jeden Unterricht. Das mag ein paradiesischer Zustand für sie sein; ich will jedoch nicht, daß sie völlig den Anschluß an die Schule verliert. Irgendwann werden wir ja wieder in halbwegs geordneten Verhältnissen leben.«

»Es gibt eine deutsche Oberschule in Agram«, sagte jemand.

»Ich glaube nicht, daß es sinnvoll ist, Immy dahinzuschicken, solange wir nicht wissen, wie lange wir hierbleiben«, entgegnete meine Mutter.

»Warum laßt ihr sie nicht privat unterrichten?« verschaffte sich Draga mit kräftiger Stimme wieder Gehör. »Der japanische Gesandtschaftsattaché Dr. Yamamoto, der auch im *Esplanade* wohnt, hat, soviel ich weiß, zwei Töchter in Immys Alter. Seine Frau ist übrigens Französin. Bei einem Empfang in der Botschaft hat er mir erzählt, daß er einen Privatlehrer für die Mädchen engagiert hätte.«

Dragas Hinweis führte zu einem durchaus positiven Ergebnis, dessen weitreichende Folgen noch in der Zukunft verborgen lagen. Sie hatte sich nur insofern geirrt, als das Ehepaar Yamamoto nicht zwei Töchter, sondern nur eine hatte. Sie war auch nicht in meinem Alter. Chantal Yamamoto war mit ihren neunzehn Jahren bereits erwachsen.

Dr. Yamamoto, der zum diplomatischen Corps gehörte, lebte mit seiner Familie seit längerer Zeit im *Esplanade*. Wir waren ihnen schon einige Male in der Hotelhalle und im Fahrstuhl begegnet, aber außer wechselseitigem höflichen Grüßen war es zu keinem näheren Kontakt gekommen.

»Ich möchte, daß du vor allem Englisch und Französisch lernst«, sagte mein Vater, bevor er Dr. Yamamoto telefonisch um eine Unterredung bat.

»Wozu brauche ich Englisch und Französisch?« fragte ich in der etwas aufsässigen Art, die Jugendliche in einem gewissen Alter an den Tag legen.

Es war eines der wenigen Male, daß ich von meinem Vater eine schroffe Antwort bekam.

»Das ist eine der dümmsten Fragen, die ich je gehört habe«, fuhr er mich an. »Wir liegen zwar mit der halben Welt im Krieg, aber glaubst du etwa, daß deshalb überall nur noch Deutsch gesprochen wird?«

Ich konnte es nur schwer ertragen, meinen Vater erzürnt zu sehen. »Ich habe es nicht so gemeint«, sagte ich schnell, um ihn zu besänftigen. »Ich möchte gern Englisch und Französisch lernen.«

Die steile Falte zwischen seinen Augenbrauen glättete sich wieder. »Und ich erwarte, daß du dir Mühe gibst!«

»Natürlich«, beeilte ich mich zu versichern. »Welche Sprache wird denn am meisten auf der Welt gesprochen?«

»Chinesisch«, sagte mein Vater schmunzelnd. »Aber das verlange ich ja gar nicht von dir. Wenn du die beiden anderen, etwas leichteren Sprachen beherrschst, bin ich ganz zufrieden.«

Dr. Yamamoto war ein liebenswürdiger Mann, mittelgroß und von schlankem Wuchs. Hinter randlosen Brillengläsern blickten ein Paar hochintelligente Augen, aus denen – so schien es mir – sich nicht ablesen ließ, was er wirklich dachte. Er zeigte sich jedoch gleich sehr zuvorkommend und hilfsbereit, als mein Vater sich bei ihm wegen eines Privatlehrers für mich erkundigte. Es sei richtig, bestätigte er, daß seine Tochter Chantal Unterricht habe, allerdings nur in Deutsch und Englisch, weil sie außer Japanisch und Französisch nur etwas Kroatisch sprechen könne. Der Lehrer sei sehr bemüht und freundlich, und es lasse sich gewiß arrangieren, daß er auch zu mir käme. Er, Dr. Yamamoto, werde ihn selbstverständlich gern informieren und zu uns schicken.

Der Mann, der sich schon am nächsten Tag bei uns vorstellte, hieß Alois Perner. Er war um die fünfzig und kam aus Graz, wo er lange Zeit an einem Lyzeum tätig gewesen war. In Agram hatte er keine feste Anstellung erhalten, fand jedoch sein Auskommen durch Nachhilfestunden und Privatunterricht.

Französisch, so sagte er, sei nicht seine Stärke, aber er erklärte sich bereit, mich in Mathematik, Latein und Englisch sowie in Biologie und Physik zu unterweisen.

»Das ist zwar nicht das volle Schulprogramm, aber besser als gar nichts!« äußerte sich mein Vater zufrieden. Er lächelte mir aufmunternd zu: »Französisch kommt dann eben irgendwann später dran. Geographie und Geschichte kannst du dir notfalls selbst aneignen – und Deutsch, deine Muttersprache, lernst du am besten, wenn du gute Bücher liest.«

Dieser Ansicht war auch Herr Perner. Er versprach, eine Liste mit empfehlenswerter Literatur zusammenzustellen und mir außerdem im Laufe der Zeit einige Biographien aus seinem Bücherschrank mitzubringen, die mir einen guten Einblick in verschiedene Geschichtsepochen vermitteln würden.

Herr Perner war, was sein Aussehen betraf, unscheinbar und spießig. Das lag vor allem an seinem biederen Spitzbart, den ich nicht mochte, weil er mich an Wilhelm Buschs Schneidermeister Böck erinnerte. Das schüttere graue Haar war sorgfältig gescheitelt und über seine Halbglatze gekämmt. Er trug meistens denselben schlecht sitzenden Anzug, der einige verblichene Flecken aufwies, wodurch der Eindruck entstand, es kümmere sich niemand so recht um seine privaten Belange. Seine Schuhe waren allerdings immer auf Hochglanz geputzt. Ebenso die Ledermappe, die er ständig mit sich führte, und worin sich seine Lehrbücher und ein pralles Etui penibel gespitzter Bleistifte befanden. Herr Perner wirkte alles in allem zwar farblos und verknöchert, aber er hatte eine fesselnde Art, den Lehrstoff vorzutragen und mein Interesse zu wecken, so daß er mir sogar die sonst so spröde auf mich wirkenden Fächer wie Latein und Mathematik näherbringen konnte. Er kam von nun an regelmäßig an vier Tagen ins *Esplanade*, um zuerst Chantal, und dann mir Unterricht zu geben. Nur Englisch unterrichtete er uns gemeinsam. Chantal war in der Sprache noch nicht soweit, daß ich sie nicht mit einigem Fleiß einholen konnte. Das Hotel hatte uns einen abgelegenen Sitzungssaal zur Verfügung gestellt, der sonst nur selten benutzt wurde. Chantal hielt sich manchmal auch außerhalb der Unterrichtsstunden darin auf, um in Ruhe zu malen.

»Isch 'abe kein Platz dafür in meine Zimmer«, sagte sie mit ihrem entzückenden französischen Akzent. Sie brauchte tatsächlich einen großen Tisch, um ihre Utensilien auszubreiten. Sie verfertigte wunderschöne filigrane Tuschzeichnungen, deren tieferer Sinn mir jedoch wegen ihrer Fremdartigkeit verborgen blieb, ebenso wie die Bedeutung der japanischen Schriftzeichen, die sie sorgfältig daneben oder darunter setzte. Sie malte und schrieb alles mit Pinseln von verschiedener Stärke, und sie nahm sich viel Zeit dafür.

»Es ist eine sehr alte japanische Kunst«, sagte sie scheu lächelnd, als ich mir einmal die Blätter aus ihrer Zeichenmappe ansehen durfte. »Isch kann noch nicht, pas bien, nisch gut.«

Die zierliche Chantal war eine bezaubernde Mischung aus ihren beiden Eltern. Von ihrer französischen Mutter hatte sie das fast europäische Aussehen und die großen Augen, von ihrem japanischen Vater deren mandelförmigen exotischen Schnitt. Sie besaß zudem wundervolles langes Haar, das ihr, wenn sie es nicht hochgesteckt trug, bis zur Taille reichte. Es war schwer, nachtschwarz und glänzend. Ihre Hände waren klein und schmal. Wenn Chantal mit weicher Stimme sprach, unterstrich sie, was sie sagte, mit graziösen Bewegungen.

Mein Vater sah ihr einmal nach, wie sie durch die Hotelhalle ging, leichtfüßig und federnd, und er meinte, sie hätte die Anmut einer siamesischen Tempeltänzerin.

Meine Mutter sagte, Chantal sei zwar reizend, aber für ihren Geschmack etwas zu blutleer, vielleicht auch zu verspielt, eigentlich könne sie mit dem Mädchen nicht viel anfangen.

Ich hörte es und es traf mich wie eine persönliche Kränkung, denn gleichzeitig kam mir zu Bewußtsein, daß meine Mutter ja auch mit mir im Grunde wenig anzufangen wußte.

Ich war hingerissen von Chantal, wann immer ich ihr begegnete, und ich wünschte insgeheim, wir könnten Freundinnen werden.

*

Wie schon erwähnt, pflegte Draga besonders jene Beziehungen, die ihr von Nutzen waren. Zum festen Kreis ihrer Gäste auf Peterhof gehörten zwei kroatische Generäle, beide schon pensioniert, aber immer noch sehr einflußreich, sowie ein katholischer Geistlicher. Pater Wilhelm Kellerbach, allgemein nur mit »Hochwürden« angesprochen, ging im erzbischöflichen Palais ein und aus und stellte dadurch eine wertvolle Verbindung zum Klerus dar.

Gelegentlich kam der rumänische Gesandte mit seiner Frau und auch ein deutscher Oberst, vor dem die anderen über politische Zustände anscheinend frei sprechen konnten.

Die Leute, die Draga einlud, hatten in jedem Fall irgendeine wichtige Position inne. Es waren jedoch auch Wissenschaftler, Künstler und Ärzte darunter, so zum Beispiel Professor Dr. Petar Michailović, Chef eines großen Agramer Krankenhauses, der zu Dragas engerem Freundeskreis gehörte.

»Ein hochinteressanter Mann«, sagte sie und fügte mit bedeutungsvollem Gesicht hinzu: »In seiner Freizeit beschäftigt er sich mit Grenzwissenschaften.«

Darunter konnte ich mir nicht das Geringste vorstellen.

Den beiden Generälen gab ich insgeheim Spitznamen. Der eine hieß General Nußknacker, weil er ein geradezu martialisches Gebiß hatte und mich dadurch an den Nußknacker erinnerte, den wir zu Hause in Berlin gehabt hatten: eine buntlackierte Holzfigur, die zur Adventszeit immer auf den Tisch gestellt worden war. Seinen großen Mund mit den bleckenden weißen Zähnen konnte man zu einem gähnenden Loch aufklappen. Die Nuß, die man geöffnet haben wollte, schob man hinein, um dann die beiden Kiefer heftig zusammenschlagen zu lassen. Ich hatte mir einige Male recht schmerzhaft die Finger dabei geklemmt.

Den anderen nannte ich General Glühbirne, weil sein fleischiges Gesicht ständig gerötet war. Sein Kopf quoll aus dem engen Kragen seiner Uniformjacke, und je hitziger debattiert wurde, desto mehr glich er einem roten Ballon, der zu platzen drohte. Zwei Jahre später starb er tatsächlich an einer geplatzten Ader im Gehirn – sozusagen mitten im Satz. Das geschah aber nicht auf Peterhof, sondern in der Stadt im Offizierscasino, wo er gerade aus irgendeinem Anlaß eine Rede hielt. Er stürzte, ein Weinglas in der Hand, wie ein gefällter Baum nach vorne, wobei er, bevor er auf den Marmorboden aufschlug, meinen Vater, der zufällig neben ihm stand, beinahe mitgerissen hätte.

Beide Generäle waren mir nicht sonderlich sympathisch, und um General Nußknacker machte ich möglichst einen Bogen, weil er mich immer mit einem schnellen Griff ins Ohrläppchen zwickte, wenn er meiner habhaft wurde. Ich weiß nicht, was er damit beabsichtigte, aber es war mir unangenehm und tat auch manchmal weh.

Vom Krieg war auf Peterhof wenig zu spüren, außer daß ständig darüber gesprochen wurde und Draga zu ihren ehemals so beliebten Jagdgesellschaften nicht mehr einladen durfte.

In der großen Halle, gleich neben dem Eingang gab es einen stets verschlossenen Schrank voller Jagdgewehre. Sie hingen dort hinter Glas zur Ansicht, und mein Vater sagte, diese Sammlung ließe das Herz eines jeden Waidmannes höher schlagen. Die weitere Umgebung von Peterhof war sehr wildreich. Es gab Hirsche, Rehe, Wildschweine, Hasen und natürlich auch Fasane und Wildenten. In harten Wintern kamen sogar Wölfe und Bären aus den karstigen Gebirgswäldern, allerdings nicht in die unmittelbare Nähe des Gutes. Staatlich bestallte Forstbeamte hatten nur ihre Spuren gesichtet.

Oft war von Partisanen die Rede, die angeblich irgendwo in den Bergen im Dickicht der Wälder ihre Schlupfwinkel hatten und gelegentlich Anschläge auf militärische Einrichtungen der Deutschen, aber auch der Ustaša, der kroatischen faschistischen Partei verübten. Aber niemand schien genau zu wissen, wo die Guerillas wirklich steckten, gesehen hatte man sie auch nicht, und von Peterhof war all das Gott sei Dank weit weg.

Letztlich drehten sich die Debatten immer wieder um dasselbe Thema, und Wortführer waren die beiden alten Generäle.

Das unabhängige Kroatien sei von zwei Übeln heimgesucht, so meinten sie: von der deutschen Besatzungsmacht und den Partisanen im Untergrund. Aber von diesen beiden Übeln seien die Deutschen ohne den geringsten Zweifel das kleinere. Und wenn der Krieg erst einmal gewonnen sei, dann würde man sich mit ihnen arrangieren können. Dann stünde den Bestrebungen der Monarchisten nichts mehr im Wege. Man würde König Peter, der jetzt im Exil in England war, zurückholen und damit die Staatsform neu errichten, an die man seit langem gewöhnt sei und die sich seit Jahrhunderten bewährt hätte. Anzustreben sei eine Monarchie wie unter dem österreichischen Kaiser Franz-Joseph, der das Militär immer als seine Hauptstütze angesehen habe...

Wenn jedoch die Partisanen – was der Allmächtige verhüten möge – an die Macht kämen, so würde das das Ende bedeuten...

Immer wieder war die Rede von ihrem Anführer, diesem Josip Broz, der mit den Bolschewiken sympathisiere. Auch von einem gewissen Tito sprachen die alten Generäle, und es dauerte eine Weile, bis ich begriff, daß Tito und Josip Broz ein und dieselbe Person waren...

...Wenn also dieser Tito an die Macht käme, dann wäre es aus mit dem persönlichen Eigentum und der abendländischen Kultur, vorbei mit der Ordnung, die unter der k. u. k. Monarchie in dem Vielvölkerstaat geherrscht habe! Nicht auszudenken, was der Einbruch des Kommunismus an Enteignung und Zerstörung nach sich zöge! Das würde auch diesem Irrgänger Tito, falls er überhaupt so lange am Leben bliebe, mit erschreckender Deutlichkeit vor Augen geführt werden... Es sei sein größter Fehler, das Land dem kommunistischen Einfluß öffnen zu wollen.

»Der Haß zwischen Serben und Kroaten ist nicht auszurotten! Das ist immer schon so gewesen«, tönte die dünne, zittrige Stimme der alten Baronin dazwischen. »...und überhaupt die Serben mit ihren nichtsnutzigen Schweinebaronen! Hergelaufenes Pack ohne Tradition...«

»Tito ist ein gewissenloser Schwärmer, aber ein ausgezeichneter Soldat«, sagte General Nußknacker mit widerwillig hochgezogener Oberlippe, wobei er seine großen Zähne entblößte. »Größenwahnsinnig ist er auch, er verlangt Gefangenenstatus für seine Partisanen! Und seine Idee von einem geeinten Jugoslawien ist einfach lächerlich und undurchführbar!«

»Sehr richtig, mein Bester!« riß General Glühbirne das Wort an sich und ließ zur Bekräftigung die Faust auf den Tisch knallen. »Es war immer schon ausgeschlossen, die Balkanvölker unter einen Hut zu bringen. Die Mentalität ist zu verschieden, als daß ein friedliches Nebeneinander auf Dauer möglich wäre. Der serbische Traum ist und bleibt eine Utopie!«

»Was ist der serbische Traum?« fragte ich meinen Vater auf der Heimfahrt in der Erwartung, etwas sehr Romantisches zu hören.

»Um das verstehen zu können, muß man ein wenig in die Vergangenheit zurückblicken«, sagte er. »Die Geschichte der Balkanvölker wurde von Kriegen, Aufständen und Revolutionen geprägt. Es ist eine Geschichte voller Blut und Königsmorde.«

»Was hat dieser Tito damit zu tun? Will er den König, der jetzt in England im Exil ist, eines Tages zurückholen? Ist das der serbische Traum?«

Mein Vater schüttelte den Kopf. »Nein«, sagte er klar und deutlich,»der serbische Traum ist der Zusammenschluß aller Jugoslawen in einem geeinten Jugoslawien.«

*

Auf Peterhof blieb ich weitgehend mir selbst überlassen. Kinder oder junge Leute waren nicht eingeladen, und von den Erwachsenen kümmerte sich kaum jemand um mich.

Bei den Mahlzeiten saß ich mit am Tisch, versuchte den Gesprächen zu folgen und war stets darum bemüht, mich so wohlerzogen zu verhalten, wie das von mir erwartet wurde, das heißt, ich sprach nur, wenn das Wort an mich gerichtet wurde. So verhielt ich mich still und hörte nur zu, erfuhr jedoch auf diese Weise viel mehr, als das unter Gleichaltrigen möglich gewesen wäre.

Häufig hatte ich allerdings das Gefühl, gar nicht wirklich dabei zu sein, wenn ich inmitten der auf und ab wogenden Diskussionen meinen eigenen Gedanken nachhing.

»Wie verträumt das Mädchen ist«, hieß es manchmal, wenn jemandem meine Geistesabwesenheit auffiel.

»Ja«, pflegte meine Mutter dann zu sagen. »Immy war immer schon ein stilles Kind, ganz im Gegensatz zu Viktor...« Und dann erzählte sie von ihm.

Nach dem Mittagessen gab es türkischen Mokka, ein schweres, süßes Getränk, das in kleinen, langstieligen Kupferkännchen serviert wurde. Ich durfte manchmal davon kosten, aber es schmeckte mir genauso wenig wie der Slivovic, von dem mich mein Vater einmal aus seinem Schnapsglas nippen ließ. Um so lieber mochte ich den fruchtigen scharfen Geruch, der fast ein wenig beißend in die Nase stieg, wenn man daran schnupperte.

Als angenehm empfand ich auch den Duft frisch angezündeter Zigaretten. Wenn der Rauch dann allerdings in dichten bläulichen Schwaden über den Köpfen waberte und politische Debatten entbrannten, verließ ich den Raum und ging wieder meine eigenen Wege. Die meisten Themen der älteren Generation – vor allem aber der Krieg und immer wieder die leidige Politik – interessierten mich selten und langweilten mich fast immer.

Am Nachmittag fand sich ein Teil der Gäste zu Bridgepartien zusammen, bei denen man nicht stören durfte. Einige der Herren diskutierten sich weiter die Köpfe heiß oder spielten Billard, während ich bei schönem Wetter Streifzüge durch den Garten unternahm, wo ich nie jemandem begegnete. War es draußen rauh und unfreundlich, wanderte ich durchs Haus und bestand Mutproben in der düsteren Halle vor dem flackernden Kamin.

Die Wintermonate waren kalt und schneereich. Oft verzog ich mich in die Bibliothek, in die man durch einen kleinen, dunklen Flur gelangte. Ein Kachelofen verbreitete Wärme und Behaglichkeit, aber außer mir kam niemand sonst dort hin. Ich war auch da immer allein.

Soweit ich feststellen konnte, gab es in den vollgestopften Regalen, die sich die Wände entlang vom Boden bis zur Decke hin streckten, keine Literatur, die meinem Alter entsprochen hätte. Da standen eine Menge Bücher in kroatischer, englischer und französischer Sprache, allerdings auch viele deutsche. Es schien, als hätte man sie ohne System irgendwie eingeordnet. Es gab dickbändige Lexika, in Leder gebundene Klassikerausgaben, religiöse und philosophische Schriften und haufenweise quergestapelte Folianten, die so verstaubt waren, daß die Vermutung nahelag, man hätte sie zwar aus irgendeinem Grunde angeschafft, aber nicht gelesen. Das entsprach wahrscheinlich auch den Tatsachen, denn weder die alte Baronin noch Draga selbst erweckten den Eindruck, als machten sie von ihrer Bibliothek viel Gebrauch.

Immer wieder wurde ich von dem eleganten, schwarzschimmernden Flügel angezogen. Er war nur ein wenig verstimmt, und ich wunderte mich oft darüber, daß nie jemand kam, um ihn zu benutzen. Ich spielte gern darauf, und es störte mich nicht, daß die eine oder andere Taste ein bißchen falsch klang; das konnte meine Freude, an so einem schönen Instrument zu sitzen, nicht beeinträchtigen. Ich brauchte auch keine Noten, weil ich alles, was ich in Berlin gelernt hatte, auswendig konnte. Anscheinend fühlte sich niemand durch mein Spiel belästigt, weil die Salons, in denen sich die Gäste aufhielten, weit genug entfernt lagen und wohl auch darum, weil die Bücherregale schalldämmend wirkten.

*

An einem späten Nachmittag im Februar verspürte ich plötzlich den unwiderstehlichen Drang, mir das Turmzimmer anzusehen, dessen Fensterläden immer geschlossen waren.

Draußen wehte ein eisiger Wind ums Haus, und darum war ich

nicht hinausgegangen. Ich hatte keine Lust, Klavier zu spielen, und im Erdgeschoß kannte ich nun schon bald jeden Winkel. So machte ich mich auf die Suche nach etwas Neuem.

Ich wanderte unschlüssig durch die Halle, in der wie immer zu dieser Jahreszeit der Kamin brannte. In dem großen Raum war es ganz still, bis auf das Knistern und Prasseln der Holzscheite, die aufflackerten, wenn der Wind heulend in den Kamin fuhr. Dann zuckte der Feuerschein die düsteren Wände entlang und ließ die Schatten tanzen.

Ich hatte immer noch nicht herausgefunden, wie man zum Turm hinaufgelangte. Aus einem mir selbst unerklärlichen Grund hatte mich eine gewisse Scheu bisher daran gehindert, mich nach dem Weg dahin zu erkundigen, aber ich war ziemlich sicher, daß man vom Obergeschoß aus nach oben kommen mußte. Ich erging mich in romantischen Spekulationen. Vielleicht gab es in einem der Zimmer eine Geheimtür in der Wand – ich hatte so etwas vor einiger Zeit in einem Film gesehen – eine Tür, die sich auf einen Knopfdruck drehte und eine dahinter verborgene Wendeltreppe freisetzte, vielleicht hatte man den Schacht aber auch zugemauert, weil der Turm nicht begangen wurde?

Ich überlegte, ob ich Draga fragen sollte, bevor ich einfach nach oben ging und mich auf die Suche machte. Sie war jedoch seit einer guten Stunde in eine Bridgepartie vertieft, und ich wußte, daß die Spieler es nicht schätzten, wenn man sie unterbrach. An wen hätte ich mich sonst noch wenden können? Die alte Baronin war vermutlich wie jedesmal nach dem Essen in ihrem Rollstuhl eingenickt – und wenn sie wach gewesen wäre, hätte sie wahrscheinlich gar nicht verstanden, was ich von ihr wollte. Sie hätte mich aus blicklosen Augen angesehen und ihr übliches »Wer bist du denn, meine Kleine?« gefragt. Und vom Personal schien mir keiner kompetent zu sein.

Einerseits fühlte ich ein leichtes Unbehagen, einfach ohne Erlaubnis in eine privatere Sphäre, als die den Gästen allgemein zugängliche, einzudringen. – Andererseits hatte Draga selbst zu mir gesagt, ich solle mich auf Peterhof wie zu Hause fühlen. Also konnte eigentlich keiner etwas dagegen haben, wenn ich nach oben ging, um mich dort ein wenig umzusehen.

Die breite Treppe, die von der Halle hinaufführte, lag in schweigendem Halbdunkel. Ich fühlte eine seltsame Erregung in mir, als ich sie, die Hand am Geländer, langsam Stufe für Stufe erklomm. Ab und zu blieb ich stehen, um mich umzusehen, ob sich vielleicht unten eine Tür öffnete und jemand heraus käme. Ohne zu wissen warum, war es mir lieber, bei meinem Tun unentdeckt zu bleiben. Ich überhörte geflissentlich die innere Stimme, die mir riet, besser zu warten, bis Draga mir die Erlaubnis gegeben und mir den Weg zum Turm gezeigt haben würde. Mit dem prickelnden Gefühl von Abenteuerlust wollte ich nun nicht mehr umkehren. Ich drehte den Kopf nach hinten und blickte mich zur Vorsicht ein letztes Mal um. Die Halle war leer. Niemand hatte mich gesehen.

Erleichtert wandte ich mich wieder nach vorne – und wäre beinahe mit einem dunklen Schatten zusammengeprallt.

Auf dem obersten Treppenabsatz stand, reglos wie ein Gespenst, Ogdan, der alte Diener. Ich hatte Mühe in der Dunkelheit auszumachen, daß er es war. Erst langsam gewannen seine Umrisse Gestalt, und ich erkannte ihn an seinem weißen Haar. Der Schreck fuhr mir mit solcher Vehemenz in die Glieder, daß ich aufschrie. Blitzschnell überlegte ich, wie lange Ogdan da schon gestanden haben mochte. Er mußte mich die ganze Zeit beobachtet haben, wie ich versucht hatte, so leise wie möglich die Treppe hinaufzuschleichen.

Ich fürchtete mich vor Ogdan. Der alte Mann war mir unheimlich in seiner lautlosen Unbeweglichkeit, mit der er mir entgegenstarrte. Ich mußte einfach so tun, als handelte es sich um eine ganz normale Sache, daß ich herauf gekommen war.

Ich atmete tief durch und versuchte meine Stimme leicht und unbefangen klingen zu lassen.

»Oh, Ogdan! Wie gut, daß ich jemanden treffe! Ich suche den Weg zum Turm. Die Gospodja ist zur Zeit beschäftigt, aber sie hat bestimmt nichts dagegen, wenn ich mich da ein wenig umsehe, denn ich langweile mich hier unten...«

Ich redete einfach drauf los, um die Peinlichkeit der Situation zu überspielen. »Warum sind die Fensterläden immer geschlossen? Die Aussicht von dem Zimmer dort oben ist sicher wundervoll. – Vielleicht haben Sie die Freundlichkeit, mir den Weg dahin zu zeigen? Ich weiß nicht, wie ich da hinaufkomme, ich... ich möchte...« Ich brach ab, weil Ogdan mich immer noch anstarrte und keine Miene verzog. Hatte er mich überhaupt verstanden?

Endlich kam etwas Leben in seine reglose Gestalt, obgleich er immer noch so dumpf vor sich hin schwieg, daß dieses Schweigen wie ein Gewicht auf mir lastete. Ich spürte, daß er angestrengt überlegte – und daß er mir nicht glaubte.

»Der Turm ist nicht bewohnt, mein Fräulein. Wenn Sie sich jetzt wieder hinunterbemühen wollen...«, sagte er höflich und beinahe unbeteiligt. Mit diesem Satz, der meine Frage nach dem Weg in keiner Weise beantwortete, gab Ogdan mir zu verstehen, daß ich dort oben nichts zu suchen hatte. Außerdem wich er keinen Zentimeter zur Seite, um mich vorbeizulassen.

Ärger stieg in mir hoch. Ich fühlte mich von einem Dienstboten zurechtgewiesen, und hatte gleichzeitig ein schlechtes Gewissen, als hätte er mich bei einem Unrecht ertappt.

Ich wußte nicht, wie ich mich jetzt verhalten sollte, hielt es aber für klüger, mich auf keine weitere Diskussion einzulassen.

»Ach so«, sagte ich hölzern, »vielen Dank.« Dieses vielen Dank war mir in meiner Verwirrung herausgerutscht und höchst überflüssig. Ich hatte ihm für nichts zu danken, er hatte ja nichts für mich getan – es war nur ein Ausdruck meiner Verlegenheit. Wie sehr wünschte ich mir, die Souveränität zu besitzen, die mein Vater oder Viktor in so einer Situation gezeigt hätten.

Obwohl ich weiche Knie hatte, versuchte ich mit Haltung die Treppe hinunterzugehen, bemüht, auf den unteren Stufen nicht schneller zu werden oder gar durch die Halle zu rennen.

Als sei sie ein Zufluchtsort, strebte ich immer noch gemessenen Schrittes zur Bibliothek. Der Weg dahin schien mir unverhältnismäßig weit, weil ich Ogdans Augen in meinem Rücken spürte. Erleichtert warf ich die Tür hinter mir zu.

Immer noch ärgerlich setzte ich mich auf einen Stuhl und begann nachzudenken.

Warum hatte Ogdan mich nicht vorbeigelassen? Warum durfte ich nicht hinaufgehen? Ich hatte doch nichts Böses im Sinn gehabt. Was hatte es auf sich mit der Bemerkung »Der Turm ist nicht bewohnt«? Deswegen hätte ich ihn mir doch trotzdem ansehen können! Auch im Erdgeschoß gab es Zimmer, die nicht bewohnt waren und die ich dennoch betreten durfte.

Für den Augenblick mußte ich mich damit abfinden, daß ich das Innere des Turmes nicht besichtigen konnte. Aber ich würde es nicht dabei bewenden lassen. Meine Neugier war durch das seltsame Verhalten des alten Dieners erst recht angestachelt. Das nächste Mal würde ich Draga direkt fragen. Ich beschloß allerdings, ihr nichts von meiner Begegnung mit Ogdan zu erzählen, und ich hoffte, daß er das auch nicht tun würde.

Ein Gefühl sagte mir, daß der Turm ein Geheimnis barg – aber ich wußte auch, daß ich diesem Geheimnis eines Tages auf die Spur kommen würde.

8

Im Sanatorium haben wir seit einiger Zeit eine neue Schwester. Sie heißt Anna und ist noch sehr jung. Sie wirkt schüchtern und ein wenig schutzbedürftig. Ich habe sie lieber als Schwester Martha, die mir mit ihrer Robustheit und ihrem forschen Tonfall immer etwas auf die Nerven geht. Wie so viele Krankenschwestern hat auch Schwester Martha die Unart, so mit einem zu sprechen, als wäre man ein unmündiges Kind. »Na, wie geht's uns denn heute? – Was macht denn unser Kreislauf?«

Ich sehe sie dann kühl an und sage förmlich: »Danke Schwester Martha, mir geht es gut, ich hoffe Ihnen auch.«

Oder sie sagt: »Na, waren wir spazieren, oder haben wir wieder den ganzen Tag geschrieben?«

Dann erwidere ich distanziert: »Ich war spazieren. Sie sind doch sicher Ihren Pflichten nachgegangen.« Dann stutzt sie und lacht ohne innere Beteiligung. Damit verweist sie meine leichte Aufsässigkeit dahin, wohin sie ihrer Meinung nach hingehört, nämlich in absolute Belanglosigkeit. Sollte sie durch meine Antworten sich je bemüßigt gefühlt haben über ihre Sprechweise nachzudenken, so kam sie wohl zu dem Schluß, daß es nicht wichtig sei, sie meinetwegen zu ändern. Sie sagt weiterhin ›wir‹, wenn sie mich meint, und ich betone die Worte ich, mir und mich, um ihre Vertraulichkeit zurückzuweisen. – Sanatoriumsalltag!

Schwester Anna ist anders. Ich glaube, sie hat es gar nicht leicht, sich gegen das angestammte Personal durchzusetzen – schon deshalb nicht, weil sie jung und hübsch ist. Sie ist dunkelblond und blauäugig und wirkt manchmal ein wenig naiv. Vielleicht liegt das auch an dem Zopf, den sie unter ihrem Schwesternhäubchen trägt. Es scheint, daß Schwe-

ster Martha sie manchmal schlecht behandelt. Aber das ist wohl meistens so: Die Neuen werden immer erst einmal schikaniert. Ebenfalls Alltag, was die zwischenmenschlichen Beziehungen betrifft!
Ich mag Schwester Annas sensible Art, die Tür zu öffnen. Sie klopft zuerst ganz leise, um mich nicht zu erschrecken, und wartet immer erst mein ›Herein‹ ab. Schwester Martha klopft laut und reißt anschließend sofort die Tür auf. Das ist mir jedesmal unangenehm, vor allem abends, wenn ich am Schreibtisch sitze und ganz in Erinnerungen versunken bin.

Wenn Schwester Anna spürt, daß ich nicht gestört werden möchte, dann stellt sie nur das kleine Tablett mit den Medikamenten auf meinen Nachttisch – es sind die Pillen, die ich regelmäßig für die Nacht einzunehmen habe – und geht auf Zehenspitzen wieder hinaus. Manchmal reden wir aber auch ein wenig miteinander. Ich glaube, das tut ihr gut. Ich habe ihr eines meiner Bücher geschenkt, das ich ausgelesen habe, und sie hat sich sehr darüber gefreut. Jetzt fragt sie immer, ob sie nicht noch irgend etwas für mich tun kann, was ich immer verneine. Sie gibt sich große Mühe, alles richtig zu machen, aber sie scheint mit manchem nicht fertig zu werden, was sie hier sieht, und ist voller Mitgefühl für die Patienten.

Ich will Schwester Martha nicht Unrecht tun, aber bei ihr ist alles schon zur Routine erstarrt. Vielleicht ist das ganz verständlich. Sie ist ja schon viele Jahre hier und kann natürlich nicht jedes Schicksal zu ihrem eigenen machen. Ich glaube, niemand wäre einer solch großen seelischen Belastung auf die Dauer gewachsen. Aber Schwester Anna leidet selbst noch mit und ist dankbar für ein wenig Ansprache, und auf diese Weise erfahre ich hin und wieder etwas über andere Fälle. Sie redet sich manches vom Herzen, obwohl sie das eigentlich gar nicht dürfte.

So erwähnte sie zum Beispiel heute morgen die junge blonde Frau, die ich manchmal im Park auf einer Bank sitzen sehe. Sie ist erschreckend dünn und spricht mit niemandem. »Sie ißt nicht«, sagte Schwester Anna bekümmert. »Der Mann, mit dem sie zusammengelebt hat, soll sie verlassen haben. Das hat sie nicht wahrhaben wollen, und es heißt, daß sie jeden Tag den Tisch für ihn mitdeckte, für den Fall, daß er wieder zu ihr zurückkäme. Sie saß bei Kerzenschein vor ihrem Teller und aß selbst keinen Bissen. Ihre Mutter hat sie so gefunden, und als gutes Zureden und auch sonst nichts half, hat sie sie hierhergebracht.«

Schwester Anna seufzte. »Hoffentlich fängt sie sich wieder. Sie ist doch sehr hübsch, finden Sie nicht auch? Sie könnte doch leicht einen anderen kriegen! – Ach, und die arme alte Dame auf Zimmer zehn! Sie hat ihr sogenanntes Kurzzeitgedächtnis verloren. Sie erinnert sich nur noch an Dinge, die weit zurückliegen, aber sie weiß am Nachmittag bereits nicht mehr, was sie morgens zum Frühstück hatte. Ihre Angehörigen haben Professor Dombrowsky gesagt, es sei schlimm mit ihr. Sie hätte zu Hause alles durcheinander gebracht.«

Ich muß jetzt manchmal an die junge blonde Frau und an ihr Schicksal denken. Ich würde ihr gerne helfen und sie trösten, aber ich weiß nicht wie, und natürlich spreche ich sie nicht an. Ich will mich nicht aufdrängen, und sie sieht nicht so aus, als würde sie Gesellschaft suchen. Sie ist, wie wir alle hier, mit der Welt da draußen aus dem Takt gekommen – jeder auf seine Weise!

*

Eine Zeitlang litt ich darunter, daß sich auf Peterhof kaum jemand um mich kümmerte. Es kränkte mich, und ich fühlte mich zurückgesetzt, ohne daß ich eine Ahnung hatte, wie ich das ändern könnte. Manchmal schien es, als wäre ich einfach nicht vorhanden. Ich sprach noch immer viel zu hastig, wenn doch einmal jemand das Wort an mich richtete – oder ich glaubte, es lohne sich überhaupt nicht, wenn ich anfangen würde zu sprechen, weil mir ja doch keiner zuhörte und auch niemanden interessierte, was ich zu sagen hatte.

In neidvoller Bewunderung dachte ich manchmal an Viktor, der so ganz anders war als ich, der so gut mit Menschen umgehen konnte und von ihnen geliebt wurde. Ihn umgab ein Glanz, der mir fehlte. Er konnte sich blendend ausdrücken, da wo ich vor Verlegenheit ins Stottern kam, – oder nicht eigentlich ins Stottern; ich war nur von vornherein entmutigt und verhaspelte mich daher leicht. – Vielleicht aus einem Minderwertigkeitsgefühl heraus – und das hing sicher auch damit zusammen, daß ich im Kreise von lauter Erwachsenen als einzige Halbwüchsige so etwas wie eine absolute Minderheit darstellte, und sie mir in ihrer Thematik und Ausdrucksweise, und ganz besonders in ihrer Erfahrung grundsätzlich überlegen waren.

Ich nahm mein Alleinsein fast wie eine verdiente Strafe auf mich, eben weil ich so war, wie ich war, unreif und in meiner eckigen Kompliziertheit vermutlich auch nicht liebenswert. Bis ich eines Tages begriff, daß dieses Alleinsein zugleich grenzenlose Freiheit bedeutete. Es fiel mir wie Schuppen von den Augen, welches Geschenk mir da vom Schicksal in den Schoß geworfen wurde – und das hing mit Peterhof zusammen. Dort geschah es, daß ich aufhörte, Mitleid mit mir selber zu haben und mich unverstanden zu fühlen.

Mein Leben verlief zwar einerseits behütet und beinahe schon wieder in festen Bahnen wie in Berlin, aber auf Peterhof war ich frei – ganz frei – unbeschreiblich frei! Ich gehörte mir ganz allein, so wie die Zeit, die ich dort verbringen durfte, mir allein gehörte. Das war kein Alleinsein mehr. Das war ein neuer Zustand, ein neues Begreifen, das einer Entdeckungsreise gleich kam. Es war ein Gefühl wie ein Rausch. Von da an bedeutete für mich jeder Besuch auf Peterhof das Eintauchen in einen beseligenden Zustand absoluten Losgelöstseins von Zwängen jeglicher Art, wie ich es in dieser Form nie wieder erleben sollte.

Von da an wurde Peterhof für alle Zeit mein Peterhof!

Ich weiß nicht einmal mehr genau, wann mich diese Erkenntnis überkam; entwickelte sie sich langsam oder traf sie mich wie ein Blitz? Geschah es, als die wärmende Sonne der ersten Frühlingstage mich wie auf einer glücklichen Woge emporhob und mein Wesen aufschloß, so wie die Erde sich öffnete, die nun zu neuem sprießendem Leben erwachte? Oder begann es früher, als ich wegen der klirrenden Winterkälte, die mich ins Haus zurücktrieb, viele Stunden in der Bibliothek verbrachte? Es war dieser stille, anheimelnde Raum, der mich immer wieder anzog. Dort entdeckte ich im Laufe der Zeit die Freuden des Bücherlesens, die mich hinwegtrugen in eine andere Welt, in fremde Länder, in andere Epochen und mitten hinein in das Schicksal von Menschen, mit denen ich mich plötzlich identifizierte – und das alles ohne daß jemand kam und mich herausriß. Welch ein Geschenk!

Eines Tages hatte ich in der Bibliothek eine ganze Reihe rot eingebundener Bücher entdeckt, die ich vorher übersehen hatte, weil sie, durch davor gestapelte Folianten zum Teil verdeckt, ganz unten in einem der hinteren Regale standen. Sie waren in deutscher Sprache verfaßt und unterschieden sich von allem, was mir bisher in die Hände gekommen war. Man hätte sie vielleicht als sehr umfangreiche Jahrbücher bezeichnen können, wenn es auch keine Kalender im üblichen Sinn waren. Es fanden sich zwar auch Diarien, Monatsübersichten und die unvermeidlichen Spruchweisheiten darin, aber es gab vor allem lehrreiche Beiträge, wie spannende Reiseberichte, historische Erzählungen, Biographien und Reportagen über berühmte Leute, ihre Taten und Erfindungen. Die reine Unterhaltung war mit Fortsetzungsromanen und Schilderungen aus dem Gesellschaftsleben vertreten. Skandale und Affären – viele davon wahrscheinlich schon längst vergessen – wurden darin abgehandelt. Auch die neueste Mode, die inzwischen schon die von vorgestern war.

Ganz besonders interessierten mich die Liebes- und Ehegeschichten verschiedener Königshäuser und Fürstenhöfe sowie das Leben von Prinzen und Prinzessinnen, das oft strahlend begann und tragisch verlief. Manchmal waren sie einander schon in frühester Jugend anverlobt worden, und mit glühenden Wangen las ich über die Prunkentfaltung ihrer Hochzeiten.

Dieser gewiß oberflächliche Geschichtsunterricht prägte sich meinem Gedächtnis nachhaltiger ein, als es das Einpauken von trockenen Jahreszahlen vermocht hätte.

Es gab aber auch andere Liebesgeschichten, die ich mit Begeisterung verschlang. Ich identifizierte mich mit der jeweiligen Heldin, durchlebte und durchlitt ihr Schicksal, als wäre es das meine, und war gleichermaßen mit ihr erlöst, wenn die wahre Liebe – nur um die ging es immer wieder – ihre Erfüllung in einem glücklichen Ende fand.

In diesen Erzählungen gab es nur einzigartige, große Gefühle. Es waren Märchen für Erwachsene, unreal und aus heutiger Sicht gewiß auch kitschig. Aber ich nahm sie hungrig, mit brennender Neugier in mich auf. Versponnen, wie ich es ohnehin schon war, verstrickte ich mich in dieser Lektüre wie in ein Spinnennetz – und meine Welt verlor immer mehr an Wirklichkeit.

Ich hatte mir nie zuvor Gedanken darüber gemacht, was man sich unter Glück eigentlich vorzustellen hatte. Was bedeutete Glück – dieses Wort, das die Erwachsenen so oft im Munde führten, dieses leicht dahingesagte, abgegriffene Wort, das für die unterschiedlichsten Dinge stand? »Der oder die hat Glück gehabt«, hieß es und jeder schien etwas anderes darunter zu verstehen. »Da hast du aber noch mal Glück gehabt«, sagte man zu einem Kind, wenn es den heißen Ofen angefaßt hatte, ohne sich dabei die Finger zu verbrennen. Glück war, wenn der Schüler in der Schule, der Student im Examen nicht gerade das geprüft wurde, wovon er keine Ahnung hatte. Glück war auch, wenn jemand hingefallen war, ohne sich etwas zu brechen, wenn er die letzte Straßenbahn gerade noch erwischte, wenn er heiratete, etwas erbte oder wiederfand, wenn man jemanden traf oder ihm nicht begegnete, je nachdem. Glück konnte auch ein Stück Schokolade bedeuten, ein neues Kleid oder ein Lotteriegewinn.

Mucki war gefallen. Hatte meine Mutter da nicht vielleicht insgeheim gedacht: Welch ein Glück, daß es nicht Viktor getroffen hat! Und sicher war es auch Glück, daß wir bei dem Bombenangriff in Berlin nur unsere Wohnung, nicht aber unser Leben verloren hatten. War es schon Glück, wenn das Schlimmere nicht eingetreten war? So konnte es nicht sein, das war unbefriedigend.

In den roten Büchern war das Glück untrennbar mit der Liebe verknüpft. Die Liebe schlug ein wie ein Blitz, hob die Welt aus den Angeln und war etwas, wofür man notfalls sein Leben ließ, ohne mit der Wimper zu zucken. Konnte man das Glück zu fassen kriegen, wenn man nur genug daran glaubte, ausdauernd danach verlangte, Bewährungsproben bestand und sich alle Mühe gab?

Glück, was war das eigentlich? Ich grübelte, und der Begriff entzog sich mir, je mehr ich darüber nachdachte. Für mich wurde das Glück zu einer nebulösen Vorstellung, zu etwas, das über den weißschimmernden Wolkenbergen lag. Es wurde zu einem fernen, goldenen Land unter einem Himmel von gläsernem Blau, aus dem kleine funkelnde Blitze schossen – und jeder bedeutete die Erfüllung eines Wunsches. An diesem Firmament glitzerte immer die erste ganz dünne Sichel des zunehmenden Mondes, gegen die man sich dreimal verbeugen soll – und zugleich fiel ein nicht endenwollender Regen von Sternschnuppen, zauberisch, wie eine aufflammende Wunderkerze.

Es schien ein den meisten Menschen unbekanntes, unerreichbares Land zu sein, eine Fata Morgana, ein einsames Gebilde meiner Phantasie, denn das, was gemeinhin als Glück bezeichnet wurde, war alltäglich und banal, war ohne Klang und Farbe.

Anders war es in all den Liebesgeschichten in meinen roten Büchern. Dort wurde von jungen schönen Menschen erzählt, deren Herzen in Liebe zueinander entbrannt waren. Ihr Charakter war edel und opferbereit, oder machte zumindest eine entsprechende Wandlung durch. Nach einer beschwerlichen Zeit auferlegter Prüfungen, gefordertem Verzicht und übermächtiger Sehnsucht ließ ein gütiges, zugleich gerechtes Schicksal die Liebenden zusammenfinden. Sie wurden Mann und Frau. Diese für immer und ewig eingegangene Verbindung war das große, alles überstrahlende Glück, und die daran Beteiligten bewohnten fortan für alle Zeit – und wenn sie nicht gestorben sind – das goldene Land, dieses wunderbare, ferne Land, in dem es anscheinend weder Sorgen noch Leid gab – hätte man sonst doch davon hören müssen! Aber an dieser Stelle waren alle Geschichten und Romane in den roten Büchern zu Ende. – Liebe und Glück gehörten zusammen, da war ich fast sicher; es mußte so sein, und ich versuchte, es herauszufinden.

Eines Tages faßte ich mir ein Herz und fragte meine Mutter danach. Sie saß auf dem Sofa und war mit einer Handarbeit beschäftigt. Die Gelegenheit schien günstig, denn wir waren allein im Zimmer.

»Liebst du Papa?«

Sie blickte überrascht auf und sah mich dann befremdet an, so als verstünde sie den Sinn meiner Frage nicht.

»Warum willst du das wissen?«

Ich hatte nicht mit einer Gegenfrage gerechnet und war verwirrt, wie immer, wenn ich ihr etwas erklären sollte. Mich interessierte ihre Definition von Glück – und eigentlich wollte ich noch auf etwas anderes hinaus. Ich hätte so gerne gewußt, ob sie mich hübsch fand, ob sie glaubte, auch mich würde später einmal jemand lieben mit einer Liebe, die so groß und wunderbar war, wie sie in den roten Büchern beschrieben wurde. Aber ich traute mich nicht, sie das ohne Umschweife zu fragen. Ich konnte sie nie einfach nur irgend etwas fragen. Alles was ich tat oder sagte, wurde gewogen, zu leicht oder zu schwer befunden. Sie konnte niemals aufhören, mich zu erziehen. Ich hätte es wissen müssen und die Dinge auf sich beruhen lassen sollen. Statt dessen begann ich noch einmal ungeschickt von vorne.

»Liebst du Papa?«

Und wieder warf mir meine Mutter einen erstaunten Blick zu, als wüßte sie nicht recht, was ich von ihr wollte.

Ich hatte geglaubt, es müßte leicht sein, auf meine einfache Frage eine klare Antwort zu bekommen. »Ich möchte wissen, wie das bei euch angefangen hat. Ob du Papa liebst – und ob er dich auch liebt, ich meine so ganz richtig – und ob ihr glücklich seid?«

»Natürlich sind wir glücklich«, sagte sie schließlich leichthin. »Papa und ich sind glücklich. Wir sind alle glücklich, das weißt du doch. Wir sind eine glückliche Familie...« Plötzlich umdüsterte sich ihr Gesicht und sie brach ab.

Ich wußte, woran sie dachte. Sie dachte an Viktor und daran, daß sie ihn an den Krieg verloren hatte, vorläufig jedenfalls. Sie dachte vielleicht auch an die Äußerung von Tante Bea, daß er einmal heiraten und aus dem Haus gehen würde.

»Du wärst glücklich, wenn du Viktor noch hättest!« entfuhr es mir.

Meine Mutter warf mir einen schreckerfüllten Blick zu, und ihr Mund öffnete sich wie zu einem stummen Schrei.

Ich verbesserte mich sofort: »Ich meine, wenn Viktor bei dir wäre.«

Sie holte tief Luft: »Ich habe ja auch dich, also bin ich glücklich.«

»Viktor liebst du mehr als mich!« Ich spürte, daß das Gespräch in die falsche Richtung lief, ohne daß ich es verhindern konnte.

»Ich liebe dich genauso!« stieß sie beinahe heftig hervor. Ich wußte, daß das nicht stimmte, und sie wußte es auch. Ich merkte es an ihrem abweisenden Gesichtsausdruck, der mir zugleich sagte, daß sie über das Thema nicht weiter zu sprechen wünschte. Trotzdem hakte ich noch einmal nach.

»Und Papa? – Liebst du ihn genauso wie Viktor, oder mehr?«

»Was soll die dumme Fragerei? – Ich liebe euch alle...« Das goldene Land rückte in unbestimmte Fernen. »Man kann das doch nicht vergleichen. Der eine ist mein Mann, der andere ist mein Sohn...« Sie stand abrupt auf und ging ins Bad, wo sie die Tür unsanft hinter sich schloß. Mir war, als liefe sie vor etwas davon. Die Unterhaltung hatte, noch ehe sie richtig in Gang gekommen war, eine unbefriedigende Wendung genommen, wie es soft bei Gesprächen zwischen meiner Mutter und mir geschah. – Das hatte ich nun von meiner Neugier. Warum hatte ich überhaupt gefragt! Natürlich liebte meine Mutter meinen Vater, und mein Vater liebte sie. Aber ich fand nicht heraus, ob die Liebe meiner Eltern zueinander dieses ganz große Glück bedeutete, von dem ich träumte. Hatten sie das goldene Land jemals betreten? Hatten sie ihre Wünsche und

Sehnsüchte an den verheißungsvollen Himmel geheftet? Ich preßte die Hände vor mein Gesicht und wünschte, daß es so gewesen wäre. Ich wagte jedoch nie wieder, danach zu fragen.

*

Anfang März hatte ich eine Eingebung, die ausnahmsweise einmal etwas Positives zum Inhalt hatte und die nicht, wie so oft, Unheil verkündend war.

Es geschah nach dem Abendessen in der Hotelhalle. Meine Mutter war schon mit dem Lift nach oben gefahren, während mein Vater noch zur Rezeption gegangen war, um sich beim Portier nach irgend etwas zu erkundigen. Ich stand daneben und blätterte ohne großes Interesse in ein paar ausliegenden Hotelprospekten. Ein Gast legte im Vorbeigehen seinen Zimmerschlüssel auf das Empfangspult.

Ich warf einen unbeteiligten Blick darauf, und war auf einmal wie elektrisiert. Auf dem Bronzeanhänger war die Nummer 423 eingraviert. Wir hatten die Zimmernummer 426. Es bestand also kein Grund, diesen fremden Zimmerschlüssel anzustarren und erst recht nicht, ihn an mich zu nehmen. Fast gleichzeitig griffen der Portier und ich danach, so daß unsere Hände gegeneinander stießen. Er zog seine sofort zurück, wie um mir den Vortritt zu lassen.

»Pardon, mein Fräulein« – er behandelte mich immer mit ausgesuchter Höflichkeit, wie eine Erwachsene und darum mochte ich ihn – »pardon, aber das ist nicht Ihr Schlüssel. Ihre Frau Mutter hat ihn bereits mit nach oben genommen.«

»Ich weiß«, sagte ich und umklammerte weiter den Schlüssel, so daß der Eindruck entstehen mußte, ich hätte nicht richtig verstanden.

»Laß ihn bitte liegen, Immy, es ist nicht unser Schlüssel«, sagte mein Vater mit der liebevollen Geduld, die er mir gegenüber fast immer an den Tag legte.

»Ich weiß«, wiederholte ich und sah ihn an. »Es ist Viktors Schlüssel.«

Mein Vater warf mir einen überraschten Blick zu. Dann hörte ich sein schnelles, scharfes Lufteinziehen durch die Nase. Was auch immer in diesem Augenblick in ihm vorgehen mochte, er zeigte keine weitere Reaktion, außer, daß er mich mit angespanntem Gesicht für ein paar Sekunden forschend ansah. Langsam wandte er sich dem Portier wieder zu.

»Ist der Gast, dem dieser Schlüssel gehört, abgereist?«
»Nein«, antwortete der Portier, nachdem er die entsprechenden Eintragungen in seinem Anmeldebuch überprüft hatte. »Der Gast hat das Zimmer bis Ende der Woche belegt.«
»Wo genau befindet sich dieses Zimmer?«
»Vierhundertdreiundzwanzig liegt Ihrem Zimmer schräg gegenüber auf der anderen Seite des Ganges. Es ist ein normales Einzel mit Bad. Sollten Sie ein zusätzliches Zimmer benötigen, so muß ich Ihnen zu meinem Bedauern mitteilen, daß wir für die nächste Zeit ausgebucht sind.«
»Ich möchte, daß Sie dieses Zimmer für mich reservieren, sobald der Gast es freigegeben hat«, sagte mein Vater ruhig, nachdem er mir noch einmal einen eindringlichen Blick zugeworfen hatte. »Und bitte«, er senkte die Stimme, »erwähnen Sie meiner Frau gegenüber vorläufig nichts davon.«
Der Portier machte eine beflissene Verbeugung. »Selbstverständlich. Vollste Diskretion!«
Mein Vater legte den Arm um meine Schultern und wandte sich zum Gehen. »Hör zu, Immy«, sagte er leise und sehr ernst, während wir auf den Lift warteten, »ich weiß nicht, was es mit deiner Behauptung auf sich hat, es handele sich um Viktors Schlüssel. Ich möchte abwarten und sehen, was geschieht. Es kann nicht schaden, für alle Fälle ein Zimmer in Reserve zu haben, noch dazu, wo das Hotel in der nächsten Zeit so besetzt sein soll. Aber ich möchte nicht, daß du mit deiner Mutter darüber sprichst und sie dadurch aus dem Gleichgewicht gebracht wird oder sich falsche Hoffnungen macht. Versprichst du mir das?«
»Ich verspreche es«, sagte ich ebenso ernst und holte tief Luft. Ich war dankbar, daß mein Vater nicht weiter in mich drang, warum ich behauptet hätte, der fremde Schlüssel sei Viktors Schlüssel, denn ich wußte es nicht. Das Seltsame an meinen Eingebungen war, daß sie sich plötzlich einstellten, in einem flüchtigen Augenblick, wie das Aufflammen eines Blitzlichtes, das kaum einen Eindruck hinterläßt. Wenn ich dann versuchte, der Vision, oder was immer das sein mochte, auf den Grund zu gehen, wurde sie unscharf und nebelhaft. Sie entzog sich mir, glitt weg wie ein Stück Seife im Wasser, das durch die Finger rutscht, wenn man danach greifen will. Erst viel später lernte ich, diese Vision festzuhalten, indem ich meine Gedan-

ken so intensiv darauf konzentrierte, daß ich sie zurück in mein Bewußtsein zwang.

Eine Woche später bekam mein Vater über seine Dienststelle die Nachricht, daß sein Sohn nach Agram kommen würde. Man hatte Viktor aus dem Lazarett in Benghasi nach Triest in ein Militärkrankenhaus verlegt, damit er von dort aus einen längeren Genesungsurlaub in der Heimat antreten könne. Viktor hatte anfragen lassen, ob es eine Möglichkeit gäbe, bei uns im Hotel unterzukommen. Da die Nachricht über einige Instanzen ging, bekam der ganze Vorgang etwas ungemein Förmliches.

Meine Mutter reagierte mit einer gewissen Zurückhaltung auf die Freudenbotschaft. Es schien, als traue sie sich diesmal nicht, ihrer Freude freien Lauf zu lassen – ganz anders als damals zu Weihnachten, wo sie ihr Glück wegen des bevorstehenden Wiedersehens wie ein Aushängeschild vor sich her getragen hatte. Jetzt zeigte sie einen gebremsten Optimismus, schlüpfte in eine erwartungsvolle Sachlichkeit wie in ein Korsett, so als könnte sie sich dadurch von vornherein gegen eine neue Enttäuschung wappnen.

Um so lebhafter zeigte mein Vater, wie sehr er sich darauf freute, seinen Sohn nach so langer Zeit wieder in die Arme schließen zu können, zwar nicht unversehrt, heil und gesund, wie all die guten Wünsche damals beim Abschied in Berlin geklungen hatten, aber doch auf dem Wege zur Genesung. Viktor war am Leben geblieben. Das war die Hauptsache, nur das zählte.

Ganz nebenbei erwähnte mein Vater, indem er mir verstohlen zuzwinkerte, daß es ihm gelungen sei, gerade noch rechtzeitig ein Zimmer für Viktor zu bekommen, denn das Hotel sei restlos ausgebucht.

»Das ist gut so«, meinte meine Mutter. »Dann kann Immy ihr kleines Zimmer behalten. Für Viktor wäre es ja doch ziemlich eng gewesen.«

»Ich werde den Jungen in Triest persönlich mit dem Wagen abholen. Nach allem, was er durchgemacht hat, möchte ich nicht, daß er sich in einen überfüllten Zug quetschen muß«, sagte mein Vater.

»Ich komme mit!« rief meine Mutter, und ihre Lippen zitterten. »Ich komme mit nach Triest. Ich will dabei sein, wenn du ihn holst!«

»Ausgeschlossen! Ich kann dich auf so eine weite Strecke nicht im Dienstwagen mitnehmen. Ich fahre allein, ich fahre sogar ohne

Paul. Ich will in dieser Situation keinen Fremden im Auto haben, es gibt zu viel zu bereden. Du bleibst mit Immy hier und bereitest alles vor. Wie ich dich kenne, läßt du inzwischen das Hotel umbauen!«
Meine Mutter nickte mit erzwungener Einsichtigkeit.
»Wann fährst du?«
»Morgen.«
»Kommst du am selben Tag mit ihm zurück?« Ich sah, daß sie nur mühsam ihre Tränen zurückhalten konnte.
»Übermorgen«, sagte mein Vater. Er unterdrückte den Impuls, sie in die Arme zu nehmen, weil sie dann wahrscheinlich die Beherrschung verloren hätte. »Ich bin kein Jüngling mehr. Gönn mir eine Verschnaufpause zwischen der Hin- und Rückreise und laß mich in Triest übernachten! Übermorgen hast du uns beide wieder.« Plötzlich sah ich so etwas wie feinen Spott in seinen Augen aufblitzen. »Übermorgen gegen Abend kannst du deinen jungen Helden in die Arme schließen!«

Ich glaube, daß meine Mutter gegen besseres Wissen bis zum letzten Moment hoffte, sie könnte meinen Vater doch noch umstimmen und er würde sie allen Vorschriften zum Trotz nach Triest mitnehmen. Als er am nächsten Morgen allein abfuhr, standen wir vor dem Hoteleingang und winkten ihm nach, bis das Auto in eine Seitenstraße bog und unserer Sicht entschwand. Meine Mutter tat dies mit starrem Gesichtsausdruck und ließ keinen Zweifel darüber aufkommen, daß sie sich zurückgesetzt fühlte, auch wenn der Verstand ihr sagen mußte, daß mein Vater nicht anders handeln konnte. Sie war den ganzen Tag über gereizt, was in einem krassen Mißverhältnis zu der Freude stand, die sie doch eigentlich wegen des bevorstehenden Wiedersehens mit Viktor hätte empfinden müssen. Ab und zu stellte sie mir wie beiläufig die Frage, ob er denn auch wirklich kommen würde, oder sie warf mir Blicke voller Zweifel zu, als könne sie in meinen Augen eine Antwort auf ihre Fragen finden, womöglich eine düstere Vorahnung, daß mit Viktor wieder etwas passiert sein könnte. Entgegen ihrer sonstigen Art wußte sie nichts mit sich anzufangen, war sprunghaft und brachte nichts von dem, was sie sich vornahm, zu Ende.

Am nächsten Tag war es noch schlimmer. Sie war übernervös, bestand aber darauf, daß ich ständig um sie herum war, obwohl ich ihr lieber aus dem Weg gegangen wäre, weil sie mich wegen jeder Kleinigkeit anfuhr. Schon am frühen Morgen wollte sie Viktors zukünftiges Zimmer besichtigen, um es »wohnlich« zu machen, wie sie sich ausdrückte. Sie war verärgert, als das Stubenmädchen ihr sagte, daß der Gast, der es noch bewohnte, erst gegen Mittag ausziehen würde. Nach dem Frühstück beschloß sie, mir die Anfangsgründe für Bridge beizubringen, und wurde ungeduldig, als ich die Spielregeln nicht sofort begriff. Dann rief sie einige Bekannte und Freunde an und teilte ihnen mit, daß Viktor heute auf Urlaub kommen würde. »Das heißt natürlich, wenn alles gut geht«, sagte sie nach einem prüfenden Seitenblick auf mich. Nach dem Mittagessen bekam sie endlich den Schlüssel zu 423. Das Zimmer war gesäubert und mit frischer Bettwäsche und sauberen Handtüchern versehen worden. Es strahlte die sterile Unpersönlichkeit eines unbewohnten Hotelzimmers aus. Meine Mutter schmückte es mit Blumen, die sie hatte kommen lassen, und dann begann sie tatsächlich Tisch und Stühle sowie die Stehlampe und eine Kommode so lange zu verrücken, bis der Raum ihrer Meinung nach gemütlich war. Am Nachmittag pendelte sie zwischen den Zimmern hin und her, fuhr mit dem Lift in die Halle hinunter und wieder herauf und stöhnte schließlich, einem Zusammenbruch nahe, daß sie die Warterei nun nicht länger aushielte.

»Wir gehen zum Friseur!« sagte sie übergangslos und zog mich mit sich, obwohl ich mir erst vor zwei Tagen die Haare in der Badewanne gewaschen hatte. »Du wirst sehen, das lenkt uns ab. Nach einem Besuch beim Friseur fühlt man sich gleich besser, und wir wollen Viktor doch auch gefallen, nachdem er uns so lange nicht gesehen hat!«

Sie rief den Portier an und ließ uns beim Hotelfriseur anmelden. Zufällig trafen wir auch Frau Yamamoto und Chantal dort, die aber schon im Aufbruch waren. Meine Mutter kam zum ersten Mal mit Frau Yamamoto in ein Gespräch und erzählte ihr, daß Viktor käme. Sie sprach von seiner Verwundung und wie lange wir ihn nicht gesehen hatten. Frau Yamamoto zeigte freundliches Interesse, und Chantal stand still daneben und lächelte höflich. Während die Unterhaltung noch im Gange war, wurde ich von einer jungen Friseuse in eine Kabine geführt. Für mich war Haarewaschen immer eine ziemlich lästige Prozedur, weil mein Haar lang und schwer war und immer lange brauchte, bis es trocken wurde. Aber hier machte es mir plötzlich Spaß, weil ich mich um nichts kümmern mußte und keine Arbeit damit hatte. Die Friseuse gefiel mir. Sie war ein schlankes, dunkelhaariges Mädchen mit einem lustigen Gesicht. Während sie meinen Zopf löste und ein fahrbares Waschbecken heranrollte, sagte sie, daß sie selten so schönes Haar gesehen habe wie meines. »Sie sollten es offen tragen, damit man mehr davon sieht«, meinte sie lächelnd, während sie meinen Kopf nach hinten über das Becken beugte und aus einer Handbrause Wasser über mein Haar fließen ließ. Sie sprach deutsch mit kroatischem Akzent und sie erzählte von ihrem Bräutigam, der sie nach Geschäftsschluß abholen würde. Sie sagte auch, daß sie Dunja hieße und daß sie sich freuen würde, wenn ich öfter käme.

»Also, wie wünschen gnädiges Fräulein Frisur?« fragte sie, als sie meine Haare nach dem Waschen zunächst mit einem weichen Handtuch umwickelte und anschließend auskämmte.

»Soll ich hochstecken, oder mach ich wieder Zopf, oder laß ich hängen ganz lang über Schulter?« Sie zwinkerte mir aufmunternd zu, und ich sagte ohne zu überlegen, daß ich die Haare offen tragen wollte.

»Gut!« strahlte sie. »Mach ich schöne Frisur mit schönes langes Haar!« Staunend sah ich zu, wie sie mein Haar geschickt Strähne für Strähne abteilte und auf dicke Wickler drehte, bis mein Kopf zur Gänze damit bedeckt war und es so aussah, als hätte ich eine seltsame Mütze aus Metallöchern auf. Dunja zog eine Trockenhaube darüber und drückte mir eine Illustrierte in die Hand. Sie sagte noch etwas, das ich aber nicht verstand, weil ich plötzlich von einem Strom heißer Luft umtost wurde. Das Geräusch, das der elektrische Fön meiner Mutter machte, klang zwar ähnlich, hüllte einen aber nicht so vollständig ein wie dieses heißfeuchte Sausen, das mich zugleich mit einem betörenden Duft nach parfümiertem Haarwasser umwehte. Ich war noch nie unter so einer Haube gesessen und schloß entzückt die Augen. Ich genoß ein völlig neues, bisher unbekanntes Gefühl von Erwachsensein und großer Welt, und ich wünschte, dieser wunderbare Zustand, der aus mir, dem schüchternen meist unbeachteten Kind, so etwas wie eine Dame machte, möge noch lange anhalten.

Es war wie ein jähes Erwachen, als Dunja die Trockenhaube nach einiger Zeit abstellte und die plötzlich einsetzende Stille mich in die Wirklichkeit zurückholte. Das Mädchen nahm behutsam die Wickler aus meinen Haaren und ich sah mit geröteten Wangen, wie die ausgezogenen Strähnen in lockige Kringel zurückschnellten. Dunja nahm eine Bürste und zog sie mit geübten Strichen durch mein Haar, bis es in weichen duftenden Wellen mein Gesicht umrahmte und kupferglänzend über meine Schultern fiel. Ich starrte atemlos in den Spiegel, und die Erkenntnis traf mich wie ein Blitz: Ich sah, daß ich schön war.

Ich weiß nicht, was meine Mutter dachte, als sie mich so verändert sah, aber ich sehe noch ihr entgeistertes Gesicht vor mir und höre noch ganz deutlich ihr »du meine Güte, wie siehst du denn aus!«

Ich schüttelte meine Mähne, warf sie nach hinten, sog dabei noch einmal den parfümierten Hauch von Luxus ein, der mich umgab, und verließ den Friseursalon, als ob ich auf Wolken ginge. Mein Glücksgefühl erfuhr auch keinen Dämpfer, als ich am nächsten Tag die ganze Lockenpracht wieder in den altgewohnten Zopf zwängen mußte. Ich wußte ja nun, wie ich aussehen konnte. Das häßliche Entlein war auf dem Wege, ein Schwan zu werden.

*

Mein Vater und Viktor saßen bereits wartend in der Halle, als meine Mutter und ich den Friseursalon verließen und zum Lift gingen. Während die beiden aufstanden und uns entgegenkamen, wunderte ich mich im stillen, wie fremd einem selbst der eigene Bruder werden kann, wenn man ihn über einen längeren Zeitraum nicht gesehen hat. Vielleicht ist fremd das falsche Wort, vielleicht mußte ich mich auch erst daran gewöhnen, daß Viktor sich verändert hatte und nicht so war, wie ich ihn in Erinnerung hatte.

Er sprang einem sofort ins Auge: Aus dem Jüngling, der er noch vor knapp zwei Jahren gewesen, war ein Mann geworden. Seine Gestalt war hager, fast zu dünn, das blonde Haar sehr kurz geschnitten. Die afrikanische Sonne, der Wind, der Sand und die Strapazen hatten seine Haut gegerbt. Er wirkte ernster, in sich gekehrter als früher, und in seinem Gesicht war ein ungewohnter Ausdruck von Reife. Das Lächeln, das er uns entgegenschickte, war verhalten, beinahe spröde und hatte nichts von dem sonnigen Strahlen an sich, das für Viktor so typisch gewesen war. Als meine Mutter ihn erblickte, gab sie einen Laut von sich, den ich nur schwer beschreiben kann. Es war wie ein Aufschrei, ein Schluchzen, ein Lachen, oder besser gesagt, es war eine Mischung aus allem davon und schien aus irgendwelchen Urtiefen zu kommen. Es klang wie ein Bersten von etwas, das lange unter übergroßem Druck gestanden hatte. Sie eilte auf ihn zu, und nichts hätte sie aufhalten können, wäre sie nicht selbst unvermittelt vor ihm stehengeblieben, so als traue sie sich nicht, ihn anzufassen, als mache seine Verwundung ihr angst, sie könnte ihm Schmerz zufügen, wenn sie ihn berührte.

Viktor legte stumm den gesunden linken Arm um sie und zog sie an sich. Sie legte den Kopf mit geschlossenen Augen an seine Brust, und so standen sie eine ganze Weile. Der Anblick machte mich verlegen und erinnerte mich irgendwie an ein Filmliebespaar, wie ich es schon einige Male im Kino gesehen hatte. Und wieder – wie schon so oft – kroch ein nagendes Gefühl der Eifersucht in mir hoch. Wenn sich jetzt in diesem Augenblick die Erde aufgetan hätte, um mich zu verschlingen, so würde meine Mutter das vermutlich nicht einmal bemerkt haben. Ich konnte mich nicht erinnern, daß sie mich jemals so innig, so hingebungsvoll begrüßt hatte. Mich nicht und meinen Vater auch nicht. Wir standen beide daneben, irgendwie ausgeschlossen, beinahe überflüssig. Ich schlang die Arme um den Hals meines Vaters, damit auch er begrüßt wurde. Ich hätte gerne gewußt, ob er sich auch manchmal zurückgesetzt fühlte, ob er genauso empfand wie ich, oder ob ich mich wegen meiner Gedanken zu schämen hatte. Ich bin kleinlich, egoistisch und neidisch, hämmerte es in meinem Kopf, und ich preßte mich heftig an den Körper meines Vaters, damit keiner merken konnte, was in mir vorging.

Viktor löste sich behutsam von seiner Mutter, um sich mir zuzuwenden.

»Ich kann dich leider noch nicht so herumwirbeln wie früher«, sagte er und nahm meinen Kopf in seine Hände. »Wie groß du geworden bist, Füchslein, und wie hübsch!« Der Blick, mit dem er mich musterte, zeigte, daß ihm zum Bewußtsein kam, daß sich seine kleine Schwester von einem Neutrum zu einem weiblichen Wesen gemausert hatte. Ich registrierte es mit Genugtuung, dann umarmte und küßte ich ihn. Erst jetzt fiel mir auf, daß er keinen Verband mehr trug. In den letzten Wochen hatte ich ihn immer mit Gipsbein und Schulterschiene vor mir gesehen, eben so, wie man sich einen Verwundeten vorstellt. Aber Viktor sah aus, als hätte er nie eine Verletzung davongetragen, und schon gar keine schwere. Ich dachte, irgend etwas muß doch davon noch zu merken sein, oder heilt der menschliche Körper so schnell, vor allem, wenn er jung ist? Und als könne Viktor meine Gedanken lesen, sagte er, daß er alles in allem noch recht steif sei und jeden Wetterumschwung in den kaputten Knochen spüre und daß er so schnell wie möglich mit den ihm verordneten Übungen im Agramer Militärhospital beginnen müßte, damit er seine alte Beweglichkeit wiederbekäme.

Nach dem Abendessen saßen wir noch lange im Roten Salon, einem der kleineren Gesellschaftsräume des Hotels. Viktor hatte erklärt, nicht müde zu sein, und ich durfte zum ersten Mal so spät noch bei den Erwachsenen bleiben. Natürlich wurden Kriegserlebnisse berichtet und das allgemeine politische Geschehen erörtert, aber diesmal langweilte ich mich nicht wie bei dem endlosen Geschwafel der alten Generäle auf Peterhof. Durch Viktor bekam das alles eine ganz persönliche Färbung und wurde überschaubarer. Auch wenn er es nicht direkt und deutlich aussprach – für den Fall, daß fremde Ohren mithörten – schien er den Rußlandfeldzug für einen entscheidenden Fehler zu halten. »Die großen Erfolge Rommels in Afrika werden zu wenig honoriert«, meinte Viktor. »Durch die Schaffung einer neuen Front wird er in Kürze Nachschubprobleme haben, das heißt, er wird in Zukunft nicht mehr so großzügig mit Panzern und Divisionen versorgt werden wie bisher.«

Viktor erzählte auch von einem unmittelbaren Erlebnis, das er mit einem sterbenden Engländer auf der feindlichen Seite gehabt hatte. Dieser war durch einen Bauchschuß schwer verwundet worden und wußte, daß es mit ihm zu Ende ging. Seine Leute hatten ihn nach einem verlorenen Gefecht wohl nicht mitnehmen können, weil sie ihn bei ihrer schnellen Flucht nicht mehr gefunden hatten. Eine Blutspur hinterlassend, hatte er sich hinter den Trümmern einer zerstörten Mauer verkrochen. Nun lag er im Delirium, und als Viktor ihn bei einem Erkundungsgang entdeckte und Englisch mit ihm sprach, hielt er ihn für seinen Bruder. Er stöhnte vor Schmerzen und bettelte immer wieder um Wasser, das man ihm aber wegen der Verletzung im Unterleib nicht geben durfte. Er trug Viktor auf, ein Mädchen namens Sally von ihm zu grüßen und ihr auszurichten, sie hätte verdammt recht gehabt. Er hielt Viktors Hand umklammert, während das Leben aus ihm herausfloß. Das letzte Wort, das er gesagt hatte, war »bullshit«. Viktor meinte gedankenversunken, er habe beim besten Willen keinen Feind in dem Sterbenden sehen können. Das könne man bei keinem, den man aus der Nähe sähe.

Meine Mutter hing an seinen Lippen, wenn er erzählte, und ließ ihn nicht aus den Augen, auch wenn er nicht sprach. Und sie überschüttete ihn mit Plänen, die sie für ihn gemacht hatte, nannte Freunde und Bekannte und wieviel Abwechslung er haben würde durch das rege gesellschaftliche Leben und die künstlerischen Veranstaltungen in der Stadt. »Alle freuen sich auf dich und können es kaum erwarten, dich kennenzulernen!« Sie griff nach seiner Hand, um sie zu streicheln, wie sie das schon während des ganzen Abends immer wieder gemacht hatte. »Hast du irgendeinen Wunsch, den ich dir erfüllen kann? Gibt es etwas, worauf du dich besonders freust? Morgen haben wir übrigens eine Einladung für ein Galadiner, und übermorgen gibt der rumänische Gesandte ein Fest...« Sie brach ab, weil Viktor versonnen vor sich hin starrte. Dann warf er den Kopf zurück und sagte beinahe entschuldigend mit einem unsicheren kleinen Lächeln:

»Ich möchte Schnee sehen, viel Schnee.«

*

In den darauffolgenden Tagen wurde die Veränderung, die mit Viktor geschehen war, noch spürbarer. Es sah so aus, als müsse er sich erst wieder zurechtfinden in einer Welt, in der es Teppiche, weiche Sessel, frischbezogene Betten und weiße Tischtücher gab. Manchmal wirkte er auf mich wie ein fremder Gast, der immer wieder dazu aufgefordert werden muß, sich doch wie zu Hause zu fühlen. Einmal hörte ich, wie er leise zu meinem Vater sagte: »Ich muß oft darüber nachdenken, wie schnell alles vorbei sein kann... und wie wenig ich gelebt habe. Ich habe ein paar ganz elend krepieren sehen, junge Kerle, eigentlich noch halbe Kinder... mit herausquellenden Eingeweiden und weggeschossenem Gesicht...«

Mein Vater legte den Arm auf seine Schulter und sagte ebenso leise: »Du wirst leben, mein Junge, da bin ich ganz sicher.«

Meine Mutter tat sich schwer, Viktors Veränderung zu begreifen und damit fertig zu werden.

»Du wirst sehen«, sagte sie zu meinem Vater, »er braucht nur ein wenig Abwechslung und meine Fürsorge, dann ist er wieder so unbeschwert wie früher.« Sie versuchte Viktor weitgehend für sich zu beanspruchen, so wie sie es immer getan hatte, und als wäre er noch der Junge, der in strahlender Unverletzbarkeit in den Krieg gezogen war, schleppte sie ihn zu allen möglichen Einladungen, in der stetigen Erwartung, sein vielgepriesener Witz, seine so oft beschriebene Heiterkeit müßte bald wieder aus ihm heraussprudeln, zu ihrem Stolz und zum Entzücken der anderen.

»Du führst ihn vor wie einen Tanzbären«, versuchte mein Vater ihren Bestrebungen Einhalt zu gebieten. »Laß ihn doch erst einmal zu sich selber kommen und mit seinen Eindrücken fertig werden.«

»Ich bin da durchaus nicht deiner Ansicht«, gab sie scharf zurück. »Ich glaube, der arme Junge hat einen großen Nachholbedarf, und dem sollte man Rechnung tragen.«

Viktor trachtete, sich ihren Anstrengungen zu entziehen, indem er freundlich abwehrend sagte, daß er Sehnsucht nach Ruhe und nach schönen Dingen habe. So zeigte er plötzlich ein ungewohntes Interesse an Opern- und Konzertbesuchen, vermutlich, weil er sich dort nicht in den Mittelpunkt gezerrt fühlte, oder ganz einfach auch, weil er dort nicht reden mußte.

Dafür kamen wir beide uns viel näher, als wir es früher je gewesen waren. Ich kam mit seiner liebenswürdigen Einsilbigkeit gut zurecht. Er ging des öfteren ins Museum und nahm mich mit. Dort verbrachte er halbe Tage und blieb manchmal stundenlang vor einem Gemälde sitzen, ohne etwas zu sagen. Und ich stellte erstaunt fest, daß mir das Schweigen mit ihm nie langweilig wurde. Von Mucki sprachen wir beide nicht. Wenn Viktor mit mir allein war, redete er auch nicht über den Krieg, aber wenn sein Gesicht einen verschlossenen, grüblerischen Ausdruck bekam, dann wußte ich, daß er daran dachte. Das einzige, was ich für ihn tun konnte, war, ihn in Ruhe zu lassen, weil er sich anscheinend immer wieder innerlich damit herumquälte.

Das änderte sich grundlegend mit dem Tag, an dem er Chantal begegnete.

*

Chantal und ich hatten Englischstunde gehabt. Wie immer hatten wir uns dazu in dem etwas abgelegenen, halbleeren Konferenzraum eingefunden. Herr Perner war schon gegangen. Ich räumte gerade meine Hefte zusammen. Chantal sagte, daß sie noch bleiben wolle, um zu malen. Sie holte ihre Zeichenmappe hervor und breitete ihre

Malutensilien auf einem der großen Tische aus. Unerwartet klopfte es an der Tür. Chantal und ich wechselten einen überraschten Blick, denn solange wir dort Unterricht hatten, waren wir noch nie gestört worden. Auf mein zögerndes Herein trat Viktor ins Zimmer.

»Guten Tag«, sagte er mit einer förmlichen Verbeugung, so als hätte er erwartet, mehrere Personen dort anzutreffen. Er nahm die Größe des Raumes in sich auf, sichtlich erstaunt, nur zwei Mädchen darin vorzufinden. »Ich wollte dich zum Essen abholen und dich fragen, ob wir dann...« Er sah von mir zu Chantal und hielt inne, als seine Augen an ihr hängenblieben. Sein Blick maß ihr Gesicht, ihr langes Haar und die zierliche Gestalt. Es war, als wolle er noch etwas hinzufügen, aber dann verstummte er ganz.

Chantal stand unbeweglich und sah zu ihm hinüber. Ein Zeichenblatt glitt ihr aus den Händen und flatterte zu Boden, ohne daß sie es merkte. Durch die sich plötzlich ausbreitende Stille wirkte der Saal auf einmal noch größer und leerer als sonst.

»Das ist mein Bruder«, sagte ich, weil sonst niemand etwas sagte. »Ich habe dir von ihm erzählt.« Ich sah zu Viktor, der sich immer noch nicht rührte und Chantal unverwandt anstarrte. »Und das ist Chantal Yamamoto... Wir haben zusammen Englischunterricht...« Ich wurde langsam verlegen, weil niemand außer mir redete. »Chantal ist schon etwas weiter als ich, aber Herr Perner meint, ich würde Fortschritte...« Ich brach ab, weil eindeutig zu erkennen war, daß mir keiner von den beiden zuhörte. Statt dessen ging Viktor langsam auf Chantal zu und bückte sich, um ihre Zeichnung aufzuheben. Chantal nahm sie stumm entgegen. Erst als sie ihm nach einer wie mir schien, endlos dauernden Weile die Hand reichte, hauchte sie ein fast unhörbares »Merci, Monsieur, vous êtes très gentil«. Und im gleichen Augenblick wußte ich um die Verwirrung, die sich Chantals bemächtigt hatte, denn obwohl Französisch ihre Muttersprache war, sprach sie sonst immer mit ihrem entzückenden Akzent deutsch.

Zum ersten Mal in meinem Leben wurde ich Zeuge jenes Wunders, das so alt ist wie die Welt und das doch immer wieder neu erblüht, solange die Erde sich dreht – von allen Dichtern besungen, in allen Märchen erzählt: Zwei Menschen begegnen sich, schauen sich an und fallen in Liebe zueinander – und es gibt nichts mehr außer ihnen beiden. Staunend sah ich, wie Viktor und Chantal sich beinahe traumwandlerisch aufeinander zubewegten. Auf ihren Gesichtern lag ein schmerzlicher Ernst, als sie sich gegenüberstanden in tiefer Sprachlosigkeit, die kein Ende nehmen wollte.

Ohne daß mir jemand etwas erklären mußte, begriff ich, was da vor sich ging, und daß ich nicht stören durfte.

»Ich gehe schon vor«, murmelte ich und ließ in meiner Verlegenheit alle meine Schulsachen liegen. Ganz leise, ohne daß die beiden, die immer noch in sich versunken voreinander standen, etwas davon bemerkten, stahl ich mich aus dem Zimmer und schloß behutsam die Tür hinter mir.

*

Von diesem ersten Augenblick an waren Viktor und Chantal unzertrennlich. Seite an Seite, so gingen sie fortan Hand in Hand oder engumschlungen, in einem glückseligen Schwebezustand, sich selbst genug und immer einen Fußbreit außerhalb der Welt.

Viktors Lebensfreude kehrte zurück. Er erholte sich sichtlich und nahm wieder zu. Die therapeutischen Übungen, zu denen er sich jeden Morgen in der Bäder- und Gymnastikabteilung des Militärhospitals einfand, schlugen an, und er fühlte seine Kräfte zurückkehren. Die Beweglichkeit seiner Glieder besserte sich von Tag zu Tag.

Dennoch war Viktor für die Gesellschaft, die sich zusammenfand, um ihn kennenzulernen und für die hochgesteckten Ambitionen meiner Mutter weiterhin recht unergiebig. Er hatte nur Augen für Chantal, und Chantal hing an Viktors Gesicht, als wollte sie es auswendig lernen, um nur ja keinen Zug darin zu vergessen.

Die Menschen sind meistens gut zu den Liebenden und voller Nachsicht. Sie gehen sanft mit ihnen um, als wären sie Botschafter einer schöneren Welt und als könnte man ein wenig teilhaben an dem Leuchten, das von ihnen ausgeht.

Nur meine Mutter war in ihrem Innersten verletzt. Sie schien über Nacht gealtert, und ihre kleinen Fältchen um Augen und Mund hatten sich schärfer eingegraben.

»Ich habe meinen Sohn verloren«, hörte ich sie eines Abends verstört zu meinem Vater sagen.

»Nicht verloren«, beschwichtigte er. »Viktor gehört nur von jetzt an nicht mehr dir allein. Das ist der Lauf der Welt, so ist das nun mal – oder würdest du wollen, daß es anders wäre?«

Meine Mutter, die als einzige Chantal schon früher nicht sonderlich gemocht hatte, sah jetzt beinahe so etwas wie eine Rivalin in ihr. Das Mädchen nahm ihr Viktor weg, stahl ihr die Zeit, die sie mit ihm verbringen wollte, und raubte ihr seine ständig geforderte Aufmerksamkeit. Da erwuchs ihr eine Gegenspielerin, mit der sie die Liebe ihres vergötterten Sohnes teilen mußte.

Natürlich sprach sie nicht offen über diese Gefühle, aber ihre wachsende Feindseligkeit kam dadurch zum Vorschein, daß sie keine Gelegenheit ausließ, mit spitzen Bemerkungen auf vermeintliche Fehler Chantals hinzuweisen. So sagte sie einmal wie beiläufig:»Ich weiß nicht, ob die Kleine viel Charakter hat, sie scheint recht flatterhaft zu sein.« Und Chantals Fröhlichkeit tat sie als oberflächlich ab.

Viktor zeigte sich von solchen Äußerungen völlig unbeeindruckt, ja er schien sie nicht einmal zu hören, und ich glaube, das verstärkte die Abneigung meiner Mutter gegen Chantal noch mehr.

»Natürlich kann er seine Mandelblüte mitbringen«, dröhnte Draga durchs Telefon, als meine Mutter ihr mit nur schlecht verhohlenem Mißbehagen mitteilte, daß Viktor ohne Chantal nicht nach Peterhof kommen würde.

Viktor im Glück, dachte ich heiter, als wir das erste Mal mit ihm und Chantal hinaus fuhren. Und als wollte selbst die Natur ihm einen Wunsch erfüllen – »ich möchte Schnee sehen, viel Schnee« –, kehrte der Winter noch einmal zurück und ließ es in dicken Flocken schneien. Als wir auf Peterhof ankamen, lagen das Gut, der Garten, der Park und die Wälder unter einer weißen Decke aus Schnee, so als hätte ein Konditor die ganze Landschaft in Zuckerwatte gepackt.

Chantal nannte Viktor »Papillon«. Sie tat das aus der zärtlichen Sicht der Liebenden, die Außenstehenden oft so unlogisch, manchmal sogar ein wenig lächerlich erscheint. Auch ich fand nichts an ihm, was an einen Schmetterling erinnert hätte, aber mir gefiel der Kosename, und ich hätte gerne gewußt, ob Viktor auch einen für Chantal hatte. Wenn es so war, so sagte er ihn jedoch nie vor den anderen.

Viktor blühte auf an der Seite Chantals, und ich begann sie zu lieben wie eine Schwester. Sie waren anscheinend genauso gerne auf Peterhof wie ich. Jedenfalls freuten sie sich jedesmal wie die Kinder, wenn wir eingeladen waren. Viktor bekam sein früheres Strahlen wieder. Immer öfter brachen sein Witz und seine Erzählergabe aus ihm hervor und machten ihn, ohne daß er das beabsichtigt hätte, zum Mittelpunkt der Gesellschaft. Selbst die alten Generäle vergaßen für eine Weile ihr Schwelgen in den ach so schönen, leider vergangenen Zeiten der k. u. k. Monarchie. Mit spröder Neugier ließen sie sich von moderner Kriegsführung erzählen und von dem bei seinen Soldaten so beliebten Generaloberst Rommel und seiner bravourösen Angriffstaktik vorschwärmen.

Viktor und Chantal waren die erklärten Lieblinge geselliger Zusammenkünfte. Sie nahmen es hin, herumgereicht zu werden, um sich bei der ersten sich bietenden Gelegenheit davonzustehlen – hinaus in den Garten oder sonstwohin, wo sie mit sich allein sein konnten.

*

Ich habe kaum Kontakt zu den Patienten hier und bin im Grunde froh darüber. Ich bin gern allein. Ich lasse mich einfach fallen – so wie Sie mir das empfohlen haben, lieber Herr Professor Dombrowsky. Ich lasse die Gedanken kommen und gehen, mache meine Spaziergänge und schreibe. Das tut mir gut, und ich will nichts weiter.

Es tut mir trotzdem leid, daß der alte Herr Wehle, der sein Zimmer über mir hatte, heute nacht gestorben ist. Schwester Anna hat es mir erzählt. Ich traf ihn manchmal auf den Gängen im Haus oder draußen im Park, und dann wechselten wir meistens ein paar Worte. Er erkundigte sich immer sehr höflich nach meinem Befinden, und ich erwiderte dann, es ginge mir gut. Darauf sagte er jedesmal strahlend: »*Heute bekomme ich Besuch! Mein Sohn kommt mit meinen beiden Enkeln. Mathilde wird sich freuen!*«

Aber so weit ich das verfolgen konnte, bekam er nie den Besuch, den er sich anscheinend so wünschte. Eines Tages fragte ich ihn: »*Ist Mathilde Ihre Tochter?*«

Sein Gesicht verklärte sich in einem glücklichen Lächeln. »*Nein*«, *sagte er.* »*Mathilde ist meine Frau. Wir sind seit 35 Jahren verheiratet. Ich werde Sie miteinander bekannt machen!*«

Es erstaunte mich zu hören, daß seine Frau auch da war, denn ich sah ihn immer allein oder in Begleitung irgendeiner Schwester. Nach diesen Wortwechseln machte er jedesmal eine Verbeugung, wünschte mir noch einen angenehmen Tag und ging dann seiner Wege. Schwester Anna hatte den alten Herrn Wehle sehr gemocht, wie sie sagte. »*Er war stets freundlich, machte nie Schwierigkeiten*«, *erzählte sie mit* trauriger Miene.»*Dabei muß er sehr einsam gewesen sein. Seine Frau ist schon vor fünf Jahren gestorben; da ist er wohl nie drüber weggekommen. Sein Sohn hat für alles hier bezahlt, aber gekommen ist er nicht. Von der ganzen Familie war nie einer da. Die haben den alten Herrn hier glatt bei lebendigem Leibe vergessen!*«

9

Die Winter in Kroatien sind kalt und schneereich, die Sommer heiß. Der Frühling nähert sich nicht so zaghaft, wie ich das von Berlin her kannte. Von einem Tag auf den andern ist er plötzlich da, kraftvoll und selbstbewußt. Er läßt den Wind von den karstigen Bergen herunterpfeifen oder schickt eine wolkenreiche, warme Brise von der Adria herauf. Mit ein paar ausgiebigen Regenfällen spült er die müden Winterreste hinweg. Die angegrauten, eisverkrusteten Schneehaufen schmelzen dahin, und die Eiszapfen tropfen in die Dachrinnen. Viel früher als das Kalenderdatum vorschreibt, beginnt der Frühling. Eine sieghafte Sonne brennt vom Himmel, öffnet den Schoß der Erde und läßt die Knospen aufbrechen. Man glaubt fast, dabei zusehen zu können, wie alles wächst und sprießt und den Geruch nach neuem Leben verströmt.

Viktor und Chantal trugen ihre junge Liebe durch diesen Frühling. Die beiden hingen so ausschließlich aneinander, als müßten sie jede Stunde ihres Lebens ausschöpfen, als dürften sie sich keinen Augenblick verlieren.

Auf Peterhof machten sie bei schönem Wetter lange Spaziergänge durch Park und Garten, und ich folgte ihnen wie ein Schatten, wie ein einsamer kleiner Hund, der seinem Herrn nachläuft. Ich tat dies nicht, weil ich sie beobachten oder belauschen wollte. Es mutet sicher lächerlich an, wenn ich sage, daß es aus dem Wunsch heraus geschah, sie irgendwie zu beschützen. Das klingt vielleicht unglaubhaft und doch entspricht es der Wahrheit. Ich wollte nur wissen, wo sie waren. Ich war ein geduldiger Schatten, der in angemessener Entfernung aufpaßte, daß sie nicht gestört wurden, daß niemand ihnen nachspionierte.

Wenn man das Gutshaus in südwestlicher Richtung verließ, kam man auf einem breiten Kiesweg an einen etwas schmaleren, der jenen kreuzte. Hielt man sich dann rechts, so gelangte man nach einer Weile zu einer bemoosten Steinbank, die vor einer Gruppe von vier Zypressen stand. Dort schien der eigentliche Garten zu Ende zu sein, aber es gab einen fast zugewachsenen Durchgang zwischen Haselnußhecken und Brombeergesträuch, und dahinter schlängelte sich ein noch engerer Pfad zu einem kleinen Pavillon, einem morschen, ehemals weißgestrichenen Holzbau. Er war von krausem, dürrem Rankengewirr überwuchert, das sich im Frühsommer in ein Meer von kleinen roten Kletterrosen verwandelte. Viel später inspizierte ich einmal das Innere des Pavillons. Er war äußerst karg möbliert. Die Einrichtung bestand aus einem Eisentisch und zwei Stühlen. Auch sie waren einmal weiß lackiert gewesen. Jetzt hing die Farbe in Fetzen herunter. In dem Raum gab es ein Fenster, dessen Scheibe einen Sprung quer durch das Glas hatte, und ein naturbelassenes Regal aus Kiefernholz, in dem ein paar alte Zeitungen verstaubten.

Ich fand heraus, daß Viktor und Chantal sehr oft zu diesem verwitterten Pavillon gingen. Manchmal vernahm ich von dort ihre Stimmen und ihr leises Lachen. Sie von weitem zu hören genügte mir, um zu wissen, wo sie waren, um meine Rolle als selbsternannter Schutzengel zu spielen.

Eines Nachmittags kam meine Mutter schnellen Schrittes aus dem Haus und schlug den Weg zu den vier Zypressen ein. Ich hielt mich in der Nähe der Steinbank auf und war ziemlich sicher, daß die beiden im Pavillon waren.

»Weißt du, wo Viktor ist?« fragte meine Mutter. Sie wirkte verärgert. Nach einer kurzen Pause fügte sie gereizt hinzu: »Und Chantal?«

»Nein, ich habe sie nicht gesehen«, antwortete ich, stolz auf die Spitzfindigkeit meiner Antwort, mit der ich meine Mutter nicht anlog. Ich wußte zwar, wo sie waren, aber ich hatte sie nicht gesehen.

»Sag ihnen, wenn du sie irgendwo triffst, es wird gleich Tee geben!« Meine Mutter machte eine Kehrtwendung, drehte sich jedoch noch einmal kurz um, bevor sie zum Haus zurückging. »Und Viktor soll sich schonen und nicht so viel herumlaufen!« Das sagte sie tatsächlich zu mir, als könnte ich irgendeinen Einfluß darauf nehmen und meinem Bruder Vorschriften machen. Ich schlenderte gemächlich hinter ihr her, von einem leisen Triumphgefühl durchdrungen.

Ich hatte meine Beschützeraufgabe erfüllt und gleichzeitig meine Mutter durchschaut. ›Viktor soll nicht so viel herumlaufen‹, hieß in Wahrheit: ›Viktor soll nicht mit Chantal spazieren gehen!‹ Ich vernahm ihr Lachen aus dem Pavillon, weit genug entfernt, daß es niemand außer mir hören konnte. Viktor im Glück, dachte ich und holte tief Luft. Dann faltete ich die Hände und murmelte beschwörend: »Halt ihn fest, Chantal, halt ihn fest!«

*

Je weiter Viktors Genesungsprozeß voranschritt, desto mehr interessierte er sich auch wieder für das Geschehen an den Fronten, besonders für den Kriegsschauplatz in Afrika.

Mitte Februar war Rommel zu Hitler in dessen Hauptquartier, die Wolfsschanze bei Rastenburg, geflogen, um das weitere Vorgehen in Afrika und die Eroberungspläne von Malta zu besprechen.

»Der Führer ist mehr mit seinem Rußlandfeldzug beschäftigt als mit uns«, ärgerte sich Viktor. »Manchmal frage ich mich, ob er überhaupt weiß, was er an Rommel hat!«

Mein Vater und Viktor hörten natürlich jeden Tag die Nachrichten im Rundfunk und lasen die politischen Kommentare und Kriegsberichterstattungen in der Zeitung. Hitler zeigte zunächst nur mäßiges Interesse an der Lage in Afrika. Erst später sollte er einer Großoffensive im Sommer zustimmen. Die Zeit zwischen März und April wurde beim Deutschen Afrikakorps dazu benutzt, die Einheiten aufzufrischen, Nachschub anzufordern, Kranke und Verwundete gesund zu pflegen und Urlauber zurückzubeordern.

»Es kommt mir vor, wie die Ruhe vor dem Sturm«, sagte Viktor nachdenklich. »Irgend etwas ist da im Kochen. Ich habe langsam ein schlechtes Gewissen, hier sozusagen auf der faulen Haut zu liegen.«

An einem Sonntagmorgen, wir saßen gerade beim Frühstück, sprach Viktor zum ersten Mal davon, daß sich sein Urlaub demnächst dem Ende zuneige.

»Wird dir die Trennung von Chantal nicht schwerfallen?« fragte ich.

Viktor schwieg einen Augenblick, dann sagte er schlicht:
»Ich werde sie heiraten!«

Meine Mutter richtete sich mit einem Ruck kerzengerade auf.
»Du wirst was?«
»Ich werde Chantal heiraten«, wiederholte Viktor ruhig.

Meine Mutter öffnete entgeistert den Mund, dann schnappte sie unwillkürlich nach Luft.

»Und? Weiß sie es schon?« erkundigte sich mein Vater schmunzelnd. Er schien nicht sehr überrascht zu sein.

»Ich habe sie gestern gefragt, und sie hat ja gesagt«, antwortete Viktor lächelnd.

Meine Mutter verschränkte ihre Hände so krampfhaft, daß das Weiß der Knöchel hervortrat. »Muß es denn ausgerechnet eine Japanerin sein?« Der Satz war noch nicht ganz zu Ende gesprochen, da wußte sie, daß sie einen Fehler gemacht hatte. Sie biß sich auf die Lippen.

Viktor zog befremdet eine Augenbraue hoch. Man spürte deutlich, wie sehr ihn die Intoleranz meiner Mutter verletzt hatte. »Ich hoffe, du nimmst keinen Anstoß daran, daß sie zur Hälfte Französin ist!« sagte er beinahe schroff.

Ich fühlte mich unbehaglich. Was immer meine Mutter jetzt auch sagen mochte, es würde die Situation nur verschlimmern.

»Ich... ich meine doch nur...« Sie suchte nach Worten. »...Japan ist so weit weg... ein so fernes Land. – Die Mentalität ist so ganz anders als unsere...«

Viktors Gesichtsausdruck war eisig. »Chantal hat die Mentalität der Frau, die ich liebe.« Sein Ton war kühl, als er fortfuhr. »Die geographische Lage Japans interessiert mich in diesem Zusammenhang nur bedingt. Wenn wir verheiratet sind, werden wir zusammenleben und nicht durch zwei Kontinente voneinander getrennt sein.«

»Weißt du, ob die Eltern einverstanden sind? Wie Herr Yamamoto darüber denkt?« fragte mein Vater.

»Noch nicht«, sagte Viktor und lächelte wieder. »Aber ich bin guten Mutes. Chantal hat erklärt, das Wort nein käme in der japanischen Sprache nicht vor.« Er stand auf und ging zur Tür.

»Wohin gehst du?« rief meine Mutter. Ihre Stimme klang schrill.

»Ich gehe, um Chantals Vater um die Hand seiner Tochter zu bitten«, sagte Viktor und verließ das Zimmer.

Meine Mutter schlug die Hände vor ihr Gesicht und begann zu schluchzen. »Ich habe ihn verloren! Sie hat mir meinen Sohn genommen!«

Mein Vater schüttelte unwillig den Kopf, trotzdem legte er liebe-

voll tröstend den Arm um ihre Schultern. »Charlotte, ich bitte dich«, sagte er beschwörend, als das Weinen immer heftiger wurde, »...ich bitte dich, meine Liebe – benimm dich wie eine erwachsene Frau!«
Kurze Zeit später kam Viktor zurück.
»Die ganze Familie ist anscheinend ausgegangen.« Er wirkte beunruhigt. »Telefonisch ist auch niemand zu erreichen – und der Portier sagte, sie hätten auch nichts hinterlassen.«
»Es ist Sonntag. Vielleicht sind sie spazierengegangen. Sie kommen sicher im Laufe des Vormittags zurück«, meinte ich. Es klang nicht sehr überzeugend, denn schon während ich das sagte, wußte ich, daß es sich nicht so verhielt.

An diesem Tag wollten wir vor dem Mittagessen nach Peterhof hinausfahren. Viktor erklärte, ohne Chantal würde er nicht mitkommen, sondern im Hotel bleiben, um auf sie zu warten. Er ließ sich durch keinerlei Überredungskünste meiner Mutter umstimmen, und so fuhren wir zu meinem Bedauern ohne ihn. Ich hatte ein merkwürdiges Gefühl in der Magengrube, so wie ich es manchmal hatte, bevor mich eine meiner düsteren Vorahnungen beschlich. Aber es war nicht greifbar, und ich wollte Viktor nicht beunruhigen. Dennoch hätte ich sogar diesmal seinetwegen auf den geliebten Ausflug verzichtet und wäre bei ihm geblieben, um ihm Gesellschaft zu leisten. Aber er wollte das nicht, und meine Eltern bestanden darauf, daß ich mitkäme.

Als wir am späteren Abend heimkehrten, saß Viktor wartend in der Halle. Ich war nicht sicher, ob wir es waren, denen er voller Nervosität entgegenblickte.
»Chantal war den ganzen Tag nicht hier!« stieß er hervor, stand auf und kam auf uns zu.
»Vielleicht sind sie irgendwo eingeladen oder machen einen Ausflug, so wie wir das heute auch gemacht haben«, sagte mein Vater besänftigend.
»Das kann ich mir nicht vorstellen«, erwiderte Viktor gequält. »Dann hätte sie mir doch gestern etwas davon gesagt...«
»Sie hätte zumindest eine Nachricht hinterlassen können«, meinte meine Mutter spitz.
Viktor überhörte geflissentlich die Bemerkung. »Ich verstehe das nicht. Es ist so gar nicht ihre Art. Ich werde in der Halle bleiben und so lange warten, bis sie kommt.«

Mein Vater lächelte ihm aufmunternd zu: »Und ich werde dir bei einer Flasche Wein noch ein wenig Gesellschaft leisten. Wie wär's mit einer Partie Schach!«

»Komm Immy, wir gehen nach oben«, sagte meine Mutter kurz angebunden, indem sie meinen Arm ergriff.

Ich machte mich los. »Wenn es dir nichts ausmacht, möchte ich gerne noch etwas bleiben und beim Spielen zusehen.« Ohne ihre Antwort abzuwarten, setzte ich mich neben Viktor an den Tisch, an dem er und mein Vater Platz genommen hatten.

Wir saßen bis nach Mitternacht dort, aber Chantal kam nicht zurück. Auch der nächste Tag brachte keine Spur von ihr.

Viktor, nun sichtlich in Sorge, rief beim japanischen Konsulat an, um sich nach Herrn Yamamoto zu erkundigen. Es hieß, dieser habe sich für kurze Zeit beurlauben lassen.

»Sie sind also tatsächlich nicht da. Die ganze Familie ist weg. Aber warum hat Chantal mir nichts davon gesagt?« grübelte Viktor zwischen Angst, Ärger und Zweifel hin- und hergerissen. »Zwischen uns ist doch nichts Unerfreuliches vorgefallen... Im Gegenteil, wir waren uns einig, daß wir sobald als möglich heiraten wollen. Sogar eine Blitzheirat haben wir ins Auge gefaßt...«

Am Nachmittag des darauffolgenden Tages, ich stand mit Viktor gerade beim Zeitungsstand, sah ich Herrn Yamamoto von draußen durch die Drehtür in die Halle kommen. Ich stieß Viktor leicht in die Seite: »Sieh mal, wer da ist! Chantals Vater und zwar allein!«

Viktor holte tief Luft und ging sofort auf ihn zu. Nachdem er und Herr Yamamoto ein paar Höflichkeitsfloskeln ausgetauscht hatten, erkundigte sich Viktor ohne Umschweife nach Chantal.

Herr Yamamoto zog seine Brieftasche heraus und entnahm ihr ein verschlossenes Kuvert, das er Viktor reichte. »Hier ist ein Brief meiner Tochter an Sie. Ich versprach ihr, ihn an Sie zu übergeben.«

Ich sah, daß Viktor blaß wurde.

»Wo ist sie?« stieß er hervor. »Ich suche sie schon seit zwei Tagen!«

Herr Yamamoto verzog keine Miene. »Sie ist abgereist.«

»Sie ist was?«

»Sie ist mit meiner Frau zusammen auf dem Wege nach Tokio. Meine Mutter, die in Kyoto lebt, ist schwer krank. Sie möchte ihre Enkelin noch einmal sehen, bevor sie stirbt.«

»Hat Chantal Ihnen nicht gesagt... Wußten Sie, daß wir heiraten wollten?«

»Als gute Tochter hat sie es mir gesagt, und auch, daß Sie bei mir um ihre Hand anhalten wollten. Aber eine so schnelle Heirat entspricht nicht den Gepflogenheiten meiner Familie. Und in dem Gehorsam, in dem Chantal erzogen wurde, würde sie einen so gravierenden Schritt nicht ohne die Einwilligung ihrer Eltern vollziehen.«

Viktor preßte die Lippen aufeinander. Er rang sichtlich um seine Fassung. »Sie sind dagegen! Darum haben Sie sie weggeschickt.«

»Nicht dagegen, Herr Oberleutnant, aber ich bin ein Feind davon, die Dinge zu übereilen und die Standhaftigkeit eines jungen Mädchens einer allzu großen Belastung auszusetzen. Wir haben Krieg, Sie gehen demnächst wieder an die Front. Chantal ist erst neunzehn Jahre alt. Ich denke, es wird Ihrer beider Liebe nicht schaden, eine Wartezeit als Prüfung zu akzeptieren, immer vorausgesetzt, Ihre Liebe ist stark genug.«

Viktor versuchte, seine tiefe Betroffenheit mannhaft zu verbergen. »Erwarten Sie von mir, daß ich keinen Kontakt zu Ihrer Tochter aufnehme, bis der Krieg zu Ende ist?«

Die Augen des Japaners blickten undurchdringlich, während sein Mund lächelte. »Herr von Roederer – ich darf mir doch diese persönliche Anrede erlauben – ich bin gegen eine überstürzte Heirat, aber ich habe nichts gegen einen Briefwechsel. Die genaue Adresse meiner Tochter in Tokio finden Sie in ihrem Brief. Sie können ihr antworten und ihr Ihre Feldpostnummer mitteilen.« Herr Yamamoto machte eine leichte Verneigung. »Und jetzt werden Sie mich entschuldigen, ich habe einen Termin wahrzunehmen. Ich darf Ihnen jedoch versichern, daß Sie meine ungeteilte Hochachtung besitzen. Möge Ihnen Gesundheit beschieden sein!«

Wie sehr Viktor unter der mehr oder weniger gewaltsam herbeigeführten Trennung von Chantal litt, kann ich nur ahnen, denn er sprach nicht mit mir darüber. Auch meinen Eltern teilte er nur kurz, wenn auch voller Zorn und Trauer mit, daß Herr Yamamoto unter einem durchaus einleuchtenden Vorwand viele tausend Kilometer zwischen Chantal und ihn gelegt habe und sie somit zunächst völlig unerreichbar für ihn sei. Aber sie habe ihm wenigstens ein paar Zeilen mit ihrer Adresse hinterlassen dürfen. Es klang, als wolle er sich selbst Trost zusprechen, als er sagte: »Wenn ich ihrer Gefühle so sicher sein kann wie sie meiner, so werden wir allen Schwierigkeiten zum Trotz zu einem späteren Zeitpunkt wieder zusammenfinden!«

Anfang April wurde Viktor von dem zuständigen Stabsarzt des Militärkrankenhauses als wieder voll kriegsverwendungsfähig bezeichnet. Vielleicht geschah dies aber auch auf Viktors drängenden Wunsch, nachdem er klipp und klar erklärt hatte, er fühle sich vollkommen wiederhergestellt und wolle keinesfalls in die Etappe, sondern zu seinen Kameraden zurück an die vorderste Front.

Ich will meiner Mutter nicht unterstellen, daß ihr der Abschied von Viktor diesmal leichter fiel, aber sicher half ihr die Tatsache, daß sie ihren Sohn jetzt nicht mehr mit Chantal teilen mußte, besser damit fertig zu werden. Nur das hektische Warten auf seine Briefe würde wieder so sein wie früher.

Mir war schwer ums Herz, als wir uns auf Wiedersehen sagten und uns mit großer Herzlichkeit umarmten. Es schien mir plötzlich, als wäre er erst gestern in Agram eingetroffen. Mein Vater brachte ihn wieder mit seinem Wagen nach Triest, von wo aus Viktor mit anderen Rückkehrern an die afrikanische Front mit einer JU 52 nach Tripolis geflogen wurde.

*

Als ich das nächste Mal Unterricht bei Herrn Perner hatte, wirkte er geistesabwesend. Er war inzwischen von Herrn Yamamoto informiert worden, daß Chantal nicht mehr kommen würde. Gegen Ende der Englischstunde brach es aus ihm heraus:

»Sie war so ein reizendes Mädchen«, sagte er mit schmerzlich verzogenen Mundwinkeln. »Ich hätte nie von ihr gedacht, daß sie einfach wegbleiben würde, ohne sich zu verabschieden!«

Während er das sagte, wurde mir auf einmal klar, daß der stille Herr Perner für Chantal anscheinend ein bißchen mehr empfunden hatte als die bloße Sympathie eines Lehrers für seine Schülerin. Erst jetzt kam mir zu Bewußtsein, daß er sie oft angehimmelt hatte; darauf hatte ich früher nie geachtet.

Herr Perner legte seine Stirn in Kummerfalten. »Sie ist gegangen und hat mir nicht einmal Lebewohl gesagt. Ich hatte gedacht – gehofft – auch ihr würde der Unterricht etwas bedeuten…« Er hielt inne und strich über sein schütteres Haar. Es war eine Geste voller Hilflosigkeit, die mich rührte. Er tat mir leid, darum wollte ich ihn trösten, auch wenn ich deshalb zu einer Notlüge greifen mußte.

»Oh, wissen Sie – es ist nicht so, wie Sie denken...«, ich suchte nach den richtigen Worten. »Chantal ging ja nicht aus freien Stücken. Ihre Großmutter liegt im Sterben, das ist der Grund, warum sie so schnell abreisen mußte. Sie trug mir auf, Sie sehr herzlich zu grüßen und Ihnen Dank zu sagen für – für, nun ja, für alles!« Ich fügte hinzu: »Verzeihen Sie, fast hätte ich vergessen, Ihnen das auszurichten...«

Ich sah das Aufleuchten in Herrn Perners Augen. Sein Kummer war sichtlich gelindert durch die Botschaft, daß Chantal ihn nicht vergessen und seiner in Dankbarkeit gedacht hatte. Er atmete auf.

»Und ich, mein Kind, hätte fast vergessen, dir den neuen Lesestoff zu geben, den ich dir heute mitgebracht habe.« Er kramte zwei Bücher aus seiner Aktenmappe hervor und gab sie mir. Das eine hieß: »Alexander der Große«, das andere handelte vom Ersten Weltkrieg: »Das Attentat in Sarajewo und seine Folgen.« Von dem letzteren wußte ich sofort, daß es mich langweilen würde. Aber das Buch über Alexander den Großen fand ich aufregend und von der ersten bis zur letzten Seite so spannend, daß ich es sogar mit nach Peterhof nahm. Dort las ich darin bei schlechtem Wetter in der Bibliothek oder im Pavillon bei den Zypressen, wo ich mich Viktor und Chantal noch immer nahe fühlte.

Bei halbwegs schönem Wetter streifte ich jedoch durch den riesigen, halbverwilderten Garten. Nun waren er und der Park nicht mehr abweisend, wie noch zuvor im Herbst und im Winter. Viktor und Chantal waren so eine Art Vorläufer für mich gewesen, und die Gegend erschloß sich mir jetzt mehr und mehr, und ich dehnte meine Erkundungsspaziergänge nach allen Richtungen aus.

Die Küche des Gutshauses lag an der Nordseite. Dort war das Umfeld überschaubar. Es gab einen Ausgang zu einem Hof, in dem sich mehrere Holztische und Stühle befanden, und einen kleinen Küchengarten. Zlata arbeitete oft da draußen, und Paul Wasner, der das Auto im Hof abgestellt hatte und es auch manchmal dort wusch, saß häufig bei ihr und leistete ihr Gesellschaft. Zlatas Mann war gestorben, und sie zog ihren Sohn Pavlo allein groß. Der war ein finsterblickender, stets schlechtgelaunt wirkender Junge von sechzehn Jahren. Dieser Eindruck wurde durch sein schwarzes Haar und den etwas stechenden Blick seiner dunklen Augen noch verstärkt. Hin und wieder half er Ogdan beim Servieren und beim Bedienen der vielen Gäste. Manchmal sah ich ihn auch mit Rabec Holz hacken und die Scheite zum Haus tragen oder ihm sonst irgendwie zur Hand gehen. Hatte ich anfangs die Hoffnung gehabt, einen Spielgefährten in ihm gefunden zu haben, so sah ich mich alsbald darin getäuscht. Pavlo war immer unfreundlich zu mir oder er beachtete mich gar nicht. Selbst wenn er sich ein pflichtschuldiges Grüßen abrang, so geschah das nur widerwillig. In der ersten Zeit auf Peterhof hatte ich mir Gedanken gemacht, warum er so war, ob er mich häßlich fand oder ob er Mädchen generell nicht mochte. Später interessierten er und sein Verhalten mich nicht mehr.

Ein kurzes Stück hinter Küchengarten und Hof begann bereits der Wald. Aber dorthin spazierte ich nicht gern, weil ich ihn wegen seiner vielen hohen Nadelbäume und seines kahlen Bodens zu düster fand. Ich ging auch nicht gerne in den Küchenbereich, das heißt, ich vermied es sogar tunlichst. Einmal war ich da zufällig vorbeigekommen, als Zlata gerade ein Huhn gepackt hatte und ihm mit einem Hackbeil auf einem klobigen Holzblock den Kopf abschlug. Ich schrie auf, als ich das sah, und Zlata ließ vor Schreck das Huhn auf die Erde fallen – und zu meinem Entsetzen rannte es noch ein Stück ohne Kopf hilflos mit den Flügeln flatternd weiter, bis sie es wieder eingefangen hatte.

Auf Peterhof hatte es oft Geflügel zum Essen gegeben, aber ich hatte mir nie Gedanken darüber gemacht, wie aus einem Hühner- oder Entenvogel ein Braten würde. Es war natürlich töricht von mir, daß ich nun voller Abscheu sagte:

»Wie kann man nur so etwas Grausames tun!«

Zlata sah mich halb vorwurfsvoll, halb verlegen an und radebrechte: »Molim, Gospodica, man muß es tun! Von allein springt lebendiges Huhn nicht in Ofen!« Sie begann den toten Vogel zu rupfen und schüttelte den Kopf, ohne mich dabei anzusehen, so als müßte sie sich schämen, diese Arbeit zu verrichten.

Ich hätte mich gerne bei Zlata für mein dummes, unverständliches Benehmen entschuldigt, aber mir wurde so übel, daß ich sofort das Weite suchen mußte, sonst hätte ich mich auf der Stelle übergeben.

Auf der Ostseite führte die Straße zum Haupteingang des Gutshauses. Rechts davon befand sich der Turm mit seinem geheimnisvollen Zimmer, dessen Fensterläden immer geschlossen waren. Der

Garten erstreckte sich südlich um das Haus herum hinüber zur Westseite bis in die Wälder der Umgebung, ohne daß ein Zaun oder sonst eine Abgrenzung verrieten, wo der eigentliche Besitz zu Ende war.

Ich beobachtete voller Entzücken das Aufblühen der Natur ringsumher. Von den ersten schüchternen Schneeglöckchen im März bis zur Blütenpracht des Flieders im Mai und den duftenden Gartenrosen und dem Jasmin im Juni bis hin zu den Dahlien im September – ich nahm alles beglückt in mich auf. Es gab Schlüsselblumen, Veilchen, Anemonen und Krokusse im Frühling, Rittersporn, Levkojen und Löwenmäulchen im Sommer, und die bunten Astern im Herbst und so viele andere Blumen und Pflanzen, die ich dem Namen nach nicht kannte. Als Kind in der Großstadt aufgewachsen, war mir das Miterleben der Jahreszeiten in dieser intensiven Form etwas Neues – und ich fand es wunderbar, daß die Natur den Garten überwuchert hatte. In seinen Anlagen war er noch zu erkennen, aber das Gras stand meistens zu hoch. Nur selten sah ich Rabec mit einer Sense den gröbsten Wildwuchs niedermähen. Die Beete und Rabatten waren nicht mehr sonderlich gepflegt, und die angepflanzten Blumen und Sträucher hatten es schwer, sich gegen das allmächtige Unkraut zu behaupten.

Draga verfügte zwar noch über Arbeitskräfte, eine Tatsache, die sie ihren guten Beziehungen verdankte, aber diese Leute hatten alle Hände voll damit zu tun, die Bewirtschaftung des Gutes in Gang zu halten, sich um das Vieh und die anfallenden Ernten zu kümmern und die notwendigsten Forstarbeiten zu besorgen. Es fehlte einfach an Personal, den Garten so instand zu halten, wie es früher einmal der Fall gewesen war. Aber niemanden störte das – und mich am allerwenigsten. Vielleicht machte ihn gerade das für mich so interessant. Park und Garten waren in eine malerische Unübersichtlichkeit versunken, die von Geheimnissen und Zauber durchdrungen war. Es schien, als wären all jene kleinen Naturgeister, wie Elfen und Zwerge, dahin zurückgekehrt, wo sie der Mensch dereinst mit seinen künstlichen Eingriffen und Umgestaltungen vertrieben hatte. Natürlich sah man sie nicht, aber manchmal glaubte ich, sie um mich herum zu fühlen, von ihnen beobachtet zu werden – und dann sprach ich mit ihnen, als wären sie wirklich da.

Der Garten war so groß – fast möchte ich sagen so ohne jede Ordnung –, daß man sich leicht darin verirren konnte und ich es oft schwer hatte, bei meinen Streifzügen wieder zum jeweiligen Ausgangspunkt zurückzufinden. Im übrigen war ich gerne allein und langweilte mich nie. Oft spielte ich mit imaginären Personen und verwandelte mich in irgendeine Wunschfigur, die ich gerade sein wollte. Und natürlich begannen sich meine Gedanken immer wieder um die Liebe zu drehen, so wie ich darüber in den roten Büchern gelesen hatte – und meine Phantasie ließ strahlende Ritter und Helden erstehen, die mich treu liebten, um mich kämpften und bereit waren, ihr Leben für mich zu lassen.

*

Irgendwann machte ich die Entdeckung, daß ich nach solchen Tagen auf Peterhof immer sehr lebhafte Träume hatte. Eigentlich war es fast immer der gleiche Traum. Ich kannte mich dann schon aus in ihm, wußte genau, wie er anfing, und wann und warum er plötzlich endete.

Seltsamerweise herrschte darin immer Winter. Ich wußte, daß ich mich auf Peterhof befand, und zwar in einem Teil des Gartens, der irgendwo hinter dem Rosenpavillon lag, den ich aber nie zuvor betreten hatte. Ich ging ganz andere Wege als die mir im Wachzustand inzwischen bekannten. Es war kein Haus zu sehen – es gab nur Eis und Schnee und diese graue Winterlandschaft mit einem frostigen Himmel darüber.

Es begann damit, daß ich auf einem See Schlittschuh lief. Ich glitt federleicht über die Eisfläche, fast ohne sie zu berühren. Ich flog dahin in großen weiten Sprüngen, ich tanzte und drehte mich – so wie ich das in Wirklichkeit nie gekonnt hätte.

Dann kam ein Augenblick, in dem ich das Eis unter mir knirschen hörte, und wenn ich darüberfuhr, sah ich Wasserblasen unter der auf einmal viel zu dünnen Decke. Ich wußte, daß das Eis jetzt gefährlich wurde und ich es sofort verlassen mußte, weil ich sonst einbrechen und im Wasser versinken würde.

Etwas später fand ich mich – nun ohne Schlittschuhe – auf einem verschneiten Weg wieder – oder eigentlich waren es mehrere in sich verschlungene Pfade.

Und da war auch irgendwo ein fremder junger Mann.

Er war da, auch wenn ich ihn nicht sah. Ich fühlte seine Anwesenheit und wußte, daß er in der Nähe war. Manchmal erblickte ich eine

Gestalt, die nur er sein konnte. Oft wirkte sie verschwommen, gesichtslos, weit entfernt, oder sie löste sich plötzlich in nichts auf, wenn ich darauf zulief. Aber im Laufe der Zeit bekam sie ein Gesicht, ein schmales, schönes Gesicht, von dunklem Haar umrahmt. Es war ein ernstes Gesicht – sehr blaß, mit einer hohen Stirn und einem sensiblen Mund. Die Augen waren groß und grün – und sie sahen mich an mit einem Ausdruck, der sich nur schwer beschreiben läßt. Es war eine brennende Intensität in diesem Blick und zugleich eine rätselhafte Schwermut. Der junge Mann lächelte nie, wenn ich ihn in meinen Träumen sah, und doch war an ihm nichts Feindseliges – nur ein tiefer Ernst. Wir standen uns gegenüber, und zwischen uns war ein Schweigen, das zu einer Mauer verdichtet schien.

Sobald ich die Gestalt ansprach, verschwand sie. Um den jungen Mann wiederzufinden, mußte ich einen bestimmten Weg einschlagen, einen von vielen, und ich hatte keine Ahnung, welcher der richtige war. Aber ich spürte den unwiderstehlichen Drang, ihm zu folgen.

Bei meiner Suche gelangte ich immer zu einem großen, ausladenden Strauch. Er war grün und auch weiß, denn er hatte volle grüne Blätterbüschel, auf denen das Weiße lag – viel Schnee zu kleinen Haufen aufgetürmt.

Ich wußte, daß ich zuerst diesen Strauch finden mußte, um der Gestalt folgen zu können. Er war wie ein Wegweiser in einer Gegend, die mir im Traum immer unbekannt bleiben sollte, so wie dieser Traum auch immer zu Ende war, bevor ich den jungen Mann wiederfand. Zuletzt war er nur noch ein Schemen, der sich auflöste, manchmal erblickte ich noch sein Gesicht, das sich auf der Eisdecke des Sees spiegelte – und wenn ich emporschaute, sah ich nur noch Augen – Augen, die wie grüne mandelförmige Monde über dem Gewässer schwebten.

10

Es muß irgendwann im Juni gewesen sein, da durchstreifte ich wie so oft das Labyrinth von schmalen Pfaden hinter dem Rosenpavillon. Es gab immer wieder etwas zu entdecken, immer wieder neue Büsche, Hecken und Baumgruppen.

Plötzlich zuckte ich zusammen, als hätte ich einen elektrischen Schlag erhalten.

An einer Wegegabelung stand der Strauch, von dem ich so oft geträumt hatte. Er stand da wie ein Wegweiser, so wie er mir immer erschienen war. Und er war grün und weiß. Das Grüne an ihm waren seine lackglänzenden Blätter, das Weiße eine Überfülle von Blüten, die wie duftiger Schnee auf ihnen lagen.

Mein Herz klopfte laut.

Ich dachte an meinen immer wiederkehrenden Traum und an die Gestalt des fremden jungen Mannes – und fragte mich, was es bedeutete, daß ich den Strauch in Wirklichkeit gefunden hatte. Ich spürte das Verlangen, den daran vorbeiführenden Weg gleich weiterzugehen, aber ich bezwang meine Neugier. Die Sonne stand hoch, und ich wußte, daß bald zum Essen gerufen würde – im Haus ertönte dann immer ein Gong. Am frühen Nachmittag würde ich wiederkommen, dann würde ich Zeit haben – viel Zeit!

Jetzt mußte ich nur noch den Weg vom Strauch zum Rosenpavillon markieren, damit ich nachher wieder dorthin zurückfand. Auf einem Schulausflug hatte ich einmal bei einer Schnitzeljagd mitgemacht. Die Spielregeln bestimmten, daß eine Person sich an einem möglichst weit entfernten Ort verstecken mußte und auf ihrem Weg dahin Spuren legte, damit die Gruppe der Verfolger Anhaltspunkte hatte, wo sie suchen konnte. Aber ich hatte nichts bei mir, was ich als Schnitzel hätte verwenden können. Meine Schuhe mußte ich natürlich anbehalten – es wäre unliebsam aufgefallen, wäre ich barfuß zum Essen gekommen. Also zog ich die Strümpfe aus. Das war jedoch nicht genug, darum riß ich kurzentschlossen einen breiten Stoffstreifen aus meinem Unterrock, zerteilte ihn in dünne Fetzen und hing sie wie baumwollenes Lametta an die Zweige der Büsche, die am Wege standen. Meiner Mutter würde ich erzählen, ich wäre mit dem Wäschestück an einer Brombeerhecke hängengeblieben.

Nach dem Essen – ich hatte vor Aufregung kaum etwas heruntergebracht, eilte ich zurück zu dem Strauch, den ich dank meiner Markierungen schnell wiederfand.

Es war ein heißer Tag, und obwohl die Sonne sich hinter Wolken versteckt hatte, war es drückend und schwül. Ich sah einen bisher unbekannten Weg vor mir liegen und schlug ihn ein. Bald entdeckte ich, daß in gleicher Richtung träge ein Bach dahinfloß.

Es trieb mich vorwärts, als würde ich an einem unsichtbaren Faden auf magische Weise fortgezogen. Nach einer Weile kam ich zu einer kreisförmigen Lichtung, die von hohen Bäumen umsäumt war. Im Halbschatten, unter den dichtbelaubten Ästen einer Buche sah ich eine lebensgroße weiße Marmorstatue, die auf einem Sockel von etwa einem Meter Höhe stand.

Es war eine anmutige schlanke Frauengestalt. Aus blicklosen Augen sah sie in die Ferne, teilnahmslos und unnahbar. Auf ihrer linken Armbeuge, gehalten von der rechten Hand, ruhte ein Füllhorn. Wie eine Verheißung hielt die steinerne Dame es ein wenig abgespreizt vom Körper, als wolle sie dem Betrachter einen diskreten Blick auf den Inhalt gestatten. Sie selbst interessierte sich anscheinend nicht sonderlich für die Gaben, die sie zu verschenken hatte, denn sie hatte den Kopf mit lässiger Anmut in die andere Richtung gewandt. Das Füllhorn war übrigens leer. Bei näherem Hinschauen entdeckte ich, daß an dem unteren Rand ein Stück fehlte, so als wäre es herausgebrochen oder weggesprengt worden.

Die Statue stellte zweifellos die Glücksgöttin Fortuna dar. Ich betrachtete sie lange und fand sie schön. Außerdem bewunderte ich die Kunstfertigkeit, mit der der Bildhauer über ihren nackten Körper ein Tuch modelliert hatte, das wie ein Schleier ihre Formen umspielte. Sogar das verschlungene Band, mit dem die Locken der Göttin zu einer Frisur aufgetürmt waren, wirkte echt. Auf dem feingeschnittenen Gesicht lag der Widerschein eines Lächelns, eine Andeutung nur, vielleicht hervorgerufen durch das Sonnenlicht, das sich durch das Laub der Bäume brach und genau auf ihren Kopf fiel.

Wenn es ein Lächeln war, so war es ohne Güte. Es wirkte kalt, beinahe hochmütig – aber Güte gehört wohl auch nicht zu den Attributen der Fortuna.

Je länger ich sie ansah, desto abweisender kam sie mir vor. Es schien, als entzöge sie sich dem Betrachter, ohne sich dabei von der Stelle zu rühren. Ein seltsam unbehagliches Gefühl kroch plötzlich in mir hoch. Ich spürte eine unerklärliche Furcht.

Nur mühsam löste ich mich aus dem Bann der Göttin und entfernte mich, indem ich rückwärts ging, unbeholfen und zaghaft, wie bei einer altmodischen Audienz.

Ich sah mich um. Gegenüber der Statue, etwa fünfzehn Meter von ihr entfernt, befand sich eine weißgestrichene Holzbank. Darüber wölbte sich wie ein Baldachin der grüne Himmel einer hochgewachsenen, breitausladenden Weide. Dieser Platz war wie geschaffen für ein verschwiegenes Stelldichein.

Hinter der Bank, ein Stück von ihr entfernt, floß mit leisem Plätschern der Bach. Sein Wasser, mit dem er sich über bemooste Steine und helle Kiesel schlängelte, war sehr klar. Er war umsäumt von niedrigem Buschwerk, Farnen und Gräsern, die im unmerklichen Hauch des Windes ein wenig zitterten.

Eine bleierne Müdigkeit ergriff mich und nahm von mir Besitz. Die Bank lud zum Sitzen ein und ich ließ mich darauf nieder. Zuerst saß ich noch eine Weile und bemühte mich gegen die Schläfrigkeit, die mich so jäh überfallen hatte, anzukämpfen, bald gab ich es jedoch auf.

Und dann spielte ich das Gliederpuppenspiel.

Ich muß versuchen zu erklären, was ich damit meine. Es war eines meiner einsamen Spiele, das ich selbst für mich erfunden hatte. Ich legte mich einfach ganz entspannt hin, dort wo es still war. Dann machte ich mich ganz weich, ganz locker – eben wie eine Gliederpuppe aus Stoff, die man fortgeworfen hat und die nun so liegenbleibt, wie sie gefallen ist. Wenn dann mein Körper warm und schwer wird, habe ich das Gefühl, aus ihm herausgleiten zu können, um mich an irgendeinen Ort zu versetzen, an dem ich zu sein wünsche, um dort Personen zu treffen, die ich sehen und sprechen will. Irgendwann einmal war ich darauf gekommen, wie ich das machen mußte – und die Methode klappte immer.

Heute weiß ich, daß mein sogenanntes Gliederpuppenspiel nichts anderes war als die Fähigkeit, mich selbst in Trance zu versetzen. Ich spielte also das Gliederpuppenspiel. Dazu streckte ich mich auf der Bank aus. Darauf zu liegen war natürlich nicht sehr bequem, aber das störte mich nicht. Ich ließ mich schwer werden – immer schwerer. Mein Rücken verband sich mit dem Holz der Bank, als sei er ein Teil von ihr. Alles an mir wurde locker, warm und schwer. Ich konnte meine Gedanken und damit mich selbst auf die Reise schicken – oder war es die Welt, die in mich einströmte? Ich vermochte es nicht genau zu unterscheiden. Wichtig war nur, daß ich meinen Kopf leer machte und mich fallenließ. Ich schaute eine Weile zum Himmel empor, dessen Helligkeit mich blendete. Ich lauschte dem monotonen Plätschern des Baches und dem Summen der Insekten.

Irgendwann fielen mir die Augen zu. Ich trieb dahin wie auf einer großen, weißen Wolke, wie in weicher, heller Watte, und bald versank ich in einem meiner Jungmädchenträume, der mir zu dieser Zeit der liebste war. Ein gewiß einfältiger Traum – hervorgerufen durch ein Gefühl des Alleinseins und des Nichtbeachtetwerdens – und auch inspiriert von den Geschichten aus den roten Büchern. Ich wurde entführt. Vielleicht steckte insgeheim der Wunsch dahinter, der Bevormundung durch meine Mutter zu entfliehen und auch, weil ich mich manchmal von zu Hause fortsehnte.

Ich verwandelte mich in eine gefangene Prinzessin, die so lange ihr unglückliches Dasein zu ertragen hatte, bis der strahlende Prinz kam, der als einziger alle Mutproben bestand und sie erlöste. Nach einer leidenschaftlichen Umarmung und einem langen, wunderschönen Kuß wie im Kino, hob mein Retter mich auf sein weißes Pferd und ritt mit mir davon in ein fernes Land – so schnell, daß uns niemand folgen konnte und daß es schien, als flögen wir durch die Luft.

Wenig später sah ich mich dann an seiner Seite durch eine festlich geschmückte Kathedrale schreiten. Ich trug ein perlenbesticktes Brautkleid mit langer Schleppe und eine Diamantkrone im Haar, und als ich mich dem Volke zeigte, wollte der Jubel kein Ende nehmen. Das feierliche Geläut der Glocken mischte sich mit den brausenden Klängen der Orgel, während die Leute auf die Knie sanken. »Lang lebe unsere schöne, junge Königin!« riefen sie. Es duftete nach Blüten, die man uns gestreut hatte, und nach Weihrauch. Es war ein süßer, schwerer Geruch, der mir die Sinne nahm.

Bis dahin hatte der Traum seinen gewohnten Verlauf genommen. Doch jetzt veränderte er sich plötzlich auf erschreckende Weise. Ich konnte mit einem Mal kaum noch die Füße heben, und die Gestalt neben mir wurde zu einem Schatten. Der Himmel verdunkelte sich. Die Weihrauchschwaden wurden immer dichter und betäubender, sie nebelten alles ein. In das Spiel der Orgel gellten schrille Mißtöne, und das Läuten der Glocken dröhnte immer lauter, bis es schier unerträglich war. Die glitzernde Krone auf meinem Kopf wurde immer schwerer und wollte mich niederdrücken. Wie ein eiserner Reifen umschloß sie meine Stirn, ein schmerzendes Band, das immer enger wurde. Der Boden schwankte, schien sich unter mir öffnen zu wollen und drohte, mich zu verschlingen. Ich versuchte zu fliehen, aber ich konnte mich nicht vom Fleck rühren. Das reichbestickte Kleid und die endlose Schleppe hielten mich auf der Stelle. Die Perlen lösten sich auf und wurden zu Wassertropfen, die an mir herunterrieselten... Ich sah mit Entsetzen, wie der Stoff meines vorher so prächtigen Gewandes naß und schwer wurde und sich als Fessel um meinen Körper wickelte. Wie eine Ertrinkende klammerte ich mich an die geliebte Gestalt neben mir, um nicht erfaßt zu werden von etwas, das sich wie ein Strudel immer schneller um mich drehte und mich hinabziehen wollte in eine Tiefe, die unbekannt und voller Schrecken war... Ich riß die Augen auf, um in den Nebelschwaden, die immer undurchdringlicher wurden, das Gesicht meines Liebsten wiederzufinden. Ich schrie... Und dann sah ich sein Gesicht auftauchen, wie aus dem Grund eines Gewässers. – Ich sah das Gesicht meines Liebsten – und ich liebte ihn, wie sehr liebte ich ihn. Ich sah sein Gesicht, ein klares schönes Gesicht, und die Zeit stand still.

Die Glocken schwiegen, der süßliche, schwere Nebel verzog sich, und alles um mich herum war ruhig. Der Tag wurde wieder hell. Es tat gut zu wissen, daß ich im Augenblick höchster Gefahr in das Gesicht meines Liebsten schauen konnte und die Not ein Ende hatte. Ich hatte es gesucht, um nicht von Unheil überwältigt zu werden, und ich hatte es gefunden. Darum war ich jetzt nicht erstaunt, dieses Gesicht über mich gebeugt zu sehen. Von Glück überwältigt, schloß ich die Augen. Die Zeit stand noch immer still – das Gesicht war über mir, und ich war sicher und geborgen.

Dann riß mich ein jäher Schreck in die Wirklichkeit zurück. Schlagartig kam mir zu Bewußtsein, daß dies kein Gliederpuppenspiel gewesen war – zumindest zuletzt nicht mehr. Über mir war wirklich ein Gesicht gewesen und es hatte mich unverwandt angesehen. Wenn alles sonst ein Traum gewesen war, das hatte ich nicht geträumt! Der Atem stockte mir. Ich hatte Angst, die Augen zu öffnen. Als ich allen Mut zusammennahm und sie wieder aufschlug – war kein Gesicht mehr da. Ich fuhr hoch und sah mich verwirrt um. Ich preßte die Hände gegen die Brust, um das wilde Schlagen meines Herzens zur Ruhe zu bringen.

Und dann erblickte ich ihn!

Im Schatten des Baumes mir gegenüber, an die weiße Statue gelehnt, stand ein junger Mann mit verschränkten Armen und schaute zu mir herüber. Seine Augen griffen nach mir, packten mich und sogen mich auf. Ich sah das Gesicht, in das ich zuvor geschaut hatte, und gleichzeitig wußte ich, daß ich die Gestalt vor mir hatte, der ich so oft im Traum gefolgt war. Der junge Mann löste sich von der Statue.

»Habe ich dich erschreckt?« Seine Stimme war warm und tief. Er sprach Hochdeutsch mit einem leicht melodischen Klang ans Österreichische. Er war großgewachsen und schlank. Sein Gesicht war von eigenartiger Blässe, die Augen – wie in meinem Traum – von dunklem Grün. Sein Haar war fast schwarz und von vereinzelten Silberfäden durchzogen, obwohl er kaum älter als fünfundzwanzig sein konnte.

Mein Blick fiel auf seine Hände. Sie waren schmal und nervig und wirkten sehr männlich. Es waren die schönsten, die ich je gesehen hatte.

In meinen roten Büchern war so oft von der Liebe die Rede gewesen – von der Liebe auf den ersten Blick. War das Liebe, was mir jetzt widerfuhr, als ich ihn ansah? Diese Empfindung, wie von einer Woge emporgetragen, weggerissen und um und um gewirbelt zu werden, war das Liebe, dieses Gefühl, das so schön war und trotzdem weh tat.

Der junge Mann strahlte eine Reife aus, die für sein Alter ungewöhnlich war. Er wirkte sehr gelassen und sehr selbstbewußt. Zugleich ging eine seltsame Spannung von ihm aus, so als würde die Luft um ihn herum vibrieren.

»Habe ich dich erschreckt?« fragte er noch einmal mit sanfter Stimme.

Ich starrte ihn an und schüttelte den Kopf. »Ich war eingeschlafen und habe geträumt«, sagte ich schließlich. Ich warf mein Haar zurück und strich es glatt in der Hoffnung, halbwegs ordentlich auszusehen. Ich holte tief Luft. »Wer sind Sie?«

»Warum sagst du Sie zu mir?« fragte der junge Mann, während ein amüsiertes Lächeln seine Lippen umspielte. »Wir kennen uns doch!«

Ich fand mich nur schwer zurecht. Eben erst war mir klargeworden, daß mich ein starkes Gefühl für ihn übermannt hatte, und nun sah ich mich genötigt, Konversation mit ihm zu machen wie mit einem Bekannten. ›Wir kennen uns doch‹ – es verwirrte mich, daß er das gesagt hatte. Was meinte er damit? Ich war sicher, daß ich ihn vorher auf Peterhof noch nie gesehen hatte, und ich hielt es für ausgeschlossen, daß ich ihn bei unserer heutigen Ankunft am Vormittag oder beim Mittagessen nicht wahrgenommen hätte, wenn er dagewesen wäre. Woher kannten wir uns also? Hatte er etwa auch von mir geträumt – so wie ich von ihm? War so etwas möglich? – Ich traute mich nicht, ihn danach zu fragen.

Der junge Mann kam langsamen Schrittes auf mich zu mit der Behutsamkeit, mit der man sich einem jungen Tier nähert, damit es nicht davonläuft. Ich war immer noch so durcheinander, daß ich sowieso nicht dazu imstande gewesen wäre.

»Ich heiße Alexander«, sagte er und setzte sich neben mich.
»Alexander«, murmelte ich. »Wie Alexander der Große.«
»Alexander der Große? – Wie kommst du gerade auf den?«
Ich zuckte verlegen die Schultern. »Ich weiß nicht... Vielleicht, weil ich neulich erst ein Buch über ihn las.« Ich konnte nicht damit aufhören, den jungen Mann anzuschauen, sowie er nicht den Blick von mir ließ.
»Warum siehst du mich so an?« fragte er heiter. »Sehe ich ihm ähnlich?«
»Oh, nein, ganz und gar nicht!« entfuhr es mir. »Es heißt, Alexander der Große war blond und hatte Augen von verschiedener Farbe, aber er soll auch sehr schön gewesen sein.« Ich biß mir auf die Lippen weil ich ›auch‹ gesagt hatte. Es war mir einfach so herausgerutscht.

Alexanders grüne Augen funkelten, als müßte er sich das Lachen verbeißen. Ich hoffte inständig, er möge sich nicht lustig über mich machen.
»Wie heißt du?«
»Immy«, sagte ich leise.
»Immy ist eine Abkürzung, nicht wahr?«
Ich nickte stumm.
»Woher kommt sie? – Von Imperia?«
»Imperia?« fragte ich überrascht, denn ich hatte den Namen noch nie gehört. Er gefiel mir sehr.
»Ja«, sagte er, »ich dachte, Immy kommt von Imperia.«
»Nein, von Immaculata«, sagte ich. »Der Name ist...«
»Schön«, fiel er ein und lächelte mich an.

Ich schwieg und lächelte scheu zurück. Zum ersten Mal fand ich meinen Namen nicht lächerlich.

Alexander sah mich mit einem intensiven Blick seiner grünen Augen an.

»Du bist noch sehr jung, nicht wahr?«

»Ich werde fünfzehn«, sagte ich schnell.

Er lächelte wieder. »Man kann dir die schöne Frau schon ansehen, die du einmal sein wirst.«

Ich wurde erneut verlegen. Fand er mich zu jung? Ich war kein Kind mehr und noch keine Frau. Nahm er mich am Ende nicht ernst?

»Du bist ein wunderschönes Mädchen«, sagte er. In seinem Blick war ein Ausdruck als wüßte, als verstünde er alles. Mein Vater konnte diesen Blick haben, wenn wir uns sehr nahe waren. Auch Viktor hatte ihn manchmal.

»Bist du Soldat?« fragte ich nach einer Weile. Ich wunderte mich über mich selbst. Ich hatte jetzt ganz selbstverständlich Alexanders Du übernommen, so als würden wir uns schon lange kennen.

Er sah mich erstaunt an. »Wie kommst du darauf, daß ich Soldat sein könnte?«

»Weil jetzt alle Männer, wenn sie nicht zu alt, krank oder verwundet sind, irgendwie mit dem Militär zu tun haben. Hast du Urlaub?«

Er schüttelte langsam den Kopf. Ich wußte nicht, ob er damit wirklich ein Nein zum Ausdruck bringen wollte.

Ein plötzlicher Schreck durchfuhr mich. Er war doch nicht etwa... »Bist du ein Partisan?«

»Nein«, sagte er ernst. »Ich habe mit eurem Krieg nichts zu tun...«

Ich starrte ihn verwirrt an, ohne zu begreifen.

»Ich bin ganz und gar unkriegerisch, und wenn mir der Sinn danach stünde, etwas zu erobern, dann wäre das kein Imperium, sondern ein Mädchen, das ich Imperia nennen würde.«

Eine Empfindung von Wärme durchströmte mich, was auch immer Alexander damit gemeint haben mochte. Mein ganzes Wesen floß ihm zu.

Erst jetzt bemerkte ich die Narbe. Alexanders Stirn war auf eigenartige Weise gezeichnet. Zwei Finger breit unter dem Haaransatz über seiner rechten Augenbraue war ein rötlicher, beinahe kreisrunder Fleck, den man auf den ersten Blick für ein Muttermal hätte halten können. Ich sah genauer hin. Nein, das war kein Muttermal. Was war es dann? Es hätte eine Verletzung sein können, aber da war kein Schorf, keine blutige Verkrustung. Wenn es einmal eine Wunde gewesen war, so war sie jetzt geschlossen von einer dünnen, beinahe durchsichtigen Haut, unter der man das Blut noch ahnen konnte.

Ich wollte nicht neugierig sein, aber der Drang herauszufinden, was es mit dieser Wunde auf sich hatte – falls es überhaupt eine war – war stärker. Außerdem hatte Alexander durchaus zur Kenntnis genommen, daß ich auf seine Stirn starrte. Ich faßte mir ein Herz.

»Was ist das?« fragte ich. »Eine Verletzung?«

»Ja«, sagte er einsilbig.

Ich entdeckte einen seltsamen Ausdruck in seinen Augen, den ich nicht deuten konnte. Stumm wartete ich eine Weile in der Hoffnung, er würde mehr darüber sagen als dieses knappe Ja. Vielleicht würde er erzählen, wodurch die Wunde zustande gekommen war, wer oder was sie ihm zugefügt hatte. Aber Alexander sagte nichts. Er sah mich unverwandt an, geradezu interessiert, wie mir schien. Er lächelte sogar ein wenig, so wie einer, der jemandem ein Rätsel aufgegeben hat und nicht sicher ist, ob dieser die Lösung kennt.

Ich wußte nicht, wie ich mich verhalten sollte. Es kam mir unpassend vor, näheres über die Verletzung zu erfragen, wenn Alexander offensichtlich nicht darüber reden wollte.

Einem Impuls folgend streckte ich meine Hand aus und strich mit einem Finger behutsam über die Wunde und die Haut, die sie umgab. Ich spürte keinen Unterschied in ihrer Beschaffenheit. Mir fiel nur beiläufig auf, daß sich Alexanders Stirn trotz der Hitze des Tages sehr kühl anfühlte.

»Tut es noch weh?« erkundigte ich mich nun schon mehr in der Absicht, das Thema zu einem Abschluß zu bringen, als noch etwas zu erfahren.

»Jetzt nicht mehr«, erwiderte Alexander kurz, und damit schien das Thema tatsächlich beendet zu sein.

Mich fror plötzlich. Es war, als wäre eine Tür zugefallen und ich stünde ausgeschlossen davor. Seine Augen ließen mich jedoch immer noch nicht los.

»Eines Tages wirst du alles wissen.«

›Eines Tages wirst du alles wissen!‹ Diese Worte erfüllten mich mit einem solchen Glücksgefühl, als hätte Alexander mir damit alle Geheimnisse der Welt anvertraut. Mit einem Schlag stand nichts Fremdes mehr zwischen uns. Ich würde warten können, bis er von selbst darüber sprechen wollte. Es spielte keine Rolle, wann das sein würde. ›Eines Tages‹... ›Eines Tages‹ jubelte es in mir. Das bedeutete, daß dieser Tag heute nicht der einzige bleiben würde. Alexander sprach damit eine Zukunft aus.

»Wollen wir zum See gehen?« fragte er unvermittelt.

Ich staunte. »Zum See? Gibt es hier einen?«

»Ja, natürlich.« Er schien überrascht. »Hat sie dir nicht davon erzählt?«

Ich schüttelte den Kopf. Ich wußte sofort, daß er mit ›sie‹ Draga meinte, und wunderte mich, daß er ihren Namen nicht aussprach.

»Man braucht nur den Bach entlang durch den Park und dann durch den Wald zu gehen, dann wird man direkt hingeführt. Hast du Lust mitzukommen?«

»Ja, sehr«, sagte ich eigenartig berührt. Den See gab es also auch in Wirklichkeit und nicht nur in meinem Traum.

»Am Ufer liegt ein Boot. Wir könnten ein Stück damit hinausrudern«, meinte Alexander. Er erhob sich und schickte sich an zu gehen. Auch ich stand auf, um ihm zu folgen. Mir fiel auf, daß sein Haar nicht so militärisch kurz war, wie man das derzeit bei allen Männern sah. Das gefiel mir gut. Er hatte gesagt, er wäre kein Soldat – das konnte man schon an seinem Haarschnitt erkennen. Vermutlich war er auch kein Kroate, dafür sprach er zu gut Deutsch. Er trug einen eleganten hellen Anzug, der etwas altmodisch wirkte.

»Der See wird dir gefallen«, fuhr Alexander fort. »Die Natur wirkt dort ganz unberührt. Manchmal sieht man Rehe am Ufer, wenn es dämmert.«

Voller Erwartung ging ich neben ihm. Wie gut er sich auskannte! Er war also schon oft hier gewesen – auf Peterhof und auch am See, sonst hätte er nicht behaupten können, daß manchmal Rehe dort seien. Ich begann mich immer mehr zu wundern, daß ich Alexander noch nie begegnet war.

Die Sonne trat hinter einer großen hellen Wolke hervor und tauchte für kurze Zeit alles in ihr gleißendes Licht. Alexander zuckte jäh zusammen und hielt sich die Hände über Kopf und Gesicht. Schnellen Schrittes trat er unter einen Baum.

»Laß uns im Schatten bleiben, ich kann Sonne nicht vertragen!« stieß er gequält hervor.

Ich sah ihn von der Seite an. Für seine Bitte hatte ich Verständnis. Ich hatte ja selbst wie alle Menschen mit rötlichen Haaren eine empfindliche Haut. Ich bemerkte erneut, daß Alexanders Gesicht sehr blaß war. Seine Züge entkrampften sich wieder. Das direkte Sonnenlicht hatte ihn sichtlich gepeinigt. Ich fragte mich, woran das liegen mochte. Vielleicht hing es mit der Narbe auf seiner Stirn zusammen. Die Sonne trat wieder hinter eine Wolke, und er wirkte erleichtert. Mit einer zarten Geste strich er mir über das Haar.

»Wie schön es ist! Wie rotes Gold. Für einen Augenblick sah es aus, als würden kleine Flammen darin lodern!«

Ich kann mich nicht mehr erinnern, wie das war, wenn er mich berührte. Wenn ich heute daran denke, so ist mir, als ob ich es gar nicht wirklich spürte. Das ist seltsam, weil ich doch sonst nichts vergessen habe.

Alexander sah mich wieder mit dem intensiven Blick seiner Augen an. »Erzähl mir von dir!« bat er.

Ich tat es und merkte, daß eine Veränderung mit mir vorging. Ich hörte auf, vor lauter Unsicherheit wie sonst zu schnell zu reden und mich dabei zu verhaspeln. Alexander hörte mir mit großer Aufmerksamkeit zu. Das ermutigte mich, und ich gewann an Überzeugungskraft. Manchmal hatte ich das Gefühl, daß er schon wußte, was ich sagen wollte. Es war, als könne er in mir lesen, wie in einem aufgeschlagenen Buch. Ich kann mich nicht erinnern, jemals zuvor Augenblicke so tiefen Glücks empfunden zu haben, wie damals, als ich an Alexanders Seite ging. Noch nie hatte ich mich mit jemandem so verstanden wie mit ihm. Es war, als würde ich auf beseligende Weise in eine andere Bewußtseinsebene gehoben, in der die Zeit anderen Gesetzen gehorchte und in ungewohnten Rhythmen verlief.

Adam und Eva! Wir waren Adam und Eva! Es gab auf der Welt nur Alexander und mich. Das Paradies war noch nicht verloren. – Wir waren heimgekehrt. Kein Erzengel bewachte das Tor zum Garten Eden mit seinem Flammenschwert. Es gab keinen Sündenfall, und die Schlange würde uns nicht in Versuchung führen. Es gab weder Vater noch Mutter – niemanden, außer uns. Ich war neuerschaffen, neugeboren – ein lebendiges Wesen, dem soeben eine Seele eingehaucht worden war.

Es war ein Tag, der sich meinem Gedächtnis für immer einprägen sollte, sonnendurchflutet und voll sommerlicher Verheißung. Die Luft war erfüllt von dem Geruch nach Pflanzen und warmer Erde. Ich tauchte ein in die Natur und wurde Teil von allem, ohne mich zu verlieren. Ich wurde zum Grashalm, der sich aus der Wiese emporreckte, zur Baumkrone, die der Wind liebkoste. Ich war die kleine schwarze Ameise, die zwischen meinen Füßen dahinlief, um ihrer eiligen Beschäftigung nachzugehen. Ich war das Moos, das wie ein Pelzbezug auf Steinen und Wurzeln schlief. Ich war der ferne Schrei eines Tieres, das Vogelgezwitscher und das flüsternde Geriesel des Baches. Ich war der Kiesel, den er umspülte und der vermodernde Ast...

Und dann stürzte ich jäh aus dieser Welt vollkommener Harmonie. Plötzlich sah ich die klebrige Kröte, braungelb gefleckt mit hervorquellenden, halbgeschlossenen Augen. Sie saß fast verdeckt unter grünem Blättergewirr wie ein fetter lebloser Götze.

Und dann erblickte ich auch den Falter, der sich ganz in der Nähe der Kröte auf einem morschen Stück Holz niedergelassen hatte. Ich hatte ihn zuerst nicht gesehen, weil er seine Flügel aneinandergelegt und hochgestellt hatte. Aber jetzt klappte er sie auf und ließ sie leise vibrieren, als wolle er auf das leuchtende Muster seiner Puderstaubschwingen aufmerksam machen. Seine grazil geschwungenen Fühler bebten irgendeinem verlockenden Duft entgegen.

Eine kleine zärtliche Laune Gottes. – Ich ahnte, was kommen würde, und ich weiß bis heute nicht, warum ich es nicht verhindert habe. Ich stand hilflos da, wie angewurzelt und erinnere mich nur, daß ich Alexander leicht anstieß in der Hoffnung, daß er vielleicht das Unabwendbare verhüten möge. Was dann geschah, spielte sich in Bruchteilen von Sekunden ab – viel schneller, als ich das hier beschreiben kann.

In die reglose schleimige Gestalt der Kröte fuhr plötzlich Leben, so unvermutet wie ein herniederfahrender Blitz. Ihre kräftigen Hinterbeine ließen sie mit einem mächtigen Satz nach vorne schnellen und nach dem Schmetterling schnappen. Sie erwischte ihn mit der tödlichen Sicherheit ihres zupackenden Maules, aus dem es kein Entrinnen gab. Bis heute habe ich das widerwärtige Geräusch nicht vergessen können, mit dem sie ihn zermalmte. Es klang wie das Knacken von ganz dünnem Glas, auf das jemand mit einem Stiefel tritt. Der Vorgang war abstoßend, häßlich, und doch konnte ich meine Blicke nicht davon wenden. Als die Kröte den Schmetterling vertilgt hatte, kroch sie dorthin zurück, woher sie gekommen war, unendlich langsam, so als hätte der Ausfall aus ihrer feisten Reglosigkeit ihre Lebenskraft erschöpft.

Ein heftiger Ekel würgte mich im Hals. Ich atmete tief ein und aus, um den Brechreiz niederzukämpfen, der mich jäh überfiel. Tränen schossen mir in die Augen, die ich mir verstohlen mit dem Handrücken abwischte. Ohne daß ich ihm den Kopf zuwandte, fühlte ich, daß Alexander mich beobachtete. Als ich mich wieder einigermaßen in der Gewalt hatte, blickte ich zu ihm auf.

»Hast du das gesehen?« fragte ich mit zitternden Lippen.

Er antwortete nicht. Statt dessen legte er sanft die Hand auf meine Schulter.

»Der... der Schmetterling«, stammelte ich. »Mein Gott, er war so schön, so vollkommen – und so ahnungslos! Warum darf so etwas geschehen?«

Alexander sah mich unverwandt an. Sein Gesicht zeigte einen Ausdruck von düsterem Ernst.

»Es tut mir leid – für dich«, sagte er schließlich.

Das berührte mich sonderbar. Er sagte das so, als ginge ihn selbst das gar nichts an. ›Es tut mir leid für dich!‹ – Warum für mich? Warum nicht auch für ihn? War er denn nicht auch betroffen? Ging der widerliche Vorgang ihm überhaupt nicht nahe? War er etwa herzlos oder gefühlskalt? Alexander machte den Eindruck, als stünde er außerhalb des Geschehens.

»Du wirst das leider noch oft erleben«, sagte er mit einem schmerzlichen Aufseufzen.

»Was?«

»Daß Schönheit zugrunde geht. Du wirst es nicht verhindern können. Das Häßliche, das Gemeine – das Inferiore erweist sich oft als stärker. Es ist...« Alexander brach ab. Eine starke Gefühlsaufwallung schien ihn am Weitersprechen zu hindern. Insgeheim nahm ich alles zurück, was ich eben noch gedacht hatte.

Widerwillig schaute ich abermals zu der Kröte hinüber. Ein Stück Flügel hing noch immer aus ihrem Maul, so wie bei einem unappetitlichen Esser die Speisereste am Kinn kleben. Der Anblick hatte etwas Obszönes.

Ich war Zeugin eines Geschehens geworden, das sich seit urdenklichen Zeiten jeden Tag aufs neue unzählige Male wiederholt: Ein Lebewesen wird zur Beute eines anderen. Das ist ganz normal. Fressen und gefressen werden. Substanz ernährt sich von Substanz! Irgendwann würde auch die Kröte dran glauben müssen. So war das eben — ein ewiger Kreislauf.

Aber warum mußte das so sein? Hatte die großartig angelegte Schöpfung keine andere Lösung gefunden? Wie konnte Gott in seiner Vollkommenheit zulassen, daß seine Geschöpfe einander fraßen? Daß jedes Lebewesen sich auf Kosten eines anderen ernährte? Dieser Gedankengang hat sich seit jenem Tag in mein Gehirn eingegraben und mich nie wieder losgelassen. Wenn ich von den Schönheiten der Natur ergriffen bin, dann muß ich zwangsläufig auch an das tausendfache Sterben denken, das in jeder Sekunde stattfindet — an das große und kleine Morden. Ich bringe es einfach nicht mehr aus meinem Kopf.

»Imperia«, sagte Alexander leise.

Ich sah ihn an. Nun waren wir doch aus dem Paradies vertrieben, und es war nicht unsere Schuld.

»Imperia — Imperia...« Der Ton seiner Stimme verzauberte mich, und der Name klang wie eine Liebkosung. Ich vergaß die Kröte und den Schmetterling und dachte nicht mehr darüber nach, warum Gott seiner Schöpfung erlaubt hatte, fehlerhaft zu sein. Auch außerhalb des Paradieses war es schön.

Wir gingen weiter und sahen nach einer Weile den See durch die Stämme der Bäume schimmern. Er war malerisch von hohem Schilf umgeben. Von irgendwoher hörte man den warnenden Ruf einer Rohrdommel. Die Wasseroberfläche war bräunlich und so glatt wie ein Spiegel. Libellen zuckten darüber hinweg wie kleine bläuliche Blitze.

»Das Wasser ist ganz klar, obwohl der Untergrund ein wenig moorig ist, aber damit kommt man nicht in Berührung, es gibt dem See nur die braune Färbung«, sagte Alexander. »Ich bin schon oft hier geschwommen. Schwimmst du gern?«

»Ich kann nicht schwimmen«, sagte ich bedauernd und nahm mir vor, es so bald wie möglich zu lernen. »Ich kannte einen kleinen Jungen in Berlin, der in einem Teich ertrank«, fuhr ich fort. »Seither fürchte ich mich vor dem Wasser. Außerdem friere ich schnell.«

»Dann ist das hier nicht das richtige für dich. Der See ist ziemlich kalt. Er wird von einem Fluß gespeist, der direkt aus den Bergen kommt.«
Alexander ging zu einem Weidenbaum, dessen Zweige wie Schnüre ins Wasser hingen. Er sah sich suchend um. »Wo ist denn das Boot? Hier war doch immer ein Boot?«
»Ich weiß es nicht«, sagte ich. »Hier war ich ja noch nie.«
»Wir sind so oft damit auf dem See gewesen.«
»Wir?« fragte ich überrascht.
»Draga und ich«, sagte Alexander leichthin.
Seltam, es versetzte mir einen Stich, als er sagte ›Draga und ich‹.
»Wie sah es denn aus?« wollte ich wissen, um mir nichts anmerken zu lassen.
»Es war rotlackiert und hatte einen grünen Bordstreifen...« Er überlegte einen Moment. »...Ach, ja, und auf der rechten Seite hatte es statt eines Namens fünf weiße Ringe. Draga hatte sie aufmalen lassen. Wir hatten viel Spaß am Rudern, und sie meinte, wir würden bestimmt eines Tages zu olympischen Ehren kommen.« Er schüttelte den Kopf. »Merkwürdig, daß das Boot nicht mehr da ist...«
»Vielleicht hat es jemand gestohlen?« warf ich vorsichtig ein.
Sein Gesicht verschloß sich. »Ich habe nicht daran gedacht, es ist schon eine Weile her...«
Ich verstand nicht, was er meinte, wollte aber nicht in ihn dringen. Seine Züge hellten sich wieder auf, als wir uns mit angezogenen Knien auf den Waldboden nahe des Ufers setzten. Die Erde war trocken und sonnendurchwärmt. Der Adlerfarn duftete schwer. Alexander zeigte auf ein Büschel kleiner Blumen mit dunkelgrünen Blättern. Die Blüten sahen aus wie Miniaturalpenveilchen und schimmerten in einem rosafarben angehauchten Violett.
»Das sind Waldzyklamen«, sagte Alexander. »Ich nenne sie die Veilchen des Sommers. Sie sind anspruchslos und lieben sonnige Schattenplätze.«
Ich mußte lachen. »Ein sonniger Schattenplatz ist ein Paradoxon. Wie ein viereckiger Kreis oder ein schwarzer Schimmel.«
»Das ist nicht wahr«, protestierte Alexander heiter. »Es gibt dunkle Schattenplätze, wo kein Licht hinkommt und solche, an denen wir uns jetzt befinden. Wir sitzen im Schatten eines Baumes,

aber um uns herum ist Sonne, und auf dem See ist es ganz hell.« Er pflückte eine dieser kleinen Blumen und gab sie mir. »Riechen sie nicht wundervoll?«

Ich hielt sie an meine Nase und sog ihren herbsüßen Duft ein. »Sie wachsen scheinbar nur in südlichen Ländern«, meinte Alexander bedauernd. »Weiter oben im Norden sah ich sie nie.«

»Das stimmt«, sagte ich. »Bisher kannte ich diese Blumen nicht.«

»Sie sollen dich an mich erinnern – wann immer du irgendwo Waldzyklamen siehst.«

Ich nickte stumm, weil ich nicht genau wußte, worauf Alexander hinaus wollte.

»Ich will, daß du mich nie vergißt – niemals, hörst du!« Seine grünen Augen schlugen mich ganz und gar in ihren Bann. »Siehst du den Mückenschwarm dort oben, wie die Mücken – angelockt von der Abendsonne – auf- und absteigen in ihrem kleinen Veitstanz um sich selbst, so leicht, so schwerelos...«

Ich sah hinauf. Und zum ersten Mal beachtete ich die winzigen Insekten in ihrem freudetaumelnden Flug.

Alexander sprach nun mit hypnotischer Eindringlichkeit, so als sollte ich jedes Wort meinem Gedächtnis für immer einprägen:

»Wenn du so einen Mückenschwarm tanzen siehst, sollst du an mich denken. Beim Anblick einer weißen Statue soll dir stets mein Name einfallen – und am See wirst du mich wiederfinden.«

Das klang seltsam, fast ein wenig wie ein Abschied, aber das bildete ich mir gewiß ein. Alexander sah mich immer noch beschwörend an und lächelte jetzt. Ich sah ihn an und lächelte zurück. So standen wir eine Weile in unser Lächeln versunken, aneinander verloren und von gegenseitigem Verstehen erfüllt. In diesem Augenblick streifte ich die Reste meiner Kindheit endgültig ab.

»Imperia«, sagte er beinahe unhörbar. Dann flüsterte er noch etwas. Es klang wie ein »Ich liebe dich«. Vielleicht hatte ich mir das aber auch eingebildet, weil ich es hören wollte. Ich traute mich nicht nachzufragen, weil ich nichts zerstören wollte. ›Eines Tages wirst du alles wissen‹, hatte Alexander vorhin gesagt. Das hatte verheißungsvoll geklungen. Wir würden uns also noch oft sehen – so hoffte ich inständig. Und höchstwahrscheinlich würden wir uns heute noch beim Essen treffen. Wir blieben ja meistens bis zum späteren Abend. Es gab allerdings Ausnahmen.

Plötzlich kam mir zum Bewußtsein, daß der Nachmittag schon fast vorbei sein mußte. Die Zeit war so schnell vergangen. Am Ende warteten meine Eltern schon auf mich und suchten nach mir, weil sie aufbrechen wollten. Ich vermied es möglichst, mir Ärger mit meiner Mutter einzuhandeln. Ich sprang auf.

»Ich muß gehen«, sagte ich. »Leider habe ich keine Ahnung, ob wir zum Abendessen bleiben. Es ist zwar anzunehmen, aber genau weiß ich es nicht. Kommst du mit?«

»Ich werde dich ein Stück begleiten.«

Wir gingen raschen Schrittes und ohne viel zu reden das Waldstück den Bach entlang, bis wir wieder zu der Statue kamen. Alexander blieb stehen und lehnte sich an die steinerne Göttin. Er sah mich mit einem rätselhaften Gesichtsausdruck an.

»Ich bleibe noch.«

»Weißt du, wie spät es ist?« wollte ich wissen, weil ich keine Uhr bei mir hatte. Ich war nun schon sehr eilig, darum fragte ich auch nicht, warum er nicht gleich mitkam.

Alexander schüttelte den Kopf. Er hatte anscheinend auch keine bei sich.

»Ich gehe schon vor«, rief ich und begann zu laufen. »Also bis später! Ich hoffe, wir sehen uns noch beim Essen!«

Alexander stand neben der Statue, unbeweglich, eine helle Gestalt wie sie, und blickte mir nach. Das Herz krampfte sich mir zusammen. Ich liebte ihn mit allen Fasern meines Seins, wie er so dastand – schön und hochgewachsen. Ich sah mich immer wieder nach ihm um, bis Bäume und Sträucher sich zwischen uns schoben und er aus meinem Blickfeld verschwand.

*

Als ich im Herrenhaus ankam, stellte ich erleichtert fest, daß meine Eltern nicht beabsichtigten, schon vor dem Essen aufzubrechen. Ich würde Alexander also in Kürze wiedersehen. Ich eilte in den Waschraum, der neben dem Haupteingang gegenüber der Halle lag, um mein Aussehen zu überprüfen und mich ein wenig frischzumachen. Ich war vom Laufen erhitzt und so wusch ich mir Gesicht und Hände. Vor dem Spiegel kämmte ich mein Haar und ließ es offen über die Schultern fallen. Alexander hatte es bewundert, das machte mich stolz. Auf der Konsole, die unter dem Spiegel angebracht war, sah ich eine Dose mit losem Puder und eine dazugehörige Quaste, sowie einen Lippenstift. Vorsichtig puderte ich mir die Nase, damit sie nicht glänzte und verrieb ein wenig Rot auf meinen Lippen. Meine Augen erschienen mir größer und glänzender als sonst. Ich drehte und wendete mich nach allen Seiten und fand, daß ich gut aussah, und hoffte nur, daß meine Mutter nicht merken würde, daß ich etwas Puder und Lippenstift benutzt hatte. Sie würde es bestimmt nicht gutheißen. Ich wollte schön sein für Alexander – und bei dem Gedanken, daß sein Blick auf mir ruhen würde, bekam ich vor Glück weiche Knie.

Ich verließ den Waschraum mit klopfendem Herzen. In der Halle traf ich Draga, die sich mit gewohnt raschem Schritt bewegte.

»Ist Alexander schon da?« rief ich ihr aufgeregt entgegen.

»Alexander?« fragte sie freundlich mit überrascht hochgezogenen Augenbrauen. »Falls du General Branković meinst – der spielt zu meinem Leidwesen immer noch Billard. Er kann sich nicht angewöhnen, pünktlich damit aufzuhören, dabei wird es gleich Essen geben.«

»Oh, ich meine nicht General Branković«, sagte ich lachend. »Ich würde mich niemals trauen, ihn einfach nur mit dem Vornamen anzureden. Nein, ich meine...«

»Du siehst sehr hübsch aus, mein Kind!« fuhr Draga dazwischen und tätschelte meine Wange. »Hattest du einen schönen Nachmittag? Hast du dich amüsiert?«

»Es war wunderschön!« rief ich begeistert. »Ich war am See und...«

»Du solltest nicht allein so weit gehen«, unterbrach Draga mit lauter Stimme. »Du könntest dich verirren. Der Garten ist zu groß und leider chaotisch – aber der gute Rabec schafft nicht alles.«

»Ich war nicht allein. Sonst hätte ich gar nicht erfahren, daß es hier überhaupt einen See gibt. Wir wollten rudern, aber das Boot war nicht da. Vielleicht hat es jemand gestohlen.«

Draga stutzte. »Was für ein Boot?«

»Ich habe es nicht gesehen, aber der Beschreibung nach muß es rot sein mit einem grünen Bordstreifen und fünf weißen Olympischen Ringen an der Außenwand.«

Sie schnappte nach Luft. »Du redest Unsinn, Mädchen! Dieses Boot gibt es schon seit vielen Jahren nicht mehr. Es ist bei einem Sturm gekentert und liegt auf dem Grund des Sees.«

Ich sah sie ungläubig an.»Das verstehe ich nicht. Alexander sagte doch, daß ihr oft damit hinausgerudert seid.«
»Hör zu, Immy«, sagte Draga und legte ihre Hände auf meine Schultern.»Das Boot gibt es nicht mehr, und ich kann mich nicht erinnern, daß ich jemals mit Alexander Branković auf dem See gerudert wäre.«
»Ich meine ja auch nicht den General«, warf ich schnell dazwischen.»Der Alexander, den ich meine, ist ein junger Mann. Ich habe ihn erst heute kennengelernt.«
Draga ließ mich los mit einem Ausdruck grenzenloser Ungläubigkeit.»Was redest du da? – Von wem sprichst du?«
»Du kennst ihn gut«, sagte ich eilfertig.»Er muß oft hier gewesen sein. Ich wundere mich selbst, daß ich ihn nicht schon früher gesehen habe. Ich traf ihn bei...«
Mit Draga ging eine Veränderung vor, die ich nicht begriff. Schien sie mir einen Augenblick unsicher gewesen zu sein, so schoß plötzlich Zornesröte in ihr Gesicht.
»Untersteh dich, schlechte Witze mit mir zu machen!« stieß sie heftig hervor.»Außer General Branković gibt es hier keinen Alexander, und ich habe auch sonst keinen eingeladen.« Sie maß mich mit einem durchdringenden Blick.»Ich werde darüber nachdenken, wen du gemeint haben könntest. – Und jetzt entschuldige mich, ich habe Ogdan noch einige Anweisungen zu geben.« Sie ließ mich kurzerhand stehen und eilte in Richtung Küche.
Ich blieb verwirrt zurück und konnte mir nicht erklären, womit ich sie so erzürnt haben könnte. Vielleicht hatte es sie verstimmt, daß ich zum See gegangen war. Sie hatte mich ja schon einige Male ermahnt, nicht zu weit zu gehen. Ich beschloß, sie nach dem Essen noch einmal darauf anzusprechen und mich zu entschuldigen.
Der weitere Verlauf des Abends war für mich enttäuschend. Alexander kam nicht. Weder zum Essen noch hinterher. Was Draga betraf, so hatte ich den Eindruck, daß sie mir auswich. Sie gab mir keine Gelegenheit, allein an sie heranzukommen. Vielleicht bildete ich mir das auch nur ein – aber beim Abschied wirkte sie mir gegenüber flüchtig und kühl.
Auf der Heimfahrt war ich sehr still. Meine Eltern glaubten, ich sei müde. In Wirklichkeit versuchte ich jedoch, Klarheit in die Geschehnisse der vergangenen Stunden zu bringen. Es gab da einiges

an Widersprüchlichem. Aber je mehr ich darüber nachdachte, desto weniger verstand ich, was dahinter stecken mochte. Draga hatte gesagt, sie hätte außer General Branković niemanden eingeladen, der Alexander hieße. Aber das stimmte nicht! Der junge Mann, dem ich begegnet war, hieß ebenfalls Alexander. Er kannte sich auf Peterhof gut aus, viel besser als ich. Er hatte unter anderem erzählt, er wäre mit Draga oft mit dem Boot auf dem See gewesen. Sie mußte ihn also kennen; dann gehörte er doch auch zu ihren Gästen. Er war unbestreitbar da gewesen, sonst hätte ich ihn ja nicht kennengelernt. Und wie konnte er die Absicht äußern, mit einem Boot auf den See hinausrudern zu wollen, von dem Draga behauptete, es sei schon vor vielen Jahren gekentert und untergegangen. Anscheinend hatten aber beide dasselbe Boot gemeint, und zwar das rote mit dem grünen Bordstreifen und den weißen Ringen. Aber wenn es dieses Boot angeblich seit vielen Jahren nicht mehr gab, dann mußte Alexander ja noch ein Kind gewesen sein, als er zuletzt damit gerudert war. Ich verstand es einfach nicht. Und warum war Draga plötzlich so zornig geworden? Ich hatte doch nichts Falsches gesagt. Was hatte sie damit gemeint, als sie gesagt hatte ›untersteh dich, schlechte Witze mit mir zu machen‹? So etwas hatte ich überhaupt nicht im Sinn gehabt. Mir schwirrte der Kopf, aber ich fand keine Antwort auf meine Fragen. Ich hoffte, daß Alexander mir alles beantworten könnte, wenn ich ihn irgendwann wiedersehen würde.

11

Als wir das nächste Mal nach Peterhof kamen, hatte Draga den Vorfall anscheinend vergessen, oder sie war mir nicht mehr böse. Bei unserer Ankunft umarmte sie mich, wie sie das sonst auch immer getan hatte, indem sie mich an sich drückte und mir rechts und links auf die Wangen einen Kuß gab. Früher, als ich diese überschwengliche Art der Begrüßung noch nicht gewohnt war, wollte ich ihr einmal dabei entgegenkommen, was zur Folge hatte, daß unsere Köpfe unsanft aneinanderstießen. Jetzt hielt ich ihr vorsichtshalber einfach nur mein Gesicht hin.

Ich sah mich erwartungsvoll unter den anwesenden Gästen um. Der, den ich suchte, war nicht darunter.

»Ach bitte, ist Alexander da?« fragte ich so wohlerzogen wie eben möglich.

»Nein, mein Kind«, sagte Draga liebenswürdig, während sie nacheinander meine Mutter und meinen Vater in die Arme schloß. »Dieser junge Mann kann gar nicht da sein, weil es ihn nicht gibt. Aber ich weiß jetzt, wer gemeint war, obwohl du die Namen durcheinandergebracht hattest. Wahrscheinlich weil sie beide mit A beginnen. Wenn sich jemand vorstellt, versteht man ja meistens nicht genau, wie der Betreffende nun wirklich heißt. Das ist mir selbst schon oft passiert.«

Gerade wollte ich einwenden, daß das gewöhnlich nur bei Nachnamen der Fall sei, als meine Mutter sofort mit einer Frage dazwischen ging.

»Vom wem ist die Rede?«

»Von einem jungen Mann, den Immy neulich hier auf Peterhof kennengelernt hat«, erwiderte Draga. »Er heißt Arpad Kardos und ist ein Junge aus der Nachbarschaft. Seine Eltern stammen aus Ungarn, aber sie leben nun schon eine Weile in Kroatien.« Sie strahlte wie immer ihren gesunden lauten Optimismus aus, als sie sich mir wieder zuwandte. »Ich habe ihn für dich eingeladen, um dir eine Freude zu machen.«

»Der junge Mann, den ich meine, heißt aber ganz bestimmt Alexander«, sagte ich mit leiser Beharrlichkeit. »Wir haben über Alexander den Großen gesprochen, darum weiß ich das so genau.« Ein plötzliches Gefühl der Vorsicht hielt mich davon ab zu erwähnen, daß er mich in diesem Zusammenhang Imperia genannt hatte.

Draga lachte schallend: »Auch mit einem Arpad kann man über Alexander den Großen diskutieren.«

Meine Eltern fielen in ihr Lachen ein. Ich senkte den Kopf und schwieg, um Draga nicht zu verärgern und mir keine Vorhaltungen seitens meiner Mutter einzuhandeln, die unweigerlich folgen würden. Als ich wieder aufblickte, sah ich, daß Dragas Augen hinter ihrem Lachen eisig waren.

Ich nahm mir vor, erst einmal nichts mehr zu sagen, aber nach dem Mittagessen sofort zur Statue zu eilen, weil ich ganz sicher war, Alexander dort wieder anzutreffen. Dann würde sich gewiß alles aufklären.

Draga machte mich nun mit diesem Arpad bekannt, der nicht die geringste Ähnlichkeit mit Alexander hatte. Ich schüttelte den Kopf, und es entging mir nicht, daß Draga es bemerkte.

Arpad war ein schlaksiger Junge von etwa siebzehn Jahren, mit dem ich nur wenige Sätze wechselte.

»Du sprechen Ungarisch?« fragte er höflich.

»Nein«, antwortete ich wahrheitsgemäß und uninteressiert.

»Vielleicht Kroatisch?«

»Auch nicht.«

»Und ich nicht gut sprechen Deutsch.« Er lachte verlegen und starrte auf seine Schuhe.

Ich wußte nicht, was ich mit ihm anfangen sollte, zumal wir uns nicht unterhalten konnten.

»Du vielleicht Billard?« Er machte eine einladende Handbewegung in Richtung des Billardzimmers.

Ich schüttelte den Kopf. »Schach?« fragte ich nach einer längeren Pause.

Er verneinte. Trotzdem heftete er sich wie eine Klette an meine Fersen, wo ich auch hinging.

Draga beobachtete das und wirkte wie eine zufriedene Kupplerin. Erst nach dem Essen gelang es mir, ihn abzuschütteln. Als alle auf die Terrasse gingen, stahl ich mich heimlich davon. Ich benutzte den Küchenausgang auf der Nordseite und gelangte so ungesehen in den Garten. Ich lief bis zum Rosenpavillon, wobei ich Deckung hinter Bäumen und Hecken suchte, damit man mich weder von der Terrasse noch vom Wintergarten aus beobachten konnte. Schon bei den vier Zypressen fühlte ich mich in Sicherheit. Ich konnte das Wiedersehen mit Alexander kaum erwarten. Ich hatte an diesem Tag mein schönstes Kleid angezogen – es war aus weißem Musselin. Mein Haar trug ich offen. Ich hoffte so sehr, ihm zu gefallen. Er würde bestimmt da sein. Wir hatten zwar das letzte Mal als wir uns sahen, nichts genaues verabredet, aber er hatte beschwörend gesagt, ich solle ihn nicht vergessen, und darum war ich so gut wie sicher, daß er mich bei der Statue erwarten würde, wenn er sich schon aus irgendeinem Grund nicht im Haus gezeigt hatte. Es war ja immerhin möglich, daß er ganz allein mit mir sein wollte. Vielleicht hatte er sich auch noch nie mit jemandem so gut verstanden wie mit mir, so wie ich mich mit ihm.

Ich hielt Ausschau nach dem Strauch mit den vielen weißen Blüten, der mir als Wegweiser dienen sollte, und ich fand ihn auch bald in seiner schneeigen Pracht. Beschwingten Schrittes schlug ich den Pfad ein, der mich zu der steinernen Göttin führen sollte.

Es war ein wunderschöner, heißer Sommertag. Diesmal stand keine einzige Wolke am Himmel, und ich dachte heiter daran, daß Alexander wieder in den Schatten flüchten würde, weil er die Sonne nicht vertrug. Es war schön, daß ich schon ein wenig über seine Eigenarten Bescheid wußte. Ich hatte das Gefühl, ihn nicht erst einmal gesehen zu haben, sondern schon sehr lange zu kennen.

Ich verließ jetzt den Weg und lief statt dessen den Bach entlang, der mich ebenfalls an mein Ziel bringen würde. Bald kam ich dann auch zu der Lichtung, wo die weiße Holzbank gegenüber der Statue stand.

Auf den ersten Blick war zu erkennen, daß niemand da war. Aber das tat meiner glücklichen Stimmung keinen Abbruch. Ich würde warten, der Nachmittag war ja noch lang. Er lag vor mir wie eine wunderbare Verheißung. Ich schlenderte zu der Statue hinüber, um mich herum das Summen der Insekten und das leise Flüstern des Windes im Laub der alten Bäume.

Fortuna stand, lässig in die Ferne blickend, auf ihrem steinernen Sockel. Ihr Gesicht war von abweisender Schönheit, und sie lächelte ihr hochmütiges kleines Lächeln. Anmutig hielt sie mir ihr leeres Füllhorn entgegen, ohne von mir Notiz zu nehmen. Ich blieb fast andächtig vor ihr stehen und sah sie an. Erneut bewunderte ich die Kunstfertigkeit des Bildhauers und fragte mich, ob ihm für seine Göttin jemand Modell gestanden hatte, der genauso unnahbar und schön gewesen war.

Während ich gedankenverloren schaute, beschlich mich unvermutet wieder ein Gefühl der Furcht wie beim ersten Mal. Es kroch an mir hoch und ließ mich frösteln, trotz der sommerlichen Wärme um mich herum.

Plötzlich sah ich unter dem weggebrochenen Rand des Füllhorns eine Stelle, die sich verfärbte. Zuerst hielt ich es für einen Laubschatten, hervorgerufen durch das von oben einfallende Sonnenlicht. Es war ein Fleck, der sich vom Weiß der Statue deutlich abhob. Er war erst hell, dann wurde er bräunlich, bis er auf einmal in ein dunkles Rot überwechselte. Dieses Schauspiel vollzog sich mit ziemlicher Schnelligkeit. Ich riß die Augen auf. Wo kommt auf einmal diese Farbe her? dachte ich verwirrt. Es sah aus wie Blut, aber das war natürlich lächerlich. Ich streckte zaghaft die rechte Hand aus und hielt sie unter den roten Fleck. Eigentlich verband ich damit keine weitere Absicht, es war mehr eine unbewußte Bewegung. Plötzlich fiel von oben ein Tropfen auf meine Hand. Ich zuckte zusammen und schrie leise auf. Ich starrte wie hypnotisiert auf die kleine Menge roter Flüssigkeit in meiner Handfläche. Dann fiel noch ein weiterer Tropfen mit einem klatschenden Geräusch herunter – und noch ein dritter. Ich zog entsetzt die Hand zurück. – Oh, mein Gott, das war keine Farbe, das war wirklich Blut! Für einen Augenblick glaubte ich, nicht bei Verstand zu sein. Ich sah zu der Statue empor und fürchtete, vor Schreck ohnmächtig zu werden. Der Fleck unterhalb des Füllhornrandes hatte sich in ein kleines rotes Rinnsal verwandelt. Wie ein defekter Wasserhahn tropfte es eine Blutspur auf das steinerne Gewand der Göttin, lief ihr nacktes Knie entlang – bahnte sich einen dünnen häßlichen Weg hinunter zu den Sandalen, und es würde nicht mehr lange dauern, bis es den Sockel erreichte und schließlich den Erdboden, worauf die Statue stand. Ich war wie erstarrt, unfähig, auch nur einen Laut von mir zu geben. Der Schrei, den ich ausstoßen wollte, blieb mir in der Kehle stecken. Voller Ekel spreizte ich meine blutige Hand weit von mir ab, dann stürzte ich in Panik davon. Ich lief zum Bach, der hinter der weißen Holzbank träge dahinfloß, hielt meine Hand hinein und wusch und rieb mit der linken, bis die rechte ganz sauber war. Ich sah, wie die Wasseroberfläche sich in kleinen rötlichen Schwaden verfärbte, bis sie durch das stete Dahinfließen des Baches wieder klar wurde.

Als ich nun einen angstvollen Blick über die Schulter hinüber zu der Statue warf, glaubte ich vollends den Verstand zu verlieren. Da stand sie in makelloser Reinheit, als wollte sie mich verhöhnen.

Ihr Weiß war durch keinen einzigen Fleck besudelt.

Ich preßte die nassen, kühlen Hände gegen meine Schläfen, schöpfte Wasser und wusch mir die Augen, wie um das Gesehene fortzuspülen. Dann lief ich wie von Furien gehetzt zurück. Ich war so schnell gerannt, daß ich Seitenstechen bekam. Mit wild klopfendem Herzen ließ ich mich auf die Steinbank vor den Zypressen fallen. Meine Gedanken waren ein wirbelndes Durcheinander. Ich zitterte am ganzen Körper.

Zweifellos hatte ich eine Halluzination gehabt – eine meiner Visionen. Aber was hatte sie zu bedeuten? War das wieder einmal so etwas wie das zweite Gesicht – irgendeine Form von Hellsichtigkeit gewesen, wie sie mir nun schon oft widerfahren war? Was wollte diese Vision mir sagen? Reichte sie in die Zukunft oder hatte sie ihre Wurzeln in der Vergangenheit?

Ich wartete, bis mein Atem ruhiger wurde, dann ging ich mit weichen Knien, aber äußerlich halbwegs gefaßt zum Haus. Ich wollte, ich mußte Draga von meinem Erlebnis erzählen. Sicher konnte sie mir sagen, was es mit der Statue auf sich hatte, falls sich da irgendwann einmal ein blutiges Ereignis zugetragen hatte.

Ich traf eine gutgelaunte Draga im Gespräch mit Hochwürden Kellerbach im Salon, der zu der großen Terrasse hinausführte. Weil ich sie allein sprechen wollte, wartete ich im Hintergrund, bis die Unterhaltung beendet war und der Geistliche zu den andern hinausging.

Ich eilte auf Draga zu. »Kann ich mit dir reden?« stieß ich gepreßt hervor.

Sie sah mich befremdet, aber nicht ohne Freundlichkeit an.

»Was ist los, Kind? Du bist ja ganz derangiert! Verstehst du dich nicht mit Arpad?«

»Der junge Mann, den ich meinte, hieß Alexander, bitte glaub mir das!« rief ich mit unterdrückter Stimme, damit man mich auf der Terrasse nicht hören konnte. Darüber hatte ich jetzt nicht sprechen wollen, und es war mir gar nicht recht, daß Draga die Rede darauf gebracht hatte.

Sie musterte mich kühl. »Wir wollen uns nicht streiten, liebe Immy! Du kaprizierst dich auf einen jungen Mann, der Alexander heißt, und ich sage dir, daß es hier keinen gibt. Ich habe auch keinen eingeladen, und ich müßte ja schließlich wissen, wer hier verkehrt, nicht wahr!«

Ich wollte etwas sagen, aber sie ließ mich nicht zu Worte kommen.

»Aber ich bin sicher, daß wir uns auf den Richtigen einigen...« Sie verbesserte sich: »...daß wir den Richtigen finden werden.« Sie machte Anstalten zu gehen, ihre gute Laune war wie weggeblasen.

Ich hielt es für das Klügste, eine Entschuldigung anzubringen, um Draga freundlich zu stimmen und sie zum Bleiben zu veranlassen. Es täte mir leid, mit der Namensverwechslung, sagte ich. Natürlich hätte ich ihr keine Umstände machen wollen und auch ich hoffte, den richtigen jungen Mann gelegentlich auf Peterhof wiederzusehen, weil er sehr liebenswürdig gewesen sei, möglicherweise habe er ja auch wirklich anders geheißen.

Draga wirkte erleichtert – zu erleichtert für meine Begriffe, denn ich sah keinen Grund dazu, außer daß ich ihr zu verstehen gegeben hatte, daß ich mich bei dem Namen Alexander vielleicht geirrt haben könnte.

»Du bist ein sehr vernünftiges Mädchen!« rief sie in ihrer lauten, temperamentvollen Art. »Ich verstehe dich nur zu gut, mein Kind. Du hast keine Ansprache und bist immer dir selbst überlassen. Es sind keine jungen Leute hier. Ich werde mich unter meinen Freunden und Bekannten umsehen und nach und nach alle jungen Männer einladen, deren Namen mit einem A beginnt. Irgendwann wird dann schon derjenige darunter sein, der dir so gut gefällt.« Sie legte vertraulich einen Arm um meine Schultern. »Du kannst dich jederzeit an mich wenden, wenn du etwas auf dem Herzen hast.«

Ich war froh, daß das Gespräch eine so positive Wendung genommen hatte, und ergriff die sich bietende Gelegenheit, ihr von meinem Erlebnis mit der Statue zu erzählen.

Als ich geendet hatte, sah ich Draga zum ersten Mal völlig fassungslos. In ihren Augen entdeckte ich einen Ausdruck von Panik und Entsetzen, und gleichzeitig spürte ich, daß mir ihre unverhohlene Abneigung entgegenschlug.

»Du willst also Blut gesehen haben – Blut an dieser Statue...« Sie schluckte schwer, als müßte sie etwas hinunterwürgen. »Das ist...« Ein Geräusch ließ sie zusammenzucken, und sie hielt inne.

»Wer ist die Kleine, mit der du da sprichst?« Die alte Baronin Xenia kam in ihrem Rollstuhl herangefahren. Ihre Hände wirkten wie mit dünnem Pergament überzogene Vogelklauen. Sie hatte sichtlich Mühe, ihr Gefährt mit ihren schwachen Kräften voranzubringen.

Draga schien unendlich dankbar für die Unterbrechung zu sein, so als hätte sie geradezu darauf gewartet, und sie stellte sich sofort darauf ein.

»Es ist Immaculata von Roederer, die Tochter von unserem lieben Maximilian.«

»Ach ja – habe ich sie schon einmal gesehen?« fragte die Greisin mit zittriger Stimme. Wer ich war und wie ich hieß, schien bei ihr immer in ein tiefes Loch ihres Gedächtnisses zu fallen.

Draga hatte Mühe, sich auf eine Antwort zu konzentrieren. Ich sah, daß sie totenblaß war.

»Ja, gewiß... Du kennst sie Großmama, sie war schon öfter bei uns.«

»Reizend, ganz reizend«, sagte die alte Baronin wie immer. Ihr Gesicht verzerrte sich zu einem Lächeln. Dann wurde ihre Stimme weinerlich. »Ich will auf die Terrasse, aber man kümmert sich nicht um mich. Niemand hilft mir hinaus und bringt mir meinen Rotwein.« Sie zeigte auf die Räder, dann klopfte sie heftig darauf. »Sie gehen so schwer, weißt du! Ich kann sie nicht drehen und gleichzeitig auch noch das Glas halten. Vielleicht könntest du oder dieses nette Mädchen...«

»Selbstverständlich, Großmama. Immy wird so freundlich sein, dich hinauszufahren, und ich werde veranlassen, daß Ogdan dir deinen Wein bringt.« Draga eilte hinaus, ohne mir noch einen Blick zu gönnen.

Ich fuhr die alte Dame auf die Terrasse hinaus und wartete vergeblich, Draga an diesem Nachmittag noch einmal allein sprechen zu können. Ich hatte sogar den Eindruck, daß sie mir ganz bewußt auswich und sich immer sofort unter ihre Gäste mischte, sobald sie meiner ansichtig wurde.

Nach dem Abendessen brach man allgemein schnell auf. Draga schien sich nicht wohlzufühlen, und man riet ihr, sich möglichst bald hinzulegen. Ich fand keine Gelegenheit mehr, sie noch einmal vertraulich auf die Seite zu ziehen. Nachdem sie mir flüchtig die üblichen zwei Wangenküsse gegeben hatte, hakte sie sich mit einer schnellen Wendung bei meinem Vater unter.

»Eure Wehrmacht, lieber Maximilian, will mir zwei Landarbeiter für die Rüstungsindustrie abziehen. Mit den beiden wird Hitler sicher nicht den Krieg gewinnen, aber mir geht ohne sie die Ernte vor die Hunde. Würdest du bitte so liebenswürdig sein, deine Beziehungen für mich spielen zu lassen, um für mich zu intervenieren?«

Mein Vater versprach, sein Möglichstes zu tun, und nach einem kurzgehaltenen Abschied machten wir uns auf den Heimweg.

Am Wochenende darauf fuhren wir nicht wie gewohnt nach Peterhof. Es hieß, daß Draga krank wäre und alle Einladungen abgesagt hätte.

Ich hatte Gewissensbisse, denn meine Erzählung von der plötzlich blutenden Statue hatte ihr an jenem Tag scheinbar so etwas wie einen Schock versetzt. Sie war einem weiteren Zusammentreffen mit mir aus dem Weg gegangen, so als wolle sie nicht mehr darüber sprechen. Ich hatte sogar fast den Eindruck gehabt, daß sie nicht gewußt hatte, was sie sagen sollte. War ich schuld an Dragas Zustand, oder war sie wirklich krank? Hatte sie vielleicht eine Sommergrippe oder eine Magenverstimmung? Meine Eltern konnten mir auch nichts Genaues darüber sagen, als ich sie danach fragte.

Meine Gedanken kreisten ständig um Peterhof, wonach ich mich sehnte, natürlich um Alexander, um Draga und immer wieder um das unheimliche Erlebnis mit der blutenden Statue. Draga hatte mir nicht erzählt, ob es ein Ereignis in der Vergangenheit gab, das irgendwie damit zusammenhing. — Wußte Draga davon und wollte nicht darüber sprechen — oder war sie ahnungslos, und es braute sich vielleicht etwas Unheilvolles zusammen, das noch in der Zukunft lag? — Ich wußte nicht mehr ein noch aus, und die Tatsache, daß wir nicht nach Peterhof fahren konnten, verschlimmerte den Zustand der Unsicherheit und des hilflosen Grübelns, in dem ich mich befand.

Schließlich hielt ich es nicht mehr aus und vertraute mich meinem Vater an, dem einzigen Menschen, den ich auf der Welt hatte, zu dem ich offen reden konnte und der mich verstehen würde.

Ich wartete eines Abends in der Halle auf seine Rückkehr ins Hotel. Er kam aus dem Offizierscasino von einer Besprechung und hatte für später noch eine dienstliche Verabredung. Aber jetzt nahm er sich Zeit für mich.

»Komm, Füchslein, laß uns draußen spazieren gehen! Es war ein heißer Tag, nun hat es sich etwas abgekühlt, und die frische Luft wird uns guttun!«

Wir verließen das Hotel in einem gemächlichen Tempo und gingen in Richtung der Anlagen vor dem Kolodvor. Auf einer Bank vor dem König Tomislav-Denkmal nahmen wir Platz.

Ich berichtete zuerst von der Begegnung mit dem jungen Mann, der einen so tiefen Eindruck auf mich hinterlassen hatte, und davon, daß Draga mir unbegreiflicherweise nicht glauben wollte, daß er Alexander hieß. Dann kam ich auf die Statue zu sprechen, beschrieb sie genau, ebenso wie die blutige Vision, die ich gehabt hatte. Während ich davon erzählte, stand alles wieder ganz deutlich vor meinen

Augen. Ich spürte sogar wieder das herabtropfende Blut in meiner Handfläche, so daß ich unwillkürlich heftig an ihr rieb, als könnte ich dadurch die Erinnerung wegwischen.

Mein Vater, der mir geduldig zugehört hatte, wirkte nachdenklich. »Und du hast Draga davon erzählt?« fragte er schließlich.

»Ja«, sagte ich bedrückt, noch immer unter dem Banne des Geschehenen.

»Was hat sie gesagt?«

»Nichts«, erwiderte ich ratlos. »Bevor sie sich wirklich dazu äußern konnte, kam die alte Baronin Xenia in ihrem Rollstuhl und unterbrach das Gespräch – und ich hatte den Eindruck, daß Draga deswegen sehr erleichtert war.«

»Du kannst dich natürlich auch irren«, überlegte mein Vater. »Sie fühlte sich ja an diesem Nachmittag nicht sehr wohl und wurde kurz darauf krank.«

»Natürlich ist es möglich, daß ich mich irre – daran habe ich auch schon gedacht«, ich schüttelte den Kopf, »aber ich hatte ganz deutlich das Gefühl, daß sie mir auswich und alles vermied, um noch einmal mit mir allein zu sein.«

»Vielleicht verbindet sie mit der Statue eine unangenehme Erinnerung und wollte deshalb nicht darüber sprechen.«

Ich zuckte hilflos mit den Schultern.

Mein Vater kam zu einem Entschluß. »Weißt du was, wenn wir das nächste Mal wieder auf Peterhof sind, gehen wir gemeinsam – wir beide ganz allein zu der Statue, und du zeigst sie mir, damit ich sie selbst in Augenschein nehmen kann. Dann werden wir weiter sehen!«

Dankbar fiel ich meinem Vater um den Hals und versuchte vorläufig nicht allzuviel an den erschreckenden Vorfall zu denken.

*

Insgesamt vierzehn Tage wurde meine Geduld auf die Probe gestellt, dann endlich war Draga wieder genesen und lud uns mit anderen Gästen erneut auf das Gut ein.

Wir kamen wie immer schon am Vormittag. Draga begrüßte uns in alter Frische. Ihr Gesicht war wieder leicht gebräunt, und sie sah sehr attraktiv aus. Sie trug eine helle, reichbestickte kroatische Trachtenbluse und einen dazu passenden, weitschwingenden Rock. Sie wirkte wie ein Bündel geballter Lebensfreude, und ihre Augen blitzten vor Gesundheit und Vitalität. Die Herzlichkeit, mit der sie auch mich begrüßte, war, wenn sie nicht echt war, zumindest hervorragend gespielt. Nachdem sie mir die beiden obligaten Küsse auf die Wangen gedrückt hatte, stellte sie mir, bevor ich noch nach Alexander fragen konnte, einen jungen Mann vor. In dem allgemeinen Stimmengewirr verstand ich den Nachnamen nicht. Ich bekam nur mit, daß er ein Graf Soundso war und mit Vornamen Albert hieß. Er war mir nicht sonderlich sympathisch. Er wirkte blasiert, hatte feuchte Hände und eine Menge Pickel im Gesicht. Draga hatte ihn zwar auf mich angesetzt, aber es war ihm deutlich anzumerken, daß er sich dieser Aufgabe nur widerwillig unterzog. Es war nicht schwer, ihn loszuwerden, weil er sich ausschließlich für den zwischen Halle und Flur stehenden Gewehrschrank interessierte. Anscheinend kannte er sich mit den Flinten gut aus, denn er begann mir des langen und des breiten die Unterschiede der einzelnen Modelle zu erklären. Er sprach über Schrot und andere Munition verschiedenen Kalibers und fügte ausführlich hinzu, womit und mit welchem Gewehr das jeweilige Wild erlegt wurde. Ich hörte ihm eine Zeitlang höflich zu, langweilte mich aber sehr dabei. Zwischendurch versuchte ich seine Aufmerksamkeit auf ein anderes Thema zu lenken, aber Albert hatte nur Augen für die Gewehre und stellte zu seinem Bedauern fest, daß der Schrank abgeschlossen war.

»Ich gehe zu Draga und frage sie, ob sie uns den Schlüssel gibt, damit wir uns die Waffen aus der Nähe ansehen können«, sagte er und verschwand in einem der Salons. Ich suchte das Weite und verschwand durch den probaten Küchenausgang. Ich ging von dort aus in den Garten und war froh, wieder allein zu sein.

Nach dem Essen blinzelte mir mein Vater verschwörerisch zu. »Ich nehme noch den Mokka zu mir, und dann treffen wir uns – sagen wir um vier – beim Ausgang zum Garten und gehen zur Statue!«

»Welchen Ausgang meinst du?« fragte ich leise zurück.

»Den Ausgang vom Salon, neben der großen Terrasse.«

»Ich werde dort warten«, flüsterte ich dankbar.

Ich hatte mich schön gemacht, wie schon das letzte Mal. Ich trug wieder mein weißes Musselinkleid und eine rosa Taftschleife im Haar, um Alexander, den ich endlich wiederzusehen hoffte, zu gefallen. Diesmal hatte ich auch meine Armbanduhr bei mir und stellte nach einem kurzen Blick darauf fest, daß ich bis zu der Verabredung mit meinem Vater noch eine gute Stunde Zeit hatte. Auf Alberts Anwesenheit Rücksicht zu nehmen, erschien mir unnötig. Der stand sicher wieder vor dem Waffenschrank und war in den Anblick seines Inhalts versunken.

So entschloß ich mich, schon vorab zu der Waldlichtung zu gehen, um nachzusehen, ob Alexander vielleicht heute dort auf mich wartete. Ich lief zum Rosenpavillon – diesmal ohne hinter den Büschen Deckung zu suchen, denn Albert würde mir bestimmt nicht folgen. Eine plötzlich aufsteigende Angst verlangsamte meine Schritte. Ich wollte nicht allein bis zur Statue gehen, o nein! Das grauenhafte Erlebnis saß mir noch zu tief in den Knochen. Ich wollte sie höchstens von weitem, aus sicherer Entfernung sehen und feststellen, ob Alexander diesmal dort war.

Ich sah mich nach dem weißblühenden Strauch um – und fand ihn nicht. Ich erstarrte. Wo, um alles in der Welt, war der Strauch, der mir unter den vielen anderen, zwischen den verschlungenen Pfaden immer als Wegweiser gedient hatte. Ohne ihn würde ich den Weg zur Lichtung vermutlich nicht finden. Ich war verwirrt. Wie sollte ich meinen Vater dahin führen, wenn ich mich auf einmal nicht mehr auskannte? Ich zwang mich, ruhig durchzuatmen, und suchte mit den Augen noch einmal Büsche und Hecken ab, aber der Strauch mit den vielen weißen Blüten war und blieb verschwunden. Es schien wie verhext zu sein.

In heller Aufregung lief ich zum Haus zurück, suchte meinen Vater und fand ihn auf der Terrasse. Er saß mit Draga in einer schattigen Ecke, angeregt in ein Gespräch vertieft, und ich bekam gerade noch mit, wie er sagte, es sei ihm gelungen, ihr die beiden Landarbeiter zu erhalten und vielleicht sogar noch zwei Zusatzkräfte für die anfallende Ernte aufzutreiben.

Ich platzte mitten in die Unterhaltung. »Ich kann den Weg nicht mehr finden – der weiße Strauch ist weg!«

Draga musterte mich mit freundlichem Interesse und sah dann fragend meinen Vater an.

»Was ist los? Was hat sie denn?«

»Ich vermute, Immy sucht den Weg zu einer Statue, die sie bei unserem letzten Besuch hier gesehen hat«, sagte er ruhig. Er ergriff meine Hand und zog mich sacht neben sich auf einen leerstehenden Stuhl.

Draga verzog keine Miene. »Ich verstehe nicht...«

»Ich meine den Weg zur Statue, von der ich dir neulich erzählt habe!« rief ich mit unterdrückter Stimme, aber immer noch so laut, daß die beiden ebenfalls anwesenden Generäle sowie Professor Michailović und Hochwürden Kellerbach zu uns herübersahen.

»Immy, bitte versuche ein wenig leiser zu sein!« bat mein Vater ohne alle Schärfe.

Ogdan schob sich für einen Augenblick zwischen uns und räumte das Mokkageschirr ab. Seine Gesichtszüge wirkten seltsam starr.

»Ach ja«, sagte Draga leichthin. »Ich erinnere mich, daß du davon erzählt hast.« Sie wandte sich mit einem etwas hilflosen Lächeln an meinen Vater. »Es tut mir leid, Maximilian, aber es gibt hier auf Peterhof keine Statue.«

Ich schnappte nach Luft. »Aber ich habe sie doch gesehen!«

»Was soll das für eine Statue sein? Wie sieht sie aus?« erkundigte sich Draga gelassen.

Ich beschrieb sie mit einiger Anstrengung, weil mir zumute war, als hätte mir jemand den Boden unter den Füßen weggezogen. Und wie immer in solchen Situationen fürchtete ich, nicht überzeugend genug zu klingen.

Wieder wandte sich Draga an meinen Vater, diesmal mit einer Spur von Mitleid in ihrem Lächeln.

»Ich bedaure wirklich außerordentlich, aber so eine Statue gibt es hier nicht und hat es nie gegeben!« Ihre Stimme war sanft. »Ich müßte doch sonst davon wissen, meinst du nicht auch?«

Ich wollte etwas sagen, konnte aber nicht sprechen, weil mir der Hals wie zugeschnürt war. Ich hatte plötzlich das Gefühl, den ganzen Mund voller Sand zu haben.

Mein Vater lehnte sich zurück und verschränkte die Arme. Es entstand eine quälende Pause. Dann sagte er freundlich, aber bestimmt: »Wenn es dir nichts ausmacht, meine Liebe, würde ich gern mit Immy dort hingehen, wo diese Statue angeblich steht. Ich habe es ihr versprochen. Aber wie wir hörten, weiß sie nicht mehr, wie man da hinkommt.«

Das Verhalten meines Vaters gab mir Kraft.

»Es ist eine Waldlichtung – hinter dem Rosenpavillon. Ein schmaler Pfad führt dahin, neben ihm fließt ein Bach. Gegenüber der Statue steht eine weißgestrichene Holzbank!« Meine Stimme klang rauh und gepreßt. »Aber der Strauch mit den...« Wie sooft begann ich mich vor Unsicherheit zu verhaspeln. »...der Strauch mit den weißen Blüten ist weg. Ich habe ihn gesucht, aber er ist einfach weg!«

Draga ließ ihren Blick auf mir ruhen, und ich kam mir vor wie das berühmte Kaninchen vor der Schlange. Ich weiß nicht, was wirklich in ihr vorging, aber sie sagte fast besorgt:

»Das arme Kind ist ja ganz durcheinander! Ich glaube, ich kann da Abhilfe schaffen. Ich weiß den Weg zu der Lichtung, und ich kenne natürlich auch die weiße Holzbank dort. Es ist ein schöner, abgelegener Platz. Ich war früher selbst oft da, als ich noch mehr Zeit hatte. Ich schlage vor, wir drei gehen jetzt gemeinsam hin und schauen uns um!«

»Dafür wäre ich dir dankbar«, sagte mein Vater.

Draga stand auf, durchquerte die Terrasse bis zum Ausgang und ging in den Garten hinaus. Wir erhoben uns ebenfalls und folgten ihr. Zielstrebig steuerte sie auf den Pavillon zu, fand den Durchschlupf in der Hecke und lief geradewegs auf einen Strauch zu.

Ich war verwirrt. Als wir hinter ihr hergegangen waren, hatte ich fast geglaubt, sie würde eine andere Richtung einschlagen und uns falsch führen. Ich sah mich in meiner Vermutung getäuscht – und als könnte sie meine Gedanken erraten, drehte sie sich um und sagte:

»Bis hierher stimmt es, nicht wahr?«

Ich sah meinen Vater an, dann nickte ich.

Sie zeigte auf das große grüne Gewächs, vor dem sie stehengeblieben war. »Das muß der Strauch sein, von dem du gesprochen hast. Es ist ein weißblühender Rhododendron. Er trägt seine Blüten nur einen knappen Monat, dann wirft er sie ab. Ich nehme an, daß du ihn deshalb vergeblich gesucht hast.«

Jetzt, wo Draga darauf gezeigt hatte, erkannte ich den Strauch an seinen lackglänzenden Blättern wieder.

»Ich gebe zu, daß man sich hier leicht verirren kann, wenn man seinen Anhaltspunkt verloren hat!« rief Draga gutgelaunt. »Der Garten wurde in diesem Teil einer früheren Mode entsprechen labyrinthartig angelegt.«

Wir schlugen den Pfad ein, der an dem Strauch vorbeiführte. Draga eilte leichten Schrittes voraus. Sie wies auf den Bach, der nicht weit davon nebenher floß, dann sah sie sich wieder nach uns um.

»So weit sind wir richtig, nicht wahr? Das ist der Weg, den du meintest.«

»Ja«, murmelte ich beklommen und griff nach der Hand meines Vaters. Ich spürte ihren Gegendruck, er gab mir zu verstehen, daß ich auf seinen Beistand zählen konnte.

»Wir sind gleich da!« rief Draga. »...Und das ist gut so!« Sie wies zum Himmel. »Es kann nicht mehr lange dauern, und wir bekommen ein Gewitter.«

Ich sah empor. Im Westen ballten sich dunkle Wolkenberge zusammen, die schnell und bedrohlich näher zogen, während über uns noch immer die Sonne schien.

Mein Vater hatte die ganze Zeit über nicht gesprochen. Er wirkte ernst und auf den Weg konzentriert. Auch ich sagte nichts, weil ich Dragas heiterer Stimmung nichts entgegenzusetzen hatte. Im Gegenteil, sie bedrückte mich und vergrößerte meine Unsicherheit.

»Welch eine Wildnis hier!« rief Draga lachend, als sie über eine querliegende Wurzel stolperte. »Aber ich kann es nicht ändern. Rabec hat keine Zeit, hier den Gärtner zu spielen, und sonst habe ich keine Leute dafür. Im Grunde stört es mich auch nicht – die Zeiten sind eben so, und ich kann mich nicht selbst um alles kümmern. Aber nach dem Krieg, ihr werdet sehen...« Sie blieb aufatmend stehen und stemmte die Arme in die Hüften. »So, hier muß es sein!«

Wir erreichten die Lichtung, und mein Herz klopfte zum Zerspringen. Draga zeigte auf die weiße Holzbank unter dem hohen Weidenbaum.

»Das ist sie, nicht wahr? Das ist die Bank, von der du gesprochen hast!«

Ich griff mir an die Kehle. »Ja«, brachte ich mühsam heraus, »das ist sie.«

Draga hatte uns richtig geführt. Es war die weiße Holzbank, die ich inzwischen gut kannte, auf der ich mich niedergelegt und geträumt – und auf der ich mit Alexander die ersten Worte gewechselt hatte.

Ich ließ meine Blicke langsam, fast widerwillig in die Runde schweifen, als könnte ich so die Wahrheit, von der ich ahnte, daß sie gleich wie ein Blitzstrahl auf mich herniederfahren würde, noch etwas von mir fernhalten. Ich wußte es, bevor ich es sah: Der Platz gegenüber der Holzbank war – leer! Mein Magen krampfte sich schmerzhaft zusammen. Sekundenlang wurde mir schwarz vor Augen. Ich taumelte und hielt mich an meinem Vater fest. Indem ich mich an ihn klammerte, hoffte ich, ihn stumm beschwören zu können, mir trotzdem zu glauben, daß es hier eine Statue gegeben hatte. Ich preßte mein Gesicht gegen seinen Uniformärmel und nahm mir vor, nicht in Tränen auszubrechen. Ausgerechnet jetzt mußte ich an meine Mutter denken. Ich holte tief Luft. Sie sollte mir nicht umsonst immer wieder gepredigt haben, daß man in jeder Lebenslage Haltung zu bewahren hätte. – Nun, das hier war durchaus nicht ›jede Lebenslage‹, aber ich würde nicht weinen und dadurch Dragas Triumph vergrößern.

»Es ist keine Statue da!« rief sie mit blitzenden Augen. »Ich hoffe, du bist nun selbst davon überzeugt, daß du dich geirrt hast.«

Mein Vater hatte mit einer sanften, zugleich schützenden Gebärde seinen Arm um mich gelegt. Ich wußte nicht, was er dachte, aber seine Gegenwart milderte das peinliche Gefühl, mich lächerlich gemacht zu haben.

»Ich glaube sichergehen zu können, daß Immy eine Statue gesehen hat, die ihrer Beschreibung entspricht«, sagte er ruhig. »Es fragt sich nur, wo das gewesen sein könnte, wenn es nicht hier war.«

»Natürlich kann es sein, daß Immy irgendwo eine Statue gesehen hat«, erwiderte Draga schnell. »Ich will nicht annehmen, daß ihre Phantasie mit ihr durchgegangen ist, obwohl so etwas bei jungen Mädchen durchaus der Fall sein kann... Aber es ist unmöglich, daß sie diese Statue auf Peterhof gesehen hat.«

Ich löste mich von meinem Vater und ging ungelenk mit schweren Beinen, als wären sie mit Bleigewichten behangen, hinüber zu dem Platz, an dem die Statue gestanden hatte. Nichts verriet, daß sie einmal dort gewesen war. An ihrer Stelle lagen übereinandergeschichtete Holzscheite. Sie waren ganz ausgetrocknet. Während ich sie anstarrte, entdeckte ich einen abgebrochenen Buchenzweig dazwischen. Seine Bruchstelle war frisch, das Laub daran noch verhältnismäßig grün. Ich blickte nach oben und sah, daß oberhalb der Stelle, an der die Statue gestanden hatte, mehrere Äste abgesplittert oder geknickt waren. Sollte ein Sturm das verursacht haben, so hatte er die anderen Bäume verschont. Was hatte das zu bedeuten?

»Tut mir wirklich leid, Immy«, riß Draga mich aus meinen Gedanken. Ihre Stimme fuhr mir unversehens in den Rücken, so daß ich zusammenschrak. »Wie ich schon sagte, es gibt hier keine Statue, damit mußt du dich abfinden.«

Ich sah sie an. Ihr Tonfall klang tröstend, aber ihr Lächeln war kalt, wie das der steinernen Göttin, die einmal hier gestanden hatte.

Ich nickte, und es gelang mir mit großer Anstrengung, meine aufsteigenden Tränen niederzukämpfen. Ich schluckte schwer, bevor ich sagte: »Es tut mir leid, daß ich dir solche Umstände gemacht habe.«

»Das macht gar nichts!« rief Draga in scheinbar bester Stimmung. »Aber jetzt sollten wir uns beeilen, daß wir ins Haus zurückkommen! Ich habe soeben den ersten Tropfen abgekriegt.«

Das Donnergrollen, das ihren Worten folgte, klang ziemlich nah. Die Sonne war jetzt hinter den Wolken verschwunden, und es regnete plötzlich in einzelnen dicken Tropfen.

Wir machten kehrt und eilten den Weg zurück, den wir gekommen waren. Kaum hatten wir das Haus erreicht, da prasselte der Regen wolkenbruchartig hernieder und die ersten Blitze zuckten über den Himmel.

»Es gibt gleich Jause!« rief Draga. Sie zog meinen Vater mit sich in den Salon, in dem Zlata wie gewöhnlich den Kuchen für den nachmittäglichen Tee serviert hatte.

Ich blieb beim Fenster stehen und starrte wie betäubt in das Unwetter hinaus. Jeder einzelne Donnerschlag verstärkte in mir das Gefühl von Ohnmacht, dem ich mich hilflos ausgeliefert sah.

*

Am späteren Abend, als wir schon längst wieder im Hotel waren, klopfte es an meine Zimmertür. Ich war noch immer angekleidet und saß in quälende Gedanken versunken auf dem Bett.

Mein Vater kam herein, nahm sich einen Stuhl und setzte sich zu mir.

»Füchslein«, sagte er liebevoll, »ich kann mir denken, wie dir zumute ist, deshalb bin ich hier. – Deine Mutter hat übrigens von der ganzen Geschichte nichts erfahren, sie hat Bridge gespielt.«

»Gott sei Dank!« sagte ich fast unhörbar.

»Und wir behalten die Sache auch für uns«, fügte er hinzu. Er seufzte: »Wenn ich nur wüßte, wie ich dir helfen könnte!«

»Indem du mir glaubst!« rief ich mit flehender Stimme. »Draga hat gelogen! Es gibt diese Statue. Sie wollte nicht, daß ich sie finde, darum hat sie sie fortschaffen lassen. Wenn ich nur wüßte, warum sie das getan hat! Sie hat ihre Krankheit bloß vorgetäuscht, um in Ruhe die Statue beseitigen zu können!«

Mein Vater hob abwehrend die Hände. »Kind, jetzt übertreibst du aber! Du läßt dich da zu bösen Vermutungen hinreißen, die wahrscheinlich jeder Grundlage entbehren. Warum sollte Draga so etwas tun? Und wie soll sie dieses seltsame Erlebnis begreifen, das du wider aller Vernunft mit dieser Statue verbindest? Wer sagt dir denn, daß sie dir das überhaupt glauben würde?«

Ich wich dem forschenden Blick meines Vaters nicht aus.

»Ich habe bemerkt, welcher Schreck sie durchfuhr, als ich ihr davon erzählte.« Ein Zittern durchlief mich. »Warum hast du Draga nicht gesagt, daß du mir glaubst, und daß ich bestimmt die Wahrheit sage?«

Mein Vater war für einen Augenblick aus der Fassung gebracht. Er überlegte angestrengt.

»Draga ist nicht die Frau, zu der ich von deinen ungewöhnlichen – sagen wir, hellseherischen Fähigkeiten sprechen könnte«, meinte er schließlich. »Sie ist ein durch und durch realistisch eingestellter Mensch. Wenn sich ihr ein Gespenst näherte, würde sie ihm vermutlich mit ihrer robusten Fröhlichkeit auf die Schulter hauen, und der Spuk würde sich in Nichts auflösen.«

»Ich hätte sie vielleicht warnen können«, sagte ich leise.

»Schlag dir das aus dem Kopf! Das kannst du nicht. Wie willst du sie vor einer Statue warnen, die es gar nicht gibt«, er verbesserte sich, »...die zumindest nicht mehr da ist? Draga räumt ja nicht einmal die Möglichkeit ein, daß überhaupt je eine da gewesen ist – weder auf dem Platz auf der Waldlichtung noch anderswo.« Er dachte einen Augenblick nach, dann fuhr er fort: »Draga kämpft einen verzweifelten Kampf um die Erhaltung ihres Gutes. Ein Mann könnte nicht energischer und planvoller vorgehen als sie. Und sie kennt dieses Gut so genau wie andere Frauen ihre Handtasche. Nun bitte ich dich, einmal ganz logisch zu überlegen: Warum sollte eine nüchtern denkende Frau wie Draga behaupten, es gäbe auf ihrem Gut keine Statue, wenn es in Wirklichkeit doch eine gibt – noch dazu eine, die so schön sein soll, wie du erzähltest? Was hätte das für einen Sinn?«

»Du glaubst mir also nicht«, sagte ich, während die aufsteigenden Tränen mir in den Augen brannten.

»Füchslein!« Mein Vater nahm mich liebevoll bei den Schultern. »Ich will dir ja glauben! Ich bin sicher, daß du... daß du diese Statue gesehen hast...«

»Aber nur in meiner Einbildung, willst du sagen«, fuhr ich bitter dazwischen.

»Laß mich bitte ausreden! Ich wollte sagen, du hast diese Statue möglicherweise – wie soll ich mich ausdrücken – in einer anderen Dimension gesehen, wie das ja bei dir durchaus der Fall sein kann. Wir wissen beide, daß du gewisse Fähigkeiten hast, die man mit Hellsichtigkeit bezeichnen könnte. Vielleicht ist das auch das falsche Wort. Vielleicht nennt man so etwas das zweite Gesicht. Ich kenne mich da nicht so aus.« Er rieb sich unsicher das Kinn. »Ich wüßte ja auch gar nicht zu sagen, von wem du das hast. Von mir ganz sicher nicht –, von deiner Mutter auch nicht. Man müßte einmal mit jemandem darüber reden, der etwas davon versteht.«

»Aber was immer es auch sein mag«, sagte ich verzweifelt, »es läuft letzten Endes auf das gleiche hinaus: Du glaubst zwar, daß ich die Statue gesehen habe, aber du bist nicht davon überzeugt, daß sie da war.« Ich spürte ein Würgen im Hals und auch, daß ich meine Tränen nicht länger zurückhalten konnte.

»Du darfst ruhig weinen, wenn dich das erleichtert«, sagte mein Vater geduldig. Er suchte sein Taschentuch, fand ein sauberes in seiner Hosentasche und wischte mir mit rührender Ungeschicklichkeit über die nassen Wangen.

»Worüber denkst du nach?« fragte er, als ich eine Weile stumm vor mich hingestarrt hatte.

»Fiel dir nicht auch auf, wie bereitwillig Draga uns zu der Waldlichtung führte, und wie sie sich immer wieder umdrehte und sich von mir bestätigen ließ, daß der Weg der richtige sei?«

»Stimmt!« erwiderte mein Vater. »Es ist mir eigentlich nicht aufgefallen, aber jetzt wo du es sagst...«

»Ich möchte wissen, was dahintersteckt.«

Seine Antwort war eindeutig. »Es verstärkt ihre Glaubwürdigkeit. Sie zeigte uns den richtigen Weg, und wir fanden dort auch die Holzbank, von der du gesprochen hattest, aber nicht die Statue, von der sie immer behauptet hat, es gäbe sie nicht.« Er räusperte sich rauh. »Nehmen wir eimal an, deine Statue hat viel früher einmal dort gestanden, also in der Vergangenheit, und aus irgendeinem Grund steht sie jetzt nicht mehr da; dann wäre es doch möglich, daß Draga sie wirklich nicht kennt. Und wenn diese Statue erst irgendwann in der Zukunft dort aufgestellt wird, wo du sie gesehen hast, dann könnte Draga jetzt auch noch nichts von ihr wissen, nicht wahr?«

Ich nickte stumm, ohne überzeugt zu sein.

»Aber eines ist wohl ganz sicher: Der Gedanke an diese Statue ist Draga nicht angenehm.« Er lachte leise und beruhigend. »Und irgendwie kann ich das auch verstehen – oder hättest *du* gerne so eine mysteriöse Statue auf deinem Grundstück, aus der ohne ersichtlichen Grund Blut heraustropft, nur um die Gäste zu erschrecken?«

Ich schüttelte mit einem Aufschluchzen den Kopf und mußte dann wider Willen auch lachen.

Mein Vater drückte mich an sich und strich mir übers Haar.

»Na also, meine Kleine, so ist es gut!« Seine Stimme klang warm und tröstlich. »Versuch also diese Statue zu vergessen und laß Draga damit in Frieden.«

Er gab mir einen Gutenachtkuß und verließ mich.

Ich zog mich aus und kroch ins Bett. Was mein Vater gesagt hatte, leuchtete mir ein. Möglicherweise hatte er recht, und Draga wußte gar nichts von der Statue. Ich hätte ihm so gerne vorbehaltlos geglaubt. Und doch war da eine leise, hartnäckig bohrende Stimme in meinem Innern, die mir sagte, daß dem nicht so war und daß ich von der Lösung des Rätsels noch genauso weit entfernt war wie zuvor.

Ich lag noch lange wach und konnte nicht aufhören zu grübeln. Immer wieder führte ich mir Dragas Verhalten vor Augen, dachte an den Ausdruck des Entsetzens auf ihrem Gesicht, als ich zum ersten Mal von der blutenden Statue gesprochen hatte, an die Kälte, an die plötzliche Abneigung, mit der sie mich angesehen hatte, und wie sie mir ausgewichen war. Andrerseits: Sie hatte sich selbst angeboten, mich und meinen Vater zu der Lichtung zu bringen. In seiner Gegenwart hatte sie mit auffallender Selbstsicherheit den richtigen Weg eingeschlagen – und sie hatte recht behalten. Triumphierend hatte sie uns gezeigt, daß keine Statue da war... Der Kopf drohte mir zu zerspringen. Ich preßte die Hände gegen meine Schläfen und stöhnte auf.

In dieser Nacht fragte ich mich zum ersten Mal, ob ich verrückt sei. – Da war die Frage noch neu für mich. Ich stellte sie nur zögernd und hatte Schwierigkeiten, mit ihr umzugehen. Es war ein dumpfes Nichtverstehenkönnen, das sich lähmend von meinem Kopf ausgehend über meinen ganzen Körper ausbreitete – ein taubes Gefühl, wie eingeschlafene Füße und ebenso unangenehm. Später wurde mir die Frage geläufiger, weil ich sie mir öfter stellte und Übung bekam, denn mein Erlebnis mit der Statue, deren Existenz Draga leugnete, war erst der Auftakt zu Ereignissen, die jenseits der Grenze des Begreifbaren lagen. Die Frage bekam im Laufe der Zeit etwas Banales, wurde alltäglich wie Zähneputzen, wurde zu einem Drahtseilakt ohne Netz und doppelten Boden, und die Gefahr dabei abzustürzen, verringerte sich proportional mit der Zunahme ihrer Häufigkeit, weil man sich scheinbar an fast alles gewöhnen kann.

Bin ich verrückt? – Die Frage war wie ein plumpes Sich-selbst-auf-die-Schulterklopfen und das Lächeln, das ich mir dabei abrang, war voller Hohn, als sei ich mir selbst eine Fremde, die man nicht respektiert.

Sie, verehrter Herr Professor Dombrowsky, können mit Ihrer Therapie bereits einen Erfolg verbuchen. Ich habe begonnen, von Dingen zu schreiben, über die ich bisher nie reden konnte. Zu wem hätte ich auch darüber sprechen sollen? Mein Vater hatte mir nur bis zu einem gewissen Grad helfen können. Seine geduldige Liebe, die er mir entgegenbrachte, hatte manches hingenommen, was für einen realistisch denkenden Menschen wie ihn nur schwer zu verkraften war. Was jedoch weiter geschah, ging über sein Vorstellungsvermögen hinaus. Und wer sonst hätte Verständnis aufbringen können für all das Unfaßbare, das mir im Laufe der Zeit widerfuhr und das mich beinahe in den Wahnsinn trieb.

12

V0n Viktor kam endlich mit ziemlicher Verspätung ein Brief, nachdem wir schon eine Weile vergeblich auf Nachricht gewartet hatten.

»Liege im Lazarett in Derna. Habe mit einigen Kameraden die Ruhr erwischt, bin aber schon auf dem Wege der Besserung.« Es folgten einige Zeilen, die unleserlich waren, dann fuhr er fort: »Die Tommys haben eine neue Wunderwaffe, den amerikanischen Panzer Grant. Der hat eine größere Reichweite als unsere Stahlkästen und fügt uns ziemliche Verluste zu. Von der Schlacht an der Gazalafront habt Ihr inzwischen sicher gehört. Die Sache wäre um ein Haar ins Auge gegangen. Waren eingeschlossen. Es sah schon hoffnungslos aus. Nur die Zusammenziehung aller Flakgeschütze zu einer Mauer hat uns gerettet und in letzter Minute herausgehauen. Die Ruhr ist natürlich nicht der einzige Grund, warum ich in Derna privatisiere. Habe bei Got el Ualeb einen Granatsplitter abgekriegt. Schon wieder der rechte Arm! Aber nicht weiter schlimm. Nur eine Fleischwunde. Alles in allem bin ich eben doch ein Glückspilz – oder wie heißt es so schön: Unkraut vergeht nicht! Beim Sturm auf Tobruk bin ich wieder dabei! Seid alle umarmt...«

Meine Mutter kam gar nicht erst dazu, sich wegen Viktors Verwundung Sorgen zu machen, da mit der Nachricht ja zugleich die Mitteilung kam, daß es ihm schon wieder besser ging. Er schrieb übrigens kein Wort von Chantal und erkundigte sich auch nicht nach ihr, was mich annehmen ließ, daß er selbst mit ihr in Verbindung stand. Ich wußte, daß meine Mutter brennend gerne etwas darüber erfahren hätte, denn sie sprach häufig von Chantal und Viktors Heiratsabsichten. Wiederholt stellte sie bohrende Fragen, ob am Ende wirklich etwas Ernstes daraus werden könnte, und jedesmal war deutlich zu spüren, wie sehr ihr das mißfallen würde. Mein Vater beendete die unerfreulichen Diskussionen über dieses Thema eines Tages abrupt mit der Frage, ob meine Mutter denn wirklich keine anderen Probleme hätte. Ihm persönlich sei es völlig egal, wen Viktor später einmal heiraten würde, Hauptsache, er würde den verdammten Krieg heil überstehen.

Manchmal versuchte ich mich selbstquälerisch in Viktors Lage zu versetzen. Wie konnte man die metallische Enge eines Panzers ertragen, dieses Eingesperrtsein in mörderischer Hitze, während die Sonne unbarmherzig vom Himmel brannte und Sand und Staub die Luft zum Atmen nahmen. Dazu die ständige Angst ums nackte Überleben! Ließ die Angst vor dem Tod einen schwitzen oder frieren oder beides? Armer Viktor! Vielleicht dachte man nicht darüber nach, wenn man mittendrin steckte. Aber hier hatte er nachgedacht, still und unentwegt. Aus dem unbekümmerten strahlenden Jungen von einst war ein ernster, in sich gekehrter Mann geworden. Die Erfahrungen, die der Krieg ihm aufgezwungen hatte, die Zweifel und die Fragen nach dem Sinn des Lebens hatten eine unsichtbare Mauer um ihn errichtet, und nur Chantal war es gelungen, diese Mauer zu durchbrechen.

Ob sie sich wohl schrieben, Viktor und Chantal? Ob ihre Liebe die Zeit der Trennung und den Krieg überdauern würde? Und würden sie eines Tages heiraten, wenn alles vorbei war?

Einmal hatte ich die Vision ihrer Hochzeit. Sie standen von vielen Menschen umringt in einer Kirche vor dem Geistlichen, der sie trauen sollte. Chantal war in ein weißes seidenes, kimonoartiges Gewand gekleidet, und Viktor trug seine Uniform. Ich ließ meine Blicke unter den Hochzeitsgäsen umherschweifen und erkannte niemanden. Ich sah nur die Eltern von Chantal. Ich schaute wieder zum Brautpaar hinüber, das gerade die Ringe wechselte – und ein jäher Schreck durchfuhr mich. Der Mann, der Chantals Hände hielt, war nicht mein Bruder. Der Bräutigam sah jetzt auf einmal ganz anders aus. Chantal lächelte glücklich, aber es war nicht Viktor, dem sie zulächelte. Ich suchte ihn, fand ihn nicht mehr – und die Vision verblaßte. Ich schloß die Augen mit einem dumpfen Gefühl der Angst. Ich wollte nicht weiter darüber nachdenken und versuchte die Furcht abzuschütteln. Ich würde niemandem davon erzählen, weder meinem Vater noch sonst jemandem und erst recht nicht meiner Mutter.

Die Beunruhigung, die diese Vision ausgelöst hatte, hielt noch eine Weile an, dann wurde sie von anderen Geschehnissen überlagert, und ich vergaß sie.

Am 21. Juni fuhr Rommel an der Spitze seiner Kampfstaffel in Tobruk ein, nachdem er die Engländer vernichtend geschlagen hatte.

Von Viktor kam ein Brief, der wie ein Jubelschrei klang. »Wir haben gesiegt! Endlich, endlich, endlich! Ein Jahr lang haben wir jetzt um Tobruk gekämpft und mußten immer wieder zurückweichen. Diesmal haben wir es an nur einem einzigen Tag erobert. Unser nächstes großes Ziel ist Ägypten – der Nil! Wollte immer schon die Pyramiden sehen! Rommel ist zum Generalfeldmarschall befördert worden. Er hat's verdient, der alte Fuchs. Sind alle mächtig stolz auf ihn. Die meisten von uns kriegen Auszeichnungen. Trotzdem –

Krieg ist etwas ganz anderes, als man sich je vorgestellt hat. Aber nun wird er ja wohl nicht mehr lange dauern!«

*

Der Sommer regierte mit einer verschwenderischen Fülle von heißen, meist regenarmen Tagen. Seltsam, daß ich trotz der Hitze, die über der Stadt lag, weiter von meinen eigenartigen Winterträumen heimgesucht wurde, in denen ich in einer grauen, vereisten Landschaft, die Peterhof war, der Gestalt eines jungen Mannes folgte. Aber inzwischen kannte ich mich in der Gegend aus, und der junge Mann hatte ein Gesicht und einen Namen. Es war Alexander, den ich einzuholen versuchte und der mir immer ein Stück voraus war, und ich wußte jetzt auch, daß der schneebeladene Strauch, an dem ich mich immer orientierte, im Frühsommer zu einem weißblühenden Rhododendron werden würde. Ich folgte Alexander durch immer dieselbe Landschaft voller Kälte und Öde, obwohl die Nächte, in denen ich das träumte, sommerlich heiß und schwül waren. Ich kannte mich aus in dem Traum, als würde mir eine schon bekannte Geschichte immer wieder aufs neue erzählt und kein Wort darin weggelassen. Ich wußte auch jedesmal ganz genau, wann und wo der Traum zu Ende sein würde. Er würde unvermittelt abreißen, wenn Alexander und ich die Waldlichtung erreicht hatten. Alexander ging immer auf die Statue zu – sie war da, ohne jeden Zweifel, so wie ich sie dort das erste Mal gesehen hatte, mit ihrem hochmütigen Lächeln und dem leeren Füllhorn – Alexander blieb jedesmal vor der Statue stehen und drehte sich dann langsam zu mir um. Er sah ernst aus. Seine grünschimmernden Augen waren mit einem rätselhaften Ausdruck auf mich gerichtet. Der Blick war so intensiv, daß er mir wie eine Berührung erschien. Unbegreiflicherweise blieb Alexander stumm. Ich wartete darauf, daß er reden würde, aber er schaute mich nur an mit diesem eindringlichen Blick.

Ich wollte etwas sagen – und wachte auf. Ich wachte immer auf, sobald ich die Gestalt ansprechen wollte. Ich lernte es, meinen Traum, aus dem ich jedesmal hochschreckte, zu verlängern, indem ich den Wunsch, Alexander anzusprechen unterdrückte. Aber das half nicht wirklich. Die Gestalt verflüchtigte sich nach einer Weile, die eisige, tote Landschaft löste sich auf und wurde zu einem weißen Nebel, aus dem ich verwirrt emportauchte, ohne zu begreifen, was dieser immer wiederkehrende Traum von mir wollte. Dann lag ich wach, mit stets neu entfachter Sehnsucht nach Alexander und dem heftigen Verlangen, ihn wiederzusehen. Ich liebte ihn voller Ungestüm, mit der Ausschließlichkeit einer ersten, aufbrechenden Liebe und dem Ausgeliefertsein an ein neues Gefühl, das vehement von mir Besitz ergriffen hatte. Und dann fieberte ich dem nächsten Besuch auf Peterhof entgegen, immer in der Hoffnung, daß er diesmal endlich da sein würde – oder vielleicht eine Nachricht von ihm – oder nur irgend etwas...

*

Ich hatte nun keine Angst mehr, allein zu der Waldlichtung zu gehen. Die Statue, vor der ich mich gefürchtet hatte, blieb verschwunden. Ich ließ jedoch keine Gelegenheit aus, nach ihr zu suchen. Ich stand vor dem Platz, an dem sie sich befunden hatte, und grübelte, auf welche Weise man sie fortgeschafft haben könnte. Sie mußte sehr schwer sein. Ich hielt es für ausgeschlossen, daß man die steinerne Göttin weggetragen hatte. Vermutlich hatte man sie auf ein Fahrzeug verladen und möglicherweise einen Kran benutzt, um sie hochzuheben. Das würde eine Erklärung dafür sein, warum die Zweige der Buche über ihr beschädigt und zum Teil abgebrochen waren. Natürlich wuchs dort, wo der gewichtige Sockel gestanden hatte, kein Gras mehr. Darum hatte man zur Tarnung jenen Holzstoß darauf errichtet. Rabec konnte das gemacht haben oder die Leute, die die Statue weggebracht hatten. Draga hatte genügend Zeit gehabt, sie irgendwie verschwinden zu lassen, wenn ich auch den Grund nicht herausfand, warum sie das getan hatte. Blieb noch die Frage, in welche Richtung man die Statue transportiert haben könnte. Den Pfad, auf dem ich immer hierherkam, konnte man nicht benutzt haben, dazu war er zu eng. Nachdem ich mich gründlich umgesehen hatte, entdeckte ich in der Gegenrichtung, die in den Wald führte, da und dort die schwachen Abdrücke von Wagenrädern. Es gab zwar keinen richtigen Weg, aber der Boden war fest und befahrbar und die Bäume standen weit genug auseinander, so daß man mit einem Fahrzeug hindurch kam, bis man irgendwo auf eine Straße gelangte.

Sicher wußten Dragas Angestellte etwas von der Statue und deren Verbleib. Es konnte gar nicht anders sein. Darum nahm ich mir vor, sie der Reihe nach zu befragen.

Ich wartete, bis ich Ludmilla allein im Hause begegnete. In der

Hoffnung, daß sie mich verstehen würde, ließ ich ganz beiläufig fallen, daß ich auf der Suche nach einer Statue sei, einer steinernen Göttin. »Sie haben sie vielleicht gesehen und können mir sagen, wo sie ist«, sagte ich freundlich.

»Weiß nicht.« Ludmilla knickste scheu. In ihren Augen flackerte Angst. Sie verbarg die Hände unter ihrer Schürze und sah mich flehentlich an. »Nicht fragen, bitte – Ludmilla weiß nicht!« Sie huschte davon, nachdem sie noch einmal hastig geknickst hatte.

Etwas später traf ich Rabec im Garten und versuchte, etwas aus ihm heraus zu bekommen.

»Gospodja sagt, gibt nicht Statue hier. Also keine da!« behauptete er finster.

»Bitte, Rabec! Sie müssen sie gesehen haben. Sie kennen den Garten und den Park und Sie gehen ja auch oft in den angrenzenden Wald. Dort, wo früher die Statue stand, befindet sich jetzt ein Holzstoß. Haben Sie die Äste dort aufgeschichtet?«

Rabec schüttelte stumm den Kopf.

»Bitte, Rabec«, flehte ich ihn an. »Sie müssen doch etwas davon wissen. Wo ist die Statue hingekommen, und warum liegt jetzt das Holz an ihrer Stelle?«

»Gospodja sagt, gibt nicht Statue.« Sein Gesicht wirkte wie zugedeckt unter dem dichten Bartwuchs. Auch in Rabecs Augen las ich Angst. Er machte die Andeutung einer Verbeugung und ging schnellen Schrittes in Richtung Küche.

Ich blieb zurück und schalt mich eine Närrin. Was hatte ich erwartet? Draga hatte Ludmilla und Rabec bei sich aufgenommen und ihnen Schutz und Unterkunft gewährt. Das würden beide nicht aufs Spiel setzen, indem sie mir Auskunft über den möglichen Verbleib einer Statue gaben, von der ihre Herrin behauptete, daß es sie gar nicht gäbe.

Ich ahnte, daß erst recht nichts dabei herauskommen würde, wenn ich den seiner Herrschaft so überaus ergebenen Ogdan fragen würde, ließ es aber trotzdem auf einen Versuch ankommen. Ich stellte ihn, als ich ihm allein in der Halle begegnete.

»Ach, Ogdan«, sagte ich leichthin, »ich wollte Sie um eine Auskunft bitten. Ich suche eine Statue, die ich hier im Park schon einmal gesehen habe, und kann sie nirgends finden.«

Ogdans Gesicht war so unbeweglich wie eine Maske. Nur in seinen Augen war etwas Gehetztes, eine Mischung aus Angst und Nervosität, die mir Hoffnung machte, er wüßte vielleicht etwas. Er versuchte, seinem Blick eine gewisse Starrheit zu geben, aber das leichte Flattern seiner Lider verriet seine innere Unruhe.

»Es ist eine Marmorstatue«, fuhr ich aufmunternd fort. »Sie stellt eine Göttin dar. Ich glaube, es ist Fortuna mit dem Füllhorn.«

Ogdan preßte die Lippen aufeinander, so daß sie nur noch wie ein dünner Strich aussahen. »Es gibt keine Statue auf Peterhof, gnädiges Fräulein.« Seine Mundwinkel verzogen sich abweisend nach unten. »Die Gospodja hat es Ihnen bereits gesagt, wenn ich nicht irre.« Er neigte den Kopf und ließ mich stehen.

Ich schnappte nach Luft und ballte die Hände vor Zorn, daß er mich so abgefertigt hatte. Aber es geschah mir ganz recht. Eine innere Stimme hatte mich vorher davor gewarnt, den alten Diener zu fragen, obwohl er ganz sicher etwas wußte. Er würde seiner Herrin, für die er durch dick und dünn ging, jedoch nicht in den Rücken fallen. Es war eindeutig: Entweder hatte er seine Instruktionen von Draga erhalten und hielt sich daran – oder ich war ganz einfach verrückt.

Am gleichen Nachmittag nahm mein Vater mich auf die Seite.

»Draga beschwert sich bei mir, daß du ihr Personal aushorchst.«

Ich wurde rot bis über beide Ohren und senkte den Kopf. Wer hatte mich verraten? Es konnte nur Ogdan gewesen sein. Ludmilla und Rabec traute ich das nicht zu.

Mein Vater griff mir unters Kinn und zwang mich, ihn anzusehen. »Stimmt das?«

Ich nickte beklommen.

»Unterlaß das bitte«, sagte er leise, aber bestimmt. »Wir sind hier Gäste, vergiß das nicht. Es ist absolut ungehörig, hinter Dingen herzuspionieren, von denen unsere Gastgeberin behauptet, daß sie nicht existieren. – Ich bitte dich also nachdrücklich, das nicht mehr zu tun. Versprichst du mir das?«

»Ich verspreche es«, sagte ich mit Verzweiflung im Herzen, weil ich wußte, daß ich meinem Vater gehorchen würde.

Ich fragte also niemand mehr nach der Statue, und Draga gegenüber erwähnte ich sie überhaupt nicht mehr. Einmal wäre ich beinahe in Versuchung gekommen, mich bei Zlata danach zu erkundigen, denn sie war immer sehr nett zu mir, aber dann unterließ ich es doch. Wenn alle Angestellten Dragas schwiegen, so würde auch Zlata keine Ausnahme machen.

*

Merkwürdigerweise fuhr Draga fort, gelegentlich junge Männer einzuladen, deren Vornamen mit einem A begannen, so daß ich mit der Zeit noch einen Armin, einen Albrecht und eine Arno kennenlernte. So wie sie nach außen hin mit der Statue recht behalten hatte, so wollte sie mich anscheinend auch davon überzeugen, daß es jenen Alexander, von dem ich immer wieder sprach, ebenfalls nicht gäbe und ich mich somit geirrt haben müßte.

Einmal stellte sie mir einen Alfons vor. Der junge Mann war von gedrungener Gestalt und sehr blond. Ich schüttelte wie so oft schon den Kopf und sagte, daß er das nicht sei. Mein Alexander sähe ganz anders aus.

Für einen Augenblick verlor Draga die Beherrschung. »Warum hältst du starrköpfig an einem jungen Mann fest, den ich nicht kenne und den ich auch nie eingeladen habe?« fauchte sie. Dann zwang sie sich zur Ruhe. »Also, wir wollen die Flinte nicht ins Korn werfen, wir werden ihn schon noch finden. Wie sah er dann aus, dieser... dieser...« Ihr Gesicht verzog sich geringschätzig und ihre Hand ruderte durch die Luft, wie um ein lästiges Instekt zu verscheuchen. Sie vermied es offensichtlich, den Namen auszusprechen, so als könnte sie ihn aus meinem Gedächtnis streichen, indem sie ihn nicht nannte.

In Dragas Gegenwart empfand ich immer ein gewisses Unbehagen, manchmal sogar leise Furcht. Das lag daran, daß sie so laut und energisch war – und wie mir schien, so unberechenbar. Ich verstand ihr Wesen nicht und kam mit ihrer burschikosen Art nur schwer zurecht, auch wenn sie mir meistens freundlich begegnete. Es wollte mir einfach nicht in den Kopf, warum ich sie mit der Schilderung einer Statue erschreckt hatte, deren Vorhandensein sie leugnete, und warum die Erwähnung Alexanders sie zornig machte und jedesmal heftig reagieren ließ, und warum sie trotz des Ärgers, den ich ihr damit machte, buchstäblich nicht locker ließ, mir einreden zu wollen, daß ich keinen jungen Mann dieses Namens getroffen haben könnte.

Es klingt vielleicht absurd, aber, obwohl ich mich ihr natürlich in jeder Hinsicht, vor allem altersbedingt, unterlegen fühlte, hatte ich das bestimmte Gefühl, daß sich unbemerkt von allen andern ein Kampf zwischen uns abspielte. Es schien, als empfände auch sie eine geheime Furcht, die ich mir nicht deuten konnte. Aber ich spürte sie, und das bestärkte mich in meiner Beharrlichkeit. Ich fühlte auf eine unbestimmte Art, daß es so etwas wie ein Geheimnis geben mußte, dem ich auf ganz seltsame Weise auf die Spur gekommen war. Aber ich tappte völlig im dunkeln. Durch Dragas Heftigkeit sah ich mich immer wieder in die Ecke gedrängt, wie ich auch meiner Mutter gegenüber stets eine gewisse Hilflosigkeit empfand, weil ich mich gegen ihre Art nicht wehren konnte.

In Dragas Augen las ich nun so etwas wie eine Drohung.

»Bist du wirklich sicher, daß es nicht Alfons ist, nach dem du suchst? Er ist so ein netter Junge und zudem aus gutem Haus.«

Mein Magen krampfte sich zusammen. Dennoch gelang es mir, meine Stimme zwar leise, aber bestimmt klingen zu lassen.

»Der junge Mann, den ich meine, ist groß, schlank und dunkel, nicht blond. Seine Augen sind grün und...«, ich versuchte Dragas eisigem Blick standzuhalten, »...er hat sehr schöne Hände.«

Ihr Gesicht blieb unbeweglich, aber ihre Pupillen weiteten sich zu unnatürlicher Größe, so als hätte sie etwas in Panik versetzt. Sie musterte mich eine Weile stumm, bis sie sich wieder in der Gewalt hatte.

»Oh, jetzt weiß ich, wen du meinst«, sagte sie leichthin. »Ich kenne einen jungen Mann, auf den deine Beschreibung paßt. Aber er heißt Christian, nicht Alexander. Du wirst feststellen, daß er der Richtige ist.« Sie sah mich eindringlich an und lächelte gezwungen. Ich wußte, daß sie log – und sie spürte, daß ich es wußte. Nachdem sie mir noch einmal wie eine gute Freundin aufmunternd zugenickt hatte, ließ sie mich stehen, als sei nun alles zu unserer beider Zufriedenheit geklärt.

Überflüssig zu erwähnen, daß dieser Christian, den ich eine Woche später kennenlernte, außer daß er groß und dunkelhaarig war, keine weitere Ähnlichkeit mit Alexander aufwies. Er wirkte gut erzogen, aber sonst überaus langweilig. Wir wechselten ein paar höfliche Sätze, standen eine Weile nebeneinander und hatten uns des weiteren nicht viel zu sagen, was Draga mit sichtlichem Ärger zur Kenntnis nahm. Bei der ersten sich bietenden Gelegenheit stahl ich mich davon, um lieber irgendwo allein zu sein, als die Zeit mit einem uninteressanten jungen Mann zu verbringen.

Ich wählte dafür wieder den bewährten Küchenausgang auf der Nordseite und wurde Zeuge eines eigenartigen Vorfalls. Schon beim Hinausgehen hatte ich ein von draußen hereindringendes, lautes Stimmengewirr vernommen. Hinter dem Küchengarten traf ich auf Zlata und Pavlo, der von Paul Wasner gerade tüchtig geschüttelt und dann in den Schwitzkasten genommen wurde.

Ich hatte die gutmütige Ordonnanz meines Vaters noch nie so zornig gesehen. »Hör zu, du Ungeziefer«, keuchte er, »entweder du gibst mir das Zeug sofort zurück, oder ich breche dir in Gegenwart deiner Mutter alle Knochen!«

Zlata hatte die Arme wütend in die Seiten gestemmt und ergoß einen Schwall abwechselnd deutscher und kroatischer Beschimpfungen über ihren Sohn – die deutschen wohl deshalb, um Paul damit zu zeigen, daß sie auf seiner Seite stand.

Pavlo suchte vergeblich, sich zu befreien, dann schrie er mit hochrotem Kopf etwas, das ich nicht verstand. Daraufhin entließ Paul ihn aus seiner Umklammerung, und Pavlo rannte zielstrebig an die Hofmauer. Dort löste er einen lockeren Ziegelstein und kramte etwas aus der dahinterliegenden Maueröffnung heraus, was er in seine zur Faust geballten Hand nahm und Paul brachte. Der riß es – immer noch zornig – an sich und steckte es in seine Hosentasche.

»Wie kann man nur so blöd sein!« regte er sich erneut auf. »Weißt du nicht, daß wir beide in Teufels Küche kommen können, wenn so etwas herauskommt?«

Pavlo wollte sich mit finsterem Gesicht zurückziehen, aber es gelang ihm nicht, sich an seiner Mutter vorbeizudrücken. Zlata stand ihm breitbeinig im Weg, holte aus und versetzte ihm rechts und links eine schallende Ohrfeige. Er zischte ihr wütend auf kroatisch etwas entgegen und lief davon, während sie laut hinter ihm herschimpfte und sich noch eine ganze Weile nicht beruhigen konnte.

Als sie in der Küche verschwand, um dort ihre Arbeit wiederaufzunehmen, fragte ich Paul, was losgewesen sei. Erst wollte er es mir nicht sagen, aber dann ließ er sich doch darauf ein darüber zu reden, vorausgesetzt, ich würde über die Angelegenheit Stillschweigen bewahren. Ich versprach es und erfuhr, daß Paul seine Pistole auseinandergenommen hatte, um sie zu reinigen. Pavlo hatte ihn unter irgendeinem Vorwand zu Zlata in die Küche gerufen. Als Paul zu seiner Pistole zurückgekehrt war, hatte er feststellen müssen, daß die danebengelegte Munition verschwunden war. Natürlich war sein Verdacht sofort auf Pavlo gefallen, der vorher schon großes Interesse an der Waffe gezeigt hatte. Paul suchte und fand ihn bald und sagte ihm ohne viel Federlesens zu machen auf den Kopf zu, daß er die Munition gestohlen hatte. Pavlo hatte zunächst alles abgestritten, es aber dann doch mit der Angst gekriegt, nicht zuletzt darum, weil er Paul körperlich unterlegen war und dieser in der Sache sichtlich keinen Spaß verstand.

»So ein Lausebengel, so ein Mistkerl!« ärgerte sich Paul noch immer. »Vergreift sich an militärischem Eigentum – und das mitten im Krieg!«

»Vielleicht hat er sich keine Gedanken darüber gemacht«, warf ich dazwischen, obwohl ich Pavlos Gaunerstück ebenfalls mißbilligte und dem stets unfreundlichen, finsteren Burschen die Ohrfeigen seiner Mutter gönnte. »Was nützt ihm die Munition, wenn er keine Waffe zum Schießen hat?«

»Das denke ich auch«, brummte Paul, schon wieder etwas besänftigt. »Es war ein Dummerjungenstreich, nichts weiter! Und ich hätte das Zeug ja auch nicht unbeaufsichtigt herumliegenlassen dürfen. Aber wer denkt schon an so etwas! Na, egal, wie dem auch sei, wir behalten die Sache für uns, nicht wahr! Es ist ja nichts passiert, und ich will nicht, daß Zlata Ärger bekommt, weil ihr Sohn geklaut hat.«

Ich nickte und gelobte noch einmal, über den Vorfall nicht zu reden.

»Er würde so etwas bestimmt nicht mehr tun!« meinte Paul bekräftigend.

*

Wenn Professor Michailović auf Peterhof eingeladen war, wurden die Unterhaltungen bei Tisch nun auch für mich interessant, denn er kam früher oder später immer auf sein Steckenpferd, die Parapsychologie, zu sprechen. Es ging da um Dinge, die ich mit meiner sonderbaren Veranlagung in Verbindung brachte und darum hörte ich jedesmal genau zu. Jetzt verstand ich auch, was Draga damit gemeint hatte, als sie einmal gesagt hatte, er interessiere sich in seiner Freizeit für Grenzwissenschaften. Damals hatte ich mir darunter nichts vorstellen können.

Es war ein Themenkreis, den die alte Baronin mit einem stereotypen »Schnickschnack« abtat, und den die Generäle stets aufs neue erbost als »baren Unsinn, bei allem Respekt« bezeichneten. Die anderen Gäste folgten jedoch in einer Mischung aus Neugier, Glauben oder Ungläubigkeit und mit einem fast wollüstigen Schauder den Ausführungen des Professors. Mich interessierte es brennend, wenn er über Hellsehen, Telepathie, Spuk, Spiritismus und andere okkulte Phänomene sprach, und es ärgerte mich jedesmal, wenn die Diskussionen gelegentlich in Unsachlichkeit abrutschten und manches aus purem Unverständnis ins Lächerliche gezogen wurde.

Als Arzt und Chef eines Agramer Krankenhauses genoß Professor Michailović einen ausgezeichneten Ruf, was die uneinsichtigen alten Generäle stets zum Anlaß nahmen, heftig dagegen zu protestieren, daß er »als wissenschaftlich denkender Mensch« sich mit solchem Humbug befaßte. Meine Eltern gehörten zu der anderen Gruppe von Zuhörern, die mit ehrlicher Aufgeschlossenheit den Gesprächen folgte. Wahrscheinlich weil sie so oft mit meinen seltsamen Fähigkeiten konfrontiert worden waren.

Professor Michailović war ein großer, schwerer Mann mit einem quadratisch wirkenden Schädel und dichtem, borstig geschnittenem weißem Haar. Er hatte helle Augen und einen durchdringenden Blick. Eine starke Autorität ging von ihm aus, weshalb er trotz der vermeintlichen Anfechtbarkeit seiner Ansichten und Theorien bis auf wenige Ausnahmen überzeugend wirkte.

»Es ist nicht weiter verwunderlich, daß viele Menschen und auch einige von Ihnen als Skeptiker reagieren«, meinte er. »Das 19. Jahrhundert war noch ganz vom Zeitalter des Rationalismus geprägt. Die meisten parapsychologischen Phänomene, die man in früheren Zeiten blind geglaubt hatte, wurden nun für Betrug erklärt. Man weigerte sich sogar, eindeutige Beweise für Telepathie und Hellsichtigkeit als wahr zu akzeptieren. Jeder Wissenschaftler, der sich damit befaßte, war der Lächerlichkeit preisgegeben. Man versuchte, alles Übernatürliche mit Hysterie, Nervenstörungen und Krankheit zu erklären. Die Welt verlangt immer nach einer plausiblen Begründung für das Außergewöhnliche und ist nicht bereit, als Tatsache hinzunehmen, was sie nicht begreifen kann oder was ganz einfach zu glauben schwerfällt. Das ist immer so gewesen. Der Mensch neigt heutzutage grundsätzlich dazu, alles, was er mit seinem begrenzten

Verstand nicht erfassen kann, ins Reich des Phantastischen zu verbannen oder als Unsinn abzutun.«

General Krasniči machte häufig einen Einwand, mit dem er die Argumentation des Professors ad absurdum führen wollte.

»Von der Wissenschaft werden nur vielfach bewiesene Tatsachen anerkannt. Tatsachen, die im Experiment unter den gleichen Bedingungen wiederholbar sind. Ihre sogenannten Phänomene«, rief er erregt, »entziehen sich, wie man weiß, jeder exakten Prüfung. Sobald man ihnen mit System zu Leibe rückt, indem man versucht, sie experimentell zu wiederholen, haben sie keinen Bestand und verlieren dadurch an Beweiskraft!«

»Das ist nur zum Teil richtig«, entgegnete der Professor ruhig. »Sie sind da wohl auch nicht so umfassend informiert wie ich, der ich mich seit Jahren damit beschäftige, wenn Sie mir diese Feststellung erlauben. Parapsychologische Erscheinungen sind in der Form ihres Auftretens meistens auf Einmaligkeit beschränkt und passen somit nicht in das orthodoxe Lehrschema. Viele Dinge im menschlichen Leben sind ebenfalls nicht präzise wiederholbar und trotzdem, verehrter General, können Sie nicht leugnen, daß sie existieren. Eine Schlacht zum Beispiel, um bei Ihrem Metier zu bleiben, oder sei es irgendein Abenteuer, das der Mensch besteht, eine Entdeckung, die er macht. Genau betrachtet ist das alles doch auch ziemlich irreal. Alles findet zunächst einmal als geistige Vorstellung im Kopf statt, wird aus einer anderen Dimension angezogen, bevor es sich auf realer Ebene materialisiert.«

Hochwürden Kellerbach bezeichnete sich selbst hin und wieder paradoxerweise als Advocatus diaboli und versuchte, den Professor mit seinen Einwürfen zu irritieren.

»In der Bibel tauchen darüber keine verbindlichen Fakten auf – und wenn doch, dann werden sie von der Kirche zumeist abgelehnt«, sagte er salbungsvoll.

Während ich noch nachdachte, was er mit diesem Satz gemeint haben könnte, zog der Professor spöttisch die Augenbrauen hoch.

»Jetzt haben Sie sich aber eben selbst innerhalb Ihrer Behauptung widersprochen! In der Bibel wimmelt es nur so von paranormalen Erscheinungen. Die Zeit reicht gar nicht aus, um all die Phänomene aufzuzählen, von denen dort die Rede ist. Da kommt nun wirklich alles vor, bei der Levitation angefangen über Prophetie und Hellseherei bis hin zu Erscheinungen, Totenerweckung und AufdemWasserwandeln. Jesus Christus und all die Wunder, die er wirkte, wollen wir in diesem Zusammenhang mal aus dem Spiel lassen. Aber er selbst streift zum Beispiel ein so umstrittenes Thema wie die sogenannte Wiedergeburt, das die Kirche auch nicht gerne zur Kenntnis nimmt.«

»Ich weiß schon, worauf Sie anspielen«, wehrte Hochwürden Kellerbach mit großer Geste ab. »Er fragt anläßlich seiner Taufe den heiligen Johannes ›bist du Elias?‹ Das hat jedoch zweifellos eine symbolhafte, übertragene Bedeutung.«

»Also, mir erscheint diese Frage dem Sinn nach durchaus reell. Was sollte denn anderes damit gemeint sein als Reinkarnation?«

Hochwürden Kellerbach öffnete den Mund zu einer Erwiderung, entschloß sich dann aber, nichts zu sagen. Schließlich meinte er kurz angebunden, daß er es vorziehen würde, religionsphilosophische Fragen nicht mit Laien zu diskutieren.

Draga schien die Diskussion zu ernst geworden zu sein. Vielleicht wollte sie aber auch vermeiden, daß Unstimmigkeiten zwischen ihren Gästen aufkam.

»Was halten Sie von Tischrücken, verehrter Professor?« platzte sie lachend in die Debatte, ohne eine Antwort abzuwarten. »Ich kenne eine alte Dame, eine frühere Freundin meiner Mutter, die von Zeit zu Zeit Séancen in ihrer Wohnung abhält. Dazu lädt sie ein sogenanntes Medium ein und vier bis fünf gleichgesinnte Freunde.«

»Aberglauben«, murmelte Hochwürden Kellerbach. Meine Mutter riß die Augen auf. Anscheinend hatte sie genau wie ich noch nie davon gehört.

»Tischrücken, was ist das?« fragte sie neugierig.

»Meine Liebe, ich war nie dabei, darum kann ich im Grunde gar nicht mitreden«, antwortete Draga etwas geringschätzig. »Sie versammeln sich um einen Tisch, berühren sich an den Händen und rufen den Geist eines Verstorbenen. Dann stellen sie Fragen und wenn sie Glück haben, antwortet der Tisch durch Klopfzeichen.«

»Alles Schnickschnack!« sagte die alte Baronin nachdrücklich.

Meine Mutter lehnte sich ungläubig zurück. »So etwas gibt es doch gar nicht. Hast du das etwa selbst erlebt?«

»Ich sagte es schon, ich war nie dabei«, erwiderte Draga. »Ich würde bei so etwas nie mitmachen. Ich würde mich wahrscheinlich vorher schon totlachen und jeden Geist dadurch verscheuchen. Aber die gute alte Dame schwört darauf und behauptet, sie hätte auf diese Weise Kontakt mit ihrem vor Jahren verstorbenen Mann aufnehmen können.«

»Unfug!« rief General Branković lautstark. »Das ist – pardon – seniles Geschwätz. Ich vermute, die Leute, die sich zu so etwas hergeben, haben entweder zuviel Zeit, oder sie sind nicht ganz richtig im Kopf. Auf jeden Fall machen sie sich gegenseitig etwas vor. Und was von diesen sogenannten Medien zu halten ist, das weiß doch jedes Kind. Allesamt Scharlatane und Betrüger!«

Professor Michailović schaltete sich wieder in die Diskussion ein. »Das kann man nicht über einen Kamm scheren. Natürlich gibt es bedauerlicherweise immer wieder Schwindler, die alle übernatürlichen Phänomene in Verruf bringen, trotzdem liegen dahinter oft Ursachen, die man wissen muß, bevor man alles in Bausch und Bogen verurteilt. Es hat sich herausgestellt, daß paranormale Fähigkeiten meistens nicht ein ganzes Leben lang anhalten. Sie tauchen auf, oft schon in der Kindheit, und verlieren sich dann eines Tages. Sehr oft greifen Medien, die bis dahin ehrlich gearbeitet haben, dann zu Tricks, um weiterhin nach außen Erfolg zu haben. Ich hatte einmal das Glück, eines der bedeutendsten Medien der vergangenen Jahrzehnte während einer Sitzung in England zu erleben. Ich war damals noch Student und – weiß Gott skeptisch eingestellt. Bei diesem Medium handelte es sich um eine Frau, eine gebürtige Italienerin. Sie hieß Eusapia Palladino und stammte aus ärmlichen Verhältnissen. Sie war völlig ungebildet, eine Analphabetin.

Ganz sicher hatte niemand an ihrer Wiege gesungen, daß sie einmal eine glänzende Karriere machen würde. Ein Forscher entdeckte ihre Begabung, als sie noch sehr jung war, und förderte sie. Später riß man sich in ganz Europa um sie, da sie mit ihren paranormalen Fähigkeiten erstaunliche Phänomene zustande brachte. Diese wurden immer wieder von namhaften Wissenschaftlern überprüft und für echt befunden. Wenn Eusapia in Trance fiel, kam es zu aufsehenerregenden Erscheinungen. Obwohl an Händen und Füßen an einen Stuhl gefesselt, ließ sie Gegenstände durch den Raum schweben und sie brachte sogar Materialisationen zustande. Dennoch griff auch sie hin und wieder zu Tricks, wenn sie nicht in Form war oder ein Nachlassen ihrer Begabung befürchtete. Da alle Experimente streng und gewissenhaft überprüft wurden, kam man ihr natürlich drauf. Durch diese gelegentlichen Betrügereien schädigte sie ihren Ruf und bestärkte die Skeptiker in der Annahme, daß alle die vorgeführten Phänomene samt und sonders Schwindel seien, obwohl Eusapias Leistungen erstaunlich waren, wenn sie ehrlich arbeitete.«

General Branković hielt unbeirrt an seiner Meinung fest.

»Und ich lasse es mir nicht ausreden, daß diese Leute Scharlatane sind, die Profit aus der Leichtgläubigkeit ihrer Mitmenschen schlagen.«

Plötzlich wurde mir bewußt, daß meine Mutter mich schon die ganze Zeit über fixiert hatte und anscheinend darauf brannte, sich in die Debatte einzuschalten. Sie holte tief Luft.

»Also unsere Immy...«, begann sie und hielt inne, um sich dadurch Gehör zu verschaffen.

Ich schrak zusammen. Was hatte sie vor? Wollte sie hier vor den anderen über meine paranormalen Eigenschaften sprechen? Ich glaubte vor Verlegenheit unter den Tisch sinken zu müssen.

Mein Vater brachte sie mit einem schnellen, zornigen Blick zum Schweigen, und ich wäre ihm am liebsten vor Dankbarkeit um den Hals gefallen. Nicht auszudenken, wenn alle mich auf einmal angestarrt hätten. Vielleicht hätte man mich auch für eine Schwindlerin gehalten oder zumindest für jemanden, der sich wichtig macht.

Dennoch fragte ich mich, ob ich mit meiner Veranlagung auch ein sogenanntes Medium wäre. Das wollte ich auf gar keinen Fall sein. Ich würde niemals zu anderen über eigene übersinnliche Fähigkeiten sprechen, um mich nicht lächerlich zu machen oder gar für eine Betrügerin gehalten zu werden. Niemals!

13

Die Tage wurden kürzer. Ein stahlblauer, strahlender Himmel wölbte sich wie eine seidige Kuppel über die Stadt Agram. Auf Peterhof hatten die überschwenglichen Gerüche des Sommers der herberen, klaren Herstluft Platz gemacht. Der Oktober, aber auch die erste Hälfte des Novembers waren überwiegend noch angenehm warm und trocken.

»Ein geradezu superbes Jagdwetter«, meinte General Branković schwärmerisch zu meinem Vater. »Es gibt nichts Schöneres, als zu dieser Jahreszeit auf die Pirsch zu gehen! Dieser Wildreichtum in den Wäldern! Ich darf gar nicht daran denken, was man da alles vor die Flinte kriegt. Haben Sie je an einer dieser prächtigen Jagdgesellschaften teilgenommen, die unsere verehrte Gastgeberin noch vor einigen Jahren regelmäßig gegeben hat?«

Mein Vater verneinte lächelnd und meinte, daß er selbst kein großer Jäger gewesen sei. Mehr als ein paar Fasane und Wildenten habe er nie geschossen.

Der General wandte sich Draga zu. »Als ich diesen kapitalen Hirsch erlegte, diesen Sechzehnender, dessen Geweih draußen in der Halle hängt – wann war das, meine Teuerste? 1935 oder 1936 oder war es schon 1934?«

»Wir hatten 1934«, antwortete die alte Baronin statt ihrer Enkelin. Es war ein Tag, an dem sie scheinbar besser als sonst hören konnte, was um sie herum vorging, und darum mischte sie sich mit ungewohnter Lebhaftigkeit ein. »Du weißt, Dragica, ich hatte in diesem Jahr meine Magenoperation, und es war die letzte Jagdpartie, an der ich teilnahm.«

»Sie haben an den Jagden teilgenommen?« fragte Hochwürden Kellerbach erstaunt.

»Wie bitte?« Die alte Dame legte eine Hand an ihr Ohr.

»Ob Sie an den Jagden teilgenomen haben?« wiederholte der Geistliche um einiges lauter und deutlicher.

»Aber selbstverständlich habe ich das!« kicherte sie vergnügt. »Ich habe viel Spaß daran gehabt. Ich bin sogar auf Parforcejagden mitgeritten. Zu meiner Zeit geschah das noch im Damensattel. Oh, ja, ich habe viel Spaß daran gehabt – aber das ist lange her!« Sie verstummte, und ihr Blick verlor sich irgendwo in der Ferne am Horizont ihrer Erinnerungen, womit sie sich aus der Gegenwart einfach ausklinkte.

»Ich ziehe es vor, spazierenzugehen«, meinte Professor Michailović. »Ich verabscheue das Schießen auf die wehrlose Kreatur. Das Tier hat ja gar keine Chance gegen ein Gewehr!«

»Aber gegen einen guten Rehrücken haben auch Sie nichts einzuwenden!« General Branković lachte dröhnend. »Das nenne ich eine doppelzüngige Moral: Wir schießen, und Sie essen!«

»Die Moral biegen Sie sich zurecht, wie Sie sie brauchen, Verehrtester«, sagte der Professor leicht entrüstet. »Weil Leute wie ich essen, glauben Sie, ohne Gewissensbisse Ihrer Jagdleidenschaft frönen zu dürfen. Nun gut – ich esse zwar, aber ich könnte trotzdem kein Tier töten. Noch weniger verstehe ich, daß eine Frau dazu fähig ist«, meinte er schließlich mit einem Blick auf die alte Baronin. »Es fällt mir schwer, mir vorzustellen, daß eine Frau mit einem Gewehr...«

»Wie Sie wissen, Professor«, unterbrach Draga ihn amüsiert, »bin auch ich eine begeisterte Jägerin. Ich darf wohl behaupten, daß ich ausgezeichnet schieße – und ich treffe immer!«

»Das kann ich bezeugen!« rief General Krasnići enthusiastisch. »Jetzt heißt es leider: Jeder Schuß fürs Vaterland, aber es werden auch wieder andere Zeiten kommen und als Jäger ist man, Gott sei's gedankt, nicht pensioniert!«

»Gewiß«, sagte Draga mit funkelnden Augen. »Nach dem Krieg werden wir die Jagd hier wieder aufleben lassen, so wie in früheren Jahren!«

»Weidmannsheil!« bekräftigte General Branković.

*

Ich hatte mich inzwischen damit abgefunden, daß die Statue verschwunden blieb, trotzdem hielt ich unwillkürlich immer Ausschau nach ihr, wenn ich draußen herumstreifte, als könne ich sie überraschenderweise doch noch an einem anderen Platz finden, dort wo ich noch nicht gesucht hatte. Doch je mehr Zeit verstrich, desto öfter wurde ich von Zweifeln heimgesucht, ob sie überhaupt jemals dagewesen war, oder ob ich mir das nur eingebildet hatte. Vielleicht war das Blut, das ich an ihr gesehen hatte, wirklich nur eine Horrorvision gewesen, die Ausgeburt einer zu lebhaften Phantasie. Aber dann fragte ich mich gleich darauf, warum ich mir ausgerechnet etwas so Absurdes hätte einbilden sollen, wenn ich doch zuvor an nichts dergleichen gedacht hatte. Ich war ja durch nichts darauf eingestellt gewesen, eine Statue zu erblicken, aus der plötzlich Blut heraussikkerte.

Ich gab mir alle Mühe, nicht mehr daran zu denken, so wie ich auch hoffte, die Statue allmählich zu vergessen, aber das gelang mir schon deshalb nicht, weil ich bald ebenso häufig von ihr träumte wie von Alexander.

Es waren wirre, alpdruckhafte Träume. Die steinerne Göttin verfolgte mich, und ihr kaltes Lächeln jagte mir jedesmal einen Schauder über den Rücken. Manchmal kam sie direkt auf mich zu und streckte ihre weißen Arme nach mir aus. Ich spürte, von peinigender Gewißheit durchdrungen, daß ich nicht zulassen durfte, daß sie mich berührte, weil mir sonst etwas Grauenhaftes, wofür ich keinen Namen hatte, zustoßen würde. Ich versuchte zu fliehen, kam aber nicht von der Stelle, bis ich im letzten Moment schweißgebadet erwachte.

Ab und zu sah ich die Statue auch unter den anderen Gästen am Tisch sitzen, ohne daß es jemandem außer mir aufgefallen wäre, daß sie nicht lebendig war. Wie ein Gespenst mischte sie sich unter die Anwesenden, stand neben Draga, oder hinter dem Rollstuhl der alten Baronin. Sie saß lächelnd neben Hochwürden Kellerbach oder spazierte gelassen mit den Generälen und Professor Michailović in den Rauchsalon – immer nur von mir gesehen. Die anderen bemerkten nichts.

Was auch immer ich träumte, es ergab keinen Sinn, aber es ließ mir die Statue immer unheimlicher werden und bewirkte, daß ich sie nicht aus meinen Gedanken verdrängen konnte.

*

In diesem Zusammenhang erinnere ich mich an ein folgenschweres Mittagessen auf Peterhof. An jenem Tag hatte sich eine größere Gesellschaft zusammengefunden als üblich. Außer den Stammgästen, die fast immer da waren, hatte Draga auch noch den rumänischen Gesandten mit seiner Frau, ein befreundetes Ehepaar aus der Nachbarschaft, sowie eine gefeierte Sängerin und den Chefdirigenten der Agramer Oper eingelassen. Es waren etwa vierzehn Personen bei Tisch und darum war Pavlo Ogdan beim Servieren und Abräumen des Geschirrs behilflich.

Die Sängerin war für eine Weile der absolute Mittelpunkt der Tafelrunde. Erst kürzlich hatte sie einen großen Erfolg als Marie in der Verkauften Braut von Smetana errungen und wurde nun mit Komplimenten überschüttet. Sie sprach von den anderen Partien, die sie zur Zeit sang, und erzählte Theateranekdoten von dem berühmten Sänger Leo Slezak, mit dem sie schon einige Male aufgetreten war. Er war als Spaßvogel bekannt und spielte seinen Kollegen gern Streiche, so daß es manchmal kleine Pannen auf der Bühne gab, die man nur mit großer Geistesgegenwart überspielen konnte. Im Zusammenhang mit solchen echten Pannen, fiel ihr ein Alptraum ein, der sie in regelmäßigen Zeitabständen heimsuchte und aus dem Schlaf schrecken ließ.

Sie träumte von einem Opernabend, an dem sie auftreten sollte, und hörte, daß das Orchester bereits die Ouvertüre spielt. Da bemerkte sie, daß sie das falsche Kostüm trug und weder den Inhalt des Stückes noch die Partitur kannte. Der Inspizient schickte sie zu Beginn des ersten Aktes auf die Bühne, und da stand sie nun vor ausverkauftem Haus im grellen Scheinwerferlicht und wußte nicht, was sie singen sollte.

»Ich möchte immer weglaufen«, rief sie und hob mit dramatischer Gäste die Hände, »aber die Bühne verwandelt sich in einen Käfig, aus dem ich nicht entfliehen kann, und dann blicke ich hinunter in den Orchestergraben, aus dem die Musiker inzwischen verschwunden sind. Ich sehe, daß er sich mit Wasser füllt, das immer höher und höher steigt. Ich weiß, daß es bald die Bühne und den Zuschauerraum überschwemmen wird, und dann packt mich jedesmal die Angst zu ertrinken, weil ich nicht schwimmen kann. Ich weiß wirklich nicht, warum ich immer wieder denselben Unsinn träume und was das alles zu bedeuten hat!«

Professor Michailović war in seinem Element.

»Die Auslegung dieses Traumes ist sehr einfach«, sagte er und wartete, bis man ihm mit ungeteilter Aufmerksamkeit zuhörte. »Hier handelt es sich um einen klassischen Angsttraum. Viele Künstler fürchten, eines Tages auf der Bühne zu versagen, auch wenn ihnen das in Wirklichkeit nie passiert ist. Die Angst ist im Unterbewußtsein verankert und sucht sich dann in solchen Träumen ein Ventil. Um dieses Versagen aber vor sich selbst entschuldigen zu können, erfindet der Betroffene eine Szenerie, die ihn der eigenen Verantwortung bis zu einem gewissen Grad enthebt. Darum das steigende Wasser im Orchestergraben, das die zu erwartende Blamage auf der Bühne verhindern soll.«

Die Ausführungen des Professors bewirkten, daß anschließend jeder einen komischen, verrückten oder schrecklichen Traum zum besten gab und dann wissen wollte, was das alles zu bedeuten hätte. Nur die beiden Generäle behaupteten steif und fest, sie würden niemals träumen.

»Das ist ganz ausgeschlossen«, meinte Professor Michailović. »Alle Menschen träumen, auch diejenigen, die felsenfest glauben, dies nicht zu tun. Sie können sich am nächsten Morgen bloß nicht mehr daran erinnern.«

Mein Vater sagte, genau das träfe auf ihn zu. Er hätte zwar manchmal das Gefühl, irgend etwas geträumt zu haben, wüßte aber gleich nach dem Aufwachen nichts mehr davon.

Beim Dessert dozierte der Professor dann ganz allgemein über Träume und die Heilkraft, die sie schon im Altertum gehabt hätten. Er war der Auffassung, daß sie uns eine Menge über uns selbst und unseren Gesundheitszustand verraten könnten, wenn wir nicht weitgehend verlernt hätten, diese Träume zu deuten. Er erwähnte auch die Prophetie mancher Träume, von denen die Geschichte immer wieder zu berichten wisse.

»Hat nicht Calpurnia, die Frau Julius Caesars, in der Nacht vor seiner Ermordung geträumt, daß ihm etwas Schreckliches zustoßen würde?« fragte die Frau des rumänischen Gesandten.

»Schnickschnack!« sagte die alte Baronin, die vermutlich wieder nur die Hälfte von allem verstand, was um sie herum geredet wurde.

»Sie haben ganz recht, meine Liebe!« rief Draga über den Tisch, ohne den Einwurf ihrer Großmutter zu beachten. »Das haben wir alle in der Schule gelernt. Aber solche Träume sollen tatsächlich häufiger vorkommen, als man denkt. Mir ist da erst neulich ein interessanter Zeitungsartikel in die Hände gefallen. Er handelte von großen Schiffskatastrophen. Unter anderem wurde der Untergang der Titanic genau beschrieben. Mehrere Personen sollen hellseherisch davon geträumt und das Unglück vorhergesagt haben.«

»Ich persönlich würde es für puren Zufall halten, daß diese Prophezeiungen eingetroffen sind«, wandte General Branković ein. »Und soviel ich weiß, haben ja auch alle Passagiere den sogenannten Warnträumen zum Trotz die Seereise angetreten.« Er lachte laut auf. »Ich versuche mir gerade vorzustellen, was mein Vorgesetzter mir gesagt haben würde, wenn ich irgendwann als junger Soldat erklärt hätte, bei einer Schlacht nicht mitkämpfen zu wollen, nur weil ich geträumt hätte, wir würden sie verlieren!«

General Krasnići fiel dröhnend in das Lachen ein und zog die ganzen Traumgeschichten mit ein paar ironischen Bemerkungen ins Lächerliche.

Ich hing wieder meinen eigenen Gedanken nach, denn ich stand seit dem Aufwachen am Morgen immer noch unter dem Eindruck eines höchst sonderbaren Traumes, den ich in der vergangenen Nacht gehabt hatte. Gerade versuchte ich, mich wieder an alle Einzelheiten zu erinnern, da wurde ich plötzlich aus meinen Überlegungen gerissen, weil der Professor mich ansprach.

»Was hat denn unser kleines Fräulein heute nacht geträumt?«

Ich schrak zusammen und sah mit einem Schlag alle Augen auf mich gerichtet.

»Bei jungen Menschen können Träume auch hin und wieder von einer gewissen Hellsichtigkeit durchdrungen sein«, sagte er ganz allgemein in die Runde, »ohne daß das von ihnen selbst zur Kenntnis genommen wird, wie ja überhaupt die Pubertät gelegentlich paranormale Fähigkeiten auslöst, die in späteren Jahren wieder verschwinden.«

Ich starrte den Professor mit großen Augen an. Wie gerne hätte ich mich mit ihm über dieses Thema unterhalten, ihn vieles gefragt – aber die Anwesenheit der anderen Gäste hemmte mich, so daß ich zunächst kein Wort herausbrachte.

Er fixierte mich mit seinen hellen Augen und wiederholte seine Frage.

Ich war verwirrt. Noch nie hatte mich jemand bei Tisch in die Unterhaltung miteinbezogen. Vielleicht gab ich deshalb eine wahrheitsmäßige Antwort, anstatt auszuweichen und einfach zu sagen, ich hätte meinen Traum von heute nacht vergessen.

»Ich habe von einem Begräbnis geträumt«, sagte ich zaghaft und fühlte, wie ich errötete.

»Das bringt Glück!« rief die Sängerin. »Einen Leichenwagen oder einen Sarg sehen und von Begräbnissen träumen, bedeutet immer etwas Gutes, nicht wahr? Ich habe das einmal in einem Buch über die Wahrsagekunst der Zigeuner gelesen!«

»Ein Traum von einem Begräbnis muß durchaus kein Glück bedeuten«, meinte der Professor leicht ungehalten. »Diese sogenannten Traumsymbole und ihre triviale Deutung sind meistens nichts anderes als Aberglaube. Es würde mich jedoch interessieren, warum und in welchem Zusammenhang dieses Mädchen hier von einem Begräbnis geträumt hat.« Er nickte mir aufmunternd zu. »Also, junge Dame, lassen Sie uns hören!«

»Es war ein unheimlicher Traum, in dem alles verdreht war«, sagte ich verlegen. »Ich meine, es ergab keinen Sinn... das, wovon er handelte.« Ich hoffte, der Professor würde sich mit dieser Antwort zufriedengeben und sein Interesse jemand anderem zuwenden, aber er ließ nicht locker.

»Erzählen Sie uns davon! Anscheinend können Sie sich ja noch gut daran erinnern. Vielleicht gelingt es mir dann, dem Traum eine sinnvolle Deutung zu geben.«

»Ja, also...«, begann ich zögernd nach einem schnellen Blick auf meinen Vater, der mir aber diesmal nicht zur Hilfe kam, sondern nur aufmerksam herüberschaute und mir zulächelte. »Wir waren alle auf dem Weg zu einer Beerdigung. Der Friedhof sah aus wie ein großer, verwilderter Garten. Ich wußte, daß ich mich auf Peterhof befand, obwohl es hier natürlich keinen Friedhof gibt. Aber ich kannte den Weg, auf dem sich der Trauerzug entlang bewegte, ganz genau. Er führte an den vier Zypressen, dann hinter dem Rosenpavillon vorbei zu einer Waldlichtung.«

»Die Zypressen sind Totenbäume«, murmelte der Professor.

Ich fuhr fort: »Es war Winter und sehr kalt. Die Bäume waren kahl, und das dunkle Grün der Zypressen wirkte beinahe schwarz. Da war nur der Strauch mit seinen weißen Blüten...«

»Ein Strauch mit weißen Blüten mitten im Winter?« fragte der Professor.

»Ja«, sagte ich, »das kam mir auch merkwürdig vor. Ich habe schon oft von diesem Strauch geträumt – und da waren seine Zweige immer schneebeladen, so daß er ganz weiß aussah. Es gibt diesen Strauch wirklich hier. Es ist ein Rhododendron, der im Frühsommer viele weiße Blüten trägt. Und in diesem Traum blühte er auch, obwohl Schnee lag.«

»Aha«, sagte der Professor nachdenklich. »Die winterliche Landschaft symbolisiert sozusagen das Totenreich. Der blühende Strauch hat natürlich seine eigene Bedeutung, die mir noch nicht klar ist. Und weiter?«

»Die Trauergäste waren alle schwarz gekleidet... und auf den Bäumen ringsum saßen große schwarze Vögel. Gleich hinter dem Sarg schritt Draga tief verschleiert... und dann kam der Rollstuhl mit Baronin Xenia, der von Ogdan geschoben wurde. Die Leichenbestatter waren General Krasnići und General Branković. Zu ihren

Paradeuniformen trugen sie Dreispitze mit wallenden schwarzen Federn... Ach ja, vor dem Sarg ging Hochwürden Kellerbach und schwenkte ein Faß mit Weihrauch. Er sang eine Litanei und murmelte Gebete. Ihm folgte Pavlo in einem weißen Chorhemd.« Ich schaute kurz zu ihm und Ogdan. Sie standen mir gegenüber neben der Anrichte und hörten mit ausdruckslosen Gesichtern zu. »Es waren viele Trauergäste da, aber die meisten kannte ich nicht.«

»Bis jetzt hat dieser Traum noch immer eine gewisse Logik, auch wenn er für ein junges Mädchen ungewöhnlich ist«, sagte der Professor. Er musterte mich eingehend. »Was ist denn nun das Verdrehte daran, wie Sie sich vorhin ausdrückten? Noch kann ich nichts Derartiges entdecken.«

»Das kommt noch«, erwiderte ich hastig. Wie immer, wenn ich vor fremden Menschen reden sollte, fühlte ich mich unsicher. Ich senkte den Kopf, um den vielen Augen, die mich anstarrten, auszuweichen, und fuhr fort. »Als der Trauerzug die Waldlichtung erreicht hatte, wurde der Sarg neben einem bereits ausgehobenen Grab abgestellt. Die Gäste bildeten einen Halbkreis, und auf einen Wink von Hochwürden Kellerbach nahmen Ogdan und Pavlo den Sargdeckel ab.«

»Ich kann mir fast denken, was jetzt kommt...«, sagte der Dirigent leicht amüsiert.

»Ich auch!« rief General Branković lautstark dazwischen. »Der Sarg war leer, da lag gar keiner drin!« Er lachte ein kurzes rauhes Lachen, das in Husten überging.

Professor Michailović brachte ihn mit einer Handbewegung zum Schweigen. Er wandte sich mir zu: »Wer war denn nun eigentlich gestorben, mein Kind – oder war der Sarg tatsächlich leer?«

Ich fühlte, wie mein Mund trocken wurde. »Der Sarg war nicht leer. Es lag jemand drin, aber es war kein Mensch...«

»Das verstehe ich nicht«, sagte der Professor überrascht. »In dem Sarg lag ein Toter, aber es war kein Mensch?«

Ich warf meinem Vater wieder einen hilfesuchenden Blick zu, den er mit ruhigem Ernst quittierte, ohne etwas zu sagen. Anscheinend wollte er, daß ich meine Erzählung zu Ende brachte. Ich räusperte mich und war bemüht, gelassen zu wirken.

»Im Sarg lag eine Statue... es war eine Statue, die beerdigt werden sollte.«

»Eine Statue?« kicherte die Sängerin. »Das ist wirklich komisch!«
»Eine Statue?« wiederholte der Professor überrascht. »Wie seltsam! Was für eine Statue?«

»Ich glaube, sie stellte eine Göttin dar – Fortuna mit dem Füllhorn«, sagte ich. »Aber das Füllhorn hatte man ihr nicht mit in den Sarg gelegt. Wahrscheinlich, weil ihr steinerner Leib blutbefleckt war... Sie blutete noch immer. Der Anblick war entsetzlich, und alle, die es sahen, wandten den Kopf ab oder bedeckten ihre Augen...« Ich hielt inne.

»Und was geschah weiter?« fragte der Professor gespannt.

»Nichts«, sagte ich beinahe heiter. Ich fühlte mich wie erlöst, weil ich mit meiner Geschichte am Ende war. »Weiter geschah nichts. Ich sah nur noch, wie Draga Erde in den offenen Sarg warf, um das Blut auf der Statue zu verdecken – davon wachte ich auf.«

. Es entstand ein Schweigen, in dem immer noch alle Augen auf mich gerichtet waren. Von den Mienen der Anwesenden konnte ich nicht ablesen, was jeder im einzelnen über mich und meinen Traum dachte. Es wäre mir lieber gewesen, der Professor hätte mich nicht genötigt, ihn zu erzählen.

Plötzlich vernahm ich in die Stille hinein, wie Pavlo leise etwas auf kroatisch zu Ogdan sagte. Ich glaube, daß niemand sonst darauf achtete, denn allmählich kam die Unterhaltung wieder in Gang. Nur Draga hatte anscheinend ebenfalls Pavlos Bemerkung gehört, denn sie warf ihm und Ogdan einen schnellen, wütenden Blick zu, und auf ihren herrischen Wink drängte der alte Diener den Jungen hastig und beinahe grob aus dem Zimmer.

Heute spreche ich nicht mehr kroatisch. Bis auf ein paar Worte habe ich fast alles vergessen. Aber damals verstand ich doch so viel, daß ich den Sinn des Gesagten mitbekam.

»Fortuna? Das ist doch die Statue, die wir weggeschafft haben!« So oder ähnlich waren Pavlos Worte gewesen.

Ich schnappte nach Luft und spürte, wie mein Herz heftig zu klopfen begann. Ich weiß nicht, welcher Teufel mich plötzlich ritt – jedenfalls sagte ich beinahe übermütig und so laut, daß es alle hören konnten:

»Es handelt sich um eine Statue, die ich hier auf Peterhof gesehen habe und von der Draga behauptet, daß es sie gar nicht gibt!« Ich schaute zu ihr hinüber und sah, daß ihre Hand, die ein Obstmesser hielt, leicht zitterte. Sie ließ es auf den vor ihr stehenden Teller gleiten und schob ihn energisch von sich fort. Dann verschränkte sie die Arme, so daß man ihre Hände nicht sehen konnte. In ihrem Gesicht stand ein kleines, eisiges Lächeln. Für einen Augenblick war ich vor Schreck wie gelähmt.

Aus ihren Augen schlug mir tödlicher Haß entgegen.

»Was hat Immys merkwürdiger Traum denn nun eigentlich zu bedeuten?« hörte ich meine Mutter neugierig fragen.

Der Professor antwortete ausweichend, daß er noch mehr Einzelheiten wissen müßte, um mit dem Erzählten etwas anfangen zu können und eine Deutung zu finden. Er wandte sich mir zu. »Sie glauben also, diese Statue hier schon einmal gesehen zu haben?« Auf seinem Gesicht lag ein eigenartig gespannter Ausdruck.

Ich wollte etwas sagen, aber fast gleichzeitig warf die alte Baronin mit einer ungeschickten Handbewegung ihr Rotweinglas um. Auf dem weißen Tischtuch entstand ein blutroter, nasser Fleck, der sofort die Blicke aller Anwesenden auf sich zog und von der Frage des Professors ablenkte. Ogdan eilte herbei und leerte den Inhalt eines Salzfasses über der besudelten Stelle aus.

»Ein altes Hausmittel«, erklärte Draga, während alle zusahen, wie sich die Salzkörner rosa färbten. »Auf diese Weise bleibt kein Fleck zurück.«

Sie hob abrupt die Tafel auf und bat zum Mokka in den Rauchsalon. Die Gäste erhoben sich und schlenderten, nun mit ganz anderen Themen beschäfigt, aus dem Eßzimmer, und von einer Minute auf die andere war ich wieder mir selbst überlassen.

Ich blieb noch einen Augenblick stehen, unschlüssig, was ich nun tun sollte, dann ging ich hinaus in den Garten.

Ich lief zu den vier Zypressen, die Professor Michailović Totenbäume genannt hatte, und starrte sie an. Hießen sie so, weil sie so ernst in den Himmel ragten wie mahnend erhobene Zeigefinger? Weil sie so still waren? Sie hatten kein Laub, das der Wind leise raschelnd bewegte, und keine Vögel nisteten darin. Mich schauderte. Plötzlich erschienen sie mir fremd und abweisend, und doch waren sie schön in ihrer dunkelgrünen Feierlichkeit. Sie standen da, kerzengerade, wie ein emporgewachsenes Gebet.

Ich war aufgewühlt von dem, was ich bei Tisch gehört und gesehen hatte. Wenn Professor Michailović mit seiner Traumdeutung recht hatte, dann folgte ich auch Alexander stets durch eine Totenlandschaft, in diesen Träumen war ebenfalls stets Winter. Nichts blühte. Es gab nur diese Einöde aus Schnee und Eis. Wie seltsam das war! Und noch etwas ging mir nicht aus dem Kopf: Pavlo und Ogdan wußten also von der Statue und ihrem Verbleib. Ogdan – ich hatte richtig vermutet, hatte gelogen, als er mir vor einiger Zeit gesagt hatte, daß es auf Peterhof keine Statue gäbe. Draga hatte sie entfernen lassen und ihren Angestellten verboten darüber zu reden. Aber warum hatte sie das getan? Warum war es ihr so wichtig, mich glauben zu machen, daß es diese Statue niemals gegeben hatte, so daß sie sogar alle Spuren von ihr beseitigen ließ?

Plötzlich durchzuckte mich die Erkenntnis, daß es irgendeinen Zusammenhang zwischen der Statue und Alexander geben mußte, denn Draga leugnete ja auch beharrlich die Existenz dieses jungen Mannes. Warum hatte sie mich bei Tisch mit so viel Haß angesehen? Das mußte einen tief verborgenen Grund haben, dessen Tragweite ich nicht durchschaute. Wozu sonst der ganze Aufwand, dieses Versteckspielen? Was konnte ich ihr schon anhaben? Wovor hatte sie Angst, und wenn es keine Angst war, warum war sie zornig? Sie hatte jedesmal auf meine Fragen höchst sonderbar reagiert, oder war mir ausgewichen.

Ich zerbrach mir den Kopf, fand keine Antwort und wußte, niemand würde mir helfen, eine Lösung zu finden.

Und wieder dachte ich an Pavlo. Er wußte, daß man die Statue fortgeschafft hatte. Vielleicht war er sogar dabeigewesen. Er hatte sie Fortuna genannt – ich hatte mich bestimmt nicht geirrt. Und Draga hatte es auch gehört. Darum hatte sie Ogdan mit einem energischen Wink zu verstehen gegeben, daß er Pavlo aus dem Zimmer weisen sollte, bevor dieser noch mehr verraten konnte.

Der Junge wußte Bescheid, daran war nicht zu zweifeln. Aber er würde bestimmt nicht mit mir darüber sprechen. Wie konnte ich ihn nur zum Reden bringen? Durch ein Geschenk? Vielleicht würde er Geld nehmen, ich hatte etwas Taschengeld gespart. Ich war mir darüber im klaren, daß ich sehr geschickt vorgehen mußte, wenn ich ihn dazu bewegen wollte, mir etwas über die Statue zu sagen, aber ich hatte keine Ahnung, wie ich das anstellen sollte.

Ich stand auf und schlenderte zurück. Nachdenklich ging ich ums Haus zur Küchenseite. Plötzlich hörte ich aus dieser Richtung merkwürdig klatschende Geräusche, deren Ursache ich mir zunächst nicht erklären konnte. Mein Instinkt riet mir, mich leise zu verhalten und darauf zu achten, daß niemand mein Kommen bemerkte. Als ich den Hof erreicht hatte und vorsichtig durch das dichte Buschwerk spähte, erschrak ich.

Vor dem Kücheneingang erblickte ich Pavlo in gebückter Haltung. Ogdan stand hinter ihm und schlug mit einem Stock wortlos auf ihn ein. Der Junge ließ es sich eine Zeitlang gefallen, ohne nur einen Laut von sich zu geben. Ich wunderte mich, daß er nicht schrie, denn die Schläge, die seinen Rücken trafen, mußten schmerzhaft sein. Dann aber befreite er sich aus Ogdans Zugriff und richtete sich mit wutverzerrtem Gesicht auf. Er drehte sich mit einem Ruck zu ihm herum, ballte die Hände zu Fäusten und blieb drohend vor ihm stehen. Einen Augenblick lang dachte ich, er würde auf den alten Mann losgehen. Ogdan wich ein Stück zurück, zerbrach den Stock und warf die Teile ins Gebüsch. Ohne Pavlo noch eines Blickes zu würdigen, schlurfte er mit gesenktem Kopf in die Küche.

Der Junge sah ihm mit einem bösen Funkeln in den Augen nach, bis er im Haus verschwunden war, dann rannte er mit großen Sprüngen in den Wald.

Das Gespenstische an der Szene war gewesen, daß dies alles geschehen war, ohne daß einer der beiden auch nur ein Wort verloren hatte.

Ich konnte mir denken, warum Pavlo Prügel bezogen hatte. Das war vermutlich die Strafe dafür, daß er vor den Gästen eine Bemerkung über die Statue gemacht hatte.

Ich war überzeugt davon, daß es nun erst recht schwer sein würde, etwas aus ihm herauszulocken; der Junge würde nun wohl aus dem Vorfall gelernt haben und in Zukunft den Mund halten. Was konnte ich mit meinen bescheidenen Mitteln da schon ausrichten! Aber versuchen wollte ich es trotzdem.

Es war tatsächlich genauso schwer, an ihn heranzukommen, wie ich mir das vorgestellt hatte. Pavlo hörte gar nicht hin, als ich ihn bei der ersten sich bietenden Gelegenheit ansprach. Er blieb nicht einmal stehen, sondern tat so, als verstünde er kein Deutsch, und warf mir nur einen verächtlichen Blick zu. Er mochte mich nicht, das hatte ich von Anfang an gespürt. Ich fragte mich allerdings, ob es überhaupt jemanden gab, den Pavlo mochte. Er war selbst zu seiner Mutter immer unfreundlich, und ich glaube, die gutmütige Zlata hatte oft Schwierigkeiten, mit ihrem stets mürrischen und finster dreinblickenden Sohn zurechtzukommen. Ich mußte Geduld haben. Ich hoffte, daß mir irgendwann der Zufall zu Hilfe kommen würde, der Pavlo zum Reden brächte.

Ich beobachtete ihn, wann immer ich in der nächsten Zeit mit meinen Eltern nach Peterhof kam. Ich ging ihm heimlich nach, sobald ich seiner ansichtig wurde, und ich war sicher, daß er nichts davon bemerkte, denn woher hätte er auch vermuten können, daß ich ihm plötzlich so viel Interesse entgegenbrachte.

Bald fand ich heraus, daß er oft den Umkreis des Herrenhauses verließ und ein großes Stück in den Wald hineinlief. Ich hatte keine Ahnung, was er da machte, warum er manchmal etwas mitnahm – irgendeinen in Zeitungspapier verpackten Gegenstand, den er dann nicht wieder mitbrachte. Vorläufig traute ich mich nicht, ihm allzu weit zu folgen. Da er immer ein ziemliches Tempo vorlegte, hatte ich Angst, ihn aus den Augen zu verlieren und mich am Ende zu verlaufen. Draga hatte mich ja einmal davor gewarnt, zu tief in den Wald hineinzugehen. Aber mit der Zeit wagte ich mich jedesmal etwas weiter vor, zumal ich Weg und Richtung, die Pavlo einschlug, immer besser kennenlernte.

Und eines Tages geschah etwas, das mich für mein geduldiges Warten belohnte. Ich hatte endlich Glück.

Eine Stunde nach dem Mittagessen entdeckte ich Pavlo auf dem Hof nahe der Küche. Er fegte mit einem Besen das welke Herbstlaub zu großen Haufen zusammen. Plötzlich hielt er inne, nahm einen Spaten, der an der Hauswand lehnte, und schob ihn unauffällig durch die Hecke hindurch auf die andere Seite, die dem Wald gegenüber lag. Er schaute sich vorsichtig um, ob jemand ihn beobachtete, dann ergriff er blitzschnell einen vollgepackten Rucksack, den er anscheinend zuvor im Gebüsch versteckt hatte, und schob ihn ebenfalls durch ein Loch in der Hecke.

Obwohl ich von Haus aus nicht mißtrauisch bin, war sogar für mich deutlich erkennbar, daß Pavlo etwas tat, wobei er keine Zuschauer haben wollte. Er blickte sich noch einmal verstohlen um, stellte fest, daß die Luft rein war, und ließ dann unvermittelt den Besen fallen. Nun kroch er selbst durch die Hecke und wenig später sah ich ihn mit dem Spaten und dem Rucksack eilig in den Wald laufen.

Ich beschloß, ihm unauffällig zu folgen, indem ich immer hinter einem Baumstamm oder Gesträuch Deckung suchte.

Nach etwa zehn Minuten – ich war noch nie so weit in den Wald vorgedrungen – blieb Pavlo plötzlich bei einem Holzstoß stehen. Er ließ Spaten und Rucksack zur Erde gleiten und begann den Boden abzusuchen. Endlich schien er das, wonach er Ausschau hielt, gefunden zu haben. Er kniete nieder und ging daran, mit den Händen irgend etwas beiseite zu schieben. Ich konnte nicht genau erkennen, was es war, es sah aus wie ein kleiner Steinhaufen. Er nahm den Spaten zur Hand und begann, das freigelegte Erdreich zielstrebig aufzugraben. Es dauerte nicht lange, und er hob einen Gegenstand heraus, der wie eine längliche Kiste aussah. Er hielt inne und wischte sich den Schweiß von der Stirn. Dann holte er seinen Rucksack und schleifte ihn zu der Kiste. Er drehte ihn um und entleerte seinen Inhalt durch heftiges Schütteln. Zu meinem Erstaunen fielen einige Konservendosen heraus, ein großer silberbeschlagener Dolch von der Art, wie ich sie im Herrenhaus von Peterhof gesehen hatte, und ein zerlegtes Gewehr. Ich brauchte nicht viel Zeit, um zu begreifen, daß Pavlo nicht nur hier im Wald etwas Verbotenes tat, sondern auch gestohlen hatte. Die Konserven hatte er zweifellos seiner Mutter aus der Küche entwendet. Der Dolch stammte vermutlich aus der großen Halle, deren Wände mit Trophäen so überladen waren, daß das Fehlen eines einzelnen Gegenstandes nicht weiter auffiel – es sei denn, jemand hätte den imposanten Kopf des Keilers verschwinden lassen. Blieb das Gewehr. Woher konnte Pavlo das Gewehr haben, das er jetzt gerade zusammensetzte? Es war keine von den rostigen alten Flinten, die ebenfalls als Erinnerungsstücke herumhingen, sondern es war, soweit ich das beurteilen konnte, eine moderne Waffe, wie man sie heutzutage verwendete. Der Schrank mit den Jagdgewehren fiel mir ein. Der war jedoch verschlossen. Ich war vor kurzer Zeit erst daran vorbei gegangen und hatte zufällig einen Blick darauf geworfen. Wäre er beschädigt gewesen, weil man ihn aufgebrochen hatte, so wäre mir das bestimmt aufgefallen. Draga besaß den Schlüssel zu dem Schrank. Gab es noch einen zweiten? Und wenn ja, wer hatte ihn? Andrerseits, so überlegte ich, war es sicher nicht schwer, mit einem Wachsabdruck einen Nachschlüssel anfertigen zu lassen oder mit einem Dietrich das Schloß aufzusperren. Pavlo konnte durchaus die Gelegenheit dazu gehabt haben, während Draga sich mit ihren Gästen in den Salons oder auf der Terrasse aufhielt und Ogdan mit dem Servieren beschäftigt war.

Plötzlich durchzuckte es mich wie eine Erleuchtung, daß ich die unwiederbringlich günstige Gelegenheit vor mir hatte, etwas über den Verbleib der Statue zu erfahren. Ich nahm allen Mut zusammen und verließ das schützende Gebüsch, hinter dem ich mich bis dahin verborgen hatte, und trat auf Pavlo zu.

»Was tust du da?« fragte ich unvermittelt und erschrak beinahe selbst über den Klang meiner Stimme.

Der Junge fuhr zusammen und ließ das Gewehr fallen. Als er sich umdrehte, zeigte er alle Anzeichen von Entsetzen. Er war kreidebleich und starrte mich aus aufgerissenen Augen an, als wäre ich eine Erscheinung. Er faßte sich allerdings schnell wieder, nachdem er sich durch ein paar hastige Blicke nach allen Seiten vergewissert hatte, daß ich ganz allein war. Ich sah kalte Wut in ihm hochsteigen.

»Vještica!« zischte er mir böse entgegen. »Du Miststück hast mir nachspioniert!« Er bückte sich, hob mit einer schnellen Bewegung den Spaten auf und kam drohend auf mich zu.

Plötzlich bekam ich weiche Knie vor Angst. Wir waren ziemlich weit vom Herrenhaus entfernt. Außer Pavlo und mir war hier keine Menschenseele. Wenn er mir etwas antun würde – und sein verschlagener Gesichtsausdruck und seine dumpfe Wut ließen mich befürchten, daß ihm das zuzutrauen wäre –, dann würde ich ohne jede Hilfe sein. Ich hatte nichts, womit ich mich wehren konnte. Keiner wußte, wo ich war, und niemand würde mich hier finden. Man würde nicht einmal mein Schreien hören. Ich mußte verrückt gewesen sein, mich dieser Gefahr auszusetzen!

Einer plötzlichen Eingebung folgend, behauptete ich geistesgegenwärtig: »Paul, unser Fahrer, weiß übrigens, daß ich dir nachgegangen bin. Ich habe ihm gesagt, daß ich mich mit dir unterhalten will.«

Pavlo blieb stehen. Er hatte sofort begriffen und ließ den Spaten zu Boden sinken.

»Was willst du? Ich spreche nicht gut!« stieß er mit seinem harten kroatischen Akzent hervor. »Ich versteh' nicht Deutsch.«

»Du verstehst es recht gut, wenn du nur willst.« Ich versuchte, meiner Stimme Festigkeit zu geben. »Es wird auch nicht lange dauern, wenn du mir sagst, was ich wissen möchte.«

Er musterte mich böse, ohne zu antworten.

Für das, was ich nun tat, schäme ich mich noch heute. Ich sagte: »Du hast die Sachen gestohlen.« Ich sprach langsam, jedes Wort laut und deutlich betonend. »Und diese Waffe…«, ich zeigte auf das Gewehr, »hast du aus dem Schrank der Gospodja entwendet.« Ich sah, daß Pavlos Augen sich angstvoll weiteten, und wußte, daß ich mit meiner Vermutung ins Schwarze getroffen hatte. Ich fühlte mich plötzlich ganz sicher und wollte mir auf keinen Fall die Gelegenheit entgehen lassen, endlich etwas über die Statue zu erfahren, auch wenn das, was ich hier tat, den häßlichen Namen Erpressung verdiente. Unwillkürlich dachte ich an meinen Vater und an das Versprechen, das ich ihm gegeben hatte, keine Nachforschungen mehr bei Dragas Personal anzustellen. Aber meine Neugier und die innere Zerrissenheit, in der ich mich befand, waren stärker. Ich beruhigte mein schlechtes Gewissen damit, daß Pavlo ja in meinem Alter war und daher vielleicht nicht so direkt zu Dragas Bediensteten zählte, auch wenn er da und dort kleine Arbeiten verrichtete. Außerdem stand er im Begriff, etwas Unrechtes zu tun.

»Ich werde niemandem erzählen, was ich hier gesehen habe«, fuhr ich fort. »Es interessiert mich auch nicht, warum du die gestohlenen Sachen im Wald vergraben willst. Aber ich möchte alles über die Statue wissen.«

Pavlo erschrak, aber er stellte sich dumm.

»Welche Statue, verdammt?«

»Du weißt genau, welche ich meine!« erwiderte ich unnachgiebig. »Du hast sie neulich bei Tisch erwähnt und deshalb anschließend von Ogdan Prügel bekommen.«

Der Junge ballte seine Fäuste so krampfhaft zusammen, daß das Weiße seiner Fingerknöchel hervortrat. »Niemand hat mich geschlagen!«

»Doch«, gab ich kühl zurück, »ich habe es selbst gesehen! Was, glaubst du, würde passieren, wenn die Gospodja erfährt, daß du ihr ein Gewehr gestohlen hast?« Ich machte eine bedeutungsschwere Pause, um meine Worte auf ihn wirken zu lassen. »Ich werde ihr nichts davon sagen, wenn du mir alles über die Statue erzählst, welche die Gospodja fortschaffen ließ.«

Ich sah, daß Pavlo fieberhaft überlegte. Dann kam er anscheinend zu dem Ergebnis, daß es wohl weniger schlimm sei, mir die verlangte Auskunft zu geben, als wegen Diebstahls ins Gefängnis zu kommen, noch dazu, wo es sich bei dem gestohlenen Gut um eine Waffe handelte. Obwohl der Tag kühl war, hatte der Junge Angstschweiß auf der Stirn, den er sich hastig mit seinem Jackenärmel abwischte. Pavlo war immer noch ganz fahl im Gesicht. Seine Augen waren starr und voller Haß auf mich gerichtet.

»Wie kann ich sicher sein, daß du mich nicht verrätst?« zischte er.

»Ich verspreche dir, dies nicht zu tun.«

»Schwöre es!«

»Ich schwöre es!«

»Schwöre bei deinem Leben... und daß du blind sein willst!«

»Ich habe doch gesagt, daß ich nicht darüber reden werde!«

»Blind und taub... verfaulen sollst du! Schwöre!« Er schrie es mir wie eine Verwünschung entgegen.

Ich hob die Hand zum Schwur und bekräftigte noch einmal: »Ich schwöre es!«

Pavlo befeuchtete seine Lippen und ruderte unsicher mit den Armen durch die Luft.

»Also«, begann er, »ich weiß nicht viel. Auch nicht, warum Glücksgöttin ist und Fortuna heißt. Die Gospodja hat verlangt, muß sofort verschwinden. Ogdan soll Statue zerstören – kaputthacken mit große Axt. Ogdan hat gesagt, ist schade drum. Man kann Statue verkaufen. Er weiß einen Mann, der ist... der ist...« Er suchte nach dem Wort.

»...der ist Antiquitätenhändler«, kam ich ihm zur Hilfe.

»Ja, ist Händler«, bestätigte Pavlo. »Kauft und verkauft alte Sache. Ist gekommen, hat Statue angesehen und gesagt, daß kauft. Weiß Leute in Österreich, die Statue haben wollen. Haben viel Land, haben Park wie hier.« Pavlo schwieg und sah finster vor sich hin.

»Und weiter?«

»Händler ist gekommen mit Lastauto. Wir haben mit Kran Statue hochgehoben und auf Lastauto gegeben. Ogdan hat Geld von Händler bekommen, und die Gospodja hat gesagt, darf behalten. Hauptsache, Statue ist nicht mehr da. Ist jetzt in Österreich.«

»Warum wollte die Gospodja die Statue zerstören lassen?«

»Weiß nicht.« Pavlo zuckt mürrisch mit den Schultern. »Weiß nicht, hat uns nicht gesagt. Hat nur gesagt, will nicht hier haben.«
Ich glaubte dem Jungen, daß er es tatsächlich nicht wußte, trotzdem fragte ich noch einmal eindringlich: »Hast du mir wirklich alles gesagt?«
Er warf mir einen Blick zu, in den er seine ganze Verachtung legte. Dann spuckte er mir direkt vor die Füße.
»Ich habe gesagt, was ich weiß, verdammt!« Plötzlich hatte er ein Taschenmesser in der Hand und ließ die Klinge aufspringen. Er trat ganz dicht vor mich hin, so daß sein Atem mein Gesicht streifte.
»Wenn du redest – ich stech' dich ab!«
Und wieder spürte ich meine Knie weich werden. Die Wut, die seine Stimme heiser klingen ließ, die Gemeinheit, die in seinem Gesicht stand, und die Rohheit seiner Ausdrucksweise ließen mich erschrocken zurückweichen.
»Ich habe geschworen«, stammelte ich.
Er ließ die Klinge zurückspringen und steckte das Messer in seine Hosentasche.
»Und jetzt verschwinde, du!« Er begann die gestohlenen Sachen aufzuheben und in die Kiste zu packen, so als wäre ich gar nicht da.
Ich drehte mich verstört um und lief davon.
»Vještica!« rief er mir haßerfüllt nach.
Ich zuckte zusammen. So hatte er mich schon einmal genannt: Hexe!
Ich sah mich nicht mehr nach ihm um. Ich hatte herausgefunden, was ich wissen wollte. Was ich aber jetzt empfand, war kein Triumph. Vielleicht wäre es anders gewesen, wenn ich jemanden gehabt hätte, dem ich davon hätte erzählen können. Es mußte schön sein, zu jemandem, der Anteil nahm, hingehen und sagen zu können: »Ich habe recht gehabt, ich habe mich nicht geirrt – ich bin auch nicht verrückt – es war nicht die Phantasie, die mit mir durchgegangen ist, als ich von dieser Statue erzählte. Es gibt sie wirklich, auch wenn sie jetzt nicht mehr da ist.« Ich hatte niemanden, mit dem ich darüber sprechen konnte. Ich mußte absolutes Stillschweigen bewahren – auch meinem Vater gegenüber. Wie hätte ich ihm auch erklären sollen, wie ich zu meinem Wissen gekommen war. Noch dazu hatte ich geschworen, nicht darüber zu sprechen. Nein, ich hatte keinen Anlaß zu triumphieren, aber zumindest empfand ich

eine tiefe Befriedigung darüber, daß ich es geschafft hatte, wenigstens für mich selbst die Antwort auf eine mir überaus wichtige Frage gefunden zu haben. Es hatte die Statue auf Peterhof wirklich gegeben und dann hatte man sie weggeschafft, verkauft und außer Landes gebracht. Ich war nicht irgendwelchen Hirngespinsten zum Opfer gefallen, wie Draga mich das hatte glauben machen wollen, auch wenn das eine oder andere Rätsel nach wie vor ungelöst blieb. Aber wer war Alexander? Ich hatte ihn bei dieser Statue stehen sehen, bevor er auf mich zugekommen war, und in meinen Träumen ging er immer zu ihr hin. Warum hatte ich das Blut daran erblickt? Das mußte eine Bedeutung haben, die ich jedoch nicht ergründen konnte. Ich verstand das alles nicht. Mein zweites Gesicht hatte mich etwas schauen lassen, das in der Vergangenheit oder in der Zukunft lag. Ich versuchte, mir noch einmal alles ins Gedächtnis zu rufen, was geschehen war, und kam zu dem Schluß, daß dieses Ereignis in der Vergangenheit stattgefunden haben mußte. Draga wußte davon, sonst würde sie nicht so heftig reagiert haben. Wie dem auch sein mochte, hier endeten alle meine Überlegungen. Mehr als ich jetzt wußte, würde ich vermutlich nicht herausbekommen. Ich mußte mich damit abfinden.

In Pavlo hatte ich jetzt natürlich einen Todfeind, darüber war ich mir im klaren. Aber was machte das schon, er war ja auch nicht mein Freund gewesen. Etwas Beängstigendes ging von ihm aus, obwohl doch ich es gewesen war, die ihn in die Enge getrieben hatte. Ich begann unwillkürlich, schneller zu gehen.

Das Herrenhaus erschien mir plötzlich wie ein rettender Zufluchtsort vor einer häßlichen Welt, die ich bisher so nicht kennengelernt hatte. Ich war da mit etwas in Berührung gekommen, das mir Furcht einjagte, dem ich nichts entgegenzusetzen wußte. Es war primitiv, dumpf und feindselig gewesen, voll unverhüllter Brutalität. Ich schauderte und begann zu rennen, bis ich auf einmal auf dem mit getrockneten Tannennadeln übersäten Waldboden ausrutschte und der Länge nach hinschlug. Ich rappelte mich jedoch wieder auf. Der Sturz hatte weh getan, und mir dröhnte der Kopf, aber bis auf ein paar Schrammen an den Händen und einem blutigen Loch im Knie unter dem zerrissenen Strumpf hatte ich mich nicht weiter verletzt.

Als ich das Herrenhaus endlich durch die Bäume hindurch schimmern sah, verlangsamte ich erleichtert meine Schritte. Die Beklemmung fiel von mir ab, und ich fühlte mich in Sicherheit.

Von nun an würde ich Pavlo aus dem Wege gehen, so wie auch er vermutlich alles daran setzen würde, mir nicht mehr zu begegnen, es sei denn bei jenen unvermeidlichen Anlässen, wo er Ogdan bei Tisch helfen mußte. Aber da kamen wir nicht miteinander in Berührung.

Es dauerte eine ganze Weile, bis es mir gelang, den häßlichen Eindruck, den dieses Erlebnis auf mich gemacht hatte, abzuschütteln. Gelegentlich dachte ich darüber nach, wie es möglich war, daß eine so freundliche gutartige Frau wie Zlata, die ihrer Herrschaft treu ergeben war, so einen mißratenen Sohn haben konnte. Natürlich hatte sie von seinen Umtrieben keine Ahnung. Sicher wäre sie entsetzt gewesen, wenn sie erfahren hätte, daß er stahl – und nicht nur so harmlose Sachen wie Lebensmittel. Wozu brauchte er den Dolch und das Gewehr? Warum versteckte er das Zeug in einer Kiste, die er im Wald vergrub? Stahl er die Waffen für sich selbst oder für jemand anderen? Und was war der Grund dafür, daß er das tat? Auf alle diese Fragen sollte ich erst sehr viel später eine Antwort erhalten.

*

Die meist schönen und immer noch milden Herbsttage wichen den anhaltenden Regenfällen und rauhen Stürmen des späten Novembers. Der Sommer war nur noch Erinnerung. Ein eisiger Wind riß die letzten dürren Blätter von den Bäumen und ließ mich bis ins Innerste frösteln. Die Natur trauerte um sich selbst. Eine Ahnung von baldigen Schneefällen lag in der Luft.

Wir setzten unsere regelmäßigen Besuche auf Peterhof fort. Zwischen Draga und mir war es zu einer Art Waffenstillstand gekommen. Sie schien mir nichts nachzutragen, und da ich ihr keine unangenehmen Fragen mehr stellte, war sie zu mir bald wieder so liebenswürdig wie früher. Es schien zumindest so. Wenn sie mich im Grunde ihres Herzens nicht mochte, so verstand sie das meisterhaft vor mir und meinen Eltern zu verbergen. Vielleicht lag es aber auch daran, daß sie schnell vergaß, oder daß ich ganz einfach völlig unwichtig für sie war. In den folgenden Wochen verstimmte ich sie zunächst nur ein einziges Mal, als ich den Wunsch äußerte, das geheimnisvolle Turmzimmer besichtigen zu dürfen.

Das andauernde schlechte Wetter machte es mir unmöglich, mich draußen im Freien aufzuhalten. Ich war darauf angewiesen, im Haus zu bleiben, wo ich inzwischen jeden mir zugänglichen Winkel in- und auswendig kannte. Das Turmzimmer mit seinen stets geschlossenen Fensterläden, an das ich während des Sommers kaum noch gedacht hatte, begann wieder eine geradezu magische Anziehungskraft auf mich auszuüben. Ich wollte es jedoch nicht noch einmal riskieren, von Ogdan zurechtgewiesen und auf halbem Wege zurückgeschickt zu werden. Also fragte ich Draga eines Tages, wie man zum Turm hinaufgelangen könnte, und ob ich mir das Zimmer dort oben ansehen dürfte.

Ein jäher Anflug von Unmut umwölkte ihr eben noch freundliches Gesicht.

»Dort gibt es nichts zu sehen!« sagte sie beinahe schroff.

»Aber die Aussicht muß sehr schön sein«, wagte ich einzuwenden.

Sie musterte mich kalt. »Das Zimmer wird seit Jahren nicht mehr benutzt«, meinte sie dann einlenkend. »Es ist bis zur Decke vollgestopft mit alten Möbeln, Kisten und Gerümpel. Man kann gar nicht mehr bis zum Fenster vordringen. Darum bleiben die Läden auch immer geschlossen. Sicher ist alles dort voller Staub und Spinnweben. Nach dem Krieg werde ich es wohl renovieren lassen, aber jetzt bleibt es so, wie es ist.«

Mit dieser abschlägigen Antwort auf meine Frage schien der Fall für sie erledigt zu sein, aber meine Neugier und mein Interesse wurden dadurch eher ermuntert als lahmgelegt. Und spitzfindig, wie ich war, wenn ich das, was ich mir in den Kopf gesetzt hatte, erreichen wollte, kam ich zu dem Schluß, daß Dragas Haltung zwar ablehnend gewesen war, daß sie aber genaugenommen kein klares Verbot ausgesprochen hatte.

*

Die Nachrichten vom afrikanischen Kriegsschauplatz hatten sich seit der triumphalen Einnahme von Tobruk von Woche zu Woche verschlechtert. Die Hoffnungen auf eine schnelle Eroberung Ägyptens und auf die Einnahme der Stadt Alexandria hatten sich zerschlagen. Rommels Schlachtenglück hatte sich gewendet. Sein sieggewohntes Afrikacorps war auf einem Rückzug, der immer mehr zur Flucht wurde vor der schier unerschöpflichen Übermacht der Engländer unter General Montgomery.

Von Viktor kam nur noch ein einziger Brief. Er klang mutlos und verbittert. »Man hungert uns aus«, schrieb er. »Wir scheitern an dem ständigen Mangel an Nachschub. Es fehlt an allem. Der Feind ist uns tausendfach überlegen. Man läßt uns hier über die Klinge springen. Wenn nicht bald ein Wunder geschieht, können wir uns nicht mehr lange halten.«

Dieser Brief war vor der berühmt gewordenen Schlacht um El Alamein geschrieben, erreichte uns aber erst Wochen danach.

Meine Eltern machten sich große Sorgen, und meine Mutter gewöhnte sich daran, Tabletten einzunehmen, um nachts besser schlafen zu können. Einmal hörte ich sie leise weinend zu meinem Vater sagen:

»Es wird dem Jungen doch nichts zugestoßen sein, nicht wahr? Immy mit ihrem sechsten Sinn hätte es doch bestimmt gemerkt. Sie hat es immer vorher gewußt, wenn etwas passiert ist.«

»Sie weiß nichts«, erwiderte mein Vater tröstend. »Sonst hätte sie sicher etwas gesagt.«

Nein, ich wußte nichts. Als Viktors Brief eintraf, ahnte ich nicht einmal, daß es sein letzter sein würde. Später wunderte ich mich darüber, aber dann erinnerte ich mich auch daran, was Professor Michailović über Medien gesagt hatte. Anscheinend waren meine paranormalen Fähigkeiten ebenfalls Schwankungen unterworfen, oder es hatte ganz einfach daran gelegen, daß meine Gedanken in dieser Zeit zu sehr auf andere Dinge konzentriert gewesen waren.

Weihnachten unterschied sich vom vorjährigen Fest vor allem dadurch, daß wir diesmal nicht nur keine Hoffnung auf ein Wiedersehen mit Viktor hatten, sondern daß auch schon lange kein Lebenszeichen mehr von ihm gekommen war. Meine Mutter strickte unentwegt Sachen für ihn, obwohl er die meisten davon in Afrika nicht brauchen konnte. Sie tat, als könnte sie auf diese Weise das Schicksal zum Guten hin beschwören. Mein Vater sagte, das emsige, monotone Klappern ihrer Stricknadeln erinnere ihn an eine Gebetsmühle.

Ansonsten nahmen meine Eltern auf Betreiben meiner Mutter noch intensiver als früher am gesellschaftlichen Leben teil. Ich begriff, daß sie auf diese Weise versuchte, sich von ihren nagenden Sorgen abzulenken.

14

Kurz nach meinem fünfzehnten Geburtstag im Januar 1943 lernte ich auf Peterhof Anton von Bernsdorf kennen. Er war dunkelblond, groß und muskulös. Seine Kleidung war salopp, was ihm ebenso gut stand wie die lässige Selbstsicherheit, die er ausstrahlte.

Ich staunte, daß Draga es immer wieder schaffte, irgend einen jungen Mann aufzutreiben, dessen Vornamen mit einem A begann. Selbst bei ihrem großen Bekanntenkreis konnte das nicht ganz einfach sein.

»Außerordentlich erfreut!« sagte er, nachdem sie uns miteinander bekannt gemacht hatte. Dazu machte er eine ausholende Verbeugung in meine Richtung, von der ich nicht wußte, wie ernst sie gemeint war. Draga stand beobachtend daneben und sah mich mit einem unergründlichen Blick von der Seite an. Diesmal reagierte ich nicht mit dem gewohnten Kopfschütteln, obwohl der junge Mann wie alle seine Vorgänger ebenfalls keinerlei Ähnlichkeit mit Alexander aufwies. Aus einem plötzlichen Impuls heraus wollte ich vermeiden, daß Draga sich womöglich zu der Frage hinreißen ließ, ob dieser hier nun endlich der Richtige sei.

»Sehr erfreut«, murmelte ich daher schnell.

Draga sah zufrieden aus. Wie eine Freundin legte sie mir vertraulich ihren Arm und die Schultern.

»Ich hoffe, du verstehst dich gut mit Anton!«

»Seit wann kann man auf Peterhof hübsche junge Mädchen treffen?« fragte er mit einem herausfordernden Grinsen.

Draga versetzte ihm einen leichten Stoß. »Benimm dich bloß anständig, du Lümmel! Die junge Dame ist zartbesaitet und unerfahren im Umgang mit frechen Burschen wie dir!«

»Ich werde mich von meiner besten Seite zeigen...« Er strahlte mich an und wandte sich dann wieder Draga zu »...schon damit sie wiederkommt!«

»Also, ihr beiden, amüsiert euch gut!« rief Draga und ließ uns stehen, um ihre anderen Gäste zu begrüßen.

Anton musterte mich ungeniert und sagte schließlich:
»Bestehst du auf dem förmlichen Sie oder wollen wir du zu einander sagen?«

»Von mir aus«, erwiderte ich reserviert. Ich wußte nicht recht, wie ich mich verhalten sollte. Er machte mich verlegen, vor allem durch die Art, wie er mich ansah.

»Habe ich einen Fleck auf der Stirn oder sonst etwas Buntes im Gesicht, daß du mich so anstarrst?« fragte ich schnippisch.

Er grinste breit. »Du gefällst mir. Du siehst genauso aus wie das Mädchen, von dem ich immer träume.«

»Da bin ich aber froh!« gab ich kratzbürstig zurück. Er machte sich über mich lustig, das war klar – und trotzdem spürte ich, daß ich ihm wirklich gefiel. Ich wand mich unter seinem Blick und hatte das dumme Gefühl, rot zu werden. Ich überlegte, wie ich mir einen guten Abgang verschaffen könnte, ohne wie eine Gans vor ihm stehen zu bleiben.

»Du bist aber auch ziemlich beeindruckt von mir, stimmt's?« Er sagte es ernst, aber seine Augen blitzten vergnügt. Ich hatte keine Ahnung, daß er mit seiner Flachserei eine Art Flirt mit mir betrieb. Es fehlte mir an Koketterie, dieses Spiel mitzumachen. Ich war ganz einfach unbeholfen und kam mir lächerlich vor. Mir fiel nichts ein, was witzig oder schlagfertig gewesen wäre.

»Und ich finde dich ziemlich anmaßend!« sagte ich, mehr wütend auf mich selbst als auf ihn.

Sein Blick ruhte freundlich, fast unbeteiligt auf mir.

»Soll ich dir sagen, was mit dir los ist?«

»Ich kann es kaum erwarten.«

»Du bist eingebildet. Hübsch, aber eingebildet!«

Ich musterte ihn verärgert. »Laß mich zufrieden, du bist sowieso nicht der Richtige.« Ich biß mir zornig auf die Lippen, weil mir diese Bemerkung gegen meinen Willen herausgerutscht war.

Er lachte schallend auf. »Na so was! Und ich hatte gerade vor, dir einen Heiratsantrag zu machen!«

Ich schnappte nach Luft, drehte mich um und ließ ihn stehen.

»He, warte!« Er kam mir hinterher. »Wenn man uns schon aufeinander losgelassen hat, können wir doch versuchen, uns etwas besser kennenzulernen. Draga meinte, ich solle mich um dich kümmern...«

Ich fuhr herum und fauchte ihn an. »Um mich braucht sich hier niemand zu kümmern. Ich komme gut allein zurecht!«

»Ich kümmere mich aber gerne. Ich bin Draga sogar ausgesprochen dankbar!« Er machte eine spöttische kleine Verbeugung.

»Also, ich bin ein fabelhafter junger Mann, mit einer Menge guter Eigenschaften. Es lohnt sich wirklich, meine Bekanntschaft zu machen.« Seine Stimme klang plötzlich warm und herzlich.»...und du gefällst mir kolossal!«

Ich mußte lachen und blieb stehen. Ich war so selten unter Jugendlichen, und im Umgang mit einem jungen Mann hatte ich erst recht keine Erfahrung. Aber irgendwie gefiel er mir, auch wenn ich es mir noch nicht eingestehen wollte.

»Mach dich nicht lustig über mich«, sagte ich schließlich leise. »Laß uns ganz normal miteinander reden.«

Sein Gesicht wurde ernst, und er schwieg einen Augenblick. Dann streckte er mir mit einem Lächeln die Hand entgegen.

»Also gut! Fangen wir noch einmal von vorne an. Ich heiße Anton von Bernsdorf. Und wie ist dein Name? Ich habe ihn vorhin nicht richtig verstanden.«

»Immaculata von Roederer.«

Er schnitt eine Grimasse. »Ach herrjeh! Das ist ja ein Name wie auf Stelzen! Muß eine ziemliche Bürde sein, mit so was zu leben, nicht wahr? Was haben sie denn in der Schule dazu gesagt? Ich wußte gar nicht, daß es so ein Monstrum von Namen überhaupt gibt!«

Diese Reaktion auf meinen Namen war mir neu.

»Im – ma – cu – la – ta«, zerlegte er den Namen in seine Bestandteile. »Geht's nicht etwas einfacher?«

»Ich werde meistens Immy genannt«, sagte ich kühl.

»Aha!«

»Was heißt aha?«

»Immy ist besser. Klingt nicht so aufgeblasen wie Immaculata.« Er sprach den Namen aus, als hätte er auf etwas Saures gebissen. Plötzlich faßte er in meine Haare und zog daran.

Ich warf den Kopf zurück. »Was soll das?«

»Ich wollte nur mal sehen, ob die echt sind«, grinste er. »Du bist wirklich sehr hübsch, weißt du das?«

»Natürlich weiß ich das.« Ich bemühte mich, auf seinen lockeren Tonfall einzugehen, hatte aber das Gefühl, nicht recht mithalten zu können.

»Also doch eingebildet!« stellte er lakonisch fest. »Gehst du noch zur Schule, oder lernst du schon fürs Leben?«

Ich sah ihn verwirrt an.

»Ich möchte wissen, ob du noch zur Schule gehst, oder ob du dich bereits in einer Berufsausbildung befindest?« Er sprach gedehnt und überdeutlich, als wäre ich jemand, mit dem man Geduld haben müßte.

Ich stand schon wieder im Begriff, mich über ihn zu ärgern, aber es schmeichelte mir, daß er mich anscheinend für älter hielt, als ich war, auch wenn er mich offensichtlich nicht ernst nahm.

»Ich gehe noch zur Schule, das heißt, ich habe Privatunterricht in dem Hotel, in dem wir wohnen«, sagte ich steif.

»Privatunterricht!« er pfiff durch die Zähne. »Sieh mal an, ganz was Feines! Ich habe nur eine schäbige hölzerne Schulbank gedrückt.«

»Aha!« sagte diesmal ich. »Und was weiter? Bist du schon fertig, oder lernst du auch noch fürs Leben?«

»Ich bereite mich aufs Leben vor!«

»Interessant!« gab ich zurück. »Und wie sieht das aus?«

»Ich werde Jura studieren, um später einmal die Anwaltspraxis meines Onkel zu übernehmen.«

»Hier in Agram?«

»Nein, in Wien.«

»Dann lebst du also gar nicht in Kroatien, oder doch?«

»Nein, ich bin diesmal nur kurz zu Besuch hier. Ich wohne schon seit drei Jahren bei meinem Onkel in Wien. Nach dem Tode meiner Mutter hat er mich zu sich genommen, weil ich ganz allein war.«

»Das war nett von ihm«, sagte ich höflich. »Lebt dein Vater denn auch nicht mehr?«

»Nein«, erwiderte Anton einsilbig nach einer kurzen Pause. Dann fiel er wieder in seinen unbekümmerten Tonfall zurück. »Mein Onkel ist zwar nicht der ideale Ersatz für Vater und Mutter, aber er gibt sich alle Mühe, daß aus mir etwas Ordentliches wird.«

»Ist er auch hier?« erkundigte ich mich beiläufig.

»Aber ja! Du mußt ihn gesehen haben, als Draga uns miteinander bekannt gemacht hat. Er stand direkt neben deinen Eltern und unterhielt sich mit ihnen. Es war dieser große, etwas korpulente Mann mit der Stirnglatze und der dunklen Hornbrille.«

»Ach ja, ich erinnere mich«, sagte ich, obwohl das nicht stimmte. Ich hatte nur auf Draga und Anton geachtet.

»Na so was!« grinste er und sah mich durchdringend an, so als hätte er mich tatsächlich bei einer Lüge ertappt. »Und ich dachte schon, du hättest nur Augen für mich gehabt!«

Ich errötete wieder. Ich war ihm nicht gewachsen, auch wußte ich nicht, wann er etwas ernst meinte und wann er sich lustig machte. Aber irgendwie schaffte er es mit seiner frechen Selbstverständlichkeit, daß wir einander näherkamen. Anton gefiel mir. Er hatte eine Direktheit, eine Sachlichkeit, die mir wohltat, obwohl wir oft verschiedener Ansicht waren. Es machte Spaß, mit ihm zusammenzusein. Auch darum, weil er viel Humor hatte und mich immer wieder zum Lachen brachte. Sicher mochte ich auch die Bewunderung, die ich in seinen Augen las und die im Gegensatz zu seinem losen Mundwerk stand. Er konnte fabelhaft Leute nachmachen. Er parodierte die wichtigtuerische Gespreiztheit von General Krasniči, spielte die Geistesabwesenheit der schwerhörigen alten Baronin und fiel dann unversehens in den salbungsvollen Ton von Hochwürden Kellerbach. Anton hörte nicht auf damit, bis ich mir vor Lachen die Seiten hielt.

Er nahm es mit Befriedigung zur Kenntnis. »Es ist schön, wenn du lachst – wenn du lachst, bist du noch hübscher!«

Nach dem Mittagessen gingen wir nach draußen. Ein kalter Wind und plötzlich einsetzender Nieselregen trieben uns jedoch schnell wieder ins Haus zurück und ließen uns die Wärme des großen Kamins in der Halle suchen.

Anton vergrub seine Hände in den Hosentaschen und sah sich um. »Es ist ziemlich öde hier, findest du nicht auch?«

»Ich bin sehr gerne auf Peterhof«, antwortete ich wahrheitsgemäß.

»Unter all diesen langweiligen Erwachsenen?«

Ich zuckte mit den Schultern. »Ich nehme es, wie es ist«, sagte ich zurückhaltend. »Ich habe noch nicht darüber nachgedacht, ob sie langweilig sind. Am Anfang habe ich es zwar bedauert, daß nur selten junge Leute eingeladen werden, aber inzwischen habe ich mich daran gewöhnt. Es macht mir nichts aus, allein zu sein.«

Anton zog die Augenbrauen hoch und musterte mich erstaunt. »Also, mich hat es hier früher immer sehr gestört, daß ich keinen zum Spielen hatte. Auch als ich schon etwas älter war, fand ich niemanden, mit dem ich etwas hätte unternehmen können.«

Einen Augenblick überlegte ich, ob es sinnvoll wäre, ihm von meiner Begegnung mit Alexander zu erzählen und zu fragen, ob er, Anton, ihn irgendwann einmal getroffen hätte. Aber einer inneren Stimme folgend beschloß ich, es nicht zu tun. Ich wollte die Erinnerung an dieses Erlebnis, das mir so kostbar war, für mich behalten. der Gedanke, daß Anton in seiner flapsigen Art sich vielleicht darüber lustig machen könnte, war mir unerträglich. Außerdem hätte er es sicher schon erwähnt, wenn er Alexander hier einmal kennengelernt hätte.

»Dann bist du also früher öfter hierhergekommen«, nahm ich den Gesprächsfaden wieder auf.

»Sehr oft. Meine Mutter war mit Draga befreundet und mein Onkel seit vielen Jahren ihr Rechtsbeistand. Er ist es übrigens immer noch, auch wenn er sein Hauptbüro jetzt in Wien hat.«

Einer plötzlichen Intuition nachgebend fragte ich: »Warst du schon einmal im Turm? Kennst du das Zimmer dort oben?« Ich streckte emporzeigend meinen Arm aus. »Die Fensterläden sind immer geschlossen. Ich wüßte gern, wie man da hinaufkommt.«

»Das ist überhaupt nicht schwer«, sagte Anton. Er grinste, als ich ihn wie elektrisiert anstarrte. »...wenn man's weiß!«

»Du weißt, wie man hinaufkommt? Du kennst den Weg?«

»Ja, als kleiner Junge habe ich ihn durch Zufall entdeckt. Es ist natürlich durchaus möglich, daß es noch einen anderen Zugang gibt, zum Beispiel durch den Keller, aber den habe ich nie gesehen.«

»Erzähl mir, wie man in den Turm gelangt.«

»Das ist eigentlich ganz einfach«, sagte Anton gelassen. »Ich war sieben oder acht Jahre alt, als ich einmal mit meiner Mutter auf Peterhof übernachtete.« Er zeigte auf die breite Treppe, die von der Halle in den ersten Stock führte. »Bist du mal oben gewesen?«

»Nein«, sagte ich nach kurzem Zögern, »ich bin nicht bis ganz hinauf gekommen.«

»Die Treppe mündet oben in einen Gang. Auf der linken Seite befinden sich die Türen zu den Schlaf- und Gästezimmern. Die gegenüberliegende rechte Seite ist eine durchgehende Wand, in die einige Nischen eingelassen sind. Dazwischen hängen Ölgemälde. Es ist so eine Art Ahnengalerie. Dragas Schlafzimmer ist von der Treppe aus gesehen das letzte ganz hinten. Das Gästezimmer, in dem wir damals untergebracht waren, lag irgendwo in der Mitte.«

»Und wo befindet sich denn nun eigentlich der Aufgang zum Turm?« fragte ich gespannt.

»Nur Geduld, darauf komme ich gleich«, sagte Anton lachend. »Ich erinnere mich noch so genau, als wäre es erst gestern gewesen. Es war nach dem Abendessen, und ich sollte bald zu Bett gehen. Meine Mutter war noch unten bei den anderen Gästen. Ich spielte allein oben im Gang und sah mir auch eingehend die Bilder an. Die Wand war übrigens mit einer großgemusterten Blumentapete verkleidet. Plötzlich entdeckte ich ganz hinten, Dragas Tür genau gegenüber, einen Messingknopf in der Wand. Er war geschickt in die Mitte einer Rosette eingelassen, so daß man ihn leicht übersehen konnte. Es war wirklich Zufall, daß ich ihn fand, und das wahrscheinlich nur, weil ich spielerisch mit der Hand die Tapete entlangstrich. Ich drehte voller Neugier an diesem Knopf, und auf einmal öffnete sich eine Tür in der Wand und legte einen Eingang frei.«

»Ist das so eine geheime Drehtür, wie man sie manchmal in alten Schlössern findet?«

»Ich halte sie nicht für eine Geheimtür«, meinte Anton sachlich, »auch wenn sich ihre Umrisse unter dem Tapetenmuster verlieren. Dahinter lag nämlich weder ein verborgener Fluchtweg durch düsteres Gemäuer noch der Zugang zu einem romantischen Burgverlies. Dazu ist das Haus einfach nicht alt genug, und die Raubritterzeiten sind lange vorbei. Nein, ich sah hinter der Tür eine ganz normale Treppe, die nach oben und vermutlich zum Turmzimmer führte.«

»Du vermutest es nur?« fragte ich gedehnt. »Bist du denn nicht hinaufgegangen?«

»Nein«, sagte Anton bedauernd, »obwohl meine Neugier natürlich geweckt war und ich sofort erkunden wollte, wohin die Treppe führt. Aber in demselben Augenblick kamen meine Mutter und Draga den Gang entlang und erwischten mich, als ich gerade im Begriff stand hinaufzusteigen. Draga wurde ziemlich ärgerlich, als sie die offene Tür sah. Schlagartig verlor sie die Liebenswürdigkeit, die sie sonst immer zur Schau trägt. Sie sagte, daß die Treppe zum Turm hinauf führe und daß dort oben ein Zimmer sei, in dem niemand etwas zu suchen hätte. Keiner, außer ihr selbst dürfe da hinaufgehen. Meine Mutter pflichtete ihr bei und schalt mich, es wäre ungezogen von mir gewesen, herumzuschnüffeln, wie sie es nannte, und diese Tapetentür einfach zu öffnen. So etwas schicke sich nicht, wenn man eingeladen sei, und ich solle mich gefälligst bei Draga entschuldigen. Das tat ich dann auch, und damit war die Sache erledigt. Draga schien den Vorfall nicht weiter übelzunehmen. Sie schob die Tür in ihre alte Stellung zurück, bis das Schloß einschnappte. Auf einmal war sie wieder ganz freundlich. Sie sagte, in dem Turm befände sich oben nur ein einziges Zimmer, aber das würde schon seit Jahren nicht mehr benutzt, und es gäbe dort auch nichts Interessantes zu sehen. Es sei nichts weiter als eine Rumpelkammer.«

»Das glaube ich einfach nicht«, sagte ich nach einer Weile nachdenklich.»Vielleicht gibt es dort oben ein Geheimnis und Draga will nicht, daß man dahinterkommt.«

Anton lachte auf.»Deine Phantasie geht mit dir durch. Wahrscheinlich liest du zu viele Schauerromane! Ich glaube, daß Draga die Wahrheit gesagt hat und es sich bei diesem Zimmer tatsächlich nur um eine Rumpelkammer handelt. Draga will nicht, daß jemand hineinschaut, weil es da vermutlich nicht aufgeräumt ist. Das ist ja auch ihr gutes Recht. Schließlich ist es ihr Haus, und sie ist nicht verpflichtet, ihren Gästen alle Räume zu zeigen.«

Ich war enttäuscht.»Du hast also nie wieder den Versuch gemacht, das Turmzimmer zu sehen?«

Anton hob gleichgültig die Schultern und ließ sie wieder fallen. »Nein, ich sah ein, daß es mich nichts angeht, und es ist mir auch ganz egal, was dort oben ist.« Er wechselte unvermittelt das Thema. »Warst du schon einmal am See?«

»Du kennst ihn auch?« fragte ich überrascht.

»Natürlich, ich war da früher oft schwimmen.«

»Aber es ist schwer, dorthin zu finden«, meinte ich nach einer Pause.

»Überhaupt nicht«, entgegnete Anton.»Von der Zufahrtsstraße zum Haus zweigt ein Weg ab, der führt fast schnurgerade durch den Wald, direkt hinunter zum See.«

»Aha«, sagte ich nachdenklich. Das mußte der Weg sein, auf dem man die Statue fortgeschafft hatte.»Man kann auch durch den Garten zum See gelangen, aber da ist der Weg nicht so einfach zu finden.«

»Du lieber Himmel«, stöhnte Anton lachend.»In diesem Garten würde ich mich verirren! Weiter als bis zu diesem verwahrlosten Pavillon bin ich nie gekommen. In diesem Garten ist überhaupt nichts los. Es langweilt mich, da spazierenzugehen. Ich mag lieber gepflegte, übersichtliche Wege!«

Ich sagte nicht, daß ich diesen verwilderten Garten liebte, gerade weil er so war. Anton hatte seine eigene Meinung darüber und hätte mich wahrscheinlich nicht verstanden. Er war eben anders als Alexander, dessen romantische Art mich so verzaubert hatte. Mein Herz krampfte sich zusammen. Alexander! Wie sehr liebte ich ihn! Niemand würde je an ihn heranreichen!

*

Ich traf Anton noch ein zweites Mal auf Peterhof. Als wir eine Woche später wieder hinfuhren, waren er und sein Onkel schon da. Anton stand draußen vor dem Haus, so als hätte er uns bereits erwartet. Er kam uns entgegen, öffnete den Wagenschlag und half meiner Mutter und mir beim Aussteigen.

»Ich darf Sie sehr herzlich willkommen heißen!« Er strahlte uns an. »Ich bin hier das Empfangskomitee!«

Mein Vater und ich lachten.

»Wie reizend, daß Sie auch wieder da sind!« rief meine Mutter. »Da hat das Kind doch wenigstens ein bißchen Ansprache hier.«

Ich bekam vor Verlegenheit einen roten Kopf. Ich haßte es, wenn meine Mutter mich vor anderen Leuten »das Kind« nannte. Und vor Anton war es mir erst recht peinlich. Auch sollte er sich nicht genötigt fühlen, sich um mich zu kümmern. Es war ihm jedoch deutlich anzumerken, wie sehr er sich freute, mich wiederzusehen, denn er wich nicht mehr von meiner Seite.

Nach der allgemeinen Begrüßung sonderten wir uns von den anderen ab.

»Wie kommt es, daß du auch wieder hier bist?« fragte ich neugierig. »Ist das ein Zufall oder...«

»Ich war gar nicht weg!« fiel Anton mir ins Wort. »Draga hat uns eingeladen, für die Tage, die wir in Agram sind, ihre Gäste zu sein. Sie hat ja auch eine ganze Menge mit meinem Onkel zu besprechen.«

Die Zeit verflog schnell. Anton wollte vieles wissen, um mich ganz genau kennenzulernen. Ich mußte ihm von Berlin erzählen, von Viktor und von meinen Interessen. Es stellte sich heraus, daß er ein guter Zuhörer war.

Am Nachmittag gingen wir spazieren. Es war schön draußen, aber kalt. Eine kraftlose Sonne ließ den Tag noch frostiger erscheinen. Der Boden war gefroren, und die vereisten Pfützen knirschten unter unseren Füßen. Wenn wir sprachen, kamen Atemwölkchen wie Rauchschwaden aus unseren Mündern.

»Ich mag deinen Vater!« sagte Anton.

Ich lachte. »Du wirst es nicht glauben, aber ich mag ihn auch!«

Anton blieb ernst. »Er ist ein guter Vater. Das merkt man daran, wie er dich ansieht oder wie er mit dir spricht. Und du hast großes Vertrauen zu ihm, stimmt's?«

»Stimmt.«

»Du bist zu beneiden. Ich habe mir immer so einen Vater gewünscht«, fuhr Anton versonnen fort. »Mein Vater starb kurz nach meiner Geburt an einem Herzschlag. Ich habe ihn nie kennengelernt. Er soll ein Baum von einem Mann gewesen sein, und sein Tod kam für alle, die ihn kannten, völlig überraschend. Meine Mutter hat übrigens nicht mehr geheiratet. Sie hat mich allein großgezogen, das heißt, mein Onkel hat sich auch sehr um mich gekümmert. Aber er war eben nicht mein Vater.«

»Ich verstehe«, sagte ich.

»Als ich ein kleiner Junge war, habe ich mir immer einen Vater gewünscht, der mich auf seinen Schultern trägt, so wie der heilige Christophorus das Jesuskind. Das erschien mir als der Inbegriff von Geborgenheit.«

»Das hätte dein Onkel doch auch tun können, dich auf seinen Schultern tragen.«

»Sicher«, gab Anton zu. »Er hat es aber nicht getan. Er hat auch nie mit mir gespielt oder sonst irgendwie Zeit für mich gehabt. Ich glaube, ein Junge braucht einen Mann, zu dem er aufsehen, mit dem er über alles reden kann, wenn er heranwächst. Ich will mich jedoch nicht beklagen. Mein Onkel war sehr gut zu mir, und er hat immer dafür gesorgt, daß es mir an nichts fehlt.« Anton hielt inne.

»Dann würdest du also deine Söhne auf den Schultern herumtragen, wenn du welche hättest«, sagte ich halb ernst, halb belustigt.

»Ja, das würde ich«, bekräftigte er. »Und ich würde mir viel Zeit für sie nehmen und mit ihnen spielen. Ich würde ihnen eine elektrische Eisenbahn schenken mit einer großen Spielzeuglandschaft und vielen Gleisanlagen und ein ganzes Zimmer damit vollbauen.

Ich würde mit ihnen Skifahren, Schwimmen und Segeln, ich würde mit ihnen all das tun, wonach ich mich selbst immer vergeblich gesehnt habe. Ich hätte gerne Kinder. Ich wünsche mir nichts so sehr wie eine Familie!«

Ich sah Anton neugierig von der Seite an. »Soviel Interesse an einer eigenen Familie ist in deinem Alter ziemlich ungewöhnlich.« Ich sagte nicht, daß ich diese Weisheit aus den roten Büchern hatte, in denen junge Männer im Gegensatz zu jungen Mädchen zunächst immer frei und ungebunden sein wollten.

»Mag sein«, gab er zu, »aber das liegt sicher daran, daß ich selber keine hatte. Wenn ich einmal selbständig bin und das richtige Mädchen gefunden habe, heirate ich sofort.«

»Kommen in dieser Idylle auch Töchter vor?« fragte ich etwas spöttisch.

»O ja, natürlich«, beeilte er sich zu versichern, so als hätte ich ihn bei einer Nachlässigkeit ertappt. »Ich liebe Kinder, egal ob es Mädchen oder Jungen sind. Und wie ist es bei dir?«

»Ich weiß nicht«, sagte ich steif. »Ich habe eigentlich noch nicht darüber nachgedacht. Ich bin ja immer mit Erwachsenen zusammen. Ich habe zu Kindern keine große Beziehung. Ich wüßte gar nicht, wie man mit ihnen umgeht. Ich weiß nicht einmal, ob ich so bald heiraten möchte. Ich wünsche mir nichts so sehr, als frei zu sein!«

Anton sah mich überrascht an und pfiff leise durch die Zähne. »Dieser Standpunkt ist für ein Mädchen in deinem Alter aber auch recht ungewöhnlich. Mädchen, so heißt es, denken doch immer ans Heiraten und an Kinder, selbst wenn sie noch mit Puppen spielen.«

Ich wurde verlegen. »Ich meine, ich möchte unabhängig sein und nicht immer tun müssen, was jemand mir sagt. Ich will die Abhängigkeit von meiner Mutter nicht gleich gegen eine neue eintauschen.«

»Ich verstehe.« Antons Gesicht war ernst und aufmerksam.

Ich holte tief Luft und fuhr fort: »Aber wenn ich einmal Kinder hätte, dann würde ich versuchen, meine Liebe gleichmäßig auf sie zu verteilen – ich meine, ich würde keins bevorzugen oder benachteiligen.«

»Das klingt, als hättest du selbst schlechte Erfahrungen gemacht, hab' ich recht?«

»Nein«, protestierte ich schnell, »...oder doch – ja, vielleicht«, gab ich zögernd zu. Ich wollte eigentlich nicht mit einem Fremden darüber sprechen und ich wunderte mich, daß ich es nun trotzdem tat. »Meine Mutter meint es sicher nicht so, aber sie gibt mir immer das Gefühl, daß sie meinen Bruder mehr liebt als mich.« Kaum war mir dieser Satz herausgerutscht, da bereute ich schon, ihn gesagt zu haben. Ich versuchte, es gleich wiedergutzumachen: »Das liegt aber bestimmt daran, daß sie sich besser mit ihm als mit mir versteht. Mit mir ist es nicht immer ganz einfach, so wie ich bin...«
»Und wie bist du?«
»Ich weiß es nicht. Schwierig! Ich verstehe mich oft selber nicht.«
»Ich glaube nicht, daß du schwierig bist«, sagte Anton mit Wärme. Ich fühlte, wie ich unter seinem Blick errötete. Ich suchte nach einem anderen Thema, fand aber keins und schwieg verwirrt.

Anton griff sanft in mein Haar und zog eine Strähne zu sich heran. »Wie schön das ist!« Er ließ sie durch seine Finger gleiten. »Wenn ich etwas zu sagen hätte, dürftest du dein Haar nie abschneiden.«

Ich hielt still und sah ihm ins Gesicht. »Du hast aber nichts zu sagen«, gab ich spöttisch zurück.

»Schneid es trotzdem nicht ab«, bat er. »Versprich es!«

Ich lächelte ihm zu. »Ich verspreche es«, sagte ich schließlich. »Ich werde es so lang tragen wie die schöne Genoveva.«

Plötzlich beugte Anton sich vor und küßte mich schnell und ungeschickt auf den Mund.

Ich ließ es erst geschehen und fuhr dann zurück.

»Entschuldige!« Ich sah ihn zum ersten Mal verlegen. »Ich wollte einfach wissen, wie deine Lippen sich anfühlen.«

»Und weißt du es jetzt?« fragte ich.

»Entschuldige«, sagte er noch einmal. »Es ist nur... Wir haben nicht mehr viel Zeit, weißt du. Wir sehen uns heute zum letzten Mal. In drei Tagen fahre ich mit meinem Onkel nach Wien zurück.«

Falls ich Bedauern über diese Nachricht empfand, so zeigte ich es nicht. Ich sah Anton nur stumm an.

»Würdest du mir antworten, wenn ich dir schreibe?« fragte er. Die Pupillen in seinen Augen waren geweitet, so daß ihr Blau ganz dunkel wirkte. Ohne eine Antwort von mir abzuwarten, drückte er mir einen Zettel in die Hand. »Hier, nimm das. Da steht meine Adresse drauf, auch die Telefonnummer. Bitte laß es mich wissen, wenn du

mal nach Wien kommst. Du kannst anrufen, wann immer du willst.« Er legte seine Hände auf meine Schultern und sah mich eindringlich an. »Es tut mir leid, daß ich weg muß!«
»Warum tut dir das leid?«
»Weil wir uns dann vorläufig nicht mehr sehen werden.«
Ich wich einen Schritt zurück, um mich von seinem Zugriff zu befreien. Anton ignorierte das und zog mich wieder zu sich heran.
»Was heißt vorläufig?« fragte ich leise. »Ich komme nicht nach Wien. Wenn der Krieg vorbei ist und wir Agram verlassen, gehen wir nach Berlin zurück.«
»Ob in Wien, in Berlin – oder wo auch immer...« Mit einer behutsamen Geste strich Anton mir übers Haar. »Ich werde dich bestimmt eines Tages wiedersehen.«
»Glaubst du wirklich?«
»Da bin ich ganz sicher«, sagte er ruhig.

*

Meine Eltern fanden Anton sympathisch. Als wir abends in die Stadt zurückfuhren, sprachen sie über ihn und seinen Onkel.
»Dieser Bernsdorf wirkt etwas blutleer und unterkühlt, aber er ist ein ausgezeichneter Anwalt«, stellte mein Vater fest. »Sein Neffe, den er wohl ganz unter seine Fittiche genommen hat, wird viel von ihm lernen können. Allem Anschein nach ist er ein sehr erfreulicher junger Mann!«
»Ja. Schade, daß die beiden schon so bald wieder abreisen müssen«, bedauerte meine Mutter. »Der Junge hat wirklich gute Manieren und ein sehr angenehmes Äußeres.« Sie wandte sich mir zu: »Ihr werdet euch doch hoffentlich mal schreiben! Ich nehme an, du hast dich gut mit ihm verstanden.«
Ich antwortete nicht gleich.
»Du hast dich doch gut mit ihm verstanden, Kind, oder nicht?«
»Ja«, sagte ich einsilbig und schwieg.
Schon bald folgte ich der Unterhaltung meiner Eltern nicht mehr, weil ich meinen eigenen Gedanken nachhing. Ich schmiegte mich in der Dunkelheit in die hintere Ecke des Wagens und lehnte meinen Kopf gegen die Rückenlehne. Ich hatte, ohne darauf vorbereitet gewesen zu sein, meinen ersten Kuß bekommen – und nichts dabei empfunden. Ich hatte mir immer etwas ganz Besonderes darunter vorgestellt, etwas wobei einem die Knie weich werden und der Him-

mel einstürzt, man emporgetragen wird, um wie auf Wolken zu schweben. So stand es doch in den roten Büchern, und im Kino war es auch so. Man schloß die Augen, preßte die Lippen aufeinander und versank in Seligkeit – und immer war das der Auftakt zu einem nie-endenwollenden Glück. Ich hatte nichts dergleichen gefühlt. Ich war nicht einmal erschrocken. Vielleicht wäre das ganz anders gewesen, wenn Alexander mich geküßt hätte. Ich schloß unwillkürlich die Augen und versuchte, mir das vorzustellen. Aber es gelang mir nicht. Die Vision von Alexanders geliebtem Gesicht ließ sich nicht heraufbeschwören, die Erinnerung an Anton war noch zu frisch und schob sich einfach dazwischen. Ich beschloß, Anton aus meinen Gedanken zu verbannen, bis er zu einem farblosen Schatten werden würde. – Das ging so schnell, wenn man aufhörte, an jemanden zu denken.

Die Sehnsucht nach Alexander erfaßte mich wie ein brennender Schmerz. Ich war seine Imperia. Er hatte mir diesen schönen Namen gegeben. Für ihn war ich nicht Immaculata, auch nicht Immy – wie banal das klang. Imperia hatte er mich genannt – wie gerne würde ich so heißen! – Tränen schossen mir in die Augen. Ich wischte sie unauffällig weg und war froh, daß mich niemand ansah. Alexander! Ich gehörte ihm. Ich liebte ihn mit jeder Faser meines Herzens. Vielleicht war es so eine Art Prüfung, daß er nach diesem Sommernachmittag voller Wunder nicht mehr gekommen war. Hatte ich es nicht deutlich gespürt, daß auch er mich liebte? Es mußte so sein! Wäre ein solcher Einklang, wie er zwischen uns bestand, sonst möglich gewesen? Alexander würde wiederkommen. Ich durfte nicht daran zweifeln. Vielleicht gehörte auch das zu der Bewährungsprobe, die mir auferlegt war. Und ich hatte ihn nicht verraten, bloß weil ich mit Anton ein paar wenige Stunden verbracht hatte. Der Kuß war mir zugefügt worden. Ich hatte nichts damit zu tun. Unwillkürlich fuhr ich mit dem Handrücken über meinen Mund, so als könnte ich die aufgedrängte Liebkosung dadurch auslöschen.

Dennoch empfand ich auch im nachhinein Sympathie für Anton. Manches in unseren Gesprächen hatte sehr vernünftig geklungen, vor allem das, was er über das Turmzimmer gesagt hatte. Er hatte sicher recht damit, daß meine Phantasie mit mir durchging, wenn ich da oben ein Geheimnis vermutete. Ich mußte aufhören, mich in etwas hineinzusteigern. »Du liest zu viele Schauerromane«, hatte er gesagt und auch, daß es ihn nichts anginge, was es mit diesem Zimmer auf sich hätte – ihn nicht und mich auch nicht! Ich würde das geheimnisvolle Turmzimmer, das in Wirklichkeit nur eine Rumpelkammer war, ebenfalls aus meinen Gedanken verbannen und meine Nachforschungen, die Draga sichtlich verärgert hatten, in Zukunft einstellen. Noch einmal verglich ich Anton mit Alexander. Wie groß war der Unterschied zwischen diesen beiden jungen Männern! Alexander hatte mich zum Träumen, zum Schweben gebracht, während Anton mit seiner sachlichen Art mich auf dem Boden der Wirklichkeit bleiben ließ.

15

Ende Januar fuhren wir zu einem vorläufig letzten Besuch nach Peterhof. Draga sagte, die Wintermonate seien die einzige Zeit, in der das Gut sie nicht unbedingt brauche. Nun käme sie endlich dazu, einige Reisen zu machen, um wichtige, nicht länger aufschiebbare Angelegenheiten zu regeln. Außerdem benötige sie dringend einen längst fälligen Kuraufenthalt in einem Thermalbad. Abgesehen von der Arbeit auf dem Gut, die ihre ganze Kraft beanspruche, sei das Leben mit ihrer schwerhörigen Großmutter auf die Dauer auch sehr anstrengend. Diese wäre ja auf Peterhof bei dem treuergebenen Personal gut aufgehoben und könne daher ohne weiteres eine Weile allein gelassen werden.

Dragas Ankündigung rief Verständnis und zugleich Bedauern unter Dragas Gästen hervor. Aber ich glaube, daß ich selbst am meisten betroffen war. Seit wir nach Agram gekommen waren, hatten meine Gedanken, Wünsche und Träume, mein ganzes Leben sich mehr und mehr auf Peterhof konzentriert. Ich war so unbeschreiblich gerne dort. Jetzt kam mir schmerzlich zum Bewußtsein, wie sehr ich Dragas Einladungen vermißte. Tagelang hatte ich mich jedesmal darauf gefreut. Fast immer war ich glücklich dort gewesen und wie sehr vermißte ich nun das Gefühl von Freiheit, das ich dort immer empfand. Intensiv erlebte ich das Kommen und Gehen der Jahreszeiten, die ihre Eigenheiten – anders als auf dem Land – in der Stadt zum Teil verloren. Ich liebte den Winter zwar nicht, aber auf

Peterhof war er schön. Die Luft war kalt, sauber und klar. Blendendweißer Schnee, Rauhreif und Eiszapfen gaben der Natur etwas Märchenhaftes, eine unberührte Schönheit, die der Stadt meist schnell abhanden kam. Dort verwandelte sich frischgefallener Schnee nur allzu bald in grauen, unansehnlichen Matsch, der sich mit dem Schmutz der Straßen vermischte, und über den Dächern des Häusermeeres lag häufig ein dunstiger Schleier, der den Himmel eintrübte.

Ich fühlte mich plötzlich unausgefüllt und hatte Angst, Alexander noch mehr zu verlieren, wenn ich zu lange von Peterhof ferngehalten wurde. Schon bald träumte ich nicht mehr von ihm, auch wenn ich vor dem Einschlafen noch so viel an ihn dachte. Meine Träume veränderten sich, wurden allgemeiner, und ich konnte mich oftmals am nächsten Morgen nicht mehr an sie erinnern. Alexander und auch die Statue kamen nicht mehr darin vor.

Ich vermißte nun auch die Bibliothek auf Peterhof, in der ich unter so vielen Büchern hatte wählen können. In einer Seitenstraße gegenüber dem Hotel *Esplanade* gab es einen kleinen Bücherladen mit Antiquariat, wo ich jetzt oft herumstöberte und gelegentlich auch deutschprachige Literatur, die mich interessierte, fand. Ansonsten war ich froh, daß mir Herr Perner ab und zu Bücher mitbrachte, und so verbrachte ich viel Zeit mit Lesen. Mir fehlte auch der Flügel, auf dem ich in der Bibliothek auf Peterhof hatte spielen dürfen. Ich hätte so gerne wieder Klavierunterricht gehabt, so wie früher in Berlin. »Das Mädchen ist sehr begabt«, hatte man damals meinen Eltern gesagt, und ich hatte große Freude am Lernen gehabt und leicht und schnell Fortschritte gemacht. Natürlich wäre es nicht schwer gewesen, in Agram einen Lehrer zu finden, aber alle diesbezüglichen Pläne scheiterten daran, daß wir im Hotel lebten und es dort keinen Raum gab, wo ich ungestört hätte üben können.

Manchmal ging ich in ein Museum oder ins Kino, obwohl ich damit rechnen mußte, daß mir hin und wieder der Einlaß verwehrt wurde, wenn sich herausstellte, daß ein Film nicht jugendfrei war. Nicht jugendfrei bedeutete, daß Jugendliche unter achtzehn Jahren keinen Zutritt hatten, und es wurde streng darauf geachtet, daß sich nicht etwa doch jemand unbefugt hineinschmuggelte.

Mitte Februar sah ich einen Wochenschauausschnitt aus dem Berliner Sportpalast. Goebbels schrie in eine fanatisierte Menge:

»Wollt ihr den totalen Krieg?« Und ein vieltausendstimmiges »Jaaaa« kam als Antwort zurück. Ich war betroffen über die einmütige Begeisterung der Massen, jedenfalls was den Anlaß betraf. War der Krieg nicht schon total genug? Es wurde doch schon an so vielen Fronten gekämpft und gestorben. Überall waren Tod und Zerstörung. Konnte der Krieg überhaupt noch totaler werden? Es war doch schon die ganze Welt darin verstrickt. Uns ging es zwar gut in Agram, und wir waren hier in Sicherheit, aber ich wußte auch, daß draußen in Deutschland schon seit langem alles rationiert war und Tag und Nacht die Sirenen heulten, wenn die feindlichen Flugzeuggeschwader kamen, um ihre Bomben über den Städten abzuwerfen.

Ich sagte mir, daß ich nicht viel davon verstünde und sicher auch zu wenig über alles Bescheid wüßte, aber das Wenige, das ich erlebt hatte, war ausreichend gewesen, mir den Krieg in seiner grausamen Scheußlichkeit vor Augen zu führen und jedes Heldentum fragwürdig erscheinen zu lassen. »Wie gut, daß wir hier sind«, sagte ich leise zu mir selbst, nicht ahnend, daß die Sicherheit in Agram, an die ich so naiv und unbeirrt glaubte, trügerisch war und der Krieg auch hier schon seinen häßlichen Schatten warf. Ich sollte es bald am eigenen Leibe erfahren.

Oft machte ich allein Spaziergänge durch die Stadt, um Sehenswürdigkeiten oder Schaufensterauslagen zu besichtigen. Aber diese Ausflüge wurden mir verboten, als es eines Tages auf der belebten Ilica zu einem Sprengstoffattentat kam, bei dem es Verletzte und einen Toten gab.

Ich war die Straße in Richtung Opernplatz entlanggegangen, als plötzlich vor einem Hauseingang eine Bombe explodierte. Mir passierte nicht viel, weil ich schon ziemlich weit entfernt war, außer daß ich zu Boden geschleudert wurde und eine blutende Stirnwunde davontrug, von der allerdings später nicht einmal eine Narbe zurückblieb.

Viel schlimmer war der Schock gewesen, der mir noch Stunden danach in allen Gliedern saß. Ich rappelte mich hoch und wandte mich verstört um, weil ich hinter mir Schreie hörte. Ich sah Menschen, die wegrannten, und andere, die auf eine reglose Gestalt zustürzten, die mit dem Gesicht nach unten auf dem Straßenpflaster lag. Ein blutüberströmte Frau klammerte sich kreischend an einen

Laternenpfahl. Ich raffte die Sachen, die ich bei mir hatte und die mir bei meinem Sturz in den Schnee gefallen waren – Tasche, Handschuhe und zwei Bücher – zusammen und hetzte von Panik erfaßt zum Hotel zurück. Da wußte ich noch nicht, daß ich selber blutete, daß mein Haar sich beim Laufen gelöst hatte und mir wirr ins Gesicht hing. Ich bemerkte nur flüchtig, daß der Portier mich entsetzt anstarrte, als ich den Zimmerschlüssel verlangte. Er sagte etwas zu mir, das besorgt klang, worauf ich aber keine Antwort gab, weil ich gar nicht hinhörte, sondern sofort zum Lift hastete und nach oben fuhr. Mit zitternden Händen schloß ich die Tür auf, setzte mich, ohne meinen Mantel auszuziehen, in die Mitte des Zimmers und wartete auf meine Eltern, die ausgegangen waren.

Draußen wurde es dunkel. Die Straßenlaternen und die vorbeifahrenden Autos warfen von unten ein diffuses, schwankendes Licht auf die Zimmerwände. Wenn ich außerhalb des Zimmers ein lautes Geräusch hörte, zuckte ich angstvoll zusammen. Als meine Eltern endlich heimkehrten, saß ich immer noch so, lahm vor Furcht, als wäre alles Leben in mir erfroren. Sie betraten das Zimmer, wohl darauf vorbereitet, daß ich da sein mußte, weil der Schlüssel draußen in der Tür steckte, aber der Anblick, den ich ihnen unvermutet bot, ließ meine Mutter einen unterdrückten Schrei ausstoßen, während mein Vater zunächst wortlos auf mich zustürzte, sich vor den Stuhl kniete, auf dem ich saß und seine Arme um mich schlang. Als ich seine Wärme spürte, begann ich paradoxerweise mit den Zähnen zu klappern, und dann zerfloß meine Angst in einem Tränenstrom. Damit hatte ich das Schlimmste schon überstanden, während es für meine Mutter erst anfing. Nachdem ich mich allmählich wieder gefaßt und dann erzählt hatte, was vorgefallen war, begann sie in den schwärzesten Farben auszumalen, was alles hätte passieren können. Ich hatte mich längst wieder beruhigt, da murmelte sie immer wieder schreckensbleich: »Das Kind hätte umkommen oder zum Krüppel werden können!« Mit wachsender Genugtuung stellte ich fest, daß sich Aufmerksamkeit und Mitgefühl meiner Mutter ausnahmsweise einmal ganz auf mich konzentrierten. Fast hysterisch verbot sie mir, in Zukunft allein durch die Stadt zu gehen. Sie verlangte, daß ich mich von nun an nur noch im bewachten Umkreis des Hotels aufzuhalten hätte, wo genügend Militär postiert sei. Ich wollte protestieren, aber mein Vater sagte in seiner ruhigen Art, auch ihm sei es lieber, wenn ich nicht allein irgendwo in der Stadt unterwegs wäre. Er gestand uns, daß es schon öfter solche Bombenanschläge in der Stadt gegeben hätte, daß er uns aber deswegen bisher nichts davon erzählt habe, weil er uns nicht habe beunruhigen wollen. Er sagte auch, daß die Partisanen hierfür verantwortlich gemacht würden und daß die Ustaša beabsichtige, mit radikalen Säuberungsaktionen dagegen vorzugehen.

Somit war ich zum ersten Mal, wenn auch indirekt mit den Partisanen, von denen so oft gesprochen wurde, in Berührung gekommen. Für mich waren das bisher immer etwas romantische Figuren gewesen, finstere, abenteuerliche Gesellen in abgerissenen Phantasieuniformen, die irgendwo in den Wäldern hausten und nur eine abstrakte nebulose Bedrohung darstellten –, mir genausowenig hautnah, wie, bis auf einige Ausnahmen, der ganze Krieg. Sie waren also auch unter uns. Ihr bewaffneter Widerstand gegen das Ustaša-Regime und gegen die deutsche Besatzung stieß mitten hinein in das Herz der Stadt, wo sie anscheinend glänzend getarnt und durch Sympathisanten geschützt ihre Anschläge verübten.

Behutsam untersuchte mein Vater meine Stirnwunde und reinigte mein Gesicht von den Blutspuren. Erleichtert stellte er fest, daß die Verletzung nicht weiter schlimm sei, aber er bestand darauf, daß ich mich nach einem heißen Bad sofort ins Bett legte. Ich bekam Tee und einen Slivovic eingeflößt, denn essen mochte ich an diesem Abend nichts mehr. Mit hinter dem Kopf verschränkten Armen lag ich noch eine ganze Weile wach und dachte nach. Dann kuschelte ich mich in die weiche Geborgenheit meiner Kissen, schloß die Augen und sehnte mich mehr denn je nach Peterhof.

*

Meine Mutter litt entsetzlich darunter, daß schon so lange keine Nachricht mehr von Viktor gekommen war. Sie war voller Unruhe und Angst. Sie hatte alle seine Briefe aufgehoben und sie fortlaufend nach ihrem jeweiligen Datum sortiert und gebündelt. Eines Tages erfand sie so etwas wie ein Ritual. Sie glaubte, das Schicksal in irgendeiner Form beschwören zu können, indem sie diese Briefe wieder hervorholte und erneut las. Gleich neben der Zimmertür hing ein halbhoher Spiegel in einem Messingrahmen an der Wand. Darunter befand sich eine kleine Konsole, auf der meine Eltern immer den Zimmerschlüssel und die eingegangene Post ablegten. Meine

Mutter machte es sich nun zur Gewohnheit, der Reihe nach einen von Viktors alten Briefen dort hinzulegen, so als wäre er soeben mit der Post eingetroffen. Sie meinte, man müsse nur, wie ein Medizinmann an seinen Fetisch, fest genug daran glauben, dann könne man vielleicht auf diese Weise eine Nachricht von Viktor herbeizwingen oder anlocken – oder wie immer sie sich ausdrückte.

Mein Vater war weit davon entfernt, sie auszulachen, auch wenn er für ihre Handlungweise vermutlich nichts übrig hatte. Oft nahm er selbst einen dieser alten Briefe von der Konsole und las ihn uns vor, so wie damals, als der Brief eingetroffen war.

»Was wirst du machen, wenn dir der Vorrat ausgeht?« fragte er einmal besorgt.

Meine Mutter zuckte mit einem wehen Ausdruck im Gesicht die Schultern und sagte: »Dann fange ich wieder von vorne an.«

Eines Tages lag auf der Konsole, dort, wo Viktors Briefe sonst immer ihren Platz hatten, ein Schreiben vom Roten Kreuz. Ich kam gegen Mittag vom Unterricht bei Herrn Perner aufs Zimmer zurück und sah meine Mutter in regloser Haltung auf den Brief starren. Wie gelähmt vor Angst, hatte sie sich nicht getraut, ihn zu öffnen. Instinktiv schien sie gefühlt zu haben, daß er irgend etwas mit Viktor zu tun haben müßte.

»Warum machst du ihn nicht auf?« Ich nahm den Brief in die Hand.

»Ist es... Ist es etwas Schlimmes?« stieß sie statt einer Antwort mit gepreßter Stimme hervor.

»Ich weiß nicht«, sagte ich unsicher. »Woher soll ich das wissen?«

»Du weißt solche Dinge doch immer«, murmelte sie tonlos. In ihren Augen las ich soviel bange Hilflosigkeit, daß es mich anrührte und ich plötzlich tiefes Mitleid mit ihr empfand, ohne daß mir, wie so oft, meine Eifersucht auf ihre grenzenlose Liebe zu Viktor zu schaffen machte.

»Ich weiß es nicht«, sagte ich noch einmal. Ich legte den Brief zurück und streichelte dann tröstend ihren Arm. »Ich glaube, es ist nichts Schlimmes. Nur eine Nachricht eben... Weiter nichts.«

Wir erfuhren den Inhalt des Schreibens erst, als mein Vater nach Hause kam. Er öffnete den Brief sofort.

Über das Rote Kreuz wurde uns mitgeteilt, daß Viktor in englische Gefangenschaft geraten war und sich derzeit in einem Kriegsgefangenenlager in Kanada befände. Seit wann und für wie lange, ging aus dem Brief nicht hervor.

Meine Eltern nahmen die Nachricht fast wie eine Freudenbotschaft auf. Meine Mutter weinte vor Glück, daß er am Leben war.

»Er hat den Krieg hinter sich!« sagte mein Vater erleichtert. »In Gefangenschaft zu sein, ist unter den Umständen das Beste, was ihm passieren konnte. Das Leben dort wird nicht gerade einfach für ihn sein, aber die Engländer sind ein faires Volk, sie schinden den Gegner nicht. Sie werden unseren Jungen anständig behandeln.«

Es schien, daß mein Vater recht hatte. Der von seinen Soldaten so sehr geliebte Generalfeldmarschall Rommel wurde bereits im März aus Afrika abberufen und durch General von Arnim ersetzt, der jedoch gegen die Übermacht der Alliierten nichts mehr ausrichten konnte. Im Mai 1943 war der Krieg in Nordafrika für das sieggewohnte Afrikacorps endgültig verloren. Was blieb, waren Tausende von Gefallenen auf beiden Seiten. 130 000 deutsche Soldaten marschierten in britische und amerikanische Gefangenenlager.

»Ich bin ein Glückspilz«, hatte Viktor oft von sich gesagt. Ich litt um ihn, daß es so gekommen war, aber dann dachte ich im stillen, daß er vielleicht wirklich Glück im Unglück gehabt hatte, weil er die Niederlage nicht bis zum bitteren Ende hatte miterleben müssen.

*

In dieser Zeit erhielt ich zwei Briefe von Anton aus Wien. Ich freute mich darüber und war gleichzeitig überrascht, daß er noch an mich dachte. Er schrieb, daß die gemeinsam verbrachten Stunden auf Peterhof fest in seinem Gedächtnis verankert wären, daß er mich nicht vergessen könnte und wie sehr er hoffe, mich bald wiederzusehen.

Während ich tagelang überlegte, was ich ihm auf seinen ersten Brief antworten sollte, kam schon der zweite, in dem er mir mitteilte, daß er eingezogen würde und demnächst an die Front müßte.

Ich wußte nicht, was ich ihm schreiben sollte. Was würde ihn interessieren? Was nicht? Von Peterhof konnte ich nicht berichten, weil wir nicht dorthin kamen, und sonst gab es ja kaum Gemeinsamkeiten zwischen uns. Ich fing Briefe an und zerriß sie wieder. Der Papierkorb füllte sich mit zornig zerknüllten Seiten. Ich brachte, wie mir schien, nur Belanglosigkeiten zustande und war voller Hemmungen, mich auszudrücken. Ich wollte nichts von mir preisgeben, keine angedeuteten Gefühle erwidern, nicht da etwas anklingen lassen, wo ich eigentlich nichts oder wenig empfand. Was bei meinen hölzernen Versuchen herauskam, waren letzten Endes immer nur »mir geht es gut – wie geht es Dir?« – Banalitäten. Anton einen Brief zu schreiben, wurde zum Problem. Ich ärgerte mich darüber, vor allem über mich selbst.

Schließlich löste ich das Problem auf eine recht einfallslose Weise. Ich schrieb ihm eine Postkarte mit jenen unverfänglichen Phrasen, die auf so engem Raum gerade noch Platz haben, mit denen man sich nichts vergibt und der Höflichkeit dennoch Genüge tut.

Anton antwortete darauf noch mit einem dritten Brief, dann hörte ich lange nichts mehr von ihm.

*

Ende März kehrte eine gut erholte, vor Temperament sprühende Draga nach Peterhof zurück, und wir nahmen unsere regelmäßigen Besuche zugleich mit den anderen Stammgästen wieder auf. Ich war atemlos vor Glück, mein Paradies wiedersehen zu dürfen. Alles in mir jubilierte.

Der April nahte mit sanften warmen Regengüssen, die den Winter einfach fortspülten. Dann war der Frühling endgültig da und begann, die Natur ringsum zu verzaubern mit seinem zarten ersten Wiesengrün und einer unendlichen Fülle aufbrechender Knospen. Eine heiter lachende Sonne erwärmte die Luft und ließ laue Winde verheißungsvolle Düfte vor sich hertragen.

Ich war heimgekehrt in meinen Garten Eden, in dem ich mir selbst überlassen meinen Wachträumen nachhängen und phantastische Gedankenfäden spinnen konnte, wo ich das trunken machende Gefühl von Freiheit und Unabhängigkeit kennengelernt hatte – und wo ich zum ersten Mal in meinem Leben der Liebe begegnet war – einer Liebe, die süß und bitter zugleich nie aufgehört hatte, mich mit Hoffnung und Sehnsucht zu erfüllen.

Ich fühlte mich nun schon fast den Erwachsenen zugehörig, wollte aber trotzdem nicht mit ihnen zusammen, sondern für mich alleine sein.

Draga muß das Glück, das ich empfand, gespürt haben.

»Man sieht dir förmlich an, wie gern du hier bist«, sagte sie amüsiert. »Du blühst ja richtig auf!«

Sie war freundlich zu mir, wenn auch ein wenig distanziert, aber vielleicht bildete ich mir das auch nur ein. Wenn es Verstimmungen zwischen uns gegeben hatte, so schienen sie jetzt vergessen zu sein. Ich war so unendlich dankbar, wieder auf Peterhof sein zu dürfen, daß ich mir fest vornahm, Draga durch nichts mehr zu verärgern oder gar zu verletzen. Ich fühlte mich jetzt manchmal sogar ein wenig schuldig, daß es überhaupt dazu gekommen war. Wie lästig mußte ich ihr gewesen sein, mit meiner unverhohlenen Neugier, meinen bohrenden Fragen und der Neigung, mich in Angelegenheiten zu mischen, die mich nichts angingen. Wie hatte ich Draga nur so bedrängen können? Sie, die so großzügig und liebenswürdig war – eine vollendete Gastgeberin. Natürlich hatte sie oft nur ihren Vorteil im Auge, aber konnte man ihr daraus einen Vorwurf machen? Waren wir nicht alle Nutznießer davon, daß sie ihr Gut so geschickt zusammenhielt und immer wieder erfolgreich darum kämpfte? Ich schämte mich dafür, daß ich mich Draga gegenüber schlecht benommen hatte. Im Überschwang meiner Gefühle hätte ich gerne mit ihr darüber geredet und mich dafür entschuldigt, aber ein Instinkt sagte mir, daß es besser wäre, nicht mehr daran zu rühren und das Vergangene ruhen zu lassen. Was ging mich denn auch jene Statue an. Ich wußte ja nun von ihrer Existenz und ihrem Verbleib. Das unheimliche Erlebnis mit ihr hatte längst an Wichtigkeit verloren und was mir daran rätselhaft erschienen war, sollte mich von jetzt an nicht mehr interessieren. Mochte das Turmzimmer eine Rumpelkammer sein oder nicht – es hatte mich einfach nicht zu kümmern, wenn Draga nicht wollte, daß man da hinauf ging. Ich würde Draga nie wieder nach Alexander fragen.

Die Natur wurde neu geboren und ihr Aufblühen erfüllte mich mit glücklicher Zuversicht. Ich spürte eine ruhige Gewißheit in mir, daß ich auch ohne Draga Alexander wiedersehen und eine Antwort auf all meine Fragen bekommen würde.

Ich streifte, beseligt von der Freude, wieder hier zu sein, durch den Garten, der zu neuem grünendem Leben erwachte. Wie vertraut mir hier alles war! Hier auf Peterhof hatte ich meine Wurzeln – hier war mein wirkliches Zuhause.

Als erstes lief ich zu dem Rhododendron. Ich wollte sehen, wie weit seine Blüten waren. Auf dem Weg dahin begrüßte ich die Zypressen und den kleinen Pavillon wie alte Freunde. Noch ließ das dürre Rankengewirr an seinen Mauern nicht ahnen, daß schon bald unzählige Kletterrosen die Risse und Schäden der Wände überdecken würden. Schließlich stand ich vor dem Rhododendron. Er schien mir gewachsen und noch ausladender zu sein als im vorigen Jahr. Mich überfiel eine jähe Zärtlichkeit für diesen weißen Strauch, der mir in meinen Träumen und auch in der Wirklichkeit Wegweiser gewesen war und in einer geheimnisvollen Beziehung zu Alexander stand. Der Winter hatte den dunkelgrünen, lackglänzenden Blättern nichts anhaben können. Der Strauch war übersät mit dicken runden Knospen, deren Spitzen schon aufgebrochen waren und die noch fest zusammengepreßten Blütenköpfe zeigten. Drei Wochen später waren sie aufgeblüht und umhüllten den Strauch mit einem Mantel aus strahlendweißen Blütensternen.

Es wurde Sommer. Nun kannte ich Alexander schon ein Jahr und hatte ihn ebenso lange nicht gesehen. Ich suchte ihn überall und in allem, das uns verband – in jeder noch so kleinen Erinnerung.

Ich liebte ihn ausschließlich und bedingungslos.

Wie jung ich war, wie ohne jede Ahnung!

Ich weiß heute, daß nur die Arglosigkeit eines fast noch kindhaften Mädchens zu einem solchen Gefühl fähig ist, zu einer Liebe, die nicht aus einer schon durch Enttäuschungen vernarbten Seele kommt. Einer Liebe, die einfach da ist um ihrer selbst willen, die nichts einbehält und nichts verlangt. Diese Liebe war tief in mir drinnen, leuchtete wie eine klare Flamme, war ein Zustand, der mich gar nicht erst fragen ließ, wozu das gut sein könnte und was daraus werden würde. Ich nahm sie hin wie ein schönes Geheimnis. Es genügte mir, um diese Liebe zu wissen und Alexanders Nähe zu spüren. Selbst wenn ich ihn nicht sah.

Wie soll ich das erklären? Heute erscheint es mir verrückt, phantastisch, ganz und gar unmöglich, vielleicht sogar lächerlich. Und doch war es so! Ich glaubte, seine Gestalt zu sehen, wenn auch nur flüchtig. Ich erblickte seinen Schatten zwischen den Bäumen, denn dort hielt ich nach ihm Ausschau, wußte ich doch, daß er das grelle Sonnenlicht nicht mochte. Oft erblickte ich mehrere Schatten zugleich, auf seltsame Weise lichtdurchflutet. Sommerschatten!

Manchmal hörte ich auch seine warme melodiöse Stimme, die leise »Imperia« rief. Der Wind trug sie mir zu, wenn er über die Gräser strich. »Imperia – Imperia!« Sie war im Rascheln der Blätter, im Raunen des Waldes, klang von überallher, und ich blieb jedesmal mit wildklopfendem Herzen stehen, schloß glückselig die Augen, um intensiv zu lauschen, um nur ja durch nichts abgelenkt zu werden von der geliebten Stimme.

War die Zeit so schnell vergangen? Liebte ich Alexander wirklich schon seit einem ganzen Jahr? Es erfüllte mich mit Befriedigung, so lange treu geliebt, so unbeirrt ausgeharrt zu haben.

Mußte so eine Liebe nicht irgendwann belohnt werden?

Es konnte gar nicht anders sein!

16

Ich weiß nicht mehr, wann ich zum ersten Mal die Melodie hörte. Ich dachte auch zuerst nicht weiter darüber nach. Woher war sie mir zugeflogen? Aus dem Radio? – Hatte irgend jemand sie auf der Straße gesungen? Im Hotel? Ich erinnere mich nicht, woher sie gekommen war, so wie ich auch nur schwer beschreiben kann, wie und wann sie mir ins Bewußtsein drang. Zuerst hörte ich nur Töne – ich glaube jedenfalls, daß es so war – einzelne Töne, die sich allmählich zu Melodienfetzen zusammenfügten. Bis eines Tages die Melodie deutlich erkennbar wurde. Sie ergriff von mir Besitz und ließ mich nicht mehr los.

Es dauerte eine ganze Weile, bis ich mir darüber im klaren war, daß ich sie nur auf Peterhof hörte. Sie ertönte meistens ganz leise, wenn ich durch den Garten ging. – Ich hörte sie auf die unterschiedlichste Weise. Manchmal schien sie aus dem Wald oder von weit her über die sommerlichen Wiesen auf mich zuzuschweben. Oft klang es, als würde sie von einer hohen Frauenstimme gesungen oder von einer einsamen Flöte gespielt. Hin und wieder schien es auch, als begleite sie ein fernes Orchester, als untermalten sie schmelzende Geigen und sanfte Harfen. Ich konnte es nie ganz genau erkennen, aber vielleicht hatte ich dadurch zuerst den Eindruck gehabt, die Melodie aus dem Radio zu kennen.

Wie eine innere Stimme klang sie in mir. Sie hörte sich an wie ein altes Lied voll süßer Melancholie. Ich summte sie oft leise vor mich hin, bis ich sie genau kannte und mir zu eigen gemacht hatte.

An einem regnerischen Nachmittag auf Peterhof ging ich nach langer Zeit wieder einmal in die Bibliothek. Ich hatte Lust, Klavier zu spielen. Die Melodie ging mir nicht aus dem Kopf. Ich wollte sie einüben und versuchen, die dazugehörigen Harmonien zu finden. Draga hatte mir ja erlaubt, den Flügel zu benützen. Ihre Gäste hielten sich in den Salons auf; ich würde also niemanden stören.

In der Bibliothek roch es dumpf und muffig, nach moderndem Papier und altem Leder. Ein abgestandener, leicht beißender Geruch nach Kaminrauch, der wahrscheinlich in den Wintermonaten von der Halle herübergezogen war, lag wie eine Dunstglocke über dem Raum, in dem es sonst recht kühl war.

Ich ging zu dem Fenster, das dem Flügel am nächsten war, und öffnete es weit. Warme Sommerluft, vermischt mit der feuchten Frische des Regens und einem süßlichen Duft nach Gras und Erde, drang herein. Ich machte ein paar tiefe Atemzüge. Wie gut das roch! Ich würde das Fenster offenstehen lassen, bis der ganze Raum von diesem Duft durchdrungen und der Geruch nach Rauch und Moder entwichen wäre.

Die Bibliothek wirkte seltsam fremd und unpersönlich auf mich. Lag es daran, daß ich so lange nicht hier gewesen war und anscheinend auch sonst niemand sie betreten hatte? Der Flügel stand noch immer an seinem Platz, aber seine schwarzglänzende Eleganz war durch eine feine Staubschicht ein wenig beeinträchtigt. Ich zog mir den Klavierhocker heran, setzte mich und klappte den Deckel des Flügels auf. Die weißen Tasten wirkten vergilbt und erinnerten mich einen Augenblick lang an ausgebleichte Knochen. Ich schlug ein paar Akkorde an und spielte dann Tonleitern hinauf und hinunter. Der Flügel klang immer noch etwas verstimmt, so wie früher, vielleicht sogar ein bißchen mehr, aber das machte mir nichts aus. Ich begann, mir die Tonfolge des Liedes mit der rechten Hand zusammenzusuchen. Die Melodie war leicht zu spielen, und ich prägte sie mir schnell ein. Mit der linken Hand probierte ich dann so lange die dafür in Frage kommenden Harmonien aus, bis das Lied endlich so klang, wie es mir richtig schien, wie ich es in meinem Inneren immer gehört hatte. Ich übte Note für Note und Takt für Takt, bis ich keinen Fehler mehr machte. Hatte mich die Melodie vorher schon verfolgt und nicht mehr losgelassen, so kam jetzt noch die Freude dazu, sie selbst spielen zu können. Ich betätigte häufig das Fußpedal, um die Klangwirkung noch zu verstärken. Ich war hingerissen von der schlichten Schönheit des Liedes. Wenn ich damit zu Ende war, begann ich gleich wieder von vorne. Ich konnte nicht genug davon bekommen, wollte es immer wieder hören und mich an jede einzelne Tonschwingung, an jeden Akkord verlieren. Ich ließ mich von der Melodie emportragen und schwebte mit ihr in einem Gefühlsrausch, wie nur Musik ihn hervorrufen kann.

So in mein Spiel versunken, bemerkte ich nicht, daß die Tür zur Bibliothek geöffnet wurde und jemand mit leisem Schritt eintrat. Erst als die weit geöffneten Fensterflügel durch den entstandenen Luftzug mit einem lauten Knall zuschlugen, wurde ich unsanft in die Wirklichkeit zurückgerissen.

»Wie bist du an die Noten gekommen?« fragte eine schneidende Stimme in meinem Rücken.

Ich war so erschrocken, daß ich mit einem Aufschrei herumfuhr.

Mir gegenüber, neben dem Eingang zur Bibliothek stand Draga. Ihr Gesicht war totenblaß. Ich hatte sie noch nie so gesehen – so aufgewühlt, so zornig und zugleich so verstört.

»Was für Noten?« stammelte ich. »Ich habe keine Noten.«

Sie trat langsam auf mich zu. Es kam mir vor, als zittere sie und als habe sie Mühe, sich auf den Beinen zu halten. Sie atmete schwer.

»Ich habe dir gestattet, den Flügel zu benutzen, aber nicht an meinen Notenschrank zu gehen und da herumzuschnüffeln!«

Ich machte eine hilflose Handbewegung und zeigte stumm auf den leeren Notenständer, der sich über der Tastatur des Flügels befand.

Draga überzeugte sich mit einem schnellen Blick davon, daß ich tatsächlich ohne Noten gespielt hatte. Das schien sie erst recht zu verwirren. Ich sah jetzt deutlich, daß ihre Hände zitterten. Ihre Lippen waren so fest zusammengepreßt, daß sie wie ein weißer Strich aussahen. Sie hatte die Maske der Liebenswürdigkeit jetzt ganz fallen gelassen, und ich spürte an der eisigen Kälte, mit der sie mich musterte, wie groß die Abneigung war, die sie gegen mich hegte. Wir starrten uns eine Weile an, ohne etwas zu sagen. Ich sah, daß Draga bemüht war, ihre Fasusng wiederzugewinnen. Plötzlich drehte sie sich abrupt um, durchquerte den Raum und blieb vor einem verglasten Schrank stehen, den ich bis dahin noch nie zur Kenntnis genommen hatte. Sie stockte verblüfft, als sie nach kurzer Überprüfung bemerkte, daß die Tür nicht nur abgeschlossen war, sondern auch der Schlüssel fehlte.

»Ach ja, natürlich«, murmelte sie tonlos und griff sich an die Brust, als hätte sie ihn dort unter ihrer Bluse versteckt. Auf mich wirkte die Geste jedenfalls so, als hätte sie den Schlüssel für andere nicht sichtbar an einem Band um den Hals hängen. Sie kam schleppenden Schrittes zu mir zurück und starrte mich an. Ihr Zorn und ihre Erregung waren keinesfalls verflogen.

»Warum spielst du das die ganze Zeit?« herrschte sie mich an. »Woher kennst du überhaupt dieses Lied?«

Ich suchte nach einer Erklärung und fand keine. Ich begriff nicht, warum Draga so zornig war. Was um alles in der Welt hatte ich nur falsch gemacht? Ich war mir keiner Schuld bewußt.

»Antworte!« Es klang wie das Zischen einer gereizten Schlange.

»Ich... Ich weiß es nicht. Ich habe das Lied irgendwo gehört... Ich erinnere mich nicht mehr, wo das war... Ich kenne es nicht. Ich weiß auch nicht, wie es heißt und von wem es ist.« Mein Mund war so trocken, daß ich die Worte nur mit Mühe herausbrachte.

»Ich verbiete dir, dieses Lied noch einmal zu spielen!« Dragas Nasenflügel bebten vor unterdrückter Wut.

Ich fühlte mich elend. Ich hatte mir fest vorgenommen, Draga durch nichts mehr zu verärgern. Jetzt war es doch wieder geschehen, und ich wußte nicht einmal warum.

Ich hob mit einer flehenden Geste die Hände: »Bitte, ich...«

»Schon gut!« fiel Draga mir ins Wort, während eine blitzschnelle Veränderung mit ihr vorging. Sie zwang sich zur Ruhe und lächelte sogar. »Es ist das Wetter! Irgend etwas liegt in der Luft, und das macht mich nervös. Ich habe nichts gegen dein Klavierspiel, aber der Flügel ist so verstimmt. Es ist unerträglich, und du hattest die ganze Zeit das Fenster offen.«

»Bitte, entschuldige«, sagte ich unglücklich.

Dragas Gesicht hatte sich geglättet. Sie hatte ihre Fassung wiedergewonnen und strahlte nun souveräne Freundlichkeit aus.

»Aber nicht doch, du mußt dich nicht entschuldigen. Ich hatte dir ja erlaubt, hier Klavier zu spielen.«

»Kennst du dieses Lied? Warum magst du es nicht?« wagte ich zu fragen.

»Es ist der Flügel«, sagte sie hastig, ohne meine Frage zu beantworten. »Ich muß den Klavierstimmer kommen lassen. Es zerrt an meinen Nerven, diese falschen Töne zu hören.« Sie legte den Arm um meine Schultern und schob mich mit sanfter Gewalt aus der Bibliothek. »Komm mit, Immy, wir werden etwas anderes finden, womit du dir die Zeit vertreiben kannst!«

Als ich das nächste Mal die Bibliothek aufsuchte, um ganz leise und bei geschlossenem Fenster Klavier zu spielen, fand ich den Flügel versperrt. Als ich Ogdan nach dem Schlüssel fragte, sagte er kurz angebunden, die Gospodja hätte angeordnet, daß der Flügel nicht benützt werden dürfe, bevor er nicht gestimmt sei.

Ich ließ es bei dieser Antwort bewenden und wagte erst gar nicht, Draga selbst um den Schlüssel zu bitten, weil ich sie nicht wieder erzürnen wollte. Aber ihr sonderbares Verhalten, mit dem sie auf mein Klavierspiel reagiert hatte, gab mir ein neues Rätsel auf. Ich überlegte hin und her, und rief mir jede Einzelheit des Vorfalls ins Gedächtnis zurück, ohne eine Erklärung zu finden. Ich sprach auch zu niemandem darüber, aber eine hartnäckige innere Stimme sagte mir, daß es Draga gar nicht um den verstimmten Flügel ging, sondern um das Lied, das ich darauf gespielt hatte.

*

In die politischen Debatten auf Peterhof mischten sich jetzt häufig ein spürbares Unbehagen und generelle Unsicherheit. Man hatte ganz allgemein die Übersicht verloren. Die Ereignisse überschlugen sich, galoppierten davon, der Krieg war außer Kontrolle geraten. Die alten Generäle taten sich nun schwer damit, ihre Prognosen aufzustellen. Was sie heute noch im Brustton der Überzeugung prophezeiten, war morgen schon überholt. Titos gefürchtete Partisanen waren schon längst zu einer ständigen, realen Bedrohung geworden, mit der man täglich und überall zu rechnen hatte.

»Bloß die nicht!« stöhnte Draga. »Bloß keine Kommunisten, die mit den Bolschewiken gemeinsame Sache machen.« Sie betonte immer wieder lautstark, sie würde sich stets bedenkenlos für die Deutschen entscheiden, wenn sie die Wahl hätte zwischen den einheimischen Partisanen und der deutschen Besatzungsmacht. Natürlich seien die Nazis eine Pest, aber mit ihnen könne man sich arrangieren, und da würde sich noch manches abschleifen. Sicher gäbe es auch auf der Seite der Deutschen gewisse Ausschreitungen, und manche Ansichten seien extrem, aber es herrsche eben Krieg. Was die Feindpropaganda da so alles durchsickern lasse, sei von Haus aus viel zu unglaubwürdig, als daß man es für wahr halten könne.

Von diesen Greuelmärchen müsse man ganz einfach Abstriche machen.

Unweigerlich kam dann auch die Rede auf die Italiener, die zu allen Zeiten unzuverlässig gewesen seien. Man munkelte von einer bevorstehenden Kapitulation Italiens, und das war fast vor der eigenen Haustür.

»Das werden die ersten sein, die den Verbündeten in den Rücken fallen«, war General Krasničis ständige Redensart, und er schlug jedesmal zur Bekräftigung seiner Worte mit der Faust auf den Tisch.

Als die Italiener dann tatsächlich am 3. 9. 1943 mit den Alliierten den Waffenstillstand unterzeichneten, war niemand überrascht.

Ich staune noch heute darüber, wie wenig ich im Grunde von dem ganzen Kriegsgeschehen mitbekam. Ich las keine Zeitungen und hörte keine Nachrichten. Den langatmigen Gesprächen über Politik folgte ich meistens nur unkonzentriert und mit halbem Ohr, weil ich meinen eigenen Gedanken nachhing. Es machte sich auch niemand die Mühe, mich zu informieren oder aufzuklären. Das geschah sicher in dem gutgemeinten Bestreben, mir, »dem Kind«, noch möglichst alles Unerfreuliche fernzuhalten. So lebte ich – von meinen eigenen Problemen einmal abgesehen – weitgehend unbelastet in den Tag hinein. »Immy soll eine unbeschwerte Jugend haben«, hörte ich meine Eltern manchmal sagen. »Der Ernst des Lebens kommt noch früh genug.«

*

Ich genoß den Sommer in vollen Zügen und so intensiv, als hätte ich insgeheim gespürt, daß es mein letzter auf Peterhof sein würde.

Dann aber kam der Tag, der mein ganzes bisheriges Leben durcheinanderbrachte. Als hätte ein Erdbeben gewütet, ging alles aus den Fugen, brach alles in Scherben, änderte sich alles von Grund auf.

Wie seltsam, daß ich nicht einmal das genaue Datum dieses Tages weiß. Es hätte sich mir für immer einprägen müssen, wie ein Geburts- oder Sterbetag von großer Wichtigkeit. Denn damals erlosch etwas in mir, starb das Mädchen, das ich bis dahin gewesen war. Ich fiel in eine bodenlose, nachtschwarze Dunkelheit, und als ich wieder daraus emportauchte, war ich nicht mehr die, die ich vorher gewesen war. Seither ist etwas in mir, das mich von anderen Menschen trennt. Es ist, als wäre ich von jeder tiefergehenden Kommunikation abgeschnitten.

Es muß Ende August oder Anfang September gewesen sein. Wie gesagt, ich erinnere mich nicht mehr, welches Datum dieser Tag trug. Meine Erinnerung weist von da an überhaupt große Lücken auf, aber das spielt im Grunde keine Rolle, zumindest nicht, was meine Aufzeichnungen betrifft. Für mich wurde es ein Tag, der sich in seinen Zeitdimensionen völlig verschob, der viel länger als 24 Stunden dauerte und doch nur aus einem einzigen schrecklichen Augenblick bestand.

An jenem Tag – es war ein Sonntag – ging eine strahlende Sonne an einem wolkenlosen Himmel auf und verhieß unbeschwertes Sommerglück auf dem Lande. Mein sechster Sinn ließ mich an diesem Tag völlig im Stich. Nichts warnte mich. Keine Vision, keine innere Stimme, keine noch so vage Ahnung.

Ja, es war ein heißer schöner Tag, als wir am späten Vormittag nach Peterhof fuhren. Wie immer war ich voller Vorfreude und Erwartung. Ich würde mich stundenlang im Garten aufhalten, durch den Wald streifen und sogar zum See hinuntergehen. Vielleicht würde ich mir ein Buch mitnehmen und eine Weile auf der weißen Holzbank im Schatten der hohen Weide sitzen – auf jener Holzbank, die früher die Statue der Fortuna als Gegenüber gehabt hatte. Ich würde lesen und meinen Tagträumen nachhängen, mich einfach treiben lassen...

Schon während der Fahrt hatten wir darunter gelitten, daß es im Auto so heiß war, aber als wir nach unserer Ankunft vor dem Gutshaus aus dem Wagen stiegen, prallte uns die Hitze beinahe wie eine Mauer entgegen. Die Tür zum Hauseingang stand offen. In seinem Halbdunkel lehnte Draga an der Wand und fächelte sich mit einer zusammengefalteten Zeitung Kühlung zu. Es sah aus, als hätte sie da auf uns gewartet.

»Heute hält man's nur im Schatten aus«, meinte sie, als sie auf uns zutrat und uns mit den gewohnten Wangenküssen rechts und links begrüßte. »Ich habe Unmengen von eisgekühltem Tee zur Erfrischung vorbereiten lassen.«

Ogdan eilte aus der Halle mit einem Tablett herbei, auf dem hohe, mit einer goldgelben Flüssigkeit gefüllte Gläser standen, die er uns reihum anbot. Fast gleichzeitig griffen wir alle zu und tranken begierig, um unseren Durst zu löschen.

Draga streifte mich mit einem Blick von unbeteiligter Freundlichkeit. »Ich fürchte, wir älteren Semester sind heute so ziemlich unter uns. Immy, das arme Kind, wird wie schon so oft wieder einmal sich selbst überlassen bleiben. Es gelang mir diesmal nicht, einen passenden Gefährten für sie einzuladen.«

Ich versicherte sofort, daß mir das nicht das Geringste ausmachen würde. Ich wäre gern allein, sagte ich, und würde mich niemals langweilen. Draga wußte so gut wie ich, daß das keine höfliche Floskel war, sondern der Wahrheit entsprach. Die unvermeidbare kleine Enttäuschung, daß Alexander auch diesmal nicht hier war, ließ ich mir nicht anmerken. Wie immer, wie bei jeder Ankunft auf Peterhof – und das nun schon seit über einem Jahr – hatte ich auch heute die stille Hoffnung gehegt, ihn endlich wiederzusehen. An die stets darauffolgende Enttäuschung, daß dem nicht so war, hatte ich mich längst gewöhnt. Sie war mir inzwischen schon so vertraut wie die Hoffnung selbst.

Der Tag war so schön. Zu schön, um ein Gefühl von Enttäuschung aufkommen zu lassen. Und dieser Tag war noch nicht zu Ende, im Gegenteil. Eigentlich fängt er erst an, dachte ich mit leisem Trotz. Eine plötzliche Begegnung lag durchaus und jederzeit im Bereich des Möglichen. Oder etwa nicht? Eine Begegnung, so unvermutet und wunderbar wie die von damals. Eine Begegnung, die nicht von Draga arrangiert, beeinflußt und gelenkt worden war. Die Erinnerung daran gehörte mir ganz allein, und das erfüllte mich mit Genugtuung. Während ich noch daran dachte, durchflutete mich ein warmes Gefühl von Zuversicht. Ich mußte eben Geduld haben.

Während Draga und meine Eltern sich zu den anderen Gästen gesellten, sie waren allesamt auf der großen Terrasse versammelt, wo die Temperatur um diese Zeit am erträglichsten war, ging ich in die Bibliothek, um mir eines der roten Bücher herauszusuchen, das ich noch nicht gelesen hatte. Der Raum, der im Winter so anheimelnd war, wirkte im Sommer kühl und düster. Im Vorbeigehen versuchte ich den Klavierdeckel aufzuklappen und stellte fest, daß der Flügel noch immer verschlossen war. Das bekümmerte mich nicht weiter, denn bei diesem herrlichen Wetter wollte ich mich sowieso nicht im Haus aufhalten.

Als ich nach dem Mittagessen, das Buch in der Hand, in den Garten hinaustrat, schlug mir erneut die Hitze entgegen und umfloß mich wie eine flammende Liebkosung. Ich erinnere mich, daß ich ein weißes, ärmelloses Kleid trug. Ich löste meinen Zopf und ließ die Haare offen über meine Schultern fallen.

Ich war so heiter, so gelassen wie schon lange nicht mehr, als ich schnellen Schrittes durch den Garten eilte. War das nicht ein gutes Omen? War das nicht wie ein Zeichen, daß mir vielleicht ein glückhaftes Erlebnis bevorstand? Ich hatte Alexander nur ein einziges Mal gesehen, das war vor einem Jahr gewesen. Und hätte ich diese Begegnung auch nur einem blinden, unberechenbaren Zufall zuzuschreiben gehabt – es war doch nicht auszuschließen, daß ich Alexander ebenso zufällig wiedersah, heute wiedersah! Und wenn nicht heute, dann gewiß ein anderes Mal. Es mußte so sein! Ich hatte so lange gewartet – ich würde auch weiterhin warten können!

Bald hatte ich die weiße Holzbank erreicht. Ich setzte mich, legte den Kopf in den Nacken und lauschte. Um mich herum war die scheinbare Stille, die so oft mit den Mittagsstunden zusammenfällt. Ab und zu brandete das vielstimmige Zirpen der Grillen auf, um wie auf ein geheimes Zeichen auch gleichzeitig wieder zu verstummen. Es regte sich kein Windhauch. Das gelegentliche Summen der Insekten schien die Lautlosigkeit um mich herum noch zu vertiefen, ebenso das kaum vernehmbare Dahinplätschern des Baches, der zu dieser Jahreszeit nur ein dünnes Rinnsal war.

Es war ein träger Tag, und die Hitze hüllte alles in eine große Müdigkeit. Der Himmel war von bleierner Bläue, die sich zu verdunkeln schien, wenn man nach oben blickte. Das Sonnenlicht blendete so stark, daß ich für eine Weile die Augen schloß. Ich dachte plötzlich an das Gliederpuppenspiel, dem ich mich damals hingegeben hatte. Ich spielte es schon längst nicht mehr. Dafür kam ich mir jetzt zu alt vor. Auch das war gerade erst ein Jahr her. Wie kindisch war ich gewesen! Vielleicht war der eigentliche Grund, warum ich es nicht mehr spielte, auch eine gewisse Furcht, die ich empfand. Der Traum, in den ich damals hinübergeglitten war, hatte einen höchst unerfreulichen Verlauf genommen – war zum Alptraum geworden. Ich erinnerte mich noch genau an die Angst, die mich erfaßt hatte, bevor ich erwachte und Alexander vor mir sah. Erst seine Gegenwart hatte mich davon befreit. Ich verspürte keine Lust zu lesen und ließ das Buch ungeöffnet neben mir liegen. Ich wollte einfach nur dasitzen und diesen wunderschönen Sommertag genießen und die Hitze auf meiner Haut spüren, wie die Eidechsen, von denen es eine

Menge auf Peterhof gab. Es waren kleine braungrüne Gesellen, die oft lange still in der Sonne lagen, bis ein nur ihnen bekannter Impuls plötzlich wie ein Blitz in ihre Reglosigkeit fuhr und sie davonhuschen ließ.

Ich dachte an Alexander – dachte so intensiv an ihn, daß ich fast sicher war, er müßte vor mir stehen, als ich die Augen wieder aufschlug. Er war nicht da. Und doch war ich nicht enttäuscht, als ich ihn nicht sah. Ich ließ meine Blicke umherschweifen mit der leisen unbeirrten Hoffnung im Herzen, die Gestalt Alexanders könnte sich plötzlich aus dem Schatten der Bäume am Waldrand lösen und auf mich zukommen.

Plötzlich wurde mir bewußt, daß ich eine Weile geschlafen haben mußte. Die Sonne stand etwas tiefer, und der Himmel hatte sich verändert. Sein vordem so strahlendes Blau hatte sich eingetrübt. Es war auch nicht mehr so windstill wie zuvor. Ich hörte wieder das Wispern der Grashalme und das leise Rauschen der Blätter im Laub der Bäume. Vielleicht war es sogar ein leichter Windstoß gewesen, der mich geweckt hatte. Ich erhob mich, streckte meine Glieder und schlenderte gedankenverloren auf den Holzstoß zu, der nun an eben jener Stelle aufgeschichtet war, an der früher die Statue gestanden hatte. An seinem Fuße – ich war noch ein Stück davon entfernt – erblickte ich unvermutet etwas Rotes im Gras. Waldzyklamen, schoß es mir durch den Kopf. Natürlich, Waldzyklamen! Alexanders Lieblingsblumen! Seit damals hatte ich keine mehr gefunden. War das nicht noch ein weiteres gutes Omen, daß ich die kleinen, von grünem Blattwerk umgebenen Blumen jetzt dort entdeckte, wo ich ihn das erste Mal gesehen hatte? Wie zärtliche farbfrohe Tupfer ragten sie in ihrer anmutigen Winzigkeit nicht einmal eine Hand breit über dem Waldboden, ihren Frühlingsschwestern, den Veilchen, an Duft und Größe so ähnlich.

Gerade wollte ich noch darauf zulaufen – da stockte ich, weil mich plötzlich ein unbehagliches Gefühl beschlich. Ich war auf einmal nicht mehr sicher, ob das wirklich Blumen waren, was ich dort sah. Konnte es nicht auch etwas ganz anderes sein? Eine zähe Flüssigkeit, von irgendwo herabgefallen, deren Tropfen auf den darunterliegenden Blättern blütenkopfgroße eklige Pfützen gebildet hatten? Ich wollte mir den Tag nicht verderben lassen, wollte nicht feststellen, ob die freundlichen roten Tupfen im Gras Waldzyklamen waren oder nicht. War nicht an genau dieser Stelle Blut von der Statue auf die Erde herabgetropft? Blut, das da nicht hingehörte, weil Statuen normalerweise nicht bluten. War ich nicht verrückt genug, dort wieder Blut zu sehen? Blut, das ebenfalls nicht dahingehörte? Ich dachte plötzlich an die Vision, die ich als Kind in Berlin im Stadtpark gehabt hatte. Da hatte ich ohne jeden Grund die rote Wollmütze des ertrunkenen Jungen im Gras liegen sehen. Mich schauderte, und mein Unbehagen wuchs. Nein, ich wollte es nicht genau wissen, was das Rote da wirklich war, was da zu mir herüberschimmerte wie eine tückische Verlockung. Vielleicht waren es harmlose Blumen, vielleicht aber... Nein, ich würde nicht zulassen, daß mich wieder etwas in Angst versetzte. Ich wollte nicht durch ein neues häßliches Rätsel verwirrt werden...

Ich wich zurück, schloß für ein paar Sekunden die Augen und versuchte, ruhig zu atmen. Dann wandte ich mich ab und lief davon, ohne mich noch einmal umzusehen. Als ich den Rosenpavillon und die Zypressen erreicht und hinter mir gelassen hatte, war meine gute Laune, die mich den ganzen Tag so beschwingt hatte, fast zurückgekehrt. Ich war sehr zufrieden mit mir. Ich fühlte mich wie jemand, der sich nicht hatte reinlegen lassen. Es kam mir so vor, als hätte mir jemand eine Lektion aufgegeben und ich hätte sie überraschend gut gelernt. Ich würde es mir für die Zukunft merken. Man konnte Unerfreuliches, das einen bedrohte, abwehren, indem man es einfach nicht beachtete. So leicht war das!

Der Wind hatte sich verstärkt. Ich verspürte keine Lust mehr, im Garten zu bleiben, und eilte zielstrebig auf das Gutshaus zu. Vielleicht würde es ein Gewitter geben. Im Westen ballten sich dunkle Wolken zusammen. Ich spürte die in der Luft liegende Elektrizität wie immer bis in die Haarwurzeln. War es dieses eigenartige kribbelige Gefühl, das mich in meinem Lauf plötzlich innehalten ließ? Hing es damit zusammen, daß ich auf einmal wieder die Melodie hörte – mein Lied, wie ich sie inzwischen nannte? Verblüfft stellte ich fest, daß die Musik diesmal nicht von irgendwoher zu mir herüberwehte. Sie kam aus dem Haus. Es klang leise, war aber dennoch ganz deutlich.

Jemand spielte Klavier.

War der Klavierstimmer inzwischen dagewesen? Hatte Draga deshalb erlaubt, daß der Flügel wieder benutzt wurde, oder spielte sie am Ende gar selbst? Es mußte so sein. Sie kannte ja ebenfalls die Melodie. Ich hörte eine Weile zu. Wer auch immer da musizierte, das Spiel klang sehr gekonnt, sehr schön. Es hatte keine Ähnlichkeit mit meinem braven Geklimper.

Ich wollte nicht gleich jemandem begegnen, darum ging ich nicht von der Gartenseite durch den vorderen Salon ins Haus, sondern nahm den Weg, der auf der Ostseite zum Haupteingang führte. Noch bevor ich die Halle betrat, vernahm ich wieder das Klavierspiel. Als ich hineinging und lauschend stehen blieb, klang es eindringlicher und lauter. Zlata eilte mit einer Kuchenplatte an mir vorbei. Ihr folgte gemessenen Schrittes Ogdan, der eine große silberne Kaffeekanne in der Hand hielt. Es war wohl gerade Zeit für die Jause, für jene bei Dragas Gästen so beliebte nachmittägliche Zwischenmahlzeit, die ich meistens verpaßte. Ich lief ein Stück neben Ogdan her.

»War der Klavierstimmer hier?« fragte ich.

Er blieb stehen. »Nein, gnädiges Fräulein. Heute ist Sonntag, da kommt er nicht.«

»Jemand spielt Klavier.«

»Das kann nicht sein«, sagte er höflich. »Der Flügel wird derzeit nicht benutzt.«

»Ja, hören Sie es denn nicht?« fragte ich befremdet. »Man hört es doch ganz deutlich.«

Ogdan stutzte einen Augenblick und runzelte die Stirn.

»Ich höre nichts, absolut nichts«, sagte er kopfschüttelnd und ging weiter.

Ich sah ihm irritiert nach. War er etwa schwerhörig? Das hatte ich bisher noch gar nicht an ihm bemerkt. Ich folgte ihm und stellte beim Passieren der Salons fest, daß Draga und ihre Gäste dort waren, wo sie sich immer zu dieser Zeit aufzuhalten pflegten. Die Generäle und Hochwürden Kellerbach spielten noch Billard, während meine Eltern, Professor Michailović und Draga gerade ihre Bridgepartie unterbrachen, um sich an die gedeckte Kaffeetafel zu begeben. Weitere Personen waren meines Wissens nicht da. Das Mittagessen hatte heute in diesem verhältnismäßig kleinen Kreis stattgefunden. War inzwischen noch ein Gast gekommen? Die alte Baronin Xenia war in ihrem Rollstuhl schon an den Tisch geschoben worden. Sie saß in der Mitte und hatte bereits ein Stück Kuchen auf ihrem Teller vor sich liegen, das sie mit ihren zittrigen Händen in mundgerechte Stücke zu zerteilen versuchte, wobei ihr das meiste davon zerbröselte und herunterfiel. Es war mir schon oft aufgefallen, mit welcher Gier die alte Frau sich immer als erste auf jedes Essen stürzte, ohne dann wirklich viel zu sich zu nehmen. Vielleicht waren die Mahlzeiten so etwas wie Sensationen im Tagesablauf dieses verrinnenden Lebens. Sie stieß ein freundliches Kichern aus, als sie mich erblickte, und fragte ausnahmsweise einmal nicht, wer ich denn wäre. Es wunderte mich nicht, daß sie das Klavierspiel, das auch hier deutlich zu vernehmen war, nicht zur Kenntnis nahm. Vielleicht war es nicht laut genug, um durch die Barriere der Schwerhörigkeit bis zum Bewußtsein der alten Dame vorzudringen. Aber die anderen hätten es hören müssen. Es nahm jedoch niemand davon Notiz. Draga reagierte überhaupt nicht auf die Klänge, und gerade sie war doch erst neulich aus der Fassung gebracht und voller Zorn gewesen, als sie mich die Melodie hatte spielen hören.

»Komm, setz dich zu uns, Immy«, rief sie, als sie mich in der Tür stehen sah. »Es gibt Jause!«

»Spielt hier jemand Klavier?« fragte ich leise.

»Nein, mein Kind, warte damit, bis der Flügel gestimmt ist.«

Sie hatte mich anscheinend mißverstanden und glaubte, ich hätte sie um Erlaubnis bitten wollen, selbst spielen zu dürfen.

Das Stimmengewirr der anderen, die sich nun ebenfalls um den Tisch versammelten, verstummte beinahe, während man allgemein unter den mannigfachen Geräuschen des Hin-und-Herschiebens und Heranrückens der Stühle Platz nahm. Darüber schwebte deutlich vernehmbar die Melodie, vorgetragen von jemandem, der ausgezeichnet Klavierspielen konnte. Er wandelte sie nun ab, kleidete sie in einen anderen Stil. Sie klang jetzt fast wie ein Prélude von Chopin.

»Setz dich doch!« wiederholte Draga liebenswürdig. »Möchtest du ein Stück Apfeltorte oder lieber von dem Marmorkuchen oder beides?«

»Nein, danke, ich möchte nichts«, murmelte ich.

Dragas Aufmerksamkeit wandte sich Hochwürden Kellerbach zu, dem sie ein großes Stück Torte auf den Teller legte.

Ich ging zu meinem Vater und neigte mich an sein Ohr.

»Hörst du es auch?« fragte ich leise.

Er sah mich überrascht lächelnd an. »Was denn, Füchslein, was soll ich hören?«

»Die Musik!« sagte ich eindringlich mit unterdrückter Stimme. »Jemand spielt Klavier.«

Er hielt den Kopf sekundenlang lauschend vorgestreckt, sichtlich bemüht, meine Behauptung mit der gleichen Wahrnehmung bestätigen zu können.

»Ich glaube, das bildest du dir ein«, sagte er dann. »Ich kann nichts hören – wirklich gar nichts.«

»Was ist los? Was will sie wissen?« fragte meine Mutter gedämpft und daher unbeachtet von den anderen.

»Ob hier jemand Klavier spielt«, antwortete er.

Sie richtete sich auf und legte den Kopf leicht in den Nacken, um sich darauf zu konzentrieren.

»Unsinn!« meinte sie schließlich und sah mich ungehalten an. »Hier gibt es keine Musik, nirgendwo. Wovon redest du?«

Ich hielt den Atem an, als sie das sagte, denn das Lied war immer noch ganz deutlich zu hören. Vielleicht klang es jetzt sogar noch ein wenig lauter als kurz zuvor. War ich denn wirklich die einzige, die es vernahm?

Mein Vater strich liebevoll mit dem Zeigefinger über meine Wange. »Vielleicht meinst du den Wind? Es scheint draußen etwas stürmisch geworden zu sein.« Er wandte sich Professor Michailović zu, der ihn um die Zuckerdose gebeten hatte.

Ich zog mich still zurück und lief aus dem Eßzimmer durch die Salons und dann über den Gang zur Bibliothek. Verwirrt und unsicher blieb ich davor stehen. Das Klavierspiel kam nicht von da. Ich hätte gar nicht erst hineingehen müssen, um mich davon zu überzeugen. Nachdem ich eine Weile horchend vor der Tür gestanden hatte, drückte ich die Klinke herunter und trat zögernd ein, schon weil ich das Buch zurückgeben wollte, das ich immer noch in der Hand hielt.

Der große Raum war leer.

Wie um mich ganz genau und endgültig zu vergewissern, daß niemand hier den Flügel benutzt haben konnte, ging ich zu ihm hin und versuchte, den Deckel hochzuklappen. Er ließ sich jedoch nicht bewegen, weil er nach wie vor abgeschlossen war. Schnell legte ich das Buch an seinen Platz und ging wieder hinaus.

Kaum hatte ich die Bibliothek verlassen, da begann das Klavierspiel von neuem. Wieder hielt ich den Atem an. Von woher, zum Teufel, kam es, wenn nicht von hier? Es konnte kein Radio sein, ganz unmöglich! Kein Radio spielte so lange und ausschließlich dasselbe Stück – unterbrach, begann wieder von vorne oder setzte die Melodie fort... Hier unten war es nicht. Von hier kam keine Musik, das war mir inzwischen klar. Das heißt, klar war das eigentlich nicht, denn der Flügel stand in der Bibliothek, und es spielte jemand Klavier. Ich war doch nicht verrückt – oder doch? Ich hörte es schon wieder! Es mußte doch herauszufinden sein, wer da wo spielte!

Langsamen Schrittes ging ich in die Halle. Das Klavierspiel verstummte. Es war, als wollte mich jemand zum Narren halten. Eine Weile war nichts zu hören, dann begann es wieder. Derjenige, der da spielte, beherrschte das Instrument geradezu meisterhaft. Die an sich schlichte, beinahe volksliedhafte Melodie wurde jetzt in Variationen vorgetragen – in perlenden Tonkaskaden und schnellen virtuosen Läufen. Sie erklang in lebhaftem, strahlendem Dur und danach wie ein Echo in verhaltenem, schwermütigem Moll. Ich stand da wie angewurzelt und hörte hingerissen zu. Nun gab es nur noch eine Möglichkeit, woher das mysteriöse Klavierspiel kommen konnte. Es kam von oben! Ich kannte die Zimmer im ersten Stock zwar nicht, aber es war sicher, daß sich dort irgendwo noch ein zweites Klavier befinden mußte. Derjenige, der darauf spielte, war zweifellos ein großer Künstler. Bestürzt fragte ich mich, warum niemand sein Spiel zur Kenntnis nahm. Wußte denn keiner etwas von seiner Anwesenheit? Daß er da oben so etwas wie ein Konzert gab, war doch höchst ungewöhnlich. Oder war es eine Sie?

Ogdan kam aus dem Salon, die Kaffeekanne in der Hand, und schlug den Weg zur Küche ein.

Ich stürzte auf ihn zu. »Ogdan, wer spielt hier so wunderbar Klavier?«

Er sah mich zutiefst befremdet, wenn nicht sogar verärgert an. »Ich verstehe nicht, was Sie meinen, gnädiges Fräulein. Ich sagte es schon einmal: Niemand spielt! Wenn Sie sich in die Bibliothek bemühen wollen, werden Sie feststellen können, daß der Flügel abgeschlossen ist. Er ist...«

»Verstimmt, ich weiß!« fiel ich ihm gereizt ins Wort. Wollte er mich für dumm verkaufen? Er mußte die Musik doch genauso deutlich hören wie ich! Ich haßte den alten Mann plötzlich, weil er mich jedesmal kühl abfertigte und im dunkeln ließ, wenn ich etwas wissen wollte, das ihm nicht paßte. Ich haßte diesen verschlossenen, seiner Herrschaft blind ergebenen Diener, der sich nie herabließ, meine Fragen zufriedenstellend zu beantworten. Ich war von Haus aus nicht jähzornig, ich kannte das Gefühl gar nicht, aber jetzt stieg eine solche Wut in mir hoch, daß ich ihm am liebsten die Kanne aus der Hand geschlagen hätte, wie er so vor mir stand mit seinem starren unbeweglichen Gesicht. Ich mußte mich zusammennehmen, es nicht zu tun. Wie eine heiße Welle durchflutete mich der Zorn, brannte in meiner Kehle und würgte mich, so daß ich sekundenlang nicht sprechen konnte. Lag es an mir, daß ich nie eine richtige Antwort bekam? – Vielleicht war ich zu höflich, zu jung, zu bescheiden oder was weiß ich...

»Ich will wissen, ob es noch ein zweites Klavier hier im Hause gibt!« fuhr ich ihn unbeherrscht an. Und wieder packte mich die Wut. Ich hätte auf ihn losgehen mögen, wie er so scheinbar gelassen vor mir stand und mich nur uninteressiert ansah, ohne zu antworten.

Ich wurde lauter: »Sagen Sie mir auf der Stelle, ob es ein Klavier im oberen Stock gibt! Jemand spielt dort. Versuchen Sie nicht schon wieder, mir weiszumachen, daß Sie es nicht hören!«

Ogdans sonst leicht nach vorn gebeugte Gestalt straffte sich. Waren ihm meine Heftigkeit, mein wütender Ton auch nicht entgangen, so entschloß er sich wohl, darüber hinwegzusehen. Er war als Diener einfach zu gut geschult, als daß er sich erlaubt hätte, mir als einem Gast des Hauses in gleicher Weise zu antworten.

»Ich bedaure außerordentlich, gnädiges Fräulein, aber ich höre nichts. Verübeln Sie es einem alten Mann nicht, wenn seine Ohren nicht mehr die besten sind...«

Ich wollte gerade wegen meines schlechten Benehmens beschämt den Kopf senken, da sah ich den Hohn in seinen Augen, der in völligem Gegensatz zu seinem devoten Ton stand.

»...ich kann Ihnen jedoch verbindlich versichern...«, sein Mund verzog sich zu einem triumphierenden und zugleich verächtlichen Lächeln, »...im ersten Stock gibt es kein Klavier, und es hält sich auch zur Zeit niemand da oben auf!«

Ich zuckte zusammen. Warum bereitete es ihm eine solche Genugtuung, mir zu verstehen zu geben, daß ich mich irrte?

Auch er hatte jetzt anscheinend genug von diesem ungezogenen Mädchen mit seiner lästigen Neugier und seinen absonderlichen Fragen. Mit einer schroffen Handbewegung schnitt er mir jedes weitere Wort ab.

»Wenn Sie mich jetzt entschuldigen wollen, ich habe in der Küche zu tun.« Er wandte sich ab und ließ mich, wie schon so oft, einfach stehen.

Ich sah ihm wutentbrannt nach, wie er durch das Halbdunkel der Halle ging, bis die Tür zur Küche hinter ihm zufiel.

Plötzlich war mir alles egal. Ich wollte jetzt endgültig wissen, wo dieses Klavier stand und wer darauf spielte, koste es, was es wolle! Ich würde es herausfinden und niemand sollte mich daran hindern. Wildentschlossen eilte ich die Treppe zum ersten Stock hinauf, indem ich immer zwei Stufen auf einmal nahm. Ich hatte es ein für allemal satt, mich mit Geheimnissen und obskuren Rätseln herumzuschlagen. Ich wollte nicht mehr hingehalten und verunsichert werden, so daß es mir fast schon zur traurigen Gewohnheit geworden war, an mir selbst und an meinem Verstand zu zweifeln. Oben angelangt, blieb ich nach Luft schnappend stehen. Soweit das noch möglich war, zwang ich mich zur Ruhe.

Vor mir lag der Gang, wie Anton ihn mir vor einiger Zeit beschrieben hatte. Auf der rechten Seite hingen die Ahnenbilder, von denen er erzählt hatte. Dazwischen waren Nischen in die Wand eingelassen. In einer davon verbreitete ein einarmiger Kerzenleuchter mit einer Glühbirne unter einem kleinen Schirm aus Pergament ein Mindestmaß an Helligkeit. Anscheinend ließ man hier oben immer ein Licht brennen, weil es kein Fenster gab und die Türen zu den Zimmern, die sich auf der linken Seite des Ganges befanden, allesamt geschlossen waren.

Draußen war der Wind zum Sturm geworden. Er fuhr um das Gebäude und unter das Dach. Das Haus war voller eigener Geräusche. Es knarrte in den Dielen und ächzte in den Balken. Manchmal vernahm ich ein Knistern in den Wänden, wie leises Stöhnen. Ab und zu klapperten ein paar lose Schindeln, pfiff ein Luftzug hohl durch den Kamin in der Halle und den Schornstein auf dem Dach.

Von all dem unberührt, schwebte darüber die Melodie.

Eben wurde sie in einer neuen Variante gespielt. Sie erklang wieder vereinfacht und erinnerte in ihrer gebändigten Form an die strenge Schönheit einer Fuge von Johann Sebastian Bach. Ich horchte angestrengt, indem ich mein Ohr an jede der Türen legte. Aber zu meinem grenzenlosen Erstaunen kam das Klavierspiel aus keinem der Zimmer im ersten Stock, auch nicht aus dem letzten am Ende des Ganges, das, wie ich ebenfalls durch Anton wußte, Draga gehörte. Ich blickte mich ratlos um. Nun gab es nur noch eine einzige Möglichkeit: Das Turmzimmer!

Anton hatte alles so gut beschrieben, daß ich nach kurzem Suchen in der gegenüberliegenden Wand, versteckt in einer Rosette der Blumentapete, den Messingknopf fand. Ich drehte daran, die dazugehörige Tür öffnete sich und gab den Aufgang zum Turm preis. Ich sah eine ganz normale Treppe, weder zu breit noch zu schmal, die sowohl nach oben, als auch nach unten führte. Ich schaute hinunter. Sicher gab es dort einen Zugang zum Keller, zu irgendeinem der unteren Räume, der mir bis dahin nicht aufgefallen war, oder den man vielleicht auch irgendwie getarnt hatte, um den Turm zu separieren. Aber das interessierte mich nicht mehr, denn ich hatte endlich herausgefunden, woher die Musik kam. Nun war kein Zweifel mehr möglich: Sie kam von oben, klang aus jener Räumlichkeit, die ich als Turmzimmer und Draga als Rumpelkammer bezeichnet hatte. Ich holte tief Luft und stieg langsam, Stufe für Stufe die Treppe hinauf. Hier im Treppenhaus war es heller als zuvor auf dem Gang, weil noch gedämpftes Tageslicht einfiel. Ich warf einen kurzen Blick durch ein Fenster, an dem ich vorbeikam. Am Himmel hingen schwere Wolken und verdunkelten ihn. Ich sah, wie der Sturm in die Baumkronen fuhr, sie beugte und ihre Äste gegen die Fensterscheiben schlagen ließ. Aus der Ferne klang dumpfes Donnergrollen. Mein Herz begann heftig zu klopfen. Ich wußte, daß ich etwas Verbotenes tat. Es war gegen alle Regeln des Anstands und der Höflichkeit, die meine Eltern mir beigebracht hatten, daß ich hier eingedrungen war. Sie würden entsetzt sein, wenn sie es erführen. Aber jetzt wollte ich nicht daran denken. Ich mußte mir einfach Klarheit verschaffen. Ich fühlte mich gezwungen weiterzugehen, ich konnte mich gar nicht dagegen wehren. Als ich oben angekommen war, verstummte die Musik. Stille breitete sich aus, die nur durch das gelegentliche Heulen des Windes unterbrochen wurde. Ich hörte den Puls in meinen Schläfen dröhnen und dennoch kam es mir so vor, als wäre alles auf einmal ganz still. Nur wenige Schritte vom Treppenabsatz entfernt befand sich, sozusagen als Endpunkt, eine einzige Tür. Sie war aus dem gleichen edlen Holz wie die anderen im Haus. Die geschwungene Klinke aus Messing glänzte wie sorgfältig geputzt. Ich ging darauf zu, nahm all meinen Mut zusammen und drückte sie sachte herunter. Natürlich hätte ich vorher anklopfen müssen oder feststellen, ob die Tür nicht etwa versperrt war. Vielleicht hatte derjenige, der hier spielte, hinter sich abgeschlossen, weil er nicht gestört werden wollte. – Ich tat weder das eine, noch das andere. Ich überlegte nicht mehr, ich war wie getrieben, wie magisch angezogen von dem Raum, der sich hinter der Tür verbarg. Sie ließ sich ohne weiteres öffnen, aber sie knarrte durchdringend, als ich sie langsam aufschob. Es war, als gäbe sie einen Klagelaut von sich, weil ein Unbefugter sich hier Zutritt verschaffte.

Der Raum, in den ich nun eintrat, lag im Halbdunkel – und war leer! Durch die Holzrippen der geschlossenen Fensterläden fiel nur wenig Licht, aber doch so viel, daß meine Augen sich schnell an diese Düsternis gewöhnten. Das erste, was ich mit aller Deutlichkeit erkannte, ließ mir einen Schauder über den Rücken laufen. An der gegenüberliegenden Wand, gleich neben dem Fenster, befand sich ein Klavier mit aufgeschlagenem Deckel, so daß die Tastatur freilag. Davor stand einladend, wie zum Platznehmen hingerückt, ein Schemel, auf dem jedoch niemand saß. Mit zitternder Hand suchte ich nach einem Lichtschalter, fand ihn links von mir und knipste ihn an. Die Helligkeit der aufflammenden Deckenbeleuchtung bestätigte, daß mein erster Eindruck mich nicht getäuscht hatte.

Der Raum war tatsächlich leer – wobei ich mit ›leer‹ zum Ausdruck bringen will, daß sich außer mir keine Menschenseele darin befand. Denn was ich sonst noch sah, war dazu angetan, mich völlig in Verwirrung zu stürzen. Das hier war keine zum Bersten angefüllte Rumpelkammer, wie Draga mir immer hatte weismachen wollen, sondern ein vollständig eingerichtetes Zimmer, dessen Ausstattung äußerst geschmackvoll war und darauf schließen ließ, daß es bewohnt war. Es gab ein breites Sofa, über das eine elegante beigefarbene Seidendecke geworfen war. Die sich darunter abzeichnenden Kissenwülste ließen ahnen, daß man auf diese Weise das zusammengerollte Bettzeug über Tag aus dem Blickfeld geschafft hatte. Es gab einen weichgepolsterten, mit hellem Brokat bezogenen Sessel, einen kleinen Beistelltisch aus Messing mit einer Glasplatte und daneben eine Stehlampe, ebenfalls aus Messing mit einem ausschwenkbaren Arm.

Ich ging zum Fenster. Der Raum schien seit langem nicht gelüftet worden zu sein. Es roch nach abgestandener Luft und irgendwie nach Moder so wie in alten Kirchen. Ich öffnete die Fensterflügel. Sie gingen nach innen auf. Ich stellte fest, daß die Glasscheiben klar und sauber waren. Jemand hatte sie erst kürzlich geputzt. Die hölzernen Fensterläden ließen sich jedoch nicht aufmachen, obwohl ich meine ganze Kraft darauf verwandte. Der eiserne Riegel, der sie in der Mitte zusammenhielt und die Seitenscharniere waren völlig verrostet. Ich sah auf der Oberseite der Holzrippen eine dicke, staubige Schmutzschicht. Diese Fensterläden waren schon seit Jahren nicht mehr gesäubert worden. Man hatte sie anscheinend über einen langen Zeitraum geschlossen gehalten. Zumindest in diesem Punkt hatte Draga die Wahrheit gesagt. Ich ließ meine Blicke umherschweifen. An der Innenseite der Tür hing an einem breiten verzierten Messinghaken ein leichter Regenmantel aus heller Ballonseide, der offensichtlich einem Herrn gehörte, ebenso wie die elegante Schirmmütze aus feinem Tuch. Es gab ferner einen wertvollen alten Eichenschrank und daneben ein in die Wand gemauertes Regal, dessen untere Fächer mit Stößen ordentlich übereinandergeschichteter Notenbücher belegt waren. Ich nahm einige von ihnen heraus und stellte fest, daß es sich dabei ausschließlich um Literatur für Klaviermusik handelte. Ich las Namen wie Mozart, Haydn, Beethoven, Rachmaninow, Chopin, Brahms... Derjenige, dem diese Noten gehörten und der danach spielen konnte, mußte Pianist sein – und so hatte sein Spiel ja auch geklungen. Es durchzuckte mich wie ein schmerzhafter elektrischer Schlag, als ich daran dachte. Ich hatte die Musik zwar gehört, sie war aus diesem Zimmer gekommen – aber niemand war hier gewesen! Trotz der Deckenbeleuchtung, die den Raum genügend Helligkeit gab, beschlich mich ein dumpfes, unheimliches Gefühl. Ich war in ein neues Rätsel verstrickt und schon wieder einem gespenstischen Geschehen ausgeliefert –, aber nachdem ich nun einmal hier war, wollte ich die Sache auch irgendwie zu Ende bringen und sah mich daher weiter um.

Im obersten Fach des Regals lag ein elegantes silbernes Zigarettenetui. Als ich es in die Hand nahm, um es genauer zu betrachten, entdeckte ich auf seiner Vorderseite in der rechten unteren Ecke zwei ineinander verschlungene Initialen. Ein A und ein M. Die Buchstaben sagten mir nichts, und ich legte das Etui an seinen Platz zurück. Daneben lag ein größerer Bilderrahmen mit der Vorderseite nach unten. Jemand hatte ihn anscheinend nicht mehr aufstellen, aber auch nicht weggeben wollen. Ich griff danach, drehte ihn um – und erstarrte. In dem Rahmen steckte eine Photographie. Ich erkannte sofort, wen sie darstellte und sekundenlang wurde mir schwarz vor Augen. Das Bild, das unter Glas in der silbernen Umrandung steckte, zeigte Alexander! Oh, mein Gott, es war Alexander. Mit Hingabe betrachtete ich jeden Zug seines Gesichtes, das mir so vertraut war: die schmale Silhouette seines Kopfes, sein dunkles Haar – und vor allem seine Augen. Das Herz in meiner Brust begann wie wild zu schlagen. *Es war Alexander* – es gab ihn also wirklich! Mir schwindelte. Ich brauchte eine Weile, bis ich mich wieder gefaßt hatte. Dann studierte ich das Bild genau. Diese Photographie war offensichtlich ein Künstlerporträt. Alexander sah den Betrachter nicht direkt an. Sein Blick ging etwas seitwärts an ihm vorbei und war romantisch in die Ferne gerichtet. Seinen Mund umspielte ein kleines Lächeln, den Kopf hatte er lässig auf eine Hand gestützt. Plötzlich kam mir zu Bewußtsein, warum das Bild mich an ein Künstlerporträt erinnerte. Alexander war nicht nur in dem damaligen Stil gewisser Filmstarpostkarten photographiert worden, sondern er trug auch einen Abendanzug. Soweit ich das auf dem Brustbild erkennen konnte, handelte es sich um einen Frack. – War Alexander ein Künstler? War er Pianist? War er es, der so meisterhaft Klavier gespielt hatte? Aber wenn er es war, der vorhin in diesem Zimmer musiziert hatte, wo war er jetzt? Mich überkam ein Gefühl völliger Leere. Und dann entdeckte ich noch etwas, das ich beinahe übersehen hätte: einen Schriftzug, eine Widmung, von unten schräg nach oben über das Bild geschrieben. Die Tinte war so verblaßt, daß man die steile, markante Schrift nur mühsam entziffern konnte. »Für Dragica« – stand da noch relativ gut zu lesen, weil die Buchstaben die weiße Hemdbrust als kontrastreichen Untergrund hatten. Hinter Dragica war ein Gedankenstrich. Die folgenden Worte verloren sich auf dem Dunkel des Frackärmels. Mehr brauchte ich auch gar nicht zu wissen. Dragica war ein Kosename. So hatte ich die alte Baronin Xenia ihre Enkelin schon oft nennen hören. Der Name Draga bedeutete auf kroatisch »Liebe« und konnte auch als Anrede in sehr privaten Briefen benutzt werden. Die verkleinerte Form hieß Liebchen oder mein Liebling – war also ein Ausdruck von Zärtlichkeit, der meiner Meinung nach, so wie der ganze Name überhaupt, nicht zu Draga passen wollte. Was, bei allen Heiligen, hatte das zu bedeuten? Draga und Alexander kannten sich, daran gab es nicht den geringsten Zweifel. Aber wie gut mußten sie sich kennen, daß Alexander sich diese intime Anrede gestattete. Draga hatte mich belogen, schon seit vielen Monaten. Stets hatte sie behauptet, Alexander nicht zu kennen, dabei schienen sie in einem sehr vertrauten Verhältnis zueinander zu stehen. Sie hatte auf das heftigste bestritten, daß er zu ihren Gästen gehörte. Es gäbe hier keinen jungen Mann, der Alexander hieße – sie hätte auch keinen eingeladen, und sie müßte es ja schließlich wissen. Auch in diesem Punkt hatte sie die Unwahrheit gesagt. Schon als ich Alexander getroffen hatte, war mir aufgefallen, wie gut er sich auf Peterhof auskannte. Fassungslos legte ich das Bild ins Regal zurück. Jetzt fiel mein Blick auf einen zweiten, etwas kleineren Silberrahmen, der ebenfalls mit der Vorderseite nach unten dort hineingeschoben worden war. Mit tauben Fingern zog ich ihn heraus.

Auch dies war eine Photographie. Sie zeigte Draga und Alexander als engumschlungenes Pärchen vor der Statue im Park. Beide lachten in die Kamera – ein geglückter Schnappschuß fürs Familienalbum. Ich weiß nicht mehr, wie lange ich das Bild anstarrte, ohne begreifen zu können, was ich sah. Jene Draga, die Alexander da auf dem Photo im Arm hielt, sah aus wie ein junges Mädchen. Aber das konnte sie nicht sein, das war doch gar nicht möglich – die Draga, die ich kannte, war in Wirklichkeit viel älter. Wer also war das Mädchen auf dem Bild?

Ich glaubte, den Verstand zu verlieren, wenn ich nicht ohnehin schon verrückt war. Vielleicht war das auch nur ein irrer Traum, der mich zum Wahnsinn treiben wollte... Wie dem auch sein mochte, ich mußte hier weg! Vor allem mußte ich die Photographie mitnehmen und meinem Vater zeigen – unbedingt, jetzt sofort. Nun konnte ich ihm endlich beweisen, daß die Statue kein Produkt meiner Einbildung gewesen war und daß ein junger Mann namens Alexander existierte. Jetzt würde ich ihn davon überzeugen können, daß Draga gelogen, daß sie mich absichtlich in die Irre geführt hatte. Sie kannte Alexander, kannte ihn sehr gut – und plötzlich fiel es mir wie Schuppen von den Augen: Er gehörte nicht nur zu ihren Gästen – er lebte auf Peterhof. Alexander wohnte hier in diesem Zimmer!

Mit zitternden Händen löste ich die Klammern, die Rahmen und Bild zusammenhielten, und die Photographie fiel heraus. Im gleichen Augenblick ließ ein heftiger Windstoß die Zimmertür, die ich bei meinem Eintreten nur angelehnt hatte, krachend ins Schloß fallen. Ich schrak so sehr zusammen, daß ich aufschrie. Ich stürzte zu ihr hin, aber als ich sie jetzt öffnen wollte, bekam ich sie nicht auf. Sie klemmte, so sehr ich daran rüttelte und mich mit aller Kraft dagegen warf. Ich lief zum Fenster, wollte die Holzläden aufstoßen und um Hilfe schreien, da fiel mir ein, daß diese sich ja ebenfalls nicht öffnen ließen. Ich geriet in Panik, als mir klar wurde, daß ich hier oben eingesperrt und gefangen war und daß man mich vermutlich so schnell nicht finden würde. Ich hatte das Gefühl, jeden Moment in diesem Zimmer ersticken zu müssen. Ich rannte zur Tür zurück, stemmte mich dagegen, zog und zerrte an der Klinke. Alles umsonst! Aufschluchzend lehnte ich mich gegen die Wand. Ich kam mir vor wie ein Tier in der Falle.

Plötzlich spang die Tür von selber auf. Ich starrte sie an, wie sie sich langsam, wie von Geisterhand bewegt, knarrend öffnete und den Blick in das Treppenhaus freigab. Die Photographie war mir aus den Händen geglitten. Ich sah sie vor mir auf dem Boden liegen, bückte mich und riß sie an mich. Dann stürzte ich aus dem Zimmer, bevor die Tür ein zweites Mal ins Schloß fallen konnte.

In wilder Flucht hetzte ich die Treppe hinunter, schlüpfte durch die Tapetentür und befand mich wieder im ersten Stock des Hauses. Völlig verstört lief ich den Gang entlang und rannte beinahe Ogdan um, der gerade die Treppe von der Halle heraufkam. Er stellte sich mir in den Weg, wollte etwas sagen, aber ich ließ mich nicht aufhalten. Als wären Furien hinter mir her, stürmte ich wortlos weiter, quer durch die Halle – die Photographie krampfhaft festhaltend. Ich riß die Tür zum Salon auf, in dem meine Eltern mit Professor Michailović und Draga um einen Tisch versammelt saßen und immer noch Bridge spielten. Hinter Draga sah ich die alte Baronin Xenia schlafend in ihrem Rollstuhl. Der Kopf war ihr seitlich vornübergefallen und aus ihrem Mund klang ein leichtes Schnarchen. Ich trat ein paar Schritte in den Raum hinein und blieb dann, die Photographie an meine Brust gepreßt, keuchend stehen. Mein jäher Einbruch in die ruhige Atmosphäre des Kartenspiels bewirkte, daß sich alle anderen bis auf die alte Baronin in meine Richtung wandten und entgeistert zu mir herüberstarrten.

Vermutlich hing es mit meinem Aussehen zusammen, daß meine Mutter entsetzt hochfuhr, ihre Karten fallen ließ und nach dem Arm meines neben ihr sitzenden Vaters griff.

»Was hat sie, Maximilian? Was ist los mit ihr?« Ihre Stimme klang etwas schrill. »Es muß die Hitze sein«, fuhr sie fort, als er nicht gleich antwortete. »Sie ist zu lange draußen gewesen.«

Mein Vater schob seinen Stuhl zurück und stand auf. Er kam ein Stück auf mich zu und streckte mir die Hand entgegen, als wollte er mir über einen Abgrund helfen.

»Er... Er wohnt hier«, stammelte ich tonlos.

Professor Michailović erhob sich ebenfalls. »Es ist nicht die Hitze«, sagte er leise. »Sie steht offensichtlich unter Schock...«

Mir war, als würde ich alles überscharf sehen, alles überdeutlich hören – als wäre alles ganz unwirklich.

Meine Augen suchten Draga. Sie war die einzige, die ruhig sitzen geblieben war. Sie hielt sich mit beiden Händen an der Tischplatte fest, wie um sich abzustützen und auf diese Weise ihre Haltung bewahren zu können. Sie sagte kein Wort – sie sah mich nur unverwandt an. Es gibt Blicke, die töten können. Ich zuckte zusammen, ich hätte niemals so viel Haß vermutet. Ich glaube, sie wußte, woher ich kam und warum ich in dieser Verfassung war. Ihre Gesichtszüge waren wie versteinert und doch spürte ich, daß in ihrem Inneren ein Sturm tobte. Ich sah es an dem eigenartigen Flackern ihrer Augen, das den Aufruhr ihrer Gefühle widerspiegelte. Sie spürte genau wie ich, daß alles das, was sie immer hatte ausschalten, verhindern oder geheimhalten wollen, sich nun gleich selbständig machen und eskalieren würde und nichts und niemand es mehr aufhalten konnte. Ihre scheinbare Gelassenheit war nichts weiter als eine innere Sammlung, eine fast übermenschliche Konzentration auf das Kommende.

Ogdan stürzte ins Zimmer und eilte auf seine Herrin zu. Er flüsterte ihr hastig etwas ins Ohr. Aber mit der fast schmerzhaften Überschärfe meiner Sinne verstand ich jedes Wort, das er sagte.

»Sie war oben – oben im Turm. Ich habe es soeben entdeckt. Ich konnte es nicht verhindern...« Er wirkte verstört und ratlos. »Ich weiß nicht, wer ihr den Weg gezeigt hat – die Tür stand noch offen...«

Draga brachte ihn mit einer kurzen herrischen Geste zum Schweigen. Ogdan warf mir einen Blick hilflosen Zornes zu und entfernte sich dann ohne ein weiteres Wort.

In meinem Mund spürte ich eine fiebrige Trockenheit.

»Er wohnt hier«, sagte ich und fuhr mit der Zunge über meine spröde gewordenen Lippen. »Er wohnt hier!« Ich wiederholte es wie eine aufgezogene Puppe. Ich hatte meine Stimme nicht mehr in der Gewalt, ich wurde lauter, und zum Schluß schrie ich es.

Mein Vater kam auf mich zu und entwand mir mit sanfter Gewalt die Photographie. »Komm, Füchslein, gib mir das, laß mich sehen, was es ist!«

»Es ist Alexander«, keuchte ich. »Warum hat sie mich immer belogen. Sie kennt ihn ganz genau. Sieh es dir an: Sie stehen vor dieser Statue, die es angeblich nie gab – diese Statue, die geblutet hat...«

»Was, zum Teufel, meint sie damit?« rief Professor Michailović dazwischen. Er wirkte seltsam alarmiert. »Von welcher Statue spricht sie?«

Die alte Baronin Xenia war aus ihrem Schlaf hochgeschreckt.

»Was ist passiert, Dragica, warum schreit dieses Mädchen so?« Sie versuchte Aufmerksamkeit heischend die Hand ihrer Enkelin zu ergreifen, ohne daß diese es bemerkte.

Mein Vater hatte einen langen Blick auf die Photographie geworfen, bevor er sie wortlos an Draga weiterreichte. Sie wurde totenblaß, als sie das Bild entgegennahm und sah, wen es darstellte. Ansonsten war sie von bewundernswerter Beherrschung.

»Warum sagt mir denn niemand, warum dieses Mädchen so geschrien hat?« quengelte die alte Baronin. »›Er wohnt hier‹, hat sie geschrien, ich habe es genau verstanden. Wer wohnt hier? Ich will es wissen!«

»Sie meint Alexander, Großmama«, sagte Draga mit ruhiger Stimme, aber ich sah, daß sie zitterte. »Sie hat eine Photographie gefunden, die uns am Tage unserer Verlobung zeigt.«

Die Welt um mich verlor ihre Farbe.

»Verlobt?« stammelte ich, während sich alles um mich drehte. Ich starrte Draga an, als könnte ich mich mit meinem Blick an ihr festhalten, als würde er mich vor dem Sturz ins Bodenlose bewahren.

»Du bist mit Alexander verlobt...? Das ist unmöglich, er ist viel jünger als du!«

»Ich will nicht, daß in diesem Hause von Alexander gesprochen wird!« fuhr die alte Frau kreischend dazwischen. »Es reißt alle die Wunden wieder auf... Niemand soll meiner Dragica weh tun!«

Mit dem letzten Rest von Kraft, der mir noch verblieben war, ging ich langsam auf Draga zu. Ich schleuderte es ihr förmlich entgegen: »Du bist zu alt für ihn. Ich glaube es nicht. Ich will ihn sehen. Ich will Alexander selbst fragen. Wo ist er?«

Draga war noch immer kreideweiß im Gesicht. Sie sah mich an mit einem seltsamen Ausdruck, den ich nicht verstand. Das Schweigen zwischen uns schien sich ins Endlose zu dehnen. Aus ihren Augen schlug mir jetzt nicht nur abgrundtiefer Haß entgegen, sondern auch ein eigenartiger Triumph, der mich schaudern ließ. Wie durch einen Schleier sah ich, wie sich auf ihren blutleeren Lippen eine Antwort formte. Jedes ihrer Worte traf mich wie ein Peitschenschlag:

»Alexander ist seit zwanzig Jahren tot!«

17

Ich habe an den weiteren Verlauf des Abends kaum Erinnerungen. Ich weiß nur noch, daß mir nach Dragas Worten die Sinne schwanden, daß ich stürzte und mir der Fußboden mit unheimlicher Geschwindigkeit entgegenkam, daß ich jedoch den Aufprall bereits nicht mehr wahrnahm.

Dann hörte ich noch einmal Rufe und Wortfetzen von sehr weither. Dragas Stimme klang schrill: »Ich will sie nicht mehr sehen... Ich ertrage es nicht länger!« Jemand schüttelte mich, versuchte, mir etwas einzuflößen. Dann die erregte Stimme meiner Mutter: »Es tut mir so leid! Ich habe keine Ahnung, wie das passieren konnte...« Jemand schrie. Irgendwann begriff ich, daß ich das war. Für einen flüchtigen Augenblick sah ich Professor Michailović über mich gebeugt, spürte den Einstich einer Injektionsnadel und hörte ihn sagen: »Das wird sie vorläufig ruhigstellen.« Aber ich weiß nicht einmal mehr, ob das noch auf Peterhof war oder schon im Krankenhaus, wo ich später wieder zu mir kam.

Professor Michailović hatte mich zur Beobachtung in seine Klinik einweisen lassen. Ich lag allein in einem hellen Raum mit zwei großen Fenstern. Das Zimmer – das Bett – die Wände – alles weiß. Aus dieser Zeit ist mir zunächst nur Unzusammenhängendes im Gedächtnis geblieben – verschwommene Eindrücke. Schatten, die über mir auftauchten und wieder verschwanden, Stimmen, die auf mich einredeten und mich mit Fragen bedrängten, denen ich mich entzog, indem ich einfach wieder die Augen schloß. Oft sah ich eine lichte Gestalt. Schwester Tatjana, eine Nonne in blütenweißem Habit. Auf dem Kopf trug sie eine nach beiden Seiten ausladende, gestärkte Haube, die vielleicht gerade wegen ihrer Unförmigkeit das eingerahmte Gesicht sanft und engelhaft erscheinen ließ. Sie hatte Madonnenhände –, schmale, unglaublich gepflegte Hände mit langen sensiblen Fingern, wie die alten Meister sie ihren Heiligen auf ihren frommen Bildern gemalt haben; segnende Hände, die anscheinend nie mit dem Schmutz dieser Welt in Berührung kommen.

»Warum hast du mir das angetan?« hörte ich meine Mutter sagen. Ich konnte es nicht glauben. Sie fragte nicht ›was ist dir geschehen, was ist dir angetan worden?‹ sondern ›warum hast du mir das angetan!‹ Ich sah stumm in ihre Richtung, dann drehte ich mein Gesicht zur Wand. Sie muß diese Frage wohl öfter gestellt haben, zumindest in der ersten Zeit, wenn sie mich besuchen kam. Aber ich antwortete nicht. Was hätte ich auch darauf sagen sollen. Mir schien, als hätte sich die Summe dessen, was sie mir in all den Jahren an Unverständnis entgegengebracht hatte, nun mit einem Mal zu einem Klumpen Verbitterung in mir zusammengeballt. Ich hatte mich verändert und die kindliche Kritiklosigkeit, die mich noch bis vor kurzem alles hinnehmen ließ, verloren.

Im Gegensatz zu meinem Vater kam meine Mutter später seltener ins Krankenhaus, blieb nur kurz und hörte irgendwann auf, mir diese Frage zu stellen. »Deine Mutter grämt sich«, sagte er. »Sie glaubt, daß du sie nicht sehen willst.« Ich widersprach nicht. Ich hatte den Mut, mir selbst einzugestehen, daß ich meine Mutter tatsächlich nicht sehen wollte.

Ich weiß nicht, wie lange ich in der Klinik war. Ich bekam Spritzen, die Schwester Tatjana so schnell und sicher ansetzte, daß ich sie kaum spürte. Tagelang hatte ich Fieber und wirre Träume, und wenn ich nicht gerade schlief, quälten mich Gedanken, Erinnerungsfetzen und Bilder. Ich befand mich in einem seltsamen Schwebezustand, als hätte man mich in dicke graue Watte gepackt. Nichts war mehr wichtig. Nichts hatte Bedeutung. Ich fühlte nur eine grenzenlose Müdigkeit, empfand eine fast schmerzliche Gleichgültigkeit.

Alexander ist seit zwanzig Jahren tot!

Ich wollte nicht nachdenken, weil ich mich nicht mehr zurechtfand. Alexander war tot. – Aber ich hatte ihn doch gesehen, mit ihm gesprochen, und jede Sekunde jenes Nachmittags hatte sich für immer meinem Gedächtnis eingeprägt. Das Turmzimmer! Alexander hatte es bewohnt. Draga hatte es unverändert gelassen und niemandem erlaubt, es zu betreten. Das bedeutete, daß sie ihn bis heute nicht vergessen hatte. Nur seine beiden Photographien im Silberrahmen hatte sie nicht mehr aufgestellt, wahrscheinlich weil sie ihren Anblick nicht ertragen konnte. Aber Alexanders Sachen waren noch dort; sein Mantel, seine Mütze, sein Zigarettenetui, seine Noten. – Waren es seine Noten? – Wer hatte Klavier gespielt, so meisterhaft, so vollendet? – Das Lied! – Draga kannte es auch. Warum war sie so verstört gewesen, als sie es hörte? Was war das für ein Lied?

Wie sehr hatte ich Alexander geliebt – liebte ich ihn immer noch! So viele Dinge fielen mir wieder ein: Sein Anzug war ein wenig altmodisch gewesen, sein Haar länger, als man es heutzutage trug. Er hatte am See ein Boot gesucht – ein rotes Boot mit grünem Bordstreifen und weißen Ringen, das nicht mehr da gewesen war. Er konnte nicht wissen, daß es in einem Sturm gekentert und untergegangen war, denn als es passierte, war er ja schon tot. Wo auch immer wir hingegangen waren, Alexander hatte immer den Schatten gesucht! Mögen Tote das Sonnenlicht nicht?

Die Gedanken wüteten wie Messer in meinem Kopf.

Alexander ist seit zwanzig Jahren tot!

Wie das bösartige Schrillen einer Alarmglocke riß die Erkenntnis mich jäh aus dem Schlaf oder aus meinen Wachträumen, sie fuhr wie ein Blitz durch meinen Körper und ließ mein Inneres krampfhaft zusammenzucken.

Ich wollte nicht denken – und wenn ich es trotzdem tat, glaubte ich nach kurzer Zeit in große schwarze Löcher zu fallen, als sollte mir auf diese Weise ein weiteres Nachdenken erspart bleiben. Vielleicht ist das eine barmherzige Schutzvorrichtung des Gehirns, daß sich das Gedächtnis einfach ausschaltet, wenn die Erinnerungen zum Chaos werden, wenn das Entsetzen wie mit Krakenarmen nach einem greift.

Alexander ist seit zwanzig Jahren tot!

Irgendwann kam mir zum Bewußtsein, daß ich, seit ich in der Klinik war, kein Wort mehr gesprochen hatte. Das lag nicht etwa daran, daß ich physisch nicht dazu imstande gewesen wäre. Es war jene verzweifelte Gleichgültigkeit, die mich wie grauer Nebel umgab und die jede Äußerung abschnürte, noch bevor ich sie tun konnte.

Jedesmal wenn Professor Michailović ins Zimmer kam, erkundigte er sich leise: »Hat sie inzwischen etwas gesagt?« Dann schüttelte Schwester Tatjana leicht den Kopf und ging hinaus.

Ich fühlte sofort, wenn mein Vater bei mir war, auch wenn ich meine Augen geschlossen hielt. Ich wußte, daß er sein liebevoll besorgtes Gesicht über mich beugte, und das gab mir ein Gefühl von Geborgenheit, obwohl er mir nicht helfen konnte. Er hatte immer Verständnis für mich gehabt, aber das, was sich da zuletzt auf Peterhof ereignet hatte, überstieg einfach sein Fassungsvermögen. Ich spürte seine tiefe Ratlosigkeit, wenn er behutsam meine Hand ergriff und sie lange zwischen seinen beiden Händen hielt, als wolle er mich mit dieser zärtlichen Geste wärmen und aus der Apathie, die mich wie ein Panzer umgab, befreien.

»Sag doch was, Füchslein, sag doch was!«

Nach einiger Zeit begann ich wieder zu sprechen. Es ging zunächst nur um ganz banale Dinge. Ich bat um ein Glas Wasser, sagte, daß ich aufstehen wolle oder müde sei, fragte nach meinem Vater und sogar nach Professor Michailović. Aber ich war unfähig, über das, was geschehen war, auch nur andeutungsweise zu reden. Wenn ich es trotzdem versuchte, fingen meine Hände an zu zittern und mein Puls begann zu jagen, während ich ein trockenes taubes Gefühl in Mund und Kehle verspürte, so daß mir das Atemholen Mühe bereitete. Es war quälend! Wie oft hatte ich mir gewünscht, mit jemandem, der etwas davon verstand, über meine paranormalen Fähigkeiten und Visionen sprechen zu können. Ich wußte um das große Interesse, das Professor Michailović solchen Phänomenen und damit auch mir entgegenbrachte. Ich spürte, wie sehr er hoffte, mit mir darüber ins Gespräch zu kommen. Anfangs war ich ihm gegenüber noch voller Hemmungen. Ich war eingeschüchtert von der starken Autorität, die er ausstrahlte, und bekam Herzklopfen, wenn er mein Zimmer betrat. Nach einer Weile wurde ich jedoch ruhiger und verlor die Angst vor ihm. Über das, was er von mir hören wollte, konnte ich jedoch nicht reden, auch wenn ich mir alle Mühe gab und es mir fest vorgenommen hatte, wenn ich allein war.

Professor Michailović zeigte sich geduldig und bedrängte mich nicht.

»Lassen Sie sich Zeit, junge Dame! Es dauert nicht mehr lange, dann werden wir uns unterhalten können. Sie werden mir von Ihren Erlebnissen berichten, und ich werde Ihnen dafür von Alexander erzählen. Das möchten Sie doch, nicht wahr?«

Es gelang mir, seinem Blick standzuhalten und mit dem Kopf zu nicken.

»Sehr gut! Und nun will ich, daß Sie mir fürs erste ein kleines Wort mit nur zwei Buchstaben schenken!«

Ich sah ihn fragend an.

»Das Wort heißt ja.«

»Ja«, sagte ich so leise, daß ich es selbst nicht hörte.

»Ich habe nicht verstanden.«

»Ja«, sagte ich mit Anstrengung etwas lauter.

Sein sonst so undurchdringliches Gesicht wurde durch ein kleines Schmunzeln aufgehellt.

»Besten Dank, junge Dame, für den Anfang genügt das!« Er zeigte durch ein leichtes Heben seiner Hand an, daß er die Visite für diesmal beendete und verließ das Zimmer.

Professor Michailović wußte also Bescheid über meine Begegnung mit Alexander und wohl auch über mein unheimliches Erlebnis mit der Statue. Vermutlich hatte ihm mein Vater in seiner Sorge um mich alles erzählt, was er von mir gehört hatte. Ich fand das auch ganz in Ordnung. Aber ich hatte ja längst nicht über alles gesprochen...

Die quälenden Gedanken fielen erneut über mich her und hetzten mich wie eine Meute wilder Tiere.

Alexander hatte Draga geliebt, war mit ihr verlobt gewesen. Er hatte sie zärtlich Dragica genannt. Er gehörte ihr – nicht mir. Es versetzte mir einen Stich ins Herz. Ich fühlte mich verraten, und doch glaubte ich, ein Recht auf Alexander zu haben. Warum hatte er so oft von meinen Träumen Besitz ergriffen? Warum war er gekommen, um mit mir diesen wunderbaren, einzigartigen Nachmittag zu verbringen? Imperia hatte er mich genannt... Als wir über Alexander den Großen gesprochen hatten, da hatte er gesagt, daß er selbst kein Imperium erringen wollte, sondern ein Mädchen namens Imperia! – Das Mädchen Imperia war *ich!* Er hatte *mich* damit gemeint... Er hatte mich auch geliebt. Der Blick, mit dem er mich angesehen hatte, ließ keinen Zweifel daran zu... Aber Alexander war tot. Ich hatte jenen Nachmittag, an dem ich so glücklich wie nie zuvor in meinem Leben gewesen war, mit einem Toten verbracht, ohne es zu wissen. Dabei hatte ich keinen Augenblick das Gefühl gehabt, er könnte etwas anderes sein als ein Wesen aus Fleisch und Blut.

Der lebende Alexander hatte Draga geliebt.

Was wollte der tote Alexander von mir?

Mein Verstand schien zu explodieren. Ich erinnerte mich dunkel, daß etwas an Alexander gewesen war, das mich beunruhigt hatte – etwas worüber ich dann nicht mehr nachgedacht hatte... Ich zermarterte mir das Gehirn, bis es mir auf einmal wieder einfiel: Es war die seltsame Wunde auf Alexanders Stirn gewesen. Ich sah sie plötzlich mit aller Deutlichkeit vor mir. Woher stammte sie? Er hatte mir die Frage damals nicht beantwortet – nur gesagt, daß ich es eines Tages wissen würde!

Ich stöhnte auf und preßte die Hände gegen meine fieberheißen Schläfen. Schwester Tatjana glitt lautlos an mein Bett und gab mir eine der gewohnten Spritzen, von der ich wußte, daß sie die Hölle in meinem Kopf für eine Weile auslöschen und mich in tiefen, heilsamen Schlaf versetzen würde.

Kaum war ich wieder wach, begann die Qual von neuem.

Alexander ist seit zwanzig Jahren tot!

Warum hatte mir niemand gesagt, wer er gewesen und warum er tot war? Warum hatte Draga mich immer wieder in die Irre geführt? Ein schmerzlicher Verdacht durchzuckte mich und bohrte sich in meinen Gedanken fest. Auch mein Vater mußte von Alexander gewußt haben, denn er kannte Draga seit vielen Jahren. Hatte er mich absichtlich im Ungewissen gelassen?

Ich erinnerte mich plötzlich an ein Gespräch meiner Eltern, daß ich vor langer Zeit zufällig belauscht hatte. »Warum hat Draga nie geheiratet?« hatte meine Mutter wissen wollen... »Da war doch diese merkwürdige Geschichte«, hatte mein Vater geantwortet. Neugierig war ich ins Zimmer getreten, aber sie hatten sofort das Thema gewechselt, und ich hatte mich nicht getraut zu fragen, was das für eine merkwürdige Geschichte gewesen sein könnte. Gab es da einen Zusammenhang mit Alexander? Es ging mir wie ein Mühlrad im Kopf herum.

»Warum hast du mir nicht gesagt, wer Alexander war?« fragte ich meinen Vater bei seinem nächsten Besuch. Ich gab mir alle Mühe, meine Stimme nicht vorwurfsvoll klingen zu lassen, konnte aber nicht verhindern, daß meine Augen sich mit Tränen füllten.

Sekundenlang sah er mich wortlos an.

»Füchslein«, sagte er schließlich langsam, als er begriff, was hinter meiner Frage stand, »glaubst du wirklich, ich hätte dich im Stich gelassen und dir etwas verschwiegen, das dir hätte weiterhelfen können? Ich habe Alexander nie persönlich kennengelernt und auch längst vergessen, wie er hieß. Woher hätte ich auch nur im entferntesten vermuten können, daß der junge Mann, den du kennengelernt hast, und Dragas Verlobter, der seit zwanzig Jahren tot ist, ein und dieselbe Person sein sollen!«

Ich schämte mich, daß ich meinen Vater in Gedanken Unrecht getan hatte, und fühlte mich zugleich unendlich erleichtert. Ich streckte meine Hand nach ihm aus. Er ergriff sie sofort und hielt sie eine Weile ganz fest, um mir zu verstehen zu geben, daß nichts zwischen uns stand.

»Was war das für eine merkwürdige Geschichte?« fragte ich unvermittelt. »Du erwähntest sie kurz im Zusammenhang mit der Tatsache, daß Draga nicht geheiratet hat.«

Er sah mich verständnislos an. »Was für eine Geschichte?«

Ich erzählte ihm von der Unterhaltung, die er mit meiner Mutter geführt hatte, so gut ich mich daran erinnern konnte.

»Ach so«, sagte mein Vater nach einigem Nachdenken. »Diese Andeutung, die ich damals machte, bezog sich allerdings auf Dragas Verlobten, der auf tragische Weise durch einen Unfall ums Leben gekommen sein soll. Das Merkwürdige an der Geschichte ist, daß die Hintergründe – soweit ich da richtig informiert bin – nie geklärt werden konnten. Das dürfte ich wohl damit gemeint haben.«

Ich starrte meinen Vater entgeistert an.

»Du hast Alexander nie kennengelernt«, brachte ich endlich stokkend heraus, »aber sicher weißt du, wer er war. Kannst du mir von ihm erzählen?«

»Ich will es versuchen. Ich habe mich natürlich inzwischen erkundigt«, begann mein Vater. »Alexander Mehring war ein gefeierter junger Pianist. Draga soll ihn sehr geliebt haben...«

Alexander Mehring! – Ich hielt den Atem an. Zum ersten Mal erfuhr ich seinen vollen Namen. Ich dachte an die Initialen auf dem Zigarettenetui, ein A und ein M. Es hatte also wirklich ihm gehört. Alexander Mehring, ein gefeierter Pianist... Meine Gedanken verloren sich in den Geschehnissen des letzten Tages auf Peterhof. Dann war er es gewesen, der so virtuos Klavier gespielt hatte. Kann ein Toter Klavier spielen? Das Lied, die Melodie, er hatte sie für mich gespielt, denn außer mir hatte sie niemand gehört, auch Draga nicht. Diese Melodie! Wie oft war sie für mich erklungen! In einer Gefühlsaufwallung schloß ich die Augen...

Die Stimme meines Vaters drang wieder in mein Bewußtsein.

»Füchslein, du hörst mir gar nicht richtig zu! Ich werde Professor Michailović bitten, dir die ganze Geschichte zu erzählen. Ich kenne den Fall ja nur vom Hörensagen, denn ich war zu der Zeit, als Draga mit Alexander verlobt war, weder in Kroatien noch in Wien, wo sie sich kennengelernt haben sollen. Der Professor gehört zu Dragas ältesten Freunden, und er war damals, als Alexander starb, sogar auf Peterhof...«

»Warum hat Draga mich immer wieder belogen?« warf ich dazwischen. »An ihrem seltsamen, oft zornigen Verhalten habe ich deutlich gemerkt, daß sie genau wußte, wen ich mit Alexander meinte.«

»Da bin ich mir nicht sicher. Es ist einfach zu unwahrscheinlich. Du hast immer wieder nach einem Alexander gefragt, den du erst vor verhältnismäßig kurzer Zeit kennengelernt haben wolltest. Wie sollte sie da eine Verbindung herstellen zu dem Mann, den sie einmal geliebt hat und der für sie und jeden anderen seit langem tot ist? Wenn sie überhaupt etwas geahnt haben sollte, dann ist es doch kein Wunder, daß sie ungehalten reagiert hat; deine hartnäckigen Fragen haben zweifellos immer wieder alte Wunden aufgerissen.«

Ich schüttelte den Kopf und bohrte weiter: »Warum hat sie die Statue fortschaffen lassen? Warum hat sie immer wieder bestritten, daß es auf Peterhof eine gab?«

Mein Vater wurde energisch: »Liebes Kind, du solltest dir einmal ganz klar vor Augen halten, daß Draga grundsätzlich nicht verpflichtet war, dir auf jede deiner neugierigen Fragen Auskunft zu erteilen. Und sie kann auf ihrem Besitz mit ihrem Eigentum machen, was sie will, ohne dir oder irgend jemand anderem darüber Rechenschaft ablegen zu müssen!«

»Wann darf ich hier weg? Ich möchte nach Hause«, sagte ich mit zitternder Stimme.

Mein Vater verstand sofort, daß ich damit nicht das Hotel meinte.

»Jetzt mußt du erst einmal gesund werden«, sagte er ausweichend. »Solange du immer noch jeden Tag Fieber hast, will der Professor dich hierbehalten.«

»Fahren wir bald wieder nach Peterhof?«

Die Antwort fiel meinem Vater sichtlich schwer.

»Dazu wird es in der nächsten Zeit nicht kommen.«

»Draga will es nicht«, murmelte ich todunglücklich.

»Nein«, sagte er leise und so behutsam wie möglich, »sie will es nicht.«

*

Ich war abgemagert und hatte dunkle Schatten unter den Augen. Professor Michailović war durch das Fieber, das sich bei mir nun schon über einen Zeitraum von vielen Tagen unverändert hielt, sichtlich beunruhigt. Er äußerte wiederholt die Ansicht, daß ich nur dann gesund werden könne, wenn ich endlich bereit wäre, über all das zu sprechen, was mich in diesen Zustand gebracht hätte. Erfreut, daß ich wenigstens an der Person Alexanders und seinem Schicksal Interesse zeigte, war er nur allzu gerne zu einem Gespräch bereit, als mein Vater ihn darum bat. Insgeheim war ich froh darüber, daß ich niemandem – auch nicht meinem Vater – von meiner Liebe zu Alexander erzählt hatte. Ich hatte so viele Einzelheiten für mich behalten; meine Träume, die Erlebnisse jenes Nachmittags und das, was Alexander zu mir gesagt hatte. Darum durfte ich sicher sein, daß der Professor unbefangen reden konnte und das Gespräch weder für ihn noch für meinen Vater peinlich sein würde.

Professor Michailović maß mich mit einem durchdringenden Blick seiner hellen Augen.

»Die Tatsache, daß es zu einer Begegnung zwischen Ihnen und Alexander Mehring kam, ist unter dem Aspekt, daß er nicht mehr unter den Lebenden weilt, mehr als ungewöhnlich. Können Sie mir etwas über die näheren Umstände sagen?«

Mir wurde schwarz vor Augen, obwohl ich von Kissen gestützt in meinem Bett lag.

»Ich will Sie nicht quälen, junge Dame«, sagte der Professor nach einer geduldigen Pause. »Können Sie mir wenigstens sagen, wo Sie Alexander getroffen haben?«

In meinem Kopf verwirrte sich alles. Ich atmete schwer und brachte kein Wort heraus.

»Wenn Ihr Vater helfend einspringen soll, oder wenn Sie mir erst einmal nur zuhören wollen, ist mir auch das recht«, sagte der Professor. Es war ihm nicht entgangen, daß ich meinem Vater einen flehenden Blick zugeworfen hatte.

So entstand nicht nur dieses eine Mal die absurde Situation, daß Professor Michailović mir Fragen stellte, die mein Vater, obwohl er gar nicht alles wußte, schlecht und recht beantwortete, weil ich es selbst nicht konnte.

»Also, wo genau fand die Begegnung statt?«

»War es nicht in dieser Waldlichtung?« Mein Vater wirkte ungewohnt hilflos. »Immy sagte, sie hätte Alexander dort bei einer Statue getroffen, welche die Glücksgöttin Fortuna darstellte. Es handelt sich übrigens um dieselbe Statue, die später verschwunden ist.«

Ich nickte stumm.

Professor Michailović beugte sich angespannt nach vorne.

»Das ist ein eigenartiges Zusammentreffen«, murmelte er wie zu sich selbst. Dann gab er sich einen Ruck und wandte sich an meinen Vater, wobei er es vermied, mich anzusehen.

»Alexander wurde während einer Jagd erschossen. Man fand seine Leiche zu Füßen eben dieser Statue.«

Mir wurde wiederum für einen Moment schwarz vor Augen.

»Weiß man, wer ihn getötet hat?« fragte mein Vater.

»Nein«, sagte der Professor kurz und schwieg. Die Stille lastete eine Weile schwer über unseren Köpfen.

»Hatte Alexander Feinde?« fragte mein Vater beklommen.

»Im Gegenteil, er war außerordentlich beliebt«, sagte der Professor nachdenklich. »Zum besseren Verständnis der damaligen Verhältnisse möchte ich etwas weiter ausholen und mit der Vorgeschichte beginnen.

Draga und Alexander waren ein strahlendes Paar und überall gesellschaftlicher Mittelpunkt. Sie, eine schöne, junge Erbin, der einmal ein großes Vermögen zufallen würde; er ein erfolgreicher Künstler, dem, wohin er auch kam, Bewunderung entgegenschlug. Da er außerdem blendend aussah, wurde er von Frauen jeden Alters heftig umschwärmt. Draga vergötterte ihn. Zugleich bedeutete es wohl auch einen Triumph für sie, daß sie ihn all seinen anderen Anbeterinnen weggeschnappt hatte. Sie ließ keine Gelegenheit aus, sich stolz an der Seite ihres Verlobten zu zeigen, und keiner, der die beiden sah, zweifelte daran, daß sie glücklich miteinander waren. Ich bin überzeugt davon, daß es niemanden gab, der ihnen dieses Glück ernsthaft mißgönnte. Dennoch waren sie vom Wesen her grundverschieden. Draga liebte rauschende Feste und ein Leben in turbulenter Geselligkeit, während Alexander – eher introvertiert und grüblerisch veranlagt – die Stille suchte. Draga trug dem Rechnung, indem sie ihm auf Peterhof fernab von allem Trubel im Turm ein Zimmer einrichtete, in das sie sogar ein Klavier stellen ließ. So konnte Alexander sich jederzeit zurückziehen, wenn er das Bedürfnis verspürte, allein zu sein, zu komponieren oder eines seiner Konzerte vorzubereiten.«

Am liebsten hätte ich mir die Ohren zugehalten. Er sei überzeugt, hatte der Professor gesagt, daß es niemanden gab, der Draga und Alexander ihr Glück ernsthaft mißgönnt hätte. Ich schämte mich, mir eingestehen zu müssen, daß ich nach über zwanzig Jahren auf dieses Glück eifersüchtig war.

Der Professor fuhr fort: »An dem Tag, an dem das Unglück geschah, hatte Draga viele Freunde nach Peterhof geladen. Wie Sie wissen, waren ihre Jagdgesellschaften berühmt; sie war ja selbst eine begeisterte Jägerin. Im Gegensatz zu seiner Braut hatte Alexander für die Jagd nichts übrig. Er äußerte wiederholt, daß er keinen Reiz darin sähe, wehrlosen Tieren aufzulauern, um sie dann zu töten. Und er konnte nie begreifen, daß die Frau, die er liebte, sich diesem zweifelhaften Vergnügen hingab.

In Anbetracht dieser Tatsache erscheint es wie ein Hohn des Schicksals, daß Alexander während einer Jagd ums Leben kam, obwohl er selbst gar nicht daran teilgenommen hatte.

Es war ein tragischer Unglücksfall, dessen Hintergründe nie aufgeklärt werden konnten.

Ogdan gab später bei der polizeilichen Untersuchung zu Protokoll, Herr Mehring sei an jenem Morgen nicht mit den anderen auf Peterhof anwesenden Gästen zum gemeinsamen Frühstück erschienen, sondern sei erst später gekommen, als die Herrschaften bereits aufgebrochen waren. Er habe verstimmt und irgendwie bedrückt gewirkt. Vielleicht sei er aber auch nur ein wenig ernst gewesen, wie es eben seine Art war. Er habe nur eine Tasse Tee zu sich genommen und dann das Haus mit der Bemerkung verlassen, daß er eine Verabredung hätte.

Er, Ogdan, habe sich natürlich nicht die Frage erlaubt, mit wem Herr Mehring verabredet sei, und sich auch keine weiteren Gedanken darüber gemacht, als er ihn hinaus in den Garten gehen sah. Er habe ja auch nicht wissen können, daß er Herrn Mehring bei dieser Gelegenheit zum letzten Mal zu Gesicht bekommen hatte.«

»Man weiß also nicht, wohin Alexander ging und mit wem er verabredet war?« warf mein Vater dazwischen.

»Nein«, erwiderte Professor Michailović. »Sicher ist nur, daß er den Weg zur Waldlichtung eingeschlagen hat. Es war übrigens bekannt, daß er häufig dorthin spazierenging. Er und Draga hatten sich bei der Statue oft zu einem heimlichen Rendezvous getroffen. Das war zu einer Zeit, als sie ihre junge Liebe noch nicht offen zeigen konnten, denn Dragas Großmutter soll dem Vernehmen nach eine Verlobung ihrer einzigen Tochter mit einem Künstler zunächst abgelehnt haben. Überflüssig zu erwähnen, daß Draga ihren Kopf natürlich schon bald durchgesetzt hatte. Die alte Baronin fand sich später mit Alexander nicht nur ab, sondern schloß ihn sogar wie einen Sohn in ihr Herz.«

»Es steht also fest, daß er zu dieser Statue ging?«

»Daran besteht kein Zweifel. Aber wen er da treffen wollte, wird für immer ein Geheimnis bleiben. Alexanders Leiche wurde übrigens erst gegen Abend gefunden. Am Nachmittag hatte es ein heftiges Gewitter gegeben, und wolkenbruchartige Regengüsse hatten alle Spuren buchstäblich fortgeschwemmt. Die Polizei fand kaum noch Hinweise auf den Tathergang. Nur soviel: Aus einem Jagdgewehr waren aus verhältnismäßig geringer Entfernung zwei Schüsse abgegeben worden. Einer hatte ein Stück vom Rand des Füllhorns der steinernen Göttin weggesprengt, der andere traf Alexander genau in die Stirn.«

Die Stimme meines Vaters klang betroffen. »Gab es denn überhaupt keine Anhaltspunkte, wer es getan haben könnte?«

»Nein«, entgegnete Professor Michailović nach einem kurzen Schweigen. »Da war niemand unter Dragas Gästen, auf den auch nur der Schatten eines Verdachts fiel – und doch muß der Unglücksschütze sich unter ihnen befunden haben, denn vom Personal kam erst recht keiner in Frage. Das war einer der wenigen Punkte, die geklärt werden konnten. Wer auch immer es gewesen sein mag, der Alexanders Tod verschuldet hat – er hat sich nie zu seiner Tat bekannt; sei es aus Feigheit, aus Angst vor Konsequenzen oder aus anderen Gründen. Vielleicht war er auch von solchem Entsetzen gepackt, daß ihm eine überstürzte Flucht vom Ort des Geschehens als der einzige Ausweg erschien. Er muß jedoch gewußt haben, was er angerichtet hatte, denn er hat die Waffe, aus der die Schüsse abgefeuert worden waren, so gründlich beseitigt, daß sie nie gefunden wurde. Die polizeilichen Ermittlungen führten zu keinem Ergebnis und verliefen schließlich im Sande. Es gab keinen Täter, keinen Verdacht, kein Motiv und keine Waffe. Die ganze Angelegenheit wurde nach einiger Zeit als tragischer Unglücksfall zu den Akten gelegt.«

»Und Draga?« stieß ich gepreßt hervor. »Wie hat sie es aufgenommen?«

Professor Michailović sah mir zum ersten Mal wieder direkt ins Gesicht. Er räusperte sich: »Nun, sie war so verzweifelt, daß wir große Sorgen um sie machten. Sie hatte ja schon als Kind ihre Eltern und später auf furchtbare Weise ihren Bruder verloren, und nun hatte sie der vielleicht schwerste Schicksalsschlag getroffen. Man befürchtete, sie könnte sich etwas antun. Aber wie wir wissen, ist sie eine starke Natur. Sie warf alle ihre Kräfte auf die Erhaltung und Bewirtschaftung des Gutes, was ihr vorbildlich gelang. Weiß der Himmel, warum sie nicht mehr heiraten wollte. An Verehrern hat es jedenfalls nicht gemangelt. Aber sie konnte Alexander wohl nie vergessen.«

Wieder lag ein bedrückendes Schweigen über dem Raum.

Ich fühlte mich sterbenselend und wollte nichts mehr hören; ich ertrug es nicht länger. Aber ich wollte auch nicht, daß man mir ansah, wie mir zumute war. Darum schloß ich die Augen und drehte meinen Kopf zur Wand, wie ich es öfter tat, wenn ich müde war, oder auch um zu zeigen, daß es mir schwerfiel, zu sprechen und Fragen zu beantworten.

Professor Michailović nahm es sofort zur Kenntnis.

»Sie ist erschöpft, lassen wir sie jetzt schlafen«, sagte er mit verhaltener Stimme zu meinem Vater. »Wir können das Gespräch bei anderer Gelegenheit fortsetzen.« Ich vernahm, wie beide aufstanden und hinausgingen. Leise fiel die Tür hinter ihnen ins Schloß.

Mein Körper wurde von einem lautlosen Schluchzen geschüttelt. Alexander hatte durch einen grausamen blindwütigen Zufall den Tod gefunden; ich versuchte es mir vorzustellen, bemühte mich, es zu glauben, aber es gelang mir nicht. Er war kein Gespenst gewesen, wie man mir jetzt einreden wollte. Ich wußte es besser. Er war mir zum Greifen nahe gewesen, hatte mit mir gesprochen... Ich hatte die Liebe in seinen Augen gesehen. Er war zu *mir* gekommen – nicht zu Draga! Dragas Alexander mochte tot sein – meiner lebte... er lebte... Ein geradezu verrücktes, gieriges Verlangen erfaßte mich: Ich mußte wieder nach Peterhof! Dort würde ich Alexander wiedersehen, dort würde sich alles aufklären...

Irgendwie muß ich aus dem Bett gesprungen und zur Tür gelaufen sein. Ich riß sie auf. Schwester Tatjana kam mir auf dem Gang entgegen, ergriff mich sanft am Arm und führte mich zurück. Hatte ich sie gerufen? Hatte ich geschrien? Behutsam drückte sie mich in die Kissen. Sie legte mir ihre kühle Hand auf die Stirn und sprach leise auf mich ein. Dann bekam ich meine Spritze.

Ich sah Peterhof nicht wieder.

Es hatte einmal eine schöne heile Welt gegeben – eine Sicherheit, eine Ordnung, aus der ich herausgefallen war. Ich gehörte nicht mehr dazu. Ich war da angelangt, wo keine Ordnung mehr war. Ich hatte das Paradies verloren. Vor dem Eingang zu meinem Garten Eden stand unsichtbar der Engel mit dem Flammenschwert und wachte darüber, daß ich nie wieder eintreten durfte. Ich stand draußen im Dunkeln, wo Heulen und Zähneklappern war.

*

Professor Michailović resignierte schließlich. Er gab es irgendwann auf, mir Fragen zu stellen, obwohl deren Beantwortung ihn brennend interessiert hätte. Mein Fieber hielt sich hartnäckig, war jedoch nicht mehr so hoch wie in den ersten Tagen. Im übrigen war ich nach wie vor unfähig, über die Vorfälle auf Peterhof zu sprechen.

»Wenn es ihr gelänge, sich davon zu befreien, wäre sie wahrscheinlich schon gesund«, meinte der Professor. In seine offenkundige Ratlosigkeit mischte sich Ungeduld.

Ich wollte mich aber gar nicht davon befreien. Ich wollte meine Liebe zu Alexander nicht preisgeben und zerreden lassen. Sie war das einzige, was mir geblieben war.

Also hielt sich das Fieber und alles blieb beim alten, und zwischen dem Professor und mir baute sich ein gewisser Überdruß auf. Er bemühte sich zwar, mich davon nichts merken zu lassen, ich spürte es aber trotzdem, es wuchs in mir sogar ein Gefühl von Feindseligkeit, das ich mir nicht erklären konnte.

Eines Tages hörte ich ein Gespräch zwischen dem Professor und meinem Vater. Ich hatte geschlafen, und es dauerte eine Weile, bis ihre Stimmen, die sich zunächst meinem Traumgeschehen angepaßt hatten, in mein Wachbewußtsein vorstießen. Vielleicht sprachen sie auch plötzlich lauter, nachdem sie sich vorerst nur leise unterhalten hatten. Sie waren jedenfalls so vertieft in ihre Diskussion, daß sie, als ich die Augen aufschlug, es gar nicht bemerkten.

»...der größte Anteil aller Spukerscheinungen geht auf Personen zurück, die durch Unglücksfälle oder äußere Gewaltanwendung wie Mord aus dem Leben gerissen wurden«, sagte der Professor. »Diese Spukerscheinungen sind häufiger, als man zu glauben geneigt ist.«

»Und wie kommt es dazu?« fragte mein Vater nicht sehr überzeugt.

»Nun, es gibt Wesen, die mit der Tatsache ihres Todes nicht fertig werden. Das kommt vor allem dann vor, wenn ihnen die Zeit verwehrt war, sich darauf einzustellen. Es sind sogenannte erdgebundene Seelen, die ihren neuen Zustand aus irgendeinem Grunde nicht begriffen haben. Sie sind verwirrt und können zu Spukerscheinungen werden, wenn diese Verwirrung über einen größeren Zeitraum anhält.«

Die Stimme meines Vaters klang gereizt: »Es war für meine Frau und für mich nicht immer leicht, uns mit den hellseherischen Fähigkeiten meiner Tochter auseinanderzusetzen. Es begann schon früh, als sie noch ein kleines Mädchen war... Wenn ich mich recht erinnere, war sie erst sieben Jahre alt, als sie aus heiterem Himmel behauptete, ihr Großvater sei überfahren worden. Natürlich haben wir bei vielem von dem, was sie sagte oder ankündigte, wenn es sich dann als wahr herausstellte, an Zufall geglaubt. Schließlich haben wir uns damit abgefunden, daß es so etwas wie das sogenannte Zweite Gesicht anscheinend wirklich gibt. Aber als realdenkendem Menschen des zwanzigsten Jahrhunderts fällt es mir schwer, an solchen Unsinn wie Spuk zu glauben.«

»Auch wenn diese Tatsache nicht in Ihr Weltbild passen will – es gibt eine Vielzahl wissenschaftlich überprüfter, in Polizeiakten aufgenommener Fälle von Spukerscheinungen mannigfaltiger Art. Das geht von einfachen Klopfgeräuschen bis hin zu Erscheinungen, die sich über eine lange Zeit, sogar über Jahrhunderte erstrecken können. Wie ich früher schon einmal erwähnte, war ich vor dem Krieg in England. Die Britische Gesellschaft für Psychical Research hat hochinteressantes Material darüber veröffentlicht, daß es Tote gibt, die aus recht einleuchtenden Gründen zeitweilig Verbindung zu den Lebenden aufnehmen, um deren Gedanken und Handlungen beeinflussen zu können. Ich hörte eine Reihe von Vorträgen darüber und war außerordentlich beeindruckt...«

»Was für Gründe?« warf mein Vater dazwischen. Ich spürte, wie wenig es ihm behagte, sich so ausführlich auf dieses Thema einlassen zu müssen.

Der Professor musterte ihn beinahe kühl. »Vielleicht versuchen Sie jetzt erst einmal alle Vorurteile, die Sie grundsätzlich gegen dieses Phänomen hegen, abzustreifen. Die Gründe, weshalb Verstorbene nicht zur Ruhe kommen, sind fast immer schwerwiegend. Oft geht es um die Begleichung einer moralischen Schuld, manchmal auch um ein Versprechen, das seitens der Lebenden nicht eingehalten wurde – ein Versprechen, das dem Verstorbenen so viel bedeutete, daß er es nun einfordert. In den häufigsten Fällen will der Tote auf irgend etwas hinweisen, das in unmittelbarem Zusammenhang mit seinem Ableben steht – daß sein Tod keine natürliche Ursache hatte, daß er zum Beispiel ermordet wurde. Vergessen Sie nicht, Alexander Mehring starb auf plötzliche und gewaltsame Weise! Nebenbei bemerkt gelingt es nur wenigen Verstorbenen, Kontakt mit den Lebenden aufzunehmen. Das wird von erfahrenen Medien immer wieder betont. Allerdings soll die erstaunliche Wirklichkeitsnähe der meisten Erscheinungen geradezu verblüffend sein.« Der Professor hielt inne. Für ein paar Sekunden breitete sich Schweigen aus.

Mein Vater starrte gequält vor sich hin. Schließlich sagte er: »Es will mir nicht in den Kopf, daß meine Tochter einen ganzen Nachmittag mit so einer Erscheinung verbracht haben will, ohne zu merken, daß sie ein... ein Gespenst vor sich hatte.« Das Wort Gespenst ging meinem Vater so widerwillig von den Lippen, als hätte er auf etwas Ungenießbares gebissen.

»Es wäre sehr wichtig zu erfahren, wie es überhaupt zu der Begegnung zwischen Ihrer Tochter und Alexander gekommen ist«, sagte der Professor nachdenklich. »Ich meine die Umstände – da muß doch irgend etwas vorausgegangen sein... Es wird übrigens immer wieder davor gewarnt, daß unerfahrene Personen sich mit den Geistern von Toten einlassen. Die Folgen können katastrophal sein.«

»Welche Folgen? Was genau wollen Sie mir damit zu verstehen geben?« fragte mein Vater erregt.

Das Gesicht des Professors war sehr ernst.

»Wenn Sie Ihre Tochter dem Einfluß Alexanders nicht entziehen, könnte Besessenheit die Folge sein!«

Mein Vater stöhnte auf und schlug die Hände vor sein Gesicht. »O mein Gott! Was soll ich tun? Wie kann ich sie davor bewahren?«

Professor Michailović ließ sich Zeit mit seiner Antwort, dann sagte er mit großer Eindringlichkeit: »Bringen Sie sie so weit wie möglich von hier weg!«

Erschrocken fuhr ich hoch.

Ich suchte die Augen meines Vaters. Das würde er nicht tun, o nein! Er würde mich nicht wegschicken. Flehend starrte ich zu ihm hinüber. Er hob den Kopf. Sein Gesichtsausdruck ließ nicht ahnen, was er dachte.

»Was ist los, junge Dame?« fragte der Professor. »Haben wir Sie geweckt, oder haben Sie schlecht geträumt?«

»Es ist nichts«, sagte ich tonlos, »wirklich nichts.«

*

Vor Angst lag ich die halbe Nacht wach. Nach allem, was geschehen war, wollte ich bei meinem Vater bleiben und ihn nicht auch noch verlieren, indem ich fortgeschickt wurde.

Ich mußte schleunigst gesund werden, damit kein Anlaß dazu bestand. Ich mußte vor allem das Krankenhaus verlassen, um auf diese Weise zu verhindern, daß der Professor meinen Vater ungünstig beeinflußte und ihm weiter solche Ideen in den Kopf setzte, die womöglich auf fruchtbaren Boden fielen. Ich durfte nicht mehr nur passiv in diesem Bett liegen, von Schwester Tatjana bewacht, durfte mich nicht mehr einfach nur fallen lassen, meiner Verzweiflung und den Gedankenstürmen in meinem Kopf immer wieder aufs neue ausgeliefert. Ich mußte gesund werden... gesund... gesund! Ich hämmerte es mir ein mit jedem Atemzug, wie Kinderreime, wie ein einfältiges Lied. – Es war wie Schäfchenzählen, damit die Augen endlich zufallen. Ich holte tief Luft und sagte es vor mich hin, bis ich ruhig wurde und einschlief.

Als ich am nächsten Morgen erwachte, war ich fieberfrei.

Professor Michailović hatte nichts dagegen, daß meine Eltern mich am nächsten Tag nach Hause holten. Er meinte, ich hätte schon viel zu lange im Krankenhaus gelegen. Es wäre an der Zeit für mich, wieder ein normales Leben aufzunehmen. Das würde meine Genesung weiter stabilisieren. Als Nervennahrung empfahl er Lebertran und Schlaf – viel Schlaf!

Ich war dankbar, wieder im Hotel zu sein und mein kleines Zimmer dort und die bekannten Gesichter der Angestellten wiederzusehen. Das *Esplanade* war tatsächlich ein Zuhause für mich geworden. Ich nahm mir vor, meinen Vater keinesfalls darauf anzusprechen, ob er am Ende gar den Rat des Professors befolgen und mich wegschikken würde. Ich wollte nicht fragen und etwas herbeireden, wovor ich Angst hatte. Alles würde irgendwie gut werden, wenn ich nur bleiben durfte...

*

Drei Tage später explodierte vor dem Hotel ein Sprengsatz, der in der Halle einige Verwüstungen anrichtete. Es geschah in den frühen Morgenstunden. Glücklicherweise wurde niemand getötet. Es gab jedoch ein paar Verletzte. Darunter waren der Wagenmeister, zwei Gäste, der gerade diensthabende Portier und ein Hotelpage, dem ein Bein abgerissen wurde.

Nach diesem Vorfall stand der Entschluß meines Vaters fest.

Am Abend desselben Tages eröffnete er mir, daß es zu gefährlich für mich sei, weiter in Agram zu bleiben. Er hätte mit Tante Olga in Wien telephoniert, die sich bereit erklärt habe, mich vorläufig bei sich aufzunehmen, bis er selbst mit meiner Mutter irgendwann nachkommen würde.

Ich sah ihn fassungslos an. Was ich insgeheim die ganze Zeit befürchtet hatte, traf mich nun plötzlich wie ein Blitz aus heiterem Himmel.

»Ihr könnt ja gar nicht nachkommen«, stammelte ich. »Du kannst doch hier nicht weg...«

»Nicht sofort«, schnitt mein Vater mir das Wort ab. Dann fügte er nach einer Pause beinahe widerwillig hinzu: »Ich bin nicht mehr der Jüngste und auch nicht ganz gesund. Darum wird deine Mutter vorerst hier bei mir bleiben. Aber ich habe jemanden gefunden, der dich nach Wien begleiten wird, so daß du nicht allein fahren mußt.«

Auf meine angstvolle Frage, ob er krank sei, wollte er mir nicht antworten. Es sei wahrscheinlich nichts Ernstes, und man müsse abwarten.

Tränen stiegen mir in die Augen. Ich war tief betroffen. Ich war so sehr mit mir selbst beschäftigt gewesen, daß ich nicht bemerkt hatte, daß die Gesundheit meines Vaters angegriffen war. Ich empfand plötzlich eine bisher nie gekannte Eifersucht auf meine Mutter. Sie wußte, wie es um ihn stand, während er mir nichts davon sagen wollte.

Er nahm mich bei den Schultern. »Ich verspreche dir, es wird nicht allzu lange dauern, bis wir wieder zusammen sind!«

»Wie lange?«

»Das weiß ich jetzt noch nicht genau... Vielleicht ein paar Monate. Auch als Reserveoffizier kann ich hier nicht von heute auf morgen meine Zelte abbrechen.«

Ich fühlte mich irgendwie abgeschoben.

»Du willst mich nicht hierbehalten«, schluchzte ich. »Ich habe euch zu viel Ärger gemacht.«

»Ich will, daß du in Sicherheit bist, Füchslein«, sagte er leise, aber bestimmt. »Glaub mir, es geschieht zu deinem Besten!«

Er ließ sich durch nichts umstimmen, weder durch Tränen noch durch flehentliches Bitten. Ich hatte meinen Vater mir gegenüber noch nie so unnachgiebig erlebt.

*

Meine Abreise wurde beinahe überstürzt in die Wege geleitet, so daß ich kaum zum Nachdenken kam. Es war der späte Nachmittag eines strahlend schönen Oktobertages, als meine Eltern mich zum Bahnhof brachten. Für einen schmerzlichen Augenblick hatte ich das Gefühl, gerade erst angekommen zu sein – und Agram lag noch einmal wie eine Verheißung vor mir. Nichts hatte sich verändert, alles war scheinbar wie damals. Der Kolodvor, der König-Tomislav-Platz, der Blick hinüber zum *Esplanade*, die stattliche Gestalt meines Vaters, der das Menschengewühl um sich herum überragte. Die Rufe der Zeitungsverkäufer klangen wie eh und je: »Hrvatski narod...!«

Auf dem Bahnsteig trafen wir die Frau eines befreundeten Offiziers, die ebenfalls nach Wien fuhr und versprochen hatte, gut auf mich aufzupassen. Ich nahm sie kaum wahr.

Mit einem Anflug von Genugtuung stellte ich fest, daß meiner Mutter der Abschied naheging – so wie damals bei Viktor. Sie küßte mich und schenkte mir einen kleinen Stoffhund als Talisman für die Reise.

Ich warf mich verzweifelt in die Arme meines Vaters. Er drückte mich innig an sich. Er gab mir nichts mit auf den Weg, und das war gut so. Es wäre ja für alles, was mir nun fehlen würde, kein Ersatz gewesen. Dann fielen die üblichen Sätze, die stete Geräuschkulisse einer Trennung, die sich endlos hinzuziehen scheint, bis es schließlich – auf einmal viel zu schnell – soweit ist. Meine Reisebegleiterin war taktvoll schon vorausgegangen. Nun stieg auch ich ein, und wenig später setzte der Zug sich stampfend in Bewegung. Ich hing am geöffneten Fenster im Gang vor dem Abteil, sah meine Eltern winken, immer kleiner werden und glaubte, an meinem Kummer zu ersticken. Dann ließ ich meinen Tränen freien Lauf. Mir war, als hätte das Leben seinen Sinn verloren, noch bevor es richtig angefangen hatte.

Die Sonne war bereits am westlichen Horizont untergegangen. Die Dämmerung warf samtschwarze Schatten. Häuser und Bäume standen wie Scherenschnitte gegen den rot leuchtenden Himmel. Der Zug rollte aus der Stadt.

Ein Kapitel meines Lebens hatte seinen Abschluß gefunden – und doch spürte ich tief in meinem Inneren, daß dies noch nicht das Ende war.

Tante Olga war eigentlich eine Fremde für mich.

Vor dem Krieg war sie einige Male zu uns nach Berlin gekommen. Aber da war ich noch sehr klein gewesen und darum hatten diese Besuche keine bleibenden Eindrücke bei mir hinterlassen. Ich erinnerte mich nur dunkel an eine zierliche, fast schwarzhaarige Frau, wußte, daß mein Vater an ihr hing und daß sie mir zu meinem dritten Geburtstag den weißen Puppenwagen mit den dicken Gummirädern geschenkt hatte, den ich damals so liebte. Obwohl sie die leibliche Schwester meines Vaters war, glich sie ihm äußerlich nur wenig. Nur wenn sie lachte, wurde sie ihm auf einmal sehr ähnlich, und das zog mir dann jedesmal das Herz zusammen.

Tante Olga lebte allein in einem kleinen Haus in Grinzing. Der Garten, der es umgab, war nicht groß, aber gleich dahinter hatte man einen wunderschönen Blick auf die sanft ansteigenden, dicht mit Reben bewachsenen Hänge der Weinberge. Von Grinzing, diesem romantisch gelegenen, vielbesungenen Villenvorort von Wien, hatte mein Vater so manches Mal geschwärmt. Es war damals wie heute berühmt für seine rustikalen Weinlokale, wo der beliebte »Heurige« ausgeschenkt wird, ein junger Wein, der sich leicht trinken läßt und der doch ganz schön zu Kopf steigen kann, wenn man zu tief ins Glas schaut. Auch der Krieg hatte dem Zauber des Ortes nicht viel nehmen können, obwohl die meisten Weinstuben jetzt geschlossen waren und keine Schrammelmusik mehr ertönte. Die Musikanten, die sonst an die Tische kamen, um aufzuspielen, waren wie die meisten Männer eingezogen und an der Front. Tante Olga kannte ein kleines Lokal, in dem ab und zu ein alter Ziehharmonikaspieler auftrat. Mit zitternder Stimme sang er: »Erst wann's aus wird sein, mit aner Musi und an Wein...« und andere zu Herzen gehende Wiener Lieder. Ich kannte sie bald alle, denn Tante Olga ging oft mit mir dorthin, auch wenn sie jedesmal aufseufzend darauf hinwies, daß die Zeiten halt nicht mehr so gemütlich seien wie früher und es schade wäre, daß ich sie nicht erlebt hätte.

Tante Olga war seit fünfzehn Jahren Witwe. Es hieß, sie hätte eine überaus glückliche Ehe geführt und aus diesem Grunde nach dem Tode ihres Mannes nicht mehr heiraten wollen. Ich hatte meinen Onkel Karl nie kennengelernt, aber ich wußte genau, wie er aussah, denn im Haus standen überall Photographien von ihm herum. Tante Olga hatte auch die meisten seiner persönlichen Sachen an ihrem Platz gelassen, so daß man den Eindruck hatte, er sei nur auf einer Reise, von der er jederzeit zurückkehren könnte, um das gemeinsame Leben wiederaufzunehmen. Sogar sein Angelzeug, mit dem er früher oft in die Donauauen zum Fischen gefahren war, stand noch griffbereit neben der Eingangstür im Flur.

Es dauerte eine Weile, bis ich merkte, daß Tante Olga ein genauso warmherziger Mensch wie mein Vater war. Zuerst erschien sie mir kühl, fast ein wenig streng, doch bald stellte ich fest, daß sich hinter ihrer anfänglichen Sprödigkeit taktvolle Zurückhaltung verbarg, die sogar auf einer gewissen Scheu beruhte. Sie hatte selbst keine Kinder gehabt. Jetzt schneite ihr eine halberwachsene Nichte ins Haus. Das brachte Veränderungen in ihren gewohnten Tagesablauf und warf eine Reihe von Problemen auf. Aber Tante Olga war eine durch und durch praktisch veranlagte Frau. Für sie war das eine Herausforderung, der sie sich sofort mit vollem Einsatz stellte. »Ich hab' ein bißchen Angst vor dir gehabt«, gestand sie mir einmal viel später. »Jugendliche sind oft aufsässig und schwierig, wie man hört. Ich hab' am Anfang nicht gewußt, wie ich mit dir umgehen soll. Ich hab' ja keine Übung darin gehabt.«

Eigentlich waren wir zwei Einzelgänger, aber als wir uns aneinander gewöhnt hatten, wurden wir trotz des großen Altersunterschiedes zu Freundinnen.

Tante Olga kümmerte sich sofort um das Nächstliegende. Sie beschaffte Lebensmittelkarten für mich. »Essen hält Leib und Seele zusammen«, meinte sie und musterte mich von Kopf bis Fuß. »Du bist viel zu dünn, mein Kind, dabei kommst du aus einem Land, wo dem Vernehmen nach noch immer Milch und Honig fließen.«

»Ich war krank«, sagte ich ausweichend.

Sie betrachtete mich ernst, ohne daß ihr anzumerken war, was sie dachte. Dann lächelte sie mir aufmunternd zu. »Na ja, ich werd' dich schon irgendwie aufpäppeln, obwohl es hier nicht so reichlich zu essen gibt wie in Agram. Du brauchst viel Obst und Gemüse... und das krieg' ich durch meine Beziehungen.«

Ich erfuhr umgehend, was es mit diesen Beziehungen auf sich hatte.

»Komm mit«, rief sie, »ich zeig' dir was!«

Sie eilte, von mir gefolgt, in den ersten Stock hinauf, wo sich ihr Schlafzimmer, das Gästezimmer, welches ich zur Zeit bewohnte, und das Bad befanden. Eine gegenüberliegende schmale Holzstiege führte hinauf zum Dachboden, den Tante Olga ausgebaut und zu einer Art Werkstatt umfunktioniert hatte. Direkt unter einer Fenstergaube stand eine Nähmaschine. An den Wänden zogen sich Regale entlang, in denen Farbtöpfe und Pinsel sowie Schachteln und Kisten verschiedener Größe untergebracht waren. Hier, so erklärte Tante Olga nicht ohne Stolz, ging sie ihrem Hobby nach, das sich im Laufe der Zeit als sehr einträglich erwiesen hatte. Sie machte Puppen aus Holz, aus Stoff, aus Wachs – was gerade verlangt wurde. Sie war seit langem mit der Gewandmeisterin des Burgtheaters befreundet, die ihr nicht nur gelegentlich Freikarten, sondern auch kartonweise Stoffreste zukommen ließ. Daraus nähte Tante Olga Puppenkleider. Sie bastelte auf Bestellung auch Kasperletheater und die dazu gehörigen Figuren, deren Köpfe sie aus Pappmaché formte.

»Woher kannst du das alles?« staunte ich. »Hast du Nähen und Modellieren gelernt?«

»Ach woher«, antwortete sie lachend. »Das meiste hab' ich mir selber beigebracht; es gehört nur ein bißchen Übung dazu. Einiges hab' ich mir auch erklären lassen...« Sie zeigte auf einen Stoß alter Zeitungen, der auf dem Boden lag, und auf mehrere große Blecheimer, die mit Wasser, Kartoffelmehl und Tapetenkleister gefüllt waren, »...wie man zum Beispiel Pappmaché anrührt, oder was man alles zum Holzschnitzen braucht. Es macht Spaß und bringt auch allerhand ein. Schau, heutzutage kann man ja nicht mehr viel kaufen, und das, was man kriegt, ist oft nichts wert. Aber es gibt Weihnachten, Geburtstage und sonstige Anlässe, wo Menschen etwas verschenken wollen, und so bin ich halt eines Tages auf die Idee gekommen, Puppen zu machen. Zeit genug hab' ich ja...«

Tante Olga kannte eine Unmenge von Leuten, und es waren viele Freunde darunter. Es hatte sich herumgesprochen, daß sie Puppen nach individuellen Wünschen anfertigte, sie bemalte und mit liebevoll genähten Kostümen anzog. Die verkaufte oder tauschte sie dann gegen irgend etwas ein, was sie gerade brauchte. Und so kam es, daß Tante Olga immer etwas im Hause hatte, was man sonst nur schwer bekam. Eine Kiste Landwein, frisches Obst und Gemüse, das sie je nach Bedarf einmachte, echten Bohnenkaffee, Zucker, geräucherten Schinken, Speckseiten und Dauerwürste... In einem Land, in dem alles rationiert war, wo es Essen und Kleidung nur auf Marken zu kaufen gab, waren diese Dinge zu Kostbarkeiten geworden.

Schon bald nach meinem Eintreffen in Wien ging ich auch wieder auf eine Schule. Es war ein ganz in der Nähe gelegenes Lyzeum, hoffnungslos überfüllt, weil man zwei Lehranstalten zusammengelegt hatte. Eigentlich sollten dort keine neuen Schülerinnen mehr aufgenommen werden, aber Tante Olga erreichte durch ihre Beziehungen, daß ich doch noch unterkam und daher keinen weiten Schulweg hatte. Der Unterricht fand zwar regelmäßig statt, aber es herrschte Mangel an Lehrkräften, und so kam es, daß manchmal bis zu fünfzig Mädchen in einer Klasse versammelt waren. Inmitten dieser Massenabfertigung von Allgemeinwissen kam ich gut zurecht, dank der individuellen Mühe, die sich Herr Perner in Agram mit mir gegeben hatte. Natürlich fehlte mir einiges an Lehrstoff, aber das holte ich schnell nach. Ich lernte gern, schon um mich abzulenken und an etwas anderes denken zu können als an das Karussell voller Schrecken, das sich, kaum war ich mir selbst überlassen, immer wieder aufs neue in meinem Kopf zu drehen begann und an den Grundfesten meines Verstandes rüttelte.

*

Ich habe einmal gehört, daß die menschliche Psyche in der Lage sei, einen schützenden Vorhang über schmerzliche Erinnerungen herabzulassen und ihnen dadurch im Laufe der Zeit ihren Stachel zu nehmen. In meinem Fall trifft das nicht zu. Ich bin ihrer ungebrochenen Wucht nach wie vor ausgeliefert. Ich frage mich immer wieder, wie ich geheilt werden soll, wenn ich diese Erinnerungen ja doch nie abschütteln kann und nichts von dem, was mich quälte und in all die peinigende Verwirrung stieß, jemals eine Lösung findet.

Wenn ich versuche, über das, was mir widerfuhr, zu sprechen, verwirren sich meine Gedanken, und ich werde von Panik erfaßt, als wäre ich einer fremden Macht ausgeliefert, die verhindern will, daß ich rede. Das ist bis heute so geblieben. Ich werde mit dem Chaos, das in meinem Kopf herrscht, nicht fertig. Nur wenn ich schreibe, ist es, als überlistete ich mich selbst. Durch die Konzentration auf meine Aufzeichnungen in der Stille meines Zimmers ist es mir gelungen, eine gewisse Ordnung in die Geschehnisse und ihren Verlauf zu bringen.

Es heißt, das Leben sei eine Kette von Siebenjahres-Zyklen. In diesen sieben Jahren – so sagt man – würde sich jede Zelle des menschlichen Körpers erneuern und den Menschen selbst somit verändern. Das kann nicht stimmen! Mein Gehirn hat sich nicht verändert. Es ist nach wie vor angefüllt mit Entsetzen. Die Erinnerungen wüten in meinem Kopf mit der gleichen Stärke wie eh und je. Fast möchte ich sagen, sie nehmen an Intensität zu – wie ein böser Wind, der zum Sturm wird.

*

Meine Eltern schickten in regelmäßigen Abständen Briefe nach Wien. Hin und wieder waren sie an Tante Olga, meistens jedoch an mich gerichtet. Es geht uns gut, schrieb mein Vater jedesmal, aber nichts davon, daß mit seiner Gesundheit irgend etwas nicht in Ordnung gewesen wäre. So war ich schließlich beruhigt, was diesen Punkt betraf. Wenn ich einen Brief bekam, überflog ich als erstes jede einzelne Seite, ob ich das Wort Peterhof darauf entdecken würde. Aber meine Eltern erwähnten es kein einziges Mal, und ich traute mich, wenn ich zurückschrieb, nicht danach zu fragen. Ich fieberte danach, irgend etwas zu erfahren, ob Draga meine Eltern wieder einlud – jetzt, wo ich nicht mehr da war. Vielleicht war ihre Verstimmung aber auch so tiefgreifend, daß es diese Einladungen nicht mehr gab – und wenn doch, dann wollten mir meine Eltern möglicherweise das Herz nicht schwer machen, indem sie davon erzählten. Peterhof! Plötzlich fehlten sie mir alle! Die langweiligen alten Generäle mit ihren ermüdenden Debatten über Politik, der salbungsvolle Hochwürden Kellerbach, die schrullige, schwerhörige Baronin Xenia... Ogdan, Zlata, Rabec und Ludmilla... Ich war ja meistens mir selbst überlassen gewesen, hatte so wenig Gemeinsames mit ihnen gehabt, aber jetzt waren sie mir alle auf einmal ganz nah. Ich hätte so gerne von Peterhof gehört, wie es da jetzt aussah – obwohl ich es mir natürlich genau vorstellen konnte und sich inzwischen sicher nichts verändert hatte. Manchmal schloß ich die Augen und versetzte mich im Geiste in die große Halle, in die Salons, in die Bibliothek, in der ich so viele Stunden verbracht hatte... Ich streifte durch den verwilderten Garten, dessen Wege mir immer noch so vertraut waren, als wäre ich sie gerade erst gegangen – und dann stand alles so deutlich vor mir, daß ich für Bruchteile von Sekunden glaubte, wieder dort zu sein.

Ich weiß nicht, wie weit Tante Olga über die Vorfälle auf Peterhof informiert war, ob mein Vater ihr überhaupt davon erzählt hatte, und wenn ja – was und wieviel. Ich hoffte von Herzen, daß er Alexander nicht erwähnt hatte. Ich konnte mir eigentlich nicht vorstellen, daß er das getan haben würde.

Tante Olga und ich, wir haben nie über diese Dinge gesprochen. Aber sie hatte zweifellos gewisse Instruktionen, wie sie mit mir umgehen sollte. Dazu gehörte wohl auch, daß sie mich auf eine bemerkenswert taktvolle Weise nicht viel allein ließ, daß sie versuchte, mich abzulenken und mir immer wieder neue Eindrücke zu vermitteln. Und doch hatte ich zeitweilig ein Gefühl, als lebte ich wie unter einer Glasglocke – wie jemand, der das Leben um sich herum zwar sieht und hört, aber nicht wirklich daran teil hat.

Manchmal glaubte ich, in Tante Olgas Verhalten Anzeichen dafür zu entdecken, daß sie doch Bescheid wußte – zumindest andeutungsweise, ohne daß ich jedoch sicher sein konnte, daß dem wirklich so war. Es war oft nur eine hingeworfene Bemerkung, eine indirekte Anspielung, eine Frage.

»Wenn du irgend etwas auf dem Herzen hast... ich meine, du kannst über alles mit mir reden«, sagte sie einmal vorsichtig.

»Ich habe nichts auf dem Herzen.«

»Vielleicht gibt es etwas, das dich bedrückt?«

Ich schüttelte den Kopf.

Sie sah mich mit Wärme an. »Ich bin für dich da, das weißt du.«

Ich nickte dankbar und fragte mich gleichzeitig, ob sie das nur sagte, weil ich oft still und in mich gekehrt war, oder um etwas über Alexander zu erfahren. Ich fand es nicht heraus, zweifelte aber keinen Augenblick daran, daß sie mir ehrlichen Herzens helfen wollte, falls ich seelischen Beistand brauchte.

Bei anderer Gelegenheit – wir saßen abends in dem kleinen Heurigenlokal, legte sie mir spontan die Hand auf den Arm und wollte wissen, ob ich irgendeinen Kummer hätte.

»Nein«, murmelte ich und sagte dann, daß es mir leid täte, wenn ich diesen Eindruck erweckt hätte, und fragte, wie sie darauf käme.

»Du machst so traurige Augen und hast schon die ganze Zeit ins Narrenkasterl geschaut... Das sagt man in Wien, wenn jemand so ernst vor sich hin starrt. Es gibt ein arabisches Sprichwort, das mir gut gefällt. Willst du's hören?«

Ich nickte und bemühte mich zu lächeln.

»Ein Tag ist ein Tag, und es ist dir allein überlassen, ob du ihn lachend oder weinend verbringst.«

»Was soll das heißen?« fragte ich irritiert.

Tante Olga legte ihren Kopf schief und überlegte. »Nun, die schlauen Orientalen wollen damit vermutlich sagen, daß man sich dazu erziehen sollte, jeden Tag wirklich neu zu beginnen, so wie die Sonne unbeirrt von dem, was gestern war, immer wieder jung und kraftvoll aus der Nacht emporsteigt. Man sollte ganz einfach versuchen, sich von allem unnützen Ballast zu befreien... von Kummer, Sorgen, von Ärger, den man nicht vergißt und Angst vor Dingen, die vielleicht nie eintreffen. Man schleppt so viel Unnötiges mit sich herum, Abgelebtes, böse Erinnerungen, die wie Irrlichter durch unsere Gedanken geistern... Glaub mir, es ist vielleicht die größte Lebenskunst überhaupt, Herz und Verstand von all dem zu reinigen.« Sie trank ihren Wein aus und seufzte: »Ich schaff' das auch nicht immer!«

Tante Olga nahm sich viel Zeit, um mir einen Eindruck von Wien und seinen Sehenswürdigkeiten zu vermitteln. Nicht weit von ihrem Haus entfernt, nur ein Stück die Himmelsstraße hinunter, war die Endstation der Straßenbahn, welche die fast ländliche Idylle Grinzings mit dem Zentrum der Großstadt verband. »Die Tram« oder »der Achtunddreißiger«, wie man allgemein sagte, war unser bewährtes, oft benutztes Beförderungsmittel, das immer pünktlich und unabhängig von Benzinmarken und sonstigen Beschränkungen war und höchstens dann streikte, wenn in ganz Wien der Strom ausfiel.

Tante Olga ging leidenschaftlich gern mit mir ins Kino; am liebsten in Komödien, und das aus zweierlei Gründen. Erstens, weil man da lachen konnte und zweitens, weil sie da leichter mit mir hineinkam. Die großen Filmtragödien waren meistens nicht jugendfrei. Bei den für Jugendliche verbotenen Lustspielen drückten die Platzanweiserinnen hin und wieder ein Auge zu und ließen mich in den Kinosaal hineinschlüpfen, wenn es bereits dunkel war.

Die Deutsche Wochenschau, die jeweils vor dem Hauptfilm lief, hatte inzwischen viel von ihrer Siegesgewißheit eingebüßt. Der Rußlandfeldzug galt Ende 1943 bereits als verloren. Frontberichte zeigten Soldaten auf dem Rückmarsch, in Uniformfetzen gehüllte Jammergestalten, die durch die barbarische Kälte wankten. Im Gegensatz zu den optimistischen Kommentaren, die die Bilder begleiteten, sah man in ihren hohlwangigen Gesichtern leerblickende Augen, in denen der letzte Funke Hoffnung erloschen war. Schwerfällig zogen sie in gebeugter Haltung durch gewonnenes und wieder verlorenes Gebiet, tappten mit ihrem klobigen Schuhwerk durch die Schneewüsten, durch ein weißes Niemandsland, dessen Öde durch Trümmer von zerstörten Waffen und abgebrannten Ortschaften unterbrochen war. Unendlich müde schleppten sie sich vorbei an den erstarrten Leichen der Feinde und der eigenen Kameraden, deren Anblick die Trostlosigkeit und das Grauen noch verstärkten.

Rußland lag für mich am Ende der Welt, und ich war wohl noch zu jung, um das ganze Ausmaß der Tragik zu erfassen. Vermutlich kann man nur dann Qualen und Entbehrungen nachempfinden, wenn man selbst ähnliches durchlitten hat. Ich konnte das Elend der geschlagenen Armee nur insofern in eine persönliche Beziehung bringen, als ich mir immer wieder sagte, daß es, entgegen meiner ursprünglichen Ansicht, für Viktor doch besser gewesen war, in Afrika unter der Hitze zu leiden, als im eisigen Rußland zu erfrieren. Und Tante Olga meinte, mit der englischen Gefangenschaft in Kanada habe Viktor im Vergleich zu den Schreckensbildern geradezu das große Los gezogen. Sie, die immer eine Weile brauchte, um die deprimierenden Eindrücke zu verdauen, wollte die Wochenschau schließlich überhaupt nicht mehr sehen. Deshalb betraten wir das Kino später meistens eine Viertelstunde nach der angekündigten Anfangszeit, wodurch wir allerdings auch manchmal den Beginn des Hauptfilmes versäumten.

Tante Olga hatte eine fast extrem zu nennende Abneigung gegen alles, was tot war.

Schon aus diesem Grunde wäre ich nie auf den Gedanken gekommen, ihr etwas über Alexander anzuvertrauen. Es hätte bei ihr nur ein Gefühl großen Unbehagens hervorgerufen, und praktisch, wie sie nun einmal veranlagt war, hätte sie mir die seltsamen Vorgänge auf Peterhof gar nicht glauben können, selbst wenn sie es gewollt hätte.

Wie sehr sie alles, was mit Tod und Sterben zusammenhing, aus ihrem Leben zu verdrängen suchte, verdeutlicht ein Gespräch mit ihr, an das ich mich noch genau erinnere.

Wir hatten einen Ausflug in den Wiener Prater gemacht und waren dann noch die berühmte Kärntnerstraße bis zur Oper entlanggebummelt. Wieder zu Hause, beim Abendessen, bedankte ich mich bei ihr für den schönen Nachmittag, den sie mir bereitet hatte, und auch dafür, daß sie sich so viel Mühe gab, mir Stadt und Umgebung zu zeigen.

»Es macht mir Freude!« rief sie und lachte. »Ich zeig' dir alles – ganz Wien, wenn du willst – aber nicht die Kapuzinergruft. Da bringen mich keine zehn Pferde hinein!«

»Die Kapuzinergruft? Was ist das?«

»Das weißt du nicht?« staunte sie. »Die Kapuzinergruft ist die Begräbnisstätte der Habsburger im ersten Bezirk. Da liegen sie einbalsamiert in ihren Prachtsärgen. Die letzten, die da heimgefunden haben, waren der gute alte Kaiser Franz Joseph und seine Gemahlin, die wunderschöne Kaiserin Elisabeth, genannt Sissi.« Sie sah mich forschend an. »Von der Tragödie von Mayerling hast du sicher gehört?«

»Ja«, sagte ich. »Auf Mayerling haben sich Kronprinz Rudolf und seine Geliebte Mary Vetsera das Leben genommen.«

»Richtig. Der unglückliche Kronprinz liegt auch in der Kapuzinergruft, aber die arme Mary Vetsera liegt natürlich woanders begraben. Die Kapuzinergruft ist nur für die Angehörigen des Kaiserhauses bestimmt.«

»Und warum magst du sie nicht?«

»Ich mag keine Grüfte, keine Friedhöfe und keine Särge. Das alles bedrückt mich. Ich freu' mich, daß ich lebe, und ich genieße das. Tot bin ich später noch lange genug. Also, warum soll ich in eine Gruft gehen und mir Särge anschauen? Ich hab' auch nie verstehen können, warum man aus der Trauer um einen geliebten Menschen einen Kult machen muß. Mein Karl hätte nie gewollt, daß ich schwarz gekleidet herumlaufe. Schwarz steht dir nicht, hat er immer gesagt. Die Leute, die ständig auf die Friedhöfe rennen, um dort Zwiesprache mit den Gräbern zu halten – also, davon halte ich gar nichts. Ich hab's versucht, bin auch dort gestanden, aber meinen Karl hab' ich da nicht gefunden; und dann hab' ich's eines Tages gelassen, weil es mir verlogen vorkam.«

»Dann gehst du also nicht mehr auf den Friedhof, wo Onkel Karl begraben liegt?« fragte ich eigenartig berührt.

»Nein, das tu' ich nicht«, sagte sie beinahe burschikos. »Ich geh' nicht hin. Ich zahl' einen Jahresbeitrag, damit das Grab gepflegt wird, aber ich will's nicht sehen. Mein Karl ist bei mir, in meinem Herzen, in meinen Gedanken. Was da von ihm in einer Holzkiste unter der Erde liegt, das ist nicht er! Darüber mag ich nicht nachdenken. Das sagt mir überhaupt nichts! Und...«, sie holte tief Luft, »...Schnittblumen mag ich auch nicht. Schau dich um bei mir – du wirst in meinem Hause nicht eine einzige finden!«

»Was hast du gegen Blumen?« fragte ich verwirrt.

»Nichts! Ich hab' nichts gegen Blumen. Im Gegenteil: Ich liebe sie, wenn sie sich dort befinden, wo sie hingehören, nämlich mit ihren Wurzeln in der Erde. Sind sie erst einmal abgeschnitten, ist ihr Sterben nicht mehr aufzuhalten. Es ist ein Jammer, mit ansehen zu müssen, wie so ein Strauß, in eine Vase gepfercht, dahinkränkelt. Bereits am zweiten Tag beginnt die ganze Blütenpracht zu welken und ihr Duft riecht nach Verwesung. Wenn mir jemand einen Blumenstrauß schenkt, sag ich Dankeschön und bring' ihn sofort in ein Krankenhaus, wo man sich darüber freut.«

*

Von meinen Eingebungen und Gesichten blieb ich in der Zeit bei Tante Olga weitgehend verschont. Nur ein einziges Mal kam etwas Derartiges durch, als ich sie nämlich eines Tages eindringlich bat, am frühen Nachmittag nicht wie verabredet zu ihrem Friseur in die Stadt zu fahren. Dieses Vorhaben war ihr nur schwer auszureden, weil ich ihr ja auch keinen einleuchtenden Grund nennen konnte, warum sie zu Hause bleiben sollte. Schließlich entschloß sie sich dann doch, den Termin mir zuliebe abzusagen. An diesem Nachmittag krachten zwei Straßenbahnen ineinander und der Achtunddreißiger, den sie genommen hätte, entgleiste.

»Was für ein Zufall – es ist kaum zu glauben!« rief Tante Olga fassungslos, als sie von dem Unglück und den zum Teil Schwerverletzten erfuhr. Und im Laufe der nächsten Wochen erzählte sie ihrem ganzen Bekanntenkreis die Geschichte von ihrem geplanten Friseurbesuch und der entgleisten Tram, und was da alles hätte passieren können, wenn ihre Nichte nicht so insitiert hätte, daß sie zu Hause bleibt. Und dann war man allgemein der Ansicht, es gäbe doch recht merkwürdige Dinge im Leben, von denen man sich einige überhaupt nicht erklären könne.

Die Jahreszeiten kamen und gingen. Das Wiedersehen mit meinen Eltern schien in weite Ferne gerückt. Ich sehnte mich ganz besonders nach meinem Vater, aber ich war auch gerne bei Tante Olga, in deren Gesellschaft ich mich ausgesprochen wohl fühlte.

Das Jahr 1944 brachte große Auflösungserscheinungen an allen Fronten. Der Krieg kam unaufhaltsam näher, umzingelte uns, rückte uns auf den Leib wie ein gefräßiges Geschwür und hinterließ Grauen und Zerstörung. Ich war nun sechzehn und somit nicht mehr in dem Alter, in dem mir alles ferngehalten worden war, was ein kindliches Gemüt hätte belasten können. – Ich war schon längst kein Kind mehr.

Hier in Wien wurde nicht laut und genußvoll über die politische Situation und den Krieg diskutiert, so wie das in Agram und auf Peterhof möglich gewesen war. Das war zu gefährlich, und man mußte immer mit Denunziationen rechnen, die eine Verhaftung oder Schlimmeres zur Folge haben konnten. Hier nahm man die Tagesereignisse zur Kenntnis und hütete sich davor, eine andere Meinung als die offiziell gewünschte zu äußern. Und wehe dem, der den in allen Durchhalteparolen verkündeten Endsieg des Führers laut anzuzweifeln wagte.

Am 20. Juli scheiterte das geplante Attentat auf Hitler. Tante Olga meinte blaß und verstört: »Es hätte den Krieg beenden können, wenn es geglückt wäre!« Sie sprach im Flüsterton, obwohl wir allein im Haus waren. Im September kam es durch einen alliierten Bombenangriff zu schweren Zerstörungen in der Stadt. Draußen in Grinzing fühlten wir uns verhältnismäßig sicher. »Hier lohnt es ja nicht, etwas kaputtzumachen. Uns wird schon nichts passieren!« sagte Tante Olga mit jener Mischung aus Zuversicht und Fatalismus, mit der jedermann sich bemühte, der schleichenden Angst Herr zu werden. Aber es hatte ja auch zuvor niemand mit einem Luftangriff auf Wien gerechnet. Und so wurde die Angst zu unserem ständigen Begleiter. Am 14. Oktober beging Rommel Selbstmord. Ich dachte an Viktor und fragte mich, wie er die Nachricht wohl aufnehmen würde, falls er in der Gefangenschaft überhaupt davon erfuhr.

Es war wieder Herbst. Ich war nun schon ein Jahr bei Tante Olga. Die Zeit war schneller vergangen, als ich es je für möglich gehalten hätte.

Anfang November kam ein Brief meines Vaters, der diesmal an Tante Olga gerichtet war.

»Komm zu mir, Immy!« rief sie, während sie ihn öffnete. »Du sollst auch wissen, was drin steht.«

Wir gingen ins Wohnzimmer, wo wir uns beide nebeneinander auf dem Sofa niederließen. Sie überflog die mit Maschine geschriebenen Seiten.

»Ich fange mit der guten Nachricht an«, sagte sie schließlich. »Deine Eltern verlassen Agram und kommen nach Österreich. Du wirst also schon bald wieder mit ihnen zusammensein.«

Mein Herz machte einen Sprung. »Von wann ist der Brief?«

»Er ist etwa zehn Tage alt«, sagte Tante Olga, nachdem sie auf das Datum geschaut hatte.

»Dann sind sie vielleicht schon unterwegs.«

»Das ist gut möglich.«

»Was ist die schlechte Nachricht?« fragte ich alarmiert. »Ist es etwas Schlimmes?«

»Das kann man so nicht genau sagen«, meinte Tante Olga ausweichend. »Dein Vater leidet an Arthrose, und sein Herz ist nicht in Ordnung. Aber das weißt du ja sicher.«

Ich erschrak und vermied es, Tante Olga anzusehen.

»Ja, das weiß ich.« Er hatte in seinen Briefen an mich nie auch nur eine Andeutung darüber gemacht. Er hatte mich nicht beunruhigen wollen; das war charakteristisch für ihn. Er, der sich immer um das Wohl der anderen kümmerte, wollte nicht, daß man sich um ihn sorgte. Nun log ich, weil ich mir als seine Tochter nicht die Blöße geben mochte, von seiner Krankheit nichts zu wissen.

»Damit ist seine Tätigkeit als Reserveoffizier in Agram beendet. Er hat um vorzeitige Entlassung gebeten, damit er sich einer gründlichen Heilbehandlung unterziehen kann. Die Ärzte haben ihm Kuranwendungen in Badgastein empfohlen.«

»Was ist Arthrose?« fragte ich kleinlaut. »Ich kann mir nichts genaues darunter vorstellen.«

»Ich auch nicht«, gab Tante Olga zu. »Ich vermute, es ist so eine Art Rheuma. Es ist scheinbar sehr unangenehm. Dein Vater schreibt, er hätte solche Schmerzen in den Knien, daß er kaum noch Treppen steigen kann.« Sie las den Brief zu Ende und ließ ihn dann sinken. »Ich soll dich übermorgen in den Zug nach Salzburg setzen. Von dort wird dich jemand abholen und zu deinen Eltern nach Gastein bringen. Der Mann heißt Paul Wasner. Kennst du ihn?«

»Und ob ich ihn kenne!« rief ich erfreut. »Paul war die Ordonnanz meines Vaters in Agram.«

»Wieso ist er dann noch bei ihm?« wunderte sich Tante Olga. »Dein Vater ist doch jetzt nicht mehr beim Militär.«

Ich dachte nicht weiter über die Frage nach. Ich war froh, in diesen unsicheren Zeiten wenigstens einen Teil der Strecke nicht ganz allein reisen zu müssen. Später stellte sich heraus, daß Paul, die treue Seele, tatsächlich nicht mehr als Ordonnanz bei meinem Vater diente. Aber er hatte ein paar Tage des ihm zustehenden Urlaubs darauf verwendet, seinem Herrn Oberst und dessen verehrter Frau Gemahlin bei der Abreise aus Kroatien behilflich zu sein und sie auf der Fahrt nach Österreich zu begleiten. »Damit es die Herrschaften nicht so beschwerlich haben.«

Tante Olga starrte eine Weile schweigend und mit deutlich erkennbarer Wehmut vor sich hin. Dann gab sie, die allzeit praktisch dachte, sich einen Ruck und erhob sich.

»Wir wollen in Ruhe deine Sachen packen, mein Herz, damit wir übermorgen nicht hudeln müssen!«

*

Es war ein grauer trüber Tag, als Tante Olga mich zum Bahnhof brachte. Ein schneidender Wind trieb vereinzelte Schneeflocken vor sich her und ließ uns bis ins Mark frieren. Wir standen auf dem eisigen Bahnsteig und warteten auf den Zug, der erhebliche Verspätung hatte. Tante Olga hatte eine gerötete Nase, die sie sich häufig putzte. In ihren Augen war das sanfte Glitzern verhaltener Tränen. Wir sprachen wenig. Plötzlich nahm sie mich heftig in die Arme.

»Glaub mir, ich geb' dich gar nicht gern her! Und noch etwas möcht' ich dir sagen, mein Liebes: Wenn du einmal heiraten willst, dann nimm dir einen Mann, bei dem du dich geborgen fühlst und dem du vertrauen kannst. Das ist viel wichtiger als die sogenannte große Liebe!«

»Wie war denn das mit Onkel Karl?« versuchte ich mit blaugefrorenen Lippen zu scherzen. »War der nicht deine große Liebe?«

Sie schluckte und sah auf einmal aus wie ein junges Mädchen.

»Ach weißt du, mein Karl war etwas ganz Besonderes! Ich wünsch' dir so einen wie ihn... Und wenn du ihn gefunden hast, komm' ich zu deiner Hochzeit.«

Ein schrilles Pfeifen kündigte den endlich einfahrenden Zug an, der schnaubend zum Stehen kam. Tante Olga drückte mich noch einmal an sich. Dann wuchteten wir gemeinsam meinen Koffer über das Trittbrett des Waggons, in den ich einsteigen würde.

»Ich geh' jetzt weg«, sagte sie, während ihr nun unaufhaltsam die Tränen über die Wangen liefen. »Paß auf dich auf und komm gut an, hörst du!« Sie putzte sich erneut die Nase. »Ich kann das nicht... ich hab' Abschiedsszenen noch nie ertragen können!«

Sie drehte sich auf dem Absatz um und hastete in Richtung Ausgang davon. Ich sah ihr nach, bis sie hinter einem breiten Betonpfeiler in einer Unterführung verschwunden war.

Die Fahrt nach Salzburg dauerte fast doppelt so lange als fahrplanmäßig vorgesehen, weil der überfüllte Zug bei jeder Station hielt. Er war ungeheizt, und ich fror erbärmlich. Ich hatte keine Chance, in den Abteilen einen Sitzplatz zu bekommen. So lehnte ich die meiste Zeit draußen im Gang an der Wand und setzte mich ab und zu auf meinen Koffer, wenn ich zum Stehen zu müde war. Kurz vor Linz gab es Fliegeralarm. Alle Reisenden mußten in Windeseile den Zug verlassen und in einen Bunker und verschiedene andere Unterstände flüchten. Nach der Entwarnung drängten die Menschen rücksichtslos schiebend in die Waggons zurück, als hätten sie Angst, nicht mehr mitgenommen zu werden. Ich bekam einen heftigen Ellbogenstoß ab, der mir den Koffer aus der Hand schleuderte und mich taumeln ließ, was wohl auch daran lag, daß meine Beine vor Kälte schon ganz gefühllos waren. Eine stämmige Frau, die einen prallen Rucksack trug, nahm meinen Koffer auf, zog mich energisch mit sich und sorgte dafür, daß mich nicht wieder jemand beim Einsteigen beiseite drückte. Ich konnte mich gerade noch bei ihr bedanken, da wurden wir schon wieder getrennt.

Paul erwartete mich strahlend und heftig winkend in Salzburg auf dem Hauptbahnhof. Ich war so froh, ein vertrautes Gesicht zu sehen, daß ich ihm um den Hals fiel, was ihn sichtlich in Verlegenheit setzte.

»Wir fahren nicht mit dem Zug weiter«, sagte Paul, während er mein Gepäckstück auf seine Schulter lud. »Es dauert zu lange, weil man umsteigen muß. Ein Freund von mir nimmt uns in seinem Auto mit. Er transportiert Getränke nach Gastein.« Wir schoben uns durch das Menschengewühl auf dem Bahnsteig zum Ausgang zu. Draußen angelangt, zeigte Paul stolz auf die gegenüberliegende

Seite des Platzes vor dem Stationsgebäude, wo mehrere Lastwagen standen.

»Es ist der große Graue dort drüben. Er ist vielleicht nicht ganz bequem, aber schnell und sicher. Und außerdem hat er Schneeketten auf den Reifen. In den Bergen liegt nämlich schon eine Menge Schnee!«

*

Ich war – wie konnte es anders sein – dankbar und glücklich, wieder bei meinen Eltern zu sein. Und doch mischte sich unter meine Wiedersehensfreude ein leises Unbehagen und eine gewisse Ratlosigkeit. Das Jahr der Trennung hatte uns verändert, und ich hatte manchmal das Gefühl, wir müßten uns erst wieder aneinander gewöhnen. Meine Mutter wirkte auf mich oft seltsam versponnen und so, als stünde sie immer ein wenig neben sich. Manchmal sah sie mich beinahe ungläubig an. »Das Kind ist erwachsen geworden!« Es schien, als müßte sie sich dies erst einprägen, als wäre das nicht vorauszusehen gewesen und müßte als neue Situation überdacht werden. Auf dem Nachttisch neben ihrem Bett hatte sie jetzt ein Kästchen mit Viktors Briefen stehen, dazu einige Photographien, die ihn in verschiedenen Lebensabschnitten zeigten. Manchmal stellte sie auch noch Blumen hin, obwohl dafür kaum noch Platz war. Außerdem ging sie fast jeden Tag in die Kirche zur Messe, um für die gesunde und baldige Heimkehr ihres Sohnes zu beten.

Mein Vater war schmal geworden. Seine Schmerzen nahm er mit stoischer Gelassenheit hin, ohne darüber zu klagen, und man hätte ihm kaum etwas angemerkt, wenn er sich nicht häufig beim Hinauf- und Hinabsteigen von Treppen auf das Geländer gestützt und seine Schritte verlangsamt hätte. Er war ausgeglichen und voller Güte wie immer, aber er war auch stiller geworden. Manchmal schien es mir, als quäle er sich innerlich mit etwas herum, worüber er zwar nicht sprach, was er aber auch nicht abschütteln konnte.

»Was ist mit deinem Herzen?« fragte ich ihn besorgt.

Er lächelte. »Es schlägt gelegentlich etwas unregelmäßig, aber das kommt schon wieder in Ordnung.«

Wieder einmal lebten wir im Hotel in zwei Zimmern – es war beinahe wie in Agram, nur daß es jetzt kaum noch etwas Vernünftiges zu essen gab. Die Speisekarte sah jeden Tag gleich aus. Man hatte die Wahl zwischen einem Gericht, das in der Hauptsache aus gelben

Erbsen oder Linsen bestand. Es gab auch dicke Graupen, die Kälberzähne genannt wurden, und Polenta, einen Brei oder Fladen aus Mais, und natürlich Kartoffeln. Fleisch, Fett, Brot, Eier, Zucker und Mehl wurden immer knapper und nach einer gewissen Zeit schmeckte alles gleich. Und doch war Gastein in den letzten Kriegsmonaten wie eine Oase des Friedens. Hier wurde nicht gekämpft, hier fielen keine Bomben und keine Schüsse. Tag für Tag sahen wir die alliierten Bombengeschwader hoch am Himmel über uns hinwegfliegen – eine ferne Schar silberner Zugvögel, denen man die tödliche Last, die sie trugen, nicht glauben mochte.

Von Peterhof sprach niemand, als wäre das Thema tabu.

Ich ging oft mit meinem Vater spazieren und hoffte, daß er irgend etwas darüber erzählen würde, aber er erwähnte es mit keinem Wort. Einmal faßte ich mir ein Herz und fragte ihn, ob er mit meiner Mutter noch einmal dort gewesen sei.

»Nein«, sagte er mit unbewegtem Gesicht. »Es hat sich nicht ergeben.«

Aber er sagte nicht, warum es sich nicht ergeben hatte. Er spürte, daß ich mich schuldig fühlte und darunter litt. Sanft legte er den Arm um meine Schultern, aber seine Züge nahmen den gequälten Ausdruck an, den ich in der letzten Zeit schon so oft an ihm bemerkt hatte.

»Ich will, daß du aufhörst, dir Gedanken zu machen! Was geschehen ist, gehört der Vergangenheit an. Es tut nicht gut, immer wieder darüber zu reden!«

Möglicherweise befolgte er damit einen Rat von Professor Michailović, daß es so für mich das Beste sei. Vielleicht hatte er sich nach eigenen Überlegungen auch selbst zu der Überzeugung durchgerungen, daß all die unbegreiflichen Dinge zur Ruhe kommen und langsam der Vergangenheit anheimfallen würden, wenn man einfach nicht mehr darüber sprach.

*

Wir erlebten ein unblutiges Kriegsende in Badgastein. Großdeutschland hatte kapituliert. Die Ostmark wurde wieder zu Österreich, wenn auch noch ohne Staatsvertrag, und die Sieger teilten das Land in vier Besatzungszonen auf.

An einem sonnigen Tag im Mai erfüllte plötzlich ein seltsames Dröhnen die laue Frühlingsluft, das zu ohrenbetäubender Lautstärke anschwoll. Als wäre es die normalste Sache der Welt, fuhren amerikanische Panzer die schmale Autostraße vom Gasteiner Tal hinauf nach Badgastein. War das der Feind? Waren das die blutrünstigen Gladiatoren, die Uncle Sam zu unser aller Tod und Vernichtung ausgesandt hatte? Hieß es nicht schon bei den alten Römern: »Wehe den Besiegten!« – Bestaunt, wie Wesen von einem anderen Stern, zogen die Amerikaner – eine Eliteeinheit der *Rainbow-Division*, in den verschreckten Kurort ein. Sie standen aufrecht in ihren Panzern und lächelten den Menschen zu, die nach und nach aus ihren Häusern kamen und schweigend und verängstigt die Straßen säumten, bis ein paar Mutige scheu zu winken begannen. Manche hatten plötzlich kleine Blumensträuße in den Händen, als Gruß für die fremden Soldaten, die so gar nichts Schreckliches an sich hatten, sondern Ähnlichkeit mit den eigenen Vätern und Söhnen erkennen ließen, nur daß sie andere Uniformen trugen.

Ein Amerikaner grinste mich an und warf mir im Vorbeifahren ein kleines längliches Päckchen zu. Ich hob es auf und wickelte einen undefinierbaren, nach Pfefferminz duftenden Streifen aus dem Stanniolpapier. Ich biß hinein, kaute eine Weile darauf herum und wunderte mich, daß diese eigenartige Süßigkeit in meinem Mund zwar weich, aber nicht weniger wurde, dafür aber nach einer Weile an Geschmack einbüßte. Dann wurde mir die Sache unheimlich. Innerlich vor die Wahl gestellt, das seltsame Zeug artig herunterzuschlucken oder unauffällig auszuspucken, entschloß ich mich für die zweite Möglichkeit. Ich hatte zum ersten Mal die Bekanntschaft mit Kaugummi gemacht.

Wie ein Lauffeuer sprach es sich herum, daß die siegreichen Besatzer anscheinend nette Leute waren, und die allgemeine Erleichterung darüber ließ sich fast mit Händen greifen.

Die Einheit der *Rainbow-Division* blieb nur kurze Zeit, dann wurde sie eines Tages überraschend abkommandiert, natürlich ohne daß wir erfuhren, an welchen neuen Schauplatz sie geschickt wurde. Für sie rückten andere amerikanische Truppen nach. Die Besatzung im amerikanischen Sektor ließ nur selten Härte spüren und war schon bald Teil unseres Alltags. Aber die Soldaten der *Rainbow-Division* blieben unvergessen. Der Regenbogen, den sie auf ihren Uniformjacken trugen, war nicht nur das Emblem ihres Regiments, sondern wurde zu einem Symbol der Menschlichkeit. Er hatte eine Brücke des Friedens und des guten Willens zu den Herzen der Menschen geschlagen.

*

Wir blieben noch etwa ein Jahr in Badgastein und wechselten in dieser Zeit viermal unsere Bleibe, weil die größten und besten Hotels nach und nach von den amerikanischen Militärs beschlagnahmt wurden. Hatten wir zuerst noch im *Grandhotel l'Europe* gewohnt, so landeten wir zuletzt im *Badehospiz*, einem ziemlich heruntergekommenm Haus, in dem es zwar, wie schon der Name verhieß, ebenfalls Thermalbäder gab, aber leider auch Kakerlaken, und zwar vor allem im Untergeschoß, wo sich die Bäderabteilung befand. Ich ekelte mich unbeschreiblich vor diesem Ungeziefer. »Die Viecher haben's halt gern warm und feucht«, meinte der Bademeister ungerührt und zerquetschte einen der unappetitlichen großen Käfer, indem er mit dem Fuß drauftrat. Allein das Geräusch verursachte mir einen Brechreiz, den ich nur mühsam unterdrücken konnte. »Wirklich komisch«, fügte der Bademeister sinnierend hinzu, »Ratten und Kakerlaken, denen macht kein Krieg etwas aus!«

Eines Tages erklärte meine Mutter blaß und zitternd, als stünde sie kurz vor einem hysterischen Anfall, daß sie das Leben in diesem ungepflegten Loch, wie sie das nannte, nicht länger aushielte. Außerdem sei sie ein Großstadtmensch, wohingegen Badgastein ein Dorf sei, so eng und nah von Bergen umgeben, daß man das Gefühl hätte, sie fielen einem auf den Kopf. Mein Vater versuchte sie zu beruhigen, obwohl er dabei etwas hilflos wirkte.

»Wir sollten nicht undankbar sein, Charlotte. Im Verhältnis zu vielen anderen Menschen ist es uns bisher recht gut gegangen!«

Meine Mutter griff sich an die Kehle, als würde sie von unsichtbaren Händen gewürgt. »Ich ertrage es nicht mehr, ich muß weg... weg von hier!«

»Wo willst du denn hin?« fragte mein Vater bekümmert, aber sichtlich bemüht, auf sie einzugehen.

Sie begann zu schluchzen: »Ich habe Heimweh. Ich möchte nach Hause. Ich möchte endlich wieder richtig wohnen!«

»Berlin ist ein Trümmerhaufen. Reisen von hier nach Deutschland sind derzeit ein Ding der Unmöglichkeit. Wir können vorläufig noch nicht zurück, aber ich werde darüber nachdenken, was sich tun läßt.«

Am Abend hatte er eine Lösung gefunden.

»Was hältst du von Salzburg?« fragte er, selbst ganz angetan von diesem Einfall. »Wir könnten vorübergehend dort leben! Dann wärst du in einer Stadt, Immy könnte auf ein Gymnasium gehen und ihr Abitur machen, und ich könnte von Zeit zu Zeit hierher fahren und meine Kuranwendungen fortsetzen, bis mein Zustand sich gebessert hat. Allein komme ich bestimmt in einer netten kleinen Pension unter; da genügt ein einfaches Zimmer ohne großen Komfort. Nur mit der ganzen Familie ist das Wohnen im Hotel eben leider etwas umständlich…«

»Ich werde immer mit dir kommen«, fiel meine Mutter ihm hastig ins Wort. »Du weißt, es macht mir nichts aus, für die Dauer einer Heilbehandlung, deren Ende abzusehen ist, bei dir zu sein. Das ist etwas anderes, als ständig hier bleiben zu müssen… Das kann ich nicht. Diese Berge bedrücken mich, es ist, als wäre ich eingesperrt!« Sie wischte sich die Tränen weg und lächelte, nachdem sie sich wieder gefaßt hatte.

»Aber Salzburg ist eine gute Idee!«

*

Meine Aufzeichnungen nähern sich nun jenem Abschnitt meines Lebens, der Ihnen, verehrter Professor Dombrowsky, aus unseren Vorgesprächen schon zum Teil bekannt ist. Darum kann ich mich einerseits jetzt kurz fassen, aber andrerseits habe ich damals, als ich in dieses Sanatorium kam, natürlich manche Dinge nicht erwähnt, da sie aus dem Zusammenhang gerissen, unverständlich gewesen wären. Wie Sie inzwischen zur Genüge wissen, war es mir nicht möglich, darüber zu sprechen, und so hatten Sie auch nichts über Peterhof, Draga – und vor allem über Alexander erfahren können. Ebenso war Ihnen die Tatsache meiner paranormalen Veranlagung nicht bekannt – und einiges andere mehr, worüber ich mir selbst im unklaren war.

Sie sind ein langjähriger Freund der Familie meines Mannes. Sie waren unter den Gästen, die zu unserer Hochzeit kamen. – Ich will Sie daher nicht mit Fakten aus meinem Leben langweilen, die Sie ohnehin schon kennen. Ich werde sie höchstens streifen, dann wenn es dem besseren Verständnis dient.

Da und dort scheint sich ein Kreis zu schließen – ist ein Weg zu Ende gegangen, hat sich vielleicht ein neuer aufgetan.

Wer weiß das schon so genau…

19

Nach längerem Suchen fand mein Vater in Parsch, einem stadtnahen Vorort von Salzburg, ein geeignetes Haus mit Garten und einem wunderschönen Blick auf die Festung Hohensalzburg. In einer stattlichen Villa, deren ehemals elegante Fassade durch die Einwirkungen des Krieges etwas gelitten hatte, mietete er eine geschmackvoll möblierte Vierzimmerwohnung, die im Erdgeschoß lag, so daß ihm beschwerliches Treppensteigen erspart blieb. Die Besitzerin des Anwesens, eine kultivierte, alte Dame, die den oberen Stock bewohnte, lebte die meiste Zeit bei ihrer Tochter in Graz, so daß wir das Haus fast immer für uns allein hatten. In den Garten führten zwei Ausgänge, der eine aus dem Salon, der andere aus dem Zimmer, in dem ich untergebracht war. Meine Eltern hatten ein großes Schlafzimmer mit angrenzendem Bad. Das Gästezimmer sollte Viktor vorbehalten sein, der ja nun irgendwann heimkehren würde. Mein Vater informierte die zuständigen Stellen, unter anderem auch das Rote Kreuz über unseren Ortswechsel von Agram nach Salzburg und teilte ihnen die neue Adresse mit.

Was mich betraf, so hatte ich es noch nie so schön gehabt. In dem Raum, den ich bewohnte, stand sogar ein Klavier, und es gab Regale an den Wänden, vollgestopft mit Büchern, die ich nach und nach lesen würde. Da das Zimmer nach Süden ausgerichtet lag, wirkte es immer hell und freundlich, selbst dann noch, wenn der Himmel grau war und der berühmt berüchtigte Salzburger »Schnürlregen« das Tageslicht eintrübte. Eine große, verglaste Doppeltür gab den Blick auf den Garten frei. Drei bemooste Steintreppen führten hinunter auf eine Wiese, die von einer dichten Taxushecke umsäumt war, so daß man von der Straße nicht auf das Grundstück einsehen konnte. In der Mitte der Rasenfläche, in einem Rundbeet, stand auf einem weißen Sockel eine Marmorputte. Die pummelige Kindergestalt, die mit leeren Augen in immerwährender Fröhlichkeit zu mir herübersah, streckte ihre rundlichen Ärmchen in meine Richtung, so als wollte sie mich ständig auffordern, mit ihr zu spielen.

Zum ersten Mal, seit ich Peterhof verloren hatte, begann ich nun auf eine stille, zaghafte Weise glücklich zu sein. Ich hatte noch nie ein Klavier ganz für mich allein gehabt – hatte noch nie in so einem lichtdurchfluteten Raum gewohnt.

In diesem Raum sah ich Viktor zum letzten Mal.

Er kam in der Nacht zum 10. Juli 1946, um mir seinen Tod anzukündigen. Es gibt im nachhinein keine andere Erklärung dafür.

Es war ein heißer Tag gewesen. Die Luft war immer noch lau und sommerlich warm. Ich lag im Bett und las beim Schein der Nachttischlampe in einem Roman von Balzac. Die Tür zum Garten hatte ich einen Spalt breit offenstehen lassen, jedoch die dünne weiße Gardine zugezogen, um zu verhindern, daß Mücken und andere Insekten, angelockt durch das Licht, ins Zimmer flogen.

Ich weiß heute nicht mehr ganz genau, ob ich wirklich noch las oder vielleicht über der Lektüre eingenickt war. Durch einen plötzlichen kalten Luftzug schreckte ich hoch. Der Wind blähte die Gardine auf und wehte sie ins Zimmer. Am Fußende meines Bettes stand Viktor. Die Uniform, die er trug, machte einen verschlissenen Eindruck. Er war sehr bleich, und seine Augen wirkten beinahe unnatürlich groß. Aber sonst sah er ganz so aus, wie ich ihn in Erinnerung hatte – und doch war etwas Fremdes an ihm. Ich starrte ihn an, während er unverwandt zu mir herüberschaute, ohne sich zu rühren. Ich wollte etwas sagen, ihn ansprechen, mich freuen. Ich hätte mich doch freuen müssen! Aber die Kehle war mir wie zugeschnürt. Wie kam er mitten in der Nacht in mein Zimmer? War er überraschend ohne vorherige Ankündigung aus der Gefangenschaft entlassen worden? Wußten meine Eltern schon davon? All diese Fragen schossen mir durch den Kopf, aber ich war unfähig, auch nur eine davon an ihn zu richten.

Viktor sprach ebenfalls kein Wort. Es war, als hielten wir uns mit Blicken aneinander fest. Plötzlich lächelte er... Sein Gesicht verklärte sich durch dieses Lächeln – und mir schien, als hätte ich ihn noch nie so glücklich gesehen. Dann wandte er sich ab und ging langsam auf die Tür zu, die in den Flur hinausführte. Die Erscheinung wirkte völlig real – bis zu dem Augenblick, als sie zu meinem Entsetzen durch die geschlossene Zimmertür hindurchfloß und verschwand.

Ich wollte aufspringen und der Gestalt hinterherlaufen, aber meine Beine versagten mir den Dienst. Zitternd verkroch ich mich unter meine Bettdecke. Unwillkürlich sah ich auf meinen Wecker, der neben der Nachttischlampe stand. Es war ein Uhr. Durch die leicht geöffnete Gartentür drang wieder warme Sommerluft. Die Gardine wurde nur unmerklich durch einen zarten Windhauch bewegt. Alles war wie zuvor, und doch machte ein Gefühl von Furcht mich frösteln. Ich ließ das Licht die ganze Nacht brennen. Völlig aufgewühlt lag ich noch lange wach, bis ich endlich in einen unruhigen Schlaf fiel.

Am nächsten Morgen schien mir das sonst so helle, freundliche Zimmer voll düsterer Schatten zu sein. Ich spürte noch immer die Beklemmung, die das nächtliche Erlebnis in mir hervorgerufen hatte, und konnte sie nicht abschütteln, obwohl eine strahlende Sonne einen unbeschwerten Sommertag verhieß.

Ich wartete auf eine Gelegenheit, wo ich mit meinem Vater allein sprechen konnte. Ich erzählte ihm von Viktors Erscheinung und fragte ihn, was sie seiner Meinung nach zu bedeuten hätte.

»Ich weiß es nicht«, stieß er mühsam hervor. »Ich verstehe das alles nicht... es geht über meine Vorstellungskraft.«

Auf dem Gesicht meines Vaters lag ein Ausdruck von Schmerz und verzweifelter Ratlosigkeit. Er suchte nach Worten:

»Diese... diese Erscheinung bedeutet nichts Gutes. Ich glaube, wir müssen uns auf etwas Schlimmes gefaßt machen... Sag deiner Mutter nichts davon! Wir wollen sie nicht beunruhigen.« Er sah mich an wie ein Ertrinkender, der nach einem Strohhalm greift, um sich daran festzuhalten. »Vielleicht hast du das ja auch nur geträumt... Es könnte doch so sein, nicht wahr?«

»Ja«, sagte ich leise, »es könnte so sein.« Aber ich wußte genau, daß es nicht so war.

*

Monate später erreichte uns ein Brief des Roten Kreuzes mit der Nachricht, daß der Oberleutnant Viktor von Roederer am Abend des 9. Juli 1946 gegen 20 Uhr Ortszeit in Kanada, Camp Morlay PX-2 verstorben sei. Todesursache: Blinddarmdurchbruch.

Mein Vater wirkte zunächst wie versteinert. Dann schloß er für eine Weile die Augen, und es war, als zöge er sich in sich selbst zurück, um Kraft dafür zu sammeln, meiner Mutter den Tod Viktors so schonend und behutsam wie möglich beizubringen.

Ihre Reaktion darauf war völlig anders, als wir angenommen hatten, aber vielleicht gerade deshalb um so erschütternder.

Mein Vater hatte sie in die Arme genommen und sanft und liebevoll auf sie eingesprochen. Plötzlich machte sie sich jedoch fast brüsk von ihm frei, ging mit hölzernen Schritten durch das Wohnzimmer und setzte sich schließlich, steif wie eine Marionette, auf einen Stuhl, der nicht in der Mitte des Raumes, sondern an einer Wand stand. Ihr Gesicht ließ keinerlei Regung erkennen, als sie den Brief des Roten Kreuzes zu sehen verlangte. Mein Vater gab ihn ihr wortlos, und sie begann zu lesen. Ich kann es nicht anders beschreiben: Sie begann zu lesen, denn sie hörte nicht wieder damit auf. Sie las die wenigen lapidaren Zeilen, als hätte sie eine lange Abhandlung vor sich, die in einer fremden Sprache mit unbekannten Buchstaben geschrieben war. Dann schien sie das alles endlich entziffert zu haben. Sie faltete das Schreiben ordentlich, beinahe penibel zusammen und steckte es in seinen Umschlag, den sie ebenfalls sorgfältig glattstrich. Ein Ruck ging durch ihren Körper, und ihre Schultern strafften sich. Sie blickte auf und lächelte meinen Vater an, als sie ihm den Brief mit einem höflich gesagten Danke zurückgab.

»Tu das weg, Maximilian«, sagte sie mit einer Heiterkeit, die durch Mark und Bein ging. »Das hier geht uns nichts an! Es ist nicht Viktor, von dem sie da schreiben, nicht Viktor... nicht unser Sohn!« Mein Vater starrte sie fassungslos an.

Die Stimme meiner Mutter war voller Festigkeit, als sie gelassen weitersprach: »Es ist ein Irrtum, daran gibt es überhaupt keinen Zweifel. Eine Namensverwechslung! Mag sein, daß ein Soldat, der auch so hieß wie unser Junge, an einem Blinddarmdurchbruch gestorben ist... aber nicht mein Viktor!« Sie hielt sekundenlang inne und sah auf ihre im Schoß liegenden, zusammengefalteten Hände. Dann blickte sie auf und lächelte wieder dieses Lächeln, das einem die Tränen in die Augen trieb. »Du weißt es, Maximilian«, sprach sie stockend weiter, »... unser Junge war schon von klein auf immer der erste... überall. Was für ein strahlendes Kind – erinnerst du dich? Und später? Ihn konnte nichts unterkriegen. Er war immer ein Sieger...! Ja, ein Sieger, das ist er! Er hat den Krieg überstanden, wie alle Prüfungen seines Lebens... mit Auszeichnungen... die Brust voller Orden. Es ist lächerlich! Mein Sohn stirbt nicht an einem... an einem Blinddarmdurchbruch. Das ist kein Tod für meinen Sohn!«

»Charlotte...«, sagte mein Vater und machte einen unsicheren Schritt auf sie zu. Aber sie erhob sich und ging in kerzengerader Haltung zur Tür. Dort wandte sie sich noch einmal um.

»Tu den Brief weg, Maximilian, ich will ihn nicht sehen! Man soll ihn an die richtige Adresse schicken. Es ist eine Verwechslung. Ich will nichts mehr davon hören.« Sie neigte den Kopf und verließ das Zimmer.

Mein Vater und ich blieben erschüttert zurück, beide eine Zeitlang unfähig zu sprechen.

»Man muß sie in dem Glauben lassen«, sagte er schließlich tonlos. »Vielleicht hilft ihr das über den ersten Schock hinweg. Allmählich wird sie die Wahrheit begreifen...«

»Eines verstehe ich nicht«, murmelte ich nach einer Weile verstört. »Viktor erschien mir in der Nacht zum zehnten Juli um ein Uhr früh. Es heißt aber in dem Brief, daß er am Abend des 9. Juli gegen 20 Uhr starb. Also stimmt Viktors Erscheinung mit seiner Todesstunde nicht überein.«

»Doch, sie stimmt genau!« Die Stimme meines Vaters klang heiser und brüchig. Seine Augen brannten vor innerer Qual.

»Zwischen der Ortszeit in Kanada und der mitteleuropäischen Zeit besteht ein Unterschied von sechs Stunden!«

Danach sprachen wir nicht mehr über Viktors Tod. Mein Vater versuchte auf seine und ich auf meine Weise, damit fertig zu werden, und meine Mutter weigerte sich konsequent, daran zu glauben. Wir gaben uns sogar alle Mühe, Viktors Namen vorläufig nicht mehr zu erwähnen. Nur meine Mutter ließ ihn gelegentlich beinahe unbefangen fallen. »Viktor würde staunen« oder »wenn Viktor erst wieder bei uns ist«, oder »Viktor wird dringend neue Sachen zum Anziehen brauchen...« Sie sagte Sätze dieser Art immer ganz beiläufig und schien keine Antwort darauf zu erwarten. Nun stellte sie noch mehr Bilder von Viktor auf, wo immer sie Platz dafür fand. Viktor als Baby, Viktor im Kinderwagen, Viktor am ersten Schultag mit seiner großen Schultüte im Arm, Viktor als Internatszögling, Viktor beim Skilaufen, beim Schwimmen, beim Fußballspielen, Familienbilder, die uns alle zusammen zeigten und natürlich Viktor als jungen Offizier mit allen seinen Auszeichnungen...

Mein Vater ertrug es mit Engelsgeduld. Vielleicht achtete er aber auch gar nicht so sehr darauf. Oft schien er mit seinen Gedanken weit weg zu sein –, und wenn ich ihn so sah, beschlich mich ein leises Gefühl der Angst um ihn, das ich von nun an nicht mehr los wurde.

Mit neunzehn Jahren schaffte ich ohne große Anstrengung mein Abitur – die Matura, wie man in Österreich dazu sagt. Ich hatte danach noch keine festumrissenen Vorstellungen für meinen zukünftigen Berufsweg, aber ich interessierte mich für Sprachen, und so besuchte ich eine Dolmetscherschule, um mich in Englisch und Französisch zu vervollkommnen. Zusätzlich lernte ich auch Spanisch und Italienisch. Mein Vater hieß das gut und meinte, Sprachen würde ich in meinem Leben immer brauchen und stets etwas damit anfangen können.

Vor allem aber nahm ich mein Klavierstudium wieder auf. Die äußeren Gegebenheiten waren geradezu ideal. Ich hatte ein Klavier im Zimmer und konnte spielen und üben, wann immer ich wollte. Meine Eltern störte es nicht, und die alte Dame, die über uns wohnte, war ja meistens nicht da.

Ich wäre gerne auf die Salzburger Musikhochschule, das Mozarteum gegangen, aber die Studienplätze für Klavier waren überbelegt. Man empfahl mir jedoch, mit Professor Franz Hallmoser Verbindung aufzunehmen. Seine Lehrtätigkeit am Mozarteum beschränkte sich auf vier Tage in der Woche. Mittwoch und Freitag gab er bei sich zu Hause Privatunterricht.

Nachdem ich ihm vorgespielt hatte, nahm er mich als Schülerin an. Er meinte, meiner Begabung nach hätte ich sogar eine Laufbahn als Pianistin einschlagen können, wenn ich durch den Krieg nicht soviel Zeit verloren hätte. »Man muß von klein auf täglich sechs Stunden üben, sonst wird nichts draus«, sagte er bedauernd. Aber wie um mir Mut zu machen, fügte er hinzu: »Man kann ja nie wissen...« Er nahm jedenfalls erfreut zur Kenntnis, mit welchem Eifer ich bei der Sache war, wieviel Ausdauer ich auf meine Übungen verwandte, und wie rasch ich Fortschritte machte.

Professor Hallmoser war ein hochintelligenter und sehr gebildeter Mann, und ich war stolz darauf, daß sich neben dem Unterricht im Laufe der Zeit auch ein herzlicher privater Kontakt zwischen uns entwickelte. Das äußerte sich unter anderem darin, daß ich manchmal nach der Stunde noch zum Tee bleiben durfte oder gelegentlich abends mit anderen Studenten zu einem geselligen Beisammensein eingeladen wurde. Nach interessanten Debatten über Kunst und vor allem natürlich über Musik setzte er sich zum Schluß oft noch an seinen Flügel und spielte für uns.

Seine Wirtschafterin hieß Maria und wurde auch von allen Studenten so genannt. Vielleicht lebte er sogar mit ihr zusammen. Das wußte niemand genau, und es fragte auch keiner danach. Man vermutete es nur, weil sie immer da war. Sie war eine stille, freundliche Person, stets sehr adrett gekleidet, die ihn voller Aufmerksamkeit umsorgte und im übrigen sichtlich bemüht war, nicht durch ihre Anwesenheit zu stören.

*

Nachdem ich etwa ein Jahr bei Professor Hallmoser Unterricht gehabt hatte, holte mich die Vergangenheit auf höchst unerwartete Weise ein. Es geschah fast beiläufig, durch einen Zufall, aber dieser Zufall stellte alles, was ich bisher über Draga und Alexander wußte, auf den Kopf, deckte ganz andere Umstände auf und zeigte die Dinge in einem völlig neuen Licht.

An einem Freitagnachmittag kam ich um die gewohnte Zeit zur Klavierstunde. Sie sollte wie immer um vier Uhr beginnen. Maria öffnete mir die Tür und führte mich ins Musikzimmer.

»Der Herr Professor bittet um Nachsicht«, sagte sie entschuldigend. »Er wird sich ausnahmsweise etwas verspäten. Nehmen Sie doch bitte so lange Platz. Möchten Sie vielleicht etwas Tee?«

Ich lehnte dankend ab.

»Darf ich inzwischen schon ein wenig Klavier spielen?« fragte ich mit einem Blick auf den schwarzglänzenden Flügel, der wie eine Verlockung im Raum stand.

»Aber selbstverständlich«, sagte Maria liebenswürdig. »Der Herr Professor wird nichts dagegen haben, wenn Sie sich die Zeit vertreiben, bis er kommt.« Sie ging leise hinaus und schloß die Tür hinter sich zu.

Ich legte meine Notenmappe beiseite und sah mich um. Ich war noch nie allein in diesem Zimmer gewesen. Ich starrte den Flügel an. Plötzlich überfiel mich mit schmerzlicher Eindringlichkeit die Erinnerung an Peterhof – an die Einsamkeit der Bibliothek und an den Flügel dort, der immer leicht verstimmt gewesen war. Dieser hier hatte einen wunderbaren, reinen Klang. Wie magisch von ihm angezogen, ging ich langsam näher, setzte mich auf die davorstehende Klavierbank und schlug den Deckel auf. Liebkosend strich ich mit den Fingern über die in makellosem Weiß schimmernden Elfenbeintasten und ihre schwarzen Schwestern aus Ebenholz.

Dann begann ich leise, das Lied zu spielen. Seit jenem letzten Tag auf Peterhof hatte ich es nicht mehr gehört und eine seltsame Scheu hatte mich bis jetzt daran gehindert, die Melodie, die ich schon fast vergessen glaubte, auf dem Klavier, das in meinem Zimmer stand, zu suchen. Ich schlug ein paar Akkorde an, und nach kurzem Üben war sie mir wieder so geläufig wie damals.

Das Lied erwachte zu neuem Leben und ich spielte es mit einer Sicherheit, als wäre es mir nie verlorengegangen. Ich spielte es voller Hingabe, ganz versunken in die vertrauten Klänge und umfangen von meinen Erinnerungen, die mich der Gegenwart entrückten.

Plötzlich stand Professor Hallmoser im Zimmer, ohne daß ich sein Hereinkommen bemerkt hatte.

»Sie machen das sehr gut«, sagte er und holte mich damit in die Wirklichkeit zurück. Anscheinend hatte er schon eine Weile zugehört.

Ich unterbrach sofort mein Spiel und erhob mich.

Wortlos setzte er sich auf den Platz, den ich eben noch eingenommen hatte, und begann das Lied von vorne. Zuerst spielte er die Melodie in ihrer anrührenden Schlichtheit, dann ließ er sie in kunstvollen Variationen erklingen. Seine Interpretation war von ähnlicher Virtuosität wie die, welche ich auf Peterhof vernommen hatte.

Schließlich beendete er sein Spiel, verharrte einen Augenblick schweigend und sagte dann wehmütig: »Mein Gott, wie lange habe ich das nicht mehr gehört!«

Aufgewühlt stand ich neben dem Flügel und hoffte, daß mir meine Erregung nicht anzumerken wäre.

»Woher kennen Sie dieses Lied?« wagte ich zu fragen.

»Dasselbe möchte ich von Ihnen wissen!« Professor Hallmoser sah mich interessiert an. »Sie können es nämlich eigentlich gar nicht kennen, denn es wurde nie veröffentlicht. Ein Jugendfreund von mir hat es vor vielen Jahren komponiert. Er schrieb es als Hauptthema für ein Klavierkonzert. Es konnte jedoch nicht aufgeführt werden, weil das Werk bedauerlicherweise unvollendet blieb.«

»Ich habe es vor einigen Jahren in einem Haus in Kroatien gehört, aber ich weiß nicht, wer es dort gespielt hat«, sagte ich wahrheitsgemäß, verschwieg aber, daß mir die Melodie auch oft von irgendwoher zugeflogen war, wenn ich mich auf Peterhof im Freien aufgehalten hatte.

»In Kroatien?« wiederholte er eigenartig berührt. »Was für ein seltsamer Zufall!«

»Zufall – wieso?«

»Das ist eine längere Geschichte«, sagte Professor Hallmoser nachdenklich. »Wenn wir uns jetzt darüber unterhalten, werden Sie viel von Ihrer Unterrichtsstunde versäumen.«

»Bitte!« sagte ich beschwörend. »Es ist sehr wichtig für mich, etwas darüber zu erfahren. Wenn es Ihnen recht ist, lassen wir die Stunde dafür ausfallen!«

Er musterte mich neugierig und kam danach wohl zu der Überzeugung, daß mir die Sache wirklich sehr wichtig sein mußte, wenn ich bereit war, meine Klavierstunde dafür zu opfern.

»Gut, wie Sie wollen«, sagte er.

Ich spürte, wie das Blut heftiger durch meine Adern pulste.

»Hieß dieser Freund von Ihnen Alexander? Alexander Mehring?«

»Ja, so hieß er tatsächlich!« rief Professor Hallmoser verblüfft. »Kannten Sie ihn?«

Ich kam nicht dazu, etwas zu sagen.

»Unsinn!« korrigierte er sich kopfschüttelnd, ohne eine Antwort abzuwarten. »Sie können ihn nicht kennen, denn als er starb, waren Sie noch gar nicht auf der Welt.«

»Aber Sie ... Sie kannten ihn!« sagte ich atemlos. »Können Sie mir von ihm erzählen?«

»Wie merkwürdig, daß Sie sich für ihn interessieren, ohne ihn gekannt zu haben! Was wollen Sie von ihm wissen?«

»Alles!« stieß ich gepreßt hervor.

Er starrte mich ungläubig an.

»Ich bitte Sie!« sagte ich flehend. »Ich wäre Ihnen sehr dankbar...«

»Mein Gott, es ist alles schon so lange her! Ich habe vieles vergessen. Wie gesagt, Alexander und ich waren in unserer Jugend sehr gute Freunde. Wir besuchten beide die Wiener Musikakademie und studierten Klavier. Er belegte außerdem die Klasse für Komposition, während ich mich nebenbei noch für Musikgeschichte interessierte. Alexander war einer der begabtesten Menschen, die mir je begegnet sind. Er spielte virtuos. Besser als ich – viel besser. Während ich eine bürgerliche Laufbahn einschlug und selbst unterrichten wollte, hatte er eine große Karriere vor sich. Er gab Konzerte und wurde, wo immer er hinkam, gefeiert und von den Frauen umschwärmt. Aber er war nicht auf flüchtige Eroberungen aus, dazu war er zu ernsthaft veranlagt. Außerdem war er besessen von seiner Kunst.

Während einer Konzertreise lernte er ein Mädchen kennen, mit dem er sich verlobte. Der Name der Braut ist mir entfallen. – Sie lebte in Kroatien auf einem großen Gut bei Agram, das sie später einmal erben sollte.

»Sie hieß Draga«, sagte ich tonlos. »Draga von Petrović.«

»Draga – natürlich, jetzt erinnere ich mich wieder!« rief Professor Hallmoser lebhaft. »Sie muß sehr reizvoll gewesen sein, denn Alexander hatte zum ersten Mal in seinem Leben wirklich Feuer gefangen. Daß sie zu dem auch noch reich war, spielte dabei sicher keine Rolle, da er nichts auf Äußerlichkeiten gab.«

»Es war wohl eine große Liebe!« brachte ich mühsam heraus. Es tat mir weh, das auszusprechen.

Professor Hallmoser sah mich überrascht an. »Wie kommen Sie denn darauf? – Es war zweifellos eine große Leidenschaft. Aber Liebe? – Ich glaube nicht. Vielleicht war am Anfang so etwas wie Liebe im Spiel, aber Alexander erkannte nach einiger Zeit, daß die geplante Heirat ein Irrtum war.«

»Ein Irrtum?« Ich hielt mich am Flügel fest, weil sich plötzlich alles um mich drehte.

»Ja, so drückte er sich aus. Alexander sagte, daß er froh sei, das rechtzeitig erkannt zu haben. Seine Braut und er hätten zu unterschiedliche Charaktere, deshalb wolle er Draga den Vorschlag machen, sich in aller Freundschaft zu trennen. Dem war eine Reihe angeblich fruchtloser Auseinandersetzungen vorausgegangen, die in Dragas Freundeskreis jedoch unbemerkt geblieben waren. Nach außen hin galten Alexander und Draga stets als ein beneidenswert glückliches Paar.«

Professor Hallmoser hielt versonnen inne und fuhr dann fort: »Ich sah Alexander zum letzten Mal, bevor er nach Kroatien zu einer endgültigen Aussprache aufbrechen wollte. Er war nervös und deprimiert. Er klagte, Draga sei herrschsüchtig und besitzergreifend. Er fühle sich unfrei und unterdrückt. Er sagte: Ich kann ihre Art zu leben, diesen oberflächlichen Gesellschaftsrummel, den sie liebt, nicht ertragen, und ich hasse ihre Jagdleidenschaft! Gequält fügte er hinzu: Ich schrecke vor dieser Aussprache zurück! Es wird sehr schwer sein. Sie wird mich nicht gehen lassen wollen. Sie betrachtet mich als ihr Eigentum...

Ich erinnere mich noch, daß ich ihn fragte, warum er ihr das alles dann nicht besser in einem Brief schreiben würde. Er sah mich groß an und meinte schließlich, dieser Weg sei nicht anständig. Er wolle nicht feige sein und es Draga persönlich sagen. Es müßte doch möglich sein, im Guten auseinanderzugehen.

Wir haben uns danach aus den Augen verloren. Ich hörte nichts mehr von ihm, denn ich ging für drei Jahre nach Südamerika, wo ich eine Professur an der Musikhochschule von Buenos Aires annahm. Erst viel später erfuhr ich also, daß Alexander durch einen Unfall ums Leben gekommen war.«

Professor Hallmoser schlug leise ein paar Takte des Liedes an, dann klappte er den Deckel zu und sah mich an.

»Was ist los mit Ihnen?« fragte er irritiert. »Sie sehen so weiß aus wie die Zimmertapete. Fühlen Sie sich nicht wohl?«

»Es... es ist nichts«, stammelte ich. »Ich bin Ihnen sehr dankbar, daß Sie mir das alles erzählt haben... Ich habe nur ein wenig Kopfschmerzen.«

»Ich habe irgendwo ein paar handgeschriebene Noten zu dem Lied. Ich werde sie heraussuchen und für Sie kopieren lassen.«

»Ich danke Ihnen«, sagte ich mühsam und versuchte das Zittern in meiner Stimme zu unterdrücken, indem ich heftig schluckte.

»Nichts zu danken«, erwiderte der Professor mit einem besorgten Blick. »Sie sehen gar nicht gut aus. – Wenn ich geahnt hätte, daß die Geschichte Sie so mitnimmt, hätte ich sie besser nicht erzählt. Sie sollten an die frische Luft gehen und tief durchatmen. Wenn Sie wollen, kann Maria Sie begleiten.«

»Das ist nicht nötig, es wird mir gleich wieder besser gehen«, sagte ich hastig und verabschiedete mich schnell.

Mit weichen Knien und einem flauen Gefühl im Magen verließ ich die Wohnung. Wie eine Schlafwandlerin ging ich langsam die Treppe hinunter, trat hinaus auf die Straße und fand irgendwie nach Hause, während ich das, was Professor Hallmoser mir erzählt hatte, erst einmal verdauen mußte. Ich war völlig durcheinander und versuchte Ordnung in den Aufruhr meiner Gefühle zu bringen.

Alexander hatte Draga nicht geliebt – nicht mehr geliebt! Das ging mir immer wieder durch den Kopf. Er hatte sie nicht geliebt. Es war aus... es war vorbei gewesen! Aber Draga hatte das anscheinend nicht wahrhaben wollen. Sie hatte sein Zimmer auf Peterhof über all die Jahre so gelassen, als wohne er noch darin, als könne er jederzeit zurückkehren. Wie eine trauernde Witwe hatte sie die Erinnerung an Alexander gepflegt und sein Andenken hochgehalten. Keiner hatte etwas von den Streitigkeiten und Auseinandersetzungen der beiden mitbekommen. Niemand von Dragas Freunden schien gewußt zu haben, daß Alexander sich von ihr trennen wollte. Nach dem tragischen Tod ihres Verlobten galt ihr deren ganzes Mitgefühl. Professor Michailović hatte erzählt, wie unglücklich, wie verzweifelt sie damals gewesen war, so daß man sogar befürchtet hatte, sie könne sich etwas antun... Nun ja, diese Verzweiflung war durchaus glaubhaft. Schließlich hatte Draga den Mann verloren, den sie liebte. Vielleicht hatte sie gehofft, daß die Trennung, die er angestrebt hatte, keine endgültige sein würde. Sie betrachtet mich als ihr Eigentum, hatte Alexander gesagt. Sie ist herrschsüchtig und besitzergreifend. Sie wird mich nicht gehen lassen! – Hatte Draga überhaupt zur Kenntnis genommen, daß Alexander sie verlassen wollte?

Sie hatte ihn zweimal verloren.

Hatte sie auf doppelte Weise gelitten?

Ich bekam die Chance, sie danach zu fragen.

*

Ich habe einmal gehört, es gäbe eine Brücke in Istanbul, von der es heißt, man brauchte sich dort nur hinzustellen und zu warten. Irgendwann käme jeder dort einmal vorbei.

Ich weiß natürlich nicht, ob es stimmt, aber vielleicht trifft ähnliches auf die Getreidegasse in Salzburg zu. Man kann sie bequem zu Fuß durchwandern. Sie beginnt oben in der Nähe der Felsenreitschule, führt vorbei an Mozarts Geburtshaus und endet nicht weit entfernt vom Domplatz, wo in den Festspielsommern *Jedermann* von Hugo von Hofmannsthal aufgeführt wird. Rechts und links dieser berühmten Straße gibt es Geschäfte aller Art, elegante Restaurants und kleine Weinlokale sowie malerische alte Hausdurchgänge und einen nie abreißenden Menschenstrom nach beiden Richtungen.

Ich ging oft zu Fuß durch die Innenstadt und fast täglich durch die Getreidegasse, entweder zu Professor Hallmoser zur Klavierstunde, oder weil ich Besorgungen zu erledigen hatte, oder einfach nur so, weil es Spaß machte, da entlangzuschlendern, sich treiben zu lassen und Leute zu sehen. Man schiebt sich gedankenverloren durch das Gewühl, ist allein unter vielen – und eben doch nicht ganz allein. Es ist eine anonyme Geborgenheit, die einen dort umgibt.

Die Auslagen der Geschäfte füllten sich langsam wieder mit Waren, die man kaufen konnte, und für das Herumspazieren und Schaufensterbetrachten gab es jetzt eines der vielen amerikanischen Wörter, die unaufhaltsam in die deutsche Sprache eindrangen, sich einbürgerten und bald nicht mehr wegzudenken waren, so als hätte man sich früher gar nicht so treffend ausdrücken können. Man ging nun auf Parties, suchte sich einen Job, nahm Drinks zu sich, die Dinge waren okay oder nicht okay, und statt eines altmodischen Schaufensterbummels machte man ganz einfach Shopping.

Ich erinnere mich, daß ich in der Getreidegasse vor einem Schuhgeschäft stand und interessiert die neuen Modelle betrachtete. Schuhe mit dicken Kreppsohlen – der letzte Schrei. Und dazwischen entdeckte ich ein Paar zierliche Trachtenschuhe aus schwarzem Wildleder, mit denen ich sofort liebäugelte.

»Immy!« dröhnte plötzlich eine Stimme hinter mir, die ich unter Tausenden wiedererkannt hätte. Jemand wirbelte mich herum, zog mich an sich, schob mich von sich fort, um mich zu betrachten und preßte mich erneut ans Herz wie eine verlorene Tochter.

»Immy! Das ist doch nicht möglich! Wie kommst du hierher? Wie geht es deinen Eltern? Wo sind sie? Sind sie auch hier?«

Es war Draga, die mich mit diesem Schwall von Fragen förmlich überrannte und die von allen Menschen hier wiederzusehen ich am wenigsten erwartet hätte. Ich fiel aus allen Wolken. Ich brauchte ein paar, wie mir schien, endlos dauernde Sekunden, bis ich imstande war zu realisieren, wen ich da vor mir hatte.

»Mein Gott, Immy!« Draga küßte mich heftig auf beide Wangen. »Wie groß du geworden bist – und wie hübsch! Ich habe immer schon prophezeit, daß du einmal eine Schönheit werden würdest. Weißt du, woran ich dich erkannt habe? An deinen Haaren. An deinen prachtvollen roten Haaren! Dadurch wurde ich auf dich aufmerksam. Und beim Näherkommen dachte ich mir dann, die kenn' ich doch... Das Profil, aber vor allem die Haare. Welch eine Freude, dich wiederzusehen!«

Ich starrte sie an. Es war tatsächlich Draga. Sie hatte sich kaum verändert, war nur schlanker geworden, was ihr gut stand. Erst bei näherem Hinsehen war festzustellen, daß sich um ihre Augen ein Netz kaum sichtbarer Falten gebildet hatte.

»Ich freue mich auch, dich wiederzusehen«, sagte ich steif. Ich hatte mich immer noch nicht ganz gefaßt.

Sie hakte sich bei mir unter wie eine gute alte Freundin.

»Du hast doch hoffentlich ein bißchen Zeit für mich! Komm, wir gehen ins *Tomaselli* auf einen Kaffee! Ich lade dich ein.«

Sie zog mich mit sich, keine Antwort abwartend und keinen Widerspruch duldend.

Das Café *Tomaselli*, ein beliebter Treffpunkt in Salzburg, war wie immer sehr voll. Draga steuerte energisch auf den einzigen noch freien Tisch zu, drückte mich auf einen Stuhl nieder und setzte sich dann aufatmend selbst. Nachdem sie beim Ober zwei Kaffee für uns bestellt hatte, holte sie ein Päckchen amerikanische Zigaretten aus ihrer Handtasche und bot mir eine an.

»Ich rauche nicht, danke.«

»Ich hab's mir leider angewöhnt«, sagte sie seufzend und zündete sich eine an. »Ich rauche viel... leider zuviel! Und jetzt will ich wissen, wie es euch ergangen ist!« Damit ließ sie mich das erste Mal richtig zu Wort kommen.

Ich erzählte in groben Zügen, wie wir das Kriegsende verbracht hatten, von Viktors Tod und der Krankheit meines Vaters.

»Was für ein Glück, daß ich dich getroffen habe und zu wissen, daß ihr hier seid! Dem Himmel sei Dank!« rief Draga mit der ihr eigenen Theatralik und zündete sich eine neue Zigarette an, ohne sich im geringsten darum zu kümmern, daß ein paar Leute an den Nebentischen neugierig zu uns herübersahen.

»Ich brauche deine Eltern – und ganz besonders deinen Vater. Er wird mir helfen können!«

Ich hätte es mir denken können: Draga wollte etwas, sie war also immer noch dieselbe Oportunistin wie früher. Daher auch diese überschwengliche Herzlichkeit mir gegenüber.

Sie dämpfte ihre Lautstärke. »Ich benötige dringend einen österreichischen Paß!«

Ich sah sie verständnislos an. »Wieso glaubst du, daß mein Vater dir da helfen kann?«

»Ich bin staatenlos, ohne Ausweis, ohne Papiere. Ich habe nichts dergleichen. Ich bin D. P.«

»D. P.?« fragte ich gedehnt. »Was ist das?«

»Displaced Person.« Draga warf einen schnellen, anklagenden Blick nach oben, bevor sie mich wieder eindringlich ansah. »So nennt man jemanden, der ohne Staatsbürgerschaft und gültigen Paß ist.«

»Aber du mußt doch irgendein Ausweispapier haben! Einen kroatischen Paß beispielsweise, sonst hättest du doch gar nicht einreisen können.«

»Natürlich«, entgegnete sie schnell, »aber das war ja noch vor der Besatzungszeit. Selbstverständlich besitze ich einen kroatischen Ausweis, aber ich habe keine Verwendung dafür. Ich will nicht in den Russischen Sektor abgeschoben werden – und das wäre der Fall, wenn herauskäme, daß ich in einem kommunistisch regierten Land zu Hause bin. Ich bin froh, hier bei den Amerikanern zu sein.«

»Kannst du denn nicht nach Kroatien zurück?«

Draga senkte ihre Stimme zu einem Flüstern: »Nicht dran zu denken! Dort sperren sie mich sofort ein, oder bringen mich um. Mein Gut haben sie als eines der ersten konfisziert. Ich konnte rechtzeitig fliehen, bevor die Partisanen sich dort breitmachten. Wahrscheinlich hätte man mich in ein Internierungslager gesteckt. Sie behaupteten, ich hätte mit den Nazis sympathisiert.«

»Und, hast du nicht?« fragte ich kühl.

»Um Gottes willen, nein!« rief sie entrüstet. »Ich konnte natürlich nicht als einzige gegen den Strom schwimmen. Du warst noch ein Kind, Immy! Du weißt nicht, wie schwer es damals war, halbwegs zurechtzukommen.«

»Ich erinnere mich, daß du häufig gesagt hast, die Nazis seien dir lieber als die Bolschewiken...«

»Das waren sie mir auch! Das sind sie mir auch heute noch! Die Nazis haben mir nichts weggenommen, was sollte ich also gegen sie haben? Du mußt das einmal von meiner Warte aus sehen!«

»Sind Partisanen Bolschewiken?«

»Das ist nicht so einfach zu beantworten. Auf alle Fälle sind es Kommunisten. Sie haben keinen Respekt vor fremdem Eigentum, und mit dem Recht des Stärkeren, nehmen sie sich was sie brauchen. Sie sind jetzt die neuen Machthaber. Aber wie dem auch sei:

Ich muß nun erst einmal ans Überleben denken. Alles, was ich im Augenblick brauche, ist ein gültiger österreichischer Reisepaß, der mich als Staatsbürgerin ausweist. Als Kroatin werde ich sofort nach Agram deportiert, und das wäre denkbar ungünstig für mich.«

Ich dachte nach. »Was ist mit deinem Anwalt in Wien?«

»Der nützt mir im Augenblick gar nichts. Er ist krank, und sein Büro ist geschlossen. Außerdem kann ich nicht hin. Ich habe ja keinen gültigen Passierschein und kann es daher auf keinen Fall riskieren, durch die russisch besetzte Zone zu fahren. Darum...«

»Man hat dir Peterhof also weggenommen«, unterbrach ich Dragas Redeschwall. Der Gedanke, daß das Gut verloren war, machte mich ganz elend.

»Vorläufig ja«, murmelte Draga verbissen. »Vorläufig muß ich mich damit abfinden. Aber eines Tages werde ich es wiederbekommen, das schwöre ich dir! Mein ganzes Leben lang habe ich darum gekämpft...«

Plötzlich überkam mich ohne mein Zutun eine Vision. Ich erblickte vier junge Leute in einem Boot auf dem Meer in der blauen Bucht von Abazzia... Ich sah Draga, die blutige Fleischstückchen ins Wasser warf und damit die Haie anlockte... Mich schauderte. Ich wollte nicht weitersehen – nicht sehen wie Dimitri, ihr Bruder, von den Bestien zerrissen wurde... Mit einer jähen Handbewegung fuhr ich mir über die Augen, als könne ich das grauenhafte Bild dadurch wegwischen.

»...die Zeiten werden sich irgendwann ändern. Man muß Geduld haben!« Dragas Gesicht hatte einen fanatischen Ausdruck. Sie zündete sich an der glimmenden Kippe ihrer Zigarette die nächste an.

»Wie geht es deiner Großmutter?« fragte ich verstört, immer noch bemüht, die eben geschaute Vision abzuschütteln.

»Sie ist tot«, antwortete Draga heiser mit einer Stimme, die ihr nicht ganz gehorchen wollte. »Du kannst dir nicht vorstellen, was bei uns los war, bevor der Krieg zu Ende ging! In der Stadt gab es jede Menge Hinrichtungen. Leute wurden auf offener Straße erschossen. Eines Tages tauchten SS-Soldaten bei uns auf, begleitet von zwei Uniformierten der Ustaša, weil wir angeblich Partisanen Unterschlupf gewährt hatten. Sie haben alles auf den Kopf gestellt, aber natürlich niemanden gefunden. Rabec und Ludmilla waren rechtzeitig weggelaufen und hielten sich im Wald versteckt. Zlata und

Ogdan waren unverdächtig. Schließlich erwischten sie Pavlo, der sich törichterweise im Keller verborgen hielt. Sie nahmen sich den Jungen vor. Er war von irgend jemandem denunziert worden. Man hatte ihn dabei beobachtet, wie er Waffen im Wald vergraben hatte. Gewehre und Munition für die Partisanen. Sie haben ihn die ganze Nacht gefoltert, um zu erfahren, ob es noch mehr Verstecke gab und wer seine Helfershelfer waren. Am nächsten Morgen fand man ihn mit eingeschlagenen Zähnen an einen Baum geknüpft vor der Küche. Ich sage dir, es war ein scheußlicher Anblick, wie er da hing, ganz blau im Gesicht mit geschwollener Zunge!« Draga schüttelte sich. »Aber warum mußte er sich auch einmischen in die Politik – ein unreifer Bengel wie er war. Ich hatte ja keine Ahnung, daß er mich schon die ganze Zeit bestohlen hatte. Zlata natürlich auch nicht.«

Ich starrte Draga entsetzt an. Darum also war Pavlo damals so erschrocken gewesen, als ich ihn im Wald bei seinem heimlichen Tun beobachtet hatte. Er hatte mir nur deshalb Auskunft über den Verbleib der Statue gegeben, damit ich ihn nicht verriet.

Draga hielt mein Schweigen für eine Art von Einverständnis. »Da hatte ich also einen Feind im eigenen Haus und wußte es nicht«, sagte sie erbittert.

»Wieso Feind?« brachte ich endlich heraus. »Tat dir der Junge denn nicht leid?«

»Na hör mal!« brauste Draga auf. »Warum hätte er mir leid tun sollen? Er war schließlich schuld daran, daß alles so gekommen ist. Erst hat er uns durch seine Schmuggelei die SS auf den Hals gehetzt, und dann kamen die Partisanen und nahmen Rache, weil sie glaubten, ich hätte ihn an die Deutschen verpfiffen. Ich bin froh, mit heiler Haut davongekommen zu sein!« Sie zog gierig an ihrer Zigarette und stieß dann heftig den Rauch aus.

»Was meine Großmutter betrifft, so blieb ihr vermutlich das Herz vor Aufregung stehen, und so ist ihr einiges erspart geblieben. Ogdan erzählte mir, was geschehen war, nachdem die Soldaten das Haus gestürmt hatten, als befänden wir uns mit ihnen im Krieg. Ich selbst war zu diesem Zeitpunkt in der Stadt gewesen und kam erst später, als alles schon vorbei war. Großmutter hatte natürlich durch ihre Taubheit nicht mitbekommen, worum es ging. ›Meine Herren‹, sagte sie mit brüchiger Stimme, als die Soldaten zu ihr in den Salon gestürzt kamen, ›betrachten Sie sich als unsere Gäste!‹ Sie warf einen irritierten Blick auf Ogdan, der von den Ustaša-Leuten festgehalten wurde. Dann richtete sie sich kerzengerade auf. ›Dies ist ein gastfreundliches Haus. Wenn meine Enkelin kommt, wird sie veranlassen, daß Ihnen etwas angeboten wird.‹

Die Soldaten fuchtelten mit ihren Waffen herum und verlangten, sie solle sagen, wo wir die Partisanen versteckt hätten.

›Wir haben derzeit keine Gäste auf Peterhof‹, sagte Großmutter mit Würde. Sie bat um Verzeihung, daß sie die Herren nicht herumführen könne, da sie an ihren Rollstuhl gefesselt sei. ›Ich hoffe, Sie fühlen sich trotzdem bei uns wohl. Gedulden Sie sich, bis meine Enkelin kommt‹, sagte sie immer wieder. Dann fiel ihr ganz plötzlich der Kopf auf die Brust. Sie hat wohl gar nicht mehr mitbekommen, daß einer mit seinen Stiefeln gegen den Rollstuhl stieß und brüllte, sie solle endlich die Schnauze halten. Der Rollstuhl setzte sich in Bewegung und stieß frontal gegen die Wand, wodurch er zum Stehen kam. Großmutter saß noch immer drin, jetzt mit dem Rücken zum Zimmer. Dort blieb sie, bis ich nach Hause kam und sie herumdrehte. Da kippte sie vornüber und fiel zu Boden. Sie muß wohl schon eine Weile tot gewesen sein. Sie hatte einen großen roten Fleck auf dem Kleid. Es sah wie Blut aus, aber es war nur Rotwein, den sie bei dem Aufprall verschüttet hatte. Mit den Fingern ihrer rechten Hand hielt sie noch immer ihr Glas umkrampft, so als wolle sie sich auch im Tod nicht davon trennen.

Arme Großmutter! Sie war leicht wie eine Feder, als wir sie aufhoben, um sie die Treppen hinauf in ihr Zimmer zu tragen. Dort legten wir sie auf ihr Bett. Sie war so dünn... so schmal, sie schien plötzlich nur mehr aus Haut und Knochen zu bestehen. Ihr Anblick, wie sie da so aufgebahrt lag, erinnerte mich an einen dieser kleinen, kahlen Vögel, die manchmal aus dem Nest fallen – verdorrt und alt, noch bevor sie damit beginnen konnten, jung zu sein.«

»Es tut mir sehr leid«, sagte ich erschüttert.

»Sicher, mir auch.« Draga drückte ihre Zigarette in dem vor ihr stehenden Aschenbecher aus, der sich bereits mit Kippen gefüllt hatte. Dann fingerte sie eine neue Zigarette aus der Packung und zündete sie an. »Es ist natürlich ein Trost zu wissen, daß Großmutter auf ein erfülltes und recht angenehmes Leben hat zurückblicken können. Und sie wurde immerhin neunzig Jahre alt.«

Es entstand ein drückendes Schweigen.

»Möchtest du noch einen Kaffee oder sonst etwas?« fragte Draga.

»Nein danke, ich möchte nichts«, sagte ich.

Sie winkte den Ober heran und bestellte für sich einen Cognac. »Vielleicht willst du auch einen? So ein Schluck tut gut und wärmt von innen.«

»Nein, danke, wirklich nicht.«

Wir schwiegen, bis der Ober den Cognac brachte.

»Also, meine Liebe...«, begann Draga, nachdem sie das Glas in einem Zug geleert hatte, »...um noch einmal auf das Wichtigste zu kommen: Ich brauche einen österreichischen Paß, und zwar dringend! Einfach, damit ich beweglich bin und etwas unternehmen kann.«

»Ist das so schwierig?«

»Nein eigentlich nicht, wenn man einen Staatsbürgerschaftsnachweis hat.«

»Und hast du den nicht?«

»Nein«, sagte Draga und dämpfte wieder ihre Stimme. »Darum bin ich ja so froh, daß ich dich getroffen habe.«

Ich sah sie verständnislos an. »Wie kann ich dir da helfen?«

»Nicht du! Dein Vater, verstehst du! Ich benötige zwei glaubwürdige Zeugen, die bestätigen, daß ich vor dem Krieg österreichische Staatsbürgerin gewesen bin. Natürlich kann man für viel Geld solche Zeugen kaufen, aber das ist außerordentlich gefährlich. Wenn so etwas auffliegt, ist man dran! Ich nehme doch als sicher an, daß ich von deinem Vater eine entsprechende Aussage, notfalls schriftlich bekommen werde... Schließlich sind wir alte Freunde. Würdest du mich bitte zu ihm bringen?«

»Er ist nicht da«, sagte ich.

»Wo ist er denn?«

»Meine Eltern sind vor drei Tagen nach Badgastein zur Kur gefahren.«

»Ach, das trifft sich gar nicht gut!« rief Draga sichtlich enttäuscht. Sie fing sich wieder. »Aber das macht nichts. Gib mir die Adresse und die Telefonnummer. Ich kann mich ja mit ihnen in Verbindung setzen.«

Eine Eingebung riet mir plötzlich, Draga die Adresse nicht sofort, nicht heute zu geben.

»Ich weiß nicht, wo sie wohnen«, log ich, und spürte sofort, daß Draga es bemerkte.

»Du weißt es nicht?« fragte sie gedehnt. Ich sah, wie ihr rechtes Unterlid vor Nervosität zuckte.

»Ich weiß es *noch* nicht. Sie wollten erst nach ihrer Ankunft entscheiden, ob sie wieder in ihrer altgewohnten Pension oder in einem Hotel logieren.«

»Wann kommen sie zurück?«

»Sie wollen mindestens zwei Wochen bleiben.«

»Wie ärgerlich!« entfuhr es Draga. »Ich meine natürlich, wie ärgerlich für mich«, korrigierte sie sich schnell. Auf ihrem Gesicht bildeten sich rote Flecken. »Es eilt mir wirklich sehr.«

Ich begegnete ihrem Blick, ohne auszuweichen.

»Morgen müßte eigentlich ein Brief oder eine Postkarte mit der genauen Adresse kommen, die ich dir dann geben könnte.«

»Wunderbar!« rief Draga. »Dann werde ich dich morgen anrufen.«

»Wir haben kein Telefon«, sagte ich bedauernd. Das war nur zur Hälfte gelogen. Wir hatten zwar selbst keinen eigenen Anschluß, durften aber den Apparat der alten Dame, die über uns wohnte, mitbenutzen. Ich fuhr fort: »Wir könnten uns morgen irgendwo treffen, oder ich bringe die Adresse bei dir vorbei.«

»Das wäre ganz reizend von dir«, sagte sie hastig.

»Wo wohnst du denn?«

»Gablergasse zwölf. Das ist hinter dem *Gablerbräu*. Kennst du das Lokal?«

Ich bejahte.

»Es ist wirklich nicht schwer zu finden. Ich habe da im zweiten Stock bei einer Frau Basil ein möbliertes Zimmer. Es gibt dort leider auch kein Telefon. Falls du dir also die Mühe machen würdest, bei mir vorbeizukommen, wäre ich dir sehr dankbar. Du tust mir wirklich einen großen Gefallen, wenn du mir die Adresse deiner Eltern so schnell wie möglich beschaffst. Paßt es dir nachmittags um fünf? Ich werde mich zu revanchieren wissen.«

»Das ist nicht nötig«, sagte ich ruhig. Ich gab mir einen Ruck. »Darf ich dich etwas sehr Persönliches fragen?«

Ich sah den Ausdruck plötzlicher Wachsamkeit in Dragas Augen.

»Selbstverständlich, mein Kind, was möchtest du wissen?«

»Als Alexander eure Verlobung lösen wollte, fand eine letzte Aussprache auf Peterhof statt...«

Draga fuhr hoch wie eine Viper, die man getreten hat.

»Was soll das heißen? Alexander hatte niemals die Absicht, unsere Verlobung zu lösen!«

»Es gab da eine Auseinandersetzung...«

»Aber gewiß«, fiel sie mir sofort ins Wort, »natürlich hatten auch wir hin und wieder eine Auseinandersetzung... eine kleine Meinungsverschiedenheit, die zwischen zwei Menschen vorkommen kann. Das wird bei deinen Eltern nicht anders sein, oder sind die sich immer in allem und jedem einig? Wir haben nur...«

»Wann...«, fuhr ich mit erhobener Stimme dazwischen, »wann fand diese Auseinandersetzung statt? Am Unglückstag selbst, oder am Abend zuvor? Und worum ging es da, wenn Alexander die Verlobung angeblich nicht lösen wollte?«

Dragas Gesicht war wutverzerrt. »Ich glaube nicht, daß es dich etwas angeht, was zwischen mir und meinem Verlobten vorgefallen ist, aber...«, ihre Stimme wurde schneidend, »...du hast ja schon als ganz junges Mädchen ein übersteigertes Interesse an ihm gezeigt; ein Interesse, das – wenn ich es einmal so sagen darf – in eine geradezu unnatürliche Neugier ausartete. Aber wie dem auch sei...« – sie blickte auf ihre Armbanduhr und zwang sich zu einem Lächeln, das nicht ganz gelingen wollte. »Ich bin jetzt etwas knapp mit der Zeit. Morgen bin ich gerne bereit, deine Fragen zu beantworten. Du gibst mir die Adresse deiner Eltern, und ich erzähle dir von Alexander. Sehe ich den Handel richtig?«

Ich hielt ihrem eisigen Blick stand, ohne etwas zu erwidern.

Sie stand auf. Nachdem sie ihr Portemonnaie aus der Tasche gezogen hatte, entnahm sie ihm ein paar Geldstücke und warf sie auf den Tisch.

»Das dürfte reichen, inclusive Trinkgeld! Bis morgen um fünf also. Ich freue mich auf dich!« sagte sie zynisch und ließ mich stehen. Sie hatte mir nur ein flüchtiges Nicken ihres Kopfes gewährt. Die Fassade der Wangenküsse, die sie sonst zur Begrüßung oder zum Abschied zu verteilen pflegte, war zusammengebrochen.

Ich sah ihr nach, bis sie den Ausgang des Cafés erreicht hatte. Sie trat auf die Straße hinaus und tauchte sehr schnell in dem vorbeiziehenden Menschenstrom unter. Ich wartete noch einige Minuten und ging erst, als ich die Gewißheit haben konnte, ihr draußen nicht mehr zu begegnen.

Nicht ohne ein Gefühl des Triumphes stellte ich fest, daß ich Draga mit meinen Fragen nach Alexander sichtlich getroffen und in die Enge getrieben hatte. Ich gestand mir ein, mich nicht sehr fair benommen zu haben, aber wie so oft war ich von ihr belogen und in die Irre geführt worden. Ich nahm mir vor, mir keine weiteren Gedanken zu machen, ob ich richtig gehandelt hatte oder nicht. Allerdings besaß ich nur wenig Hoffnung, wirklich etwas über die Hintergründe von Alexanders Tod zu erfahren, aber ich wollte es wenigstens versuchen.

Ob Draga wußte, wen er an jenem Morgen bei der Statue hatte treffen wollen?

*

Am nächsten Nachmittag machte ich mich auf den Weg zu Draga. Ich fuhr mit der Straßenbahn ein paar Stationen von Parsch bis zum *Café Basar*, und ging dann zu Fuß das kurze Stück zurück bis zum malerisch an der Salzach gelegenen Hotel *Stein*, das ausschließlich von Amerikanern bewohnt wurde. Ich bog links ab und schlenderte dann gemächlich die etwas ansteigende Gablergasse entlang. Ich hatte Zeit. Es war kurz vor fünf, und ich wollte nicht überpünktlich sein.

Das Haus mit der Nummer zwölf hatte ich bald gefunden. Die hohe Eingangstür aus dunklem Holz stand offen. Ich betrat den düsteren Flur, in dem es nach Kohlsuppe und in Fett angebratenen Zwiebeln roch. Es gab keinen Fahrstuhl, nur eine Treppe mit ausgetretenen Steinstufen. Beklommen stieg ich zum zweiten Stock hinauf. Ein Namensschild aus Pappe, mit einer Reißzwecke an der Tür befestigt, kennzeichnete den Eingang zu Frau Basils Wohnung. Darunter klebten einige Visitenkarten. Anscheinend gab es hier außer Draga noch andere Untermieter. Neben der Tür an der Wand befand sich eine große rostige Klingel, deren Knopf ich zweimal drückte. Ich hörte es inwendig läuten, aber sonst rührte sich nichts. Ich wartete eine Weile und ließ meine Blicke durch das etwas verkommen wirkende Treppenhaus schweifen. Draga wohnte nicht elegant. Ihr Geld gab sie zweifellos für andere Zwecke aus, denn ein Zimmer in diesem renovierungsbedürftigen Altbau konnte nicht teuer sein, selbst wenn es hübsch möbliert sein sollte. Ich drückte erneut und diesmal ausdauernd auf den Klingelknopf. Jetzt endlich näherten sich Schritte, und die Tür wurde einen Spalt geöffnet.

»Sie wünschen?«

Ich sah in das abweisende Gesicht einer einfach gekleideten Frau in mittleren Jahren.

»Guten Tag«, sagte ich höflich. »Ich möchte zu Frau von Petrović.«

Die Frau starrte mich feindselig an. »Die wohnt hier nicht.«

Mit einem schnellen Blick auf die Wohnungstür stellte ich fest, daß sich unter den daran befestigten Visitenkarten tatsächlich keine mit Dragas Namen befand. Das hatte ich zuvor übersehen.

»Frau von Petrović hat mir aber gestern diese Adresse hier angegeben«, sagte ich irritiert. »Bin ich da etwa falsch? Sie sind doch Frau Basil, nicht wahr... und das ist Ihre Wohnung.«

»Ja«, gab sie einsilbig zurück. Sie runzelte verärgert die Stirn und entschloß sich dann dazu, eine Auskunft zu geben, ohne mich deswegen in die Wohnung eintreten zu lassen.

»Die Dame, die Sie suchen, hat bis gestern abend hier gewohnt. Über Nacht ist sie weggeblieben. Heute morgen kam sie nur vorbei, um in Windeseile ihre Sachen zu packen und auszuziehen. Die Monatsmiete hat sie allerdings ganz bezahlt... das wäre ja auch noch schöner!« fügte Frau Basil mit verächtlich heruntergezogenen Mundwinkeln hinzu.

Ich starrte sie ungläubig an. Draga hatte doch dringend die Adresse meines Vaters haben wollen, weil sie ihn als Zeugen brauchte. Was hatte sie veranlaßt, so Hals über Kopf das Weite zu suchen? War ich schuld daran? Ich schnappte nach Luft.

»Hat sie eine Nachricht für mich hinterlassen, wo ich sie finden kann? Hat sie gesagt, wo sie hingegangen ist?«

»Nein«, erwiderte Frau Basil keine Spur freundlicher, »es interessiert mich auch nicht. Vor allem will ich nicht wissen, warum Ihre Bekannte es so eilig hatte... Was ich nicht weiß, macht mich nicht heiß! Die Zeiten sind heutzutage schwer genug!« Mit diesen Worten knallte sie mir die Tür vor der Nase zu. Ich hörte das Geräusch der sich entfernenden Schritte, und dann war wieder alles ganz still.

Fassungslos lehnte ich mich für einige Sekunden haltsuchend gegen die Wand. Dann stieg ich nachdenklich die Treppen hinunter, strebte dem Ausgang zu und war froh, wieder auf der Straße zu sein.

Während ich mich auf den Heimweg machte, versuchte ich herauszufinden, welchen Grund Draga für ihre Handlungsweise gehabt haben könnte. Es gelang mir nicht. Ich kam jedenfalls zu keinem befriedigenden Resultat. Mit der Möglichkeit, daß Draga vor mir die Flucht ergreifen könnte, hatte ich überhaupt nicht gerechnet. Sie hatte es vorgezogen, meine Fragen nach Alexander unbeantwortet zu lassen und dafür auf das für sie so wichtige Zusammentreffen mit meinem Vater zu verzichten. Was konnte es ihr schon ausmachen, mir etwas über Alexander zu erzählen, außer daß es ihr lästig war, vielleicht sogar schmerzlich oder unbequem? Sie hätte es sich auch ganz leicht machen und behaupten können, daß sie sich nicht mehr erinnere. Was also hatte sie so aus der Fassung gebracht? Was hatte sie so sehr in Angst versetzt, daß sie mir nicht mehr begegnen wollte? War es Angst oder etwas anderes?

Ich stand wieder einmal – wie schon so oft – vor einem Rätsel!

20

*E*s ist seltsam. Ich träume wieder von der Statue.

Nachdem ich meine Aufzeichnungen über die Begegnung mit Draga beendet hatte, ist mir die Statue zum ersten Mal seit einigen Jahren wieder im Traum erschienen. Sie hat nur den Schauplatz gewechselt. Sie war nicht mehr auf Peterhof, sondern hier – hier im Park des Sanatoriums.

Ich kann den Inhalt des Traumes nicht mehr rekonstruieren. Er war auch sicher gar nicht wichtig. Das Bemerkenswerte daran ist eben nur, daß die Statue darin vorkam. Woran ich mich erinnere ist, daß ich im Park spazierenging und auf der Suche war… nach irgend etwas, das mir entfallen ist. Plötzlich sah ich die Statue an einer Wegbiegung stehen. Es klingt sicher komisch, wenn man sagt, man sieht eine Statue stehen; Statuen tun ja nichts anderes als stehen. Aber diese setzte sich langsam in Bewegung und ging ein Stück vor mir her… und dann verschwand sie. Ich erinnere mich, daß mich die Statue in meinen wirren Träumen in Agram oft erschreckt hatte. Sie ging umher, mischte sie unter Dragas Gäste und saß sogar manchmal mit bei Tisch. Ich fürchtete mich entsetzlich davor, von ihr berührt zu werden.

Diesmal erschrak ich nicht. Sie wirkte nicht feindselig, nicht einmal abweisend... nur wie immer ein wenig unnahbar mit ihrem hochmütigen Lächeln. Natürlich ist es selbst für mich nicht schwer, eine Erklärung dafür zu finden, warum ich wieder von ihr geträumt habe. Die Erinnerung an die plötzliche Begegnung mit Draga hat das bewirkt. Aber ich verstehe nicht, warum die Statue seither jede Nacht durch meine Träume geistert.

Oft geht sie ein Stück neben mir her, wie eine Freundin... oder sie sitzt auf einer der weißen Holzbänke, allein oder neben Patienten, die ihre Anwesenheit natürlich nicht wahrnehmen. Hin und wieder gibt sie mir auch durch ein anmutiges Winken zu verstehen, daß ich ihr folgen soll...

Ich weiß nicht, was diese Erscheinungen zu bedeuten haben. Sicher ist, daß sie keine wie immer geartete Bedrohung mehr darstellen, so wie es früher einmal war. Es kommt mir jetzt manchmal so vor, als wollte die steinerne Göttin mir zu verstehen geben, daß ich keine Furcht mehr vor ihr haben muß.

Ich werde Schwester Anna bei Gelegenheit fragen, ob sie Näheres über die Statue weiß; ich meine die hier im Park, vor der ich bisher immer in panischer Angst davongelaufen bin.

Ich muß mir eine Notiz machen. Ich bin oft so sehr in meine Gedanken eingesponnen, daß ich vergesse, was ich mir vorgenommen habe.

*

Je mehr sich die Verhältnisse nach dem Krieg normalisierten, desto häufiger äußerte meine Mutter den Wunsch, nach Berlin zurückzukehren.

»Es ist vor allem wegen Viktor«, betonte sie. »Er soll wieder ein richtiges Zuhause in seiner Vaterstadt haben, wenn er endlich aus der Gefangenschaft freikommt.«

Die vorsichtige Bemerkung meines Vaters, daß 1948 die letzten englischen Gefangenentransporte ohne Viktor in der Heimat eingetroffen seien, nahm meine Mutter zwar zur Kenntnis, sie war jedoch nach wie vor nicht bereit zu glauben, daß er tot war.

»Er lebt!« sagte sie mit unbeirrbarer Festigkeit. »Du wirst sehen, daß ich recht behalte!«

Wenn mein Vater versuchte, diesen Glauben zu erschüttern, konnte sie manchmal sehr heftig reagieren.

»Du hast doch gar keinen Beweis dafür, daß er tot ist!« rief sie zornig. »Wie kannst du nur so kleingläubig sein!«

»Wir haben eine offizielle Bestätigung...«
»Was hat so ein Papier schon zu bedeuten! Andere waren auch totgesagt und sind zurückgekommen!«
Sie spielte mit dieser Bemerkung nicht zum ersten Mal auf einen Fall in der Nachbarschaft an. Eine Frau hatte nach dem Krieg wieder geheiratet, weil sie von den Behörden benachrichtigt worden war, daß ihr erster Mann während der Invasion in der Normandie gefallen sei. Eines Tages stand er jedoch heil und gesund vor der Tür. Da ging es nun um die Frage, welche Ehe gültig war, und niemand hatte bisher eine menschlich zufriedenstellende Antwort darauf gefunden.

Natürlich gab es solche Ausnahmen – dem war nichts entgegenzusetzen –, und so wurde der Glaube an Viktors Heimkehr bei meiner Mutter allmählich zur fixen Idee. Mein Vater konnte nichts dagegen machen, und ich sah, wie sehr er darunter litt.

»Wir werden viel für Viktor tun müssen, um ihn für die schweren Jahre, die hinter ihm liegen, zu entschädigen«, sagte meine Mutter und ihre Augen glänzten dabei. »Er wird Architektur studieren wollen, wie damals vor dem Krieg. Er soll sich hier nicht an eine fremde Stadt gewöhnen müssen. Er soll nach Hause kommen können... Laß uns bitte wieder nach Berlin gehen!«

»Solange die Verhältnisse dort so schwierig sind, können wir nicht zurück«, sagte mein Vater gequält. »Wir müssen abwarten, wie die Dinge sich entwickeln.«

Die Russen hatten am 24. Juni 1948 eine Blockade über die Stadt verhängt und alle Zufahrtswege gesperrt. Die Menschen sollten ausgehungert werden. Die Alliierten versorgen Berlin, indem sie alles Lebensnotwendige mit Flugzeugen herbeischafften. Diese sogenannte Luftbrücke dauerte fast ein Jahr und ging in die Nachkriegsgeschichte ein.

Für meinen Vater bedeutete diese Blockade, daß alle Pläne, welche eine Rückkehr nach Berlin betrafen, zunächst fallengelassen werden mußten. Ich glaube, er war insgeheim froh darüber. Oft hatte ich den Eindruck, daß er gerne für immer in Österreich geblieben wäre.

*

Im Sommer 1949 sah ich Anton wieder.
Es war ein wunderschöner Abend im August, und ich besuchte

mit meinen Eltern eine Opernaufführung der Salzburger Festspiele. Es gab *Fidelio* unter der Leitung von Wilhelm Furtwängler. Ich war sehr aufgeregt und hatte für diesen Anlaß ein neues Kleid bekommen.

Man zog sich wieder an oder versuchte es zumindest. Der *New Look*, der damalige Modetrend, war in seinen Linien betont weiblich, weich und fließend. Meine Mutter trug ein wadenlanges rotes Seidenkostüm, was ihr sehr gut stand. Für mich hatte sie ein bodenlanges, pfirsichfarbenes Kleid aus Tüllspitze machen lassen. Darunter trug ich einen weiten Taftunterrock, der bei jedem Schritt leise raschelte. Mein Haar hatte ich zurückgekämmt und ließ es offen über den Rücken fallen. Bevor wir zum Festspielhaus aufgebrochen waren, hatte mein Vater mich wohlgefällig von allen Seiten betrachtet und gesagt, ich sähe wunderschön aus.

»Kleider machen Leute«, fügte meine Mutter nicht ohne Stolz hinzu. »Immy sieht wirklich aus wie eine aufgeblühte Rose.«

In der Pause flanierten wir durch die festlich gekleidete Zuschauermenge. Sehen und gesehen werden. Meine Eltern trafen da und dort Bekannte oder Freunde, blieben stehen, unterhielten sich und bekamen ausnahmslos Komplimente für »das schöne Fräulein Tochter«. Mein Selbstbewußtsein hob sich beträchtlich, auch wenn ich immer noch bei jedem Lob errötete. Ich löste mich unversehens aus dem Schatten meiner Eltern und blieb vor einem der hohen Spiegel, die das Foyer schmückten, stehen. Ich betrachtete mich und empfand sekundenlang ein Gefühl reinen Glücks und ungetrübter Freude. Ich war heiter und gelöst. Meine Weiblichkeit war erwacht und ich erkannte, daß ich wirklich schön war.

Wenn man darüber spricht oder, wie in meinem Fall, darüber schreibt, klingt das eitel. Aber es war keine Eitelkeit; nur ein unbeschreibliches Gefühl von Insichruhen, oder Sichselbstbegreifen... ein Sichbefreien von der Bedrückung vielleicht doch nur unscheinbar zu sein. Die Metamorphose vom ehemals häßlichen jungen Entlein zum Schwan hatte stattgefunden. Es war ein kurzer, aber unvergeßlicher Moment, den ich da erlebte – unendlich wohltuend und gut. Ich lächelte diesem Moment zu, der sich in meinem Spiegelbild verkörperte, und sah wenig später ebenfalls in diesem Spiegel den jungen Mann, der zu mir herüberstarrte. Ich zuckte zusammen und wurde vor Verlegenheit rot. Die stumme Zwiesprache mit mir selbst war von großer Intimität gewesen. Jetzt fühlte ich mich irgendwie ertappt, beinahe nackt. Ich raffte hastig meine Röcke zusammen, wollte mich abwenden und meinen Eltern nacheilen, da sah ich den jungen Mann auf mich zukommen. Ich war vollends verwirrt, als mir zu Bewußtsein kam, wie gut dieser Mann aussah... und daß ich ihn sogar kannte, ohne daß mir einfiel, woher. Meine Knie wurden weich, und ich spürte ein seltsames Flattern in der Magengrube.

»Du bist es wirklich«, sagte der junge Mann, und ich fühlte mich von der Wärme seines Blickes eingehüllt wie in einen Mantel. »Erinnerst du dich noch an mich? Ich bin Anton von Bernsdorf. Wir haben uns vor Jahren auf Peterhof kennengelernt.«

Ich nickte.

»Gerade wollte ich mir etwas darauf einbilden, daß ein so schönes Mädchen mir zulächelt, da erkannte ich dich wieder.«

Ich habe dir nicht zugelächelt, wollte ich entgegnen, aber statt dessen schwieg ich und biß mir auf die Lippen. Ich konnte ja nicht gut sagen, daß ich mir selbst zugelächelt hatte.

Mit einem belustigten Funkeln in den Augen nahm Anton meine Verwirrung zur Kenntnis.

»Ich wollte eigentlich erst dann mit der Suche nach dir beginnen, wenn ich meinen Doktor in der Tasche habe.«

Ich wand mich unter seinem Blick. Es war wie damals bei unserer ersten Begegnung auf Peterhof; da hatte ich auch nicht gewußt, ob er das, was er sagte, ernst meinte oder nicht.

Eine bildhübsche junge Blondine war Anton gefolgt und hakte sich jetzt bei ihm ein.

»Willst du uns nicht miteinander bekannt machen?« Sie hatte eine tiefe, erotisch klingende Stimme.

»Ach natürlich, entschuldige bitte, daß ich dich stehen ließ, aber dieses Wiedersehen kam so unerwartet«, sagte Anton souverän. Er machte eine vorstellende Geste: »Das ist Dorothee Schönfeld, und hier...«, er strahlte mich an, »...hier ist das Mädchen, von dem ich dir erzählt habe: Immaculata von Roederer.«

»Ach ja, die kleine Rothaarige mit dem unaussprechlichen Namen.« Sie lächelte frostig. »Damals müssen Sie ja fast noch ein Kind gewesen sein... jedenfalls haben Sie auf den guten Anton einen tiefen Eindruck gemacht. Ich werde übrigens Dodo genannt.« Nachdem sie mich eingehend gemustert hatte, streckte sie mir ihre Hand entgegen.

Ich ergriff sie und murmelte irgendeine Höflichkeitsfloskel. »Nennen Sie mich Immy, wenn Sie mögen, das ist einfacher.«

Ich wußte nicht, ob ich Dodo mochte. Es umgab sie eine Aura von kühler Eleganz, und außerdem schien sie, im Gegensatz zu mir, über genügend gesellschaftliche Sicherheit zu verfügen, was mich sofort wieder in den eben noch abgelegten Zustand des häßlichen jungen Entleins zurückversetzte. Verschiedene Fragen gingen mir durch den Kopf. Wieso hatte Anton dieser Dodo von mir erzählt? Wer war sie, von der ich bisher nur den Namen wußte? In welchem Verhältnis stand sie zu Anton? Sie schien mit ihm vertraut zu sein, und das versetzte mir einen kleinen Stich. Ich war mir natürlich gleichzeitig darüber im klaren, daß ich nicht die geringste Berechtigung zu dieser Empfindung hatte. Es stand mir nicht zu, auf irgend etwas oder irgend jemanden in Antons Leben eifersüchtig zu sein.

»Ich muß zu meinen Eltern zurück, ich glaube, ich habe sie verloren«, sagte ich verlegen.

Anton sah sich um. »Dort drüben stehen sie!« rief er erfreut, als er sie nicht weit von uns entdeckte. Er steuerte sofort, von Dodo und mir gefolgt, auf sie zu.

Die Begrüßung fiel auf beiden Seiten sehr herzlich aus. Die Sympathie, welche meine Eltern Anton entgegenbrachten, war unübersehbar.

»Wie schön, Sie gesund wiederzusehen!« sagte meine Mutter, nachdem er ihr die Hand geküßt hatte. »Unser Sohn ist leider immer noch nicht aus der Gefangenschaft zurück, aber lange wird es nicht mehr dauern, bis wir ihn wieder haben.«

Mein Vater und ich kamen gar nicht erst in die Verlegenheit, uns dazu äußern zu müssen, weil bereits das zweite Klingelzeichen ertönte, welches das bevorstehende Ende der Pause ankündigte, und weil Anton nach unserer Adresse und der Telefonnummer fragte, und auch, ob er sich erlauben dürfe, sich gelegentlich bei uns zu melden. Er erzählte, er sei nur während der Festspiele in Salzburg und lebe sonst in Wien, wo er die Anwaltspraxis seines Onkel schon ziemlich selbständig betreibe, da dieser sich wegen seines angegriffenen Gesundheitszustandes weitgehend zurückgezogen hätte. Während des ganzen Gespräches spürte ich, daß Dodo mich immer wieder beobachtend von der Seite ansah. Ich tat so, als bemerkte ich es nicht, aber ich wurde langsam unsicher, so daß ich froh war, als das dritte und letzte Klingelzeichen ertönte. Mit der Versicherung, einander recht bald wiedersehen zu wollen, verabschiedeten wir uns von Anton und seiner Begleiterin, um unsere Plätze wieder einzunehmen.

*

Das Wiedersehen mit Anton weckte erneut das Verlangen meiner Mutter, nun endlich nach Berlin zu fahren. Noch an demselben Abend nach unserem Opernbesuch griff sie das Thema wieder auf und führte mit meinem Vater ein eindringliches Gespräch darüber.

»Der junge Bernsdorf ist heil aus dem Krieg zurückgekommen und steht bereits erfolgreich im Berufsleben. Wir müssen uns um einen Studienplatz für Viktor kümmern und Sorge tragen, daß er ein richtiges Zuhause hat, wenn er heimkehrt.«

Da die Blockade seit dem 12. Mai 1949 aufgehoben worden war, fand mein Vater keinen triftigen Grund mehr, die Reise nach Berlin noch länger hinauszuzögern.

»Nur um uns erst einmal umzusehen«, beteuerte meine Mutter immer wieder, als könne sie ihm dadurch ihr Vorhaben schmackhafter machen. »Wenn es uns dort überhaupt nicht mehr gefällt, können wir uns ja in Österreich niederlassen, wenn dir das lieber ist.«

Mein Vater versprach also, sich um die notwendigen Formalitäten zu kümmern und vorsorglich schon einige, in Berlin ansässige Immobilienfirmen wegen einer Wohnung anzuschreiben, so daß in ungefähr drei Wochen alles für unsere Abreise geregelt wäre. Er fügte noch hinzu, daß er vorläufig nicht daran dächte, unser möbliertes Domizil in Salzburg aufzugeben.

Anton rief schon am nächsten Tag bei uns an und fragte, ob er mich zum Abendessen einladen dürfe. Meine Eltern hatten natürlich nichts dagegen, und so sagte ich zu.

»Unsere Immy hat ihr erstes Rendezvous«, freute sich meine Mutter. »Amüsier dich gut, mein Kind, dieser Anton ist wirklich ganz reizend!«

Ich brauchte diesmal länger als sonst, mich zurechtzumachen und zog mich mehrmals um, bis ich mit meinem Aussehen endlich zufrieden war, was mir den liebevollen Spott meines Vaters eintrug, der sagte, daß ich mich anscheinend in den jungen Mann verliebt hätte.

Ich protestierte heftig und ärgerte mich gleichzeitig über mich selbst, weil ich aufgeregt wie ein Schulmädchen war und der Begegnung mit Herzklopfen entgegensah.

Anton holte mich gegen sieben Uhr mit seinem Auto ab und versprach, mich noch vor Mitternacht sicher heimzubringen.

Wir fuhren zum Salzachkai, wo er den Wagen abstellte, und bummelten dann zu Fuß durch die Altstadt. Anton hatte in St. Peter einen Tisch für uns bestellt, wo man in der warmen Jahreszeit nicht nur im Restaurant, sondern auch romantisch im Freien sitzen konnte. Auf dem Weg dahin kamen wir an der Franziskanerkirche vorbei, stellten fest, daß wir sie beide liebten, und traten kurz ein, um einen Blick auf die Pacher-Madonna zu werfen. Ich fühlte mich seltsam ergriffen, als ich neben Anton vor dem Altar stand, um diese berühmte Marienstatue zu betrachten, die in mädchenhaftem Liebreiz das göttliche Kind auf ihrem Schoß hält. Sie ist von königlichem Glanz umgeben, wirkt dennoch demütig und strahlt soviel mütterliche Zärtlichkeit aus, daß einem ganz warm ums Herz wird.

Nach dieser kleinen Andacht gingen wir wieder. In der Kirche war es kühl gewesen. Jetzt umfing uns erneut die warme Luft eines lauen Sommerabends. Die Hitze des vergangenen Tages lag immer noch in den Straßen.

Anton warf einen prüfenden Blick zum Himmel. »Keine einzige Wolke«, stellte er befriedigt fest. Er legte für einen kurzen Augenblick den Arm um meine Schultern. »Hast du Lust, draußen zu essen?«

»O ja, gern!« sagte ich erfreut.

»Na wunderbar, es ist nämlich schon alles arrangiert. Ich habe für uns im Freien decken lassen. Hoffentlich gefällt es dir.«

In St. Peter angelangt, durchquerten wir den Innenhof. Eine große schmiedeeiserne Pforte führte linker Hand zum nahegelegenen Friedhof mit seinen Katakomben, geradeaus ging es zum Restaurant. Ich staunte insgeheim, wie nah Leben und Tod hier beieinanderlagen – die Sinnesfreude und die Vergänglichkeit –, und als könnte Anton meine Gedanken lesen, sagte er:

»Das ist für mich auch ein gewisser Reiz an Salzburg, daß die Toten so in den Alltag der Lebenden eingebettet sind. Diese Selbstverständlichkeit habe ich ähnlich nur noch in Rom gefunden. Kennst du die Stadt?«

Ich verneinte.

»Ich würde sie dir gern einmal zeigen.«

Wir betraten das Gartenrestaurant. Ein Ober kam auf uns zu und geleitete uns zu unserem in einer ruhigen Ecke gelegenen Tisch. An einem Gitter aus Holzstreben rankte sich wilder Wein empor und bildete eine grüne Wand, die uns von den Nachbartischen trennte. Wir nahmen Platz. Auf einen Wink des Obers eilten noch zwei Kellner herbei. Der eine brachte einen Eiskübel mit eisgekühltem Champagner, der andere stellte eine Vase mit einem Strauß rosaroter Rosen vor mich hin. Es war das erste Mal in meinem Leben, daß ich von einem Mann Blumen geschenkt bekam. Ich war entzückt und dankte Anton für die unerwartete Gabe.

»Ich habe absichtlich keine dunkelroten Rosen kommen lassen, sondern diese dezente Farbe gewählt, um meine Gefühle vor dir zu verbergen«, grinste er, und ich fühlte, wie mein Herz schneller schlug. Der Champagner perlte goldgelb in unseren Gläsern, als Anton mit mir auf unser Wiedersehen anstieß. Die Dämmerung warf langsam ihre Schatten, und die Kellner stellten Windlichter mit brennenden Kerzen auf die Tische. Über uns funkelte der erste zarte Sternenglitzer an dem sich orange verfärbenden Abendhimmel, und wieder empfand ich wie gestern in der Oper Augenblicke reinsten Glücks, die ich niemals vergessen werde. Anton erkundigte sich nach meinen Wünschen und stellte dann das Menu für uns zusammen. Mir fiel plötzlich auf, daß er die gleiche umsichtige Art wie mein Vater besaß. War dieser in seiner Jugend wie Anton gewesen?

Ich bewunderte im stillen, mit welcher Aufmerksamkeit er alles arrangiert hatte, mit welcher selbstverständlichen Gelassenheit er dem Ober seine Bestellung auftrug, und ich registrierte auch die Zuvorkommenheit, mit der er bedient wurde. Lag das an seiner Selbstsicherheit? War er schon öfter hier gewesen? Und wenn ja, war er allein gekommen? Mit Freunden... mit Dodo?

»Wie geht es Dodo?« fragte ich. »Was macht sie?«

Anton sah mich belustigt an. »Interessiert dich das wirklich?«

Ich mußte lachen und fühlte mich zugleich irgendwie ertappt. »Nein«, sagte ich, »eigentlich interessiert es mich nicht.«

»Dann lassen wir Dodo einfach aus dem Spiel«, grinste Anton.

»Sie ist übrigens heute morgen nach Wien zurückgefahren.« Sein Gesicht wurde für einen Moment ernst. »Bei der Gelegenheit möchte ich wissen, ob es jemanden gibt, mit dem ich mich deinetwegen duellieren muß?«

Ich hielt seinem Blick stand. »Es gibt keinen«, sagte ich dann und lächelte.

Während des Essens wollte Anton alles wissen, was in den vergangenen Jahren geschehen war. Das erinnerte mich an unsere erste Begegnung auf Peterhof, wo es ihm damals schon wichtig gewesen war, mich ganz genau kennenzulernen. Ich erzählte ihm alles, wovon ich glaubte, daß es ihn interessieren würde.

»Wann kam die letzte Nachricht von deinem Bruder? Er müßte doch eigentlich längst zurück sein.«

»Viktor kommt nicht wieder«, sagte ich leise. »Wir haben eine Mitteilung vom *Roten Kreuz* erhalten, daß er in der Gefangenschaft gestorben ist.«

»Aber deine Mutter meinte doch...«

»Sie will nicht wahrhaben, daß er tot ist«, warf ich ein. »Sie will es einfach nicht glauben.«

Wir schwiegen eine Weile. Dann sagte Anton mit Wärme: »Das kann ich verstehen.«

»Du kannst es verstehen?« fragte ich eigenartig berührt.

»Ja«, sagte er schlicht. »Es muß sehr schwer für sie sein. Sie hat ja nicht einmal den Trost, daß ihr vom Schicksal ein sinnvolles Opfer abverlangt worden ist.«

»Was meinst du damit?«

»Der Krieg ging verloren. Wie Millionen anderer Frauen wird sie sich fragen, wozu es dann gut war, daß ihr das Liebste genommen wurde.«

Ich war beschämt, daß jemand, der nicht zur Familie gehörte, mehr Verständnis und Mitgefühl für meine Mutter aufbrachte als ich selbst. Jetzt begriff ich auch, warum mein Vater immer wieder mit so viel geduldiger Güte auf sie einging.

Nachdenklich und unzufrieden mit mir selbst wechselte ich das Thema.

»Erzähl mir von dir! Du hast damals geschrieben, daß man dich eingezogen hat. Du warst also auch Soldat. Wie hast du die letzten Jahre überstanden?«

»Vor allem dadurch, daß ich überleben wollte«, sagte Anton sachlich. »Und natürlich hatte ich auch Glück.«

Glück! Wie oft hatte ich das Wort schon in diesem Zusammenhang gehört! Von Mucki, der tot war; von Viktor, der in Gefangenschaft gestorben war... Sie hatten geglaubt, das Glück für sich gepachtet zu haben. Anton war der einzige, der dieses Glück gehabt hatte.

»Glück?« fragte ich ein wenig beklommen.

»Ja«, sagte Anton und strahlte mich an. »Ich habe allerdings auch ein bißchen nachgeholfen. Ich bin kein Angsthase, aber auch kein Held; ich wollte einfach nur mit heiler Haut davonkommen.«

»Was hast du gemacht?«

»Willst du das wirklich wissen? Kriegserlebnisse sind für Frauen doch so langweilig.«

»Es sind deine Erlebnisse«, entgegnete ich.

»Ich werde es kurz machen. Um dich zu beeindrucken, werde ich die Geschichte zum besten geben, wie ich zu meinem einzigen Orden kam.« Anton grinste. »Und diesen Orden habe ich eigentlich nur deshalb bekommen, weil ich so eine Wut im Bauch hatte.«

Ich mußte lachen. »Erzähl von Anfang an!«

»Na schön. Also, Mitte 1943 wurde ich wie alle Männer meines Jahrgangs zur Wehrmacht eingezogen. Nach der üblichen Grundausbildung und einer Sonderschulung als Panzerfahrer wurde ich mit einer Schützenpanzerkompanie an die Ostfront in den Raum Orel-Minsk verfrachtet. Der große Rückzug war längst in vollem Gange. Wir stießen dazu und kamen ausgerechnet am Weihnachtsabend zu unserem Einsatz. Ich erinnere mich noch ganz genau: Wir hatten in einem Straßendorf Quartier bezogen. Die Lage war relativ entspannt und ruhig gewesen, so daß vom Troß die Feldpost zu uns nach vorne gebracht werden konnte. Ich bekam auch etwas. Unsere Frau Frieda, die Wirtschafterin meines Onkels, hatte mir ein Weihnachtspaket geschickt, mit einem Christstollen, Schokolade, selbstgemachter Marmelade und einer dicken Salami. Auch die heißersehnten frischen Socken fehlten nicht.

Wir hatten es uns in unserer Unterkunft gerade halbwegs gemütlich gemacht, da wurde Alarm gegeben. Einer der Wachtposten stürzte mit der Meldung herein, daß die Russen durchgebrochen seien und nun versuchten, uns einzuschließen. Also rein in die Klamotten, Stahlhelm auf, die Knarre in die Hand und nichts wie raus!

Draußen war es stockdunkel, so daß man Freund und Feind kaum unterscheiden konnte. Wir suchten schleunigst das Weite, um nicht in die gefürchtete russische Kriegsgefangenschaft zu geraten, denn es war inzwischen sicher, daß das Dorf verloren war.

Bei Tagesanbruch formierten wir uns neu und bekamen den Befehl zum Gegenangriff. Ich war so wütend, daß mein schönes Weihnachtspaket dem Iwan in die Hände gefallen war, daß ich bei unserem Gegenstoß mit meinem Schützenpanzer ohne Rücksicht auf Verluste auf die russischen Stellungen losraste. Als erster konnte ich den Sperriegel durchbrechen und den Feind in die Flucht schlagen. Mein Paket hatten die Kerle allerdings mitgenommen. Dafür bekam ich besagten Orden, das EK I und außerdem wurde ich wegen Tapferkeit zum Obergefreiten befördert, aber trotzdem hat es mich noch lange hinterher gewurmt, daß die guten Sachen alle weg waren.«

»Das kann ich mir denken«, sagte ich mitfühlend. »Wie hält man so ein Leben bloß aus; diese ständige Angst vor dem Tod, vor dem Verwundetwerden, dieses Immer-in-Bereitschaft-Seinmüssen?«

»Man hält vieles aus«, erwiderte Anton nachdenklich. »Du glaubst gar nicht, wieviel man aushalten kann, wenn man dazu gezwungen ist.«

»Ich stelle es mir auch sehr schwer vor, daß man beim Militär die ganze Zeit mit fremden Menschen zusammensein muß. Man ist doch nie allein.«

»Daran gewöhnt man sich irgendwann, wie an alles andere auch. Die menschliche Natur ist erstaunlich flexibel.«

»Und wie erträgt man es, wenn man jemanden nicht leiden kann? Es gibt doch überhaupt keine Möglichkeit, sich aus dem Weg zu gehen?«

»Da hast du recht«, sagte Anton trocken. »Man kann sich seine Kameraden natürlich nicht aussuchen, aber ich hatte auch da viel Glück. Wir haben uns alle gut verstanden und waren eine verschworene Gemeinschaft auf Gedeih und Verderb. Störend war eigentlich nur dieser Spökenkieker, den wir in unserer Mitte hatten, aber der arme Hund konnte ja nichts dafür, daß er so veranlagt war.«

»Ein Spökenkieker, was ist denn das?« fragte ich überrascht.

»Das weißt du nicht?« Anton hob amüsiert die Augenbrauen. »Ich kannte den Ausdruck übrigens auch nicht. Es ist ein sehr deutsches

Wort, das es bei uns in Österreich nicht gibt. Als Spökenkieker bezeichnet man Leute, die angeblich mit dem zweiten Gesicht begabt sind und in die Zukunft blicken können. Unser Melder – er hieß Erwin Mössmann und kam aus Hiltrup bei Münster in Westfalen – der war so ein Spökenkieker. Er wußte zum Beispiel genau, daß seine Mutter in der Nacht zum Soundsovielten gestorben war, dabei konnte er das gar nicht wissen. Am nächsten Morgen erzählte er uns davon und später bekam er von zu Hause einen Brief mit der Nachricht, daß seine Mutter tatsächlich in der fraglichen Nacht bei einem Bombenangriff ums Leben gekommen war.

Erwin sagte ebenfalls vorher, daß unser Kommandeur von einem Einsatz nicht zurückkommen würde, und welcher Kamerad sonst noch dran glauben müßte. Und immer war ich derjenige, dem er diese Dinge anvertraute, weil er anscheinend allein nicht damit fertig wurde. Er ahnte auch Überfälle der Russen voraus, was manchmal nützlich war, oft aber zu einer reinen Belastung wurde, weil wir uns ja nicht immer danach richten konnten.«

»Warum denn nicht?«

»Weil wir unserem Vorgesetzten natürlich nicht sagen konnten, aus welcher Quelle wir unser Wissen bezogen. Der hätte uns sicher für verrückt gehalten. Im großen und ganzen war das alles ziemlich unheimlich. Und das Schlimme daran war: Der Bursche hatte immer recht!

Eines Morgens kam er zu mir, legte mir die Hand auf die Schulter und sagte: ›Mach's gut, alter Junge! Wir sehen uns nicht wieder.‹ Ich lief daraufhin den ganzen Tag mit düsteren Ahnungen herum und glaubte, daß ich sterben müßte. Aber dann stellte sich heraus, daß Erwin nicht mich gemeint hatte, sondern sich selbst. Am Abend hieß es, daß er hinter den russischen Linien gefallen war.«

Meine Gedanken schweiften ab. Ich war auch ein Spökenkieker. Ich nahm mir vor, niemals zu Anton über meine seltsame Veranlagung zu sprechen. Er würde sie nicht begreifen, oder sie würde ihn vielleicht sogar erschrecken oder abstoßen. Selbst mein Vater, der mich so innig liebte, war damit nicht fertig geworden.

Plötzlich kam mir zum Bewußtsein, wieviel mir daran lag, Anton zu gefallen. Zum Glück hatte ich ja auch inzwischen gelernt, mit meinen Visionen besser umzugehen. Ich war ihnen nicht mehr wie früher als Kind hilflos ausgeliefert.

Ich merkte, daß Antons Blick auf mir ruhte, las Bewunderung in seinen Augen und errötete.

»Du kannst gut zuhören, Immy«, sagte er mit Wärme. »Menschen, die zuhören können, sind ziemlich selten.« Er ergriff meine Hand und hielt sie eine Weile in der seinen. Erstaunt stellte ich fest, wie angenehm mir diese Berührung war, aber ich entzog ihm meine Hand sehr sanft und bat ihn weiterzuerzählen.

Anton fuhr fort: »Ich habe den Rückzug aus Rußland nur zum Teil mitgemacht. 1944 war uns allen mehr oder weniger klar, daß der Krieg nicht mehr zu gewinnen war, und so waren wir heilfroh, daß wir eines Tages überraschend auf die Bahn verladen und dann in Richtung Ungarn in Marsch gesetzt wurden, ohne recht zu wissen, was uns da erwartete. Inzwischen war das Frühjahr 1945 angebrochen, und jeder von uns hoffte insgeheim, schon bald wieder zu Hause zu sein. Ich hatte mir in Rußland noch einen Streifschuß am linken Oberschenkel eingefangen, der gleich hinter der Front auf dem Hauptverbandsplatz behandelt wurde, mir aber nicht einmal ein paar Tage Heimatlazarett einbrachte. Statt dessen bekam ich das einfache Verwundetenabzeichen, sozusagen als Beweis dafür, daß ich ›Feindberührung‹ gehabt hatte. Außerdem wurde ich zum Unteroffizier befördert. In Ungarn erfuhren wir, daß die Russen Budapest eingeschlossen hatten. Unser Oberbefehlshaber, der legendäre Guderian, sollte dort noch einmal die Kastanien aus dem Feuer holen und die Stadt befreien. Nachdem das mißlang und wir dabei fast aufgerieben worden wären, setzte sich meine Kompanie, mit einem wegen seiner Menschlichkeit und Umsicht sehr beliebten Oberleutnant an der Spitze, immer weiter nach Westen ab, um nicht den schnell nachstoßenden Sowjets in die Hände zu fallen.

Wir hatten große Verluste gehabt. Unser Funkgerät war beschädigt, und wir konnten keine Nachrichten mehr empfangen. Als wir die Steiermark fast erreicht hatten, hörten wir Gerüchte über eine unmittelbar bevorstehende Kapitulation der Deutschen Wehrmacht... Das Ende des Krieges war nun wirklich in greifbare Nähe gerückt. Unsere Lage war trotzdem verzweifelt. Wir hatten kaum noch Verpflegung und Munition und waren auf ganze sechsunddreißig Mann zusammengeschrumpft.

Eines Abends – es war schon Ende April – brachten die Kameraden den Oberleutnant schwer verwundet zurück. Er hatte einen

Bauchschuß bekommen und wußte, daß er nicht zu retten war. Bevor er starb, ließ er mich zu sich kommen.

›Bernsdorf‹, sagte er unter großen Schmerzen. ›Sie sind jetzt nach mir der Ranghöchste und übernehmen das Kommando, wenn ich nicht mehr bin. Bringen Sie unsere Männer heil nach Hause. Ich will nicht, daß sie in russische Kriegsgefangenschaft kommen. Die Amerikaner sind bereits in Oberösterreich. Schlagen Sie sich dahin durch. Das ist ein Befehl!‹

Wir hatten diesen Vorgesetzten geliebt, und die meisten von uns schämten sich ihrer Tränen nicht, als wir ihn im Schutz der Nacht begruben.

Mir selbst blieb wenig Zeit zum Überlegen. Wir hatten noch neun Schützenpanzer und einen Kübelwagen, aber kaum noch Sprit. Zu Fuß konnten wir es nicht schaffen. Wir mußten wenigstens den Kübelwagen und zwei von den Panzern behalten. Im Morgengrauen befahl ich, von den anderen sieben Panzern den Sprit abzuzapfen und sie dann in die Luft zu jagen, um sie den Russen nicht in die Hände fallen zu lassen. Auf diese Weise kamen wir tatsächlich durch. Bei Enns setzten wir mit der einzigen Fähre, die noch unbeschädigt war, über die Donau und stießen in der Nähe von Linz dann endlich auf die Amerikaner. Wir machten auf uns aufmerksam, indem wir ihnen ein Scheingefecht lieferten.«

»Was meinst du mit Scheingefecht?« fragte ich beeindruckt von all dem, was ich gehört hatte.

»Wir schossen in die Luft und ließen uns dann gefangennehmen. Der Krieg war zu diesem Zeitpunkt übrigens wirklich bereits zu Ende. Nur wir wußten nichts davon. Wie dem auch sei: Wir, das heißt meine Männer und ich, waren gerettet, und obwohl uns die Gefangenschaft bevorstand, bedeutete das eigentlich schon die Freiheit.«

»Also warst du doch ein Held«, sagte ich leise. »Du hast sie alle durchgebracht.«

»Nein, kein Held.« Anton räusperte sich, weil seine Stimme plötzlich rauh klang. »Ich habe nur einen Befehl ausgeführt und dann so gehandelt, wie es am sinnvollsten war... Na ja, und ein bißchen Glück war eben auch dabei.«

Ich atmete auf. »Wie ging es weiter?«

Anton schüttelte sich, als wollte er damit seine Kriegserinnerungen weit von sich schieben. »Der Rest ist schnell erzählt: Wir kamen nach Linz-Urfahr in ein Lager, wo ich mich wegen meiner guten Englischkenntnisse als Dolmetscher zur Verfügung stellte. Eines Tages kam ich auf die Idee, im Camp eine Band zu gründen. Wir konnten ein bißchen Stimmung gut gebrauchen, und auch die Amis hatten eine entbehrungsreiche Zeit hinter sich. Mit ihrer Hilfe trieben wir in der Stadt ein Akkordeon, ein etwas verstimmtes Klavier und ein Schlagzeug auf – organisieren nannte man das. Wir hatten unter uns zwei Leute, die fabelhaft Klavier und Ziehharmonika spielen konnten. Und ich begleitete sie am Schlagzeug.«

»Kannst du das denn?« fragte ich überrascht.

»Nein«, grinste Anton, »aber das fiel nicht weiter auf. Was mir an Können fehlte, machte ich durch Begeisterung wett. Und ob du's glaubst oder nicht, unsere Musik kam an. Natürlich verschaffte ich mir dadurch bald einige Privilegien, und als nach ein paar Wochen die ersten Entlassungsscheine ausgestellt wurden, stand ich ganz oben auf der Liste. Ich kam frei, ging nach Wien zurück, nahm mein Jurastudium wieder auf, und wenn das Glück mich nicht verläßt, dann werde ich in einem halben Jahr promovieren.«

Ein Gefühl von Wärme überkam mich. »Du wirst Glück haben«, sagte ich voller Bewunderung.

»Verschrei es nicht!« wehrte Anton lachend ab. »Oder bist du etwa auch ein Spökenkieker, der in die Zukunft sehen kann?«

»Nein«, murmelte ich erschrocken. »Ich will damit nur sagen, ich bin überzeugt, daß du es schaffen wirst... Ich glaube, du schaffst alles, was du dir vornimmst.«

Anton sah mir tief und ernst in die Augen.

»Ich hoffe es!«

Wir schwiegen beide. Plötzlich stand wieder dieses freche, jungenhafte Grinsen in seinem Gesicht, das mir gefiel und das mich dennoch immer ein wenig verwirrte.

»So, nun liegt also mein ganzes Leben offen vor dir. Nur über meine Zeit im Kindergarten habe ich dir noch nichts erzählt, aber das hole ich demnächst auf Verlangen nach.« Er warf einen schnellen Blick auf seine Uhr. »Was hältst du davon, wenn wir jetzt tanzen gehen? Wir haben noch fast zwei Stunden bis Mitternacht.« Auf einen Wink von ihm eilte der Ober mit der Rechnung herbei.

»Ich kann nicht tanzen«, sagte ich zaghaft, nachdem Anton bezahlt und der Ober sich unter Versicherungen seiner Ergebenheit entfernt hatte.

»Dann wird es höchste Zeit, daß du es lernst... Du läßt dich einfach von mir führen.«

Ich ließ mich gerne überreden. »Also gut, versuchen wir's!«

Wir standen auf und verließen das Gartenrestaurant. Der Hof, durch den wir gekommen waren, wirkte jetzt ziemlich dunkel. Er wurde nur durch den blassen Schein des Halbmondes und das Licht einer einzigen Laterne ein wenig aufgehellt. Anton legte schützend seinen Arm um mich. Ich empfand bei der Wärme seiner Berührung ein wohliges Gefühl von Geborgenheit und süßer Schwere. Es gefiel mir, wenn wir beim Gehen manchmal aus dem Gleichschritt kamen und unsere Körper dann leicht aneinanderstießen. Wir traten hinaus in die festlich erleuchtete Altstadt, mischten uns in den lebhaft wogenden Strom der Menschen und ließen uns mit ihnen einfach ein Stück davontreiben. Über uns tanzten die Sterne ihren ewigen Reigen, und der sanfte Sommerwind strich zärtlich über unsere Gesichter.

Ich hätte noch lange mit Anton so durch die Nacht gehen mögen – jung, glücklich, voll brennender Erwartung und mit dem seligmachenden Gefühl, begehrenswert zu sein.

21

Nach jenem Abend in St. Peter trafen Anton und ich uns täglich. Wir gingen tanzen, besuchten Konzerte, Theateraufführungen und Museen oder streiften durch Salzburg und besichtigten die Sehenswürdigkeiten.

Natürlich sprachen wir auch oft über unsere Erinnerungen an Peterhof, auch wenn wir nur wenige gemeinsame hatten.

»Hast du eine Ahnung, wo Draga jetzt ist?« fragte ich beiläufig, um meine Neugier nicht allzu deutlich werden zu lassen.

»Wir haben schon seit geraumer Zeit keine Nachricht mehr von ihr«, sagte Anton.

Ich überlegte kurz, ob ich ihm davon erzählen sollte, daß ich Draga vor ungefähr zwei Jahren in Salzburg getroffen hatte, aber dann ließ ich es, weil es sowieso zu nichts führen würde. Auch meinen Eltern hatte ich die Begegnung verschwiegen, wahrscheinlich aus einer Mischung von Scheu und schlechtem Gewissen oder einfach deshalb, weil mich jedesmal ein tiefes Unbehagen überkam, wenn ich an das Zusammentreffen dachte.

Anton fuhr fort: »Als wir das letzte Mal von ihr gehört haben, bat sie meinen Onkel Gregor, einen Teil ihrer Konten aufzulösen. Soviel ich weiß, hat sie hier in Salzburg zufällig einen Amerikaner wiedergetroffen, den sie vor dem Krieg in Wien kennengelernt hatte und der damals ein glühender Verehrer von ihr gewesen war. Wenn ich mich recht erinnere, wollte sie ihn heiraten. Er hat sie jedenfalls in die Staaten mitgenommen. Sie schrieb von unterwegs, sie beabsichtige so lange dort zu bleiben, bis sie ihr Gut in Kroatien zurückerhalte. Mein Onkel bezweifelt allerdings, daß es jemals dazu kommen wird.«

»Amerika ist groß«, sagte ich. »Wo lebt sie da?«

»Das hat sie uns nicht mitgeteilt. Offen gestanden, es interessiert mich auch nicht sonderlich, wo sie steckt.«

»Mochtest du sie nicht?« fragte ich überrascht.

Anton zuckte gleichgültig mit den Schultern. »Ich weiß es nicht. Im Gegensatz zu meinem Onkel hatte ich ja kaum wirklichen Kontakt zu ihr. Sie war zwar meistens sehr liebenswürdig, trotzdem fand ich sie keineswegs immer sympathisch.«

»Mein Vater hat sie einmal mit einem Raubtier verglichen.«

Anton lachte. »Dein Vater ist ein kluger Mann!«

An sonnigen, heißen Tagen machten wir Ausflüge zum nahegelegenen Mondsee. Anton hatte ein Segelboot gemietet. Wir fuhren damit hinaus in die Mitte des Sees, der zu den schönsten und lieblichsten des Salzkammerguts gehört, und genossen dort die friedliche Stille, weit ab vom Touristenrummel an den überfüllten Stränden.

Manchmal schob sich blitzschnell die Erinnerung an Alexander vor die unbeschwert heiteren Augenblicke der Gegenwart. Es geschah so unvermutet und heftig, daß mir schwindlig wurde. Es war dann, als risse mich etwas mit eiserner Faust in die Vergangenheit zurück – eine dunkle Macht, die nicht dulden wollte, daß ich mich davon zu befreien suchte.

Alexanders Abschiedsworte verfolgten mich.

»Wenn du einen Mückenschwarm tanzen siehst, sollst du an mich denken! Beim Anblick einer weißen Statue soll dir stets mein Name einfallen! Ich will, daß du mich nie vergißt – niemals, hörst du!« Diese Worte, die mich damals glücklich gemacht hatten, klangen jetzt wie ein Fluch.

In Salzburg und auch in der Umgebung gibt es viele weiße Statuen, und an jedem schönen Sommerabend tanzen Mückenschwärme im Licht der untergehenden Sonne.

Wenn Anton und ich nach dem Baden nebeneinander im Boot lagen, glaubte ich hin und wieder ganz leise das Lied zu hören. Wir wurden sanft von den Wellen geschaukelt. Ihr Plätschern wirkte monoton und einschläfernd, wie das Zirpen der Grillen vom entfernten Ufer und die flirrende Hitze. Dann wehte auch die Melodie von irgendwoher zu mir herüber. Ich hörte sie nicht wirklich. Ich wußte, daß ich mir das nur einbildete, und doch nahm sie mich so sehr gefangen, daß es mich Anstrengung kostete, sie wieder abzuschütteln und nur mehr das leichte Schlagen der Wellen gegen den Bootskörper wahrzunehmen.

*

Einmal hatte ich ein ziemlich beunruhigendes Erlebnis.

Anton und ich waren in einem Klavierkonzert. Nachdem ich eine Weile andächtig zugehört hatte, verwandelte sich der junge Pianist oben auf dem Orchesterpodium ganz plötzlich in Alexander. War er eben noch in sein Spiel versunken gewesen, sah er nun langsam von den Tasten des Flügels auf, und ließ seine Blicke durch den Saal schweifen, bis er mich gefunden hatte. Ein Schauer lief mir über den Rücken. Er starrte mich so eindringlich an, daß ich Angst bekam, Anton könnte es bemerken. Ich verbarg mein Gesicht, indem ich den Kopf senkte und eine Hand über meine Augen legte, so wie man es oft bei Menschen beobachten kann, die vorgetäuscht oder wirklich hingebungsvoll der Musik lauschen. Auf diese Weise hoffte ich, die erschreckende Vision loszuwerden. Ich traute mich nicht eher aufzublicken, als bis das Konzert zu Ende war, und wieder einmal fühlte ich mich einer fremden, unheimlichen Macht ausgeliefert, die scheinbar willkürlich in mein Leben eingriff.

*

Anton war einige Male bei uns zum Essen eingeladen. Wie schon damals auf Peterhof, war er voller Zuneigung und Bewunderung für meinen Vater, so daß ich einmal scherzhaft sagte, Anton wolle sich mit mir nur deshalb treffen, um mit meinem Vater zusammensein zu können. Die beiden Männer machten lange Spaziergänge, während ich inzwischen meiner Mutter bei den Vorbereitungen in der Küche half.

Als wir eines Nachmittags beim Kaffee saßen, erwähnte meine Mutter im Gespräch nebenbei, daß wir demnächst nach Berlin zurückkehren würden. Sie gab ihrer Hoffnung Ausdruck, daß Anton uns dort einmal besuchen käme.

Anton murmelte ein höfliches »danke, sehr gern« und sah aus wie jemand, dem man soeben den Boden unter den Füßen weggezogen hatte. Eine innere Erregung ließ seine dunklen Pupillen so groß werden, daß sie das Blau seiner Augen beinahe verdrängten. Von diesem Moment an kam die Unterhaltung ins Stocken, weil Anton immer einsilbiger wurde. Er verabschiedete sich dann auch bald beinahe überstürzt unter dem Vorwand einer dringenden Verabredung.

Am nächsten Tag hörte ich nichts von ihm. Am übernächsten auch nicht. Das verwirrte mich. Ich rief in dem Hotel an, in welchem er abgestiegen war, aber es hieß, er sei außer Haus und hätte nicht hinterlassen, wann er wiederkäme. Ich wurde unruhig und begann zu grübeln. Hatte ich etwas falsch gemacht? Hatte ich ihn durch ein unbedachtes Wort verletzt?

Ich fand keinen stichhaltigen Grund dafür, warum Anton sich so plötzlich von mir zurückgezogen hatte. Bis dahin war mir überhaupt nicht zum Bewußtsein gekommen, wie sehr ich mich an ihn gewöhnt hatte, an seinen Humor, an seine freche, liebenswerte Art, an seine Umsicht und auch an die Bewunderung, die er mir entgegenbrachte. Mein inneres Gleichgewicht war ins Wanken gekommen. Anton fehlte mir!

Am dritten Tag rief er endlich an und fragte, ob wir uns am Abend sehen könnten. Er hätte etwas Wichtiges mit mir zu besprechen.

Als wir uns trafen, wirkte er ernst, sehr gefaßt und doch eigenartig nervös. Sein sonst sonnengebräuntes Gesicht war blaß. Er hätte wieder denselben Tisch in St. Peter bestellt, sagte er, aber vor dem Essen würde er gern mit mir spazieren gehen.

»Hast du mich in den letzten Tage ein wenig vermißt?« wollte er wissen, während wir im Innenhof auf und ab gingen.

»Ja«, sagte ich ohne Umschweife und überlegte insgeheim, ob es richtig war, das zuzugeben. In den roten Büchern auf Peterhof antworteten junge Mädchen auf solche Fragen nie so direkt.

Anton sah an mir vorbei. »Ich habe mich mit einem Problem herumgeschlagen und mußte allein sein.«

»Und, hast du eine Lösung gefunden?«

»Ich denke schon. Ich habe auch eine Entscheidung getroffen, zumindest was mich betrifft.« Er schwieg, als hätte er damit bereits alles Wesentliche mitgeteilt.

Ich blickte aufmerksam von der Seite zu ihm auf, ohne im geringsten zu ahnen, worauf er hinaus wollte. Um nicht neugierig zu erscheinen, stellte ich keine Fragen. Er würde mir schon sagen, worum es ging, wenn er die Absicht hatte, darüber zu sprechen.

»Ich reise morgen nach Wien«, fuhr er schließlich fort. »Ich habe ein paar wichtige persönliche Dinge zu regeln. Es wird nicht lange dauern. Ich komme in zwei Tagen zurück.«

»Aha«, sagte ich nur und wunderte mich, warum er die ganze Zeit so förmlich war.

Er blieb unvermittelt stehen. Dann wandte er sich mir zu und sah mich zum ersten Mal an diesem Abend richtig an.

»Ich werde heiraten!«

Ich spürte einen Stich im Herzen und eine plötzliche Leere im Kopf, so daß ich im Moment nicht wußte, was ich auf Antons Eröffnung sagen sollte.

Es war also aus zwischen uns, oder wie immer man das bezeichnen wollte. Wir hatten eine wunderschöne Zeit miteinander verbracht, die nun vorbei sein mußte. Ich hatte bisher nie darüber nachgedacht, was aus uns hätte werden können; ich war einfach nur glücklich gewesen. Nun wollte Anton heiraten. Es war ihm sichtlich schwergefallen, mir das zu sagen. Ich war wir betäubt. Er war es doch von Anfang an gewesen, der die Brücke zwischen uns gebaut hatte. Schlagartig wurde mir klar, daß ich es nicht ertragen würde, ihn zu verlieren. Gleichzeitig verbot mir mein Stolz, Anton meine tiefe Betroffenheit merken zu lassen.

»Herzlichen Glückwunsch!« brachte ich mühsam heraus.

Anton sah jetzt wieder geflissentlich an mir vorbei. Seine Gesichtszüge wirkten zerquält.

»Du siehst nicht gerade glücklich aus«, stellte ich nach einer Weile fest.

»Sie hat noch nicht ja gesagt.«

»Und warum nicht?«

»Weil ich sie bis jetzt nicht gefragt habe.« Er stöhnte. »Ich hätte nie gedacht, daß es so schwer ist, einen Heiratsantrag zu machen. Ich würde mir lieber einen Backenzahn ziehen lassen!«

Ich lachte, obwohl mir nicht danach zumute war. »Was ist so schwer daran?«

»Sie könnte nein sagen. Das würde ich nicht verkraften.«

Anton tat mir leid. Er war doch sonst immer so selbstsicher und jeder Situation gewachsen. Ich hatte das Bedürfnis, ihm irgendwie zu helfen.

»Hat sie dich gern?« wollte ich wissen.

»Ich glaube schon.«

»Warum fragst du sie dann nicht ganz einfach, ob sie dich heiraten will?«

Anton betrachtete eingehend seine Schuhe und schwieg.

»Es ist Dodo, nicht wahr?« sagte ich gepreßt.

Er sah mich entgeistert an. »Wie, um alles in der Welt, kommst du auf Dodo?«

»Ich dachte...«

»Dodo ist eine Kusine zweiten Grades; das ist alles, was mich mit ihr verbindet. Wir sind so grundverschieden, daß wir uns meistens streiten. Nein, nein, es ist nicht Dodo. Es ist... ich möchte...« Anton griff sich an die Kehle und fingerte dann an seiner Krawatte herum. »Immy«, sagte er und schnappte nach Luft. Er sah aus wie jemand, der unmittelbar vor seiner eigenen Hinrichtung steht. »Willst du mich heiraten?«

Ich starrte ihn fassungslos an. »Du kennst mich doch viel zu wenig«, sagte ich schließlich.

»Ich kenne dich seit 1943, das sind sechs Jahre. Ich finde, das ist lange genug. Seit unserer ersten Begegnung auf Peterhof habe ich dich geliebt und mir gewünscht, daß du später meine Frau wirst.«

»Warum ist es dir so schwer gefallen, mir das zu sagen?« fragte ich völlig verwirrt.

Anton wurde wieder unsicher. »Die äußeren Umstände sind nicht so, wie ich sie mir vorgestellt hatte, wenn ich einmal um dich anhalten würde. Ich wollte schon meinen Doktor gemacht haben und auf eigenen Füßen stehen. Ich wollte ein schönes Haus besitzen, um dich über seine Schwelle zu tragen, und eine traumhafte Hochzeitsreise mit dir machen können, von der noch unsere Enkel sprechen würden. Als jedoch deine Mutter vor drei Tagen erwähnte, daß ihr vorhabt, in Kürze nach Berlin zurückzukehren, fuhr mir der Schreck in alle Glieder. Da wußte ich, daß ich nicht länger warten kann. Ich will dich nicht verlieren, Immy. Der Gedanke an eine Trennung von dir ist mir unerträglich. Aber glaube mir, es ist nur eine Frage der Zeit, und ich werde alle meine Ziele erreicht haben.«

»Da bin ich ganz sicher«, sagte ich mit Überzeugung.

Ein paar Leute kamen in den Hof und durchquerten ihn in Richtung Friedhof. Anton ergriff meine Hand und zog mich zum Restaurant, dessen Eingangstür wegen der Hitze weit offenstand. Er packte mich bei den Schultern und sah mich eindringlich an. »Ich bin jedoch durchaus schon jetzt in der Lage, eine Familie zu ernähren. Ich verspreche dir, daß du als Frau des bald erfolgreichsten Rechtsanwalts von Wien nicht in Lumpen gehen mußt und immer satt zu essen haben wirst.«

Ich mußte lachen. »Eingebildet bist du gar nicht!« Ich weiß nicht, ob ich Anton da schon liebte, aber ich empfand eine große, ehrliche Zuneigung für ihn. Ich war mir darüber im klaren, daß sich diese Zuneigung nicht mit dem leidenschaftlichen Gefühl für Alexander vergleichen ließ – aber Alexander war tot, und ich hatte mein Leben noch vor mir. Tante Olgas Worte fielen mir ein: ›Heirate einen Mann, dem du vertrauen kannst, bei dem du dich geborgen fühlst!‹

»Ich glaube, ich bin sehr schwierig«, sagte ich befangen.

»Wunderbar, dann wird die Ehe mit dir sicher nie langweilig werden.« Anton brachte ein jungenhaftes Grinsen zustande. »Ich meine, wenn du mich haben willst, dann sag doch einfach ja!«

»Ja«, sagte ich.

Anton blieb sekundenlang wie versteinert vor mir stehen, so als hätte er mich nicht verstanden. Dann riß er mich plötzlich in seine Arme, hob mich hoch und wirbelte mich herum. Ehe ich mich's versah, trug er mich wie ein Sieger seine Beute über die Schwelle des Restaurants, an den vollbesetzten Tischen, mit den uns verblüfft anstarrenden Menschen vorbei und wieder hinaus in das Gartenlokal.

Unser Ober von neulich stürzte mit besorgter Miene auf uns zu.

»Ist etwas passiert? Hat sich das gnädige Fräulein den Fuß verletzt?«

»Keineswegs!« strahlte Anton. »Ich fange nur gerade damit an, meine zukünftige Frau auf Händen zu tragen!«

*

Unsere Hochzeit fand am 17. September in der Kirche zu St. Michael in Wien statt.

Antons Onkel hatte uns vorab ein unerhört großzügiges Geschenk gemacht. Er hatte eine Villa mit Garten im 19. Bezirk in der Weimarerstraße für uns erworben. Ein Drittel des Kaufpreises war bereits angezahlt. Für die beiden anderen Drittel hatte er Hypotheken aufgenommen, die wir im Laufe der Jahre bei den Banken abzahlen würden.

»Anton wird sowieso einmal alles von mir erben«, sagte er, als wir ihn mit unserem Dank überschütteten. »Eure Kinder sollen von Anfang an in einem eigenen Zuhause aufwachsen.«

Für Anton war damit ein weiterer Wunsch in Erfüllung gegangen.

Wir hatten eigentlich in der Franziskanerkirche in Salzburg heiraten wollen, aber aus irgendeinem Grund war eine Trauung dort zu diesem Zeitpunkt nicht möglich gewesen. Hinzu kam, daß Antons Onkel wegen seines schlechten Gesundheitszustandes nicht reisen konnte. Er und Tante Olga sollten jedoch unsere Trauzeugen sein. Nach einigem Hin und Her entschieden wir uns also für Wien. Nicht nur meine Eltern, sondern vor allem Anton und sein Onkel hatten dort einen langjährigen Freundes- und Bekanntenkreis.

»Ich will eine große Hochzeit!« hatte Anton immer wieder gesagt und mich verliebt angesehen. »Alle, die wir kennen, sollen dabeisein und mich um meine Braut beneiden.«

Die Michaelerkirche, wie sie auch genannt wird, steht im ersten Bezirk zwischen der Habsburg Gasse und dem Kohlmarkt gegenüber der Wiener Hofburg. In diesem schönen alten Gotteshaus, inmitten des prächtigen Stadtzentrums waren schon Antons Eltern getraut und er selbst getauft worden.

Wir feierten eine richtige Traumhochzeit mit allem Drum und Dran und allem nun einmal dazugehörenden schönen Kitsch. Ich trug ein Brautkleid aus weißer Spitze, das mit kleinen Perlen bestickt war, und eine Blütenkrone im Haar. Als ich mich im Spiegel betrachtete, erinnerte mich das Kleid entfernt an das Brautkleid aus meinem Traum auf Peterhof, als ich das Gliederpuppenspiel gespielt und wenig später die Begegnung mit Alexander gehabt hatte.

Es war nur nicht so schwer und pompös wie jenes, sondern wirkte grazil und duftig wie eine weiße Wolke, ein Eindruck, der durch den langen Tüllschleier noch verstärkt wurde.

Unter den Klängen des Brautchors aus der Oper Lohengrin schritt ich am Arm meines Vaters zum Altar. Ich war sehr aufgeregt und stand doch irgendwie neben mir. Vieles habe ich gar nicht richtig wahrgenommen. Die Übergänge von einem Lebensabschnitt zum anderen vollziehen sich oft unmerklich und langsam. Dieser hier war ein scharfer Einschnitt. Wenn ich diese Kirche als verheiratete Frau verließ, würde alles schlagartig anders sein. Ich würde fortan in Wien leben und eine eigene Familie haben. Meine Eltern würden schon in wenigen Tagen nach Berlin reisen und vielleicht sogar dort bleiben. Eine Welle zärtlicher Dankbarkeit durchflutete mich, als ich neben meinem Vater ging und plötzliche Wehmut trieb mir Tränen in die Augen. Es würde nie mehr so sein, wie es gewesen war. Ein Kind war nun erwachsen und verließ für immer sein Elternhaus. Wie sehr liebte ich meinen Vater! Wie sehr würde ich ihn vermissen!

Meine Mutter saß in der ersten Reihe der Kirchenbänke. Ich warf ihr im Vorbeigehen einen schnellen Blick zu. Ihr Gesichtsausdruck war weich und liebevoll. Ich sah, daß sie weinte, obwohl sie doch sonst immer so großen Wert darauf legte, sich in der Öffentlichkeit zusammenzunehmen, aber Mütter weinen vermutlich immer, wenn ihre Töchter heiraten. Wir waren einander nie sehr nahe gewesen, und seit ich denken konnte, hatte ich darunter gelitten, daß sie mir Viktor vorgezogen hatte. Aber in diesem Augenblick des Abschieds und der Loslösung liebte ich auch sie ohne Vorbehalt.

Das meiste, was der Pfarrer zu uns sagte, habe ich vergessen. Vielleicht war ich auch so in Gedanken versunken, daß ich nicht richtig zuhörte. Als Anton mir den Ring über den Finger streifte, dachte ich nur: Hoffentlich paßt er und fällt nicht runter, das würde Unglück bringen.

»Was Gott zusammengefügt hat, soll der Mensch nicht trennen!« Anton sah mich an, als dieser Satz gesagt wurde. Ich nahm mir vor, ihm eine gute Frau zu sein. Sein Gesicht zeigte ernste Ergriffenheit, und ich spürte, wie sehr er mich liebte und wie bewegt er war.

»Was für ein schönes Paar!« hörte ich jemanden hinter uns sagen.

Als wir Arm in Arm die Kirche verließen, gingen die beiden festlich gekleideten Kinder von Dodos ältere Schwester vor uns her und streuten Blumen. Der Junge war fünf, seine kleine Schwester drei Jahre alt. Sie sahen entzückend aus.

»Schade, daß das nicht unsere eigenen sind«, flüsterte Anton mir zu.

»Na hör mal«, gab ich mit gespielter Entrüstung leise zurück. »Was hätte denn das für einen Eindruck gemacht!«

In einem blumengeschmückten, offenen Fiaker fuhren wir zum *Hotel Sacher*, wo das Hochzeitsessen stattfand. Zum Dessert wurde eine große Marzipantorte hereingebracht, die wir noch gemeinsam anschnitten. Dann zogen wir uns zurück, wechselten die Kleidung und fuhren mit Antons Auto nach Italien in die Flitterwochen. Wir würden nicht viel Zeit dafür haben. Er stand vor einem wichtigen Examen und mußte in spätestens zehn Tagen zurück sein, um die Vorlesungen an der Universität nicht zu versäumen.

»Venedig sehen und sterben!« sagte er, als wir den Brenner passiert hatten.

»Heißt es nicht eigentlich Neapel sehen und sterben?« fragte ich.

»Richtig!« sagte Anton lachend. »Aber Neapel ist zu weit weg. Venedig liegt bedeutend näher. Das hast du nun davon, daß du einen Mann geheiratet hast, der noch Student ist.«

»Ich wollte immer schon Venedig kennenlernen. Dafür hätte ich jeden genommen«, gab ich zurück. Ich lehnte mich an Antons Schulter und war glücklich.

*

Unsere Flitterwochen dauerten nur drei Tage, dann mußten wir Hals über Kopf nach Wien zurück. Am Morgen des vierten Tages saß ich bei herrlichem Wetter unter einem Sonnenschirm auf der Hotelterrasse und hatte bereits das Frühstück für uns bestellt. Anton war noch oben auf dem Zimmer, wollte aber gleich herunterkommen.

Ein Page brachte mir auf einem silbernen Tablett ein Telegramm. Es war an Anton gerichtet. Als ich es entgegennahm und ungeöffnet in der Hand hielt, überfiel mich eine düstere Ahnung. Betroffen spürte ich, daß der Inhalt des Telegramms mit Krankheit und Tod zusammenhing. Ich beschloß, es Anton nicht sofort zu geben, sondern bis nach dem Frühstück damit zu warten. Ich wollte, daß wir wenigstens noch diesen Morgen halbwegs unbeschwert genießen konnten. Die Sonne lachte von einem wolkenlosen Himmel. Das

Meer schimmerte in gläsernem Blau. Wir hatten noch längst nicht alles von Venedig gesehen, erst einen Teil der malerischen Brücken und stolzen Palazzi besichtigt und bisher nur eine einzige Gondelfahrt gemacht.

Gerade wollte ich das Telegramm in meiner Handtasche verschwinden lassen, da hörte ich Antons Stimme in meinem Rücken.

»Was steckst du da weg, Liebling, hast du Geheimnisse vor mir? Ist es der Liebesbrief eines feurigen Italieners?«

Ich errötete und fühlte mich ertappt. »Es ist ein Telegramm für dich, aber ich wollte es dir erst nach dem Frühstück geben.«

»Warum?« fragte Anton überrascht.

»Es könnte ja etwas Unerfreuliches drin stehen«, sagte ich vorsichtig. Nicht um alles in der Welt hätte ich Anton sagen mögen, daß ich dessen ganz sicher war. Ich wollte kein Spökenkieker sein – wollte nicht sein, wie dieser Erwin Mössmann aus Westfalen, der Anton mit seinen unheimlichen Vorhersagen erschreckt hatte. Ich würde Vorahnungen und Visionen in Zukunft für mich behalten.

»Unsinn, wie kommst du nur darauf, daß es sich um etwas Unerfreuliches handeln könnte!« rief Anton belustigt. »Einem jungen Paar in den Flitterwochen schickt man keine schlechten Nachrichten. Es werden Glückwünsche sein.«

Er nahm das Telegramm, das ich ihm wortlos reichte, und riß den Umschlag auf.

»O mein Gott«, murmelte er, nachdem er es überflogen hatte. »Onkel Gregor ist mit einem Herzinfarkt ins Krankenhaus eingeliefert worden. Es steht schlecht um ihn. Wir müssen sofort zurück!«

22

Schon bald nach der Hochzeit begannen mich Schuldgefühle zu quälen, die mich seither nicht mehr losgelassen haben.

Sie äußerten sich zuerst als unbestimmbares, schleichendes Unbehagen, als leise bohrender Schmerz, wuchsen sich aus zu Depressionen und fanden ihre körperliche Entsprechung in immer öfter auftauchenden und stärker werdenden Migräneanfällen.

Ich habe Ihnen, verehrter Herr Professor, davon erzählt – oder richtiger: Sie fanden bereits in unseren ersten Sitzungen heraus, daß diese

Depressionen – diese psychischen Störungen, wie Sie sie nannten – zumindest zum Teil auf Schuldgefühlen beruhen. Es gelang uns damals jedoch nicht, die Gründe dafür zu finden, weil ich über vieles einfach nicht sprechen konnte. Heute wissen Sie und ich, warum es so war.

*

Meine junge Ehe war auf einmal überschattet von Zweifeln, ob ich Recht daran getan hatte, Anton meine paranormale Veranlagung zu verschweigen. Hätte er mich geheiratet, wenn er vorher gewußt hätte, daß ich auch ein Spökenkieker war? Hätte seine Liebe zu mir das verkraftet, oder wäre ich ihm unheimlich geworden? Spökenkieker! Ich haßte das Wort inzwischen, obwohl ich es beim ersten Hören beinahe komisch gefunden hatte.

Ich glaubte, Anton gegenüber nicht ehrlich gewesen zu sein. Ich hatte ein schlechtes Gewissen, daß ich vor ihm – wenn auch in aller Unschuld – einen anderen Mann geliebt hatte, an den ich immer noch denken mußte, auch wenn ich das gar nicht wollte. Ich fühlte mich schuldig, daß ich nicht mit Anton darüber gesprochen hatte. Ich hätte es ihm sagen müssen – und hätte doch nicht gewußt wie. Ich war ja auch überhaupt nicht fähig dazu. Wie also hätte ich ihm begreifbar machen sollen, was mir damals auf Peterhof widerfahren war; daß ich einen Schatten geliebt hatte – den Schatten eines Mannes, der seit vielen Jahren tot war und trotzdem von mir Besitz ergriffen hatte.

Wie haarsträubend das alles ist, wenn man nur versucht, es in wenigen Worten zusammenzufassen... wie ganz und gar unglaubwürdig! Es ging ja letzten Endes auch nicht darum, daß ich Anton etwas verschweigen wollte, sondern daß ich es ihm einfach nicht mitteilen konnte. Das ist ein großer Unterschied.

Oft hielt ich mir dann als Trost vor Augen, daß ich mich nicht schuldig gemacht hatte. Die Dinge waren mit mir geschehen. Vermutlich wäre alles sogar irgendwie leichter gewesen, hätte ich Anton eine wirkliche Affäre mit einem Liebhaber aus Fleisch und Blut beichten können. Aber ich hatte nichts zu beichten. Als wohlbehütete Tochter aus gutem Hause hatte ich mit einundzwanzig Jahren geheiratet, ohne ein Vorleben gehabt zu haben.

Ich hatte niemanden, mit dem ich über meine Schuldgefühle sprechen konnte. Vielleicht hätte mir das geholfen. Mein Vater, der nun in Berlin lebte, hätte mir auch nicht raten können. Ich besaß auch keine sogenannte beste Freundin, der man angeblich so vieles anvertraut. Ich hatte nie eine. Und selbst wenn ich eine gehabt hätte, wäre ich wieder vor demselben unlösbaren Problem gestanden: Wie mich begreifbar machen? Wie Dinge erklären, die nicht erklärbar sind?

Ich hatte das immer peinigendere Gefühl, Anton zu belügen, und wußte doch zugleich, daß das nicht stimmte. Ich belog ihn ja nicht, bloß weil ich etwas nicht erzählte, etwas, das nicht einmal wirklich stattgefunden hatte und sich außerdem jedem Verständnis entzog.

Ich fühlte mich in einen ständigen Teufelskreis quälender Gedanken verstrickt, zermarterte mir das Hirn mit Fragen, auf die ich keine Antworten fand – bis ich Kopfschmerzen bekam. Ich litt immer stärker und häufiger darunter.

»Meine Frau leidet so unter ihrer Migräne«, sagte Anton mitfühlend, wenn ich mich wieder einmal aus einem geselligen Kreis zurückziehen mußte, weil ich die Schmerzen nicht mehr aushielt. Es gab kaum ein Mittel gegen Kopfschmerzen, das man mir nicht empfohlen und das ich nicht ausprobiert hätte. Keines davon brachte meinen Beschwerden eine Linderung, die von Dauer war.

Manchmal dachte ich, Anton würde es irgendwie spüren, daß meine Leiden seelische Ursachen hatten.

»Hast du Kummer? Gibt es etwas, das dich bedrückt?« wollte er wissen. Er sah mich mit liebevoll besorgtem Blick an. »Ich bin immer für dich da, das weißt du doch!« Einmal sagte er auch: »Es gibt nichts, worüber du mit mir nicht reden könntest!«

Das machte alles nur noch schlimmer.

*

Anton bestand sein Doktorexamen summa cum laude, und ich war sehr stolz auf ihn. Einen Monat später starb sein Onkel an einem zweiten Herzinfarkt. Meine bösen Vorahnungen in Venedig hatten sich also erfüllt. Natürlich sprach ich nicht mit Anton darüber – ich würde nie darüber sprechen.

Er übernahm die renommierte Anwaltspraxis und baute sie sogar noch aus. Wir hatten viele gesellschaftliche Verpflichtungen und wenig Zeit füreinander. Ich hatte jedoch volles Verständnis dafür, daß Anton unter Aufbietung all seiner Kräfte versuchte, in seinem Beruf erfolgreich voranzukommen, um uns eine sorgenfreie Zukunft zu ermöglichen.

Als ich mein erstes Kind erwartete, zog ich mich notgedrungen aus dem Gesellschaftsleben zurück, weil die Schwangerschaft so beschwerlich war. Ich ging durch eine wahre Hölle. Ich war kaum imstande, das Essen, das ich zu mir nahm, bei mir zu behalten. Ich litt unter anhaltender Übelkeit, Schwindelgefühlen und heftigen Anfällen von Brechreiz. Mein Körper revoltierte von früh bis spät, als wolle er sich gegen das werdende Leben in mir zur Wehr setzen. Der errechnete Geburtstermin war der 4. Dezember 1950. Das sogenannte freudige Ereignis, das mir bevorstand, erfüllte mich mit Ablehnung und Schrecken, und meine Angst davor wuchs mit der zunehmenden Unförmigkeit meines Leibes.

Anton war felsenfest davon überzeugt, daß das Kind ein Junge werden würde. Er wollte ihn nach meinem Vater Maximilian nennen. Ich erinnerte mich, daß ich vor vielen Jahren gelobt hatte, meinem ersten Sohn den Namen Manuel zu geben, so wie mein kleiner, allzu früh verstorbener Bruder geheißen hatte.

»Wir werden uns jetzt nicht festlegen!« lachte Anton und umfaßte mich liebevoll. »Wir werden uns kurzfristig und endgültig entscheiden, wenn er da ist. Dann wird deine Leidenszeit vorbei sein, und wir werden wissen, ob unser Stammhalter wie ein Maximilian oder wie ein Manuel aussieht.«

Es kam ganz anders. Der qualvollen Schwangerschaft folgte eine langwierige und überaus komplizierte Geburt. Das Kind lag falsch und hatte außerdem die Nabelschnur um den Hals gewickelt, so daß die Gefahr einer Strangulierung bestand. Darum entschloß sich der Arzt in letzter Minute, das Baby durch einen Kaiserschnitt zu holen. Als es dann endlich das Licht erblickte, war es so schwach, daß man nicht sicher war, ob es überleben würde.

Stunden später sah ich – immer noch benommen von der Operation und von wütenden Schmerzen gepeinigt – Anton an meinem Bett sitzen. Er hielt meine Hand und war sehr blaß.

»Es tut mir leid, daß du so viel durchmachen mußtest«, sagte er leise. Dann küßte er mich mit behutsamer Zärtlichkeit. »Wir haben einen Sohn!«

Ich war so erschöpft, daß ich unfähig war, auch nur annähernd ein Gefühl wie Freude oder Glück zu empfinden.

»Ist er... ist er gesund?« brachte ich mühsam heraus.

»Zuerst stand es so schlecht um ihn, daß ich einen Priester kommen ließ und ihn bat, eine Nottaufe vorzunehmen. Aber inzwischen besteht Hoffnung, daß der Kleine durchkommt. Mach dir keine Sorgen, mein Liebes, es wird alles gut werden.«

»Wie heißt er... Maximilian oder Manuel?«

»Ich habe deinen Wunsch erfüllt und ihn auf den Namen Alexander taufen lassen.«

Vor meinen Augen verschwamm alles. Die Wände und die Zimmerdecke kamen bedrohlich näher. Ich hatte das Gefühl, in einen bodenlosen Abgrund zu stürzen. Griff jene finstere, unheimliche Macht schon wieder nach mir, indem sie mich nun ständig durch dieses unschuldige Neugeborene an die Vergangenheit erinnern würde? War ich denn dazu verdammt, diese Bürde mein ganzes Leben lang mit mir herumzuschleppen? Tag für Tag würde ich den Namen Alexander nun viele Male hören müssen, und immer würden die alten, kaum vernarbten Wunden wieder aufbrechen. Wie war es zu diesem teuflischen Irrtum gekommen?

Ich sah Anton fassungslos an. »Das hast du gegen meinen Willen getan!« rief ich außer mir. »Wir hatten vereinbart, ihn Manuel zu nennen... Manuel oder Maximilian. Der Name Alexander stand nie zur Debatte... nie... niemals!« Meine Stimme überschlug sich fast. Gleichzeitig tobten solche Schmerzen durch meinen Körper, daß ich glaubte, verrückt zu werden. Die frische Operationswunde verlangte gebieterisch, daß ich still hielt.

Anton wirkte völlig ratlos. »Ich dachte doch ganz in deinem Sinne zu handeln«, sagte er verstört. »Du hast dich doch in letzter Minute anders entschieden und wolltest, daß das Kind Alexander genannt wird.«

Um mich drehte sich alles. Ich verstand nicht, was Anton damit meinte. »Ich will es nicht!« stöhnte ich auf. »Ich ertrage es nicht! Das muß auf der Stelle rückgängig gemacht werden... Nicht dieser Name... nicht Alexander... O Gott, wie konntest du nur! Wir haben nie darüber gesprochen!« Ich begann haltlos zu weinen.

Anton legte sanft die Hand auf meine Stirn. »Ich weiß, mein Liebling«, versuchte er mich zu beruhigen. »Aber man sagte mir, du hättest auf dem Operationstisch, noch bevor die Narkose vollständig wirkte, und auch später, als du langsam daraus erwachtest, immer wieder beschwörend den Namen Alexander gerufen.«

Die Namensgebung war nicht mehr rückgängig zu machen, obwohl Anton all seine Beziehungen spielen ließ. Der Name Alexander von Bernsdorf war bereits amtlich registriert worden. Auf meinen dringlichen Wunsch beschlossen wir, den Jungen Sascha zu nennen – eine legitime Abwandlung und durchaus geläufige Form von Alexander – und ließen einen entsprechenden Eintrag in die Geburtsurkunde vornehmen.

Ich empfand dem Kind gegenüber vom ersten Tag an eine seltsame Scheu, fast so etwas wie Ablehnung, was ich mir jedoch kaum eingestehen wollte. Auch hier quälten mich Schuldgefühle, daß ich nicht jene zärtliche Zuneigung für das junge Lebewesen aufbringen konnte, die man von einer jungen Mutter erwartet.

Die Oberschwester der Entbindungsstation, die gelegentlich nach mir sah, war eine tüchtige, lebenskluge Frau. Sie hatte, wie man so sagt, das Herz auf dem rechten Fleck und – wie konnte es anders sein – eine ganze Menge Erfahrung.

Als ich drei oder vier Tage nach der Geburt voller Zweifel und Selbstvorwürfe in den Kissen lag und schon seit Stunden weinte, kam sie in mein Zimmer, um mich zu trösten.

»Weinen Sie nur, das ist ganz normal! Alle Frauen weinen irgendwann im Wochenbett, weil die Umstellung in ihrem Körper so groß ist. Manche weinen den ganzen Tag. Ich werde Ihnen eine Cognac bringen.«

»Ich möchte nichts trinken«, schluchzte ich.

»Aber ja«, sagte sie, ging hinaus und kehrte gleich darauf mit einem Glas Cognac zurück. »Sie werden das auf der Stelle austrinken. Das ist Medizin, basta!«

Ich nahm das Glas mit zitternden Händen und leerte es gehorsam in einem Zug. Sofort fühlte ich mich etwas besser. Der Alkohol löste mir die Zunge, ich faßte Vertrauen und klagte über mein Unvermögen, Mutterliebe zu empfinden.

»Ach, wissen Sie, mit der Mutterliebe ist das so eine Sache«, sagte die Oberschwester mit resoluter Herzlichkeit. »Auch Mutterliebe will erst gelernt sein. Ich habe das in vielen Fällen erlebt. Frauen verhalten sich da recht verschieden, obwohl man sie allesamt von vornherein über einen Kamm scheren und in das Klischee der glücklichen Mutter pressen will. Die Wirklichkeit sieht oft ganz anders aus. Und was die Kinder betrifft...«, fuhr sie nachdenklich fort, »...so ist es ein Unterschied, ob man sie noch im Bauch hat, oder ob sie einem als kleines Bündel in den Arm gelegt werden – schreiend, runzlig und fremd. Jede Frau muß sich erst daran gewöhnen, daß sie nun ihr Kind vor sich hat – auch wenn die Vorfreude noch so groß war. Bei der einen geht es schneller, bei der andern dauert es länger. Also machen Sie sich keine Gedanken! Das wird schon noch mit der Mutterliebe... Das kommt alles in Ordnung!«

*

Nachts werde ich jetzt oft von eigenartigen Träumen heimgesucht. Eigentlich ist es immer der gleiche Traum, der sich kaum verändert, und immer kommt die Statue als Lebensretterin darin vor.

Ich wüßte gern, was Professor Michailović dazu sagen würde, ob dieser Traum sich überhaupt deuten läßt. Ich selbst vermag es nicht.

Mir träumt, ich befinde mich inmitten eines breiten Flusses, der gelbbraunes Hochwasser mit sich führt. Ich stehe mit nackten Füßen, aber sonst völlig bekleidet auf dunklen, bemoosten Steinen, die wie kleine Inseln aus den Strudeln herausragen. Die Steine sind glatt, und das Moos macht ihre Oberfläche glitschig. Ich weiß, daß ich mich nicht lange auf ihnen halten kann. Irgendwann werde ich abrutschen und in die Fluten stürzen. Verzweiflung erfaßt mich. Ich sehe mich hilfesuchend um, und erblicke dann jedesmal ein großes Stück flußabwärts am fernen Ufer die Statue, die mir zuwinkt, als wolle sie mir damit zu verstehen geben, daß ich dort, wo sie steht, heil aus dem gefährlichen Wasser herauskommen kann.

Kaum habe ich die Statue wahrgenommen, da verwandeln sich die Steine unter meinen Füßen in ein schwankendes Floß, auf dem ich nun über die schäumenden Wellen dahingleite. Die Ufer zur Rechten und zur Linken ziehen unerreichbar und mit schauerlicher Geschwindigkeit an mir vorbei. Ich weiß, daß ich nun unaufhaltsam auf Stromschnellen zutreibe, deren wilde Wasser mich in die Tiefe reißen werden, wenn ich nicht rechtzeitig das Floß verlasse. Ich muß ins Wasser springen und schwimmend versuchen, das Ufer an der Stelle zu erreichen, wo die Statue steht und mir zuwinkt.

Sie ist gütig. Sie ist eine Freundin. Warum habe ich mich je vor ihr gefürchtet?

Wenn ich den Mut habe zu springen, werde ich gerettet sein.

Ich habe jedesmal Todesangst davor, die trügerische Sicherheit des Floßes aufzugeben, weiß aber auch, daß ich verloren bin, wenn ich in den wilden Sog der Stromschnellen gerate.

Ich vertraue der Statue und lasse mich in die aufgewühlten Fluten gleiten. Fast gleichzeitig beruhigt sich das Tosen um mich herum. Die Wasseroberfläche wird auf einmal sanft und ruhig wie ein See. Er ist dunkel und etwas trübe wie braunes Moorwasser. Ich kann nicht auf den Grund sehen. Ich schwimme so schnell ich kann auf die Statue zu und erreiche das rettende Ufer. Zuerst muß ich noch über eine Sandbank waten, dann ziehe ich mich an einer steinigen Böschung hoch und finde mich ganz erschöpft in einer mir unbekannten Gegend wieder. Sie ist kahl und unwirtlich. Warum bin ich hier? Ich will mich bei der Statue bedanken, weil sie mich vor dem Ertrinken bewahrt hat, aber sie ist nicht mehr da. Ich mache mich auf den Weg, um sie zu suchen, und irre eine Weile umher, aber sie bleibt verschwunden.
Ein Gefühl trostloser Einsamkeit überfällt mich.
Ich friere und wache jedesmal davon auf.

*

Gestern, am späten Nachmittag, klopfte es überraschend an meine Tür. Der Zeitpunkt war ungewöhnlich, denn die Schwestern versorgen die Patienten morgens, wenn die Putzfrauen die Zimmer gemacht haben, und erst später wieder, nach dem Mittagessen. Danach herrscht Ruhe bis zum Abend. Nur wenige stehen hier unter der ständigen Obhut einer Pflegerin. Ich gehöre nicht dazu. Ich darf zum Beispiel tagsüber mein Zimmer verlassen und allein hinausgehen, wann immer ich Lust dazu verspüre.

Es war Schwester Anna, die mich besuchte, obwohl sie eigentlich schon frei hatte. Ich freute mich, sie zu sehen, und bat sie, Platz zu nehmen.

»Sie wollten doch, daß ich mich nach dieser Statue erkundige«, sagte sie und setzte sich. »Ich habe im Sekretariat nachgefragt. Der vormalige Eigentümer des Sanatoriums – er lebt übrigens nicht mehr – soll sie während des Krieges gekauft haben. Sie stammt angeblich aus Serbien, oder aus Kroatien. Das weiß aber niemand so genau. Sie steht jedenfalls schon seit einigen Jahren hier im Park.«

Ich war wie elektrisiert. Die Welt ist klein, heißt es oft. Pavlo hatte damals auf Peterhof gesagt, daß die Statue nach Österreich verkauft worden sei. Brachte das Leben nicht manchmal die seltsamsten Zufälle zustande? Zufälle, die sich die kühnste Phantasie nicht ausmalen konnte? War es möglich, daß jene Statue jetzt hier in diesem Park stand?

»Ich bin bisher immer an ihr vorbeigelaufen, ohne näher hinzuschauen«, fuhr Schwester Anna fort. »Aber wenn man sie genau ansieht, merkt man erst, wie schön sie ist. Sie stellt eine junge Frau dar, die griechisch oder römisch gekleidet ist – ich kenne mich da nicht so aus... Sie hat aufgetürmte Locken, die durch ein Band gehalten werden, und ihr Kleid ist eigentlich kein Kleid, sondern mehr ein Schleier... Alles wirkt sehr lebensecht.«

Ich fühlte, wie mein Herz schneller schlug. War das Fortuna? War das meine Göttin? Ich mußte es genau wissen.

»Hält sie etwas in den Händen?« fragte ich heiser.

»O ja«, antwortete Schwester Anna eifrig. »Es sieht aus wie ein Trichter...«

»Es ist ein Füllhorn«, sagte ich gedankenverloren.

Ihre Augen weiteten sich. »Ein Füllhorn, was ist das? Ich habe dieses Wort noch nie gehört.«

»Falls diese Statue die römische Glücksgöttin Fortuna darstellt, so trägt sie als Attribut ein Füllhorn bei sich.«

»Und wie sieht so ein Füllhorn aus?«

Ich überlegte und suchte nach einem passenden Vergleich. »Es sieht aus wie... wie ein Trichter.«

Wir mußten beide lachen.

»Der Sage nach hat Fortuna ein Füllhorn bei sich, in dem die Gaben des Glücks enthalten sind und das sie von Zeit zu Zeit wahllos über die Menschen ausschüttet, ohne nach deren Verdiensten zu fragen.«

»Dieses Füllhorn war aber leer, wenn ich mich recht erinnere«, sagte Schwester Anna.

»Ich weiß«, nickte ich und wurde wieder ernst.

»Ach ja, und der Rand des Füllhorns ist etwas beschädigt. Es sieht so aus, als ob ein Stück fehlt. Das hätte ich beinahe vergessen.« Sie gab sich einen Ruck und meinte fröhlich: »Warum gehen Sie nicht einfach hin und schauen sich die Statue selbst an? Der kleine Spaziergang dahin lohnt sich wirklich, sie ist wunderhübsch.«

»Ich kann es nicht«, sagte ich leise.

Schwester Anna sah mich überrascht an. »Warum denn nicht?« Sie biß sich auf die Lippen. »Ich verstehe«, sagte sie nach einer kurzen Pause einfühlsam. Sie ist es schließlich gewohnt, mit Menschen, die zumindest zu einem Teil nicht normal dachten und fühlten, umzugehen. Sie haben alle irgendwelche Absonderlichkeiten an sich, darum sind sie ja hier.

»Möchten Sie, daß ich mitkomme?«

»Ja«, sagte ich spontan, um sofort wieder eine Einschränkung zu machen. »Sie könnten mich ein Stück auf dem Weg dahin begleiten... Das wäre schon viel...«

»Natürlich, das mache ich gern«, meinte Schwester Anna aufgeschlossen. Ihr Gesicht verschattete sich plötzlich. »Es müßte allerdings bald sein, denn ich bin nur noch eine Woche hier.«

Ich sah sie betroffen an. »Sie verlassen uns?«

»Ja ich... ich gehe weg. Wissen Sie, das hier ist auf die Dauer nichts für mich. Es macht mich einfach fertig... Mit Ihnen ist das etwas anderes. Zu Ihnen komme ich gern, aber Sie werden nicht immer bleiben... Dazu kommt, ich verstehe mich nicht mit Schwester Martha. Ich kann ihr nichts recht machen. Entschuldigen Sie bitte, daß ich Ihnen das alles sage. Ich dürfte Sie nicht damit belasten...«

»Haben Sie schon Pläne? Wo wollen Sie hin?«

Sie zuckte mit den Schultern. »Ich habe noch keine Ahnung. Ich muß mir erst etwas suchen. Ich würde gern in einem Kindergarten arbeiten oder bei Leuten, die Kinder haben.«

»Sie werden mir fehlen«, sagte ich. »Ich würde mich freuen, wenn Sie mir Ihre Adresse zukommen ließen, sobald Sie wissen, wo Sie untergekommen sind.«

Ihre Augen leuchteten auf. »Meinen Sie das im Ernst? Das würde ich gerne tun!«

Sie hatte ein klares, ehrliches Gesicht. Ich mochte sie sehr und spürte mit leiser Wehmut, daß ich ihre frische Art und ihre unverbildete Herzlichkeit vermissen würde.

»Wir können jetzt gleich zu der Statue gehen. Ich habe heute nichts mehr zu tun«, sagte sie in dem sichtlichen Bemühen, mir einen Gefallen zu tun.

Ich zuckte zusammen. Der Vorschlag kam überraschend. Ich war innerlich noch nicht so weit; trotzdem spazierten wir wenig später durch den Park. Ich spürte, daß Schwester Anna gern gewußt hätte, weshalb ich bisher nicht fähig gewesen war, zu der Statue zu gehen, aber sie fragte nicht, um nicht neugierig zu erscheinen, und ich fand, daß es zu weit führen würde, ihr auch nur andeutungsweise davon zu erzählen. So sprachen wir über ganz unverfängliche, alltägliche

Dinge, bis wir zu der Weggabelung kamen, an der ich sonst immer anhielt, um dann von panischer Angst erfaßt zurückzulaufen. Diesmal empfand ich keine Furcht. Ich konnte es kaum glauben. Es war wie ein unerwartetes Geschenk, das ich mit einem Gefühl freudiger Überraschung in mich aufnahm. Ich blieb stehen und holte tief Luft.

»Ich danke Ihnen, Schwester Anna, daß Sie mir etwas von Ihrer Freizeit geopfert haben, weiter möchte ich jedoch im Augenblick nicht gehen. Der Weg zur Statue war bisher ein großes Problem für mich. Niemand, der...«, ich stockte und suchte nach Worten, »...niemand, der gesund ist, wird das je begreifen können. Ich muß endlich damit fertig werden, und ich bin jetzt überzeugt davon, daß ich es schaffen kann. Aber ich weiß auch, daß ich das letzte Stück dahin allein gehen muß...« Ich warf den Kopf in den Nacken und lachte beinahe befreit: »Warum habe ich nur so lange dazu gebraucht!«

*

Sascha überlebte und entwickelte sich zu einem gesunden, kräftigen Kind. Dem stämmigen, kleinen Kerl war bald nicht mehr anzumerken, daß wir nach seiner Geburt befürchtet hatten, er wäre zu schwach um durchzukommen.

Meine zweite Schwangerschaft folgte vielleicht etwas zu schnell auf die erste, aber Anton und ich wünschten uns für Sascha einen Spielgefährten, mit dem er zusammen aufwachsen konnte. Zwischen den Geschwistern sollte kein so großer Altersunterschied bestehen wie bei Viktor und mir. Wir waren uns nun auch völlig einig über die Namensgebung. Bekämen wir wieder einen Sohn, so sollte er nach meinem kleinen Bruder Manuel heißen, eine Tochter würden wir Felicitas – das Glück – nennen.

Diesmal stand der Freude auf das zu erwartende Kind nichts im Wege. Im Gegensatz zu allem, was ich beim ersten Mal durchgemacht hatte, war die zweite Schwangerschaft völlig problemlos. Nun begriff ich auch, warum man diesen Zustand gelegentlich mit »guter Hoffnung sein« umschreibt. Ich war im wahrsten Sinne des Wortes guter Hoffnung. Ich fühlte mich großartig, hatte keinerlei Beschwerden, und blieb in dieser Zeit sogar von meinen Migräneanfällen verschont. Ich hatte akzeptieren gelernt, was in den kommenden neun Monaten in meinem Körper vorgehen würde.

Nach den letzten Routineuntersuchungen vor der Geburt hielt der Arzt es für richtig, auch diesmal einen Kaiserschnitt zu machen, um gar nicht erst ein Risiko einzugehen.

Am 10. November 1951 wurde ich in dieselbe Klinik eingeliefert, in der ich schon Sascha zur Welt gebracht hatte. Ich hatte keine Angst vor der Operation. Die Freude auf das Kind überstrahlte alles. Ich spürte eine so große, innige Verbundenheit mit ihm, daß ich mit einer gewissen Traurigkeit an den Augenblick dachte, da man es aus meinem Leib herausschneiden würde, und gleichzeitig sehnte ich ihn herbei. Diesmal würde ich Mutterliebe nicht lernen müssen – ich fühlte mich ganz und gar von ihr durchdrungen, und so war ich von heiterer Gelassenheit, als ich in den Operationssaal geschoben wurde.

Was dann geschah, weiß ich nur aus Erzählungen.

Das Kind war wieder ein Junge. Während der Operation gab es keinerlei Komplikationen. Alles verlief wie geplant. In einer vorläufigen Eintragung wurde vermerkt, daß unser Sohn Manuel heißen würde.

Man hatte ihn ordentlich eingewiesen in dieses Leben, die Nabelschnur durchtrennt, ihn gesäubert und gewickelt, und alles um ihn herum steril gemacht. Dann hatte man ihn, so wie die anderen Säuglinge auch, in ein weißausgeschlagenes Bettchen gelegt. Er muß einen zufriedenen Eindruck gemacht haben, wie man mir sagte. Er lag vorschriftsmäßig auf dem Rücken, das kleine Gesicht etwas zur Seite gedreht, die beiden Ärmchen abgewinkelt oder neben dem Kopf. Die winzigen Hände hatte er zu Fäusten geballt. Die Stationsschwestern waren zusammengelaufen, um ihn anzusehen, weil er so schön war, so vollkommen, ganz rosig und glatt. Eben ein richtiges Kaiserschnittbaby, hieß es – die sind meistens so, weil sie sich bei der Geburt nicht quälen müssen, weil sie nicht durch die dunklen, engen Geburtswege gepreßt werden und damit dem ersten Grauen, der ersten unnennbaren Angst ausgeliefert sind.

Wenig später war das Kind tot.

Ohne das geringste Aufheben zu machen, war es in seiner bestaunten Vollkommenheit dagelegen, und hatte plötzlich aufgehört zu atmen – einfach so. Man nennt das den Wiegentod, und der soll häufiger vorkommen, als man denkt. Aber hier, in diesem Fall, hatte man es gar nicht glauben können. Ganz zufrieden habe der Kleine gewirkt, so sagte man mir – und immer noch so vollkommen. Wenn Babys in diesem Alter schon lächeln könnten – was jedoch bestritten wird, denn wie man weiß, fangen sie erst später damit an – so habe doch deutlich der Anflug eines Lächelns auf seinem kleinen Gesicht gelegen. Manuel hätte ausgesehen, wie jemand, der auf stille Weise freundlich erklärt, daß er sich's anders überlegt hat und wieder gehen möchte.

Ich habe mein Kind nicht zu Gesicht bekommen, nur gehört, wie hübsch es war – und doch eigentlich auch ganz gesund, aber das käme eben vor, daß Babys einfach nicht weiter atmen. Es gäbe Statistiken darüber, wie viele Kinder dem sogenannten Wiegentod pro Jahr zum Opfer fielen.

»Sagen Sie doch etwas«, meinte die Oberschwester besorgt.

Ich bäumte mich auf und versuchte zu schreien, aber es kam nur ein heiserer Laut aus meiner Kehle. Ich schrie trotzdem weiter, mit aufgerissenem Mund, aus dem der tonlos gewordene Schmerz herausexplodierte wie in einem nicht endenwollenden Krampf.

Sie gaben mir eine Beruhigungsspritze und hielten mich danach in einer Art Dämmerschlaf. In den kurzen Phasen des Wachseins drehte sich in meinem Kopf ein sinnloses Karussell von Fragen, warum Manuel zum zweiten Mal gegangen war.

In den nun folgenden Wintermonaten litt ich unter wachsenden Depressionen. Ich befand mich in einem Zustand eigenartiger Erschöpfung. Manchmal fragte ich mich, warum man Erinnerungen nicht einfach wegwerfen kann. Lohnt es denn, die Scherben aufzuheben – all die Erinnerungen an Abgelebtes, Kränkendes, Schmerzendes... diesen Ballast, diesen Lebensmüll... und noch viel schlimmer: Die Erinnerungen an das, was *nicht* gewesen ist.

*

Die Natur bedeckte sich mit Leichentüchern aus Schnee. Die kahlen Bäume streckten ihre schwarzglänzenden Äste stumm klagend in den frostigen Himmel. Wenn ich es recht bedenke, so habe ich den Winter mein ganzes bisheriges Leben immer als quälend empfunden. Er bedrückt mich und macht mich mutlos. Schon als Kind hatte ich nie den naßforschen Spaß an Schneeballschlachten, auch nicht am Bauen von Schneemännern, diesen plumpen Ungetümen, die mich irgendwie traurig stimmten, wie schlechte Clowns im Zirkus, über die keiner lachen mag.

Ich zwang mich, ab und zu nach draußen zu gehen, auch weil sich immer jemand fand, der mich hinausschickte mit der Begründung, daß die frische Luft doch so gesund sei. »Spazierengehen wird dir guttun«, meinte Anton besorgt. »Es regt den Kreislauf an und du kommst dabei auf andere Gedanken.« Um meinen guten Willen zu zeigen, ging ich also hinaus, kehrte jedoch meistens schnell wieder um. Ich fühlte mich wie zerschlagen, wenn ich eine Weile in der Kälte war. Sie machte mich elend und schnürte mir den Atem ab. Ich erholte mich oft für den Rest des Tages nicht mehr davon, selbst wenn ich mich längst wieder im Haus in einer warmen Ecke verkrochen hatte.

Dann kam das Frühjahr, und ich hoffte, daß sich mit dem Aufblühen der Natur alles zum Guten hin ändern würde.

Das Gegenteil war der Fall.

Der Frühling ist rücksichtslos. Er überrennt einen mit seiner optimistischen Stärke, mit dieser Urgewalt, die alles zu neuem Leben erweckt. Der Frühling macht müde und zehrt an den letzten Kräften der Schwachen.

Ich wurde von einer grenzenlosen Traurigkeit ergriffen, gegen die ich mich nicht mehr wehren konnte. Die Sonne, die siegreich wiederkehrte, erreichte mich nicht. Es war, als wäre ich in ein tiefes, schwarzes Loch gefallen, in das keine Helligkeit drang und aus dem ich nicht wieder herausfand.

*

Ich weiß nicht mehr, was in mir vorging, als ich die Tabletten schluckte. Ich weiß es auch heute noch nicht. Ich wollte mich nicht umbringen, nicht wirklich. Ich bin überzeugt davon, daß ich es auch nicht tat, um auf mich aufmerksam zu machen. Vielleicht wollte ich das Sterben nur ein bißchen probieren, oder nur eine Weile wegtauchen aus dem Leben, mit dem ich nicht fertig wurde... eine Pause einlegen... es still haben und nicht denken müssen.

Ich wußte ja auch, daß die Dosis nach menschlichem Ermessen nicht tödlich sein würde – und wenn doch, dann wäre es mir egal gewesen. Ja, ich glaube, es hätte mir nichts ausgemacht.

Anton fand mich, als ich in tiefer Bewußtlosigkeit auf dem Bett lag. Ich hatte keinen Abschiedsbrief geschrieben, und so vermutete er zunächst einen Schwächeanfall. Erst als ich trotz seiner Bemühungen nicht zu mir kam, alarmierte er den Arzt. Dann entdeckte er auch auf meinem Nachttisch das leere Wasserglas, an dessen innerem Rand sich noch Spuren der aufgelösten Tabletten befanden. Nachdem man mir im Krankenhaus den Magen ausgepumpt hatte, kam ich wieder zu mir. Anton war totenblaß und konnte nicht begreifen, was ich getan hatte – und ich konnte es ihm nicht erklären. Stumm und hilflos saß er an meinem Bett. Ich sah seine Verzweiflung, seine Liebe und die Trauer über sein Unvermögen, mir zu helfen. Ich konnte ihm ebenfalls nicht helfen, auch wenn ich es noch so sehr wünschte. Da war etwas, das stärker war als wir beide, eine böse Kraft, die mich zerstören würde. Antons Liebe konnte mich nicht davor bewahren. Oder doch?

Vielleicht war es gut, daß ich schwach und willenlos war, so daß ich alles mit mir geschehen ließ und mich nicht dagegen wehrte, als Anton beschloß, mich zu Ihnen, verehrter Herr Professor, in dieses Sanatorium zu bringen. Sie waren seine letzte Hoffnung.

Sie nahmen mich auf unter der Bedingung, daß ich vorläufig keinen Kontakt zu meiner Familie haben dürfte. Ich sollte völlig auf mich gestellt und durch nichts abgelenkt sein. Um zu einer psychischen Heilung und Selbstfindung kommen zu können, würde ich gegen alle Einflüsse der Außenwelt abgeschirmt werden. Es würde keine Besuchserlaubnis geben, und auch ein gelegentlicher Briefwechsel sei nicht erwünscht. Es war schwer für Anton, das zu akzeptieren, doch dann rang er sich schließlich dazu durch.

»Ich will, daß sie gesund wird«, sagte er zu Ihnen, bevor er sich verabschiedete. Er nahm mich in seine Arme.

»Ich warte auf dich, mein Liebling. Ich brauche dich!«

Tränen brannten in meinen Augen, als er sich von mir löste. Wie durch einen Schleier sah ich ihn durch die Tür gehen, ohne daß er sich noch einmal umdrehte. Wie hatte er nur sagen können, daß er mich braucht?

Ich war nutzlos, ich hatte versagt – ich glaubte, an meiner inneren Qual ersticken zu müssen.

Acht Tage regnete es ununterbrochen.
  Ich stand lange am geöffneten Fenster meines Zimmers und sah hinaus auf den Park und auf die dahinter sanft ansteigende, hügelige Landschaft. So viel Grün in allen Schattierungen – wie beruhigend das ist! Ich mußte plötzlich daran denken, daß ich als sehr junges Mädchen einmal in mein Tagebuch schrieb, daß ich Regen schön finde. Daran hat sich bis heute nichts geändert, auch wenn bei diesem andauernden Landregen die Welt hinter einem grauen, nebligen Schleier versinkt. Die Luft ist so frisch, die Natur wie blankgeputzt. Das Geräusch der unzähligen, herabfallenden Tropfen gibt mir ein Gefühl der Geborgenheit.
  Ich bin ausgeglichen und zum ersten Mal seit langer Zeit nicht auf der Flucht vor mir selbst. Das Schreiben hat Ordnung in das Chaos meiner Gedanken gebracht, auch wenn ich vieles, was mir widerfahren ist, immer noch nicht ganz begreifen kann. In Zukunft glaube ich, damit fertig werden zu können. Ich habe schon seit geraumer Zeit keine Migräne mehr gehabt. Es fällt mir auf, daß ich fast frei bin von all den Beschwerden, unter denen ich gelitten habe, bevor ich in dieses Sanatorium kam – frei von der Unruhe, der Schlaflosigkeit, den Depressionen und auch von den Schuldgefühlen. Ich fühle mich auf einmal stark genug, den letzten Schritt zu tun, der meiner endgültigen Genesung noch im Wege steht.
  Ich weiß genau, was zu tun ist. Habe ich das nicht schon immer gewußt? Ich muß meine Angst, diese sinnlose, panische Angst vor der Statue verlieren. Ich darf nicht mehr davonlaufen. Ich habe begriffen, daß ich hingehen muß, um endlich frei zu werden. Eine dunkle Ahnung hat mir stets gesagt, daß dort die Antwort auf alle Fragen zu finden ist. Inzwischen bezweifele ich, daß ich bisher der Wahrheit wirklich auf die Spur kommen wollte. Wäre ich ihr sonst so lange ausgewichen? Warum hatte ich Angst – so große mörderische Angst, daß ich sie immer wieder zum Vorwand nahm, mich der Statue nicht zu nähern. Es ist dieselbe, die ich von Peterhof her kenne und die nun hier im Park steht, da bin ich ganz sicher. Aber was macht das schon aus? Ich weiß doch längst, was damals geschehen ist. Alexander hat dort unter rätselhaften, nie geklärten Umständen den Tod gefunden. Eine verrückte Vision hat mich schauen

lassen, daß die Statue blutete. Das war aber nur ein einziges Mal so gewesen und gehört nun der Vergangenheit an.

Ich muß die Statue nicht mehr fürchten. Ich darf die Angst endlich abschütteln, das haben meine Träume mir zu verstehen gegeben. Schwester Anne hat das Sanatorium inzwischen verlassen. Ich brauche jedoch niemanden mehr, der mich zu der Statue begleitet. Auch wenn ich es nicht wahrhaben wollte, so habe ich doch immer tief in meinem Inneren gewußt, daß ich allein hingehen muß, wenn ich Klarheit und Ruhe finden will. Sobald es aufhört zu regnen, werde ich mich auf den Weg machen.

Ich werde es ohne fremde Hilfe schaffen.

Ich habe Ihnen, verehrter Herr Professor, viel zu danken – nicht allein für Ihre Geduld, Ihr Verständnis und die richtige Therapie. Ich danke Ihnen ganz besonders dafür, daß Sie mir Vertrauen entgegenbrachten. Als ich hier vor Monaten in diesem jämmerlichen Zustand eingeliefert wurde – verzweifelt und hoffnungslos –, da sagten Sie, daß Sie mich nicht unter ständige Aufsicht stellen würden, wenn ich versprechen könnte, nicht wieder solchen Unsinn zu machen wie damals, als ich die Tabletten nahm. Ich habe es versprochen, und Sie haben mir geglaubt. Auch das war ein Ansporn, eine Hilfe, eine Verpflichtung.

Seit Anfang Mai bin ich hier in diesem Sanatorium. Der Frühling, der Sommer sind gegangen. Es wird langsam Herbst. Ich möchte nach Hause zu meinem Mann. Ich will versuchen, meinem Sohn eine gute Mutter zu sein.

Ich fühle, daß meine Zeit hier abgelaufen ist.

*

Was hat mich nur in diese trügerische Sicherheit gewiegt, daß ich glaubte, stark genug zu sein, um allein und unbeschadet zu der Statue hingehen zu können. Hat meine namenlose Angst mich nicht immer wieder davor gewarnt? Ich habe mich von törichten Träumen einlullen lassen, die letzten Endes dazu führten, daß ich mich beinahe arglos auf den Weg machte.

Ich bin dort gewesen... Oh, mein Gott, ich bin wirklich hingegangen, weil ich endlich etwas zum Abschluß bringen wollte.

Jetzt weiß ich, daß es mir schon seit langem vorbestimmt war, die Wahrheit zu erfahren, obwohl ich immer angenommen hatte, es sei mir selbst und meinem freien Willen überlassen, sie zu finden.

Nun habe ich die Antwort auf meine Fragen, die grausame Gewißheit. Jetzt kenne ich die ganze... die schreckliche Wahrheit, und es ist, als würden immer neue Wellen des Entsetzens über mir zusammenschlagen. Der Schock sitzt mir immer noch in allen Gliedern. Meine Hände zittern; trotzdem muß ich es aufschreiben, was da heute bei der Statue geschehen ist, muß versuchen, es in Worte zu fassen, damit ich nicht den Verstand verliere.

*

Wie schön dieser Tag begann, wie unbeschwert und friedlich. Nach dem lang anhaltenden Regen hatte es sich zwar ein wenig abgekühlt, aber für Mitte September war es immer noch sommerlich warm. Der Himmel war teilweise von strahlenden Schönwetterwolken bedeckt, von weißen Traumgebirgen, die satt und träge dahinziehen und der Phantasie sich ständig verwandelnde Bilder vorgaukeln. Gelegentlich verbarg sich die Sonne hinter ihnen, wie zu einem heiteren Versteckspiel.

Mit Stolz entdeckte ich noch einen weiteren Fortschritt an mir. Früher war ich oft unsicher gewesen, schwankend in meinen Entschlüssen und leicht aus dem Gleichgewicht zu bringen. Wie oft wollte ich etwas tun, das ich dann doch nicht ausführte. Jetzt war das anders. Ich hatte mir vorgenommen, zu der Statue zu gehen, sobald der Regen aufgehört hatte. Es ist noch gar nicht lange her, da hätte ich jede Menge Ausreden gefunden, um es schließlich doch bleiben zu lassen. Heute würde ich meinen ganzen Mut zusammennehmen und meinen Entschluß in die Tat umsetzen.

Wieder stand ich am geöffneten Fenster und sah hinaus. Ich atmete tief und ruhig. Ich wollte den Morgen und den Vormittag verstreichen lassen und warten, bis alle beim Mittagessen waren, um sicherzugehen, daß ich niemandem im Park begegnen würde. Ich würde mich entschuldigen und sagen, daß ich nicht zum Essen käme, weil ich keinen Hunger hätte. Es stellte sich heraus, daß das sogar stimmte. Als ich mich um die Mittagszeit auf den Weg machte, hätte ich vor Aufregung keinen einzigen Bissen heruntergebracht.

Ich schlenderte durch den Park und versuchte, mir über meine augenblicklichen Empfindungen klarzuwerden.

Ich hatte keine Angst... nein, ich fürchtete mich nicht. Da war nur eine nervöse Spannung in mir, die ständig wuchs, je näher ich der Weggabelung kam.

Die Gärtner hatten das Gras gemäht. Den Wiesen entströmte ein süßer, schwerer Duft nach Heu und sonnendurchwärmter Erde. Die zartgesponnenen Fäden des Altweibersommers schwebten schwerelos durch die Luft.

Um mich herum war Stille. Wäre es mir nicht kindisch vorgekommen, hätte ich am liebsten ein Lied vor mich hin gesungen, so als wollte ich mir damit beweisen, daß ich mich nicht fürchtete. Die närrische alte Frau kam mir in den Sinn, die, wann immer man ihr begegnet, stets dasselbe einfältige Kinderlied singt: »Wer hat Angst vor'm bösen Wolf, bösen Wolf, bösen Wolf...« Vielleicht tut sie das, um sich Mut zu machen, weil sie selbst ständig Angst hat.

Wie still es war! Ich hörte nichts um mich herum, keinen Windhauch, kein Rascheln des Laubes, kein Vogelgezwitscher, kein Summen der Insekten... nur das Klopfen meines Herzens, den Pulsschlag, der mir in den Schläfen dröhnte, und meine leisen Schritte, die sich nun verlangsamten.

Die Statue kam in Sicht.

Mit Genugtuung stellte ich fest, daß ich mich immer noch nicht fürchtete. Ich zitterte zwar ein wenig, aber ich ging weiter. Ich fühlte mich förmlich gezwungen, weiterzugehen. Ich konnte mich gar nicht dagegen wehren.

Wenn nur diese Stille nicht gewesen wäre! Sie war nicht wohltuend. Sie war bedrückend und zerrte an meinen Nerven.

Ich war der Statue noch nicht ganz nahe gekommen, da wußte ich bereits mit endgültiger und absoluter Gewißheit, daß es dieselbe war, die ich auf Peterhof gesehen hatte. Ich erkannte sie wieder an ihrem hochmütigen Lächeln, an der schlanken Schönheit ihrer Gestalt und an dem leeren Füllhorn, das in ihrer linken Armbeuge ruhte, und an dessen Rand unverkennbar ein Stück fehlte.

Ich starrte sie an. War sie mir eben noch wie eine gute alte Bekannte erschienen, so beschlich mich plötzlich wieder jenes Unbehagen, das mich damals schon bei ihrem Anblick erfaßt hatte. Mit schier unerträglicher Intensität überfiel mich die Erinnerung daran, und so wie die Stille um mich herum unnatürlich war und ich das spürte... so war da noch etwas... etwas Fremdes, Unbegreifliches. Es war mit einem anderen Gefühl von Furcht verbunden, als ich es bisher gekannt hatte. Es war eine Angst, die nichts mit dem Leben zu tun hatte, sondern mit dem Sterben, mit dem Tod. Ein Schauer lief mir über den Rücken.

Ich spürte, daß der Tod hier lauerte.

Ich wollte umkehren, einfach davonlaufen, aber ich kam nicht von der Stelle. Hilfesuchend sah ich mich um.

Auch das hier war eine Lichtung. Der Abstand zum gegenüberliegenden Waldrand war fast der gleiche wie der auf Peterhof. Der neue Besitzer der Statue hatte sie, ohne es zu wissen in eine fast identische Umgebung gestellt.

Als ich mich wieder der steinernen Göttin zuwandte, fuhr mir ein solcher Schreck in die Glieder, daß ich glaubte, mein Herz bliebe stehen. Für den Bruchteil einer Sekunde wurde mir schwarz vor Augen.

Neben der Statue stand Alexander.

Ich hatte nicht damit gerechnet, daß ich ihn in diesem Leben je wiedersehen würde. Wie sehr hatte ich mir das einmal gewünscht! Jetzt wurde ich von Grauen gepackt.

Sein Gesicht war bleich, nur die Narbe auf seiner Stirn schien zu glühen. Seine Augen schauten mich nicht an... nein, sie blickten an mir vorbei, als wäre ich gar nicht vorhanden. Da mußte etwas hinter mir sein... etwas, das ich eben noch nicht bemerkt hatte... denn ich sah, wie Alexanders Augen sich vor Entsetzen weiteten, wie er mit seinen Händen eine unbestimmte, abwehrende Bewegung machte...

Ich fuhr herum.

Hinter mir, am Rand der Waldlichtung halb hinter Bäumen und Gesträuch versteckt, stand Draga... eine junge Draga, so wie ich sie auf der Photographie mit Alexander gesehen hatte. Sie trug ein Jagdkostüm und hielt ein Gewehr in den Händen. Auch sie war bleich. Sie wirkte sehr ernst, sehr konzentriert und war in ihrer kalten Schönheit der Statue ähnlich. Sie schien mich ebenfalls nicht zu bemerken, denn sie schaute unmittelbar an mir vorbei hinüber zu Alexander. Ihre Augen waren voller Haß.

Was jetzt geschah, ließ mir das Blut in den Adern gefrieren. Ich sah, wie Draga langsam das Gewehr hob und zielte.

Ich stand da, wie zur Salzsäule erstarrt. Ich mußte plötzlich an die widerliche fette Kröte denken, die ich damals unter dem feuchten Blättergewirr entdeckt hatte, als ich mit Alexander an jenem Nachmittag auf Peterhof durch den Wald gegangen war. Deutlich sah ich sie wieder vor mir, braungelb gefleckt und klebrig... wie sie den anmutigen, ahnungslosen Falter belauerte... wie sie blitzschnell und todbringend auf ihn niederfuhr und ihn zermalmte. Ich hatte es nicht verhindern können, obwohl ich genau gewußt hatte, was geschehen würde.

So war es auch jetzt.

Ich war unfähig einzugreifen. Was nun kommen würde, war unabänderlich. Ein Gefühl von Taubheit kroch an meinen Beinen empor bis in die Magengrube. Es war wie in einem Alptraum, aus dem man nicht entfliehen kann. Ich versuchte wegzulaufen, aber meine Beine waren lahm und kraftlos, wie ohne Knochen. Meine Füße ließen sich nicht heben, so als steckten sie mit Gewichten beschwert in einem zähen Morast... Der Alptraum nahm kein Ende...

Ich sah, wie Draga den Finger am Abzug bewegte.

Ich wollte schreien, aber aus meiner Kehle drang kein Laut.

Eine barmherzige Ohnmacht umfing mich und ließ mich den Schuß nicht mehr hören... ließ mich nicht mehr sehen, wie Alexander tödlich getroffen zu Boden sank.

Als ich irgendwann wieder zu mir kam, war nichts von der Vision geblieben. Es war, als hätte das grauenvolle Geschehen gar nicht stattgefunden. Ich wußte nicht, wie lange ich bewußtlos gewesen war, aber das spielte auch keine Rolle. Noch einmal, wie schon so oft, preßte die Angst mir die Luft ab. Ich mußte hier weg... mußte dieser bösen Stille um mich herum entfliehen... mußte für immer dem Einfluß der teuflischen Statue entkommen. Irgendwie gelang es mir, trotz meiner Benommenheit aufzustehen, und mich zum Sanatorium zurückzuschleppen.

Der Park war wie ausgestorben. Ich begegnete keiner Menschenseele, also konnte noch nicht allzu viel Zeit nach dem Mittagessen vergangen sein. Das war gut so. Ich hätte mit niemandem reden können. Mir war, als taumelte ich am Abgrund des Wahnsinns entlang. Am ganzen Körper zitternd, gelangte ich ungesehen ins Haus und auf mein Zimmer, wo ich mich immer noch wie betäubt vor Angst auf mein Bett fallen ließ, und mein Gesicht in den Kissen vergrub.

Es schien mir eine Ewigkeit zu dauern, bis ich imstande war, wieder einen klaren Gedanken zu fassen.

»Einmal wirst du alles wissen!« hatte Alexander vor Jahren zu mir gesagt. Wie eine schöne Verheißung hatte das geklungen, wie ein beglückendes Versprechen. Jetzt kannte ich die furchtbare Wahrheit, aber ich wußte nicht, was ich damit anfangen sollte. Der Fall war längst abgeschlossen, der Mord inzwischen verjährt, und Peterhof gab es nicht mehr. Wem würde die Wahrheit heute noch nützen? Wer würde sie überhaupt glauben? Wie ließ sie sich heute noch beweisen?

Draga hatte irgendwo in Amerika ein neues Leben begonnen. Niemand wußte, wo sie jetzt war.

»Ich ziele gut, und ich treffe immer!« hatte ich sie einmal sagen hören. Sie hatte Alexander genau in die Stirn getroffen, zwei Finger breit über dem Haaransatz seiner rechten Augenbraue. Er mußte sofort tot gewesen sein.

Im nachhinein konnte ich mir nun vieles, was ich damals nicht begriffen hatte, erklären. Die Angst, die Draga vor mir gehabt hatte, die gelegentliche Panik in ihren Augen, ihre fast hilflose Wut, wenn ich immer wieder beharrlich nach Alexander und der Statue gefragt hatte... Ihr Entsetzen, daß nach all den Jahren, in denen sie sich sicher gefühlt hatte, eine unerwartete Bedrohung auf sie zugekommen war die, wenn schon nicht ihr Leben, so doch zumindest ihre gesellschaftliche Stellung, ihre Existenz und ihr Ansehen in Gefahr bringen und zerstören konnte.

Ohne es zu ahnen, war ich diese Bedrohung gewesen.

Ich war längst verwehten Spuren gefolgt und hatte die Schatten der Vergangenheit erneut heraufbeschworen. Draga mußte nun damit rechnen, daß irgendwann die wahren Zusammenhänge jenes sogenannten tragischen Unglücksfalles ans Licht kommen würden.

Sie hatte ein perfektes Verbrechen geplant. Nach menschlichem Ermessen hätte ihre Tat unentdeckt bleiben müssen. Sie hatte alles eiskalt bedacht und die Welt um sich herum getäuscht. Womit Draga nicht gerechnet hatte, war, daß eines Tages ein unscheinbares, junges Mädchen kommen würde, das durch seine mediale Veranlagung, seine Visionen und die Gabe des Zweiten Gesichts, das ganze Lügengebäude, die trügerische Fassade jahrelanger Sicherheit zum Einsturz bringen konnte.

Unter allen damals auf Peterhof Anwesenden war Draga die einzige gewesen, die man mit der Tat nicht in Verbindung gebracht hatte. War sie doch die große Leidtragende, die einen grausamen Verlust erlitten hatte. Niemand hatte gesehen, daß sie, die an jenem Morgen mit der Jagdgesellschaft aufgebrochen war, sich unbemerkt von den andern davongestohlen hatte, um Alexander bei der Statue zu treffen, dort, wo sie noch vor der offiziellen Verlobung ihre ersten heimlichen Rendezvous gehabt hatten.

Nur einer hatte gewußt, daß Draga kommen würde: Alexander selbst.

Ogdan hatte damals ausgesagt, Herr Mehring hätte einen bedrückten Eindruck gemacht, bevor er zu seiner Verabredung aufgebrochen sei.

Als Alexander zu der Waldlichtung ging, hatte er gewußt, daß es zu einer letzten, zu einer allerletzten Aussprache kommen sollte, und er war sich im klaren darüber gewesen, daß es nicht leicht werden würde. Er hatte Draga längst durchschaut. Er hatte erkannt, daß sie herrschsüchtig und besitzergreifend war, daß sie ihn nicht ohne weiteres gehen lassen würde. Aber er hatte sicher nicht damit gerechnet, daß sie ihn eher töten würde als zuzulassen, daß er sie verließ. Was sie nicht haben konnte, sollte auch keine andere bekommen. Alexander hatte sich nicht vorstellen können, daß ihn die Frau, die ihn angeblich so liebte, aus gekränkter Eitelkeit und verletztem Besitzerstolz umbringen würde. Das war sein tödlicher Fehler gewesen.

Nach dem Mord war Draga sehr geschickt vorgegangen. Sie hatte alle ihre Spuren beseitigt, und der Regen hatte ihr dabei geholfen. Da sie sich auf Peterhof so gut auskannte wie sonst niemand, dürfte es ihr ein leichtes gewesen sein, die Tatwaffe so gründlich zu verstecken, daß keiner sie jemals finden würde.

War Alexander eine erdgebundene Seele? War er mit der Tatsache seines gewaltsamen Todes nicht fertig geworden?

»Diese Spukerscheinungen sind häufiger, als man zu glauben geneigt ist«, hatte Professor Michailović in Agram gesagt. Er hatte meinen Vater gewarnt und ihn aufgefordert, mich wegzuschicken.

»Wenn Sie Ihre Tochter dem Einfluß Alexanders nicht entziehen, könnte Besessenheit die Folge sein!«

Besessenheit. War ich von Alexander besessen? Und wenn ja, warum hatte er sich gerade mich ausgesucht... ein halbes Kind damals noch... unerfahren, unwissend und leichtgläubig? Alexander hatte von mir Besitz ergriffen, als ich mein kindliches Gliederpuppenspiel gespielt und mich dabei selbst in eine Art Trance versetzt hatte, so ähnlich, wie die erfahrenen Medien das machen, wenn sie mit den Toten Kontakt aufnehmen wollen.

Ich war eine leichte Beute geworden und hatte alles gründlich mißverstanden. Alexander hatte mich nicht geliebt, wie meine Einbildungskraft mir das vorgegaukelt hatte. Er hatte mich benutzt... ganz einfach benutzt, um darauf aufmerksam zu machen, daß er ermordet worden war. Es war kein Jagdunfall gewesen, sondern ein kaltblütig geplanter Mord... Und Draga, die ihn verübt hatte, der das allgemeine Mitgefühl galt, die so verzweifelt schien, daß ihre Freunde befürchtet hatten, sie könne sich etwas antun... auf sie war nicht der Schatten eines Verdachts gefallen.

Vom ersten Augenblick an, da ich Alexander traf, wurde ich zu seinem Werkzeug, ohne zu ahnen, was da mit mir geschah. Er hat mein Leben beeinflußt und mir seinen Willen auf subtile und doch verheerende Weise aufgezwungen.

Meine Gedanken verwirren sich.

Ich bin wie im Fieber.

Ich erinnere mich an das, was Alexander damals beim Abschied zu mir gesagt hat:

»Am See wirst du mich wiederfinden!«

Hier gibt es einen See... Ich weiß auch, wie man dahingelangt, obwohl es verboten ist. Vor langer Zeit habe ich ein Loch im Zaun gefunden, eine verborgene Stelle, wo man durch den Stacheldraht hindurchschlüpfen kann.

Morgen werde ich zum See gehen.

Ich werde Alexander fragen, warum er wie ein Dämon von mir Besitz ergriffen hat, um Licht in sein dunkles Schicksal zu bringen.

Ich werde ihn fragen, warum gerade ich zu der Aufklärung eines Verbrechens beitragen soll, über das die Zeit hinweggegangen ist und für das niemand mehr zur Rechenschaft gezogen werden kann.

Ich werde ihn nach dem Sinn von all dem fragen...

Ich werde ihn fragen...

Epilog

Professor Dombrowsky und sein langjähriger Freund Professor Lucius Scofield saßen sich gegenüber. Sie hatten sich am Nachmittag in das geräumige, helle Privatsprechzimmer im ersten Stock des Sanatoriums zurückgezogen und Anweisung gegeben, daß sie nicht gestört werden wollten.

Scofield bekleidete einen Lehrstuhl für Parapsychologie am Stanford Institut der Universität Kalifornien. Auf seiner Vortragsreise durch Europa war er auch nach Österreich gekommen, um seinen ehemaligen Studienkollegen von damals wiederzusehen. Die Autofahrt von Wien hinaus zum Sanatorium hatte nur eine gute halbe Stunde gedauert. Seit einer knappen Woche war er fast jeden Tag draußen gewesen. Er sprach noch immer sehr gut deutsch, denn er hatte zusammen mit Konrad Dombrowsky zwischen den beiden Weltkriegen einige Semester Medizin und Psychologie in der Donaumetropole studiert und unter anderem auch Vorträge bei dem berühmten Alfred Adler, einem Schüler Sigmund Freuds, besucht. Nach Amerika zurückgekehrt, hatte er sich ganz der Parapsychologie zugewandt, während Dombrowsky sich für die Psychiatrie entschieden hatte.

Scofield hatte die umfangreichen Tagebucheintragungen der Immy von Bernsdorf vor sich, und soeben die letzte Seite der losen Blätter beiseite gelegt.

»Nun, was hältst du davon?« fragte Dombrowsky erwartungsvoll.

»Sehr interessant«, murmelte Scofield. Er blickte unsicher hoch. »Kann es sein, daß ich nicht alles bekommen habe? Die Aufzeichnungen brechen mitten im Satz ab.«

»Sie hat nicht weitergeschrieben.«

»Ich verstehe«, sagte Scofield nachdenklich. »Ich bin dir jedenfalls sehr dankbar, daß du mir Einblick gewährt hast. Wir haben es hier mit einer medial veranlagten Frau zu tun, deren Begabung sich schon im Kindesalter zeigte, und die sich kontinuierlich weiterentwickelt hat. Dieser Fall schlägt zum Teil genau in mein spezielles Interessengebiet, die Psychometrie. Es ist selten, daß man so ausführliches, authentisches Material in die Hände bekommt.«

»Ich weiß, daß du ständig auf der Suche nach neuen Fakten bist. Darum habe ich das alles für dich aufgehoben«, sagte Dombrowsky lächelnd. »Mir selbst, als verhältnismäßig nüchtern denkendem Menschen, ist es nicht immer leichtgefallen, Verständnis für die hier geschilderten Ereignisse aufzubringen oder ihnen gar den nötigen Glauben zu schenken. Wenn ich auch inzwischen durchaus gewillt bin, paranormale Phänomene wie Telepathie, Hellsehen, sowie Retrokognition* zur Kenntnis zu nehmen, so kann ich doch die seltsamen Geschehnisse, die mit der Statue verknüpft sind, nur schwer begreifen. Hierzulande wird man immer noch etwas schief angesehen, wenn man sich zuviel mit dem Okkulten beschäftigt, das heißt, man kann damit sehr schnell seinen seriösen Ruf als Wissenschaftler aufs Spiel setzen.«

»Es stimmt durchaus, daß wir drüben mit dem Übersinnlichen weniger Probleme haben als ihr. In Amerika steht man diesen Dingen viel aufgeschlossener gegenüber«, sagte Scofield amüsiert.

»Dann hast du sicher, was die Vorgänge um die Statue betrifft, eine Erklärung für mich.«

»Damit habe ich, ehrlich gestanden, keine Schwierigkeiten. Das, was da geschehen ist, paßt genau in das Gesamtbild, das ich mir inzwischen gemacht habe. Natürlich kommen hier einige paranormale Phänomene zusammen. Was die Statue angeht, so haben wir es hier wohl eindeutig mit einem Fall von Psychometrie** zu tun. Es gibt für mich keinen Zweifel daran, daß Gegenstände, die in enger Verbindung mit Menschen standen, von deren Gedanken und Gefühlsausstrahlungen durchdrungen sind. In diesem Zusammenhang ist auch bekannt, daß nicht nur Gegenstände, sondern auch Orte Emotionen speichern, ja geradezu von ihnen aufgeladen werden, vor allem wenn es sich um derartig starke Gefühlsströme handelt, wie sie durch Unfälle mit Todesfolge oder einen Mord freigesetzt werden. Fast alle anerkannten Spukphänomene basieren darauf.

Der Mord an Alexander war eng mit der Statue verknüpft. Das dürfte die einleuchtende Erklärung für die paranormalen Vorgänge sein, in die Frau von Bernsdorf in ihrer Eigenschaft als Medium und hochgradig Sensitive verwickelt wurde.«

---

* Die Vision von Ereignissen, die sich in der Vergangenheit zugetragen haben.
** Psychometrie: die Fähigkeit mancher Medien, ohne jedes Vorwissen, allein anhand eines Gegenstandes, über dessen Herkunft, die Geschichte des Objektes, vor allem auch über Leben und Schicksal von dessen Inhaber nähere Aussagen zu machen.

Lucius Scofield schwieg. Dann sagte er plötzlich unvermittelt: »Sie hat sich also umgebracht.«

Professor Dombrowsky sah seinen Freund überrascht an. »Wie kommst du darauf?« fragte er schließlich.

»Liegt das nicht auf der Hand? Die Aufzeichnungen wurden abrupt unterbrochen und nicht zu Ende geführt... Aus dem Verlangen, Alexander wiederzusehen, ihn am See zu treffen – an einem Ort, den aufzusuchen den Patienten mit gutem Grund verboten ist – daraus spricht aus meiner Sicht eine deutlich erkennbare Todessehnsucht.«

Dombrowsky strich sich nachdenklich mit der Hand über sein Kinn. »So wie du das jetzt darlegst, hätte es tatsächlich sein können. Das Personal war übrigens auch in heller Aufregung, aber ich selbst bin keine Sekunde auf den Gedanken gekommen, sie könnte sich zu diesem Zeitpunkt noch etwas angetan haben, zumal sich in Wirklichkeit alles ganz anders abgespielt hat. Sie war ja eigentlich schon gesund und hatte mir außerdem von Anfang an versprochen, keinen Suizidversuch mehr zu unternehmen...«

»So ein Versprechen ist keine Garantie«, unterbrach Scofield. »Nicht wenn es von einem psychisch labilen Menschen gegeben wird.«

»Ich weiß, ich bin sonst auch sehr vorsichtig. Aber ihr habe ich geglaubt. Sie war doch schon so gut wie geheilt. Man kann das auch an dem sich zum Positiven hin verändernden Schriftbild ihrer Aufzeichnungen erkennen. Jeder Graphologe wird bestätigen können, daß ihre seelische Gesundung sich auch in ihren Schriftzügen niederschlug. Sie wollte außerdem nach Hause. Sie hatte inzwischen erkannt, wohin sie gehört. Dieser Anton von Bernsdorf ist übrigens ein prächtiger Mensch. Ich kenne ihn schon seit seiner Kindheit. Sie hat ihn in ihrem Herzen vermutlich schon lange geliebt, ohne es selbst zu wissen, denn rein verstandesmäßig war sie immer noch auf Alexander fixiert.«

»Sie war besessen.«

»Besessen? Glaubst du das wirklich?«

»Ich bin ganz sicher, daß es so war«, sagte Lucius Scofield überzeugt. »Der Kollege Michailović in Kroatien hat meines Erachtens eine durchaus richtige Prognose gestellt.

Natürlich ging es hierbei nicht um diese... ich nenne sie immer

biblische Form von Besessenheit, wie wir sie auch noch im Mittelalter finden, wo sich die Leute mit Schaum vor dem Mund in wilden Zuckungen auf dem Boden wälzten und sich als Opfer höllischer Mächte verstanden. Hier handelt es sich um eine viel subtilere Art der Besessenheit, die nicht mehr auf den Einfluß des Teufels oder irgendwelcher Dämonen zurückgeführt werden kann. Besessenheit hat heutzutage viele Gesichter. Sie äußert sich in Ängsten, Phobien und Komplexen, in Ungereimtheiten und Anomalien der Verhaltensweisen. Sie sind aber allesamt nur Symptome für etwas latent Verborgenes... eben für Besessenheit durch irgend jemanden oder durch irgend etwas, und weil man diese als Krankheitsursache meistens nicht vermutet, sind die Heilungschancen oft sehr gering. Ich gehe sogar so weit zu behaupten, daß die Hälfte aller Insassen dieser Sanatorien und Anstalten für psychisch Gestörte aus Menschen besteht, die in irgendeiner Weise besessen sind.« Lucius Scofield hielt inne. »Sie hat also keinen Selbstmord verübt. Was geschah weiter?«
»Sie war zunächst verschwunden.«
»Was heißt verschwunden?«
»Nun ja, nicht wirklich verschwunden«, korrigierte sich Professor Dombrowsky. »Sie war nur zur gewohnten Zeit nicht auf ihrem Zimmer, und das hat natürlich zunächst einige Aufregung verursacht. Als die diensthabende Schwester am nächsten Morgen routinemäßig in das Zimmer kam, fand sie es leer vor und das Bett so gut wie unbenutzt. Zuerst dachte sie sich nichts dabei, aber als sie in Abständen von je einer Viertelstunde nachsah und Frau Bernsdorf immer noch nicht da war, begann sie sich Sorgen zu machen. Sie rief die Oberschwester, die daraufhin das Zimmer durchsuchte und die Aufzeichnungen unter dem Kopfkissen fand. Nachdem beide die letzte Seite gelesen hatten, äußerten die Schwestern sofort den Verdacht, Frau von Bernsdorf könnte Selbstmord verübt haben. Die Ankündigung, zum See gehen zu wollen, wirkte ausgesprochen alarmierend. Es wurde Meldung erstattet, und man ging daran, den See und sein Ufer systematisch abzusuchen, ohne jedoch eine Spur von der Patientin zu finden.
  Später stellte sich heraus, daß sie spazierengegangen war, allerdings in eine ganz andere Richtung als gewöhnlich. Als sie nichtsahnend von dem Wirbel, den sie verursacht hatte, ins Haus zurückkehrte, ließ ich sie zu mir kommen, zumal sie mich sprechen wollte.

Auf meine Frage, warum sie weggegangen sei, erzählte sie mir zuerst von ihrem letzten, furchtbaren Erlebnis bei der Statue und daß sie daraufhin eine sehr unruhige Nacht verbracht habe. Ohne sich auszuziehen und die Tagesdecke abzunehmen, habe sie sich auf ihr Bett gelegt und sei irgendwann eingeschlafen. Daher entstand wohl auch der Eindruck, es sei nicht benutzt worden. Am frühen Morgen sei sie dann aufgestanden, und sobald die Haustür aufgeschlossen worden sei, hinaus in den Park gegangen, ohne jemandem zu begegnen. Sie sei lange spazierengegangen, um mit sich ins Reine zu kommen und sich über ihr weiteres Leben klar zu werden.

Meine Frage, ob sie am See gewesen sei, verneinte sie.

›Ich bin weder zum See noch zu der Statue gegangen, obwohl ich es ursprünglich vorgehabt hatte‹, sagte sie.

Mir fiel auf, daß sie eine große innere Ruhe ausstrahlte, auch wenn sie blaß und ziemlich übernächtigt wirkte.

›Ich war schon auf dem Weg dahin‹, fuhr sie fort, ›da erinnerte ich mich plötzlich an die Worte meines Vaters, die er zu mir gesagt hatte, als ich ein kleines Mädchen war und mich fürchtete.‹

›Welche Worte waren das?‹ wollte ich wissen.

›Man soll die Toten ruhen lassen!‹ Sie schloß für einen Moment die Augen, als wolle sie in sich hineinhorchen, dann sprach sie weiter: ›Alexander ist tot… Ich will ihn nicht mehr suchen und ihn nichts mehr fragen. Ich habe heute morgen ein Kapitel meines Lebens abgeschlossen. Endgültig. Es spielt keine Rolle mehr für mich, ob die eine oder andere Frage offen bleibt… Das Schicksal gibt uns nicht auf alles eine Antwort. Ich habe abgestreift, was mich bisher daran hinderte, mein eigenes Leben zu leben. Nun fühle ich mich frei. Ich möchte nicht mehr von meiner Familie getrennt sein!‹ Ihre Stimme klang klar und fest, als sie das sagte.«

»Sie wurde also als geheilt entlassen?«

»Ja. Sie wollte so bald als möglich nach Hause. Diesem Wunsch habe ich entsprochen. Ich sah keinen Grund, sie noch länger hierzubehalten. Ich verständigte ihren Mann, der sie zwei Tage später abholte. Das ist jetzt ungefähr vier Jahre her.«

»Hast du inzwischen wieder von ihr gehört?« fragte Scofield.

»Selten«, antwortete Professor Dombrowsky schmunzelnd. »Von Patienten, denen es gutgeht, hört man erfahrungsgemäß nicht mehr allzu oft. Das ist auch ganz in Ordnung so. Aber ich sah sie einige

Male flüchtig bei gesellschaftlichen Anlässen. Sie ist eine sehr schöne Frau, wirkt aber immer noch etwas scheu, obwohl sie auf Grund ihres Aussehens und der glänzenden Position ihres Mannes viel selbstbewußter auftreten könnte. Aber das entspricht wohl nicht ihrem Naturell.

Ich habe ihr übrigens, bevor du kamst, geschrieben und sie gefragt, ob sie mir ihre Aufzeichnungen als Unterlagen für die Forschungen eines mir befreundeten Wissenschaftlers zur Verfügung stellen würde.« Professor Dombrowsky zog einen Brief aus seiner Brieftasche, überflog den Anfang der engbeschriebenen Seiten und zitierte dann die Antwort, nach der er gesucht hatte:

»›Selbstverständlich bin ich damit einverstanden, wenn Sie der Ansicht sind, mein seltsames Tagebuch könnte für jemanden, der sich mit Parapsychologie befaßt, von Nutzen sein. Ich bitte allerdings darum, mit Diskretion vorzugehen und die Namen gegebenenfalls zu verändern.‹« Professor Dombrowsky sah seinen Freund an und lächelte. »Im Zusammenhang mit diesem Fall wird dich vielleicht interessieren, was sie sonst noch schreibt.«

Er las:

»›Ich habe meinem Mann im Laufe der Zeit von meiner medialen Veranlagung erzählt. Ich glaubte es ihm schuldig zu sein, und er hat es mit großem Verständnis aufgenommen.

Sascha entwickelt sich prächtig. Oft höre ich ihn jauchzen, wenn Anton – ganz stolzer Vater – ihn auf seinen Schultern trägt oder auf dem Teppichboden mit ihm herumkugelt. Bei mir macht der Junge das nie, obwohl ich mir alle Mühe um ihn gebe. Zwischen uns ist immer eine leise Fremdheit, ein sich gegenseitiges Abtasten, nie diese unbeschwerte Fröhlichkeit, wie sie zwischen ihm und Anton besteht. Ich verstehe seine kleinen Spiele nicht, die er erfindet und die ihm soviel Spaß machen, weil Anton, im Gegensatz zu mir, darauf eingehen kann. Wenn ich versuche da mitzumachen, hält das Kind inne und schaut mich mit ernsten Augen an, als wäre ich ein Eindringling. Bis jetzt habe ich nicht vermocht, sein Herz wirklich zu erobern. Alle meine Bemühungen, eine liebevolle Mutter zu sein, wirken auf mich selbst wie etwas verkrampfte Anbiederungsversuche. Nur wenn ich abends an seinem Bett sitze und mit ihm bete oder ihm etwas vorlese, herrscht Einklang zwischen uns. Das läßt mich hoffen.

Unsere Tochter, die ich mir so sehr wünschte, ist jetzt drei. Wir haben sie übrigens nicht, wie erst vorgehabt, Felicitas genannt, sondern Donata; das bedeutet die Geschenkte. Wir wollten das Schicksal nicht noch einmal durch einen Namen herausfordern.

Ich bemühe mich natürlich, meine Liebe auf beide Kinder gleichmäßig und gerecht zu verteilen, aber wenn ich ganz ehrlich bin, muß ich gestehen, daß Donata meinem Herzen näher steht. Ich verbringe viel Zeit mit ihr.

In aller Kindlichkeit sagt sie manchmal Dinge, die sie eigentlich nicht wissen kann. Das beobachte ich mit leiser Sorge. Sie ist mir sehr ähnlich. Sie hat kupferrotes Haar wie ich und meine Augenfarbe. Wenn ich sie ansehe, glaube ich, mich in meinem Kind wiederzuerkennen.

Sie ist zärtlich und sensibel, und doch verhält sie sich ab und zu recht eigenartig. Neulich – sie ist sehr tierlieb – wollte man ihr eine junge Katze schenken. Zu unser aller Überraschung begann sie zu weinen. Sie wollte das Tier nicht haben, es nicht einmal auf den Arm nehmen und streicheln, obwohl sie oft sagt, daß sie sich eins wünscht. Wenig später wurde das Kätzchen von einem Schäferhund totgebissen.

Ich selbst habe übrigens, seit ich das Sanatorium verließ, keine Visionen mehr gehabt.

Ich bin mit mir und der Welt im Einklang.

Ich könnte auch sagen, daß ich glücklich bin, aber ich will das Wort Glück nicht mehr im Munde führen. Fortuna ist eine launische Göttin, die voller Mißgunst mit der einen Hand nimmt, was sie zuvor mit der andern gab.

Was mir das Schicksal noch einmal zuteil werden ließ, will ich daher nicht als Glück bezeichnen, sondern so, wie ich es voller Dankbarkeit empfunden habe:

Als Chance zu einem neuen Anfang.‹«

Die Erinnerungen der
Primadonna des Bolschoi-Theaters

Galina Wischnewskaja

Galina

»Die Autobiographie der großen, in Ost und West bekannten Opernsängerin Galina Wischnewskaja ist mehr als ein Lebensbericht, sie ist das Stimmungsbild einer Epoche, veranschaulicht durch zahlreiche farbige Schilderungen des Lebens in der Sowjetunion. Galina Wischnewskaja hat eine natürliche Begabung zur Erzählerin. Temperamentvoll beschreibt sie ihren Weg von der Kindheit in bitterster Armut zur gefeierten Operndiva am berühmten Moskauer Bolschoi-Theater. Galina ist aber auch eine wache Augenzeugin sowjetischer Geschichte. 1974 verließen Galina und ihr Mann, der Cellist Mstislaw Rostropowitsch, nach Jahren der Verfolgung durch sowjetische Behörden, ihre Heimat.«
Madame, München

Aus dem Amerikanischen von Christiane Müller
4. Auflage. 480 Seiten, 70 Abbildungen,
gebunden mit Schutzumschlag

Gustav Lübbe Verlag

Der bewegende Roman
einer großen Erzählerin

Magde Swindells

Die Zeit der Stürme

»Mit ihrer Familiensaga ›Die Ernte des Sommers‹ gelang Magde Swindells der Durchbruch zu einer der erfolgreichsten englischsprachigen Erzählerinnen der Gegenwart. Nun hat die Autorin ihren zweiten Roman vorgelegt, der die durch das Debüt geweckten Erwartungen noch übertrifft: ›Die Zeit der Stürme‹ ist eine gleichermaßen spannungsreiche wie subtil geprägte Liebes- und Familiengeschichte vor dem Hintergrund der dramatischen politischen Ereignisse in der Mitte unseres Jahrhunderts. Wieder zieht Magde Swindells den Leser in den Bann einer kunstvoll gesponnenen Geschichte und läßt zugleich ein fernes exotisches Land vor seinen Augen lebendig werden.«
Fuldaer Zeitung

Roman. Deutsch von Wolfgang Crass
478 Seiten, gebunden mit Schutzumschlag

Gustav Lübbe Verlag

Der große Frauenroman,
der kein Männerherz kalt läßt

Margaret Kirk

Wo das Feuer brennt

Micah, ein Zigeunerjunge, heimatlos und verwaist, findet Liebe und Geborgenheit in einer Familie russischer Tänzer. Doch er weiß nicht, daß diese Familie ein schweres Schicksal drückt; denn es gibt noch ein anderes Kind: Gabriella, die – von ihrer Mutter verstoßen – in Deutschland aufwuchs und dazu bestimmt ist, seine große Liebe zu werden. Dies ist der große Roman einer Familie, in der mehrere Traditionen ineinanderfließen. Eine Geschichte voller Dramatik, psychologischer Spannung, reich an Atmosphäre und pittoresken Schauplätzen.

Roman. Aus dem Englischen von Wolfgang Crass
608 Seiten, gebunden mit Schutzumschlag

Gustav Lübbe Verlag